KB187718

옷소매 붉은 끝동

옷소매 붉은 끝동 2

|지은이_강미강|초판 1쇄 찍은 날_2022년 06월 08일|초판 3쇄 펴낸 날_2023년 11월 01일
|발행처_도서출판 청어람|펴낸이_서경석|편집책임_강다윤
|본사 주소_경기도 부천시 부일로 483번길 40 서경B/D 3F (우) 14640
|편집부 주소_ 서울 구로구 디지털로 272 한신IT타워 404호 (우) 08389
|등록_1999년 5월 31일(제387-1999-000006호)|전화_02-6956-0531
|팩스_02-6956-0532|메일_roramce @ naver.com
|어람번호_제8-0108호

ISBN 979-11-04-92439-2 04810
ISBN 979-11-04-92437-8 (SET)

옷소매 붉은 끝동
2
강미강 장편소설
chungeoram romance story

목차

2부

왕과 궁녀

10장

전환점

궐에서 쫓겨난 지 열흘이 지났다.

아주 밖은 아니었다. 현록대부(懸錄大夫, 종친 최고품계로 명예직) 사저의 궁인이 되었다. 지밀의 궁녀를 여염에 두는 도리는 없다며 왕대비가 나선 덕분이라는 풍문만 들었다,

“다들 널 측은하게 여긴단다. 쥐뿔도 없는 것이 벗을 위한다고 들쑤시다가 내쳐진다고 말이야.”

궐 밖까지 배웅해 주던 서 상궁은 말했다.

“녹이나마 먹어 다행이다. 자전께서 널 좋게 보신다더니 참말이었구나.”

뜨끔했다. 몰래 자전을 통하려는 수작을 벌이다가 쫓겨난 마당이라 퍽 공교로웠다.

“너 은언군 대감이 어떤 분인지는 아느냐?”

대충 들어는 보았다. 현록대부, 즉 은언군恩彦君은 왕의 이복동생이다. 으레 종친이란 것이 바람 앞의 촛불 신세라지만 그의 인생은 특히

나 불행으로 점철되었다. 부친인 경모궁이 훙서하자 이른 나이에 출궁되어 궁핍하게 살았고, 이런저런 압력 속에서 발버둥을 치다가 머나먼 탐라도 귀양살이까지 했다. 인고 끝에 한양으로 돌아오긴 했는데, 한 아우는 귀양 가서 죽고 다른 아우는 역변에 휩쓸려 죽었으니, 혼자 남은 왕실의 서자 처지가 편하진 않은 모양이다.

그래도 왕의 동정은 샀다. 왕은 하나 남은 배다른 아우, 요절한 아비가 남긴 소중한 핏줄이라는 이유로 그를 몹시 아꼈다. 그가 사저에서 소를 도살하여 내다 팔았다는 흉흉한 소문이 났을 때도 감싸주고 도리어 높은 품계도 주었다.

"무엇을 알든 간에 내색은 마라."

서 상궁이 엄하게 충고했다.

"어쨌든 잘된 게야. 출궁한 궁녀는 양반들 사이에서 인기가 많아. 왕실을 모시던 계집을 첩으로 들이면 과시하기에 좋지. 특히 너처럼 젊고 곱다면야……."

"국법상 궁녀는 궐을 나와도 혼인할 수 없는데요?"

"곤장 몇 대 때리고 눈감아주는 게 관행이라지. 그마저도 종놈을 대신 맞게 한다나."

세상사 참 요지경이다.

"요즘 양반들 흉악함은 들었잖느냐. 적어도 종친댁 궁녀가 되면 아무도 널 건드릴 순 없다."

그렇게 당도한 목적지는 북촌北村, 높으신 양반과 종친이 대궐 가까이 모여 산다는 고을이었다. 으리으리한 기와집을 기대했으나 막상 좀 산다는 중인의 집보다도 수수했다.

"어찌 오셨습니까?"

흰 머리 성성한 노파가 시비를 물리고 손님맞이를 했다.

"아, 새로 온다는 궁인이 이쪽 젊은 처자인가?"

노파의 얼굴에 인심 좋은 미소가 번졌다.

"나는 대감마님을 모시는 궁비(宮婢, 궁녀) 연애連愛라고 함세. 연애 할멈이라 부르게."

그녀는 홀홀 웃더니 덕임을 이끌었다.

"대감께 인사부터 올리도록 함세."

끝이 무뎌진 섬돌을 밟고 마루에 올라섰다. 구멍 뚫린 창호지 문이 열렸다. 수수한 도포 차림의 사내가 아랫목에 앉아 있었다. 배다른 형님이라는 왕과 기껏해야 두어 살 차이 날까 싶게 젊었다. 마른 체구에 선 기품이 묻어났으며, 눈매가 그윽하고 입술이 도톰했다. 사내다운 양기가 충만한 왕과 달리 수선화처럼 가련한 느낌이었다.

그리고 곁에는 호기심에 찬 얼굴의, 열 살 남짓한 꼬마 도련님이 있었다.

"이런, 생각보다 젊은데."

은언군은 난처한 기색이었다.

"내 식구들만 사는 곳이라 일이 힘들진 않을 걸세. 다만 구설에 오르기 쉬우니 행실을 바르게 해야 해."

툭하면 조정에서 트집이 잡히는 신세라 초조한 모양이다.

"새 궁녀! 싱싱한 궁녀!"

마침 좀이 쑤셨는지 꼬마 도령은 덕임을 손가락질했다.

"어허! 성상을 모시던 궁인이니 시비 대하듯 해선 안 된다."

은언군이 아들의 작은 손을 붙잡으며 타일렀다.

"내 장남인 완풍군일세. 아직 어려 철이 없어."

이 천진난만한 꼬마가 홍덕로에 의해 숙창궁의 양자로 입적되었다던 바로 그 완풍군이었다. 덕임은 능숙하게 표정을 감췄다. 은언군은 안심한 눈치였다.

"잘못을 저지르면 거리낌 없이 야단을 쳐도 좋아. 크기 전에 버릇을 고쳐야 하니까."

"헌 궁녀! 쭈그렁 궁녀!"

아비의 걱정이 무색하게도 완풍군은 이번에는 연애를 가리켰다. 연애는 홀홀 맞장구를 쳤지만, 은언군은 펼친 책을 툭 치며 꾸짖었다.

"생소리 말고 글자나 마저 외라."

글공부는 충분히 했다는 완풍군의 칭얼거림이 길어지자 연애와 덕임은 슬쩍 피했다.

"완풍군께선 사랑스러운 분이시네."

조용히 문을 닫는 연애는 손자를 어르는 할머니처럼 자상했다.

"오랫동안 종친댁을 모셔오셨나 봅니다."

"그렇네. 인연이 퍽 깊어."

"저도 잘 배우겠습니다."

"곧 익숙해질 걸세."

연애는 바싹 말린 앞치마에 주름진 손을 문질렀다.

"우선 대전 상궁 배웅부터 하게. 그 다음에 군부인 마님과 다른 식구들께도 인사를 드리도록 하지. 이곳 돌아가는 사정도 일러주고. 갑자기 바빠졌구먼."

연애는 싱글벙글 웃더니 자리를 피해주었다.

"하던 대로 하면 된다."

한쪽에서 기다리던 서 상궁이 목소리를 낮추었다.

"좀 지내다 보면 전하께서 노여움을 풀고 다시 부르실 게야. 알겠느냐?"

그럴 일은 없을 테지만 덕임은 묵묵히 끄덕였다.

"이곳도 엄연한 궁방이다."

그녀는 어째 아까보다 내키지 않는 표정을 지었다.

"너도 여전히 궁녀고. 주상전하께 정절을 바쳤음을 잊어선 안 된다. 궐 밖이니 유혹이며 불온한 희롱이 많을 터, 늘 행동거지를 주의해라."

의례적인 설교를 하려나 본데 뭔가 이상했다.

"어떻게든 절개를 더럽힐 처지에 놓인다면 차라리 자결을 해. 그것이 궁인으로서의 도리이며 주상전하를 욕보이지 않는 길이다. 알겠느냐?"

덕임은 할 말을 잃었다. 그렇지만 이해했다. 억지로라도 모진 충고를 해야 하는 스승의 입장도, 평생을 감내해야 하는 궁인의 운명도 전부 헤아렸다.

"예, 마마님."

"자리를 잡으면 내게 서찰부터 써라."

그래도 마지막에는 눈물 젖은 인사를 남기곤 서 상궁은 대궐로 돌아갔다. 한때는 덕임에게도 집이었으나 이제는 돌아갈 수 없게 된 바로 그곳으로.

잠이 다 깨버렸다.

덕임은 몸을 뒤척였다. 뭔가 꿈을 꾼 것 같은데 깨고 나니 기억조차 나질 않는다. 잠자리가 바뀐 뒤로는 자주 이런다. 새벽이 깃들지 않은 어둠만 말똥말똥 응시했다.

"……자네 또 잠을 설치는가?"

옆에서 자던 연애가 덩달아 깼는지 뒤척이며 물었다.

"더 주무셔요. 날 밝으려면 아직 멀었습니다."

"하기야 살던 곳 떠나 새로 적응하려니 쉽지 않겠지."

연애는 기어이 혀를 차며 따라 일어났다.

"아이, 더 주무시라니까요. 번번이 깨워 송구스럽습니다."

"아닐세. 원래 늙으면 아침잠이 없어지거든."

연애는 태연스레 흰 머리를 돌돌 틀어 올려 비녀로 쿡 찔렀다.

연애는 육십을 훌쩍 넘긴 노파치고 대단히 정정했다. 까마득히 어린 궁녀가 대전에서 왔답시고 한 자리 꿰차는 꼴을 보면 못마땅할 법도 하거늘 시종일관 다정스러웠다. 또한 허드렛일은 천한 시비들이 하면 된다고, 자잘한 심부름이나 해진 옷을 깁는 수선 등 소소한 일만 맡겼다. 선뜻 방을 함께 쓰자는 권유도 물론이었다.

"아직은 궐이 그립지?"

"예, 차차 적응해야지요."

작별도 제대로 못 하고 나온 게 마음에 걸렸다.

날이 밝기 전에 떠나야 했다. 짐은 간단히 쌌다. 가진 것이 없어 한 보따리도 채 나오질 않았다. 영희는 세상모르고 쿨쿨 잠들어 있었다. 그래서 더욱 미안했다. 경희와 복연은 물론이고 갑작스러운 날벼락에 넋이 빠진 서 상궁도, 막내라고 부려먹기는 했어도 기쁨과 괴로움을 함께 했던 대전 궁인들도, 하나같이 눈에 밟혔다.

"한데 어찌 갑작스레 출궁을?"

"제가 죄를 지었습니다. 감히 전하를 실망시켰지요."

덕임은 적당히 에둘렀다.

"성상께서 일개 궁녀에게 실망을 하신다? 쫓겨난 궁녀치곤 처우가 나쁘지도 않던데."

연애는 흥미로운 눈치였으나 굳이 캐묻지는 않았다.

왕은 공공연히 죄를 묻지 않았다. 곤장을 때린 뒤 노비로 정배定配하여도 모자람이 없을진대 쫓아내는 선에서 그쳤다. 덕분에 손가락질

받지 않았다. 밥줄도 끊기지 않았다.

그는 원래 그렇다. 엄격하고 깐깐해도 옹졸하지는 않다. 그릇이 크다. 은근히 마음도 약하다. 아무리 원망하는 마음이 커도 그런 면모를 인정하지 않을 수는 없었다. 다만 한편으론 왕의 고매한 배려 때문에 더 큰 비참함을 느꼈다. 그에 비하면 생채기를 내보겠다고 일부러 모진 말을 골라 뱉었던 자신은 천박하기 짝이 없었다.

덩달아 그녀의 분노도 싸구려가 되어버렸다.

"안됐구먼. 아쉬움이 크겠네."

"뭐……. 그렇지요."

피차 오만정이 다 떨어진 마당에 아쉬움은 사치다. 그러나 미련 비슷하게 걸리는 건 하나 있다. 도저히 납득할 수 없는 그 입맞춤. 왕은 분노로 속이 뒤집혀 가장 그녀가 꼴 보기 싫었을 순간에, 역설적이게도 가장 다정한 모습을 보였다. 폭력이나 희롱이 아니었다. 밀어붙이기야 했지만 다정했다. 무엇보다 그녀 자신도 마음이 퍽 동했음을 부인할 순 없었다.

덕임은 무심코 손끝으로 입술을 더듬었다.

"실은 나도 전하가 그립네."

"그립다니요?"

"아유, 나도 전하와는 면식이 좀 있네. 강보에 싸여 우는 갓난쟁이셨고, 막 가례를 치른 꼬마 신랑이셨고, 부친을 잃고도 꿋꿋하게 글을 읽던 국본이셨지."

웃음은 곧 미소로 옅어졌다.

"이제는 어엿한 청년이시겠지. 어떻게 장성하셨을지 궁금하구먼."

어리둥절한 덕임을 보고 연애가 덧붙였다.

"난 궐에서 지낼 적에 의열궁을 모셨었거든."

"예에?"

"아, 어떤 분인지 모르나? 지금 전하의 조모 되시는 분일세."

가는 곳마다 그녀의 흔적이 있다. 까맣게 잊고 살라치면 우연스럽게 그녀의 존재를 실감하게 된다. 이미 죽고 사라진 망령, 자신과는 아무런 연고도 없이 고귀한 분인데도 거북할 만치 신경이 쓰인다. 괴이한 인연을 느낀다.

"좋은 분이셨습니까?"

굳이 아는 척하기도 민망해 덕임은 간단히 물었다.

"그렇다마다. 차라리 내가 대신 아팠으면 좋겠다 싶었을 만큼……."

"아프다니요?"

"이래저래 마음고생을 심하게 하셨네. 뭐, 다 옛날 일이지."

연애는 낡은 이불보를 만지작거리며 얼버무렸다.

"어쨌든 의열궁 졸하신 뒤 나는 여기로 왔네."

"쓸쓸하셨겠습니다."

"은언군께서도 비록 별자別子이나 전하와 마찬가지로 의열궁의 손자 아니신가. 섬기는 보람이 쏠쏠하다네."

멋쩍은 미소가 연애의 얼굴에 번졌다.

"늙은이 사는 낙이라곤 옛 시절을 되짚어보는 것뿐이지."

"에이, 재미있습니다. 오히려 더 듣고 싶은걸요."

장단을 맞춰주자 연애는 더욱 신을 냈다.

"은언군께선 의열궁을 많이 닮으셨네. 빼어난 미인이셨던 조모를 닮아 생김새가 준수하시지. 웃는 눈매를 특히 빼다 박았어."

옛 기억 속의 창백한 옥안은 은언군과 잘 연결이 되지 않았다.

"상감마마께서도 의열궁을 닮으셨습니까?"

보다 익숙한 용안을 그리며 덕임이 물었다.

"흐음, 아닐세. 성상께선 돌아가신 세자저하……. 흠흠! 경모궁을 많이 닮으셨지. 늠름한 풍채와 위엄 있는 눈빛이 특히 그래."

연애는 곰곰이 생각에 잠겼다.

"다만 속은 하나도 안 닮으셨어. 경모궁께선 호방하고 쾌활하셨는데 지금 전하께선 어린 연치에도 깐깐하고 엄하셨다네. 빈궁……. 아니, 혜경궁을 닮아 그러신가."

새 임금이 즉위한 지 어언 사 년째인데도, 연애는 옛 시절과 달라진 왕실의 호칭에 익숙지 않은 모양이었다.

"아이고, 이젠 용모도 성품도 많이 변하셨나?"

"키가 크고 용모가 훤칠하시지만 늘 도깨비처럼 무섭고 잔소리를 하십니다."

"딱 내 기억 속에 계신 분이 맞구먼."

연애는 행복하게 웃었다.

"그렇게 강직한 분이니 힘든 세월 다 이겨내고 무탈하게 보위에 오르셨겠지."

문득 늙은 궁녀의 얼굴에 그림자가 드리워졌다.

"경모궁을 닮으셨으니 더 힘들고 무서우셨을 텐데……."

선왕과 의열궁 그리고 경모궁을 둘러싼 궁인들의 기묘한 반응에 위화감을 느낀 건 어제오늘 일이 아니었다. 단순히 요절로 인한 비극이라 하기에는 분명 무언가가 더 있다. 혼자선 짚어낼 수 없는 옛 시절의 내막이 무척 거슬렸다.

"저어, 경모궁께선 환후로 홍서하셨다고 들었는데……."

운을 떼기 무섭게 연애는 슬픈 표정을 지었다.

"젊은 궁녀들은 그때 일을 모르나보군. 그만큼 궐에서도 쉬쉬하는 게지."

잠시 머뭇거린 끝에 연애는 고개를 저었다.

"모르는 게 나은 일도 있는 법일세."

더는 묻지 말라는 완곡한 표현이었다. 덕임은 민망해졌다.

"예, 예에, 그렇지요. 제가 잠이 모자라 괜한 소리를 했습니다."

"아이고, 아닐세. 정말로 모르는 게 나아서 그래."

연애가 중얼거렸다.

"나는 속속들이 다 알거든. 그래서 괴롭다네."

"괴로우시다니요?"

"허, 암만 오랜 세월이 지난들 의열궁 자가가 안쓰러워 견딜 수가 없다 할까."

그 뒤로 연애는 날이 밝고 닭이 울 때까지 아무 말도 하지 않았다.

덕임은 주로 어린 완풍군을 돌봤다. 또래 도련님들과 어울릴 처지가 아니다 보니 늘 외톨이로 지낸다지만 꼬마 종친은 명랑했다. 강아지의 꼬리를 졸졸 쫓아다니거나 부친의 눈을 피해 뒷마당에서 딱지를 쳤다. 그리고 간만에 젊은 사람이 생겼다며 덕임을 마음에 들어했다. 한 사나흘 전부터는 제기차기를 하자며 저녁마다 쪼르르 달려왔다. 연애는 아기씨를 빼앗겨 섭섭하다는 둥 너스레를 떨었다.

단풍으로 붉게 물든 계절의 하루. 완풍군은 건넛집 종친 어르신께 인사를 여쭙겠다고 나섰다. 덕분에 여유가 생겼다. 덕임은 마루에 걸터앉아 서찰을 읽었다.

"요즘 대전 분위기는 말도 아니야. 다들 전하께 섭섭한 눈치야. 아등바등 살던 애를 매정하게 내쫓으셨다고 말이야. 잡일을 떠넘기고 못살게 굴긴 했어도 다들 널 많이 좋아했던 거지. 입버릇처럼 네가 그립다고들 해."

첫 서찰은 영희의 것이었다.

"물론 나도 네가 보고 싶어. 이젠 복연이랑 방을 쓰는데, 갠 항상 쿵쾅거려서 깜짝 놀라. 잠꼬대 심하고 코도 골아. 넌 항상 발뒤꿈치를 들고 조심조심 다녔지. 이러다 나 또 밤에 울겠다. 눈이 퉁퉁 부어서 자꾸 울면 안 되는데."

안 그래도 서찰에는 군데군데 눈물 자국이 남아 있었다. 우느라 정신이 빠졌는지 영희는 글을 채 마무리 짓지도 못했다.

이어서 덕임은 복연의 서찰을 펼쳤다.

"야, 서 상궁 마마님한테 서찰 좀 자주 써라. 한숨만 푹푹 쉬시는데 안쓰러워 죽겠다. 전하를 대하는 것도 예전 같지 않으셔. 원래는 전하께서 좀 부루퉁하시면 기분 풀어드리려고 안달하셨잖아? 이젠 못 본 척하신다니까. 수라를 거르신다고 전전긍긍하지도 않으시고. 너 때문에 전하께 서운하신 걸 거야."

웬일로 어른스러운 소리를 다 한다.

"근데 영희 걔는 왜 그러냐? 조금만 부스럭대도 깜짝깜짝 놀라고, 지 물건 담는 함 좀 건드렸다고 징징거리고……. 같이 방 쓰는데 피곤해. 그리고 참! 네가 남긴 책은 우리가 잘 읽는다. 넌 요즘 뭐 읽어? 궐 밖에는 재밌는 게 더 많지? 좋은 소설책 있으면 추천 좀 해. 치사하게 혼자 보지 말고."

이토록 낙천적이라니, 하여간 눈치라곤 국 끓일 만큼도 없다.

잔소리로 다섯 장을 빼곡하게 채운 서 상궁의 서찰을 치우고 나니 경희의 서신도 보였다. 짐짓 뻐기듯 화려한 필체가 두툼한 종잇장 위로 펼쳐졌다.

"네가 쫓겨난 다음 날에 자전께서 나를 부르셨어."

하물며 특히나 파격적인 문구로 시작되었다.

"이제야 알려줘서 미안해. 네가 온전히 자리 잡기를 기다렸어. 아무튼 잘 들어. 자전께선 네가 갑작스럽게 쫓겨난 연유를 알고 싶어 하시더라. 내가 너랑 친하다는 거랑 숙위소에 잡혀갔었다는 건 전부 알고 계셨고. 기왕 이렇게 된 거 차라리 자전의 환심을 확실히 사두는 게 네게 이롭겠더라고. 네가 오직 자전만 믿고 홍덕로의 안하무인을 고하려다가 내쳐진 거라고 말씀드렸어. 과장 좀 보탰지. 그래도 효과는 확실했잖니. 네가 종친댁으로 가게 되었으니까. 지금도 자전께선 아침 문후 때마다 전하를 달달 볶으셔."

덕임은 기가 막혔다. 얘는 죽는 줄 알았다고 질질 짤 때는 언제고, 무슨 배짱으로 고새 또 기고만장 활개를 치는지 모르겠다.

"어떻게든 널 다시 부르실 것 같아. 대체 무슨 재주로 마마의 눈에 든 거니? 어쨌든 잡아볼 만한 지푸라기 하나 있어 다행이지. 아무쪼록 일이 잘 풀려서 네가 돌아왔으면 좋겠어. 이대로는 싫어. 꼭 나 때문에 쫓겨난 것 같잖아."

경희는 내심 자책하는 눈치였다.

"힘든 일 있거든 우리 집에 도움을 청해. 아버지께 언질을 넣었으니 반겨주실 거야. 괜히 무리하다가 비실비실 까무러치진 마. 짜증나니까. 아무튼 또 쓸게. 너도 나한테 편지 자주 써. 꼭이야. 내친김에 당장 써. 안 쓰면 가만 안 둬."

영 예사롭지 않던 경희의 서찰은 엉뚱한 협박으로 끝을 맺었다.

덕임은 신중한 손길로 서찰을 접었으나 깊게 생각하진 않기로 했다. 여기까지 와서 공연한 감정 소모를 하고 싶지 않았다. 어설프게 깁다 말고 치워둔 완풍군의 버선이나 다시 잡았다.

"성 나인, 성 나인! 여기 있어?"

바늘구멍에서 빠지는 실과 씨름하는 사이 완풍군이 흙먼지를 일으키며 달려왔다.

"벌써 돌아오십니까?"

"어서 나 좀 숨겨주어!"

"댓바람부터 숨바꼭질이어요?"

덕임은 삐뚤빼뚤한 올을 잡아 뜯으며 심드렁하니 물었다.

"아니야! 객客이 오신다니 당장 숨어야 한단 말이야!"

"사내대장부가 손님을 맞으면 인사를 여쭈셔야지요."

"아이 참, 이럴 때가 아니라니까! 빨리, 빨리!"

어린 종친은 발을 동동 굴렀다.

참으로 괴이한 노릇이지만 일단 그를 안채 옆에 툭 튀어나온 곳간 안으로 밀어 넣었다. 집안에 재산이 별로 없어 곳간 문을 잠그지 않고 항시 열어둔다는 걸 알고 있었다. 완풍군이 웅크려 앉자마자 대문 밖에서 인기척이 들렸다. 걸레질하던 시비가 뛰어나갔다.

웬 사내들이 마당에 들어섰다. 앞장선 사내는 머리칼이 희끗하고 배에 기름칠을 자주 하는지 살집이 두둑했다.

"대감께선 계시는가?"

그리고 그 뒤에 못 알아볼 수 없는 존재가 있었다. 수척해지기는 했어도 검은 머리 봉조하로서 이별식을 치르고 떠나던 날까지도 몹시 아름답던 홍덕로였다. 덕임은 눈에 띄지 않기 위해 다른 시비들처럼 몸을 수그렸다. 한나절 내내 뒷마당에서 분주하던 연애가 재깍 튀어나왔다.

"잠시 출타하셨습니다. 사랑에 들어 기다리시지요."

"주인도 없는데 그리해서야 쓰나?"

"대감께서 귀한 손님들 오시거든 깍듯이 섬기라고 누차 말씀하셨나이다."

어차피 인사치레였다. 덕로는 연애가 권유하기도 전부터 들어설 생각이었다.

홍덕로의 위세는 건재했다. 하룻밤 사이로 쫓겨났다지만 왕의 총애가 지금껏 얼마나 대단했는지 기억하는 신료들은 여전히 그를 두려워했다. 언제 왕이 마음을 바꿀지 몰라 눈치를 보는 것이다. 아닌 게 아니라, 덕로는 내키면 대궐에 출입할 수 있을 만큼 처지가 자유롭다. 또한 그의 백부를 비롯한 절친한 세력이 요직을 꿰차고 있는 만큼, 자리만 비웠다뿐이지 존재감은 여전히 두드러졌다. 덕분에 물러난 권력자에 대한 탄핵은커녕 봉조하는 합당하지 않다며 그를 두둔하는 상소만 꾸준히 어전에 오른다고.

그러나 덕임은 왕이 특유의 인내심을 발휘해 적절한 시기를 기다리는 거라고 생각했다. 그는 이미 용단을 내렸다. 가장 사랑하던 총신을 하루아침에 쫓아내던 바로 그 순간에. 이 마지막 기다림까지 기어이 끝나고 나면 정국은 이루 말할 수 없이 요동칠 것이다. 과연 덕로도 그러한 조짐을 알고 있을지 궁금했다.

"아, 그런데……."

덕로가 댓돌을 밟다 말고 우뚝 멈추었다.

"우리 양조카께서는 어디 계신가?"

덕임은 연애의 어깨가 움찔하는 걸 놓치지 않았다.

"아침 일찍 안춘군安春君 댁에 가셨습니다."

"그 댁에 들렀다 오는 길일세. 아까 돌아갔다고 하던데?"

"아, 아이고, 송구합니다. 곧장 귀가하지 않고 어딜 들르셨는지, 원……."

"요즘 들어 번번이 엇갈리니 참으로 묘하군. 양조카님 본 지 하도 오래 되어 얼굴을 까먹을 지경이란 말이지."

덕로의 눈빛이 서슬 퍼레도 연애는 모면하기만 바라며 굽은 허리를 더더욱 공손히 굽혔다. 마침내 덕로와 그 일행이 사랑으로 들자 황급히 물었다.

"완풍군께선 어디 계시는가?"

덕임이 곳간을 가리켰다.

"안 돼! 그러다 마주치면 곤란해질 게야. 바깥으로 모시게. 접때 물수제비를 뜨던 강가 알지? 거기서 조용히 있게. 손님들 돌아가시면 내 부르러 감세."

연애는 다과상을 차리러 부엌으로 뛰어갔다.

덕임은 제 몸으로 완풍군을 가리며 밖으로 이끌었다. 혹여 가는 길에라도 아는 사람과 마주칠까 봐 각별히 조심했다. 한적한 강가에 도착했을 때서야 한시름 놓았다.

"대체 무슨 영문이랍니까?"

답답한 장옷을 벗으며 덕임이 물었다. 완풍군이 바지춤을 걷으며 물가에 바짝 다가섰다.

"무서워서 그러는 거야."

돌멩이를 퐁당 퐁당 던지는 표정은 시무룩했다.

"아버지께서는 손님들을 싫어하셔. 방문한다는 전갈이 올 때마다 벌벌 떠시거든. 하지만 거절은 못 해. 무지무지 높은 분들이라서."

은언군 입장에서야 납작 엎드려 살고 싶을 것이다. 조금만 삐끗해도 죽도록 욕을 먹는 게 종친이다. 그러나 또한 종친이란 이유로 먼저 대접하려는 양반들이 있는 만큼 처지가 공교로울 수밖에 없다.

"한 분은 장안의 군사를 쥐락펴락하는 명문 구씨 무반 출신의 훈련대장 구사초 영감이신데 좀 무서워. 술에 취해 오실 때도 있고……."

아까 손님들 중 살집이 두툼하고 나이가 많은 쪽을 말하는가 보다.

덕임으로선 구사초란 이름 석 자를 모를 수 없었다. 무과를 준비하는 오라비들이 있을뿐더러, 심지어 아비가 살아 있던 시절에도 들어보았다. 무반과 관련되었다면 그의 손을 거치지 않을 수 없을 만큼 훈련대장부터 판윤 등 요직을 겸하는 막강한 실권자란다.

"그리고 잘생긴 분은……."

완풍군이 말을 이었다.

"임금님 다음으로 높은 분이래. 판정승들도 그분 앞에서는 설설 긴대. 원래는 승지셨다가 봉……. 봉두……? 봉 뭐가 되셨다던데."

"봉조하요?"

"응응, 그거!"

완풍군은 매끈한 돌을 또 퐁당 던졌다.

"그런 대단한 분이 내 외숙이 되셨어. 난 우리 아버지 아들이 아니고 돌아가신 후궁의 아들이래."

덕임은 난감해서 대꾸할 틈을 놓쳤다.

"날 볼 때마다 철저히 숙창궁의 아들로 살라고 하셔. 내가 그분의 양아들이기에 가동궁이 된 거라면서."

가동궁假東宮이라니! 천진한 아이의 입에서 나와선 절대 안 될 말이었다. 임금이 젊고 강녕한데 일개 종친이 낳은 자식을 족보상 구색만 맞춰놓곤 가동궁 운운하며 잠재적인 후계자로 대접한다는 건 실로 위험하다.

"어디 가서 그런 말씀 하시면 안 됩니다!"

"알아. 아버지도 그러셨어."

완풍군은 새파랗게 질린 덕임의 얼굴을 흘끗 보았다.

"자네도 그리 질색하는 걸 보면 정말 나쁜 말인가 봐?"

덕임은 무릎을 굽히며 완풍군과 눈높이를 맞추었다.

"그런 말은 머리에서 아예 지우겠다고 저와 약조하소서."

"사내는 지킬 수 없는 약조는 함부로 해선 안 된댔어."

완풍군이 고개를 저었다. 며칠 전에 빠진 젖니 때문에 비록 발음은 자꾸 샜지만, 그가 하는 이야기는 전혀 우습지 않았다.

"종친이 세간의 주목을 받는 건 좋지 않대. 자칫하면 우리 가족 전부 목이 날아갈 거라고, 그러니 내가 잘해야 한다고……."

완풍군은 울상을 지었다.

"너무 무서워서 봉조하께서 오실 때마다 숨고 달아나지만, 그분의 양조카가 되었을 때 이미 물은 엎질러진 거야. 그렇지?"

섣불리 위로할 엄두가 나질 않았다.

"평소엔 이런 얘기 못 해."

어물거리는 덕임을 보고도 완풍군은 한결 후련해했다.

"특히 연애 할멈한테는. 나도 곧 있음 혼인할 나이인데 어린애 다루듯 한단 말이야."

그는 작은 어깨를 쫙 폈다.

"뭐, 자네도 우리 집 돌아가는 사정은 알아야지. 이젠 식구니까. 어디 안 갈 거지? 난 친우가 없어서 글공부도 놀이도 혼자 한단 말이야. 쭈그렁 연애 할멈이랑 시비들만으론 심심해."

"그럼요. 어차피 갈 데도 없습니다."

"히, 다행이다."

신이 나서 웃으려다 말고 완풍군이 눈을 치떴다.

"근데 딴 데 가서 소문내면 안 돼? 그럼 혼내줄 거야."

"약조하겠습니다."

비로소 그는 빠진 이를 드러내며 웃었다.

완풍군은 다시 첨벙첨벙 물수제비를 떴다. 바람이 찼다. 몸이 제법 싸늘해지기까진 시간이 얼마 걸리지 않았다. 슬슬 연애가 언제쯤 부르러 올지 궁금했다.

"여기에 있었군."

불현듯 뒤에서 들린 음성은 기다리던 연애의 것이 아니었다.

뿌듯하게 돌멩이를 쥔 채로 먼저 돌아본 쪽은 완풍군이었다. 즐거움으로 반짝이던 그의 눈동자는 순식간에 빛을 잃었다.

"우리 양조카께서 곧장 귀가하지 않고 옆길로 새신 게로군요."

덕로는 우아한 동작으로 팔짱을 꼈다.

"소, 송구하옵니다. 안춘군댁에 인사를 드리러 갔는데……. 영감께서 바, 바, 방문하신지 미처 모르고……."

"아아, 괜찮습니다. 한동안 뵙지 못해 궁금했을 뿐입니다."

짐짓 유쾌한 덕로를 보고 완풍군은 안심한 눈치였다.

"손님을 대접하는 도리가 아니라 부끄럽습니다. 제가 모시겠습니다."

"아닙니다. 몸이 좋지 않아 먼저 돌아가려던 참이었습니다. 가던 길에 우연히 양조카님을 보고 인사나 하려고 했습니다."

저의가 영 미심쩍어 완풍군은 머뭇거렸다.

"군께선 서둘러 귀가하시지요. 대감께서도 돌아와 훈련대장을 응접하고 계십니다."

"아……. 예에, 살펴 가시지요."

또 붙잡을세라 완풍군은 깍듯이 허리 굽혀 인사했다.

"한데 이쪽 항아님을 잠시 빌려도 되겠습니까?"

독사처럼 부드러운 덕로의 음성은 완풍군의 발목을 도로 잡았다.

"대전서 자주 보던 궁녀라 물을 것이 있어서요."

덕임이 괜찮다고 살짝 끄덕여 보일 때야 꼬마 종친은 마지못해 먼저 떠났다. 어차피 거절할 처지도 아니었다.

“아까는 아는 척하기가 껄끄럽더군.”

덕로가 화사하게 웃었다. 그럼 그렇지, 못 보고 지나칠 눈썰미가 아니다.

“오랜만이오. 숙위소에서 보고 처음인가?”

“하실 말씀 서둘러 하소서. 남들 보기에 좋지 않습니다.”

“벌써부터 주위의 평판을 신경 쓰다니 적응이 빠르구먼. 하긴 종친을 모시는 궁녀라면 똑똑히 굴 필요가 있지.”

유들유들한 태도는 전혀 변하지 않았다.

“항아님은 악수惡手를 뒀소.”

문득 그의 눈빛이 변했다.

“참으로 간이 큽디다. 자전을 끌어들일 줄이야! 기왕 던질 승부수라면 확실히 던지는 게 낫다지만…….”

“그걸 따지려고 오신 겁니까?”

“따지려면 못 따지겠소? 공연히 전하 모르게 일을 벌이려다 나는 물론이고 항아님 자신도 쫓겨나질 않았소?”

“상관없습니다.”

덕임은 무뚝뚝하게 단답을 고집했다.

“영감께선 제 사죄를 바랄 입장도 아니시잖습니까.”

“아, 나를 원망하는 거야 그러려니 싶은데 전하를 원망하는 건 좀 의외라서.”

그는 아무렇지 않게 정곡을 찔렀다.

“어찌 감히 성상을 원망하겠나이까.”

“에이, 맞는 것 같은데? 이유가 뭐요? 전하의 뒤통수를 쳐 놓곤 적반하장도 아니고 왜 화를 내는 거요?”

분노가 치밀어 확 터졌다.

"그야 전부 다 알면서 모른 체를 하셨으니까 그렇지요!"

"아하! 전하께서 겉으로는 항아님의 눈물을 받아주셨지만, 사실은 궁녀 따위야 죽든 말든 신경도 안 쓰셨다고 서운한 거로군?"

"서운한 게 아닙니다! 투정을 부리는 것도 아니고요. 저는……. 아, 됐습니다! 제가 왜 영감과 이런 얘기를 한답니까?"

이 양반 세 치 혀 꼬임에 놀아나면 안 되는데 실수였다.

"그러니까 속으로 생각하던 전하와 실제 전하가 달라 실망했다는 거 아니오?"

그녀의 감정을 지나치게 단순화시킨 감이 없잖아 있지만 틀린 지적은 아니었다.

"그게 그렇게 서운할 일인가? 나도 전하께 비슷하게 당했지만 별 느낌 없던데."

덕로는 어깨를 으쓱했다.

"내가 전하였더라도 똑같이 했을 테니까."

"뭐라고요?"

"거참, 나도 날벼락을 맞았단 말이오. 마냥 믿어주시는 줄로만 알았는데 웬걸, 계속 주시하고 계셨단 말이지. 게다가 대뜸 불러서는 내일 아침 당장 사직 상소를 올리라고 꾸짖으셨으니 기습을 당한 셈이지. 전하께서 나를 오래도록 중용하실 요량이셨으면 내 허물을 그때그때 벌주고 고치려 하셨겠지. 애초에 날 써먹고 버릴 작정이셨기에 차곡차곡 쌓아만 두다 하루아침에 터뜨리신 것 아니겠소?"

그는 무서울 만치 왕의 본심에 근접해 있었다.

"하긴, 나 같아도 그리했을 테요. 난 욕심이 많은 건 둘째치고 약삭빠르거든. 까딱했으면 더한 건방도 떨었을 거요. 그런 날 손바닥에 굴린 치밀함이 존경스러울 따름이오."

"괜히 허세 부리지 마시지요."

"허! 망신스러워서 허세라곤 부릴 낯도 없소이다. 제대로 맞서보지도 못하고 깨끗하게 꺾였는걸."

덕로는 아무렇지 않은 척 호탕하게 껄껄 웃으며 눈 속의 공허함을 감추었다.

"아무튼 항아님은 원망을 품긴 했다는 게로군?"

"아니라니까요."

"뭐, 전하께서 못되게 굴긴 하셨지. 하지만 결국엔 항아님도 마찬가지 아니오? 나처럼 쫓겨날 만해서 쫓겨났잖소."

그가 흥미롭다는 듯 웃었다.

"항아님은 전하께서 궁인들의 수작질을 얼마나 혐오하시는지 잘 알고 있었소. 또한 전하의 호감도 알고 있었지. 한데도 보란 듯이 저질렀지. 궁지에 몰려 다른 방법이 없다는 변명을 하면서 말이야."

"변명이 아니……."

"변명이 맞소. 오만했던 게지. 아무리 엄격한 분이라도 내겐 마음이 있으시니까 용서해 주실 거다, 내심 기대를 했던 거야. 과연 죄질이 나와 비슷하지 않소? 나도 전하라면 내가 외척 놀음을 하든 후계를 세우든 용서해 주시리라 믿었거든."

세게 얻어맞은 것처럼 머리가 띵했다.

"항아님은 죽음을 각오하고 나선 게 아니오. 머리를 굴리면 죽음보단 덜한 대가를 치르고도 잇속을 취할 수 있겠다 계산을 한 거지."

절대 아니라고 부정할 수 없는 자신에 대한 충격이 무엇보다 컸다.

"내가 볼 땐 영리한 행동이었지만 그리 칭찬하면 항아님은 질색을 하겠지?"

덕로가 조금 진지해졌다.

"지존이시오. 좋은 일보다 싫은 일을 해야 할 때가 더 많으시지. 아무렴 전하라고 무고한 궁인들이 고초를 겪는데 속이 편하셨겠소? 마음에 둔 계집이 읍소하는데 보듬어주고 싶지 않으셨겠소? 보다 큰 것을 위해 작은 것을 희생시킬 수밖에 없으셨던 거라오."

"저는 그게 싫은 겁니다."

날카로운 일침에 넋이 빠졌던 덕임은 비로소 차분해졌다.

"예. 영감의 말씀이 옳습니다. 역겨운 저의 위선도, 냉정하고 우선순위가 명확할 수밖에 없는 전하의 입장도 전부요."

쿡쿡 쑤시는 가슴 한구석을 억눌렀다.

"그래서 더 싫습니다. 제게는 무엇보다 소중한 벗의 목숨도 작은 것으로 치부하는 지존이시고, 설령 저를 다정히 대해주신다 할지라도 상황에 따라선 언제든 돌아서실 수 있는 임금이시니까요. 저는 참으로 하찮은 계집이라서 저를 업신여기고, 기만하고, 금방이라도 내칠 만큼 잔인한 분은 견딜 수가 없습니다. 거기에 장단을 맞추다 보면 저만 자꾸 위선자가 되어 버린다구요."

"나름의 방식으로 항아님을 아끼시지 않소? 그 정도론 만족 못 한다고 뻗대는 건 너무 옹졸하지 않나?"

"저는 원한 적 없습니다. 만족하고 말고를 떠나 애초에 원하지 않았다구요. 왜 제가 원치 않던 걸 얻었다고 해서 무작정 기뻐해야 합니까? 왜 절 속상하게 하는 모든 처사를 감내해야 합니까? 아랫것 하나를 두고도 열두 번씩 계산하는 분은 전하신데 왜 저만……."

너무 많이 말했다. 덕임은 황급히 입술을 깨물었다.

"내가 틀렸군."

덕로가 부드럽게 말했다.

"항아님은 억울한 게 아니야. 상처를 받은 거지."

이내 그는 곰곰이 생각에 잠겼다.

"내가 보기에 항아님은 실제로 전하를 원망하는 마음보단 어떻게든 원망할 핑계를 찾는 데 더 급급한 것 같소."

"무슨 말씀이신지 모르겠습니다."

"글쎄, 감정에 솔직해진다는 것은 곧 쉽고 편하게 살고자 하는 항아님의 바람에 정면으로 대치되는 행동일 테지. 그래서 회피하는 거고. 하지만 끝내 스스로와 마주하지 못한다면 종국에는 불행해지기만 할 거요."

덕로는 고개를 까딱였다.

"나는 항아님이 불행해지지 않았으면 좋겠소. 그뿐이외다."

이쯤 하면 실컷 통찰력을 뽐냈다고 여겼는지 그는 슬쩍 다른 이야기를 꺼냈다.

"허심탄회한 대화를 나눈 기념으로 나도 비밀 하나를 알려주리다."

"됐습니다만."

덕로의 충고를 곱씹어 보면서도 덕임은 뚱하니 대꾸했다.

"허, 사람 참 섭섭하게!"

그는 손을 휘휘 저으며 기어코 저 할 말을 털어놓았다.

"숙창궁께서 나를 원망하셨다고 말한 적이 있지?"

"아……. 예에, 그때는……."

돌이켜보니 말이 너무 심했다. 덕임은 머쓱하여 바닥만 보았다.

"사실인데 뭘."

덕로는 가을바람이 불어오는 허공을 뚫어지게 보았다.

"마냥 귀여운 손아래 누이셨지. 내키지 않는 마음 꾹 참고 왕실에 가겠노라 나서준 것이 고마웠고, 욕을 보면서도 의연한 체하시는 것도 고마웠소."

애잔한 가을의 정취는 쓸쓸하게 스러진 후궁의 자취와도 같았다.

"전하께서 나를 외척으로 삼으신 건 모종의 시험이 아니었나 싶소. 성상의 입맛에 맞는 조정을 구축할 여러 구상 중 하나였겠지. 하지만 난 당장 눈앞에 닥친 과제를 푸는 데 급급했소. 하여 어심을 붙들 답안을 내놓는 데 실패했고, 이 모양 이 꼴이 되고 말았지."

문득 그의 음성에 비장함이 서렸다.

"그걸 다 알면서도, 나는 자꾸 숙창궁께서 왕자만 낳으셨다면 모든 것이 달라졌으리란 미련을 떨칠 수가 없소."

뜻밖의 고통스러운 표정 하나가 훅 스쳤다.

"원망보다 저열한 게 미련이지."

덕로는 쓰게 웃으며 소매로 눈시울을 훔쳤다.

"나는 참 끔찍한 인간이라오. 눈에 넣어도 아프지 않을 누이가 나 때문에 죽은 것보다, 간신히 차지한 권좌를 잃은 게 더 가슴 아프단 말이지."

덕임은 경멸이나 연민처럼 섣부른 감정을 내비치지 않았다.

"그래서 아직도 완풍군을 가까이하시는 겁니까?"

"아니오. 내겐 미련이 있다뿐이지 희망은 없소."

그 둘의 속성은 아주 다른 것인 양 단호한 말투였다.

"그냥 나 스스로 벌을 주는 것뿐이오. 그게 내 비밀이라오."

그리곤 대뜸 미친 사람처럼 낄낄 웃더니 미처 잡을 새도 없이 떠나 버렸다.

그날 밤은 일찍 자리를 펴고 누웠다. 그러나 잠은 오지 않았다.

"경황이 없었지?"

바느질을 하던 연애가 슬그머니 운을 띄웠다.

"안타깝지만 자주 있는 일일세. 종친 댁에선 본디 주의할 게 많네. 대감께선 행여 완풍군께서 말썽에라도 휘말릴까 봐 저어하시는 게야."

말투에서 긴장감이 느껴졌다.

"한데 자네, 봉조하 영감과는 잘 아는 사이인가? 완풍군께 듣자니 분위기가 심상치 않았다던데."

"그럴 리가요. 숙위대장으로 지내실 적에 대전에서 몇 번 뵈었을 뿐입니다."

덕임은 당황하지 않고 미리 준비해 둔 답변을 꺼냈다.

"별말씀 없으셨고?"

"그냥 성상에 대해 조금 여쭈셨습니다."

"사적으로 엮일 일은 앞으로도 없는 게지?"

"예. 물론이지요."

"오해하진 말게. 여기선 시종들 처신 하나하나까지 중요한 문제라서. 도성의 아녀자치고 그 양반에게 홀리지 않은 이가 없다고 소문이 자자하니, 원……."

어딜 가든 얼굴값은 하는 모양이다.

"전에 계집종이 하나 있었는데 영감께서 오실 때마다 분을 찍어 바르고 요망을 떨기에 내쳐야 했네. 고것이 주제도 모르고 덜컥 애라도 뱄으면 화살은 대감께로 향했을 게야."

"한데 사대부가 종친과 교류하는 게 보기 좋은 모양새는 아닐 텐데요?"

"나는 새도 떨어뜨린다는 영감이신데 무어가 허용되지 않겠는가."

연애는 복잡한 한숨을 쉬었다.

"불편한 손님들만 방문하는 건 아닐세. 좋은 분들도 종종 오셔. 쌀 떨어질 즈음에 슬그머니 한 가마니씩 던져주시는 양반들 말일세."

"다행이네요."

"선왕 시절부터 조정에 계셨던 중신들은 우리 대감마님을 딱히 여기시거든."

바늘을 놀리는 연애의 손이 느려졌다.

"아마 당시에 국본을 지키지 못한 데 죄책감을 느끼는 게지."

홍덕로의 일침에 아프게 찔렸으므로 감당하기 어려운 또 다른 이야기에 귀를 기울이기에는 지쳤다. 그렇지만 경계가 허물어진 연애는 분명 말문이 트일 기세였다.

"열 손가락 깨물어 안 아픈 손가락은 없다고들 하지."

연애는 쓰고 남은 천과 자투리 실을 교두(交頭, 가위)로 싹둑싹둑 잘랐다.

"그렇지만 경모궁께선 언제나 선왕 전하의 안 아픈 손가락이셨네."

그녀는 기어이 기나긴 이야기를 시작했다.

"선왕께선 성군의 귀감이셨고 궁비들에게도 다정다감하셨지. 하지만 한편으론 대단히 예민한 분이셨네. 눈물을 곧잘 흘려 주위를 당혹케 하셨고, 지위고하를 막론하고 무섭게 윽박지르셨으며, 한 번 응어리를 품으면 여간해선 풀지 않으셨어. 특히 수신修身에 민감하셨지. 술과 담배를 혐오하셨고 먼 거리라도 연輦을 타지 않고 걸어서 거둥하셨네. 수라를 들 때에는 늘 소식을 강조하셨지."

풍만함을 숭배하는 이 시대에, 날씬한 체형을 높이 사던 선왕의 특이한 취향은 덕임도 익히 들었다. 선왕의 휘하에선 적게 먹어 날렵함을 유지하라는 꾸지람을 듣지 않은 궁인을 찾기가 어려울 정도였다. 당시 복연은 지나가다 자신을 볼라치면 혀를 끌끌 차시던 선왕 때문에 부들부들 떨곤 했었다.

"헤아리기 어려운 습관도 많으셨네. 나쁜 말을 들으면 즉시 깨끗한 물을 내어오게 하여 귀를 씻어내셨으며, 대궐의 문을 하나하나 좋은 문과 나쁜 문으로 나누어 용무에 따라 달리 드나드셨지. 아끼는 옹주 아기씨를 보러 행차하실 적에 행여 환관이 실수로 나쁜 문으로 이끌기라도 했다간 불호령이 떨어지곤 했었네."

덕임은 어리둥절했다. 하찮은 생각시를 무릎에 앉혀두고 토닥이시던, 기억 속의 인자한 할아버지와는 영 딴판인 것 같다.

"그래, 참으로 까다로운 분이셨지."

연애는 의미심장한 미소를 지었다.

"그런 분의 아들로 산다는 건 참으로 어려운 일이었다네."

과거에 빠져들 듯 그녀는 눈을 지그시 감았다.

"경모궁께선 풍채가 남다르셨지. 팔씨름을 했다 하면 덩치 좋은 별감도 가벼이 꺾으셨고, 커다란 활이든 무거운 창이든 못 다루는 게 없으셨어. 성품도 호쾌하시어 술과 여자를 즐기셨지만 스스로 고삐를 잡는 자제력도 있으셨네. 다만 장성할수록 글공부를 꺼린 게 흠이셨지. 선왕께선 국본이 학업을 소홀히 하고 놀이며 무예 따위에만 골몰한다고 실망하셨네. 진중치 못한 성품도 못마땅해하셨어. 하여 자주 꾸짖으셨지. 처음에는 단순한 훈계였으나 갈수록 다그침이 되었고, 종국에는 괴롭힘이라 봐도 무방할 만큼 혹독해지셨네."

연애가 말했다.

"맞는 답을 올리면 아부를 떤다고 콧방귀를 뀌셨고, 소신껏 답을 올리면 대드느냐며 도끼눈을 뜨셨네. 억지로 대리청정을 맡겨놓고 면박 주기 일쑤에, 툭하면 양위를 해버리겠다고 으름장을 놓곤 하셨지. 젊은 놈이 뒤룩뒤룩 살만 쪄서 보기 싫다는 둥 폭언도 서슴지 않으셨고."

"선왕의 보령 마흔에 가까스로 얻은 아들이었다던데, 설마 그토록 미워하셨겠습니까?"

"고명아들에 대한 선왕 전하의 미움은 헤아리기 어렵고 묘한 감정이었네. 단순히 아들이 당신께서 원하는 대로 자라지 않는다는 실망감 때문이라 치부하기엔 도가 지나쳤지."

연애는 혀를 끌끌 찼다.

"경모궁을 사랑하던 때보다 사랑하지 않으셨던 때가 더 길었네. 경모궁께선 진즉부터 부왕의 눈치를 보셨어. 트집이라도 잡힐라치면 머리를 풀어헤치고 눈밭에 꿇어앉아 잘못을 비는 등 가시방석이었고."

"하여 옥체에 환후를 얻으신 겁니까?"

그만큼 시달렸다니 시름시름 앓지 않을 수가 없다.

"그랬으면 차라리 나았을 걸세. 괴로움으로 병을 얻기엔 경모궁께선 너무나 강골이셨네. 병마는 채 옥체에 깃들지 못하고 마음을 범하고 말았지."

연애는 문 쪽을 힐끔 보더니 목소리를 더욱 낮췄다.

"마음의 환후는 참으로 괴악했네. 좁고 어두운 곳을 겁내어 혼자 있지 못하게 되셨고, 귀신이 붙었다며 멀쩡한 옷 수십 벌을 불태우기도 하셨지. 바깥에서 소리가 들릴라치면 이불을 뒤집어쓰고 오들오들 떠셨어. 점점 언행마저 과격해지시더군. 부왕의 꾸짖음이 유독 심한 날에는 길길이 날뛰며 환관들에게 화풀이를 하다가 동궁에 불을 지르기도 하셨고, 이렇게는 못 살겠다며 우물에 뛰어드신 적도 있어. 말리는 궁인들이 있어 사달은 나지 않았지만 부왕의 귀에 들어가면 또다시 꾸지람을 들었으므로 악순환만 이어졌네."

빼도 박도 못할 광증狂症이다. 누구보다도 귀하고 소중해야 할 국본이 광인이었다니 듣고도 믿기지 않는다.

"나도 직접 겪지 않았으면 못 믿었을 게야."

연애는 구슬픈 시선을 던졌다.

"참 이상하게도 마음이 곪고 썩을수록 정력은 넘치셨어. 궁녀들은 물론 궐 밖의 기녀며 비구니, 계집종들까지 손에 닿으면 전부 취하셨거든. 심지어 웃전의 궁녀를 건드려 억지로 후궁 삼아놓고는, 무슨 심경의 변화가 있었는지 몽둥이로 때려죽이기까지 하셨지."

일전에 만취한 왕에게서도 비슷한 이야기를 들은 바 있다.

"참담하게도 한 번의 후회로 끝날 일은 아니었네. 병증이 심할 때는 아끼던 환관이든 무고한 궁녀든 칼로 베어버리셨지. 작은 짐승이라도 죽이지 않으면 진정되지 않는다고 토로하셨어. 그 말씀이 얼마나 많은 사람을 두렵게 했는지 몰라. 혜경궁께선 지아비와 마주치기만 해도 벌벌 떠셨고, 의열궁께서도 세자가 문안을 온다 하면 전전긍긍하셨어. 물론 그토록 조심했음에도 불구하고 경모궁께서 의열궁 휘하의 궁녀까지 죽일 만큼 악화일로였지."

"그런데도 벌은 받지 않으셨습니까?"

"당시 선왕의 보령이 육십이셨네. 감히 누가 보위를 이으실 세저저하의 흉을 볼 배짱을 부리겠나. 쉬쉬하기나 바빴지."

"그 지경이 되어도 선왕께선 똑같으셨습니까?"

"그래. 오히려 더 미워하셨지. 원래 자식에게 냉정한 분은 아닌데. 마찬가지로 의열궁의 소생이자 경모궁의 누님이셨던 화평옹주는 극진히 사랑하셨거든. 의열궁을 똑 닮았으니 눈에 넣어도 아프지 않으셨을 테지. 평소엔 절약하자고 무명옷만 입으시던 분이 옹주 하가할 때는 혼수를 마련한답시고 재물을 펑펑 쓰셨어. 또 출가외인이라고 신하들이 아무리 만류하여도 옹주의 집에 자주 행행하셔서는, 새벽이 훌쩍 넘도록 환궁할 생각을 안 하셨다네."

덕임은 희미한 기억 하나를 끄집어냈다. 후궁의 관 앞에 앉아 귀애하던 딸과의 추억을 더듬던, 지존이라 우러러보기엔 더없이 인간적이던 선왕의 모습을 말이다.

"혹시 그 옹주께선 일찍 졸하셨습니까?"

"그래. 선왕께서 참 슬퍼하셨지."

연애의 주름진 얼굴에 드리운 그림자가 더욱 짙어졌다.

"옹주께서 졸하심은 경모궁께 또 다른 위기가 되었네. 그때까진 아우를 아끼는 옹주를 생각해 억지로나마 아들을 칭찬하거나 함께 시간을 보내셨거든. 그런 일말의 노력도 다 끝나 버렸네. 아들에 대한 미움을 막을 사람이 없게 된 게야. 차가운 세월을 거듭하면서, 결국 광인에게 왕위를 물려줄 순 없다는 쪽으로 어심이 기울기 시작했네."

본디 누군가를 미워하는 사내는 위험한 법이다. 더욱이 그 사내가 임금이라면 결단코 있을 수 없어야 할 일조차 벌어지기 마련이다.

"마침 열 살이 넘어 가례를 올릴 만큼 어엿한 세손도 계셨지. 그래, 지금의 전하 말일세. 하여 선왕께선 기어이 용단을 내리셨네. 유난히 무덥던 여름에 경모궁께서 훙서하셨지."

"아무리 지존이라도 국본에게 죽음을 명하다니요?"

덕임은 조심스럽게 물었다.

"그래. 반발이 극심했었네. 하지만 동조하는 자들도 많았네. 선왕 전하의 총애를 받아 승승장구하던 척신들은 특히 어심을 받들었지. 선왕의 미움을 사면 조정에서 밀려날까 봐 토를 달지 않았던 게지."

유독 자신의 외척을 비롯한 척신들에게 서슬 퍼렇던 왕이 납득이 간다.

"그렇다면 선왕께선 손자의 정통성에도 흠집을 내신 꼴이 아닙니까?"

덕임은 생각에 잠긴 나머지 무심코 말했다.

"아이고, 선왕께선 보통 치밀한 분이 아닐세."

연애가 펄쩍 뛰었다.

"손자를 아들의 계보에서 파내셨어. 선왕의 장남이셨으나 일찍이 훙서하신 효장세자라고 계시거든. 그래, 지금의 전하께선 백부伯父의 양자로 입적되어 보위에 오르신 거라네. 그때는 꼭 경모궁의 존재 자체가 세상에서 지워진 것 같았다네. 정녕 아비가 아들에게 할 짓은 아니지."

연애는 낡은 치맛자락에 코를 팽 풀었다.

"참으로 지독하셨지. 사랑하는 여자마저도 아들을 죽이는 데 철저히 이용하셨으니까. 의열궁께서 얼마나 애통하셨으면 아들의 삼년상이 끝나자마자 뒤따라 가셨겠는가."

"이용하다니요?"

죽은 후궁과 처연하기 이를 데 없던 임금의 수수께끼가 비로소 대미를 장식할 찰나였다. 그러나 야속하게도 연애는 가장 결정적인 순간에 발을 뺐다.

"아유, 미안허이. 거기까진 차마 내 입으로 말 못 하겠구먼. 나도 확신할 수 없는 부분이 있기도 하고……. 어차피 모르는 게 나아."

술술 풀어내던 이야기보따리를 꽉 묶으며, 연애는 구슬픈 여운만 남겼다.

"대감마님의 처지를 헤아리길 바라서 해묵은 이야기를 꺼냈네. 주상전하만큼 우리 대감께서도 가시밭길만 걸어오셨거든."

"주의하겠습니다."

차마 내비칠 수 없는 실망감은 억지로 감췄다.

"난 아직도 의열궁께서 경모궁을 순산하시던 날이 떠오른다네."

결국 연애는 저 하고 싶은 이야기로 진실의 밤을 마무리 지었다.

"몹시 추운 겨울이었지. 의열궁께선 앞서 아이를 낳아본 경험이 충분하셨지만 그 날의 해산만은 심히 두려워하셨어. 당시의 대비께서 아들이라는 점괘를 본 탓에 궐 안팎의 기대가 컸거든. 심지어 선왕께서도 친히 곁을 지키셨으니 말일세. 긴장 속에서 시작된 산통은 이루 말할 수 없었네."

가슴이 벅찬지 연애는 잠깐 숨을 골랐다.

"그래도 건강하게 태어나셨네. 울음이 황소처럼 우렁찬 왕자님이셨어. 선왕께선 버선발로 뛰어다니며 환호성을 지르셨어. 근엄한 상궁을 껴안고 덩실덩실 춤까지 추시는데 어찌나 우습던지! 그러다가 해산방으로 도로 달려가 기진맥진한 의열궁을 끌어안으며 자네가 이 나라의 종사를 구했노라, 엉엉 우시는데 가슴이 찡하더군. 그날만은 다들 선왕 전하와 함께 웃고 울었지."

그녀의 주름진 눈가에서 눈물이 어른거렸다.

"어째서 행복은 영원하지 못하고 찰나로만 끝나는지 모르겠네."

덕임은 차마 연애의 눈물을 닦아 주지 못 하고 가만히 눈을 감았다. 그러고는 언젠가 자신도 그 말에 절실히 동의하는 날이 오지 않기만을 바랐다.

반년이 지났다. 계절이 바뀌고 해도 바뀌었다.

궁궐에서의 나날이 아득한 신기루처럼 느껴졌다. 뒤꿈치를 들고 사뿐히 걷지 않아도 되고, 눈치 싸움을 안 해도 되고, 칼같이 굴러가는 일과도 없고, 여유 시간도 많고, 졸린 눈 비벼가며 불침번을 서지 않아도 된다. 무엇보다 좋은 점은 인생을 다른 사람 중심으로 소모하지 않아도 된다는 것이었다. 전에는 종일 웃전의 시중을 들다 보면 정작 자신은 존재하지 않는 하루를 마치기 일쑤였다. 그렇지만 이제는 달랐다. 남을 위한 인생은 덜 살아도 되었다.

상처에도 슬슬 새살이 돋았다. 왕을 생각하지 않고 지나가는 하루가 점점 늘어갔다. 그가 없는 데 익숙해졌다. 분노, 섭섭함, 안쓰러움, 죄책감 그리고 미약한 설렘 따위의 감정들도 한결 가라앉았다. 흔적도 없이 사라졌다고 하면 거짓말이겠지만, 의미를 찾지 못해 절박했던 입맞춤의 기억마저도 허상처럼 자못 우련해졌다.

덕임은 찬 바람을 들이마셨다. 비가 오고 새싹이 돋는 우수(雨水, 24절기 중 2월 중순)가 막 지났다. 곧 봄이 올 것이다. 고약한 도깨비 바람은 희미한 기억으로 스쳐 지나버린 채 말이다. 왕 또한 그리 생각하기를 바랐다.

꽁꽁 싸맨 얼굴을 여종에게 비쳤을 때, 청연은 이미 마루 아래로 내달리는 중이었다.

"덕임아, 어서 오거라!"

열흘 전에 만나놓고 꼭 일 년은 헤어졌다 재회하는 양 기뻐했다. 청연과 자주 교류할 수 있다는 건 궐 밖 생활의 장점 중 하나였다.

"너 만날 날만 손꼽아 기다렸다. 춥지? 어서 들자."

지아비가 출타하여 집이 비면 청연은 어김없이 기별을 넣는다. 오늘도 바로 그런 날이다.

"넌 갈수록 얼굴이 피는구나. 적응도 빠르지!"

따뜻한 바닥에 앉혀놓고 이거 먹어라, 저것도 먹어라 대접해 주던 청연이 슬슬 세책점에서 빌려온 책을 뒤적이며 투정하기 시작했다.

"요즘엔 다 재미없어. 주인장이 유행 탄답시고 비슷한 책만 들여놓는다니까."

"과연 겉장만 봐도 빤하옵니다."

"어머님께서 방정맞다고 꾸짖으시는 걸 감수하면서까지 빌려왔는데, 원! 더 억울한 건 무언지 아느냐? 어머님도 밤마다 방각본을 읽다 주무신다는 거란다."

종알종알 떠들던 청연은 문득 고개를 갸우뚱했다.

"한데 너 아직도 필사 일을 하느냐?"

"그럼요. 자가께서 투정하시는 책들 중 하나는 제가 베낀 책일 텐데요."

청연이 눈을 반짝반짝 빛냈다.

"너, 필사는 관두고 책을 하나 써보지 않으련?"

"예에?"

"넌 가리지 않고 많이 읽어 이 바닥을 훤히 꿰뚫고 있잖느냐. 어째야 아귀가 딱딱 맞아떨어지는지, 어떤 게 아녀자들 가슴에 불을 지르는지 말이야."

"저더러 소설을 쓰라는 말씀이시옵니까?"

"안 될 게 무어야! 밭 매는 무지렁이도 언문만 알면 이야기 쓰는 시늉을 한다는데, 너 정도면 솜씨가 차고 넘친다."

덕임은 웃음을 터뜨렸다.

"주워듣고 흉내만 내는 글은 아무도 읽지 않습니다. 궐에서만 산 제가 세상을 알겠사옵니까, 사내를 알겠사옵니까?"

"잘 아는 것으로 쓰면 되지! 저기 먼 나라 황후랑 귀비가 치고받고 싸우는 거 어떠냐? 썩어도 준치라고, 처첩끼리 싸우는 이야기는 질리질 않는단다."

청연은 어째 저돌적이었다.

"내가 도와줄 수도 있잖느냐. 꼭 우리 옛날에 같이 필사할 때처럼."

"요즘도 마음을 못 붙이시옵니까?"

대충 눈치를 챈 덕임이 조심스럽게 물었다.

"애들 키우는 게 영 힘들다. 누굴 닮았는지 말을 지지리도 안 들어. 나도 다른 데서 재미 좀 찾고 싶구나."

어떤 상황에서도 불평할 거리 하나쯤은 능히 찾아내는 게 청연의 재주다. 그래도 덕임은 그녀의 허술한 인간미가 싫지 않았다.

"복에 겨운 투정인 줄 안다."

도둑이 제 발 저리듯 청연이 냉큼 변명했다.

"주상전하께선 여태 슬하에 자식 하나를 못 두셨으니 특히 그렇지."

뜻하지 않게 왕이 화제에 오르자 덕임은 움찔했다.

"참! 어제 입궐했더니 전하께서 너에 대해 물으시더라?"

"무얼요?"

"별건 아니고. 어찌 지내는지, 무슨 이야길 하는지, 사소한 거. 흥! 내가 널 왜 쫓아냈냐고 여쭈면 출가외인이 알 바 아니라고 핀잔만 주시면서."

"제 이야기는 아뢰지 마소서. 자가까지 노여움을 사시면……."

"전하께서 먼저 꺼내셨는걸. 내가 너를 곧잘 만나는 걸 아셔."

순간 숨이 막혔다.

"한결 누그러지셨다는 징조 아니겠느냐. 조금만 더 참아라. 토라졌다고 오래 꽁해 계실 분은 아니다. 곧 용서하고 다시 불러주실 게다."

정작 그녀는 왕의 용서를 바라지 않는다는 사실을 아무도 모르는 것 같다.

"어쨌든 생각해 보렴. 너한테도 득이 될 거야. 필사보단 삯도 더 쳐줄 테니."

광은부위가 예상보다 일찍 돌아오는 바람에 담소는 거기서 끝났다. 아쉬워하는 청연을 뒤로 한 채 덕임은 다시 옷깃을 꽁꽁 여몄다.

돌아가는 길은 기분이 축 처졌다.

언쟁과 분노로 얼룩진 작별의 날. 왕과 궁녀는 진실을 깨달았다. 알면서도 일부러 좁히지 않을 뿐이라고 여겼던 거리가 사실은 좁히려야 좁힐 수 없이 깊은 골이었다는 것을. 왕은 자신이 아무리 냉정하고 이해를 따지더라도 임금이니까 마냥 받아주기를 원했다. 궁녀는 늘 비굴하게 숙이고 참아야 하는 관계를 원치 않았다. 결국 서로에게 실망한 두 사람은 제각기 갈 길을 떠났다. 이후 반년 동안 아무 일이 없었다.

그러나 그가 너에 대해 묻더라는 사소한 언질에 가슴은 요동쳤다. 요란한 감정들을 잠재우는 데는 시일이 필요하더니만, 살아나는 건 또 한순간이다.

골몰하느라 꽁꽁 얼어붙은 빙판을 못 보고 쭉 미끄러진 것도 이상하지 않았다.

"앞을 보고 걸어야지."

뒤에서 잡아주는 강한 힘이 없었다면 엉덩방아를 찧었겠다.

"과년한 처자가 넘어지면 부끄러워 쓰나."

뻔뻔하게 미소를 머금은 덕로였다. 덕임은 누가 볼세라 홱 뿌리치곤 등을 돌렸다. 고맙다는 인사도 깜빡 잊었다. 그는 괘념치 않았다.

"돌아가는 길이오? 나도 마침 대감을 보러 가는 길인데, 같이 갑시다."

"남녀가 유별한데 같이 가긴 뭘 같이 갑니까?"

"아니, 그 댁에선 손님 대접을 이렇게 하나? 길 안내도 없소?"

"눈 감고도 찾아가실 분께는 안 해드립니다."

그에게는 이미 신물이 났다. 겨우내 남의 집 사랑방에 들어앉아 설설 끓는 아랫목을 차지하고선 떡을 구워와라, 꿀물 좀 타 와라 주인 행세를 했으면서 참 징그럽다.

"허! 노처녀 인심 야박하다더니 과연 그렇군."

"그러니까 노처녀든 청상과부든 알아서 자기 길 잘 걷는 여자한테 시비 걸지 말고 가시라고요."

살을 에는 칼바람에 볼끼의 끈을 더욱 꽉 묶으며 덕임은 툴툴거렸다.

"아, 그런데 항아님도 그 소식 들었소?"

덕로는 못 들은 척 딴청을 피웠다.

"오늘 아침에 간택령이 떨어졌더군. 삼간택 일정을 빠듯하게 잡았는지 벌써 처녀단자니 뭐니 야단이 났지 뭐요."

"……새 후궁을 뽑는 겁니까?"

왕실의 고귀한 분들이 엎치락뒤치락 각축을 벌인 시절도 묵은해와 더불어 저물긴 한 모양이다. 덕임은 이내 분별을 되찾았다.

"나라 안팎의 근심이 큰 차에 경사입니다."

"그래, 그렇지. 전하께선 새 장가 드시고, 아들도 보시고, 훨훨 날아오르시는 동안 나랑 항아님은 찬밥 쉰밥으로 늙어갑시다그려."

덕로는 어깨춤 추는 시늉까지 했다.

"나한텐 늙어갈 시간이나마 남았을지 모르겠지만."

그러면서도 의미심장한 덧붙임은 빼놓지 않았다.

"해서 말인데 묻고 싶은 게 있소."

"그냥 꺼내지도 마시지요?"

대놓고 싫은 티를 내보았지만 역시나 통하지 않았다.

"내 첩으로 들어앉을 생각 없소?"

"또 대낮부터 약주를 드셨습니까?"

접때도 훈련대장과 낮술을 마시고 찾아와서는 종일 귀찮게 군 적이 있다. 덕임은 눈을 세모꼴로 뜨며 술 냄새를 맡아보려 했다.

"술은 사흘 전부터 입에 댄 적도 없소."

"그럼 왜 맨정신으로 헛소리를 하십니까?"

"여인이 좀 부끄러워하는 척이라도 할 순 없나?"

"영감께서 궁녀를 건드릴 처지나 되십니까? 꼬투리 한 번 잡아보려고 벼르는 자들이 쌓여 있는데. 사람을 골리시려면 좀 그럴듯하게 하소서."

"하! 그렇지. 이젠 목이 달아날까 무서워서 행패를 부릴 수도 없구려. 사는 게 재미가 없구먼. 화병만 돋고 말이야."

덕로는 낄낄 웃으며 제 이마를 탁 쳤다.

"그래도 한번 진지하게 대답해 보시오. 만약에 항아님이 평범한 여인으로서 나를 만났더라면 냉큼 시집왔겠지?"

"다음 생에서라도 그럴 일은 없을 겁니다."

덕임은 냉정하게 일갈했다.

"어이쿠, 아쉬워라. 내가 마지막으로 전하를 골릴 방법은 그것뿐인데."

"뭐라고요?"

"도통 전하를 이길 수가 없지만 그래도 여인의 마음을 사로잡는 데는 내가 한 수 위란 말이오. 한데 이 매력이 정작 필요할 때는 먹히질 않는군."

"정말로 술 안 드셨습니까?"

덕임은 끌끌 혀를 찼다.

"그래, 뭐……. 물어나 봤으니 됐지. 후회는 없겠소."

껄렁한 농담을 하는 사람치고 느낌이 좀 이상했다.

"왜 그러십니까?"

영 석연치가 않아 덕임은 미간을 찡그렸다.

"무슨 일 있으셔요?"

"작별인사인 셈 치시오. 이젠 다 끝났으니."

그는 속이 텅 빈 사람처럼 껄껄 웃었다.

"새로 후궁을 간택한다지 않소."

어찌 모르냐는 눈빛 하나만 남겨둔 채로, 그는 대문을 열어준 여종의 엉덩이를 장난삼아 툭툭 치며 사랑채로 쏙 들어가 버렸다.

정확히 닷새 만에 상황은 급변했다. 이조판서의 갑작스러운 수차(袖箚, 임금을 직접 뵙고 올리는 상소)가 화근이었다. 홍덕로는 진즉부터 성질이 사납고 교활하여 횡포를 저질렀을뿐더러 왕실의 후사를 바로 세우는 대계大計를 방해하는 극악무도한 죄를 지었으니 얼른 귀양 보내라고, 아주 거침없이 쏟아내었다.

왕은 화를 내지 않았다. 아니, 오히려 기다렸다는 듯 태연했다. 과인은 말이 없고자 한다는 둥 무척 두루뭉술하게 굴더니만 홍덕로의 허물은 미처 몰랐다며, 정녕 진실이라면 다 과인의 불선한 소치라고 푸념했다. 그러더니 그의 벼슬을 거두고 전리(田里, 고향)로 귀환토록 하교하였다.

다들 알쏭달쏭하였다. 어여쁜 홍덕로를 무참히 비방하는데도 왕이 눈 하나 깜빡하지 않았다. 예전 같았으면 상상도 할 수 없는 일이었다. 그렇지만 성총이 떠나긴 한 모양이라고 짐작하는 것도 좀 께름칙했다. 고향으로 쫓아낸다 한들 덕로는 본디 한양 태생이라 돌아갈 곳도 도성의 코앞이란 말이다. 정녕 벌을 줄 뜻인지가 의아했다.

그래도 전과 달리 무작정 총신을 감싸지 않는 왕의 태도가 뭇 신료들을 고무시켰음은 틀림없었다. 그날 오후에는 홍문관 중신들이 아예 작정을 하고 이조판서를 거들었으니 말이다. 연대하여 상소하기를, 홍덕로는 참으로 나쁜 놈이라 열 받아 죽겠는데 어찌 그리 작은 벌로 그치냐며 아우성을 쳤다. 다만 앞서 이조판서의 수차를 냉큼 받아주었던 것과 달리, 왕은 홍문관의 상소에는 시큰둥했다. 은의恩義를 보존하려는 데서 나온 조처이니 귀찮게 하지 말라며 단칼에 물리쳐 버린 것이다.

다음 날부터는 실로 아수라장이었다. 새 후궁을 뽑는 마당에 껄끄러운 옛 외척인 홍덕로를 내치시려나 보다 짐작한 이들이 일제히 숟가락을 얻었다. 입이 근질근질해서 어찌 참았을까 싶을 만큼 낯 뜨거운 고발이 줄을 지었다. 봉조하가 웬 말이냐 홍덕로를 다시 등용하라 부르짖던 이들은 꿔다놓은 보릿자루가 되었다.

왕은 덕로가 정말 나쁜 놈이라고 맞장구를 치다가도 그래도 다 과인의 부덕이니 그만하라며 새침을 떼는 둥 아리송한 태도를 고수했지만, 분명 조정 분위기를 부추기는 감이 없잖아 있었다.

"그토록 기세등등하던 영감께서 낙동강 오리알이 될 줄 누가 알았겠는가."

연애의 주름진 이마에 고랑이 푹 파였다. 별나라 이야기처럼 멀뚱히 듣던 덕임도 은근히 측은함을 느꼈다.

기시감이 들었다. 그가 도승지에서 물러날 때도 이랬다. 하루아침에 댕강 잘려나갔다. 왕은 기습을 당한 쪽이 아니라 가한 쪽임이 틀림없다. 치밀한 계산속이다. 그에게 있어 지난 반년은 덕로의 빈자리를 수습하는 데 필요한 시간이었으리라. 여기저기 뻗어 있던 덕로의 영향력을 거두어 왕권으로 흡수하는 동안에는 섣불리 그를 내치지 않은 것이다. 속된 말로 마지막 한 방울까지 쪽쪽 빨아먹었다고 해야 할까.

갑작스러운 이조판서의 수차도 사전에 계획된 것이 분명하다. 왕은 즉위했을 적부터 중신들에게 사사로운 서찰을 곧잘 보내곤 했다. 남들 눈을 피해 나랏일에 관한 은밀한 지시를 더러 내린다더라는 소문이 무성했다. 설령 짜고 친 판이 아니라도, 누구 하나가 눈치채고 나설 때까지 왕이 은근히 사태를 유도했으리라는 추론은 퍽 그럴듯하다.

임금 노릇도 어지간히 속이 검지 않고선 못하겠다고, 덕임은 혀를 내둘렀다.

"당분간 우리도 조심하는 게 좋아. 자네는 완풍군의 언동을 잘 지켜보게."

연애의 근거 있는 걱정에도 불구하고 한동안은 별문제가 없었다.

그러나 기껏 도성 동문東門 인근으로 거처를 옮겼다는 덕로가 전과 다름없이 지친들을 만나러 다니고, 도성 바닥에서 시정잡배들과 노름판을 벌이다 몸싸움을 하는 등 활개를 치는 한 사달이 나지 않으려야 않을 수가 없었다. 누군가는 아직도 총애받는 줄 알고 오만을 떤다 혀를 끌끌 찼고, 또 누군가는 다 끝난 마당에 초조하게 사약 사발을 기다리느니 사내답게 끝장을 보려는 거라며 동정 어린 시선을 보냈다.

그런 와중에 기어이 춘삼월은 왔다.

"항아님, 잠깐 나와보셔요!"

뭘 끼적이느라 밤을 샌 덕임이 봄기운을 타고 꾸벅꾸벅 졸고 있으려니 밖에서 시비가 보챘다.

"아, 빨리 좀 나와보시라니까요! 궐에서 오셨단 말예요!"

달포에 한 번씩 누가 궐에서 나와 정절은 잘 지키고 있는지, 궁방을 벗어난 적은 없는지 꼬치꼬치 캐묻는다. 귀찮아 죽겠다. 덕임은 짜증스럽게 등을 벅벅 긁으며 문을 열었다.

"쯧! 너 하나도 변하질 않았구나."

뜻밖에도 서 상궁이었다.

"마마님, 이게 얼마 만입니까!"

덕임은 덥석 달려들었다.

"아이고, 요망한 것! 귀찮다고 서찰은 띄엄띄엄 보내더니만 언제부터 내가 그렇게 보고 싶었느냐, 응?"

"이 불초한 제자가 그리워 밤잠을 못 이루실까 봐 일부러 자제했지요."

서 상궁은 전혀 감동받은 눈치가 아니었다.

"입만 살았지! 됐다. 바빠서 어명만 전하고 바로 돌아가야 해."

"어명이라니요? 대감마님께요?"

"아니, 너한테. 긴요한 일이다."

마침 연애는 나가고 없었다. 덕임은 서 상궁을 방으로 들였다.

"전하께서 노여움을 풀진 않으셨다."

서 상궁은 못마땅한 듯 툴툴댔다.

"그렇지만 네게 중한 임무가 내려졌다."

"뭔데요?"

"너, 궁궐로 돌아오게 되었다."

순간 세상의 모든 소리가 사라졌다.

"대전으로 돌아오는 건 아니다."

서 상궁은 얼이 빠진 덕임을 개의치 않고 빠르게 설명했다.

"어제 삼간택을 마쳤다. 간택된 규수께서 당장 내일 가례를 치르신다. 새 후궁을 모실 궁인들을 선발하긴 했는데 자전께서 영 마뜩잖아 하신다. 지엄한 무품빈을 모실 궁녀는 경력이 있어야 한다고 노심초사 하셔. 네가 적격이라 하시더라. 배우기도 많이 배운 재원을 공연히 궐 밖에서 놀리느니 불러들이자고 전하께 주청하셨어."

"그 말씀은……?"

"이제 넌 새 후궁을 모시는 궁녀다."

덕임은 입이 떡 벌어졌다.

"전 귀부인을 모시는 법은 모르는데요!"

"어차피 궁중 법도며 의례는 죄다 꿰고 있는데 무어가 문제야. 부족하면 배우고 모자라면 채우면 되지."

"그렇지만 이렇게 쉽게요?"

처음 입궁할 때도 쉬웠다. 늘 일손이 부족한 대궐은 세상 물정 모르던 꼬마더러 평생 남의 허드렛일 하면서 수절하는 운명을 택하라고 달콤하게 잡아끌었다. 그러나 나오는 건 쉽지 않았다. 함부로 쳐다볼 수도 없는 고귀한 분들 틈바구니에서 치이고 허우적대다가 간신히 빠져나왔다. 그마저도 대가를 비싸게 치러야 했다.

그런데 지금 또 다시, 이토록 쉽게 다시 궐로 오라는 말을 듣고 말았다.

"쉽기는! 자전께서 얼마나 어렵게 전하를 설득하셨는데."

"제가 돌아가기 싫다고 하면요?"

이번에는 서 상궁의 말문이 막힐 차례였다.

"뭐, 뭐, 뭐라고?!"

"궁궐은 너무 지긋지긋해서 싫다 하면 어찌 되는데요?"

"이게 웬 철딱서니 없는 소리람!"

이제는 궐 밖에서 안정을 찾았다. 수많은 궁녀들 중 하나로 돌아가고 싶진 않았다. 오직 다른 사람을 위해서만 살고 싶지 않았다. 필요에 따라 굴려대는 웃전들 꼭두각시놀음에 맞장구치기도 싫었다. 더는 못 한다. 또 한 번은 못 한다.

"너 설마 정녕 싫다는 게냐?"

무엇보다 아무렇지 않게 왕을 대할 자신이 없다. 밉다. 보고 싶지 않다.

"예, 마마님. 싫습니다."

뱉고 나니 참 쉬운 말이었다.

"경력 있는 궁녀라느니 하는 말씀은 다 겉치레일 뿐이다."

서 상궁은 덕임의 어깨를 확 잡아당겼다.

"자전께선 네가 궐에 있기를 원하신다. 전하께서도 반대하셨지만 결국 윤허하셨고. 네가 명심해야 할 것은 바로 그런 것이다. 네 하찮은 감정이 아니라, 이 나라 지존께서 널 의중에 두고 계신다는 거!"

"제 감정은 하찮지 않습니다."

그 간단한 사실을 알아주는 사람이 아무도 없다는 건 쓸쓸한 일이었다.

"그럼 어찌할 테냐? 도망이라도 칠 테냐? 기군망상으로 너뿐만 아니라 네 오라비들까지 모조리 노비 신세를 면치 못할 터, 그걸 원하느냐?"

물론 최악의 순간을 매듭짓는 것은 언제나 당면한 현실이다.

"잠깐 여염에 살아 마음이 들떴을 뿐이야. 겨우 반년이었다. 다시 궐로 돌아오면 언제 나갔었냐는 듯 금세 적응할 게야."

토라진 아이를 달래듯 서 상궁의 말투가 부드러워졌다.

"대체 네가 무슨 잘못을 저질러 쫓겨났는지는 몰라도 전하께서 다시 받아준다 하시잖느냐. 여자 팔자에 궁녀 정도면 떳떳하고 좋지 뭘 그러냐. 그냥 단꿈이나 꾼 셈 치거라. 네가 있어야 할 곳은 궐이다. 애초에 감수하고 입궁한 것 아니냐."

덕임은 대답하지 않았다.

"네 친구들 보고 싶지 않으냐? 경희랑 복연이랑, 영순이었나? 그 희끄무레한 애랑. 다시 전처럼 살면 된다. 너무 속상해 마라, 응?"

"제가 가진 건 그 애들뿐이지요."

따지고 보면 그 이상은 가져 본 적이 없다.

"암, 그렇지. 인생 뭐 별거 없다."

무의미한 입씨름을 거둔 데 안도하여 서 상궁은 활짝 웃었다.

"딱 하나만 조심하면 된다. 가급적이면 전하의 눈에 띄지 마."

"절 보면 노여워하실까 봐서요?"

"그래. 자전의 간청에 못 이겨 승낙하셨을 뿐이니까."

서 상궁은 끙 앓는 소리를 냈다.

"새 후궁께서 원자를 생산하시는 둥 왕실이 바쁘게 돌다 보면, 전하께서도 너 까짓것은 금방 잊으실 게다. 바짝 엎드려 지내다가 용서받으면 된다. 알겠누?"

"상관없습니다."

덕임은 냉정하게 대꾸했다.

"용서하시든 말든 어차피 마음대로 하시겠지요."

"아이고, 너 진짜 오늘 왜 이러느냐, 응?"

마음 같아서는 등짝을 후려치면서 잔소리를 쏟고 싶지만 유감스럽게도 서 상궁은 정말 서둘러야 했다.

"보름 말미를 주마. 전부 정리하고 돌아오는 거다."

그녀는 대답을 기다리지 않았다. 덕임도 굳이 배웅하지 않았다.

"막상 떠난다니 섭섭하구먼."

마지막 밤이었다. 등불 하나 켠 이 밤에도 연애는 바느질을 하였다.

"완풍군께는 결국 말씀 못 드렸나?"

"영 마땅치 않아서요."

"그래, 어렵겠지. 자네는 내 기대 이상으로 도련님과 잘 지내주었어."

연애는 다정하게 웃었다.

"올 때도 갑작스럽더니 갈 때도 갑작스럽군. 귀인과 지낼 팔자인가 보이."

"예. 천운을 타고 났나 봅니다."

덕임은 쓰게 웃었다.

"잘 모시게. 힘들어 하실 게야. 후궁이란 게 시켜준대도 못 할 노릇이거든."

완풍군의 바지저고리에 연애는 바늘을 찔러 넣었다.

"몸이 아파도 방긋방긋 웃어야지, 화가 나도 참아야지, 어르신들 살뜰히 챙겨야지, 중궁전 비위 맞춰야지, 상감마마가 지겨운 소릴 늘어놓아도 꾹 참고 재미난 척해야지……. 쉬는 날도 없이 고역이라네. 총애받는다고 다 좋은가, 쯧."

연애는 고개를 절레절레 내저었다.

"왜 이렇게 자네랑 있으면 의열궁 자가 생각이 나나 몰라."

"객쩍은 말씀을 다 하셔요."

"……자네 조심하게. 사정이야 모른다만 젊은 여자가 진득하게 정착을 못 하고 떠밀려 다니다니 팔자가 영 쉬워 보이진 않음세."

"궁녀 팔자가 어려워 봤자 얼마나 어렵겠습니까."

연애는 굽은 어깨를 으쓱했다.

"자네 오고부터 괜히 대감마님 안부가 궁금하답시고 대전 내시의 방문이 잦아졌어. 피 한 방울 안 섞인 서자 종친 따위 관심도 없던 자전께서도 기웃거리기 시작하셨고. 난 자네가 뒤꽁무니에 왕실의 눈길을 달고 다니는 줄 알았는데."

현명한 일침에 아무 말도 할 수 없었다.

"난 자네가 좋아. 그러니 좋지 못한 징조는 피했으면 싶어."

곧이어 무슨 말이 나올지 알 것 같았다.

"의열궁께선 그러지 못하셨거든."

예상은 과연 틀리지 않았다.

다음 날 아침은 분주했다. 가져갈 것과 남길 것을 나누는 건 어려운 일이었다.

수발을 잘 들어준 계집종에게는 싸구려지만 빛깔이 고운 화첩을, 노상 궂은일을 하는 종놈에게는 감춰두었던 엿가락을, 연애에게는 튼

손에 바르는 고약을 주었다. 또한 푼돈으로 사탕을 사서 완풍군의 문갑에 몰래 넣어두었다.

청연이 보다 인생이 단순했던 시절처럼 뭉쳐 보자고 충동질한 이래, 생각날 때마다 끼적인 짤막한 글들도 단연코 남겨야 할 것이었다. 덕임은 그 어설픈 종이뭉치를 망설임 없이 불구덩이에 던졌다. 청연에겐 미안하게 되었다. 결국 아주 잠깐의 희망이자 일탈이었다. 차마 궐에 가져갈 수는 없는 것이다.

"잠시 머물다 가는군."

은언군은 작별을 무덤덤하게 받아들였다.

"연이 있다면 또 엮이겠지."

그는 꼭 세상사에 초탈한 사내처럼 말했다.

다만 그 아들인 완풍군과의 이별은 어려웠다. 어린애가 아니라고 잰 체를 잔뜩 할 땐 언제고 눈물 콧물 범벅에 혀 짧은소리까지 냈다. 가지 말라고 무릎을 잡고 매달리는 걸 연애가 잡아뗀 틈을 노려 줄행랑을 쳐야 했다.

어느새 해가 높이 솟은 정오였다. 기왕 가는 거 서둘러 돌아갈까, 아니면 본가에 들러 가족들에게 인사를 할까 잠시 고민했다. 이윽고 선택한 길은 궁궐도 집도 아니었다.

그녀는 위풍당당한 도성의 동문 쪽으로 방향을 잡았다. 쇠락한 양반들이 사는 곳. 신분 유지를 못 해 상민이나 다름없이 된 양반들이 숨어든 은신처. 돈 많은 중인에게 족보를 팔기 직전일 만큼 찢어지게 가난한 사대부들의 보금자리. 실로 덕임과는 접점이 전혀 없는 부류의 사람들이 사는 음습한 마을.

그곳에 홍덕로가 있었다.

외지에서 흘러든 여자가 길을 걸어도 무심할 만큼 마을 분위기는 음울했다. 각자 당면한 고달픔에 짓눌리느라 바빴다.

덕로의 집은 그런 마을에서도 가장 구석에 자리하고 있었다. 남루하여 곧 허물어질 초가삼간이었다. 문만 열면 바로 대궐 문이 보이던 명당에서 살던 시절이 무색했다.

“아니, 이게 누구야!”

더러운 마루에 떡하니 다리를 뻗고 빈둥대던 덕로가 벌떡 일어섰다.

“참 잘도 찾아왔소. 어때, 마음에 드오? 내가 출사하기 전에 살던 집이라오. 설마 되돌아올 줄은 꿈에도 몰랐지.”

그는 겁도 없이 벽을 타고 오르려는 쥐에게 돌을 던졌다.

“옛날에는 이 집이 죽도록 싫었는데 다시 보니 썩 나쁘지 않지 뭐요. 전부 빼앗기고 내쳐진 사내에게 딱 어울린다니까.”

“인사를 드리려고 왔습니다.”

그 꼴이 가여워 덕임은 서둘러 말을 돌렸다.

“아, 벌써 소식을 들었소? 귀도 밝네. 안 그래도 짐 싸던 중이었소.”

“짐을 싸다니요?”

“응? 알고서 온 게 아니오? 난 횡성橫城으로 가는걸.”

“아니, 도성서 꽤 먼 곳이 아닙니까? 다 내려놓고 전리로 돌아가라는 어명에 여기로 오셨잖아요. 어디 유람이라도 가십니까?”

“아무렴 내 간이 그렇게 크겠소?”

덕로는 혀를 끌끌 찼다.

“전하께서 또 나를 내치시는 게요. 보종시保終始의 약조만은 지켜주겠노라 하셨으니 죽이진 않으시겠지, 당분간은……. 사실 횡성만으로도 감지덕지요. 바다 건너 귀양 가는 양반들은 궁핍하기가 이루 말할 수 없다질 않소.”

전혀 감사하는 기색이 아니었지만 어쨌든 덕로는 그렇게 말했다.

"그 양반들 귀양 보낸 이가 바로 나 홍덕로지. 인생이란 참!"

별로 반성하는 눈치도 아니었지만 어쨌든 그는 또 그렇게 말했다.

"흠, 그래도 날 가엽게 여겨주는 여인 하나는 있군."

덕임의 표정을 흘끗 본 덕로가 말했다.

"어찌 날 동정하시오? 나 때문에 쫓겨났으면서."

"영감 때문에 쫓겨난 거 아닙니다."

"아! 항아님은 이 불쌍한 홍덕로를 이제 용서하기로 했나 보군."

그는 능청스럽게도 절하는 시늉을 했다.

"저는 궐로 돌아갑니다."

덕임은 눈을 피했다.

"새 후궁께서 입궁하시는데 일손이 부족하다고 해서요."

유들유들하던 덕로의 얼굴이 순식간에 굳었다. 그의 아름다운 눈에서 일렁이는 수많은 감정을 보았다. 개중에 질투와 부러움도 있었다고, 덕임은 확신했다.

"잘됐소. 암, 풍전등화 종친 옆에 있느니 떠오르는 후궁에게 붙는 게 낫지. 새 후궁께서 떡두꺼비 같은 원자를 낳기만 바라시구려!"

그의 과장된 웃음소리는 풀잎에 내려앉은 가냘픈 서리처럼 금세 이지러졌다.

"다 끝났어. 이렇게 정리되는군. 항아님은 다시 전하의 지척으로 돌아가고, 나는 절대 돌아올 수 없을 길을 떠나고. 운명이 갈리는 본새가 절묘하단 말이지."

덕로가 눈을 번뜩였다.

"항아님은 별로 달갑진 않은가 보오? 난 배를 가르고 간을 떼는 한이 있어도 궐로 돌아가고 싶은데."

자신의 귀환 소식이 얼마 남지 않은 그의 자존심에 치명상을 입혔다는 걸 어렴풋이 느낄 수 있었다. 언제부턴가 형성된 그와의 기묘한 동질감이 끊기고 말았다.

마치 연애가 교두로 실을 자르듯 싹둑, 단호하게.

그의 광기를 부추기고 싶지 않았다. 한 마디로 정의할 수 없는 이 인연에, 서투를지언정 마지막 인사를 고해야 할 때가 된 것이다.

“먼 길 살펴 가셔요.”

입속에서 맴도는 남은 말은 몽땅 삼켰다. 덕임은 천천히 돌아섰다.

“옳소, 악연은 그렇게 잘라내야지.”

그녀를 배웅하는 마지막 음성은 딱딱한 나무껍질 사이로 삐져나온 연한 속살처럼 미약하고 자조적이었다.

덕로는 덕임이 떠난 자리를 물끄러미 보며 서 있었다. 발로 뿌리를 박은 양 미동도 없었다. 다만 입꼬리를 올렸다가, 울상을 지었다가 표정만은 자꾸 바뀌었다. 그리고 마침내 짚신을 질질 끌며 혐오하는 집 구석으로 몸을 감췄다. 한 시대를 풍미한 이가 비로소 자신의 시대를 끝내고 옛 시절 속에 스스로를 박제하였다.

아니, 그런 줄로만 알았다.

11장
틈

새 후궁, 경수궁慶壽宮 윤씨는 숙창궁의 전례에 따라 무품빈의 지위를 얻었고 화빈和嬪으로 봉해졌다. 왕의 총신 중 한 명과 연줄이 있어 으레 그렇듯 간택령이 떨어지기도 전부터 주인공으로 낙점되어 있었다고 한다.

그녀는 숙창궁보다 나이가 많고 성숙했다. 키가 큰 중궁이나 깡말랐던 숙창궁에 비해 땅딸막하고 풍만한데, 특히 팔뚝과 엉덩이가 실했다. 얼굴에선 건강한 혈색도 돌았다. 그러한 외양은 여인치고 중저음인 목소리와 맞물려 퍽 인상적이었다.

"난 꼭 국본을 생산해야만 해. 많이 도와주게."

왕실에 시집 온 여자들은 다 똑같은 소리만 하는 것이 못내 안타까웠다.

짧은 배알을 마친 덕임은 새 보금자리를 둘러보았다. 왕대비가 새 후궁의 궁인들을 탐탁잖게 여긴다던 소문이 허언은 아니었다. 경수궁의 유모를 포함한 본방나인 셋. 날짜 맞춰서 급히 계례를 치르고 생각시 딱지를 뗀 햇병아리 궁녀들. 대충 가르친 관청 노비 출신들. 썩 미덥지 않은 무리 일색이었다.

윗사람이라곤 본디 선왕을 모셨다는 상궁 구씨 한 명이 고작이었다.

"염병할, 여긴 개판이다. 우리만 죽어나게 생겼어."

구 상궁은 투덜거렸다.

"전하께서 나라의 부담을 줄인다고 저렴하게 궁실을 꾸며서 그래. 호화롭게 데려온 홍덕로의 누이가 픽 죽은 탓이다. 쯧! 그래도 그렇지! 못 배운 띨띨이들에다, 엉겁결에 차출된 노비 주제에 뻗대는 늙다리 년들 천지다."

"에이, 뭘 그러십니까. 국법상 궁녀는 공노비 중에서 뽑는 게 맞잖아요. 이래저래 양인들이 몰려 지금처럼 된 것뿐인데."

"떽! 시끄럽다."

노상 담뱃대를 물고 살아 그런지 구 상궁의 목소리는 걸걸했다.

"너 오기 전까지 나 혼자 버틴 것도 용하다고."

그녀는 한참 동안 자기연민에 빠졌다.

새로운 방동무도 생겼다. 미육(米肉, 쌀과 고기)이라는 성의 없는 이름의 그녀는 경수궁이 친정에서 데려온 몸종으로 빼도 박도 못할 본방나인이었다. 두 눈이 북어처럼 툭 튀어나온 미육은 덕임보다 나이가 많았다. 그래도 먼저 성씨 형님이라고 높여 부르며 붙임성 있게 굴기에 걱정할 필요는 없었다.

"본방나인은 괜히 욕먹는 게 아니다, 얘."

본방나인 소리 꺼내기가 무섭게 경희는 흥분했다.

"진짜 밥맛이라고! 내가 중궁전 본방나인이랑 방을 같이 쓰잖아. 만날 마마 옆에 찰싹 달라붙어서 힘든 일은 다 떠넘겨. 얻어 걸린 궁녀

주제에 거들먹거리기나 하고. 접때는 참다 참다 한 마디 했더니 쪼르르 일러바치더라."

"네가 참으면 얼마나 참았을라고."

복연이 콧방귀를 뀌었다. 경희는 싹 무시했다.

"뭐, 좋은 점도 있긴 해. 귀동냥은 쏠쏠하거든."

궐 담을 두고 반년 떨어졌다 다시 붙은 사이라는 게 무색할 만큼 벗들은 변함이 없었다.

"살살 떠보면 할 소리 못할 소리 분간을 못 하더라. 복연이보다 더 단순해."

복연이 성난 소처럼 씩씩댔지만 경희는 또 무시했다.

"아, 맞다! 걔가 그러는데 중전마마께서 조현례서부터 되게 엄하게 구셨대. 기선제압을 하시려고. 근데 경수궁은 숙창궁처럼 벌벌 떨기는커녕 눈 하나 깜짝 안 하더란다. 철저히 준비해서 왔나 봐. 중전마마께서 적어도 후궁을 대할 때는 마냥 맹한 분이 아니라는 걸 이젠 다들 아니까."

"그 소란을 겪고도 어째 또 그러신다니?"

듣기만 해도 지친다는 듯 영희가 웅얼거렸다.

"근데 덕임이 너 자전은 뵀니?"

경희가 눈을 가늘게 떴다.

"내가 무슨 왕대비마마 옆집에 사나. 막 뵈러 가게."

"널 데려오려고 기를 쓰셨는데 막상 오니까 조용하시잖아. 답답해!"

"때 되면 아는 척하시겠지."

딴청을 피워도 경희는 기어이 물고 늘어질 낌새였다. 덕임은 황급히 말을 돌렸다.

"너희 둘은 같이 살 만해? 아직도 다퉈?"

복연과 영희가 서로 눈치를 슥 보았다. 복연이 어깨를 으쓱했다.
"이젠 괜찮아. 규칙을 좀 정했거든."
"웬 규칙?"
"그냥 습관 같은 거. 서로 신경 안 건드리려고."
그간 둘 사이에 지리멸렬한 싸움이 벌어졌음을 짐작하고도 남았다.
"아! 있지, 글월비자 목단이는 어떻게 된 거야? 쭉 마음이 쓰여서 낮에 찾아갔거든. 근데 그런 애 없다면서 다들 피하던데."
"갠 쫓겨났다."
복연이 미간을 찡그렸다.
"홍덕로가 사직하자마자 숙위소의 폐단을 잡는답시고 난리가 났었어. 걔가 몰래 엽전을 챙긴 게 들통났지 뭐냐. 궁녀들 서찰 빼돌린 것도. 탐라도 노비 신세가 됐단다."
목숨으로 값을 치르진 않았으니 그나마 싸게 먹힌 셈이다.
"목단이가 찾아왔었어. 너 출궁한 다음 날에."
마침 생각났다는 듯 영희가 끼어들었다.
"덕분에 살았다고, 답례를 하고 싶은데 가진 게 없어서 죄송하대. 대신 영원히 잊지 않겠다고 전해달라더라. 참 딱하기도 하지."
"내가 뭐 해준 게 있다고."
"지난 일에 연연할 거 없어."
숙연한 분위기를 잘라낸 사람은 역시 경희였다.
"언제나 앞일이 더 중요한 거야."
그리고 또 역시 반쯤은 옳은 소리였다.

경수궁은 적응이 빨랐다. 웃전들 섬기는 면모가 모나지 않을뿐더러 싹싹하니 움츠러들지 않았다. 짐짓 심기가 불편한 중궁을 대할 때조차도. 덕분에 쉽사리 좋은 평판을 얻었다.

초야를 미처 치르지 못한 초조함에도 의연했다. 물론 그녀의 탓은 아니었다. 왕이 고질병인 체기滯氣 때문에 요사이 탕약을 복용하는 데다, 이 달에 잉태를 하면 아기씨 사주가 썩 좋질 않으니 다음 달로 미루는 게 낫겠다는 관상감의 우려가 있었기 때문이다.

"중차대한 소임에 말미가 생겼으니 오히려 다행일세."

어서 원자를 낳아달라는 아우성에도 경수궁은 차분히 응수했다.

다만 한 사람이 모든 미덕을 갖출 순 없는 법. 그녀에게도 간과할 수 없는 결점은 있었다.

"치장에 시간을 너무 들였다. 늦겠어."

"예, 아씨. 다 되었습지요."

미육은 반질반질한 기름으로 잘 넘긴 경수궁의 머리를 뒤꽂이 장식으로 꾸미며 싱글벙글 웃었다. 두 여인은 쿵짝이 잘 맞았다. 이윽고 미육이 짠! 하고 손을 떼자 경수궁은 경대에 이리저리 비추어 보며 기뻐했다.

"역시 미육이 너는 세상에서 머리를 제일 잘 만진다. 마음에 쏙 들어."

"아유, 아씨 자태가 워낙 고와 쇤네는 할 일도 없었습니다요."

눈꼴 시리게 보던 구 상궁이 끼어들었다.

"흠흠! 채비는 다 마쳤사옵니다."

"그래. 서두르겠네."

같이 차나 한잔 들자는 효강혜빈의 초대에 경수궁은 아침부터 들떠 있었다. 한데 열성적인 몸단장을 마치자마자 그녀는 어색한 미소로 돌아보았다.

"자네와 성 나인은 따르지 않아도 되네."

구 상궁은 용케 싫은 소리를 참았다. 뜨거운 콧바람만 뿜었다.

"다녀오겠습니다요."

미육은 의기양양 인사하더니 제 주인의 뒤를 냉큼 따라갔다.

"번번이 저러시니 지랄 맞아서, 원."

경수궁이 사라지기 무섭게 구 상궁은 침을 퉤 뱉었다.

과민한 반응이 아니었다. 경수궁이 자기 사람만 끼고 도는 건 분명 나쁜 습관이었다. 그녀는 다른 궁인들을 도통 가까이 두질 않았다. 오로지 사가에서 데려온 유모와 양순이, 미육이. 이렇게 본방나인들하고만 어울렸다.

아녀자가 편한 몸종을 부리는 게 잘못이겠느냐만, 궁중에서는 잘못이 될 수밖에 없다. 비빈의 수행은 본디 신분이 높은 지밀궁인에게만 허용된 특권이다. 오직 그 소임을 위해 다년간 훈련을 받았다. 그런데도 천것들에게 밀려 집 지키는 개 신세나 되었다.

"그놈의 아씨 타령! 혓바닥을 아주 뽑아 버리고 싶다."

구 상궁이 투덜거렸다.

"호되게 야단을 치려도 경수궁께서 감싸시니 손을 댈 수도 없고, 염병!"

단순한 자존심 싸움이 아니었다. 다른 사람이 일 좀 대신하면 어때. 농땡이 부리고 좋지. 그렇게 넘기기에는 비천한 출신의 몸종들이 경수궁에게 미치는 영향력이 너무 크고 올바르지 못하다는 게 진짜 문제였다.

경수궁은 귀가 얇아 미신을 잘 믿는 데다가 본방나인들 쏘삭임에 쉽게 혹했다. 며칠 전에 소동이 있었다. 미육이 아들을 잉태하는 비법이랍시고 속에 숯을 잔뜩 채운 짚 인형을 가져왔더란다. 경수궁은 반색하며 그 흉물을 베개 아래에 넣어두는 기행을 벌였다. 우연히 이를 발견한 덕임은 기겁을 했다. 왕실에서 사특한 방중술을 벌이다 폐서인 되어 쫓겨난 옛 세자빈의 전례를 경수궁과 본방나인들에게 가르치느라 진땀을 뺐다.

뿐만 아니라 경수궁은 본방나인들이 다른 궁인들 일에 참견하는 꼴도 방관했다. 옷이 그런 색깔이면 우리 아씨께 안 어울린다는 둥, 소주방에서 올리는 음식은 우리 아씨 입맛에 안 맞는다는 둥 오지랖이 바다처럼 넓으니 궁실 분위기는 자연스레 서먹해졌다.

"아직 낯설어 사가의 몸종들에게 자꾸 의지하시나 봐요."

덕임은 애써 공평하게 말했다.

"우리가 너무 빡빡한 걸 수도 있잖아요, 마마님."

"엄연히 법도가 있는데 빡빡은 무슨! 저러다 우리 없는 데서 실수라도 하시면 어찌 되겠느냐? 애꿎은 너랑 나만 모가지가 날아갈걸."

구 상궁은 짓지도 않은 죄를 뒤집어쓰는 것만은 사양하고픈 눈치였다.

"네가 저 미육인지 편육인지 하는 년을 타일러 본다는 건 어쨌느냐?"

뭐랄까, 시도는 좋았다.

일과가 끝난 그저께 밤. 덕임은 밀린 일감도 다 치워두고 미육이의 머리를 빗어주겠다고 나섰다. 돼지털처럼 엉킨 머리칼을 솎아내느라 낑낑대며 넌지시 말을 꺼냈더니 돌아온 대답이 가관이었다.

"우리 아씨께서 원래 낯을 많이 가리셔서 그렇습지요."

미육은 빈정이 상한 눈치였다.

"근데 왜 그러신대요? 우리들은 할 일을 할 뿐인데요. 아씨께서 궁궐에 잘 적응하도록, 튼튼한 왕자 아기씨를 낳도록 돕는 것 말이어요!"

"그럼, 그렇고말고. 단지 경수궁께서 다른 궁인들도 좀 의지했으면 싶어서 그래. 평생 같이 살 식구들인데 살가우면 좋잖아."

"쇤네랑 양순이보다 아씨를 잘 모실 사람은 없어요."

살살 달래도 반응은 고집스러웠다.

"다들 암만 시샘해도 쇤네들을 밀어낼 순 없을 거예요."

"밀어내긴 누가 밀어낸다고 그래, 얘는."

기가 막혀서 픽 웃었더니 미육은 눈에 쌍심지를 켰다.

"쇤네들이 천출이라고 다들 무시하는 거 알아요. 성씨 형님은 대전에서 왔다고 특히 더 그러시잖아요. 밤마다 보란 듯이 어려운 책이나 읽고."

덕임은 날벼락을 맞은 기분이었다. 얘는 속이 꼬여도 단단히 꼬였다. 뱃속의 오장육부까지 배배 꼬였다.

"에이, 그런 거 아니라니까. 내가 이렇게 빗질도 해주잖아."

늙다리 철부지를 달래는 건 쉽지 않았다. 입맛이 없다는 경희를 위해 만든 편강까지 한 움큼 먹였을 때서야 미육은 서운함을 풀고 생글거렸다. 그러나 그녀의 생글거림이 아주 조그마한 질책에도 씻은 듯이 사라진다는 걸, 덕임은 알아버렸다.

"애가 좀 이상하더라고요."

덕임은 구 상궁에게 허탈하게 웃어 보였다.

"됐다. 자극하지 말고 둬. 저런 년들이 은근히 교활하다. 해코지라도 당하면 고달파진다."

"예. 어차피 저도 잔소리를 듣는 사람이지, 하는 사람은 아니거든요."

어째 부조리한 것 같아 덕임은 낄낄 웃었다.

황당하고 꺼림칙한 분위기 속에서 꼭 보름이 지났다. 첫 합궁 당일은 북적북적했다. 경수궁은 새벽부터 목욕재계를 마친 뒤 정화수를 떠놓고 열심히 빌었다. 그림자처럼 따라다니는 양순이와 미육이도 잉태의 춤을 춘다느니 어쩐다느니 바빴다.

구 상궁은 지들이 더 신난 궁인들을 뿌리치며 경수궁에게 남녀의 교합을 일러주느라 생고생을 했다. 적나라한 춘화도를 펼칠 때마다 와그르르 터지는 웃음 때문에 가래 끓는 목청을 혹사시켰다.

"터럭만큼도 모르는 걸 남한테 가르치라니 지랄이다, 지랄!"

한참 만에 풀려난 구 상궁은 담뱃대에 불부터 붙였다.

"내가 선왕을 모신 삼십여 년 동안 성격을 다 버렸단 말이지."

"날 때부터 그러신 거 아니고요?"

"시끄럽다. 쳇! 요즘 같아선 차라리 그때가 나은 것 같다. 유모 행세나 하라니! 내가 생각시 훈육하라는 게 싫어서 줄곧 내뺀 사람이란 말이다. 정승 하나 잡아 첩으로 눌러앉을걸, 미쳤다고 도로 들어왔담."

"마마님 성질에 첩 노릇은 잘 하셨을라구요."

덕임의 반론에 썩 일리가 있었는지, 구 상궁은 담배 연기만 뻐끔뻐끔 내뱉었다.

한낮에는 효강혜빈도 찾아왔다. 가뿐하게 회임하여 떡두꺼비 같은 원자를 낳아달라고 일장연설을 했다. 평지풍파를 일으켰던 맹목적인 총애가 또 경수궁에게로 옮겨갈 조짐이었다.

"덕임이 네가 경수궁의 곁에 있어 한시름 놓았다."

후궁의 침전을 구석구석 살펴보던 효강혜빈이 말했다.

"자전께서 널 다시 불러들이는 게 좋겠다고 강하게 밀어 붙여주신 덕에 나도 주상을 설득할 수 있었어."

"망극하옵니다."

"잘된 일이지. 널 도로 데려간다고 청연군주가 섭섭해하기는 했지만."

다시 봐서 기쁘다는 부드러운 눈빛은 오래 이어지지 않았다. 문득 효강혜빈의 얼굴에 생경한 표정이 떠오른 탓이었다.

"주상과 네 사이에 무슨 일이 있었는지는 모르겠지만……."

그녀는 신중하게 말을 고르는 눈치였다.

"어쨌든 주상은 널 내쳤고 반가에서 후궁을 간택했다. 그리고 넌 이제 그 후궁을 섬기는 궁인이지. 네 본분이 무엇인지는 알겠지?"

그 말씀은 모종의 경고로 들렸다.

효강혜빈은 선왕 때 펼쳐진 애욕의 각축 한복판을 살아본 사람이다. 심지어 상대적으로 늦게 입궁한 왕대비조차 모를 사연 또한 속속들이 알았다. 임금과 궁녀를 둘러싼 묘한 기류를 못 읽을 정도로 눈치가 없지는 않을 것이다. 알고도 모르는 척을 할 만큼 분별력도 탁월할 터였다.

만약 덕임이 승은이라도 입었다면 그녀는 흔쾌히 받아들였을 것이다. 마치 그녀의 지아비가 거느린 후궁들의 존재를 우아하게 맞이했던 것처럼. 하지만 왕이 아비와는 처신을 달리하여 궁인을 내치고 양갓집 규수를 들였을 때 사정은 바뀌었다. 효강혜빈은 아들에게 보다 득이 됨직한 것들의 우선순위를 철저하게 따졌다.

"난 여전히 네가 나보다는 주상께 더 필요한 사람이라고 믿는다."

덕임은 효강혜빈으로부터 처음 칭찬을 받았던 날을 떠올렸다. 새롭고 신기한 장난감으로서 그녀의 아들 앞에 섰을 때였다.

여전히 덕임은 그녀를 다정한 사람이라고 생각했다. 아들을 웃게 했다는 이유로 환심은 샀을지언정 어린 궁인치고 분에 넘치는 보살핌을 받았다. 마치 친딸처럼 말이다. 하지만 친딸처럼 여겨질 순 있어도 친딸은 아니다. 더 이상 왕을 웃게 만들 수 없더라도 자신을 향한 효강혜빈의 애정이 과연 유지될지는 확신할 수가 없었다.

"명심하겠사옵니다."

그래서 덕임은 씁쓸한 맹세만 읊조렸다.

이윽고 대망의 시각이 다가오자 열기는 더욱 뜨거워졌다. 경수궁은 초저녁부터 몸단장을 했다. 고운 분가루, 선명한 입술연지, 침방나인들을 혹독하게 굴려 뽑아낸 새 옷에 향기로운 향낭까지. 가슴 설렐 만한 것들의 향연이었다.

그래 봤자 덕임에겐 해당 없는 즐거움이었다. 문틈 사이로 경수궁과 본방나인들의 낭창한 웃음소리가 새어 나오는 동안, 그녀는 문간에 처량하게 앉아 있었다.

"성씨 형님! 아씨께서 홑버선까지 갖추셔야 돼요, 아님 겹버선이면 돼요?"

고개만 쏙 내밀며, 생각시들도 다 아는 걸 묻는 미육에게 일일이 답해주기 위해서였다.

"아유, 아는 것도 많으셔. 거기 있어요. 또 물어보게. 아씨나 쇤네나 아직 모르는 게 많아서 말입지요!"

구 상궁은 얄밉게 쾅 닫힌 문을 노려보는 것으로 구겨진 자존심을 달랬다.

"다들 본방나인을 죽이고 싶다고 징징댈 때 잘 들어줄 걸 그랬어. 내가 딱 그 꼴이 났으니."

"정말 몰라 저럴 수도 있지요, 뭐."

"이야, 선비님 납셨네! 진짜 맹한 게냐, 아님 그런 척을 하는 게냐?"

"척 지고 살면 피곤하잖아요."

"넌 여태 앙숙 하나가 없었느냐?"

적당히 맺고 끊는 처신 덕분이다. 이 나라 임금이 자신한테 열 받아 있는 게 흠이긴 하다만. 덕임은 어깨를 으쓱했다.

"예. 다들 제 매력에서 헤나오질 못하더이다."

구 상궁은 가래침을 퉤 뱉었다.

"얼씨구, 그 매력 이번에도 잘 좀 써봐라. 눈치 백단인 이 마마님이 보기에는 저년이 네 생애 첫 앙숙이 될 듯싶구나."

세상의 모든 미움을 독차지한 경희의 조언을 구해야 할 날만 오지 않기를 바랐다.

"아무튼 너 오늘 밤에 주변 좀 잘 살펴라. 저 좁쌀만 한 년들이 설치다가 사달이라도 날라."

왕실의 합궁 때 젊은 궁녀들은 아예 물러나야 하지만 여기선 예외였다. 격식을 차릴 만큼 궁녀의 수가 많지 않은 탓이었다. 내전에서 물러나되 전각 외문에서 시위하라는 제조상궁의 명을 받았다.

"괴까다롭던 선왕께서도 궁녀들을 이토록 노골적으로 편애하진 않으셨는데."

"차츰 나아질 겁니다. 아기씨 낳고 어쩌고 하면 점점 체면을 차리실 텐데, 천년만년 몸종만 끼고 사시겠어요."

"하루빨리 낯가림을 거두시기만 바라자꾸나."

구 상궁은 빈정댔다.

슬슬 어스름이 내려앉았다. 비천한 무수리들부터 하나둘씩 물러났다. 덕임은 마지막까지 남았다. 중앙에 깔린 원앙금침을 구김이 가지 않도록 손으로 훅 쓸었다. 합궁을 지도할 늙은 상궁들이 앉을 공간을 만드느라 병풍을 끌어당겼다. 자리끼며 마른 수건, 요강 따위도 방구석에 늘어놓았다. 침전이 좁긴 좁다. 더 빠진 게 없나 확인하며 촛대에 불을 붙이는 사이 몸단장을 마친 경수궁이 내실로 들어왔다.

"자네 보기엔 어떤가?"

옆에서 예뻐 죽겠다고 난리 치는 유모를 믿지 못하는지 초조한 눈빛이었다.

고운 원삼에 족두리를 쓴 경수궁은 만개하는 꽃봉오리처럼 화사했다. 빼어난 미인은 못되더라도 특유의 개성이 뚜렷했다.

"참으로 고우시옵니다."

몇 번이고 기워 입은 데다 얼룩덜룩한 자국까지 묻은 제 차림이 덕임은 문득 부끄러웠다.

"저기, 중전마마께 비하여도 모자람이 없을 테지?"

경수궁은 더 많은 칭찬을 원했다.

"곤전에 준하는 예우를 받는 내가 혹 자색이 떨어지면 망극하니까……."

뜨끔했는지 그녀는 사족을 달았다. 덕임은 여주인을 모셔본 적이 없어 한 지아비를 둔 사이의 미묘한 감정에는 영 익숙잖았다. 그러나 서툴기는 경수궁 역시 마찬가지일 것이다. 그녀가 듣고 싶어 하는 말이라면 무엇이든 해주었다.

후궁의 만면에 자신만만한 미소가 피어올랐을 때서야 덕임은 물러났다. 어느새 전각이 휑하니 비었다. 왕과는 절대로 마주치고 싶지 않았다. 걸음을 재촉했다. 그렇지만 불행히도 그녀는 또 다시 발목이 붙들렸다.

전각 뒤쪽에서 회색 연기 한 줄기가 피어오르고 있었다. 아궁이를 제대로 돌보지 않아 불이라도 났을까 덜컥 겁이 났다. 모른 척하고 싶었다. 하지만 불이 쉽게 옮겨붙는 궁궐 특성상 그냥 지나치는 건 미친 짓이었다. 하는 수 없이 덕임은 방향을 틀었다.

"도대체 무슨 짓들이야!"

그녀가 발견한 것은 불이 아니었다.

아니, 적어도 화재는 아니었다. 미욱과 양순이 누렇고 커다란 초를 태우고 있었다. 가까이 다가가자 시큼한 냄새가 훅 끼쳤다.

"이거 대단한 물건이에요. 아들만 여덟을 낳은 여인의 손톱을 섞은 초인데, 합궁하는 동안 서쪽에 피워두면 영험한 효험을 본대요."

자랑스럽게 가슴을 쭉 편 쪽은 양순이었다.

"방중술은 절대 안 된다고 했잖아!"

"허! 방중술이 아니어요. 아들 낳는 탕약이랑 뭐가 달라."

"허튼소리 관두고 치워."

"무식한 종년이 하는 말은 허튼소리라는 뜻입지요?"

뻔뻔스럽게도 미육은 눈빛이 싹 바뀔 만큼 분개했다.

"낫 놓고 기역 자도 모른다고 무시하는 것 좀 봐! 그래, 성씨 형님은 한문도 알고 잘났네요. 얼마나 못됐으면 우리 아씨 왕자님 낳는 것까지 막으셔요?"

사람 몰고 가는 논리가 황당했다.

"지엄하신 후궁을 자꾸 아씨라고 부르는 습관이나 고쳐."

덕임은 단호하게 운을 뗐다.

"곧 상감마마께서 납실 거야. 너희들의 헛짓거리는 가만둘 수 없어. 불을 낼 수도 있고, 근본 모를 그 사특한 주술이 전하께 해를 끼칠 수도 있으니까."

말대답하려는 미육의 입을 사나운 눈빛으로 막았다.

"당장 치우라고 했어. 아니면 가서 고할까? 너희들은 볼기짝을 맞고 경수궁께선 망신을 당하시도록?"

미육과 양순은 몹시 불만스럽게 초의 불을 훅 불어 껐다.

"아니, 그건 나한테 주고 가."

후환을 막기 위해 덕임은 초까지 냉정하게 빼앗았다.

"되게 잘난 척하네."

어깨를 거의 칠 기세로 지나치며 미육이 속삭였다.

고약한 냄새를 없애기 위해 두 팔을 퍼덕였다. 불씨라도 흘렸을까 봐 흙바닥을 샅샅이 살피기도 했다. 속이 부글부글 끓었다. 대전에서나 막내였지 여기선 나름 고참인데 무슨 꼴인지 모르겠다.

쓸데없이 지체했다는 걸 깨달았을 땐 이미 늦은 뒤였다. 저만치서 행차해 오는 연輦의 기척이 느껴졌다. 왕이 오고 있었다. 예정된 시각보다 빠르게.

방자하게 임금의 행차를 가로지를 순 없었다. 덕임은 눈총을 받으며 전각 앞마당에 늘어선 상궁들 틈에 섞였다. 얼굴이나마 보이지 않도록 고개를 푹 숙였다.

붉은 연이 꽃잎처럼 내려앉았다. 불편한 의복을 입고도 경수궁은 재빠르게 달려 나왔다. 열심히 꾸민 후궁과 달리 왕은 차려입은 모양새가 아니었다. 침소에서 책을 읽다 잠깐 나온 사람처럼, 편안한 도포에 정자관을 쓰고 있었다. 다행이라면 그런 무심함이 경수궁을 실망시키지는 못 했다는 점이었다.

"바람이 차옵니다. 어서 드소서."

온화하게 권유하는 얼굴에선 홍조가 돌았다.

왕은 고개를 끄덕였으나 선뜻 걸음을 옮기진 않았다. 기이하게도 그는 무언가를 찾는 것처럼 주위를 돌아보았다.

"혹 옥체 미령하시옵니까?"

요지부동의 왕과 그 의뭉스러운 시선을 좇으며 경수궁이 조심스레 물었다.

"……돌아왔군."

"예?"

"아무것도 아닐세. 안으로 들지."

이후의 일은 잘 기억나지 않는다.

왕과 후궁이 침전으로 들자마자 자리를 떠났던 것 같다. 다만 무슨 정신으로 외문까지 갔는지는 모르겠고, 시간이 어찌 지나갔는지는 더더욱 모르겠다. 이제 다 끝났다고 구 상궁이 어깨를 툭 쳤을 때서야 정신을 차렸을 뿐이다.

"뭐야, 합궁하신다니까 바늘로 허벅지 찌르는 신세가 서럽냐?"

얼빠진 덕임을 보고 구 상궁은 그르렁 웃었다.

"좀 이상해서요. 그냥……. 화가 날 줄 알았는데……."

돌아오고 싶지 않았다. 휘둘리기만 하는 처지를 비참하게 여기고 싶었다. 무엇이든 그를 미워할 어두운 감정 하나는 활활 타올라야 했다.

그런데 아니었다. 고개를 숙인 채 곁눈질을 하여 그의 형체를 얼핏 보았다. 익숙했다. 대중없게도 안도감이 들었다. 모시는 주인도 달라졌고, 함께 방을 쓰는 짝도 달라졌고, 일과도 달라졌지만, 그래도 집에 돌아왔다는 생각을 해버렸다.

허탈했다. 용서를 구할 생각이 없고 용서할 생각이 없는데도 전의를 상실해 버렸다. 속에서 뭔가 뚝 끊어졌다.

"서서 자느냐? 봉창 두드리지 말고 가자, 쯧!"

구 상궁은 인정머리 없이 뒷덜미를 잡아끌었다.

"두 분께선 침수에 드셨습니까?"

엉킬 대로 엉킨 생각의 타래를 끊어내며 덕임이 물었다.

"전하께선 합궁만 마치고 대전으로 가셨다. 침수는 예서 들지 않으시겠대."

왕의 습관을 익히 아는 덕임은 그러려니 했다.

불행히도 경수궁은 그러지 못했다. 옷차림만 추스른 그녀는 이불을 끌어안고 울고 있었다. 본방나인들이 달래주려고 애썼지만 소용없었다.

"너무 창피했어! 병풍 뒤에서 상궁들 숨소리까지 다 들렸다고. 그래도 난 시키는 대로 했어. 눈을 감고, 움직이지 않고, 소리도 내지 않았어."

훌쩍임 사이로 한탄이 쏟아졌다.

"흐, 한데도 전하께선 내가 마음에 들지 않으셨나 봐. 번번이 상궁들이 재촉을 해야 할 만큼 정신이 딴 데 팔려 계셨어. 날 제대로 보지도 않으셨다고! 이, 일이 다 끝났을 땐 아주 잠깐만 누웠다 가버리셨어."

그녀는 곱게 치장한 얼굴을 마구 문질렀다.

"가례 때부터 점잖게 대해주시기에 날 좋게 봐주시는 줄로만 알았어! 우리 아버지 칭찬도 해주시고, 자전과 자궁을 살뜰히 모셔 현부賢婦가 되라고 덕담도 해주셨는데……. 내가 착각한 거야! 중전마마를 대신한다고 들어와 놓곤 성상의 눈에 들지도 못하고 왕자도 낳지 못하면 어떡해? 얼마나 우습겠냐고!"

울음소리가 통곡으로 변해갈 즈음 덕임이 부드럽게 끼어들었다.

"그런 게 아니옵니다. 전하께선 초야를 치러 몸에 무리가 왔을 마노라를 안쓰럽게 여기신 것이옵니다. 예서 침수까지 드시면 마노라께서 몸을 추스르지도 못하고 불편해하실까 봐 배려해 주신 거예요."

부디 왕의 심중에 진짜로 그런 생각이 조금이라도 있길 바랄 뿐이었다.

"아닐세! 눈길도 잘 안 주셨다니까!"

"새신랑이니 부끄러우셨겠지요."

우는 영희를 많이 달래본 경험이 참으로 이로웠다.

"게다가 전하께선 늘 늦은 새벽까지 바쁘십니다. 상소도 보시고, 책도 읽으시고, 서찰도 쓰십니다. 오늘도 남은 일이 많아 어쩔 수 없이 걸음을 돌리셨을 테지요. 섭섭하게 여기지 마소서."

"……정말 그리 생각해?"

머지않아 경수궁도 찬바람 쌩쌩 부는 왕의 성격을 깨닫게 될 테지만, 당장 새색시의 환상을 깨부술 필요는 없었다.

"그래도 다정한 말씀 하, 한 마디만 해주셨으면 좋았을 것을."

"예, 그건 그렇사옵니다. 전하께서 나쁘셨사옵니다."

편을 들어주니 울음소리가 차츰 잦아들었다.

"좋지 못한 모습을 보였네. 막상 치러보니까 생각과 달라서……."

"따뜻한 봉밀차 한 잔 내오겠사옵니다. 마음이 한결 편안해지실 것이옵니다."

"그래준다면 고마울……."

수줍게 화답하던 경수궁이 슬쩍 본방나인들을 돌아보았다.

"아……. 아닐세. 이만 물러가게. 차는 미육이 네가 내어오너라. 그리고 오늘 밤은 내 옆에서 누워 자렴."

"예, 아씨!"

미육은 진심으로 기뻐했다.

"재주는 네가 부리고 귀여움은 저년이 홀랑 채가는구나."

내실서 쫓겨나듯 나오며 구 상궁은 불만스레 속삭였다.

"근데 너 다시 봤다. 아첨꾼이던데?"

"제가 원래 한 아첨합니다. 다들 저더러 사내로 태어났으면 간신배가 됐을 거라고 합니다."

"쥐뿔도 없으면서 입바른 소리만 하는 년들보단 낫구나."

구 상궁은 호쾌하게 웃었다.

"전하께선 원래 무뚝뚝하시냐?"

"예. 중궁전이든 숙창궁이든 침수까지 들고 오시는 걸 뵌 적이 없어요. 누가 옆에 있으면 잠을 못 이루신대요."

너무 예민한 건지 혹은 너무 무심한 건지 헷갈린다.

"쯔쯧, 선왕께서는 너무 잔질어서 고생이었거늘! 후궁과 밤을 지내면 일하기 싫다 떼를 쓰곤 하셨지. 환관들이 억지로 모시면 엉엉 우시고. 한데도 막상 편전에선 언제 그랬냐는 듯 정무를 열심히 보시더라고. 변덕이 죽 끓듯 하셨지."

"선왕전하에 대해선 알수록 모르겠네요, 정말."

잠시 뒤 덥게 끓인 차를 소반에 담고 미육이 조심조심 걸어왔다. 그녀는 의기양양한 눈빛으로 주인의 침전에 쏙 들어갔다. 고단한 하루의 불빛이 사라졌다.

덕임은 이로써 가장 어려운 부분을 넘긴 것이기만 바랐다.

뜻밖에도 미육은 순순히 사과를 해왔다.

"미안했어요. 쇤네가 무시를 당하면 홱 돌아버리는 못된 버릇이 있습지요."

아침부터 졸졸 따르며 흘끔대다가 어렵사리 꺼낸 말이란 그런 것이었다.

"이야, 잘난 척 심한 나한테 아쉬운 소릴 다 하셔?"

"아유! 욱해서 그랬습지요. 성씨 형님은 순 깍쟁인 줄 알았더니만, 우리 아씨를 참말로 다정히 보듬어주셨단 말이어요. 쇤네는 우리 아씨 눈물 보는 게 세상에서 제일 괴롭습지요."

"나보고 깍쟁이라니……. 경희라도 만났다간 거품 물겠다."

"누구요?"

"음, 아무것도 아니야."

무심코 농담을 꺼냈지만 얼른 거둬들였다. 솔직히 그럴 사이는 아닌 것 같았다.

"근데 왜 무시당한다는 생각을 해? 난 그런 적 없단 말이야."

미육은 고개를 주억거렸다.

"있지요, 쇤네의 할아비는 죄를 짓고 내쳐지기 전엔 본디 양반이었습지요. 근데 다들 그걸 모르고 쇤네를 무시했어요. 천것이 이리저리 기웃거린다고 때리고, 쓸데없이 나댄다고 쥐어박았지요. 뭐든 열심히 해도 알아주는 이가 없었습지요."

볼품없는 눈동자에서 반짝 빛이 났다.

"한데 안방마님이 절 눈여겨보시고는 아씨 따라 궐에 가라지 뭐예요. 궐에서 아씨를 모시기에 쇤네보다 알맞은 애가 없대요, 글쎄!"

미육이 말했다.

"쇤네는 결심했어요. 우리 경수궁……. 거 참, 입에 안 붙네!"

그녀는 왕실의 까다로운 칭호를 귀찮다는 듯 넘겼다.

"우리 아씨를 이 나라 임금님의 사친私親까지 될 수 있도록 잘 살펴서, 너희들이 그렇게 무시하던 년이 이렇게 잘나간다고 보여주겠다고요. 그럼 다들 인정할 수밖에 없을 거 아녜요?"

"뭐를?"

"뭐든지 간에, 전부 다요."

"인정받는 게 중요한 거야?"

"당연하지요! 보란 듯이 해내지 못하면 덜떨어진 종년으로밖에 기억하지 않을 거 아녜요. 쇤네는 그냥 종년이 아닌데……."

미육은 머리를 긁적였다.

"어흠! 어쨌든 막상 오니까 만만치 않더라고요. 다른 항아님들은 배운 거 많고 잘났는데 쇤네는 뭘 해보려 해도 낯선 데다 까막눈이니 더 어렵지……. 그래서 속에서 막 치받을 때가 있습지요."

스스로도 어쩔 수 없다는 듯 그녀는 난처해 했다.

"그럼 넌 나름대로 목적이 있다는 거네?"

덕임은 좀 혼란스러웠다. 비천한 출신치고 이런 소릴 하는 계집은 드문 법이다.

"아, 아니! 그런 건 아니지요!"

비난으로 받아들였는지 미육이 뜨끔했다.

"쇤네가 우리 아씨를 업어서 키웠습지요. 아씨를 위해서라면 뭐든 할 거고, 누구와도 싸울 거여요. 다만 아씨를 위하는 일이 곧 쇤네를 위하는 일이기도 한 것뿐이지요. 그, 그러니까 이게 쇤네가 우리 아씨를 사랑하는 방식이라고요."

종잡을 수 없는 이야기였고, 우울한 자격지심과 근거 없는 허영의 단면이었다.

그럼에도 덕임은 미육이 자신과 같은 부류임을 깨달았다. 바로 남들이라면 '별종'이라고 부름직한 부류. 보통 사람들처럼 생각을 못 하는 부류 말이다. 다만 덕임은 주류에서 살짝 겉도는 수준의 무해한 별종인 반면, 미육은 능력에 비해 의욕만 한참 앞서 스스로 특별하다는 오만에 화를 부를 별종이라는 차이점이 있을 뿐이다.

"뭐, 뭐요! 뭘 빤히 본대요?"

"그냥 기억해 두려고."

"어디다 쓰게요?"

"그래야 나중에 우리 사이가 나빠지더라도 널 미워하지 않을 것 같아서."

미육은 어리둥절했다.

"사이 나빠질 일이 있어요?"

덕임은 가만히 웃어만 보였다. 겉껍데기에 모가 난 별종끼리는 본디

서로 잘 지내지 못하는 법이라는 걸 그녀에게 일깨워 줄 도리가 없었다.

"또 쇤네를 무시하는 거예요! 그렇지요?"

유감스럽게도 미육은 너무나 쉽게 원점으로 돌아갔다.

"아니라니까."

"아니긴 뭐가 아니어요!"

"아니니까 아닌 거지 뭐가 아니겠어?"

"허, 허어! 이것 봐, 잘난 체하는 말장난으로 쇤네를 놀리잖아요, 지금!"

실랑이는 한참 동안 이어지다가, 뒤늦게 미육이 진정하고 또 사과하는 것으로 간신히 마무리되었다. 아무래도 앞으로는 좀 피곤해질 것 같았다.

다음 달 합궁은 불발되었다. 합궁 이틀 전 밤에 천둥 번개가 번쩍번쩍 친 것을 하늘의 경고로 해석했기 때문이었다. 대신 뜻하지 않게 좋은 소식이 있었다. 경수궁이 달거리라곤 낌새도 없이 달포를 넘긴 것이다.

궁중의 기대가 집중된 가운데 왕이 친히 의녀들을 이끌고 왔다.

"확진하기에 이른 줄은 알지만 어마마마께서 워낙 염려를 하시는군."

영 멋쩍은 태도로 보건대 모후에게 달달 볶인 것이 틀림없었다.

"신첩이 실망을 안겨드릴까 저어되옵니다."

경수궁은 분별 있게 대꾸하였다.

대궐서 아기 울음소리 끊어진 지 어언 이십 년. 섬세하게 다루어야 할 문제였다. 곧장 곁방에 맥후를 짚을 준비를 마쳤다. 왕은 자신이 지켜보고 있으면 의녀들이 긴장할 테니 내실에서 기다리겠다고 했다.

"구 상궁은 나를 따라오고, 성 나인은 전하를 모시게."

짐짓 초조한 기색으로 경수궁이 지시했다.

"아씨, 쇤네가……."

"안 돼. 어전에서는 전부 완벽해야 해."

그녀는 처음으로 본방나인들을 뿌리치기까지 했다. 사사로운 인정을 고집하는 사람치고 계산속은 부릴 줄 아는 모양이었다. 거기다 대고 구 상궁과 바꿔 달라고 조를 수는 없었다.

"자, 이거 들고 가셔요."

미육은 뾰로통하니 다과상을 내밀었다. 조청으로 달짝지근하게 조린 정과正果와 인삼차였다. 별로 안 좋아하실 텐데. 옛 습관이 불쑥 튀어나왔다. 아무렴 나를 보는 걸 더 안 좋아하시겠지. 그 뒤에는 냉소적인 생각이 따라붙었다.

"거, 참! 상감마마 기다리십니다."

성질 급하게 재촉하더니만, 미육은 몰래 엿들으려고 곁방으로 쪼르르 달려갔다.

덕임은 가만히 닫힌 문을 바라보았다. 여태 잘 피해왔다. 왕은 사사로이 후궁 처소에 드나들지 않았다. 경수궁이 바깥에는 본방나인들만 대동하고 다닌 덕도 톡톡히 보았고.

그러나 지금은 피할 방법이 없다.

왕은 바리바리 싸들고 온 상소문을 읽고 있었다. 살짝 찌푸린 미간하며 서궤를 툭툭 치는 긴 손가락 따위가, 옛날로 돌아왔다는 착각이 들 만큼 익숙했다. 문간에서 절을 올린 뒤 발끝으로 사뿐사뿐 걸었다. 왕은 미동하지 않았다.

그래, 차라리 무시당하는 게 낫다. 덕임은 다관(茶罐, 차를 우려내는 주전자)을 잡았다.

“썩 꺼지라고 했을 텐데.”

그러나 왕은 기대에 부응해 주지 않았다.

“두 번 다시 내 앞에 나타나지 말라고도 했고.”

무섭고 냉랭한 말투였으되 겨우 그 정도에 오금이 저릴 수는 없었다.

“송구하옵니다.”

미리 각오한 만큼 덕임은 평정을 유지했다. 옅은 빛깔의 찻물만 더운 김을 뿜었다.

“아무렇지 않아 보이는구나.”

무심코 시선을 들었다가 왕과 눈이 마주쳤다.

“하긴, 넌 도통 날 무서워하질 않지.”

용안이 마지막으로 뵈었을 때와 사뭇 달랐다. 눈 아래 그림자가 퀭하니 짙었다. 여위어 홀쭉해진 볼에 광대가 두드러졌으며, 이마의 거친 살갗 위로는 피로에 찌든 물집이 두엇 올랐다. 공연히 마음이 약해질 뻔했다.

“돌아오니 좋으냐?”

무얼 떠보려는 심산인지 몰라도 할 일만 빨리 끝내고 벗어나면 그만이었다. 그러나 찻잔을 내려놓고 빼려는 그녀의 팔을 왕이 돌연 움켜잡았다.

“싫은가 본데 도로 내쳐 주랴?”

바투 당기는 아귀힘이 너무 셌다. 노려보는 눈씨 또한 몹시 매워 숨이 막혔다.

“옳아, 오고 싶지 않은데 어쩔 수 없이 돌아온 게로구나?”

왕은 험악하게 헤어졌던 그 순간처럼 여전히 화를 내고 있었다. 궐 밖 생활이라는 변화를 겪고 그 속에서 나름대로 안정을 찾으며 다소 감정이 무뎌진 그녀와 달리 그는 반년을 보냈을 뿐이다. 똑같은 일상으로 점철된, 겨우 반년 말이다.

"출궁이 벌이 되지 않았다니 마뜩잖다. 그렇다면 쭉 여기 있어라. 사모하지 않는 나만 보며 평생 썩으란 말이다. 그건 충분히 벌이 되겠지?"

어쩐지 진이 빠졌다.

왕은 솔직할 수 있다. 화를 낼 수도 있고 원망을 할 수도 있다. 하지만 그녀는 아니었다. 참아야만 했다. 오기 싫었든 어쨌든 일단 왔으니 굽실거려야 했다. 몽둥이찜질을 당하지 않으려면 간이 배 밖으로 나온 그날처럼 왕을 화나게 해선 안 된다는 뜻이다. 싫은 소리 한 마디, 섭섭함 한 자락도 내비쳐선 안 된다.

무엇이든 마음대로 할 수 있는 사내와 아무것도 할 수 없는 여자라는 근본적인 갈등은 고대로 남아 있다. 결국 이렇게 쉽게, 또 같은 거리를 마주한다.

그래서 불이 붙기는커녕 도리어 지쳐 버렸다.

"성상의 말씀이 지당하시옵니다."

왕의 눈빛이 흔들렸다.

"식기 전에 젓수소서. 피로를 다스리는 데 효험이 있사옵니다."

그러나 그는 놓아주지 않았다.

"너, 감히 아직도 나를 탓하는구나."

미처 생각지 못했다는 양 그는 말했다.

"용서를 빌어도 모자랄 판에 뻗대기나 하다니 괘씸하다."

덕임은 한숨을 속으로 삼켰다.

"전하께서 지극한 효심에 자전의 뜻을 물리치지 못하시어 소인을 다시 거두심을 아옵니다. 그러니 분수를 알고 죽은 듯 지내겠나이다."

다시 한번 세게 그를 밀쳐 낼 차례다.

"어차피 소인은 더 이상 대전의 궁인도 아니질 않사옵니까."

소모적인 감정놀음은 이걸로 끝이기를 바랐다. 한 번 실체가 드러난 골을 메울 순 없으니 적어도 덮고 모른 척할 수 있기를 바랐다.

"그래. 넌 더 이상 내 것이 아니구나."

왕이 차갑게 웃었다.

"언제 내 것이었던 적이 있었느냐만."

비로소 그가 놓아주었다.

이윽고 의녀들이 돌아왔을 땐 희소식과 함께였다. 셋이서 돌아가면서 두 차례씩 맥을 짚었는데 회임이 확실했다고. 그토록 장담을 하는데도 왕은 영 떨떠름한 눈치로 어의와 의논을 해봐야겠다는 둥 반신반의하였다.

"종묘와 사직을 위해 실로 장한 일을 해냈네."

모두가 고대하던 좋은 소식을 품은 경수궁에게 건넨 말도 겨우 그런 것이었다. 아무리 사내라지만 다정하질 못하다.

그런데도 떠나가는 뒷모습을 보노라면 어째서 마음 한구석이 시린지 모르겠다. 덕임은 왕의 뜨거운 온기가 남아 얼얼한 손목만 연신 문질렀다.

중궁은 산송장처럼 기가 죽었다. 반면 중궁이 십수 년 동안 해내지 못한 소임을 딱 한 번의 합궁으로 해낸 경수궁의 전각은 웃음과 덕담이 넘쳐흘렀다. 당연히 아들 낳는 비법이 난무했다. 잘 여문 고추 모양으로 뭉친 천이 나붙었으며, 전녀위남법轉女爲男法을 따라 이불 아래 도끼를 숨기고 수탉의 꼬리를 장식하는 둥 난리도 아니었다.

종친들도 들썩였다. 눈치를 살살 보던 은언군은 적당한 핑계를 대며 제 아들 완풍군의 군호君號를 바꾸고 싶다는 주청을 올렸다. 홍덕로가 임금의 외숙을 꿈꾸며 지어준 그 군호 말이다. 조정에선 응당 가납하여 완풍군을 상계군常溪君으로 고쳤다.

다만 이런 와중에도 왕의 반응은 줄곧 기이했다.

“경사가 이토록 빨리 오다니 과인은 도통 믿기지가 않소.”

벌써부터 왕자 옷을 짓겠다는 효강혜빈의 안달과 신료들의 연이은 축하 인사에도 왕은 신중한 태도로 말을 아끼고 또 아꼈다.

왕실 사정이야 어떻게 돌아가든 간에, 덕임에게 기쁜 소식은 따로 있었다.

식이 오라버니가 초여름이 다 될 즈음 대뜸 과거에 급제한 것이다. 부득이 결원缺員이 생긴 데다 왕실의 경사도 있고 하여 갑작스럽게 별시가 벌어졌는데, 거기서 떡하니 붙었다.

“하늘이 도왔어! 지금까진 시험장 들어갈 때마다 다리를 부러뜨리려는 둥 양반 댁 자제들의 사주를 받은 놈들이 꼭 있었거든. 그런데 이번 별시는 워낙 갑작스러워서 뭘 도모할 짬도 없었나봐. 순전히 실력만으로 겨뤘다니까.”

“그럼 멀리 변방으로 가셔요?”

식이가 좋은 성적을 받았으리라곤 눈곱만큼도 기대하지 않으며 덕임이 물었다.

“아니, 한양서 있을 거다. 어영청(御營廳, 임금과 수도를 호위하는 군영)에 배속되었거든.”

“잘못 안 거 아니어요?”

“거, 참! 오라비 말 좀 들어라. 순전히 실력만으로 겨뤘다니까.”

식이는 의기양양하게 어깨를 쫙 폈다.

"다음으론 우리 막내가 붙을 것 같다. 노상 골골대던 흡이 녀석도 살이 꽤 올랐다니까."

혼자 김칫국을 사발로 마신 식이는 껄껄 웃었다.

안타깝게도 그의 웃음이 오래가지는 못했다. 잘 차려입고 나선 구군복이 넝마가 되도록 흙바닥을 구르는 훈련이 몹시 고되었던 것이다. 더군다나 양반 출신과의 공공연한 차별 때문에 마음 상하는 일도 더러 있었으므로 심신이 피폐해질 수밖에 없었다.

"팔 좀 대봐요. 생각시들 쓰는 고약을 덜어왔어요."

덕임은 오라비를 만나러 서쪽 경추문景秋門에 자주 들렀다. 궐의 서문은 주로 닫아두어 인적이 드무니, 고된 훈련에 지친 군졸들이 몰래 숨어 낮잠을 자곤 한다.

"죽겠다, 죽겠어."

식이는 겨우 오른쪽 어깨를 들어 올리면서도 끙끙 앓았다.

"화포火砲 한 번 다룰 때마다 어깨가 빠질 것 같다."

시퍼렇게 멍이 든 어깨는 찜질 외에는 답이 없어 보였다. 팔다리의 까진 상처에나마 고약을 듬뿍듬뿍 발랐다.

"아야! 야, 살살 좀 해라. 살살."

"일곱 살 먹은 생각시도 아니면서 엄살은!"

오라비 상한 몸뚱이에 마음이 아파 덕임은 퉁명스레 굴었다.

"끼니는 잘 챙겨 드셔요?"

"먹어도 허기가 가시질 않는다. 없는 형편에 많이 싸달라고 투정을 부릴 수도 없고."

덕임은 치마폭에 숨겨온 약과를 꺼냈다.

"됐다. 너 먹어라. 넌 갈수록 마르는 것 같다."

"전 잘 먹어요. 경수궁의 회임 덕에 먹을 게 넘치거든요."

쉽게 설득당한 식이는 게 눈 감추듯 먹어치웠다.

"다음에는 주먹밥이라도 뭉쳐 올게요."

"내가 잘해야 네 고생도 끝날 텐데."

식이는 또 혼자 울컥했다.

"아, 됐어요! 몸 건사나 잘 하셔요. 시키는 대로 다 하지 말고, 요령도 피우고 잔머리도 굴리고. 아시겠지요?"

"오냐, 걱정 마라. 남은 고약은 내가 가져가도 되냐?"

이윽고 식이는 담벼락 으슥한 곳으로 기어들더니 별을 벗 삼아 쿨쿨 잠이 들었다. 오라비가 저 단잠이나마 빼앗기지 않도록, 덕임은 불볕더위가 기승을 부리는 계절이 천천히 오기만을 바랐다.

그러나 시간은 손을 떠난 화살처럼 바쁘게 지나갔다. 초여름은 짧고 늦여름은 길었다. 식이는 혀를 빼물고 땀을 한 바가지로 쏟았다. 올여름은 덕임에게도 쉽지 않은 계절이었다. 참을 수 없이 무료했다. 모두에게서 사랑받는 경수궁과 그 곁에 물 샐 틈도 없이 찰싹 붙은 본방나인들에게 밀려 식충이처럼 어슬렁거리는 신세가 되었기도 하거니와, 규방이다 보니 따로 할 일도 많지 않았다. 무더운 여름밤 내내 우리 아씨가 입덧을 하셨다는 둥, 태동을 느끼셨다는 둥 미욱이 떠드는 소리나 멍하니 들었다. 밥값을 제대로 못 한다는 찜찜함은 늘 바쁘고 고되어 쓰러질 것만 같았던 대전 시절보다 더 불쾌했다. 소설책 필사도 손에 잡히지 않을 만큼 마음이 어수선했다.

이윽고 더위가 한풀 꺾이자 약방에서 공식적으로 경수궁의 맥후를 다시 짚었다. 이번에는 어의가 직접 나섰다. 늘어뜨린 구슬발 뒤에서 경수궁이 손목을 내밀자 어의는 그 위에 명주천을 덮고서 맥박을 헤아렸다.

"혈분血分이 조화롭고 좌척맥左尺脈이 단단하니, 조금도 염려치 마소서."

어의는 장담하였다.

"벌써 다섯 달째라지만 과인은 아직도 의심을 떨칠 수가 없군."

"전혀 의심할 필요 없으시다고 소신 감히 아뢰옵니다."

까닭 모를 왕의 불안한 심사를 달래는 데 그보다 더한 확언은 없었다.

어심에 석연찮은 구석이 있기로서니, 꾸준히 배가 부풀고 태동이 느껴진다는데 의혹만 품을 수는 없는 노릇이었다. 가을의 끝물과 겨울의 찬바람이 맞닿는 계절에는 왕도 슬슬 기대감을 내비치기 시작했다. 약원에서 예정일로부터 석 달 전에 산실청(産室廳, 왕비와 세자빈의 출산을 위한 임시관청)을 세우는 법도가 있노라 아뢰자 선뜻 윤허하였다.

"본디 세속에서는 해산방을 저무는 해와 새해에 걸쳐서 차리는 걸 꺼린다더군. 그러니 왕실에서도 내년 정월에 산실청을 세우는 게 좋겠소."

무엇이든 재물을 써야 하는 사안이라면 미루고 절약하는 습관이 있는 왕치고 대단히 호의적인 반응이었다.

"하늘의 도움으로 크나큰 경사가 있으니 기쁨을 금할 수 없사옵니다."

약원 제조提調들은 입을 모아 아뢰었다.

"경사가 이렇듯 빨리 올 줄 과인도 생각지 못했으니, 실로 하늘의 뜻이오."

왕은 점잖게 끄덕였다.

눈 깜짝할 사이에 한 해를 마무리했고 겸허하게 새해를 맞이했다. 첫 왕자를 기다리는 준비도 실로 순탄했다. 바닥에는 거적과 짐승 가죽을 깔고, 벽에는 재앙을 물리치고 복을 부르는 기양祈禳의 부적을 붙여 산실청 배설排設도 무탈하니 거행했다. 해산이 예정된 이월이 되자 왕이 친히 산도(産圖, 출산하기 좋은 방향을 따지는 방위도)를 게첩할 만큼 분위기가 무르익었다.

그러나 절정에 치달아야 할 때서부터 치명적인 문제가 생겼다.

"왜 애가 안 나온다니?"

경희는 대번에 핵심을 찔렀다.

"삼월도 벌써 다 지나가는데 해산할 낌새를 전혀 안 보이시잖아."

왕이 첫 볼멘소리를 내비친 건 삼월 중순에 접어들 무렵이었다. 예정된 산달을 한 달하고도 반이나 넘겼는데 동정動靜조차 없으니, 답답하다 못해 지루하여 기대하는 마음마저 느슨해진다고 그는 토로하였다. 여염에선 예정일을 여러 달 넘길수록 상서롭게 여긴다고 신료들이 달랬지만 왕은 그래도 너무 지나치다며 퉁퉁거렸다.

"경수궁께서 참 초조하시겠다."

영희는 제 일처럼 창백해졌다.

"무품빈이랍시고 본디 중전마마를 위해 세우는 산실청까지 꾸몄잖아. 팔물탕八物湯이니 뭐니 좋다는 탕약도 달고 살고. 받는 만큼 부응하질 못하셔, 쯧!"

남의 불행에 고소해하는 경희가 잽싸게 끼어들었다.

"야박하기는!"

덕임은 경희를 나무랐다.

"이상한 건 사실이잖니. 혹시 태사불하(胎死不下, 태아가 뱃속에서 죽은 채 머무르는 증상) 같은 거 아닐까?"

"애는! 예정일 좀 넘기셨다고 불길한 소릴 해?"

영희는 사색이 되었다. 덕임도 도리도리 저었다.

"절대로 아니야. 어제도 태동이 있었대. 튼튼한 왕자 아기씨 발길질이라고 미육이가 장담을 하더라."

"혹시 그런 거 아니냐? 왜, 빨리 아들 낳으라는 시어머니 구박에 며느리가 하지도 않은 회임을 한 것처럼 배가 부르고 입덧도 하고……. 뭐 그런 병 있다던데?"

흥미로운 의견을 낸 사람은 복연이었다. 핀잔을 주기 일쑤인 경희가 웬일로 진지하게 대꾸했다.

"위태(僞胎, 상상임신) 말이니?"

"에이, 그런 건 석녀들이 꾸민 거짓말이라던데?"

영희가 별생각 없이 말했다.

"아니야. 진짜로 있대. 옛날에 별감이랑 붙어먹다가 달거리가 끊기고 배가 부풀기에 애를 밴 줄 알고 우물에 뛰어든 나인도 있었잖아. 요행으로 목숨은 건졌지. 한데 의녀가 살펴보니 애는 밴 적도 없고 애꿎은 두 다리만 불구가 됐다잖냐."

복연이 으스스하게 반박했다.

"그래도 설마! 정말 있었음 중전마마께선 열 번도 더 회임하셨겠다."

여전히 영희는 미심쩍은 눈치였다.

"설령 위태라고 한들 밝히기는 어려워. 증후가 실제 회임과 똑같은 데다가 뱃속을 들여다볼 방법도 없으니까."

경희는 곰곰이 생각에 잠겼다.

"어떠신데? 배가 남산만 하고 젖가슴이 부드러우셔? 하혈이나 분비물은?"

그러더니 부인의 잉태에 대해 알면 얼마나 안다고 꼬치꼬치 캐물었다.

"몰라. 미육이한테서 들은 게 내가 아는 전부야."

"너 아직도 구석에 찌그러져 사니?"

덕임은 어깨를 으쓱했다.

"헤, 그럼 종일 뭐 하냐?"

"경희 말대로 찌그러져 있다니까. 각처各處에서 바치는 공물을 정리한단다. 어제도 엽전이랑 쌀이 얼마나 올라왔나 셈했어."

"으으, 듣기만 해도 지겹다."

숫자라면 경기를 일으키는 복연이 부르르 떨었다. 경희는 미간을 찡그렸다.

"마음에 안 들어. 본방나인 얼뜨기들이 뭘 잘못하면 나중에 그 덤터기는 너랑 구 상궁 마마님이 다 뒤집어쓸 텐데."

"내 말이. 그냥 무사히 해산만 하셨으면 좋겠어."

"전하께선 곧잘 거둥하시고?"

"가끔. 의녀 데리고 오셔."

경수궁이 덕임과 구 상궁을 가까이 두는 건 오직 왕이 행차할 때뿐이다. 어전에까지 천한 본방나인을 내세울 순 없거니와 딴에는 꾀를 부리는 것이다. 공통된 관심사를 끌어내어 환심을 사려고 말이다. 정성이야 갸륵하다만, 성 나인이 대전에서 잘 배워 와 사랑스럽기 그지없다는 둥 경수궁이 속에도 없는 아양을 떨 때마다 덕임은 간장이 다 졸아들었다.

"너한테는 별말씀 없으시니?"

"봐도 그냥 무시하시던데. 잘됐지, 뭐."

아무렇지 않은 척 얼버무렸으되 사실 뜨끔할 만한 일이 하나 있었다.

오후께 왕이 아무런 이유도 없이 갑자기 납셨다. 낮것을 젓수고 무료하여 들렀다나. 잠깐이라도 짬이 날라치면 책을 들여다볼 만큼 시간 낭비를 질색하는 그에겐 썩 어울리지 않는 핑계였다.

"성씨 형님이 약사발 챙기시구랴."

또 마침 경수궁이 탕약을 들 시각이었다. 뜨겁게 달인 탕기를 쿵 내려놓으며 미육은 투덜거렸다.

"아씨도 참 너무하셔. 전하 계실 적엔 얼씬도 못 하게 하신다니까."

간만에 지밀나인다운 일이었다. 탕약 그릇과 수긴, 편강으로 뚝딱 시탁을 차렸다. 왕은 앞에 놓인 인삼차에는 손도 대지 않고 경수궁 하는 말에 귀를 기울이고 있었다. 아침에 기침할 때 아랫배가 살짝 땅겼다는 둥, 물을 마시다가 태동을 느꼈다는 둥 딱히 새로울 것 없는 소식을 듣는 용안은 무덤덤했다.

"탕약 올리옵니다."

끼어드는 입장은 곤란하기 짝이 없었다. 왕은 대놓고 괴괴한 눈빛을 쏘아댔다. 의식하지 않으려 애쓰며 덕임은 기미부터 했다. 혀에 닿는 은수저가 뜨거워서 움찔했다.

"뜨겁사오니 천천히 세 번 나누어 드소서."

경수궁은 시키는 대로 했다. 다음은 입가심이었다.

"생강인가?"

한입 깨문 경수궁은 눈을 동그랗게 떴다.

"예, 생강을 저며 꿀에 조린 편강이옵니다."

"미육이는 항상 대추절임을 올리는데. 내가 생강을 못 먹거든."

고것이 일부러 귀띔을 안 해준 것 같았다.

"송구하옵니다. 대전서 편강을 올리는 습관이 들어 미처 생각지 못했나이다."

아차 싶었다. 왕이 지켜보고 있는데 지난 일을 입에 담는 건 좋은 생각이 아니다. 그래도 까다로운 식성에 싫은 소리 없이 잘 받아먹던 모습이 떠오르는 건 어쩔 수 없었다.

"대추로 다시 올릴까요?"

"아, 아닐세. 생강인데도 맵지 않고 맛있네. 자네 솜씨가 좋네."

경수궁은 흘끗 왕의 눈치를 보았다. 어쨌든 잘 마무리되어 다행이었다.

"과인은 이만 가봐야겠군."

물끄러미 지켜보던 왕이 앉은 지 얼마나 되었다고 자리를 털었다. 더 쉬다 가시라고 청하는 경수궁에게도 단조롭게 대꾸하였다.

"탕약을 잘 챙겨 마시는 걸 보고 한결 마음을 놓았네."

그런데 아무렇지 않은 목소리와 달리 표정은 좀 이상했다. 무언가 견딜 수 없다는 듯 처연하기도 했고, 몹시 분한 양 노해 보이기도 했다.

"전하는 참 어려운 분일세."

마중은 됐다고 극구 만류하며 왕이 바람처럼 떠나가자 경수궁이 푸념했다.

"차차 친밀해지실 것이옵니다. 염려 마소서."

"그래, 그럴 테지. 몸도 풀고 하면……."

경수궁은 자신의 둥근 배를 쓰다듬었다. 초조한 눈빛이었다.

"한데 내 묻고 싶은 게 있네."

"하문하소서."

"……자네, 본디 전하를 가까이서 모셨나?"

"전하께선 궁녀보단 환관을 주로 부리시옵니다."

"아니, 그런 걸 묻는 게 아닐세."

단호하게 잘라낸 말은 곧 미묘한 감정으로 흩어졌다.

"전부터 전하께서 자네를 보시는 눈빛이 왠지……."

꺼낸 말을 맺지도 못하고 흐리는 모습은 더욱 석연찮았다.

"어쩌다 대전을 떠나게 되었다고 했지?"

"감히 실수를 저지른 탓이옵니다."

"애매하게 말하는군."

"용서하소서. 대전 일에 대해 하찮은 입을 놀릴 수는 없사옵니다."

경수궁은 미간을 찡그렸다.

"실수를 저질러 내쳐졌는데 자전의 천거로 도로 들어왔다?"

돌아가는 낌새가 좋지 않은데 덕임은 갈피를 잡지 못했다.

"아니, 됐네. 내가 왜 이런 걸 묻나 몰라."

미소로 얼버무렸으되 그 속에 비밀스레 싹튼 의혹의 눈초리를 분명 보았다.

"……얘는 또 어디다 넋을 팔았다니?"

어깨를 찰싹 때리는 경희의 매운 손에 덕임은 퍼뜩 정신을 차렸다.

"뭐, 뭐라고? 무슨 말 했어?"

"전하께서 그대로 물러나실 리 없는데 이상하다고!"

경희는 입술을 삐죽였다.

"전하께서 뭘 물러나신다는 거냐?"

복연이 눈을 끔벅였다.

"그런 게 있어."

경희가 야박하게 대꾸했다.

"오오냐, 니 팔뚝 굵다!"

치사하게 둘이서만 비밀이 있다고 복연은 툴툴거렸지만, 웬일로 영희는 꿔다 둔 보릿자루처럼 조용히 코만 찡긋거렸다. 문득 덕임은 중요한 걸 잊어버린 양 기분이 찜찜해졌다.

"덕임이 너 정신 똑바로 차려. 앞으로 전하께서……."

그러나 경희가 몰아치는 바람에 깊이 생각할 겨를도 없었다.

"아, 됐어. 난 오라버니나 좀 보러 갈게."
행여 또 선소리를 늘어놓을세라 얼른 자리를 피했다.
"오라비 타령 말고 네 앞가림이나 잘해!"
경희의 잔소리가 물론 뒤통수에 따라붙었다.

경추문 쪽은 오늘도 한적했다. 담벼락에 기대어 기다리자니 식이가 나타났다. 해가 바뀌고 슬슬 적응이 되는지 오라비 몰골도 훨씬 나아졌다.
"이거 좀 드셔요. 아까 경희가 줬어요."
덕임은 끈적끈적한 호박엿을 내밀었다.
"오늘은 이 오라비도 우리 누이한테 줄 게 있지."
기다렸다는 듯 식이가 빙그레 웃었다.
"야시장 들렀다가 하나 샀다. 넌 추운 새벽까지 번을 서지 않느냐."
솜씨 좋게 누비로 떠 푸른 물을 들인 토시였다.
"눈알 빠지게 삯바느질하는 새언니한테나 줘요. 젊어서 안사람한테 잘 보여야 늙어서도 괄시 안 당하는 거 몰라요?"
"벌써부터 오라비 늙어 서러울 일 걱정 말고 그냥 받아라, 응?"
식이는 혀를 찼다.
"자, 어서 껴봐라. 옳지. 잘 어울린다."
궁녀들은 본디 저고리 소매 끝동을 붉게 물들여 입는다. 그 위로 푸른 토시를 끼웠다. 팔꿈치까지 올라왔다.
"싸구려라서 썩 따뜻하진 않지? 오라비가 출세하면 더 좋은 걸 주마."
줘놓고도 멋쩍은지 식이는 뒤통수를 긁었다.
"이 정도면 딱이에요."
덕임에게는 무엇과도 비할 수 없이 따뜻한 푸른색이었다.

"줬으니 됐다. 오늘은 서둘러 돌아가야 해."

식이는 호박엿을 한입에 털어 넣더니 엉거주춤 뛰어갔다.

그런데 오라비 뒷모습이 시야에서 사라지고 나니 묘한 기분이 들었다. 누군가의 시선처럼 따갑고 거슬렸다. 그래서 무심코 고개를 돌렸다가 뜻밖의 인물과 조우하였다.

왕이었다.

거둥을 진즉 알아차리지 못한 게 이상할 만큼 그는 우뚝 멈춰 조용히 그녀를 응시하고 있었다. 어딜 급하게 나서던 길이었는지 연도 타지 않았다. 그림자처럼 따라붙은 내관 한 명만 거느렸다. 놀랐다뿐이지 아주 없을 일은 아니었다. 이 인근에 왕이 즐겨 친림하곤 하는 내각, 검서청檢書廳과 책고冊庫가 있다. 알면서도 경계하지 않은 게 잘못이었다.

왕의 눈빛이 심상치 않았다. 공검해야 할 궁녀가 사사로이 피붙이나 챙긴다고 불호령이 떨어질 게 뻔했다. 자신이 처할 처분은 두렵지 않으나, 군교軍校인 오라비가 가혹하게 문책당할까 봐 가슴이 덜컥 내려앉았다. 어깨가 절로 움츠러들었다. 식이가 끼워준 푸른 토시만 꽉 움켜쥐었다.

그는 아무 말도 하지 않았다. 무언가 쏘아붙이고 싶은 양 입술을 달싹였다. 그러나 무척 혼란스러운 시선으로 죽 훑더니만 도로 꾹 다물었다. 그러곤 너는 더 이상 내 것이 아니구나, 하고 말한 이후 쭉 그녀를 무시해 왔다는 사실을 뒤늦게 떠올린 사람처럼 못 본 척 쌩하니 지나쳐 버렸다.

다행이라고 생각해야 했다. 하지만 그렇게 생각하기가 어쩐지 어려웠다.

태중의 용종이 요지부동이라도 왕은 해산을 기다린다는 입장을 공고히 다졌다. 잔뜩 판을 벌여놓곤 이제 와서 아닌가 보다 발을 빼는 것은 체면이 떨어진다고 여기는 모양이었다.

조정 안팎에서는 응당 어리둥절한 사람이 많았다. 구중궁궐 후궁의 생산을 따져 묻기란 퍽 민망스러운 노릇이었으므로 직접적으로 말을 꺼내는 건 기피하였다. 다만 고사에 따르면 만명부인萬明夫人도 스무 달 잉태한 끝에 김유신 장군을 낳지 않았느냐며, 분위기를 무마할 핑곗거리나 찾아냈다.

"하나같이 머저리들이야."

경희는 코웃음을 쳤다.

"전하께서 정녕 국본을 원하신다면 있지도 않은 용종은 빨리 털어버리고 중단시킨 합궁이나 재개하시는 게 나을걸. 망신살은 어차피 순간이라고."

제법 현실적인 의견이었다. 그러나 산모인 경수궁이 달거리가 없으며 보름달처럼 부푼 뱃속에서 태동을 느낀다고 주장하니, 문제는 결국 진짜인지 가짜인지를 가려낼 방도가 없다는 난감함으로 귀착될 수밖에 없었다.

"그래, 어디 스무 달 기다려 보라지!"

그만 좀 하라고 영희가 팔뚝을 꼬집을 때까지 경희는 빈정거렸다.

흉흉한 사이 봄꽃이 찬란하게 만개하는 계절이 왔다. 하지만 덕임에겐 침울한 시절의 연속이었다. 인생에는 여러 시련이 있다지만 당장 마주한 가장 큰 불행은 그녀가 경수궁의 눈 밖에 났다는 데 있었다.

가시적인 충돌이 있었던 건 아니었다. 딱히 트집을 잡거나 괴롭히는 것도 아니었다. 언제부터인지도 잘 모르겠다. 그러나 분명 느낌이 있었다. 언뜻 드러나는 표정과 말투 따위에서 혐오감을 읽었다. 싸늘한 시선에는 까닭 모를 적대감도 붙어 다녔다. 골 때리는 회임 문제에 점점 예민해지는가 보다, 단순히 치부하기에는 영 안 좋은 예감이 들었다.

"아유, 거 앞 좀 잘 보고 다니셔요!"

오늘도 재수가 없는지 곁방을 정돈하고 나오던 덕임은 미육과 부딪혔다. 저가 와서 부딪쳐 놓고 도리어 성질을 부리는 꼴이 사나웠다. 경수궁의 미묘한 태도가 짙어질수록 본방나인들도 더 버르장머리 없이 구는 것 같다.

"이 귀한 걸! 안 쏟았으니 망정이지!"

미육은 커다란 대접을 들고 있었는데, 두어 방울 넘쳐흐른 새카만 탕약을 보며 몹시 쩔쩔맸다.

"그게 뭔데?"

덕임은 짜증도 잊고 물었다. 코로 맡는 냄새가 내의원에서 처방한 사군자탕四君子湯이니 사물탕四物湯과는 확연히 달랐기 때문이다.

"뭘 좀 우려낸 물이에요."

"사가에서 들여온 거야? 내의원에서도 알아?"

미육은 대번에 눈을 치떴다.

"우리 아씨께서 원래 꾸준히 드시던 거예요. 어려선 콩팥이 약하여 소변을 보고 나면 칭얼대곤 하셨는데, 이걸 복용하고부터 아주 건강해지셨습지요. 그러니 괜히 참견 말고 가던 길 가셔요."

"그러니까 뭐냐고? 약방 몰래 따로 뭘 복용하시면 안 된단 말이야."

접때도 뱃속에 들어선 딸을 아들로 바꿀 만큼 효험이 좋은 약이라고 사가에서 바구니 가득 약재를 들이는 걸 보고 기겁을 했더란다. 구상궁이 나서서 엄하게 꾸짖은 덕에 전부 돌려보내겠다는 경수궁의 약조를 받아내긴 했으되, 혹 본방나인들을 통해 몰래 취하고 있는 건 아닌지 의심스러운 참이었다.

"트집 좀 잡지 마셔요! 가만 보면 구 상궁 마마님이랑 형님은 꼭 우리 아씨 잘못되기만 바라는 것 같습지요."

미육은 덕임의 팔을 홱 뿌리쳤다.

"미육이 게 있느냐?"

더 따져 물으려는 찰나 경수궁의 기척이 끼어들었다. 한 손으로는 둥근 배를, 다른 손으로는 투실하게 살이 붙은 옆구리를 짚고 있었다. 미육을 보고 반색하던 그녀가 옆에 선 덕임을 보고는 자못 인상을 찌푸렸다. 그 정도면 노골적인 반감이었다.

"흠! 미육아, 어서 이리 다오. 시원하게 마시고 산보 좀 해야겠다."

"함부로 사가의 약을 복용하시면 아니 되옵니다."

얼른 내민 미육의 팔을 덕임이 저지하였다. 경수궁은 그녀를 못 본 척 무시하려던 생각을 접어야만 했다.

"탕약은커녕 그저 달인 물일세. 어머니께서 장안에서 가장 용하다는 의원에게 묻고 또 물어 보셨네. 오히려 태아에게 좋다고 했다던걸."

경수궁은 짜증을 내비쳤다.

"성가시게 하지 말게."

결국 그녀가 정체 모를 대접을 벌컥벌컥 들이키는 모습을 손 놓고 봐야만 했다.

"저녁에 전하께서 들르시겠다는군."

깨끗하게 빈 그릇을 미육에게 도로 주며 경수궁이 말했다.

"어전 시중은 구 상궁에게 맡길 테니 자네는 멀리 밖으로 나가. 알겠는가?"

그러곤 다 지나간 꽃샘추위보다도 냉랭하니 스쳐 지나가 버렸다.

"보소, 성씨 형님. 괜히 아씨께 해코지할 생각 말아요. 형님이 어떤 사람인지 이미 우리도 다 알고 있으니까."

대뜸 미육이 삿대질을 했다.

“뭐래, 내가 어떤 사람인데?”

덕임은 기가 차서 반문했다.

“흠! 아무튼 지금은 원래 먹던 약이나 트집이나 잡을 때가 아니라고요.”

어설프게 대답을 회피하면서 거들먹거리는 꼴이 퍽 가소롭다.

“나쁜 기운 싹 빠지라고 굿을 해야 할 판인데 태평하기도 하지, 원!”

“자꾸 무슨 헛소리를 하는 거야?”

답답해서 한 대 쥐어박고 싶은 마음이 간절했다.

“왕실의 후사를 농단하려 한 대역죄인 홍덕로와 그 누이의 앙심이 우리 용종 아기씨를 가로막고 있다잖아요. 한데 그 양반이 이젠 죽기까지 했으니 원한이 얼마나 사특해졌겠냐고요! 무당을 불러 싹 다 몰아내야 한다니까요.”

참으로 미육다운 헛소리였는데 언뜻 중간에 거슬리는 말이 하나 있었다.

“그 양반이 죽다니? 누가 죽어?”

“얼레, 몰랐어요?”

처음으로 아는 척을 할 기회가 생기자 미육은 기뻐했다.

“화병이었대요. 상투도 풀어헤치고 산과 들을 쏘다니며 맨발로 춤을 췄다나. 비렁뱅이 꼴로 지나가는 사람을 노려보면서 이놈 죽여라, 저놈도 죽여라, 고래고래 소리를 질렀다대요. 지가 아직도 정승인 줄 아는 미치광이였다던데.”

“자, 잠깐만…….”

“우리 대감마님 말씀처럼 사지가 찢겨 죽었어야 했는데 너무 곱게 죽었습지요. 전하께선 그 흉악한 놈을 덮어주려고만 하시고. 글쎄, 그 양반 친족이니 친구니 떵떵거리던 작자들도 고대로 두신대요. 몽땅 내쳐도 모자랄 판에, 쯧!"

미육이 눈을 요렇게 내리뜨며 덧붙였다.

"형님은 암만 그놈 편을 들어주고 싶더라도 내 앞에선 티 내지 않는 게 좋을걸요. 그랬다간 아주 혼쭐을 내줄 거니까."

의미심장한 으름장일랑 한 귀로 흘렸다. 당장은 그게 문제가 아니었다.

"그러니까, 그러니까……. 지금 네 말은……."

"아, 그래요! 홍덕로가 엊그제 죽었다고요!"

덕임은 눈앞이 캄캄해졌다.

하루의 시작과 끝을 집어삼키는 밤이 되었다.

예고한 대로 왕이 왔다. 구 상궁이 담뱃대 물던 입을 싹 헹구고 다과상을 챙겨 어전에 드는 동안 덕임은 전각 밖으로, 그녀의 웃전이 명한 대로 멀리 멀리 나갔다.

후궁의 불빛이 닿지 않는 곳은 어둡고 조용했다. 비로소 혼자가 되었다.

미육의 말은 사실이었다. 경희로부터 확인했다. 끊이지 않는 상소 행렬에 떠밀려 한양서 횡성으로, 횡성에서 또 강릉으로. 쫓겨난 지 일 년 간신히 버티고 비명횡사했단다. 사약을 받지 않고 자연스레 죽었다며 통분하는 이들이 넘칠 만큼 갑작스럽게.

"난 그자가 죽어서 기뻐."

그의 죽음에 쐐기를 박던 경희는 담담했다. 숙위소에 끌려갔다 온 이후 종종 악몽에 환청까지 시달린다는 사람치고는.

"너도 마찬가지지? 너한테 한 짓도 어마어마하잖아."

덕임은 대답하지 못했다.

이제야 조심스레 그의 죽음을 생각해 본다. 그토록 발버둥 치면서 얻고, 잃고, 집착하고, 버림받은 그 대단한 야심의 목적지를. 정작 그가 위세를 떨치던 시절에는 궁궐에 발도 못 붙여본 천것이 함부로 조롱할 만큼 하찮아진 최후를.

복작복작한 가슴이 뜨겁게 흘러넘쳤다. 그의 첫인상, 비열한 속셈, 아름다운 웃음, 못된 행동, 아무렇지 않게 사람 의표를 찌를 만큼 거침없던 태도……. 그 기억들이 조각조각 흩어져 인식조차 할 수 없이 과거라는 이름의 어둠 너머로 사라져 가고 있다. 모든 것이 너무도 빨리, 돌이킬 수 없게 변해간다.

눈물이 터졌다. 들끓는 감정에 떠밀려 둑이 터진 양 주룩주룩 쏟아졌다. 그래도 절대 슬퍼서 우는 건 아니었다. 아니어야만 했다.

그토록 마음이 분주한 탓에 덕임은 오늘 밤 달이 유달리 밝은 줄을 몰랐다. 경수궁 내전에서 자신의 위치가 훤히 보이는 줄도 몰랐다. 내전의 열린 창 사이로 왕이 자신을 보고 있는 줄도 몰랐다.

그리고 그 시선이 조만간 운명의 폭풍을 몰고 오리라는 것은 더더욱 몰랐다.

12장
왕과 궁녀

윤달 오월에는 왕이 창경궁으로 잠시 거처를 옮겼다. 즉위 초부터 차근차근 진행해 온 경서經書 수집 및 정리와 더불어 선왕의 어진(御眞, 임금의 초상화)까지 새로이 봉안하게 되었으므로 창덕궁 일대의 보수 공사가 불가피했기 때문이다. 아무 일 없이 조용히 머물다 칠월에 다시 환접還接하였다.

왕은 새벽같이 일어나 더운물과 찬물로 번갈아 용안을 씻었다. 손수 머리를 빗고 익선관에 곤룡포를 차려입었다. 상서로운 방향으로 절도 올렸다. 그다음에서야 이슬에 그윽하게 젖은 희우정喜雨亭에 나아갔다. 승지와 각신들, 그리고 가장 중요한 화사(畵師, 그림 그리는 관리)는 이미 기다리고 있었다.

"어진도사(御眞圖寫, 임금의 초상화를 그림)는 동궁 때 이후로 십 년만이군."

왕이 자리를 잡고 앉았다.

“어때, 자신 있나?”

“그림을 보는지 거울을 보는지 어리둥절하실 만큼 해내겠나이다.”

어용화사御用畵師의 자신만만한 장담에 왕은 크게 웃었다.

“하, 글쎄. 십 년 전에도 경이 붓을 잡았지. 그땐 영 별로였거든. 전혀 닮질 않았어. 하여 없애 버리라 명한 것으로 기억하는데.”

각기 완성된 그림을 두고 선왕과 웃었던 기억이 난다. 선왕은 유난히 화사하고 젊게 그려진 용안을 이상하게 여겼고, 그는 실제보다 곱상하게 그려진 제 얼굴이 불만이었다.

“전하께서 생각하시는 것보다 실제 용안이 준수하신 걸 어찌하오리까.”

“아, 이 사람! 요즘 잘 나간다더니 아부만 늘었군.”

왕은 싫지 않은 웃음을 슬쩍 비쳤다.

“뭐, 더 지체할 것 없이 시작하지.”

옷매무새를 다듬고 정좌하였다. 화사의 눈과 손만이 용안과 화폭 사이를 바삐 넘나들었다.

성질 급한 왕은 잠깐 사이에 좀이 쑤셨다. 자연히 생각에 빠져들었다. 근래 물난리를 겪은 영남 민심을 어찌 수습하나 고민했고, 아전이 백성을 괴롭히도록 방치한 죄목으로 병조에 붙들린 칠곡부사漆谷府使는 어찌 처결할까 고심하였다.

그런데 왜 울고 있었을까?

오만가지 골칫덩어리를 거치고 거친 끝에 닿은 상념은 그녀에 관한 것이었다. 지난 다섯 달 동안 수백 번도 더 헤아려보았으나 해답을 찾지 못한 물음이기도 했다.

덕로가 죽었다는 소식을 들은 밤이었다. 미련일랑 그를 내칠 때 진즉 버렸지만 막상 비참한 말로를 전해 들으니 심란했다. 그의 목숨만은 끝까지 지켜주겠다는 약조를 더 이상 지킬 필요가 없어졌기에 오히려 마음이 아픈 것도 같았다. 그래서 무작정 경수궁의 궁방을 찾아갔다. 그녀가 보고 싶었다. 스치며 얼굴이라도 보고 싶었다. 웃어주지 않는다 해도, 눈도 마주치지 않는다 해도, 보고 나면 속이 좀 가라앉을 것 같았다.

하지만 그녀는 아무도 없는 어둠 속에서 혼자 울고 있었다. 마치 넌 나를 절대 이해할 수 없다며 온몸으로 밀어내듯, 그녀는 또 자신만의 곡절을 품고 있었다.

"혹 옥체 불편하시옵니까?"

열심히 용안을 관찰하던 화사가 물었다.

"음? 아, 아닐세. 개의치 말고 속행하라."

왕은 무릎을 조금 뒤척였다.

이별은 최악이었다. 믿음의 대가로 뒤통수를 세게 맞았다. 참으로 놀랍게도 그녀는 적반하장 화를 냈다. 모든 걸 알면서 모르는 척했다고, 궁녀들이야 죽든 말든 신경도 안 썼다고, 신뢰한다는 구실로써 사람을 이용만 한다고 눈을 똑바로 뜨고 대들었다. 입으로는 제 잘못을 아니까 마음대로 벌하시라고 뻗대면서 말이다. 급기야 평생 사모한 적 없으며 앞으로도 그러지 않으리라는 막말까지 일삼았다.

지존인 내가 하찮은 궁녀에게 거절당했다. 그것은 우월하기 이를 데 없는 생애에서 최초로 맛본 좌절이었다. 충동적인 권유와 얌전 빼는 사양으로 우왕좌왕했던 어린 시절 첫 거절과는 달랐다. 서로 명백한 감정의 골과 좁힐 수 없는 거리를 보았다. 천하의 임금으로서도 어떻게 할 도리가 없는 사연이었다.

그의 어설픈 가슴에서 피워낸 뜨거운 입맞춤은 그 참담한 기분에서 비롯된 치기 어린 행동이었다. 동시에 아무것도 바꿀 수 없는 무의미한 반작용이기도 했다.

분을 못 이겨 그녀를 궐 밖에 내쳤으되 하루도 마음 편한 적이 없었다. 마땅한 처분이었답시고 암만 스스로를 설득해도 허사였다. 세상 물정 모르는 순진한 것이 괜한 해코지를 당하진 않을까 두려웠고, 뭇 궁녀들처럼 홀랑 다른 사내의 품에 안길까 봐 애가 탔다.

그리웠다. 하여 왕대비가 적절한 핑계로써 다시 데려오자고 했을 때 못 이기는 척 받아들였다. 그녀가 돌아왔음을 알았을 때는 안도했다. 그러나 아무렇지 않다는 듯한 그녀를 보았을 때는 도로 화가 났다. 남의 속도 모르고, 안 좋아하는 거 뻔히 알면서 인삼차니 뭐니 들이미는 뻔뻔함에 기가 찼다.

한편 내심 기대하기도 했다. 다시 전처럼 눈을 동그랗게 뜨고 맹랑하게 굴기를. 감히 임금 무서운 줄 모르고 은근히 골리려들기를. 다시 전처럼 돌아가기를. 용서하고 싶다고 마음을 잔질게 먹어버렸다.

그러나 그녀는 달랐다. 정말 볼 일 없는 사이처럼 고개만 돌려 버렸다.

그토록 방자한 계집인데도 그리움은 어쩔 수 없었다. 상소를 읽다가 짬이 생기면 그녀의 얼굴이 떠오르고, 신하들이 되지도 않는 주장을 지루하게 늘어놓을라치면 그녀의 웃음이 귓가에 맴돌았다. 정녕 참기 어려운 날에는 자기 자신을 한심하게 여기면서도 경수궁에 나아갔다. 그녀가 적어도 손 뻗으면 닿는 거리에 있음을 확인하면 숨통이 트였다.

다만 막상 보러 가놓곤 기분이 상하는 날도 있었다. 이를테면 그녀가 경수궁의 탕약 시중을 드는 모습을 본다든지, 뭐 그런 때.

꼭 가진 것을 빼앗기는 느낌이었다. 그녀가 자신을 위해 혀를 내밀고, 탕약을 건네고, 수긴으로 어루만지고, 직접 만들었다는 편강을 물려주고……. 오롯이 둘만의 순간이었다. 그런데 그녀의 헌신이 더 이상 자신의 소유가 아니라는 걸 똑똑히 확인했다. 상실감이 들었다. 잃고 나서야 당연하게 여겼던 것의 소중함을 깨닫는 기분은 비참했다.

그 비참함은 그녀가 웬 놈팡이랑 다정스레 맞대는 모습을 보았을 때 절정에 달했다.

내각에서 책을 찾다가 우연히 보았다. 구군복을 입은 젊은 사내와 무언가 주고받고 있었다. 궐 밖서 만난 놈일까. 애정의 징표일까. 열이 확 올랐다. 전부 내던지고 뛰쳐나갔다. 그러는 동안에도 그녀는 먼저 떠나가는 그 고약한 놈의 뒷모습만 바라보고 있었다.

그녀가 돌아섰을 때 팔에 끼워진 토시를 보았다. 그 허름한 토시는 궁녀의 표식인 옷소매 붉은 끝동을 가려 버렸다. 왕의 여자가 아닌 남의 여자라고 선언하듯 당당하게. 당장 물고를 내고 싶었지만 겁이 났다. 그녀가 청연을 위할 때처럼, 숙위소에 끌려갔다는 제 벗을 위할 때처럼, 돌아서 버릴까 두려웠다. 전하 따위는 아무것도 아니라고 또 다시 덤벼들면 견딜 수가 없을 것만 같았다. 그래서 머저리처럼 한 마디도 못 했다.

그리고 얼마 지나지 않아 까닭 모를 그녀의 눈물을 보았다.

"전하, 고개를 왼쪽으로 돌려주시옵소서."

화사가 붓을 쥔 채 청했다. 왕은 그대로 따랐다.

"오른쪽도 보여주시옵소서."

또 멍하니 시키는 대로 했다.

"망극하오나 혹 시름이 있으시옵니까?"

화사는 지존의 수심 어린 눈동자를 어찌 그릴까 고민하는 눈치였다.

"근심하지 않는 임금은 폭군 아니겠나."

왕은 너그럽게 말했다.

다만 온화한 겉껍데기와 달리 속은 썩어들어 갔다. 그는 태어나서 처음으로 어찌할 바를 몰랐다. 무슨 일이든 치열하게 맞서고 어떤 난관이든 과감하게 돌파해 온 그이지만 이런 경우는 도저히 갈피를 잡을 수가 없었다. 그녀는 너무나 어려웠다.

그래서 그녀를 빼앗겼다. 왕대비에게, 경수궁에게, 이름 모를 군교 나부랭이에게. 단 한 번도 자신의 것이 아니었던 것처럼.

참 우스운 건, 군교 나부랭이는 둘째치더라도, 자신이 왕대비와 경수궁에게까지 질투심을 느낀다는 점이었다. 왜 이리 빼앗긴다는 느낌이 들어 싫고 욱하는지 모르겠다. 그녀를 나눠 갖는 건 싫다고, 마음이 자꾸 옹졸한 고집을 부린다.

어영부영 보내는 시일 속에서 그는 무력했다. 왜 울었느냐 묻지도 못하는 신세가 되었다. 부정한 행실을 보고도 눈을 돌려 버리는 소인배가 되었다. 꼴사납게 주변이나 맴도는 얼뜨기가 되었다.

여자는 해롭다. 군자를 정욕에 휘둘리게 한다. 해묵은 신념으로 다시금 무장하려 애써도 틈을 비집고 들어오는 그녀는 몰아낼 수가 없었다.

언제부터 이렇게 된 걸까? 가슴 속에서 짤막한 순간들이 스쳐 지나갔다. 맹랑하게 겨루기를 청하던 첫 만남부터 이딴 거 필요 없다며 동전을 내던지던 재회, 쓰라린 입맞춤으로 헤어지던 날까지……. 하나하나 손꼽기도 어려울 만큼 쌓인 그녀와의 기억이 몰아쳤다. 그 속에서 이 생소한 감정의 시작점을 헤아리기란 참으로 어렵다.

그냥 어느새 이렇게 되었다.

"전하, 초본을 다 떴으니 편히 쉬소서."

왕은 천천히 눈을 깜빡였다.

"어디 보세."

"망극하오나 아직은 아니 되옵니다."

"어허, 본다고 닳는 것도 아닌데 어찌 상초(上綃, 채색 전 비단 위에 밑그림을 그림)하고 채색 마칠 때까지 기다리라는 게야."

왕이 성질 급하게 재촉하자 화사는 처지가 곤란해졌다.

"하오시면 신이 도화서로 물러나 보다 세밀하게 그린 연후에 올리겠사옵니다."

"공연히 정력 빼앗기지 말고 보여주는 게 나을 걸세."

왕이 을러대자 화사는 씨알도 안 먹힐 저항을 포기했다. 신하를 다루는 건 이렇게 쉬운데. 불쑥 꽁한 생각 하나가 불쑥 들었다.

막상 펼쳐진 그림은 묘했다. 간단한 선으로 묘사한 용안이라지만 참으로 낯설었다. 짙은 눈썹과 우뚝한 콧대. 엄하게 꾹 다문 입술. 단정하게 차려입은 복색. 다 그의 것이라지만 이질감이 앞섰다.

"눈에 차지 않으시옵니까?"

"아닐세. 잘 그렸어. 아주 비슷하군. 한데 뭔가……."

찬찬히 뜯어보던 왕은 고개를 갸우뚱했다.

"좀 우울해 보이지 않나?"

"근심이란 본디 겉으로 드러나기 쉬운 감정이지요."

왕은 한숨을 쉬었다. 그래, 해결할 수 없이 가슴에 꽉 막힌 근심 하나가 있다.

"채색할 때 재주껏 고쳐 보게."

"신이 근심을 덜어드릴 방법은 없겠나이까?"

그녀를 원한다. 하지만 원해선 안 된다. 가슴 속에 오른 연정의 꽃봉오리들을 왕은 무심히 도려냈다. 겨우 여자의 마음을 얻으려고 지존으로서의 위신을 제쳐 둘 필요는 없다. 군왕에게 있어 사랑이란 그리 대단한 감정이 아니다. 수양이 부족하여 생긴 정욕일 뿐이다. 그러니까 잊으면 된다. 억누르면 된다.

"과인의 근심을 헤아려 줄 사람은 천하에 딱 한 명뿐인데, 경은 결코 아닐세."

화폭 위의 갈망하는 눈동자를 왕은 애써 무시했다.

그 뒤론 여느 때처럼 정무를 보다가 오후께 왕대비전에 들렀다. 어진도사 때문에 아침 문후를 여쭙지 못한 게 마음에 걸렸다.

뜻밖에도 왕대비는 혼자가 아니었다. 효강혜빈과 중궁이 함께였다.

"마침 잘 왔습니다, 주상. 기별을 넣으려던 참이었어요."

왕대비는 태연했다. 난처한 쪽은 도리어 효강혜빈과 중궁이었다.

"어디 미령하시옵니까?"

"윗사람으로서 자궁의 근심을 외면할 수 없어 주책을 부려볼까 해서요."

어리둥절한 왕의 시선이 효강혜빈에게로 향했다.

"경수궁을 저대로 둘 순 없지 않겠어요!"

효강혜빈은 울상을 지었다.

물론 일 년하고도 일곱 달이 넘도록 해산할 낌새를 보이지 않는 만삭의 임부妊婦가 있다는 기막힌 사연을 잊을 수는 없었다. 거처를 옮겨 지내던 삼 개월 동안, 혹시나 하는 마음에 창경궁에도 산실청을 하나 더 배설하였거늘 또 물만 먹었다.

왕도 골치가 아팠다. 어의서부터 약방 의원들 모두가 확실히 있다고 장담하는 용종이 도대체 왜 안 나온단 말이냐. 아예 없었으면 몰라도, 한 번 생겼다고 기뻐하고 보니 뭔가 잘못되었다는 걸 인정하기가 참으로 어렵단 말이다. 실망감도 실망감이거니와 이 소란 뒤에 따를 세간의 비웃음도 뼈아프긴 매한가지였다.

애간장이 다 녹은 모후의 얼굴을 보자니 왕은 소용없는 줄 알면서도 다시금 기억을 되짚어보았다. 경수궁은 건강하고 생산력이 왕성한 젊은 여인이라 달거리와 맥박이 순후했다. 합궁에도 문제는 없었다. 비록 머릿속으론 다른 여자를 향한 생각에 사로잡혀 있었으되 상궁들 떠드는 지시에 따라 확실하게 사내구실을 했다.

다만 너무 빨리 찾아온 경사에 놀라기는 했다. 사이가 미처 서먹한 후궁의 잉태라 더 실감이 나지 않았다. 경수궁과 그 태중에 있다는 용종을 떠올릴 때마다, 방자한 어느 궁녀에 대한 그리움만 짙어지기도 했다.

그래도 역시 아니다. 문제는 전혀 없었다.

"어마마마, 약방이 철석같이 장담할진대 소자의 부덕을 아녀자에게 나무라신다면 소자는 들 낯이 없사옵니다."

어쨌든 왕은 모후를 달래려 들었다. 괜히 또 여자들끼리 일을 벌이다 무마하고 있는 조정까지 들썩일지 모른다.

"어미도 일을 키울 생각은 없습니다."

몹시 기민한 효강혜빈은 아들의 염려를 대번에 눈치챘다.

"귀띔이라도 얻으려고 경수궁의 궁인 하나를 불렀을 뿐이에요. 그것도 믿을 만한 사람으로."

"산실청이 철통같은데 하찮은 궁인에게 하문이라니요."

왕은 언짢아했다. 그러나 장지문 너머로 경수궁 나인이 입시를 청한다는 고함이 들려오자 더는 만류할 기회가 없었다.

"안으로 들여라."

그녀였다.

무얼 하다 왔는지 앞섶에 칠칠치 못하게 먹물을 묻혔다. 세상 어려운 양반님네가 죄다 모여 있음을 깨달은 얼굴에선 경악이 스쳐 갔다.

그녀는 문간에 넙죽 엎드렸다.

"오랜만이구나. 잘 지냈느냐?"

"망극하옵니다."

왕대비 목소리가 어째 다정스러웠다. 속에서 뭐가 또 치받는 통에 왕은 헛기침을 했다.

"가까이 와 고개를 들라."

작은 어깨가 쭈뼛대듯 꼼지락거렸다. 덜덜 떨면서 내딛는 걸음걸이도 퍽 안쓰러웠다. 그녀는 넷 중 그나마 아랫사람인 중궁의 지척에 새로 자리를 잡았다.

"전보다 여위었다."

왕대비가 덕임의 얼굴을 뜯어보았다.

"나이를 먹을수록 하찮은 얼굴도 볼품없어질 뿐이옵니다."

과연 종잡을 수 없이 태평하던 얼굴에 분명 수심과도 같은 그림자가 생겼다. 요사이 경수궁 나아가도 얼굴 보기가 어렵더니만, 생활고라도 더 심해졌나? 그래서 울었던 걸까?

왕은 목구멍까지 올라오는 의문을 삼켰다.

"회포를 풀 계제는 아니다. 어이하여 너를 불렀는지 아느냐?"

"송구하오나 모르옵니다."

"경수궁에 대해 묻고자 한다."

그녀는 불안한 듯 입술을 달싹였다.

"네 웃전의 용태가 요즘 어떠하더냐?"

"밥과 국을 골고루 젓수시며, 산보를 자주하여 게으름을 경계하시고, 입에 쓴 탕약도 거르지 않으시옵니다."

"뻔한 소릴 듣자고 여기까지 널 부르진 않았겠지."

질타하는 위엄이 추상같았다.

"바깥에 숨기는 걸 고하라는 뜻이다. 아녀자 마음이 다 그렇듯 경수궁도 왕자를 낳는답시고 몰래 하는 일이 있겠지. 부적을 쓰든, 영험하다는 무언가를 먹든 말이다. 개중에 분명 잘못이 있을 게야. 그렇지 않고서야 이토록……."

왕실의 회임을 두고 불미스럽다고 칭하기는 민망했는지 왕대비는 말끝을 흐렸다.

"중차대한 문제다. 널 믿기에 부른 것이니 소상히 고하여라."

시어미보다는 한결 유한 말투로 효강혜빈이 거들었다.

연이은 다그침에 덕임은 질식이라도 할 기색이었다. 조막만한 얼굴이 새파랗게 질리고 어깨는 더더욱 움츠러드니, 왕도 덩달아 심기가 불편해 무릎을 뒤척였다.

"망극하오나 고할 것이 없사옵니다."

한참 만에 그녀가 올린 대답은 예상과 전혀 달랐다.

"심중에 의혹이 있으시다면 응당 경수궁께 하문하셔야 옳은 줄로 아뢰옵니다. 하찮은 아랫것의 입을 통하면 옳은 일도 그른 일로 왜곡되는 법이옵니다. 웃전이 숨기는 비밀을 고하라는 말씀은 더더욱 도리에 어긋나옵니다."

겁에 질려 위축된 겉모습과 달리 맹랑하기 그지없었다.

"아니, 이 무슨……!"

효강혜빈은 아연실색하며 왕대비 눈치를 얼른 살폈다.

"감히 방자하게 구는 소인을 죽여주시옵소서."

그래도 덕임은 배수진을 치고 버티는 양 비장했다.

"경수궁이 본방나인만 끼고 돈다는 소문을 들었다."

정적 끝에 왕대비가 입을 열었다.

"미천한 것들이 활개를 치고 후궁을 미혹케 한다더군. 내명부의 질서와 법도를 흐리는 정황이 뚜렷한데도 마냥 함구하렷다?"

금시초문이라 왕은 자못 놀랐다.

"소문은 사실이 아니기에 소문일 뿐 아니오리까."

"경수궁이 지밀궁인을 대동하는 걸 전혀 본 바 없거늘. 감히 거짓을 고할 테냐?"

"마마의 말씀을 받든다면 소인은 앙심을 품고 웃전을 음해하는 죄인이 될 터, 그것이야말로 질서와 법도를 흐리는 우가 아니겠사옵니까."

회유라면 회유고 으름장이라면 으름장이건만, 그녀는 한 발짝도 물러서지 않았다.

"나를 기만한 죄로 고신을 가한다 하여도 입을 다물 테냐?"

"차라리 그리하여 주소서. 죽여주시옵소서."

왕은 웃어야 할지 울어야 할지 갈피를 못 잡았다.

승은 같은 소리 마시고 하던 대로 올바른 국본 행세나 하시라고 꾸짖던 옛날의 그녀였다. 천만금을 준대도 양심은 아니 팔겠노라 으름장을 놓던 모습도 그대로였다. 숱한 서운함과 좁히기 어려운 거리감 속에서도 그녀의 본질만은 놓치지 않았다는 안도감이 들었다. 그러나 반면, 제 벗을 구한답시고 자신을 속이고 수작을 부리던 그녀가 또 경수궁을 위한답시고 위험을 감수하면서까지 뻗대는 꼴을 보니 속이 뒤집혔다.

"주상께선 어찌 생각하십니까?"

왕대비가 화살을 돌렸다.

"형장을 때려서라도 입을 열게 해야겠습니까?"

왕은 잠시 덕임을 보았다.

"그리하소서. 마마의 뜻을 따르지 않은 죄를 물어야 마땅하옵니다."

누구에게든 예외는 없다. 특혜도 없다.

오랜 부정 끝에 그녀에 대한 감정을 인정하고야 말았지만 그렇게 맹세했다. 사내이기 전에 임금이다. 여자에게 사사로이 휘둘릴 순 없다.

왕은 비로소 그녀가 왜 자신에게 화가 났는지를 헤아렸다. 임금은 평범한 사내처럼 여인을 사랑할 수 없다. 아끼는 마음이 간곡할수록 엄하게 다스려야 한다. 너무 높이 기어오르지 못하게 막아야 한다. 지쳐서 떠나가도록 놓아주어서도 안 된다. 필요한 만큼 써먹고 가차 없이 버릴 준비를 늘 해야 한다. 임금은 여자를 그렇게 사랑해야 한다.

그녀는 말했다. 계집으로서 사모한 적이 없다고. 앞으로도 그럴 일은 절대 없을 거라고. 지존의 사랑을 단호히 거부하는 것이다.

그가 줄 수 있는 유일한 사랑을 경멸하는 것이다.

"중전은 어찌 생각하시오?"

왕대비의 의미심장한 시선이 또 움직였다.

"저, 저, 전하의 말씀과 마찬가지로……."

꿔다놓은 보릿자루처럼 눈치만 보던 중궁은 놀라서 펄쩍 뛰었다. 여느 때처럼 잔뜩 주눅이 들어 맞장구나 치려나 싶더니만, 놀랍게도 멈칫 말을 바꾸었다.

"아니, 부디 과, 관용을 베푸심이……?"

과연 올바른 답인지 스스로도 확신은 못 하는 목소리였다.

"차, 차라리 소첩을 꾸짖어주소서! 늦어지는 해산도 이 궁인의 방자함도, 내명부를 슬기롭게 다스리지 못한 소첩의 부덕이오니……."

다시금 아랫사람으로부터 반박을 당했는데 왕대비는 언짢아하지 않았다. 오히려 왕과 중궁, 그리고 덕임까지 찬찬히 응시하매 알 수 없는 미소를 머금었다.

"그래, 이 미망인이 원하던 그림이 제법 나오는군요."

스스로 명석함을 자부하는 왕이건만 여자들 속은 도통 모르겠다는 생각을 하지 않을 수 없었다.

경수궁의 문제는 효강혜빈의 불만을 누그러뜨릴 겸 핑곗거리고, 실상은 자신과 중궁의 속을 떠볼 심산이었다는 건 알겠다. 중궁이 이에 응해 나름대로 어떤 입장을 취했다는 것도 명확했다. 단순하게 본다면야, 중궁은 덕임을 벌하고 싶지 않은 왕대비의 의중을 파악한 한편 후궁의 허물을 제 탓으로 돌려 호감을 샀다. 하지만 그것이 다는 아니다. 정궁으로서 당연히 올려야 할 현숙한 대답은 지나칠 만큼 왕대비를 만족시켰다. 같은 목적을 둔 사람들끼리 미묘한 타협의 과정이 아닌가 싶었다. 어쩌면 그 자신도 한 축을 담당했을지 모른다. 다만 어찌 되었든, 그 목적이 무엇이냐는 문제는 기어이 남는다.

"오늘 일은 내 실책입니다."

미묘한 시선의 끝에 왕대비는 조용히 덧붙였다.

"효심 깊은 주상께선 편을 들어주셨지만 낯부끄러운 실책일 뿐이에요. 궁녀와 사통하며 대사大事를 좌지우지하려 들어선 아니 되지요."

"왕실 어른의 거조일진대 어찌……."

효강혜빈은 어쩔 줄을 몰라 했다.

"아니, 주상과 약원을 믿고 침착하게 기다렸어야 했습니다. 여인의 좁은 소견으로 주책을 부렸으니 부끄러울 따름이에요."

며느리 조바심에 대한 일침이기도 했다.

"치맛바람을 펄럭이면 될 일도 아니 되는 법입니다. 앞으로는 이 미망인도 자궁도 가만히 지켜만 보도록 합시다."

"백번 지당한 말씀이시옵니다."

애가 탄다지만 시모에게 더 치댈 수는 없는 노릇이라, 효강혜빈은 순종했다.

"네가 날 꾸짖어주어 다행이구나."

언제 노했냐는 듯 생긋 피어오르는 미소는 구렁이 담 넘어가듯 매끄러웠다.

"그런 망극한 말씀은 받들 수 없사옵니다."

먼지로 사라져 버리고 싶다는 듯 덕임은 다시 넙죽 엎드렸다.

"얌전히 따라주었으면 좋았으련만."

다만 너그러운 칭찬이라기에는 껄끄러운 낌새가 있었다.

"흠, 그래도 차후를 고려하면 그 정도 강단은 있는 편이 낫겠지."

그리고 그 낌새는 곧 명백한 뼈가 되었다.

영문은 몰라도 귀찮은 소동은 무사히 끝났다. 왕대비는 덕임에게 이만 물러가라 명했다. 오늘 일을 경수궁은 모르게 하라는 당부도 잊지 않았다.

왕은 줄행랑을 놓는 그녀의 뒷모습을 눈으로 좇지 않으려 애썼다. 때마침 왕대비가 차를 권해 다행이었다.

"수정전(壽靜殿, 동궐 중 대비의 처소)에 다녀왔다면서요?"

"너랑은 상관없잖아."

미욱이 슬쩍 옆구리를 찔렀지만 덕임은 돌아보지도 않았다.

"우리 아씨 일인데 어찌 상관이 없답디까?"

"다른 일이야."

"허! 형님은 왕대비마마와 무슨 인연이우? 전부터 궁금했습지요."

"그것도 너랑 상관없지."

덕임은 구석에 처박힌 다듬잇돌만 훅 털어냈다.

"잘났소그래! 흥, 무슨 짓을 하고 다니는지 다 알아볼 테니까 각오하쇼!"

눈을 치뜨며 돌아선 미육이 남긴 으름장은 가소로웠다.

안 그래도 어제는 끔찍했다. 정오 즈음이었나. 웬일로 경수궁이 도움을 청했다. 친정에 서찰을 쓴다며 먹을 갈아달라고 했다. 찰싹 붙어 앉은 본방나인들도 있는데 왜 굳이 나한테 이러나 의아했지만 시키는 대로 했다. 그게 함정이었다. 툭툭 붓 터는 시늉을 하면서 먹물을 확 끼얹더란 말이다. 얼굴부터 앞섶까지 순식간에 엉망이 되었다.

"미안하네. 손이 서툴러서."

입가에 걸린 미소는 분명 고의성이 짙었다. 지켜보던 본방나인들도 낄낄 무람없는 웃음을 터뜨렸다.

그깟 유치한 장난쯤 넘길 순 있다. 하지만 벌써 두 달이 넘도록 은근히 사람을 괴롭히니 꽤 성가시다. 잘 때 무서우니 밤새도록 찬바람 쌩쌩 부는 북쪽 방향을 지키고 서달라는 둥, 아무도 없는 줄 알았답시고 찬 곳간에 두 식경 넘도록 가둬두는 둥 골탕 먹이는 방법이 제법 졸렬했다. 돌이켜보면 역시 전하께서 널 보시는 눈빛이 어쩌고 할 때부터 내심 삐친 기색인데, 그 언짢음을 더욱 부채질한 다른 사연도 있는 것 같다. 그렇지 않고서야 점잖던 양갓집 아씨가 이토록 심술궂게 변할 리 없다.

아무튼 시커멓게 묻은 먹물을 지우느라 궁상을 떠는 중에 자전의 상궁과 만난 게 또 화근이었다. 급히 찾으신다고 야단이었다. 깨끗한 저고리로 갈아입을 틈도 주질 않았다.

끌려간 왕대비전은 팔열지옥이었다. 한 명의 지존도 어려운데 높으신 분이 넷씩이나, 하물며 가장 껄끄러운 왕까지 있었다.

더군다나 이실직고하라며 몰아붙이니 완전히 궁지에 몰렸다. 마음 같아서야 홀랑 일러바치고 싶었다. 사사로이 복용하는 탕약이라든가, 본방나인들이 주도하는 온갖 부적과 미신이라든가, 무당을 친정 식구로 속여 들여와 굿을 한다든가……. 기함할 만한 사건의 연속은 변두리에서 곁눈질만 해도 알았다.

그러나 어차피 덕임에게는 선택의 여지가 없었다.

입을 다물든 열든 마찬가지였다. 당장 물증도 없으면서 탕약이니 굿판이니 입에 올렸다가 경수궁이 깨끗하게 발뺌을 하면 상전을 무고한 죄로 도륙이 날 터였다. 설령 후궁의 치부를 입증한들 어차피 상전을 잘못 모신 죄로 곤장을 백 대쯤 맞고 쫓겨났을 테고.

하필 자신을 고자질쟁이로 고른 것도 신중히 따져 볼 문제였다. 본방나인을 다그치는 건 경수궁과 그 친정을 공격하는 행위니 고려조차 하지 않았을 것이다. 그렇다고 구 상궁을 부르자니 막강한 구씨 무반과 먼 친척이라 의외로 뒷배가 짱짱하다. 그에 비해 자신은 일이 틀어질 경우 책임을 뒤집어씌울 수 있을 만큼 보잘것없다. 덕임은 자신을 두고 믿을 만한 사람이라던 효강혜빈의 말씀에 담긴 이중적인 의미를 놓치지 않았다. 행여 뒤늦게라도 경수궁이 튼튼한 아기씨를 생산하면 면피할 구실로 이용해 먹기 딱 좋다는 말이다.

그래서 버텼다. 경수궁을 위해서가 아니라 자신을 위해서. 모로 가도 죽는다면 살 확률이 높은 쪽으로 승부수를 던져야 했다.

우스웠다. 어딜 푼돈으로 양심을 사느냐 왕에게 호통을 친 적이 있었다. 다사다난한 세월이 지난 지금, 똑같은 사내에게 또 다시 버티는 모습을 보여주었다. 다만 그 속사정은 훨씬 정치적이고 약삭빠른 것이 되었다. 너무도 많이 변해 버렸다. 왕의 분노와 경멸을 이해할 만했다.

"그리하소서. 마마의 뜻을 따르지 않은 죄를 물어야 마땅하옵니다."

그의 냉정한 목소리가 또 귓가를 스쳤다.

염치없게도 실망감을 느꼈다. 그러나 부끄러움은 곧 역시 내 판단은 틀리지 않았노라 비뚤어진 냉소로 변색 되었다. 왕이 주장한 연심은 겨우 그 정도가 맞다. 지존으로서의 체면에 앞서 여자를 사랑할 순 없는 사내다. 아마 그럴 생각조차 없을 것이다. 여자가 자신을 위해 울어주길 바라면서 여자를 위해 울어주진 않는다. 세상에서 가장 뜨거운 입맞춤으로도 치장할 수 없는 얄팍함이다. 겨우 그깟 감정을 거절하였다고 죄책감을 느낄 이유는 없다. 마음 약해질 필요도 없다.

"저기요, 성씨 형님!"

누가 또 빼꼼 고개를 들이민다. 본방나인 양순이었다.

"중전마마께서 약재를 내리신다고, 얼른 가서 받아오래요."

오늘 중으로 곳간을 깨끗이 청소하라더니 또 변덕이다. 덕임은 걸레를 휙 던졌다.

"여기는 다녀와서 마저 치우라 하시네요."

양순은 얄밉게도 생긋 웃더니 쪼르르 달려 나갔다.

그래, 바깥바람 쐬고 좋지. 팔자에도 없는 낙천을 꿈꾸며 덕임은 기분을 달래려 했다. 그러나 막상 중궁전에 가보니 쉽지 않았다.

"정말 항아님 혼자 옮길 수 있겠습니까?"

약재를 가득 쌓은 지게를 내어주던 의녀 남기가 난처하게 물었다.

"무거울 텐데. 뒤에서 받쳐 드릴까요?"

"바쁜 사람 귀찮게 할 수는 없지."

쭈그리고 앉아 간신히 어깨에 멨지만 일어서기가 녹록잖았다.

"대전 지밀방에 계시던 분이 요즘엔 어찌 허드렛일만 하셔요?"

"일복은 타고났나 보오."

덕임은 허탈하게 웃었다.

"누구 상궁 마마님께 밉보인 게지요?"

밉보였다는 말의 위력을 새삼 절감했다. 오죽하면 왕에게 당할 때보다 힘들다. 상감마마는 바삐 나돌아다니기라도 하지, 노상 틀어박혀 사는 후궁은 피할 방법도 없다. 더욱이 자전과 자궁까지 쪼아댈 낌새다. 이래서야 숙창궁 때처럼 한 발만 삐끗해도 굴러떨어질 줄타기놀음을 다시 하는 셈이다.

멍하게 있으면 또 휘둘리다 당한다. 불쑥 위기감이 들었다.

"저기, 실은 묻고 싶은 게 하나 있소."

살 구멍 하나는 미리 뚫어놓아야 한다.

"좌척맥은 본디 회임을 가늠할 뿐 아니라, 방광과 신(腎, 콩팥)을 짚는 맥이라 들었소. 그럼 장기가 온전치 못하면 맥이 어떻게 되오?"

"가늘고 약해서 잘 잡히지 않습니다."

참 뜬금없다는 듯 남기는 갸우뚱했다.

"건강할 땐 맥이 세게 뛰겠네?"

"그런 편이지요."

"콩팥을 보하는 탕약을 먹는다든가, 뭐 그래서 맥이 두드러질 수도 있소?"

"처방을 봐야 알겠지만……. 약해졌다 튼튼해지면 그럴 수도 있지요."

"하면 다른 장기 때문에 맥이 잡히는 걸 회임으로 착각할 수도 있소?"

비로소 남기는 미심쩍어했다.

"왜요? 어떤 항아님이 사내랑 배가 맞기라도 했답니까?"

"에이, 그냥 묻는 거요. 사람 참 삭막하네."

"아니지! 경수궁 때문에 물으시는 거지요?"

티를 너무 냈나 보다. 능청스레 부인했지만 남기는 바보가 아니었다.

"하긴 궁금할 만도 하지요. 열 달이 진즉 넘었는데 해산은 낌새도 없잖아요."

다행히 남기는 은근히 동조하는 눈치였다.

"워낙 중차대한 일이라 약방에서도 다들 쉬쉬해요. 뒷말만 나오지요. 왕실의 첫 회임에 눈이 멀어 속단한 게 아니냐고요. 그게, 여인의 맥은 달거리니 자호(子壺, 자궁)니 복잡하게 얽혀서 사내의 것보다 더 어렵거든요. 달거리 통증이 심할 때 좌척맥이 단단해지냐 약해지냐, 의녀들끼리 생각이 죄 다를 지경이라니까요."

남기가 목소리를 낮췄다.

"처음 경수궁의 맥을 짚을 때 의녀 셋이 들어갔잖아요. 그때 둘은 회임이라고 했는데 다른 하나가 좀 이상하다고, 더 두고 봐야 한다고 우겼더래요. 그래 봤자 이대 일로 밀리니까 하는 수 없이 고집을 꺾었다더라고요."

"이상하다니?"

"언뜻 좌척맥을 짚은 것 같아 영 석연찮았다나요."

"그게 회임을 나타내는 맥이라며?"

"시기에 비해 너무 이르게 짚였다는 거지요. 달거리가 막 끊긴 초기에는 족소음맥이라고, 복사뼈 태계혈太谿穴로 얼추 가늠하거든요. 그러다 석 달이 지나 좌척맥도 두드러지면 확실한 거고요."

"그래서 다섯 달째에 어의가 진맥을 했군. 그럼 두 맥이 동시에 잡혀서 이상한 거요?"

"아주 이상할 건 아니지만……. 신중을 기할 필요는 있지요. 그 의녀는 회임 말고, 신이나 간 때문에 잡힐 수도 있다 싶었더랍니다. 한데 다른 의녀들은 특이할 게 없다고 했어요. 혼자 착각한 것으로 몰려도 할 말이 없었던 게지요."

"어의 영감은?"

"회임 징후가 워낙 뚜렷하니 맥후만 적당히 보셨을걸요. 유난 떨기도 영 민망하잖아요. 왜, 외간 사내에게 진맥을 받느니 그냥 죽겠다는 부인들이 넘치는데."

남기는 혀를 끌끌 찼다.

"전하께서 불필요한 처방을 줄여 절약하자며 신방험태산神方驗胎散은 쓰지 말도록 명하신 것도 좀 아쉽지요. 잉태한 여자가 그걸 먹으면 배꼽 아래가 꿈틀거리니까 확실한데."

"지금이라도 써보면?"

"늦었어요. 만삭이시잖아요."

남기는 짐짓 미간을 찌푸렸다.

"그런데 뭐, 보약을 따로 드신다고요? 그럼 아무래도 영향을 받을 텐데요."

더 캐물으려다 마지막 순간의 분별력으로 덕임은 입을 다물었다. 괜히 성급하게 굴다간 목이 달아날 수도 있다.

"저기, 그럼 위태는 어떻소?"

대신 조심스럽게 화제를 돌렸다.

"그럴 수도 있나?"

위험스러운 주제인 건 매한가지였다.

"실제 회임처럼 꾸미는 고약한 병이죠. 고사에선 오 년이 넘도록 만삭으로 지낸 여자도 있다대요."

"병을 가려낼 방도는 없다던데, 치유법도 없소?"

"스스로 회임이 아님을 깨달으면 낫습니다. 보통은 아무리 기다려도 애가 나오지 않아 체념하거나, 옆에서 착각이라고 자꾸 구슬려 줄 때 차도를 보인답니다."

"다들 기대하는 상황에선 쉽지 않겠소."

불안해졌는지 남기는 얼른 덧붙였다.

"아, 아무렴 설마 위태겠습니까. 민간에선 달수를 넘겨 태어나는 일이 비일비재하대요. 애를 밴 줄 모르고 밭일을 하다가 숨풍 낳는 여자도 있다던걸요."

"그럼 다행이고."

덕임도 선선히 고개를 끄덕였다.

"지금 한 얘긴 비밀이오."

"그럼요. 항아님 덕에 숙위소에서 살아 나왔는데 그 정도야, 뭐."

대수롭지 않게 남기는 어깨를 으쓱했다.

"내 덕이랄 게 뭐 있소."

"배씨 항아님이 노상 그러시는데요."

"아! 행여 경희한테 내가 요즘 궁상스럽게 산다는 얘긴 하지 마오. 걔가 걱정을 사서 하는 성격이라서."

그것도 걱정 말라는 듯 남기는 미소를 지었다.

"좋소, 그럼 지게나 한번 져 볼까."

기세 좋게 일어서려 했으나 덕임의 무릎은 도로 꺾였다.

"너는 성가 덕임이가 아니냐?"

중전이었다. 경수궁에서 사람이 왔다는 전갈을 듣고 친히 나와본 모양이었다.

"약재를 가지러 왔느냐? 자궁께서 경수궁을 몹시 걱정하시기에 내가 친정을 통해 질 좋은 것을 구해 들였단다."

모처럼 효강혜빈의 칭찬을 듣기라도 했는지 중궁은 기뻐 보였다.

"힘 좋은 무수리를 보내라 했는데, 왜 네가 왔느냐?"

머뭇거리는 덕임을 보고 대충 사정을 알겠다는 듯 그녀의 눈빛이 묘해졌다.

"경수궁이 궁인들을 잘못 다룬다는 말이 나돌긴 하던데."

그 시선은 곧 덕임을 떠나 먼 산에 머물렀다.

"어제 일은……."

조심스럽게 꺼낸 말을 끝맺지 못하고 머뭇거렸다. 덕임이 대신 무마하려 했다.

"소인의 허물을 덮어주셨으니, 실로 하해와 같은 은혜를 입었사옵니다."

"그러지 마라."

중궁은 썩 기꺼워하지 않았다.

"널 위해 그런 것이 아니니 인사치레를 받으면 안 된단다."

분위기가 순식간에 어색해졌다.

"내가 잘못 짚은 게야. 넌 정녕 홍덕로의 사람이 아니었어. 전하의 눈빛만 봐도 알겠더구나."

하루도 편하게 지나가는 날이 없다. 이쯤 되면 삼재三災라도 든 게 아닐까 싶다.

"하여 생각해 봤다. 이로운 처신이 무엇일지를."

중궁의 눈동자가 혼탁하게 일렁였다.

"누군가 내 소임을 대신해야만 한다면 차라리 네가 낫다."

바짝 얼어붙어 숨도 쉴 수 없었다.

"넌 내 사람은 아니지만 누구의 사람도 아니다. 위협이 되지도 않지. 어제에서야 똑똑히 보았다. 마음이 놓이더구나."

중궁은 덕임이 매고 가야 할 무거운 지게를 흘끔 곁눈질했다.

"당장은 고생스럽겠지만 견뎌라. 조만간 보상받을 게다."

그러곤 휑하니 떠나버렸다.

"저게 다 무슨 말씀이랍니까?"

넙죽 엎드려 있던 남기가 얼떨떨하니 물었다.

"그러게 말이오."

덕임은 진심으로 동의했다.

"일어서는 거나 좀 도와주오. 뒤로 자빠지면 큰일 나겠어."

뭐가 되었든 예감이 좋지 않다. 여린 어깨를 맵게 파고드는 지게에 눌리는지, 쉽고 편하게 살려 할수록 어려워지는 팔자에 짓눌리는지, 다리가 휘청거렸다.

"자네, 나 좀 보세."

그러나 꿀꿀함이 채 가시기도 전에 덕임은 또 다른 시련과 맞닥뜨렸다.

경수궁이 무거운 배를 짚고 마당에 나와 있었다. 의기양양한 표정으로 찰싹 붙은 미육과 양순은 덤이었다.

"어제 자전께서 나에 대해 여쭈시던가?"

경수궁은 곧장 의표를 찔렀다.

"안부를 하문하셨나이다."

"미육이한테는 사적으로 마마를 배알하였다고 했다면서?"

미육이 고년이 으름장을 놓더니만 겨우 이까짓 술수라니 썰렁했다.

"자전께 필사한 글을 올린 적이 더러 있어 감히 인연이 있사옵니다."

"어제도 그런 일로 뵈었다는……?"

옆에서 구 상궁이 경고 섞인 헛기침을 했다. 덕분에 경수궁은 하늘 같은 웃전의 뒤를 캐는 불경을 저지르지 않고 입을 다물었다.

"됐네."

그녀가 한발 물러섰다. 대신 새쭉하게 말을 돌렸다.

"세답방 나인 하나가 병으로 출궁한 걸 알 테지? 일손이 부족한데 자네는 한가하니 대신 하면 되겠어. 조만간 입을 겨울옷부터 내 본방 나인들의 개짐까지 싹 다 빨아놓게."

"어찌 그런 경우 없는 하명을 하시옵니까?"

구 상궁이 불쑥 역정을 냈다.

"지밀방과 세답방은 엄연히 지체가 다를진대 차마 받들 수 없는 말씀을 하셨나이다. 비천한 본방나인의 개짐을 운운하심도 큰 허물이옵니다. 생각시들과 내훈內訓부터 다시 익혀야 도리를 깨달으시겠습니까!"

계속 벼르고 있었던 탓일까, 꾸짖음이 참으로 매서웠다. 선왕을 바득바득 모셨다는 경력이 허투루 쌓인 건 아닌 모양이다. 그 기세에 흠칫 놀라 경수궁은 어깨를 움츠렸다.

"아, 아니, 나는……."

"말버릇이 그게 뭡니까!"

경수궁보다 훨씬 드센 미육이 눈을 치뜨고 덤볐다.

"그, 그래! 자네야말로 도리가 없네."

든든한 지원에 기가 살아난 경수궁도 고집을 부렸다.

"송구하옵니다. 당장 따르겠사옵니다."

맞받아치려는 구 상궁을 말리며 덕임이 앞으로 나섰다. 탁탁 튀는 불씨마저도 잠재울 만큼 그녀의 목소리는 드레졌다. 경희와 복연의 다툼을 말리면서 익힌 재주였다.

경수궁은 스스로 쟁취한 승리로 오해하고 의기양양해졌다.

"당장은 안 되지. 부적을 붙여야 하니 곳간을 치우라 하지 않았는가. 아, 중전마마께서 내리신 약재들도 정돈해야지? 방망이질은 아무래도 밤새 해야겠군."

점점 추워지는 날씨에 잠도 자지 말고 찬물에 손을 담그라니 퍽 가혹했다. 더 부려먹을 구실이 없나 고민 끝에 경수궁이 쌩 사라지자, 구 상궁은 버럭 화를 냈다.

"왜 말렸느냐! 이참에 눈물을 쏙 뽑아내려고 했는데!"

"괜한 자존심 세울 것 없습니다. 저만 더 힘들어진단 말이에요."

"지밀방을 번번이 개무시하시는데 계속 두고 봐?"

"됐어요, 됐어. 암만 마마님이라도 후궁과 입씨름을 해서 이길 수는 없잖아요. 오래 살려면 지는 싸움은 하지 마셔요."

"그럼 넌 어쩔 테냐? 혼자 계속 당할 게냐?"

구 상궁은 가래침을 퉤 뱉었다.

"쯧, 이게 다 지랄 맞은 미욱이 년 때문이다. 그년이 네 뒤를 캔답시고 헛소문을 달고 와 마노라를 현혹하는 게야."

"제 뒤를 캔다고요?"

"방을 같이 쓰면서도 몰랐느냐?"

만날 헛소리를 늘어놓는 꼴이 답답해서 귀를 막고 산 탓이었다.

"네가 숙창궁을 생전에 각별히 모셨네, 무슨 홍덕로의 사람이네, 그래서 그 양반 쫓겨날 때 같이 쫓겨났네……. 신이 나서 떠들더라. 진짜 악질은 고년이 네가 홍씨 오누이의 복수를 하려고 호시탐탐 기회만 노리는 게 틀림없다고 믿는다는 게야. 애가 머리가 좀 이상한 것 같다."

덕임은 기가 막혀서 픽 웃었다. 홍덕로의 마수에서 구해주어 고맙다는 남기의 인사를 들은 게 아까 전인데, 잠깐 사이 그의 심복으로 둔갑 되고 말았다.

"웃을 일이 아니다. 경수궁께서 곧이곧대로 믿고 너를 못 잡아먹어 안달이시잖아. 그뿐만도 아니다. 접때는 전하께서 가까이 두시는 궁녀가 있으신지, 혹시 네가 그런 궁녀가 아니었는지 막 묻더라. 경수궁께서 널 보는 전하의 눈빛을 영 꺼림칙하게 여기신다는데……. 혹시 또 모른다. 미욱이 고것이 무슨 이야길 지어낼지!"

왕이 자신을 보는 눈빛이라는 게 뭘까? 중궁도 경수궁도 자꾸 같은 소리를 한다.

"야, 심각하다니까! 마노라께서 죄다 믿고 널 요망한 계집으로 여기시면 큰일 난다. 해코지라도 하면 어찌 감당하려고?"

성씨 형님이 어떤 사람인 줄 다 알고 있다며 비아냥거리던 미육이 문득 떠올랐다. 무식한 데다 속이 배배 꼬인 계집이 귀까지 얇으니 실로 너절했다. 이토록 똥인지 된장인지 계산도 없이 달려드는 사람은 처음이다. 그래서 어중간하고 애매했다. 되갚아 주고픈 앙심보다 딱함이 앞섰다.

"제가 원래 당하고 사는 성격은 아니거든요."

덕임은 한숨 섞인 웃음을 터뜨렸다.

"모르는 사이에 철이 들어버렸나 봅니다."

"아이고, 장하다. 그래서 뭐 어쩐다고?"

구 상궁이 시큰둥하니 물었다.

"아직은 모르겠네요."

쉽게 살다가 늙어 출궁하여 설설 끓는 바닥에 등허리나 지졌으면 했을 뿐인데, 왕과 얽히고서부터 참 어렵게 되었다. 무일푼으로 쫓겨나 보았고 공연히 되돌아와 천덕꾸러기 신세도 되었으니 다음엔 또 어찌 될지 모르겠다.

서러운 마음은 물색없게도 왕을 떠올렸다. 분노로 일렁이던 눈동자. 누군지 전혀 모른다는 듯 무심하게 지나치던 뒷모습. 마음대로 벌하시라 일갈하던 차가운 옥음.

문득 예전이 그리워졌다. 비록 그가 툴툴댈지언정 비뚤어진 방식으로 다정스럽기도 했던 시절이었다. 그녀 스스로 어그러뜨리기 전의 잔잔한 일상이기도 했다.

어쩐지 눈물이 날 것 같았다. 그리고 불행만 산더미처럼 쌓인 하루의 남은 일과는 절대로 기분을 나아지게 할 수 없었다.

하루가 수월찮기로는 왕 또한 마찬가지였다.

기분이 처졌다. 서른네 곳이나 되는 마을이 겪은 풍재와 수재의 참상이 여실한 탓이었다. 슬슬 추수를 준비할 시기에 된통 물난리를 겪은 백성들이 가여웠다. 국고의 실정에 맞춰 머리가 터지도록 구휼을 고민했지만 신통치 않았다.

정무를 마치고 대전으로 돌아왔건만 언짢음은 그대로였다. 수라를 거르고 책을 펼쳤지만 글자가 읽히지 않았다. 체통이고 뭐고 서궤에 철퍼덕 엎드렸다. 어려서부터 곧잘 이랬다. 술로도 담배로도 달랠 수 없는 고민이 속에서 넘칠 때면 가만히 엎드려 고요함에 귀를 기울였다. 항상 바른 자세를 강요받는 그가 누리는 은밀한 버릇이었고 유일한 일탈이었다.

그걸 아는 사람은 오직 그의 조모뿐이었다.

조모인 의열궁은 망초꽃 같은 여자였다. 어디서나 쉽게 보는 하얀 들꽃처럼 편안하고 강인하며 또한 아름다웠다. 상민 출생으로서 왕실에 들어온 만큼 일부러 더 엄한 모습을 보였으되 한편으론 너그러워서 대하기가 허물없었다.

"혼자 삭이는 습관이 있으시니 걱정입니다."

서연을 가기 전 잠깐 틈에 조모 곁에 엎드려 누운 적이 있었다. 평소 같았으면 말없이 작은 등이나 어루만져주었을 의열궁이, 그날은 사뭇 이상한 이야기를 꺼냈다.

"해롭습니다. 근심을 털어놓을 상대는 두셔야지요."

"사내가 속 깊은 말을 주절댄답니까."

또래 친구는커녕 여자들과 환관에 둘러싸인 채 고립되어 살던 어린 시절의 그는 외로움을 감추려고 용을 썼다. 아니, 그가 느끼는 감정이 외로움인 줄도 솔직히 몰랐다.

"주상전하께서도 그리하시는 걸요, 뭘."

그의 조부는 유능한 임금이었다. 뿌리가 어디까지 깊숙이 박혔는지 모를 당파도 손쉽게 좌지우지하였고, 마음에 들면 등용했다가 질렸다 싶으면 걷어차 버리는 용단에도 거침이 없었다. 분노와 눈물을 섞어 쓰는 솜씨도 대단했다. 그러다 보니 총신이 바뀌는 일도 비일비재하였는데, 그런 지존의 곁을 늘 지킨 사람이 한 명은 있었다.

바로 조모인 의열궁이었다.

"여자라도 두라고요?"

그는 황당해했다. 상투만 올렸다뿐이지 여색에는 흥미도 없던 어린 소년다웠다.

"하여튼 책에서 배우신 대로 여자를 너무 박하게만 보십니다."

의열궁은 장난스럽게 타박하였다.

"신하는 당파와 소신에 따라 임금에 맞설 수 있지요. 하지만 여인은 다릅니다. 한 번 지아비를 섬기면 무조건 한뜻이랍니다."

"모든 여자들이 자가 같겠습니까. 웃음과 눈물로 군자의 마음을 흐리는 요물만 도리어 지천이지요."

"웃음도 눈물도 보이지 않는 여인이 진정 지아비를 사모하기나 하겠습니까?"

애늙은이 손자를 어르는 의열궁에게는 어째 새침한 구석이 있었다.

"열 여자를 두라는 게 아닙니다. 마음을 털어놓을 한 여자만 있으면 됩니다."

"자가께선 할바마마께 그런 존재시지요. 하여 지난 세월 행복하셨사옵니까?"

딴에는 조모에게 으스댈 기회를 주려는 효심에서 꺼낸 말이었다. 임금의 여자라면 더없이 영광스럽고 기쁠 줄로만 알았다. 그 무게는 전혀 알지 못했다.

"지존의 마음을 품는 여자에게 행복은 사치랍니다. 어린 처자가 저와 같은 운명을 살 걸 생각하면 뜯어말리고만 싶지요."

의열궁은 쓸쓸히 말했다.

"그러면서도 저하께 여자를 권하는 걸 보면 저도 교활해진 게지요."

어린 손자가 온전히 알아듣지 못하자 조모는 빙그레 웃었다.

"어쩌겠습니까. 그만큼 저하를 사랑하는걸요."

그리고 보름 뒤에 의열궁은 홀연히 눈을 감았다.

왕은 눈물이 책장을 적시기 전에 얼른 훔쳐냈다. 근심을 털어놓을 사람. 단 한 명이라도 있을까? 그는 자조적인 미소를 지었다.

한때는 있었다. 세상과 한바탕 농탕질을 쳐 보겠다며 허허롭게 웃던 덕로가 있었다. 어깨의 짐을 나눌 총신이었다. 그러나 그는 이제 없다. 마음에서 덜어냈다. 쫓아버렸다. 스스로 틔운 불꽃에 잡아먹혀 쓸쓸히 죽었다. 아니, 따지고 보면 그에게도 모든 걸 보여준 적은 없었다. 반만 보여주었을 뿐이었다. 보여주지 않은 반쪽으로는 그에게 칼침을 꽂았다.

그리고 그녀가 있었다. 마찬가지로 계산속에 올려둔 여자. 어떤 면에선 더 많은 것을 보이는 실수를 저지르게끔 만든 여자.

"고단하실 것 같아서요."

그녀는 미처 몰랐다는 양 말했었다.

"이른 새벽부터 늦은 밤까지 줄곧 일만 하시고, 짬 날 때도 독서를 하시지요. 보통 사람이었으면 쓰러지고도 남았을 텐데 어찌 버텨내시옵니까?"

아무도 그렇게 물어온 사람이 없었다. 임금이라는 이유로 모두가 당연하게 여겼고, 그 자신조차도 당연하게 받아들였다. 그런데 그녀는 눈을 동그랗게 뜨고 의문을 표했다. 말대꾸를 서슴지 않을 만큼 시건방진 주제에.

왕은 머리를 감싸 쥐었다. 그녀를 밀어내려 했다.

"윤묵이 게 있느냐?"

그러나 부끄럽게도 그는 또 자신에게 지고 말았다.

"침수 들기 전에 잠깐 경수궁에 들르겠다."

언질도 없이 나선 걸음은 조급했다. 어쩐 영문인지 갈 때마다 보이지 않으니 아예 그녀를 불러들일 구실까지 궁리했다.

하지만 막상 경수궁에 당도하였을 때는 예기치 못한 일이 벌어졌다.

갑작스러운 임금의 행차에 전각이 혼비백산한 가운데 어디서 딱딱 두드리는 소리가 들렸다. 가만히 귀를 기울여 보니 찰박찰박 물소리도 섞였다.

"이게 무슨 소리더냐?"

크고 작은 소동을 자주 겪은 사람답게 왕은 한껏 경계하였다.

"빨랫방망이를 두드리는 듯싶사오니 개의치 마소서."

서 상궁은 별스럽지 않아 했으나 왕은 의심을 거두지 않았다. 대궐의 궁인들까지 한패가 되어 역당이 지붕으로 기어오른 과거를 그는 잊지 않았다. 그래서 친히 확인하고 싶었다.

말릴 새도 없이 왕은 성질 급하게 소리의 진원지를 찾았다. 전각 지붕의 그림자가 드리운 뒷마당. 우물이 있었고, 우물물을 가득 퍼 올린 두레박이 있었고, 끝도 없이 쌓인 빨랫감이 있었다. 그리고 그녀가 있었다.

쌀쌀한 밤공기에 가느다란 팔뚝을 달달 떨면서, 찬물에 손을 담그고 있었다. 안마를 해준다면서 그의 어깨를 제대로 담지도 못하던 가녀린 그 손은 터질 듯이 붉었다. 바람에 노출된 귀와 뺨도 붉었다.

빨랫감을 물로 조물거리고 나자 또 방망이를 잡아야 했는지 그녀가 반쯤 몸을 돌렸다. 당연한 수순처럼 그녀는 왕의 존재를 알아차렸다. 깜짝 놀라 쪼그리고 앉은 채로 올려다보더니 이내 숨도 제대로 쉬지 못하고 벌떡 일어섰다.

왕은 아무 생각도 할 수 없었다. 그녀의 눈시울이 손처럼, 귀처럼, 뺨처럼 붉다는 걸 알아차린 순간부터. 어째서 울고 있었을까. 해답을 찾을 수 없었던 그 의문이 눈덩이처럼 불어났다. 왜 또 울고 있을까. 왜 자꾸 자신이 닿을 수 없는 곳에서 아파하고 있는 걸까.

그리고 의문은 곧 분노가 되었다.

왕은 홱 돌아섰다. 경수궁이 그를 맞이하기 위해 마당으로 나오고 있었다.

"성가 덕임이가 어찌 저런 하찮은 일을 하고 있는가?"

성급하게 힐난이 튀어나왔다.

"대전에서 과인을 섬겼고 자전과 자궁의 각별한 천거로 들인 궁인인데, 왜 저런 지체 낮은 일을 하고 있는지 물었네."

경수궁의 낯빛이 붉으락푸르락 달아올랐다.

"자네는 어찌 수완 있는 궁인을 저리 놀리고 천한 시비들만 곁에 두는가?"

곤궁에 처한 그녀의 눈길이 왕을 지나쳤다. 시린 손을 붙잡고 황급히 뒤따라온 덕임에게 향했다. 왕은 거기서 원망을 보았다. 버럭 역정이 터졌다.

"경수궁 네가 과인을 능멸하느냐!"

그의 것이었다.

어려운 일을 시켜도 어떻게든 해내는 야무진 손이었고, 듣고도 모른 척 흘리는 기특한 귀였고, 생각지도 못한 데서 수줍어하는 뺨이었고, 오직 그의 앞에서만 잔질게 적시는 눈망울이었다. 그런데 잠깐 떨어진 사이에 그의 것이 아니게 되어버렸다.

도리어 그녀는 남들 없는 데서 자꾸 눈물을 삼킬 만큼 가련한 꼴이 되었다. 그의 곁을 떠나면 근심 없이 잘 살 것처럼 팔팔하던 날파람둥이가 웬 곡절로 몹시 피폐해졌다.

"묻지 않느냐!"

재차 내지르자 경수궁은 덜덜 떨었다.

"요, 용서하소서. 미욱한 신첩이 불경을 저질렀사옵니다."

"전하! 고정하시옵소서!"

서 상궁이 만류했다.

"복중 아기씨께서 놀라시옵니다."

도무지 나올 낌새가 없어 자신을 웃음거리로 만든 그 용종 말이지. 왕은 냉소적으로 생각했지만 곧 죄책감이 물밀 듯 밀려들었다. 왕실의 회임을 공론화시킨 것은 자신이었다. 책임을 아녀자에게 전가시켜선 안 된다. 가장의 도리가 아니다. 사내답지 못한 짓이다.

이건 아니다. 모후와 같은 사대부의 여식을 대하는 처사가 아니다. 왕은 냉정을 되찾으며 한발 물러섰다. 성질이 급해 일을 과하게 벌였다.

"흠! 섭섭하게 듣지 말게. 규방의 사소한 법도일지언정 흐트러지면 왕실의 기강이 해이해지는 법일세. 앞으론 주의하게."

"예, 예에, 전하. 명심하겠사옵니다."

사색이 된 경수궁이 주억거렸다.

"많이 놀랐는가? 혹 용태가 불편한가?"
"아, 아니옵니다."
"상궁은 경수궁을 안으로 편히 모셔라."
더 달래주어야겠지만 영 내키질 않았다.
"잠깐 살피러 왔을 뿐이니 돌아가겠네. 몸조리에 유의하게."
왕은 경수궁을 부축하는 본방나인들을 매섭게 노려보았다. 구 상궁이 눈치껏 나섰을 때에야 그는 걸음을 돌렸다.
그리고 곁눈질로 덕임을 보았다. 그녀는 어제처럼 새파랗게 질려 있었다.
뭐가 되었든 예외는 절대 없다고 그토록 다짐했으면서도, 수치스러운 줄 모르고 그녀의 편을 들 뻔했다. 그녀를 원래 있던 대전에 돌려다 놓고 아무 일도 없었던 것처럼 굴고 싶다는 충동질마저 들끓었다. 왕은 시선을 거두기 위해 눈을 질끈 감았다. 예외는 없다. 특혜도 없다. 어리석은 정욕일 뿐이다. 억누르면 된다.
결국 돌아가는 길은 더욱 비참해질 수밖에 없었다.

잘난 양갓집 후궁이 혼쭐이 났더라는 소문은 일파만파로 퍼졌다. 궁녀에게 얼음물을 끼얹으며 패악을 일삼다 덜미가 잡혔다는 둥 별 희한한 소문으로 변질되기도 했다. 다만 어째서 왕이 잉태한 후궁에 반해 궁녀의 편을 들었느냐는 의문에는 선뜻 대답할 이가 없었다. 추측만 난무하였다. 물론 궁녀를 마음에 둘 분이 아니라고 다들 입을 모아 단언하였으므로 치정 때문이라는 주장은 나오지도 못했다.
"어쨌든 잘 풀렸네. 경수궁께서 찍소리 못하고 꼬리 내리신 거 아니니?"
경희도 깨소금을 됫박으로 들이킨 궁인들 중 하나였다.

"몰라. 낌새가 안 좋아."

덕임은 음산하게 중얼거렸다.

까닭은 몰라도 왕이 한바탕 하고 갔으니 응당 해코지를 당할 줄 알았다. 심하면 회초리라도 맞을 줄 알았다. 그런데 경수궁은 아무 말하지 않았다. 미육도 이따금 눈을 부라릴 뿐 얌전했다. 악의 섞인 골탕도 뚝 그쳤다.

"널 아예 없는 사람 취급한다며? 그럼 그냥 편하게 지내."

"너무 조용해서 불안해."

"진짜 기분 나빠서 이 말은 안 하려고 했는데."

경희는 입술을 삐죽였다.

"너 갈수록 날 닮는다. 생겨 먹은 대로 헤벌쭉 바보짓이나 할 것이지, 쯧!"

의심하고 경계하는 건 제 몫이라는 듯 타박이다.

"가만히 있다가 당하느니 먼저 맞불이라도 놔야 할 것 같아."

"얘 지금 뭐래니!"

경희가 팔뚝을 찰싹 때렸다.

"개망신을 당하고도 전하의 심기를 거스를 만한 짓을 또 벌이시겠니? 기왕 잠잠해진 거, 있는 듯 없는 듯 모나지 않게 굴어! 너 그런 거 잘하잖아."

노상 안하무인인 애가 눈치나 보라는 충고를 하다니 믿기 어려웠다. 경악하는 덕임을 보고 경희가 샐쭉하니 덧붙였다.

"너 또 쫓겨나는 거 난 싫어."

답지 않게 약한 소리를 다 한다.

"너 없으니까 딱히 이야기 상대도 없고, 영희나 복연이랑도 이상하게 서먹해지더라고. 얘 좀 봐, 히죽거리기는!"

저 없는 동안 그리웠다는 고백에 덕임이 감동한 척 웃었더니 경희는 질색을 했다.

"또 말썽에 휘말리면 저번처럼 곱게 쫓겨나진 않을걸."

경희는 연신 경고했다.

"넙죽 엎드려 지내. 내가 볼 땐 그게 최선이야."

꺼림칙한 평화 속에선 추위도 예년보다 빨리 찾아왔다. 유독 찬바람이 혹독하였다. 허드렛일이나마 하던 전과 달리, 이제는 아예 하는 일이 없어졌으므로 덕임은 밖으로 나돌았다. 우선 아침에는 경수궁 뒷마당에서 기르는 닭을 돌봤다. 칼바람이 무서워 오라비가 큰맘 먹고 선물한 토시라도 끼려고 했는데 어디다 뒀는지 찾을 수가 없었다. 하는 수 없이 맨손으로 덜덜 떨면서 모이를 주고 닭장 청소까지 마쳤다.

해가 중천에 뜰 무렵엔 식이를 보러 갔다. 오라비는 조밥에 간장을 섞어 뭉친 주먹밥을 게걸스레 먹어치웠다.

"꼬리에 불붙었느냐? 왜 이리 조바심을 내?"

뺨에 밥풀을 묻힌 식이는 이리저리 주위를 살피는 누이를 괴상하게 여겼다.

"접때 오라버니 보고 돌아가다가 전하를 뵀거든요. 또 마주칠까 봐 그래요."

"정말? 아, 이 근처에 내각이 있지."

문득 식이가 고개를 갸우뚱하였다.

"그래서 그런가?"

"뭐가요?"

"눈 붙이러 올 때마다 누가 지켜보더라고. 열흘 전에는 웬 내시가 자꾸 쫓아오기에 뭐 볼일 있냐고 따졌더니 쌩 피해 버리던데. 또 그끄

저께는 한창 달게 자는데 웬 험상궂게 생긴 궁녀 하나가 눈을 요렇게 뜨고 몰래 훔쳐보더라, 원……. 상감마마 거둥하시어 경계라도 서는 게냐?"

그럴 리 없다. 예서 농땡이 부리는 군교가 식이 하나뿐이 아닐진대 무슨 내관이며 궁녀가 살펴본단 말이냐. 어째 느낌이 좋지 않았다.

"왜, 왜, 왜 그래? 문제 있느냐?"

몇 년 전 홍덕로와 얽혀 경솔한 짓을 했다가 된통 혼이 난 식이는 지레 겁을 먹었다.

"모르겠어요. 그냥……. 가봐야겠어요."

"에이, 이 오라비 잘난 얼굴에 반한 걸 테니 괜한 염려 마라."

"그건 절대로 아닐걸요."

덕임은 코웃음을 치며 단호히 부정했다.

식이와 헤어져 돌아가는 길은 유쾌하지 않았다. 모르긴 몰라도 자신으로 인해 오라비에게까지 해가 미칠 경우를 생각하자 조급해졌다. 경희의 충고에 따라 벌써 몇 주째 얌전히 지냈지만 이대로는 안 될 것 같았다. 분명 모르는 데서 무슨 일이 벌어지고 있다. 가만히 있다가 당하면 안 된다. 의녀라도 다시 만나서 확실히…….

"어딜 다녀오는가?"

그러나 터벅터벅 돌아온 걸음의 끝에서 덕임은 이미 늦었음을 깨달았다. 경수궁이 마당에 나와 그녀를 빤히 보고 있었다. 그것만으로도 좋지 않은 징조인데, 옆에 엄숙하게 선 이가 또 있었으니 분명 감찰상궁이었다.

"월동을 위해 나무에 입힐 짚옷을 얻어오는 길이옵니다."

덕임은 미리 준비해 둔 핑계를 댔다.

감찰상궁이 앞으로 나섰다. 작고 다부진 체격에서 뿜어내는 기운이 사나웠다. 어려서 왈패 행세를 할 적엔 참 자주 만난 사이인데, 새삼 다시 보니 별로 기쁠 일은 없었다.

"감찰부에 너에 대한……. 흠! 자네에 대한 고발이 있었네."

"고발이라니요?"

"궁인의 지체에 어울리지 않는 물건을 소지한 혐의를 묻고자 함세."

"영문을 모르겠사옵니다만."

무얼 들이밀든 침착하면 된다. 누명을 씌우면 해명하면 된다. 트집이 잡히면 역으로 허를 찌르면 된다.

"이게 자네의 것인가?"

감찰상궁이 내민 것은 책이었다. 낡아서 겉장이 빛바랜 책. 손때 묻지 않도록 보자기에 잘 싸서 보관한 덕에 그나마 속만은 빳빳한 책. 궐 밖이며 후궁이며 옮겨 다닐 때마다 궤짝과 바닥 사이 좁은 틈에 감춰두고 꺼내보지 않은 책. 믿을 수 없는 먼 꿈으로 치부하며 존재 자체를 잊고 지낸 바로 그 책.

의열궁의 친필로 쓰인 《여범》이었다.

"아……. 예, 예에. 그런데요."

저게 왜 여기 있을까. 반쯤 얼빠진 생각부터 했다.

"어찌 자네의 것인가?"

감찰상궁이 겉장 안쪽을 펼쳐 붉게 찍힌 장서인을 보였다.

"영빈暎嬪이라는 인장이 찍혀 있네. 이는 주상전하의 사친 의열궁이 아니신가! 왕실의 소유물을 일개 궁녀가 취하다니?"

선왕이 하사했다. 가장 명료한 진실을 잊진 않았다. 그러나 때로는 진실이 거짓처럼 들리는 순간이 있는데, 불행하게도 지금이 바로 그러했다.

뭐라고 하면 좋을까. 어릴 때 길을 잃고 죽은 후궁의 빈전에 들어갔는데 돌연 선왕께서 무릎에 앉혀두고 잡담을 하시다가 돌아서서는 책을 하사하셨다고 하면 될까. 무슨 까닭으로 귀애하던 후궁의 유품을 처음 보는 생각시 나부랭이에게 덥석 주셨느냐 물으면 그건 나도 모른다고 해야 할까.

"몰래 훔친 게야. 그렇지?"

머뭇거리는 덕임을 보고 경수궁이 날카롭게 끼어들었다.

"자네는 궐 밖 세책점과 인연을 맺고 책장사를 더러 한다던데. 왕실의 귀한 유품도 팔아치우려고 훔쳤을 테지!"

"당치 않으시옵니다!"

덕임은 펄쩍 뛰었다.

"선왕께서 하사하시기에 받들었을 뿐이옵니다."

"……사사로이 책을 주셨다고? 선왕전하께서?"

경수궁은 인상을 썼다.

"믿기 어려우시겠지만 사실이옵니다."

덕임은 있는 그대로 털어놓았다. 예상대로 불신의 침묵이 내려앉았다.

"내 자네에 대해 불미스러운 이야기를 제법 들었으나 믿지 않으려 했다."

경수궁이 한숨을 길게 쉬었다.

"한데도 자네는 기막힌 거짓을 고하며 나를 기만하려 드는구나."

"거짓이 아니옵니다. 의열궁의 발인을 행한 갑신년이었고 정확한 날짜도 압니다. 대전 상궁 서옥금에게 하문하소서. 당시 선왕의 환관으로부터 책을 대신 건네받은 증인이옵니다."

덕임은 기억을 필사적으로 더듬었다.

"다른 혐의도 있지 않은가."

됐으니 조용히 하라는 듯 경수궁이 손을 내저었다.

"예. 통정의 혐의이옵니다."

감찰상궁이 말했다. 처음엔 잘못 들은 줄 알았다.

"아니, 무슨……. 뭐라고요?"

"자네가 외간 사내와 사사로이 만난다는 고발이 있었네. 하여 방을 수색하던 중 의열궁의 소유물이 발견되어 혐의가 확대된 걸세."

석연찮았다. 고발이 있다 한들 따져 묻기도 전에 처소부터 뒤지는 건 지나쳤다. 하물며 대전서 잦은 소지품 검사를 거치면서도 결코 남의 눈에 띄지 않았던 의열궁의 유품이, 지금에 와선 호들갑스레 모습을 드러내다니 어째 작위적이었다.

"고발자와 대질을 시켜주십시오."

"어차피 추후 신문 때 행할 터, 서두를 것 없네."

감찰상궁이 미육을 흘끗 돌아보는 걸 덕임은 놓치지 않았다.

"우선은 자네를 감찰부로 압송하겠네."

힘센 감찰궁녀들이 덕임의 양팔을 붙들었다. 구 상궁이 다급히 나섰다.

"죄의 여부가 확실치도 않은데 섣부르시옵니다!"

"그래서 확실히 하려고 이러는 것 아닌가."

경수궁은 지지 않고 받아쳤다.

한창 바쁜 때라 구경하는 눈이 별로 없어 다행이었다. 그러나 구색만 감찰부라고 갖췄다뿐이지, 실상은 내시부에 딸린 헛간쯤으로밖에 보이지 않는 옥사에 갇히고 나니 그다지 다행인 것 같지도 않았다는 게 문제였다.

"의열궁의 필치 아니옵니까?"

왕대비가 내민 책의 겉장만 보고도 왕은 알아맞혔다.

"옛날에 의열궁께서 갓 입궁하신 어마마마를 위해 친히 이 여훈서(女訓書, 여자를 가르치는 글)를 지어 훈육해 주셨다 들은 바 있사옵니다. 행방을 알 수 없어 애석하던 참이었사온데……. 마마께서 지니고 계셨사옵니까?"

"흠, 오늘 경수궁에서 기막힌 일이 있었더랍니다."

소상히 듣는 동안 왕은 입을 다물지 못했다.

"통정에 절도라니, 살아남을 수 없는 중죄이지요."

왼쪽 가슴께가 요동쳤다.

"내가 처결할까 합니다. 내명부에서 조용히 끝내려고요. 윤허하시겠지요?"

"……어쩌실 요량이시옵니까?"

"죄가 있다면 벌을 주어야지요."

통정 혐의에 대해선 물론 그도 짚이는 구석이 있었다. 짬날 때마다 내시를 시켜 그녀와 자주 만나는 놈팡이를 지켜보게 하였는데, 체모가 있다 보니 워낙 조심스럽게 접근시킨지라 어영청 소속 군교라는 점 말고는 딱히 수확이 없었다.

그런데 그녀의 방에서 대뜸 조모의 유품이 나온 것은 웬 곡절인지 모르겠다. 그래, 훔칠 수는 있었다. 선왕이 승하한 직후 궁인들을 시켜 집경당이며 어디며 서고를 치우게끔 했었다. 그녀도 그중 한 명이었다. 뿐만 아니라 그녀는 대전 서고 정리도 도맡다시피 했었다. 슬쩍한다손 치면 기회가 없지는 않았단 말이다.

하지만 그녀가 훔쳤으리라곤 생각할 수 없었다. 그럴 사람이 아니다. 허술하고 못마땅한 구석이 많지만, 적어도 양심을 팔아먹을 깜냥은 안 된다.

"선왕께서 하사하셨다 주장한다고요?"

왕이 멀거니 중얼거렸다.

"그래요. 거짓말을 하려거든 좀 그럴듯하게 해야 할 텐데요."

왕대비는 속을 알 수 없는 미소를 보였다.

"외람되오나 마마……."

그녀를 옹호하려다가 왕은 멈칫했다. 명분이 없다. 명색이 임금이라면서 일개 궁인을 두둔해선 안 된다.

"아무것도 아니옵니다."

게다가 순진한 척 몰래 사내를 만나고 다닌 건 사실이지. 다스리지 못한 질투심마저 심술궂게 고개를 내밀었다.

"하면 내일 대전의 서 상궁을 좀 빌리지요. 물어볼 것이 있습니다."

"성 나인은 지금 어쩌고 있사옵니까?"

"감찰상궁이 따로 가뒀답니다. 털끝 하나 건드리지 말라 했으니 염려 마세요."

"……소손이 한낱 궁인을 염려할 까닭이 무에 있겠사옵니까."

왕은 쉽사리 휘둘리지 않았다.

"죄상이 명백하다면야 죄질이 사나운 만큼 죽음으로 다스리소서."

한발 더 나아가 어깃장까지 놓았다.

외간 사내와의 통정이든 왕실의 보물을 훔쳤든, 둘 다 극형을 면치 못할 대죄다. 자신의 믿음을 저버린 계집이다. 부끄럽게 여겨야 옳다. 가엾게 여겨선 안 된다. 구하려 들어선 안 된다. 왕은 주먹을 꽉 쥐었다.

"주상께선 어려서부터 떼를 쓸 줄 모르셨지요."

왕대비는 오묘하게 말했다.

"백번도 더 읽어 닳아빠진 서책만 붙들고 사셨어요. 그래서 선왕께서 늘 보위를 잇기에 모자람이 없는 손자라고 침이 마르도록 칭찬을 하셨구요."

"부끄럽사옵니다."

왕은 미심쩍어 눈썹을 조금 추켜세웠다.

"주상, 무언가를 원하는 마음은 잘못이 아닙니다."

고요한 목소리는 달콤한 회유처럼 그의 귓전을 휘감았다.

"이제는 임금이십니다. 욕심을 좀 부리셔도 됩니다. 바라는 게 있으니 내어놓아라, 밀어붙여도 된다는 말씀입니다."

"소손은 그런 사내가 아니옵니다. 그런 임금도 아니옵니다."

언뜻 목이 막혔다. 왕대비는 보일 듯 말 듯 고개를 가로저었다.

"내일 주상께서도 오세요. 사시巳時에 중궁전으로 친림하시면 됩니다."

도저히 거절할 수 없는 권유였다.

뜬눈으로 꼬박 밤을 샜다. 기시감이 들었다. 접때도 이렇게 갇혔었고 결말이 영 좋지 못 했다. 이번에는 더 안 좋아질 가능성이 컸다. 아침 일찍 옥사가 열리더니 감찰궁녀들이 수선을 떨었다. 얼굴 씻을 물과 깨끗한 옷을 줬다. 사달이 나긴 나려나 싶었다.

그나마 다행으로 의금부는 아니었다. 중궁전 앞마당에 꿇어앉았다. 주위를 둘러싼 궁인들 중에 아는 얼굴은 하나도 없었다. 신문이든 대질이든 빨리 시작하지 않고 오금 저리게 무얼 기다리나 싶었는데, 이윽고 고귀한 행차가 있었다. 내명부의 수장이자 이 장엄한 공간의 주인인 중궁은 상석을 차지하지 않았다. 왕대비가 가장 높이 앉았고 그 아래로 효강혜빈과 중궁, 경수궁이 차례로 자리를 잡았다.

"혐의를 스스로 아느냐?"

말문을 연 사람은 왕대비였다.

"들어 아옵니다."

떳떳한데 죄인처럼 보일 이유는 없다. 덕임은 어깨를 펴고 허리를 곧추세웠다.

"왕실의 보물에 손을 대는 게 얼마나 중죄인지도 아느냐?"

"예, 하오나 소인은 그러한 바 없사오니……."

거기서 말이 막혔다.

임금의 붉은 여가 들어오고 있었다. 귀부인들 안전까지 가마꾼이 들어올 순 없으므로 왕은 제법 멀찍이서 내려 걸어왔다.

곤룡포 사박사박 스치는 소리가 가까워질수록 덕임은 속이 뒤집혔다. 이런 꼴은 보이고 싶지 않았다. 온갖 잘난 척을 다 하면서 대전을 뛰쳐나와 놓곤, 궁인으로서든 여인으로서든 지극히 치욕적인 신세로 전락했단 말이다.

왕은 자연스럽게 왕대비와 마찬가지로 상석에 앉았다. 그의 시선이 닿는 걸 느꼈다. 공기로도 피부로도 그냥 알 수 있었다.

"생전 의열궁과는 일고의 면식도 없던 네가 그 유품을 취한 경위를 고하라."

아무 일 없었다는 듯 왕대비는 이어갔다.

"의열궁께서 졸하신 갑신년의 일이옵니다."

덕임은 눈앞의 위기에 집중하려고 애썼다.

"소인은 당시 궁궐 지리에 익숙잖아 헤매다가 자가의 빈전에까지 흘러들었사옵니다. 그곳에 선왕께서 홀로 계셨는데, 꾸짖지 아니하시고 망극하게도 무릎에 앉혀주셨사옵니다. 이런저런 말씀을 하시던 중에 의열궁께서 몹시 고운 분이셨고 궁체를 아주 잘 쓰셨다는 칭찬을 하셨사옵니다."

빛바랜 기억을 꾸역꾸역 떠올렸다.

"어쩌다 궁체 이야기까지 나왔느냐?"

"소인이 장차 글씨를 잘 쓰는 궁녀가 되고 싶다고 말씀 올렸기 때문이옵니다."

"그때 선왕께서 책을 하사하셨느냐?"

"그때는 아니고, 그날 저녁 소인의 스승 상궁인 서옥금을 통해 받들었사옵니다. 대전 내시가 어명으로 책을 전해주었나이다."

"어인 연유로?"

"그건 모르옵니다."

답답하다. 당사자인 제 귀에도 한심한 거짓말처럼만 들렸다.

"대전 상궁 서옥금은 나오라."

서 상궁은 냉큼 엎드렸다.

"너는 선왕의 내관으로부터 건네받은 기억이 있느냐?"

"마, 망극하옵니다만……."

어째 절절매더니만, 그녀는 난처한 기색으로 덕임을 흘끗 보았다.

"갑신년이라면 너무 오래전이라……. 도통 기억이……."

가슴이 쿵 내려앉았다. 어설픈 꼬마에게나 특별한 날이었지, 서 상궁에게는 평소보다 분주하게 지나갔을 뿐 무수한 하루들 중 하나에 불과했던 것이다.

"후궁의 발인이 있었다며 날짜까지 정확히 짚었는데, 정녕 모르느냐?"

그리고 그녀는 아무리 제자를 사랑할지언정 없는 기억을 꾸며 고할 정도로 본분을 저버리는 궁인도 아니다.

"그날 상여가 나가는 건 덕임이와 함께 분명 보았사온데……."

서 상궁은 죽을상이었다.

"마마! 그런 일이 없었노라 고하는 것이 아니옵고, 소인이 노쇠하여 기억을 못 하는 것임을 부디 헤아려주소서!"

제자를 위해 해줄 수 있는 최선의 변명은 고작 그런 것이었다.

"심부름을 왔다는 내관이 누군지는 아느냐?"

왕대비가 다시 덕임에게 물었다.

"모르옵니다."

"네 말을 입증할 다른 증인은 있느냐?"

"없사옵니다."

앞이 샛노랗게 보였지만 덕임은 티를 내지 않았다.

"선왕의 서고에 들어간 적이 있느냐?"

당연히 질문의 방향이 바뀔 차례다.

"승하하시어 집경당 서고를 정리할 적에 그리하였나이다."

"선왕께서 보관하시던 책들을 가까이서 봤느냐?"

"그러하옵니다."

"개중에 의열궁의 저서도 있었느냐?"

"눈여겨보지 않아 기억이 나지 않사옵니다."

"만약 있었다면 훔쳐낼 수도 있었겠느냐?"

"예. 하오나 그리하지 않았사옵니다."

"넌 대전 지밀방에서 지낼 때도 서고 정리를 자주 했다고 들었다. 그때도 역시 귀한 장서들을 접했느냐?"

"그러하옵니다."

"하면 책을 훔칠 만한 기회가 또 있었겠구나."

억울할 만큼 명백한 유죄의 정황이 그녀를 무겁게 짓눌렀다.

"너는 소일거리로 궐 밖 세책점과 거래를 하지 않느냐. 혹 궁중의 책을 사사로이 빼돌린 적도 있느냐?"

"결단코 그런 일은 없었사옵니다."

왕대비의 질문 공세가 잠시 멎자 침묵이 내려앉았다.

"저어, 마마, 소첩이 질문을 하여도 괜찮을는지요?"

머뭇거리며 끼어든 사람은 효강혜빈이었다. 아닌 게 아니라, 그녀는 찬 바닥에 무릎을 꿇은 덕임을 본 순간부터 안쓰러워서 어쩔 줄을 몰라 했다.

"사사로운 인연을 말미암아 무작정 구명하려는 뜻은 아니옵니다. 다만 듣다 보니 문득 떠오르는 바가 있나이다."

감정에 휩쓸려 주책을 부린다는 훈계라도 들을세라 효강혜빈은 얼른 덧붙였다.

"좋을 대로 하세요."

왕대비는 선선히 고개만 끄덕였다.

"……넌 선왕전하의 무릎에 앉았다고 했다."

속에 무언가 걸리는 눈치로 효강혜빈이 운을 뗐다.

"갑신년이라면 너도 과년한 티가 나기 전이었지."

그녀는 스스로 생각을 정리하듯 말했다.

"그날 전까지는 선왕전하를 배알한 적이 없었던가?"

"없었사옵니다."

"하긴, 당시에 널 항시 내 지척에 두면서도 선왕께 아뢰지는 않았었지. 난 옛날에 멋대로 궁인을 선발하였다가 혼이 난 적이 있거든. 행여 또 아랫것을 다스리는 문제로 눈총을 살까 봐 두려웠어."

시아버지 눈치만 평생 살피다가 달관한 사람처럼 효강혜빈은 쓰게 웃었다.

"하면 혹시……?"

무언가 물으려다가 그녀는 황급히 입을 다물었다.

"달리 하신 말씀이 더 있느냐?"

직접적으로 묻기보다는 안전하게 돌려서 떠볼 요량인 듯싶었다.

"친히 발인을 보고 싶은데 조정에서 만류하여 섭섭하다고 하셨고, 임금이라도 할 수 없는 일이 많다며 넋두리를 하셨나이다."

지푸라기라도 잡아야 한다. 덕임은 할 말 못 할 말 떠오르는 전부를 털어놓았다.

"또한 의열궁 소생의 어느 옹주 자가를 그리워하셨사옵니다."

"그 말씀은 어쩌다 하셨느냐?"

"소인을 보니 문득 떠오른다고 하신 것 같사옵니다. 품에 안고 어르던 게 엊그제 같은데 금방 자라 하가했다고, 옹주의 사가에 자주 친림할 만큼 아꼈는데 일찍 세상을 떠났다며 슬퍼하셨나이다."

선왕의 주름진 뺨을 타고 흐르던 용루가 선명한 조각으로 살아났다. 덕임은 그 조각을 쥐고 기억의 빈 공간을 짜 맞추었다. 뜨겁게 흘러내리는 눈물 줄기를 따라 올라갔다. 그래, 그 눈빛이 있었다. 죄책감과 후회, 분노, 슬픔……. 온갖 유쾌하지 못한 감정을 죄다 버무린 듯 일렁이던 괴괴한 빛깔이었다.

"또한 어찌 혼자 계신지 여쭈었는데 후궁의 시호를 궁리하는 중이라고 하셨사옵니다. 군왕과 종사를 위해 큰일을 했으니 당연하다고……."

"정녕 그리 말씀하셨느냐?"

여태 가만히 있던 왕이 불쑥 말을 잘랐다.

그는 의미를 곱씹듯 덕임을 빤히 보았다. 그러더니 왕대비며 효강혜빈과 차례로 눈을 맞췄다. 같은 기억을 공유하는 사람들 사이의 의미심장한 분위기가 흘렀다.

"그뿐이셨느냐?"

더 떠들고 싶어도 밑천이 바닥났다.

"……그래. 그렇군."

왕은 대단히 심란한 기색으로 읊조렸다.

"마마, 의열궁께서 종사를 구했다 함은 선왕께서 하셨을 법한 말씀이옵니다. 실제로 소손과 신료들 앞에서 여러 번 그리 말씀하셨고요."

"주상께선 저 궁녀가 진실을 고한다고 여기십니까?"

왕은 대답하지 못했다.

"처결을 마마께 일임하였으니 잠자코 물러나 있겠사옵니다."

대신 모호하게 얼버무렸다.

"소자는 개의치 말고 속행하소서, 어마마마."

"아닙니다. 더 듣지 않아도 됩니다."

효강혜빈이 왕대비 쪽으로 몸을 기울였다.

"마마, 덕임이가…… 흠! 저 나인이 거짓을 고하는 것 같진 않사옵니다."

"어째서요?"

"소첩이 그날을 기억하기 때문이옵니다."

조용한 파장을 일으키는 한마디였다.

"예, 분명 발인을 했사옵니다. 집영문에서 망곡례를 막 마쳤는데, 날이 날인만큼 용안에 시름이 가득하셨던 선왕께서 퍽 뜻밖의 말씀을 하셨나이다. 마지막 인사를 하러 빈전에 들렀다가 웬 생각시를 만났다고요. 어린 것이 언뜻 화평옹주를 닮아 무릎에 앉혀놓고 떠들었다며 멋쩍어 하시더군요. 그러곤 소첩더러 의열궁의 글을 가진 게 있느냐 하문하셨지요. 하여 《여범》을 가지고 있었는데, 전하께서 혹 유품을 정돈하실까 싶어 영빈궁에 돌려놨다고 아뢰었나이다. 그러자 선왕께서 모처럼 웃으셨사옵니다. 생각시가 글씨를 배우고 싶어 하니 본

보기로 보여줄 요량이라 하시더이다."

묵은 세월의 산을 굽이굽이 넘듯 그녀의 눈빛이 넘실거렸다.

"떠난 자식이 오죽 그리우셨으면 지나가는 생각시를 무릎에 앉히셨을까 안쓰럽게 여겨 속에 담아둔 기억이옵니다."

효강혜빈이 슬쩍 다정한 시선을 던졌다.

"설마 그 생각시가 덕임이었을 줄이야 미처 몰랐지만요."

그녀는 얼른 표정을 다스리고 엄숙하게 덧붙였다.

"저 아이가 감히 선왕의 무릎에 앉았을 뿐 아니라, 장차 글씨를 잘 쓰는 궁녀가 되고 싶다고 아뢰었다 하니 떠올랐사옵니다. 과연 정황이 맞아떨어지지 않사옵니까?"

"글쎄요……."

"소첩이 비록 늙었으나 기억력만은 준수하지 않나이까. 옛날에 정성왕후(貞聖王后, 영조의 정비)께서도 소첩더러 나중에 일기日記라도 엮어보라며 감탄하곤 하셨지요."

왕대비는 잠시 고민하는가 싶더니 다시금 덕임에게 하문했다.

"너는 선왕을 배알한 일을 다른 이에게 말한 적이 있느냐?"

"친한 벗에게 말했사온데 전혀 믿지 않았사옵니다. 하여 그 뒤로는 아무에게도 말하지 않았나이다."

"그래. 참으로 믿기 어려운 이야기다. 그러나 존귀한 자궁이 네 증인이라는데 더 의심하는 것도 선왕께 불경이 될 터. 혐의를 거두지 않을 수 없다."

살았다! 조상님 덕을 보았다. 남은 인생의 모든 행운을 미리 당겨 쓴 양 기적처럼 솟아날 구멍이 생겼다. 덕임은 안도감을 감추느라 눈을 두어 번 깜빡였다.

"고개를 들라."

효강혜빈이 명했다.

"오늘날에는 화평을 기억하는 사람이 많지 않지. 참 다정한 사람이었는데……."

찬찬히 뜯어보는 눈길은 제법 쓸쓸했다.

"난 화평과 친자매처럼 자랐다. 화평과 함께 의열궁으로부터 이 책을 배우던 때가 아직도 선연하다. 해묵은 추억을 돌려주어 고맙구나."

덕임은 어찌할 바를 몰랐다.

"내가 보기에 넌 옛날에도 지금도 별로 화평과 닮지 않았는데."

효강혜빈은 부드럽게 웃었다.

"선왕께선 가장 아끼던 따님과 견줄 만큼 널 좋게 보신 모양이다."

"천운은 확실히 타고났군."

왕대비도 한 마디 거들었다.

"송구하오나 마마, 아직 혐의가 더 남아 있사옵니다."

감찰상궁이 조심스레 끼어들었다.

"그래. 마찬가지로 묵과할 수 없는 혐의다."

왕대비의 기세가 도로 엄해졌다. 효강혜빈이 입을 열었을 때부터 곤궁한 기색이던 경수궁은 비로소 화색을 되찾았다.

"고발자들은 앞으로 나오라."

볼 것도 없이 미육과 양순이었다.

"너희들은 어찌 덕임의 절개를 의심하느냐?"

"작년 여름서부터 거동이 수상쩍어 눈여겨보았사옵니다."

미육이 얼른 나섰다.

"맛있는 음식이 나오면 먹지 않고 빼두거나 이른 아침 몰래 요깃거리를 만들곤 했사옵니다. 일과 중에 멀리 나갔다가 핑계를 대며 돌아오는 일도 빈번해졌나이다. 경건히 경수궁의 해산을 기다리는 때인지라 불길하여 뒤를 밟았더니 웬 사내와 만나는 광경을 보게 되었사옵니다."

사내라는 단어가 낳은 효과는 극적이었다. 흐무러졌던 분위기가 도로 얼어붙었다.

"젊고 체격이 좋으며 구군복을 입은 사내였나이다."

"그 뒤로도 만나는 모습을 목격한 바 있느냐?"

이번에는 양순이 말을 받았다.

"여드레에 한 번꼴로 그 사내를 만났나이다. 뿐만 아니라 서찰과 선물을 주고받기도 했사옵니다."

"주기적으로 은밀히, 똑같은 상대를 만났으렷다?"

"그러하옵니다."

요사이 만난 사내라곤 땔감을 주며 거들먹거리는 늙은 내시뿐이거늘, 문란한 누명을 씌우는 본새가 참 뻔뻔하다. 덕임은 이를 바득바득 갈았다.

"어떤 서찰과 선물? 방을 수색할 때 나왔나?"

감찰상궁은 고개를 가로저었다. 미육이 황급히 말했다.

"서찰은 어디다 숨겼는지 찾을 수 없었사오나, 애정의 증표로 건네받은 선물은 여기에 있사옵니다."

그녀가 내민 것은 식이로부터 받은 푸른 토시였다.

하마터면 웃음을 터뜨릴 뻔했다. 이제야 감이 잡혔다. 오라비 만나러 가는 걸 있지도 않은 정인과 놀아난다고 오해하고서 일을 벌인 것이다.

어설프기가 우물가에서 젊은 새댁 흉을 보는 아낙들만도 못했다. 편견에 사로잡혀 상황을 짜맞추었으니 허술할 수밖에! 꼬투리를 잡아보려는 치졸함이 앞서 미처 친족으로 생각지 못하고 부정한 애인으로 단정 지은 것이다. 음탕한 향간을 찾아 뒤져 보아도 사가의 가족에게서 받은 서찰만 있을 뿐 외간 사내의 흔적조차 당연히 없었거늘, 뒤가 구려 감춘 거라고 굳게 믿게 된 것이고.

하긴, 돌이켜보면 조짐이 있긴 했다.

“어딜 다녀오신대요?”

언제였던가, 식이를 만나고 느지막이 돌아왔더니 미육이 눈을 요래 뜨고 물었더란다.

“심심해서 산보 좀 했어.”

우리 오라버니가 과거에 급제했다고 동네방네 자랑하고 싶은 마음이 굴뚝같았지만 미육이 혹 사가의 식구를 챙긴다고 쪼르르 일러바칠까 용케 참았다.

“혼자서요?”

“응. 별 좋더라.”

덕임은 설렁설렁 대꾸했다.

“있지요, 쇤네가 궁금한 게 있습지요.”

뭔가 재보는 눈치더니 미육은 바투 당겨 앉았다.

“한 번 궐에 들어오면 무수리든 거시기든 정절을 지켜야 하잖아요?”

“의녀 빼고는 대부분 그렇지.”

“한데 배짱 좋은 궁녀들은 정인도 만들고 막 그런다던데……. 참말이어요?”

“응. 서로서로 알면서 모르는 척하지, 뭐.”

“그럼 성씨 형님도 혹시 감춰둔 서방 하나 있는 거 아녜요?”

돌연 그렇게 묻더란 말이다. 미심쩍은 건 둘째 치더라도 기분이 팍 상할 수 있었는데, 그땐 저고리 빨래를 할까 말까 고민하느라 덕임은 대수롭지 않게 여겼다. 혹은 질문이 심하게 노골적이라 간보기는커녕 농담 따먹기라고 생각했는지도 모르겠다.

"서방이고 동방이고 생각만 해도 피곤하다."

"왜요?"

"궁녀가 몰래 누굴 만나러 다니는 거, 어지간한 근성으론 못 할 짓이거든."

덕임은 어깨를 으쓱했다.

"바보들이나 괜히 끼 부리다가 애를 덜컥 배는 거지."

미육이 눈을 가늘게 떴다.

"진짜로 없어요?"

"없다니까."

"그럼 만나고 싶은 생각도 없어요?"

"아, 됐어! 난 가늘고 길게 살 거다."

그제야 문득 낌새가 이상해 덕임은 미육을 슥 훑어보았다.

"왜? 마음에 드는 사내라도 생겼어?"

"에이, 아닙지요. 쇤네는 우리 아씨밖에 몰라요."

미육은 의미심장하게 덧붙였다.

"아는 누구가 요즘 사내랑 붙어먹는 것 같아 영 찜찜해서 말입지요."

얘는 왜 나한테 이런 소릴 다 해. 덕임은 시큰둥하게 생각했다. 다른 궁녀의 치정 따위 알아봤자 득 될 게 없으니 피해야겠지 싶었다.

"그래? 아무튼 난 빨래하러 간다. 내일 입을 저고리가 없네."

계절을 타느라 다른 궁녀들처럼 싱숭생숭한가보다 넘겼더니 웬걸, 괘씸하기 짝이 없다. 덕임은 의기양양 조잘대는 미육을 사납게 쏘아보았다.

"……참담하게도 남녀가 서로를 대함이 허물이 없었사옵니다. 함부로 웃음을 흘리는 처신에는 기가 막혔사옵구요. 하여 성덕임이 정절을 저버렸다고 여겼나이다."

어쨌든 이번에도 살았다. 입김 한 번에 와르르 무너질 종이산과 다를 바 없는 혐의였다. 덕임은 몰래 미소 지었다.

무고한 사람을 어디까지 몰아세우는지 보자는 심산으로 잠자코 더 들었다.

"더욱이 입은 구군복을 쫓아 알아보니, 그 사내는 전하를 호위하는 어영청의 군교였사옵니다. 이는 정녕 기군망상이 아니오리까."

"나라의 관리를 두고 궁녀와의 통정을 의심하는 건 예삿일이 아니다."

왕대비가 엄하게 말했다.

"어영청에 나아가 그 사내를 지목할 수 있을 만큼 너희들은 확신하느냐?"

"실로 그러하옵니다."

미육과 양순은 냉큼 합창했다.

본방나인들이 눈물을 짜내며 고조시킨 만큼 분위기는 너그럽지 않았다. 내내 공평하던 왕대비의 옥안에도 언뜻 노기가 비쳤다.

"저들의 고변이 사실이냐?"

"그러하옵니다."

덕임이 담담히 대답하였다. 누군가 헉, 숨을 들이쉬는 소리가 들렸다.

"군교와 사사로이 어울렸음을 인정한다는 게야?"

"예, 마마."

"선물과 서찰까지 주고받았고?"

"맞사옵니다."

당혹스러운 침묵이 지나갔다.

"궁인의 분수를 잊고 정절을 잃은 게 사실이렷다?"

마침내 속 시원하게 갈겨줄 찰나인데 누가 훼방을 놓았다.

"마마!"

자리를 차고 벌떡 일어선 왕이었다.

다급하게 나선 사람치고 그는 또 아무 말도 하지 못 했다. 화가 나 보였다. 당황스러워 보였다. 슬퍼 보였다.

이상했다. 처지가 얄궂은 쪽은 덕임인데 도리어 그가 더 궁지에 몰린 사람 같았다. 덕임은 왕이 자신을 구해주지 않을 것임을 누구보다도 잘 알았다. 그는 임금일 수밖에 없는 사내였다. 명분도 도리도 없이 궁녀를 거들진 않는다. 아니, 통정 혐의를 받는다는 걸 알자마자 버러지 같은 계집이라고 침을 뱉었을 것이다.

그런데 왜 지금 일어섰느냔 말이다. 마치 구해주고 싶은 사람처럼, 믿고 싶은 사람처럼 복잡한 눈빛으로 보느냔 말이다. 전하를 한 번도 연모한 적 없으니 당장 죽여달라 할 때는 입맞춤을 하고, 더러운 혐의에 몰린 지금은 두둔하고 싶어 한다.

참 알다가도 모르겠다.

"왜 그러십니까, 주상?"

왕의 눈빛이 요동쳤다. 정에 못 이겨 벌떡 일어서 놓곤 차마 도리를 저버리지 못해 마지막의 마지막까지 버티는 고지식함이 퍽 안쓰러웠다.

그러나 약해져선 안 된다. 그의 사랑을 원하지 않는다. 다정은 순간일 뿐, 결국엔 한없이 매몰차고 인정머리 없을 임금의 사랑에 현혹되고 싶지 않다. 수틀리면 너 따위는 내쳐 버리겠다는 얄팍한 사랑에 휘둘릴 만큼 자존심이 없지도 않다.

"마마, 고변은 모두 사실이옵니다."

왕의 기이한 태도에 쏠렸던 시선들이 다시 덕임에게로 집중되었다.

"하오나 소인이 정절을 잃을 수는 없었나이다."

"그게 무슨 뜻이냐?"

이 모든 게 어처구니없는 소동임을 토로하듯 그녀는 단숨에 질렀다.

"그 사내는 소인의 오라비이기 때문이옵니다."

혼란스러운 충격이 흘렀다.

"오라비라고?"

제일 얼이 빠진 사람은 왕이었다.

"그러니까, 네 사가의 오라비……. 친오라비라고?"

"예, 작년 초 별시에 급제하였나이다."

"아니다! 별시라도 급제자라면 내가 친히 만나보았을진대……."

"결원을 메울 목적으로 갑작스럽고 간소하게 치러진 시험이라 친림하지 않으셨다고 오라비도 퍽 아쉬워했사옵니다."

"그래, 작년 초라면……. 삼정승이 대신 주관한 적이 한 번 있었지."

왕은 퍼뜩 짚이는 구석이 있는 듯했다.

"익숙지 않은 관직에 치이는 오라비가 가여워 자주 들여다보았나이다. 또한 오라비는 누이를 걱정하여 사가의 식구들이 쓴 서찰을 전해주고 옷가지를 주었나이다. 우애가 죄가 된다면 소인은 죄인이 맞사옵니다."

기세를 잡은 덕임은 청산유수로 쏟아냈다.

"그렇지만 남녀 간의 부정을 따져 묻는다면 소인은 결단코 죄인이 아니옵니다."

마지막으로 쐐기를 박았다.

"경자년에 어영청으로 배속된 군교 창녕 성씨 윤우의 아들 성식을 확인해 보소서."

그때 뜻밖의 광경이 펼쳐졌다.

"네 오라비였어! 그런 줄도 모르고……."

왕이 웃었다. 오직 그와 자신 단둘만 남아버렸다고 믿어버릴 만큼 애틋하게.

"어찌 진작 고하지 않았느냐? 하면 이리 욕을 보지 않았을 텐데!"

"아, 아무도 묻지 않았기 때문이옵니다."

낯이 화끈하여 덕임은 애꿎은 손만 꼼지락거렸다.

"딱 한 마디만 먼저 물었더라면 이토록 공교로이 되지는 않았을 것이옵니다."

"그래, 그 말이 옳다."

왕은 대번에 역정을 냈다.

"감찰상궁은 무슨 일을 이따위로 허술하게 하느냐!"

새파랗게 질린 채 감찰상궁은 허둥댔다.

"간단한 오해를 사전조사도 없이 대죄로 몰아붙였으니 억울하고 우스운 꼴만 났다. 자전과 자궁까지 모셔다 놓고 이 무슨 추태더냐!"

"추, 추궁은 진즉 있었사옵니다."

"네가 했다고?"

"아니옵니다. 경수궁께서 하셨사옵니다. 죄상이 여실하여 덕임을 불러다 놓고 증인까지 들이댔거늘 발뺌하는 통에 감찰부를 부릴 수밖에 없겠다고……. 하여 절차상 문제가 없었나이다. 그 와중에 덕임이 음란한 글월을 한문으로 위장하여 소지하고 있다는 미육의 진술이 또 있어 샅샅이 수색하다가 의열궁의 유품까지 발견하게 된 것이옵구요."

"아니, 한데도 오라비인 줄 몰랐다고?"

주변이 일제히 술렁였다.

"네 오라비에 대해 경수궁이 앞서 하문하였느냐?"

왕대비가 물었다. 이번만은 진실을 말하는 게 두렵지 않았다.

"망극하오나 아니옵니다."

날카로운 시선은 경수궁에게로 옮겨갔다.

"정녕 감찰부에 고변하기 전에 덕임을 추궁하였는가?"

"그, 그것이……."

"허어! 경수궁 지밀상궁이 답해보아라. 사실이냐?"

"그런 바 없었사옵니다."

구 상궁은 기다렸다는 듯 나섰다.

"경수궁 자네는 어찌 감찰상궁을 속여 일을 급히 처리하려 했는가? 모양새가 꼭 누명이라도 씌우려 한 것 같지 않아!"

"당치 않으시옵니다! 본방나인들이 목격하였고 또한 장담하기에 ……. 피붙이라고는 미처 생각지 못하고, 그저 불미스러운 야합이라 여겨 서둘러 수습하려고……."

"하여 대뜸 통정 혐의로 방을 뒤졌다?"

왕대비는 미간을 찡그렸다.

"아무리 아랫사람이라도 그리 혹독히 부려선 아니 되는 법이거늘!"

재차 꾸짖으려던 왕대비는 주위를 슥 둘러보곤 헛기침만 했다.

"흠! 이는 서투른 실책이다. 배우지 못한 본방나인들이 확실치 않은 일로 웃전을 현혹한 것이야. 앞으로 잘 가르쳐야 할 것이다."

추상같은 왕대비일지언정 한낱 궁인 때문에 사대부 후궁에게 망신을 줄 순 없으니 어물쩍 덮으려는 심산이다. 경수궁의 얼굴에 안도의 미소가 스쳤다.

덕임은 그렇게 둘 순 없었다.

"소인을 죽여주시옵소서."

이미 참을 만큼 참았다. 보복의 기회를 허투루 놓칠 만큼 착하지도 않다.

"근래 궁인들 사이에 비방하는 풍조가 있다곤 하나 미육과 양순의 앙심은 늘 도를 지나쳤사옵니다. 소인이 홍덕로의 사주를 받아 경수궁을 해하려 한다는 둥 이간질을 일삼았나이다. 다만 왕실의 경사를 기다리는 때에 분란을 일으키고 싶지 않아 내버려 두었사온데, 때문에 이 지경까지 이르렀으니 소인은 죄가 없어도 죄인이옵니다."

홍덕로의 이름이 나오자 전율이 흘렀다. 이렇게까지 할 생각은 아니었지만 결백한 사람을 곤궁하게 만들어놓고도 빠져나가게 둘 순 없었다.

"아니옵니다! 거, 거짓말이옵니다!"

미육이 사색이 되어 항변하였다.

"어찌 그런 앙심을 고하느냐?"

왕대비는 조심스럽게 접근했다.

"실수를 자주 하여 꾸짖었더니 고칠 생각은커녕 도리어 골을 냈사옵니다."

"겨우 그 정도로 역……. 흠! 불미스러운 인사를 운운하며 몰아세웠다?"

덕로가 실각하는 과정이 하도 복잡미묘했던지라, 차마 왕이 듣는 데서 역적이라 칭하진 못하고 왕대비는 에둘러 물었다.

"사가의 점쟁이를 접하면서 현혹이 된 듯싶사옵니다."

"점쟁이?"

"경수궁의 해산이 늦어지는 탓에 전전긍긍하다가 나라에서 금하는 무속에까지 손을 댄 줄로 아옵니다."

"혹세무민한 무속인과 접했다고!"

또 다시 벌컥 화를 낸 쪽은 왕이었다.

"경수궁의 체모를 생각해 본방나인들의 기막힌 행실을 쉬쉬하였으나 부끄러운 치태가 이렇듯 드러났으니 더는 숨길 수 없나이다."

덕임은 넘어선 안 될 선을 잘 알았다.

본방나인들만 몰아세워야 한다. 그래야 승산이 있다. 또한 경수궁이 약방을 피해 사사로이 마시는 약은 건드리면 안 된다. 나라의 중대사까지 막 들쑤셨다간 역풍을 맞는다.

"총애를 믿고 법도를 어지럽힌 본방나인들의 행실은 사실이옵니다."

구 상궁도 냉큼 동조했다.

"덕임은 그간 지체에 맞지 않은 허드렛일을 하며 험담에 시달렸사옵니다. 점쟁이가 몰래 드나든 것도 사실이옵니다. 경수궁 궁인들 태반이 증언할 수 있나이다."

"경수궁 자네도 알고 있었는가?"

"소, 소첩은 전혀 몰랐사옵니다."

그 말이 진실이라 믿는 사람은 아무도 없었다.

"예! 경수궁께선 모르셨사옵니다. 소인들이 몰래 저지른 일이옵니다."

더는 버틸 수 없었던 미육이 냉큼 나섰다. 원래 몸종의 신세가 그런 것이다. 웃전의 바람막이 말이다.

"불미스러운 조정 인사와 엮어가며 덕임을 매도한 까닭은 무어냐?"

"성 나인은 궐 밖에서 온 데다, 본디 성상을 모셨다 하여 거만하게 굴어 신용할 수 없었사옵니다. 그러던 차에 생전 숙창궁을 자주 배알하였다는 말을 듣게 되었고……. 궐 안팎에 홍덕로와 얽힌 이런저런 소문이 많고……."

미육은 횡설수설했다.

"당시 덕임은 소손의 명을 받잡았을 뿐이옵니다."

왕이 불쑥 두둔하였다. 그러자 꿔다놓은 보릿자루처럼 눈치만 보던 중궁도 얼른 보탰다.

"마, 맞사옵니다. 덕임은 어명으로 숙창궁뿐만 아니라 중궁전에도……."

왕대비는 혀를 찼다.

"거만하기는 어떤 식이었다는 게냐?"

미육이 코를 훌쩍이며 대꾸하기도 전에 구 상궁이 냉큼 반박하였다.

"본방나인을 뺀 궁인들 사이에서 덕임의 평판은 거만함과는 거리가 머옵니다."

"제대로 된 사실은 하나도 없이 험담과 매도뿐이군."

왕대비는 고민에 빠진 듯 침묵하였다.

"감히 낯을 못 들 혐의를 받았으니 죽여주소서."

그렇다면 다시금 흔들어줄 차례다.

"천거해 주신 은혜를 더럽혔으니 하찮은 목숨으로라도 불경함을 씻겠사옵니다."

왕대비까지 엮은 것은 스스로 생각하기에도 퍽 간교한 수작이었다. 호의로써 천거한 궁녀가 비천한 몸종 따위에게 박해를 당했다 함은 곧 경수궁이 저지른 불경이 된다. 그냥 넘기기에는 왕대비도 빈정이 상할 것이다.

"참으로 기가 막힌다."

한참 만에 왕대비가 말했다.

"덕임에겐 죄가 없으니 당장 풀어주고 베 두 필을 내려 위로하라."

그녀의 싸늘한 시선이 주위를 훑었다.

"미육과 양순에겐 선임궁인을 무고誣告한 죄를 물어 장 오십 대를 치고, 사가의 무속인을 접한 버릇 역시 엄히 신칙하라. 또한 감정 섞인 고변만 덜컥 믿고 한심한 소동을 벌인 감찰상궁은 석 달 치 녹봉을 감한 뒤 근신케 하라."

끌려가는 미육과 양순을 보며 덕임은 속으로 쾌재를 불렀다.

"이번 일은 왕실의 수치입니다. 다들 날 따르도록 하세요."

왕대비는 속을 알 수 없는 왕부터 새파랗게 질린 경수궁까지, 왕실 식구들을 모두 이끌고, 무시무시한 꾸짖음을 예고하는 위엄만 세운 채 떠났다.

그날 저녁. 경희와 영희, 복연은 덕임의 방에 머물렀다. 미육은 곤장을 맞고 끙끙 앓느라 약방에서 하룻밤 지내야 했다.

"걔네 진짜 멍청하다. 누굴 물 먹이려면 제대로 했어야지."

경희는 혀를 끌끌 찼다.

"나였음 절대 그따위로 안 해."

"나중에 누구 누명 씌울 일 생기면 너한테 맡길게."

덕임은 능청스레 맞장구쳤다.

"어쩜 그리 태연해? 걔들이 좀만 더 약았으면 큰일 날 뻔했잖아!"

아직도 영희는 어깨를 덜덜 떨었다.

"덕임아, 너 진짜 나한테 그 책 이야길 했었니? 언제? 난 기억도 안 나!"

"어릴 때였어. 못 믿을 만도 했지, 뭐."

"내가 뭐라 했는데?"

"어어, 냉수 마시고 속 차리라고 했던가?"

과거의 자신이 저지른 무신경함에 영희는 경악을 했다.

"경희 같은 애나 할 말 아니냐?"

복연이 낄낄 웃었다.

"나라면 믿어줬을 거야."

경희는 샐쭉하게 반박했다.

"됐어. 잘 풀렸으니까. 근데 아깐 진짜 죽는 줄 알았어. 제일 친한 애도 안 믿는 이야기로 변명하려니 하늘이 다 노랗더라."

"왜 영희더러 제일 친하대?"

대신 경희는 이상한 데서 트집을 잡았다.

"어쨌든 운이 좋아서 다행이다!"

감정이 영 무딘 복연은 경희 말을 싹둑 잘랐다.

"과연 순전히 행운이었을까?"

토라질 겨를도 없다는 듯 경희는 혼자 고민에 빠졌다.

"아니, 세상 이치가 그렇게 단순해? 얘가 궁지에 몰리니까 때마침 그 자리에 계시던 자궁께서 옛일을 떠올리고 편을 들어주신다고? 말도 안 돼."

"그럼 뭐?"

"자전께서 전부 알고 그에 맞춰 판을 벌이신 거라면……."

의미심장하게 흘리는 말투로 보건대 스스로도 정리가 잘 안 되는 모양이다.

"마마께선 뭐 세상사를 다 알고 계신다냐."

"세상 돌아가는 일에 유난히 귀가 밝으신 건 사실이지."

복연이 툴툴대자 경희는 확 쏘아붙였다.

"아주 불가능한 일도 아니야. 당시에 선왕께서 생각시를 만났니, 죽은 옹주가 떠올랐니, 자궁께 하신 말씀 자전께도 하지 않았다는 법도 없잖아."

뭐라고 사족을 자꾸 달려는데 덕임이 그냥 잘랐다.
“그래, 그래. 복잡하니까 난 그냥 조상님 덕에 살아난 셈 치련다.”
“그 잘난 조상님은 여태 어디 계셨는데?”
경희가 몹시 삐치며 째려보았다.
“근데 장 오십 대면 거의 초주검 아니냐?”
복연이 냉큼 말을 돌렸다. 영희도 거들었다.
“그러니까! 스무 대만 맞아도 혈변을 본다던데.”
“경수궁께서도 많이 혼나셨겠지?”
“아까 보니까 돌아오셨던데.”
“하여튼 양반들은! 아랫것들한테 다 뒤집어씌우고 빠져나오는 것 봐.”
경희는 냉랭하게 일침을 놓았다.
“덕임이 넌 앞으로 괜찮겠니?”
“에이, 경수궁께서도 한풀 꺾이셨겠지.”
천진난만한 복연에 비해 경희는 입술을 삐죽였다.
“가재는 게 편이야. 자전과 자궁께서 암만 앨 좋게 보셔도 양갓집 며느리만 하겠니.”
“그것도 회임 중인 며느리지.”
영희도 걱정스럽게 보탰다. 경희는 콧방귀를 뀌었다. 시기를 한참 놓친 해산을 또 비웃고 싶어 입이 근질거리는 모양이다.
“뭐, 됐고……. 주상전하께선 아무 말씀 없으셨어?”
은근히 떠보듯 경희가 물었다.
“맞다! 상감마마께서 되게 이상하셨다고 그러더라?”
대전에서 궁인들 속닥임을 듣고 온 영희도 거들었다.
“뭐 이상하실 게 있나.”

흘끗 경희 눈치를 보며 덕임은 어깨만 으쓱했다.

"뭐냐?"

덕임과 경희 사이의 묘한 분위기를 복연은 못마땅해했다.

"너희 둘이서 진짜 뭐 숨기는 거 있지?"

"몰라도 돼."

경희가 냉정하게 잘랐다.

"숨기는 거?"

그 한 마디에 어째 묘한 기분이 들어 덕임이 고개를 갸우뚱했다.

"넌 또 왜 그러니?"

"어제부터 기분이 이상해. 남녀끼리 통정이니 뭐니 영 불쾌하단 말이지. 그냥 겁나서 그런 줄 알았는데, 꼭 중요한 걸 잊고 있는 느낌이야."

인생에 갑작스레 연속으로 몰아친 폭풍들 사이로 뭔가 숨어 있는 것 같다. 경황이 없어 살피지 못하는 동안, 무의식 속으로 납작 숙인 어떤 것이 분명 있다.

"피곤해서 그래."

영희가 코를 찡긋거리며 개켜놓은 이불을 펼쳤다.

"어서 자. 푹 쉬어야 또 한바탕 치르지."

"그래. 앞으로도 버텨내야 하니까."

몸담은 무리 안에서 핍박받는 게 어떤 건지 아는 경희가 동정을 내비쳤다.

"근데 나 거짓말을 했어."

자리에 누우며 덕임이 중얼거렸다.

"책 빼돌린 적 있잖아."

"그게 무슨 소리냐?"

"기억 안 나? 집경당에서 《곽장양문록》 빼돌렸잖아."

"맞다! 나 때문에……. 그것도 홍덕로의 도움으로……."

영희는 새삼스레 겁을 먹었다.

"귀한 책도 아니고 우리 걸 돌려받은 건데, 뭐."

복연이 애써 합리화했다.

"별생각 없이 보낸 순간들이 한참 지난 때에 되돌아와 간담을 서늘하게 하니까 죽겠어. 떳떳하지도 않고."

덕임은 천천히 눈을 감았다.

"너희들이 있어서 다행이야."

잠귀신의 품에 폭 안기기 전에, 그녀는 진심으로 말했다.

왕은 봉안해 둔 어진을 보러 주합루에 갔다.

그림 속의 용안은 달랐다. 채색할 때 손 좀 보라고 했더니만 참 충실히도 고쳤다. 푸석푸석한 피부는 어디 가고 혈색이 아주 좋았다. 얼굴선은 사내답게 늠름하다. 입가에 부드러운 미소까지 달았다. 닮기야 꼭 닮았지만 못마땅했다. 하긴, 딱하고 빽빽한 실물보다는 저 얼굴이 지존에는 더 잘 어울릴지도 모르겠다.

"아직도 못마땅하시옵니까?"

언짢은 낌새를 귀신같이 알고 윤묵이 물었다.

"확 떼어버릴 수도 없고."

왕은 투덜거렸다.

"봉안한 지 벌써 두 달도 더 지나지 않았사옵니까."

"볼 때마다 마뜩잖다."

"어디가 눈에 차지 않으시옵니까?"

"전부 다 마음에 안 든다!"

"어용화사가 들으면 서운해하겠나이다."

열심히 달래도 왕은 연신 골을 냈다.

"윤묵이 네가 보기엔 정녕 닮았느냐?"

연배도 십 년 위고 직책도 내시부 최고 품계라지만 어려서부터 더불어 산 환관이다. 왕은 그를 스스럼없이 대했다.

"물론이옵니다."

이미 수십 번도 더 답했지만 윤묵은 질린 티를 내지 않았다.

"감히 올려다보자면 용안이 퍽 행우하여 보이시옵니다."

"쯧, 행복하지 않은 사람을 행복해 보이게끔 그려놨으니 눈속임이다."

"어찌 행복하지 않다 하시옵니까?"

"헐벗은 백성이 넘치는데 혼자 흐뭇하면 폭군이 아니고 무어냐."

왕은 몸서리를 쳤다.

"그뿐이시옵니까?"

설마 의중을 떠볼 생각은 아니었겠지만 윤묵은 본의 아니게 허를 찌른 셈이 되었다.

"무슨 뜻이냐?"

왕이 날카롭게 되묻자 윤묵은 단단한 바지락처럼 입을 다물어 버렸다.

따지려다가 그만두었다. 별로 듣고 싶지 않았다. 한낱 환관이라지만 종일 자신을 지켜보는 눈이다. 실없는 소리라도 들었다간 불쾌해질 것이다.

왕은 선원전璿源殿으로 걸음을 돌렸다. 선왕의 어진은 그곳에 모셔놨다.

"넌 할바마마를 잘 기억하느냐?"

꿇어앉아 한참을 올려다보던 왕이 또 운을 뗐다.

"인자하고 정이 많으셨지요."

온건한 대꾸에 왕은 미소 지었다.

"그래, 동궁에 불쑥 거둥하시어 소매에서 다과를 꺼내 주시곤 하셨지. 밤늦게까지 책을 읽는 게 기특하다고 칭찬을 해주셨어."

"예, 궁인들에게도 항상 전하를 자랑하셨지요."

"한데 한 입 먹기도 전에 도로 거두어 가실 때도 많았다. 아비처럼 식탐이 생겨 뒤룩뒤룩 살집이 붙으면 보기 싫다고 혀를 차셨어. 그때부터 편식하는 습관이 든 것 같다. 어릴 적에는 단 음식도 곧잘 먹었었는데."

왕의 눈빛이 혼탁해졌다. 윤묵은 무난하게 화제를 돌리려고 애썼다.

"선왕전하의 수라부터 탕약까지 전하께서 친히 살피셨지요."

"그래. 그리하고 싶었고 또 그리해야만 했지."

손가락을 잘라 약을 끓여 바칠 수 있을 만큼 사랑하는 할아버지셨다. 그렇지만 또한 무서운 군왕이기도 하셨다.

"할바마마에 대해 잘 안다고는 못하겠다."

대하기가 편할 때보다 어려울 때가 많았다.

"네 할미를 원망해선 안 된다."

아비가 죽고 엿새가 지난 날. 선왕은 그리 말했다.

묘한 말씀이었다. 그는 단 한 번도 의열궁을 원망치 않았다. 조모는 평생 허리 한 번 못 펴본 후궁이었다. 싫은 소리 꾹꾹 눌러 참으며 슬픈 눈빛만 언뜻 보이던 딱한 사람에 불과했다.

"네 할미는 이 할아비의 안위와 종사를 위해 할 일을 했을 뿐이니라."

그래도 선왕은 구태여 그리 말했다. 마치 손자가 당연히 할미를 원망하리라고 여기듯이.

"그 갸륵한 뜻을 알아 네 어미도 할미를 원망하지 않는 것이다."

재차 붙는 강조는 확고했다.

"절대로 네 할미를 원망하지 마라."

국본은 사리분별 못 하는 어린애일 수 없다. 경황없던 그 시절에도 무슨 뜻인지 단박에 알았다. 할머니를 원망하지 말고, 그 뒤에 숨은 할아버지도 원망하지 말고, 그저 착한 손자가 되라는 경고였다. 그러면 어여삐 봐주겠다는 회유였다.

왕이 아는 사랑은 그런 것이었다.

손에 검댕 묻힐 필요 없이 다른 사람을 부리는 교묘함. 가장 아끼는 여자마저 입맛대로 이용할 수 있는 냉혹함. 만인지상의 재상이든 하나뿐인 아들이든 단칼에 베어버릴 강단. 그야말로 당쟁이 들끓는 조정에서 군왕이 할 수 있는 최선의 사랑이었다. 그래서 그것이 옳은 것인 줄 알았다.

"선왕전하의 어진은 참 잘 그려졌다."

왕은 멍하니 중얼거렸다.

"예, 실물과 몹시 흡사하옵니다."

"할바마마의 용안이야말로 진정 행우해 보이신다."

그래, 그런 분이셨다. 원하는 걸 손에 넣으셨고 뜻한 바를 반드시 이루셨다. 추상같은 손끝에서 숱한 비극을 빚어냈으되 적어도 당신의 것으로 하여금 다른 이의 손아귀에서 놀아나게끔 두진 않으셨다. 외동아들의 목숨도 친히 거두셨고, 거느리는 여자의 운명에도 친히 점을 찍으셨다. 하여 행복한 용안의 임금으로 남으신 것이다.

군왕의 사랑이 원래 그렇다면, 왜 눅진한 유산 하나를 남기셨을까?

몹시 사랑하였던 후궁과 딸의 교차점에 있었다는 이유만으로 한낱 생각시에게 분에 넘치는 호의를 베푸셨다. 꼭 스스로 변명하고 싶은 사람처럼. 일말의 죄책감을 덜어보려는 사람처럼. 여생토록 당신께서 한 일의 정당성을 '종사를 위한 큰일'이라 주장하면서도 가슴 한구석에 씻을 수 없는 죄책감을 품은 사람처럼.

원망해선 안 된다.

그 말은 필생의 과제와도 같았다. 원망하고 싶은 마음이 차고 넘치는데도 원망할 대상이 없었다. 허공에 대고 뱉은 침은 제 얼굴로 돌아오기 마련이니까.

솔직히 그도 아비가 무서웠었다. 병증이 심할 때의 아비는 아들인 자신마저 위협했다. 나는 미움 받는데 너는 사랑 받는다고 화를 냈다. 하지만 그 공포를 상쇄할 만큼 아비를 사랑했다. 수렁에 빠졌는데 도통 벗어날 방도를 모르는 모습을 가엽게 여겼다.

그런 아비가 죽었다. 아무것도 할 수 없었다. 어미도 마찬가지였다. 뭔가 할 수 있었던 사람들은 참담한 짓을 했다. 조부는 친히 죽음을 명했다. 외조부는 그에 동조했다. 장인도 다를 바 없었다. 그리고 조모는…….

왕은 눈을 감았다. 귀를 닫았다.

"다시 주합루로 가자."

그는 방금 돌아선 자신의 얼굴을 재차 마주하였다.

그래, 역시 거짓이다. 행복하지도 않고 행복해서도 안 되는데 근심 하나 없이 웃는 낯짝이라니! 원망해선 안 되는 줄 알면서도 깊은 구석에선 조부와 아비를 내심 탓하는 불효자에겐 과분한 위용이다.

어용화사가 미처 초탈하게 치장하지 못한 그림 속 눈빛에서 왕은 진실을 보았다. 아무것도 원해선 안 되는 줄 알면서도 바라는 게 생겨

버린 탐욕스러운 눈이었다. 부정하다고 의심하던 순간조차 그 대상을 믿고 싶어 한 한심한 눈빛이었다. 수치가 될 줄 알면서도 구해주고 싶어 일어선 충동 어린 눈빛이었다.

사소한 균열 사이로 죄책감이 들끓고 평정이 송두리째 흔들렸다. 더 이상은 억누를 수 없어 무너져 버렸다. 반대급부처럼 반항심이 치솟았다.

이제는 속으로 삭이고 참기만 하던 꼬마 동궁이 아니다. 누굴 원망하고 싶으면 원망할 수 있고, 누굴 취하고 싶으면 취할 수 있다. 지존이다. 온갖 변명과 술수를 내세웠지만 결국 하고 싶은 대로 뭐든 했던 선왕처럼. 그래, 참을 필요 없다. 남을 의식할 필요도 없다. 임금이다. 얼룩진 세월을 버텨 얻은 유일한 보상이다.

성급하게 불거진 치기는 곧 해답이 되었다.

"서 상궁 게 있느냐."

왕은 저녁 어스름이 내려앉은 창밖을 내다보았다.

"경수궁에 다녀와라."

"오늘 밤 경수궁에서 침수를 드시옵니까?"

"아니다. 침전은 대전에 꾸려라."

왕은 화폭 속 제 얼굴을 정면으로 응시했다.

"그리고 성가 덕임만 대전으로 데려와라."

"저, 전하! 어제 일로 재차 꾸짖고 싶으시더라도 일단 아침이 밝은 뒤에……."

왕은 고개를 가로저었다. 내일 해가 뜨는 즉시 후회하게 되리라는 걸 알았다. 비틀리고 옳지 못한 행동이라는 자각도 있었다.

그러나 태어나서 처음으로, 그는 아랑곳하지 않았다. 심지어 이번에는 치기를 부리는 데에 취기조차 필요하지 않았다. 어릴 날의 달밤과는 달랐다. 전부 달라져 버렸다.

"성가 덕임이 오늘 밤 시침(侍寢, 임금의 잠자리를 시중듦)할 테니 데려오라는 뜻이다."

그래서 가장 원하면서도 가장 내키지 않았던 패를 꺼내고야 말았다.

무안하기 짝이 없는 소동의 여파로 경수궁 일대는 분위기가 영 삭막했다. 덕임은 가늘고 길게 살려고 용을 쓸수록 도리어 두드러지는 제 존재감을 지우기 위해 있는 듯 없는 듯 하루를 지냈다.

"경수궁께서 너더러 잠시 들라 하신다."

그런데 저녁 즈음, 여전히 약방에서 끙끙 앓는 미육과 양순을 대신해 웃전의 곁을 지키던 구 상궁이 문득 말을 건넸다.

"기어이 너를 족치시려나 보다."

구 상궁 딴에는 반쯤 농담처럼 건넨 소리였지만, 덕임은 지레 겁을 먹었다.

"미안하네."

한데 어색한 정적을 깬 경수궁의 첫 마디는 그랬다.

"어제 일로 깨달은 게 많아. 미육이나 회임 탓으로 돌리고 싶지만 사실은 내가 부족한 사람이라 벌어진 소동일 테지."

경희가 옆에 있었으면 남의 말 곧이곧대로 믿지 말라는 둥 면박을 주었겠지만 덕임은 그냥 믿고 싶었다. 체면치레라 할지라도 좋은 게 좋은 것으로 쳤다.

"자네는 그 고초를 겪으면서도 나를 탓하는 말씀은 아니 아뢰더군."

경수궁이 민망해하며 덧붙였다. 다만 그 부분은 감사를 받을 계제가 아니었다. 신의를 지키기 위해서라기보단 스스로의 처지를 걱정했을 뿐이었다.

"꾸지람을 들으셨을까 봐 송구할 따름이옵니다."

덕임은 시선을 피했다.

"궐 안에는 법도가 있다며 자전께서 날 엄하게 타이르셨네. 그래도 괜찮아. 전하께선 별로 언짢아하지 않으셨거든."

경수궁의 뺨이 상기되었다.

"도리어 날 두둔해 주셨네. 궁녀는 본디 의심을 잘 사기 마련이라고, 전하께서도 친족이리라는 생각은 전혀 못 하셨다고. 어쩐지 기분이 좋아 보이셨네."

어째 덕임은 가슴이 시큰거렸다.

비록 불발로 끝났을지언정 왕이 임금으로서의 본성을 물리치면서까지 자신을 위해 일어섰다고 생각했다. 하지만 그저 소동을 뜻대로 처리하기 위한 나름의 계책이었나 보다. 그럼 그렇지. 공연히 실망할 것도 없다. 덕임은 애써 냉소적으로 생각했다.

"게다가 우리 집안을 칭찬하셨네."

경수궁은 자랑스럽게 덧붙였다.

"잘 끝나서 다행이지."

그녀의 안도감은 장독이 올라 눈도 못 뜨고 골골댄다는 미육의 처지와는 판이했다. 됐다. 덕임은 마음을 비웠다. 세상 이치가 원래 그렇다. 천한 것은 천하고 귀한 것은 귀하다. 그 이상 파고드는 건 위험하다.

"우리, 시작은 나쁘지 않았던 것 같은데."

경수궁이 멋쩍게 웃었다.

"역시 묻고 싶은 게 있네. 신뢰를 쌓으려면 남은 미혹이 없는 편이 낫잖은가."

덕임은 그녀의 짧은 망설임을 기다렸다.

"음, 저기, 난 역시 전하께서 자네를……."

다만 끝맺지는 못했다.

"대전에서 상궁이 들었사옵니다."

불현듯 밖에서 고해오는 목소리에 경수궁의 낯이 환해졌다. 하긴, 늦은 시각에 온 전갈이라면 뻔하다.

그 난리를 치고도 왕은 벌써 아무 일 없다는 듯 굴다니 놀라웠다. 궁인에겐 한없이 모진 분이 후궁에겐 참 유하신 모양이다. 시샘과 같은 불쾌한 기운이 덕임의 뱃속에서부터 스멀스멀 기어올랐다.

"전하께서 납신다 하시던가?"

서 상궁이 문간에 서자마자 경수궁이 기뻐 물었다.

"저어, 그게……."

반응이 영 시원찮았다. 서 상궁은 물그릇에 코 박고 죽고 싶은 사람처럼 쩔쩔맸다.

"성가 덕임을 데려오라는 하명이옵니다."

뚱하니 듣던 덕임은 펄쩍 뛰었고, 경수궁도 어리둥절했다.

"아니, 왜?"

"송구하오나 잘 모르옵니다. 그저 데려오라는 하명을……."

"어제 일로 아직 심기가 불편하신가?"

"그저 분부만 받잡았사옵니다."

"명확한 언질도 없이 내 궁녀를 부르신다니……."

경수궁은 유달리 곤궁한 기색의 서 상궁을 보았다. 그리곤 문득 짚인다는 시선을 덕임에게 던졌다.

"설마……?"

이윽고 그녀의 낯에서 경악이 스쳐 지나갔다.

"아……. 알겠네. 지체하지 말고 서두르게."

그래도 경수궁은 빨리 체통을 차렸다. 잘 배운 양갓집 규수다운 대처였다.

"이런 식으로 결국 대답을 듣는군."

온화한 재촉 뒤에 따라붙은 혼잣말만은 자못 쓸쓸하였다.

반면 덕임은 짚이는 구석이 전혀 없었다. 그토록 야단법석을 떨고도 왕의 성격상 그냥 넘길 리 만무하다만, 어제의 잔질한 태도로 보아선 용서를 받은 줄 알았단 말이다.

"무슨 일인데요, 마마님?"

말없이 앞서 걷는 서 상궁을 쫄래쫄래 따르며 덕임은 보챘다.

"저 또 쫓겨나는 겁니까?"

스승의 경직된 등을 보자니 예삿일이 아닐 성싶었다.

"알아야 마음의 준비를 하지요!"

어느덧 후궁의 불빛이 보이지 않을 만큼 멀리 왔는데도 계속 묵묵부답인 서 상궁 때문에 급기야 속이 터질 지경이었다.

"아, 진짜 뭔데요!"

떡이 되도록 맞았다는 미육을 떠올리며 덕임은 애꿎은 볼기짝을 문질렀다.

"전하께서 이상하시다."

서 상궁이 걸음을 멈췄다.

"언짢으신데……. 평소처럼 언짢으신 게 아니다. 뭔가 달라."

"뭐가 다르신데요?"

"내가 노망이 나서 잘못 들은 줄 알고 몇 번이고 다시 여쭈어보았는데……."

"뭐라고 하셨는데요?"

덕임은 열심히 추임새를 넣었다.
“널 침전에 들이라 하셨단 말이다.”
썰렁한 바람이 뼛속으로 스며드는 계절에 할 만한 농담은 아니었다.
“에이, 설마 아니지요?”
덕임은 어색하게 웃었다.
“침전 요강을 닦으라든가, 뭐 벌을 내리신 게지요?”
“내 얼굴 보고도 실없는 소릴 해?”
아닌 게 아니라 서 상궁은 벼락이라도 맞은 듯했다.
“하, 하지만 그럴 분이 아니시잖아요!”
옥신각신 밀고 당긴 지난 세월 속에서도 크게 겁먹지 않았던 까닭은, 어차피 두 사람 사이에 좁힐 수 없는 거리가 있다는 걸 알았기 때문이다. 무언가 있는 듯 없는 듯 애매하고, 성큼 한 걸음 내딛기엔 어쩐지 너절하고 치졸한 그 거리감 말이다.
그런데 그가 지금 자신을 불렀단다.
“넌 진즉부터 낌새를 챘던 게야.”
혼란스러워하는 덕임을 보며 서 상궁은 확신했다.
“혹 전하께서 네게 마음이 있다 하시더냐?”
“아니옵니다!”
덕임은 습관처럼 부정했다.
“됐다. 중요한 건 오늘 밤 네 처신이다.”
이미 결론을 내린 서 상궁은 엄숙하게 말했다.
“너, 어려서 배운 건 잘 기억하느냐?”
“배운 게 한두 가지가 아닌데요.”
“남녀의 교합을 아느냐고.”
“그, 그런 걸 누가 진지하게 배운답니까? 모릅니다! 몰라요!”

"알아야 한다. 다시 일러줄 짬이 없어."

서 상궁은 주름진 이마를 부여잡았다.

"전하께서 알아서 하시겠지만 그래도……."

"아, 진짜! 무섭게 왜 이러셔요? 장난이지요? 골탕 먹이려는 거지요, 예?"

그가 자신을 불렀다. 임금이 궁녀를 불렀다. 태산처럼 거대한 두려움이 닥쳤다.

"정신 차려라! 잘해야 한다니까."

서 상궁은 덕임을 탈탈 흔들었다.

"이것저것 규칙을 배웠잖느냐? 합궁 중에는 전하를 똑바로 보면 안 되고, 곁에 누울 때는 꼭 왼쪽에 눕고, 편히 여기시게끔 가만히 있고, 뭐 그런 거 말이다."

반쯤 넋이 나갔지만 덕임은 끄덕였다.

"싹 다 잊어라."

"……예에?"

"궁녀를 취하실 땐 지켜보는 눈이 없으니 번거로운 요식은 됐다. 기쁘게 해드려야 한다. 전하께서 바라는 일이라면 아무리 부끄럽고 어려워도 반드시 해야 해. 그래도 옥체에 올라타는 건 안 된다. 혹 시키시더라도 그것만은 절대 받들지 마라."

"자, 잠깐만요!"

"넌 정궁도 후궁도 아니다. 하물며 사대부의 규수도 아니지. 쑥스럽다고 빼지 말고 궁인답게 해야 한다."

"기녀 행세라도 하라고요?"

덕임은 울컥했다.

"전 그런 궁녀가 아닙니다!"

철들기도 전부터 궁녀였다. 밀월은 바라지도 않았다. 그렇다고 해서 노류장화처럼 다뤄지는 게 유쾌하지는 않았다. 대감마님 원할 적에 냉큼 잠자리를 덥히는 비천한 종년과 다를 것도 없다.

"틀렸어. 넌 계례를 치렀지. 사실상 임금님과의 혼례는 애저녁에 올린 셈이라고."

신랑 없는 빈 자리에 절을 올리던 옛 기억이 돌연 숨 막히도록 생경하게 다가왔다. 딸을 궁중으로 시집보냈다는 의미로 고향에서 벌인 잔치도, 사가에서 올린 음식상을 받던 그의 모습도 파도처럼 밀려왔다.

"그런 궁녀가 아닐 수는 없다."

서 상궁이 말했다.

"너더러 요부가 되라는 게 아니다. 그냥……. 해야 할 일을 하라는 것뿐이야."

상처받은 자존심마저 얼어붙었다. 냉소로 앙칼지게 받아칠 수도 있었지만 덕임은 그러지 않았다. 스스로 궁녀가 되기를 선택했다고 떠들고 다녔다. 그에 수반되는 의무도 행하겠다고 자처한 셈이었다. 막연한 상상과 현실이 다르다 한들 결국에는 책임져야 할 몫이었다.

덕임은 그저 맥이 빠져버렸다.

대전은 조용했다. 곧장 옷이 몽땅 벗겨졌다. 신체에 결점이 있나 살피는 시선만큼 곤욕스러운 건 처음이었다. 그러고는 난초 삶은 물에 풍덩 빠져 머리부터 발끝까지 싹 씻어냈다. 수발드는 무수리가 어찌나 세게 문지르는지 껍질이 벗겨지는 줄 알았다. 다시 태어난 수준으로 깨끗해지기는 했다. 아기처럼 보들보들해진 살갗에 양반댁 마님들이나 쓴다는 비단결 같은 미안수美顔水까지 발랐다.

무수리가 없는 이까지 찾아내어 죽일 만큼 촘촘한 빗으로 그녀의 머리카락을 빗기 시작할 즈음, 문밖에서 상궁들 소곤거리는 소리가 들려왔다.

"제대로 하는 건지 모르겠군."

"궁인이 승은을 입는 건 삼십 년 만에 처음 아닌가."

"치장은 대충 됐지만 복색은 또 어찌할까요?"

"글쎄, 왕실의 초야 때는 본디 예복을 갖추는데."

"늙은 상궁이라면 알 텐데……. 내 물어보고 옴세."

어느 상궁이 후다닥 뛰어가는 소리가 들렸다.

"고개 좀 들어보셔요, 항아님."

어느새 머리카락을 단정하게 땋아 묶어준 무수리가 옆구리를 찔렀다. 이번엔 분칠이었다. 경희가 쓰는 것보다도 훨씬 가루가 고왔다. 싸구려나 가끔 쓰는 자신에겐 어울리지 않을 만큼 고급스러웠다. 까마귀가 하얀 재를 뒤집어쓴 꼴로밖에 보이지 않을 것이다.

"아주 고우십니다."

입술도 자줏빛 연지로 훑어주더니만, 무수리가 감탄하듯 말했다. 경대를 내밀기에 보았더니 생각보다 썩 괜찮았다. 그래도 기분이 나아지진 않았다.

"허, 허헉……! 내 물어보고 왔네."

도로 후다닥 뛰어오는 소리가 아까 끊긴 상궁들의 대화를 다시 이어갔다.

"거, 싹 다 벗겨서 들여보내야 한다는군!"

기절할 만큼 놀란 사람은 덕임뿐만이 아니었다.

"애를 알몸으로 들이라고요?"

기함하며 되묻는 사람은 서 상궁이었다.

"늙은이가 노망이 나서 잘못 알려주는 거 아닙니까?"

"설마 그렇지는 않겠지! 법도가 그렇다는데. 혹여 성상을 해할 궁리를 했다간 큰일이니까. 일리 있는 소리 아닐까?"

"허어, 그래도 너무 남세스럽지 않나?"

"점잖으신 성품에 되레 역정이라도 내시면 어떡합니까!"

"술상도 들이라 하신 걸 보면 곧장 이, 일부터 치르진 않으실 것 같은데."

법도고 뭐고 왕의 분노가 제일 두려워 상궁들은 끙끙 앓았다. 설왕설래가 오간 끝에 결론이 났다. 얇은 속치마만 입히자는 것이었다.

"이 꼴로는 절대 안 나갑니다!"

그래 봤자 덕임으로서는 발가벗는 것만큼이나 받아들이기 어려웠다. 어깨를 훤히 드러내라니 다들 제정신이 아니다.

"비싸게 굴긴! 복도엔 나이든 상궁들밖에 없다니까!"

"이런 차림으로 어느 안전에 나서라고요!"

"야! 차림새고 뭐고 어차피 전하께서……. 에잉, 늙은이가 이런 말까지 꼭 해야겠느냐!"

하룻밤 새 몇 년은 족히 늙어버린 큰방상궁의 푸념과 더불어 실랑이가 이어졌다.

"못 한다니까요!"

침전문까지 질질 끌려 와놓고도 덕임은 등을 대며 끝까지 버텼다.

"해야 한다."

모든 상궁들이 입을 모았다.

"다 너 귀하게 되라는 건데 뭐가 싫다고 야단이람!"

큰방상궁이 옆구리를 쿡 찔렀다.

"귀해지는 거 싫어요!"

"야! 나중에 이 좋은 걸 왜 안 한다고 했을까 울지나 마라! 우릴 굽든 삶든 마음대로 해도 되니까 일단 좀 들어가라. 기다리다 화내실라, 응?"

"전하께서 시키시는 대로만 해."

서 상궁이 허둥대며 마지막 충고를 던졌다.

"아니지, 눈치껏 열심히 해라!"

정신없는 틈을 타 술상까지 떡하니 안겼다.

"전하께서 흠흠! 일을 마치시면 끝이다. 나가라 하시면 곧장 나오고, 아니면 잠드실 때까지 기다렸다가 나와."

다시 돌아갈 수 없도록 문은 굳게 닫혔다.

침전 공기는 싸늘했다. 인기척도 전혀 없었다. 우선은 침착해지기로 했다. 왕은 이럴 사람이 아니다. 뭔가 또 살벌한 계책을 꾀하는지도 모른다.

하얀 자리옷을 입은 왕은 침전 깊숙한 안쪽에 있었다. 서 상궁 말마따나 좀 이상했다. 멍하니 일렁이는 촛불을 보고 있었다. 위풍당당한 위용은 어디 가고 맥 빠진 눈빛이었다.

술상을 내려놓고 엎드렸는데 알은체도 아니 했다.

"저, 전하……?"

덕임은 조심스레 운을 뗐다. 깊은 잠에서 깨듯 그의 두 눈에 특유의 빛깔이 돌아왔다. 그는 생전 처음 보는 사람처럼 낯선 시선에 그녀를 가두었다. 눈길 닿는 곳마다 따끔거렸다. 가릴 수도 없고 숨을 수도 없어 자세만 점점 엉거주춤 어설퍼졌다.

"가까이 와라."

탁한 음성은 찰떡같이 알아들었으되 덕임은 머뭇거렸다.

"어서."

마주보다시피 하자 왕은 술병을 집었다. 옥색 빛깔 술잔이 넘쳐흘렀다.

"마셔라."

왕이 술잔을 밀었다.

"마셔두는 게 좋을 거다. 처음은 힘드니까."

대담한 언행에 비해 기묘할 만치 가라앉은 그의 분위기와 맞물려 덕임은 이성을 잃지 않았다. 이쯤 되니 두려움보단 의아함이 앞섰다.

"일전에 하신 말씀대로 벌주시는 것이옵니까?"

덕분에 따져 물을 배짱도 생겼다.

"옷고름을 풀어 벌을 내리겠다고 하신 적이 있지요. 한번 승은을 입으면 뒷방으로 물러나 멸시받고, 초라한 밥버러지로 썩게 될 거라고요. 소인에게는 그게 죽기보다 더 무서우리라는 걸 잘 아신다고요."

무자비한 협박을 되짚다 보니 새삼 울컥했다.

"야밤에 한 번 불렀다가 내보내기만 하면 끝이라고요. 그만큼 전하의 손바닥 위에 있는 계집이라고요."

그런데도 용안에는 미동조차 없었다.

"어제 일은 해명하였나이다. 그런 참기 힘들 처분을 바라야 할 만큼 죄를……."

"옛날에 나는 또 다른 말도 했었지."

그러거나 말거나, 왕은 싹 무시했다.

"오늘 밤 내 너에게 승은을 내린다면 그게 서로 없을 거라고 단언했던 우리 사이의 다음이 되겠느냐고."

그것은 과거의 인용이자 곧 현재의 물음이었다.

서로 잘 모르는 사이에 불쑥 던져졌던 승은이라는 낱말은, 약간 두려울 뿐 실감일랑 나지 않는 신기루와 같았다. 하지만 서로 잘 아는 사이가 되어갈수록 승은은 곧 벌이요, 좁힐 수 없는 거리감으로 인해 결코 일어나지 않을 미래를 가리키는 말이 되었다.

그런데 다망한 세월이 흐른 지금, 그는 또 다시 같은 질문을 던졌다. 서로 없을 거라고 아무리 다짐해도 계속해서 생겼던 숱한 '다음'들과 도저히 상상조차 할 수 없는 또 다른 '다음'에 대해 재차 묻는 것이다.

"소인은 그때 이렇게 아뢰었지요."

한참 만에 덕임이 말했다.

"아니 되옵니다."

이 또한 과거의 반추이자 곧 현재의 대답이 되었다.

"밖에 있느냐."

왕이 목소리를 높였다. 바깥에서 소란스럽게 허둥대는 소리가 들렸다.

"성가 덕임을 섬기는 비자를 끌어내어 합문 밖에 무릎을 꿇려라."

"예에?"

도통 감을 못 잡는 서 상궁의 반문이 들려왔다.

"주인이 감히 어명을 받들지 않는 죄를 대신 물어 벌을 내리는 것이다."

덕임은 얼이 빠졌다. 제 비자라봐야 궁녀들조차 하지 않는 궂은일을 도맡으며 이리저리 심부름을 해주는 가련한 하인일 뿐이다.

"전하!"

상전의 과오를 뒤집어쓰고 맷값을 치른 미욱이 꼴로 만들 순 없었다. 덕임은 그런 사람이 되고 싶지 않았다. 선택도 책임도 모두 스스로 지고 싶었다.

"마셔라."

왕은 다시 술잔을 내밀었다.

"두 번 말하게 하지 마라."

소주방에서 종종 빼돌린, 맹물을 섞어 양을 불린 술과는 혀에 닿는 자극부터가 달랐다. 비운 잔을 왕이 다시 채웠다. 이번에는 그가 마셨다.

"궐 밖에서 내 서제를 만나보았지?"

이건 또 자다가 봉창 두드리는 소리다.

"은언군 대감을 말씀하시옵니까?"

"그래. 어떻더냐?"

"어……. 기품이 아름다운 분이셨사옵니다."

"아바마마께서 생전에 그 녀석을 아주 좋아하셨다. 생긴 건 삽삽해도 사내자식이 배포가 있다며 칭찬하셨지. 정신이 온전하……. 흠! 옥체가 평온하신 날에는 그 앨 데리고 제기도 차고 투호놀이도 하시더군."

손님 오는 소리에도 발발 떠는 나약한 종친이었는데 이상하다.

"그 녀석 옛날엔 달랐다. 여자를 좋아했고 객기도 꽤 부렸지. 철들고부터 목숨 아까운 줄 알더라만."

표정만 봐도 무슨 생각인지 안다는 듯 왕이 덧붙였다.

"……부러웠다. 난 아바마마와 허물없이 어울리질 못했거든. 법도가 엄한 데다 내 성격도 서글서글하진 못하니까. 그래도 나름대로 방법을 찾았다. 할바마마의 눈에 드는 것이었지. 나를 예뻐하시다 보면 내 아비까지 예뻐해 주시리라고, 그럼 아바마마께서도 기뻐하며 날 칭찬하실 거라 생각했어."

쓴웃음이 피식 새어 나왔다.

"완전히 잘못 짚은 게지. 할바마마께선 손자를 사랑하는 만큼 아들을 미워하셨고, 미움이 깊어질수록 아바마마께선 날 원망하셨다. 손자가 예쁘니 아들 따윈 얼마든지 내치겠다고 화를 내셨어. 아바마마께서 날 보시던 눈빛이, 할바마마께서 아바마마를 보시던 눈빛과 똑같더군. 날 아들이 아닌 또 다른 동궁으로 보셨단 말이다. 왕실의 부자지간이라는 게 본디 그런 건지……. 우습지 않으냐."

왕은 한 잔 더 들이켰다.

"난 적통에다가 어엿한 임금이나, 때때론 내가 갖지 못한 것을 누린 서제를 시샘하곤 한다. 한데도 어찌 그 녀석을 소중히 여기는지 아느냐?"

덕임은 잠자코 있었다.

"아바마마께서 그 녀석을 몹시 아끼셨기 때문이다. 그리고 그 녀석이 살아야 아바마마의 핏줄이 종실에서 유구히 이어질 것 아니냐. 다른 서제들 다 죽고 그 녀석만 남았다. 그마저도 지키지 못하면 난 정녕 불효자가 된다."

왕은 다시금 술을 콸콸 따랐다.

"전하!"

덕임이 덥석 붙잡았다. 아픈 속에 들이붓는 술은 독이 되기 마련이다.

"옥체 상하시옵니다. 천천히……."

"넌 나보다 내 서제가 더 좋았느냐?"

왕이 잡힌 손을 물끄러미 보았다.

"그래, 돌아오기 싫은데 억지로 왔다는 얼굴이었지."

고개를 절레절레 젓더니 왕은 술잔을 또 밀었다.

"마셔라. 날 걱정하는 척하려면 대신 마시는 성의는 보여야지."

하는 수 없이 주는 대로 연거푸 석 잔을 들이켰다.

"너를 보내고 싶지 않았다. 나보다 그 녀석을 더 따를까 겁이 났어."

"모든 면에서 훨씬 뛰어나신 전하께서 무얼 그리 말씀하시옵니까."

조심스럽게 달래도 왕은 쓰게 웃었다.

"그렇지. 난 모든 면에서 대단하지. 한데 어찌 너는 날 연모하지 않느냐?"

"전하, 소인은……."

"난 이제 널 믿지 않는다."

왕은 덕임의 변명을 싹둑 잘랐다.

"어제도 봤다. 세 치 혀로 마마를 구슬려 역으로 본방나인들을 쳐내더군. 보통내기가 아니야. 아무것도 모르고 아무것도 원치 않는다는 순진한 얼굴 아래 교활한 술수가 숨어 있는지도 모르지."

"믿지 않으신다면서 어찌 속을 털어놓으십니까?"

당치 않은 의심에 덕임은 맹랑하게 화답했다.

"너무나 많은 것을 아닌 척하면서 살아왔다. 앞으로 더 그럴 수 있을지 모르겠어. 그게 맞는 건지도 모르겠고."

다시 그의 눈이 텅 비었다.

"선왕께서 네게 의열궁의 유품을 맡기셨다. 당신의 의지로 조모의 눈에서 피눈물을 쏟게 하셨으면서, 나더러 원망하면 안 된다고 못을 박으셨으면서……. 꼭 조모에 대한 미안함을 속죄하는 것처럼……. 하면 내가 무슨 생각이 들겠느냐? 내가 원망해야 할 사람은 아비도, 어미도, 조모도 모두 아니고 바로……."

더 말할 수 없다는 듯 왕은 입술을 깨물었다.

그의 인생에 제왕답지 않은 비극이 있었다는 걸 안다. 그리고 왕이 오직 속으로 삭이며 숨긴 아픔을 자신이 다시 일깨웠다는 것도 대충 알겠다.

"소인을 내쫓아주시옵소서."

그래서 진심으로 말했다.

"어떤 이유에서든 소인으로 인해 성심을 어지럽히지 마소서. 다시는 돌아오지 않겠사옵니다. 영영 사라지겠사옵니다. 그러니……."

주제도 모르고 그가 가련하다고 생각했다. 그래도 한낱 동정심 때문에 편리한 대로 쓰고 버릴 사랑의 대상이 되고 싶진 않았다. 떠나는 수밖에 없다는 결론이 나왔다.

"난 너를 마음에 두었다."

그러나 왕은 그 결론에 동의하지 않았다.

"더 이상은 아닌 척할 수 없다. 그러고 싶지도 않아."

그가 그녀의 어깨를 홱 붙잡아 품으로 끌어당겼다. 닿는 맨살은 불에 덴 듯 뜨거웠다. 알딸딸한 울렁거림이 확 올랐다.

"날 연모하지 않는다 해도, 너는 내 것이다."

취기에 무너진 마음은 그 품을 다정하다고 여겼다.

"떠난다고 하지 마라. 내가 없는 곳에서 울지 마라. 나 아닌 다른 사람에게서 상처를 받아서도 안 된다. 너는 내 것이니까 내 옆에 있어라."

이러다가 정말 큰일 난다. 휩쓸리면 안 된다.

"놓아주시옵소서, 보내주시옵소서……!"

모든 것이 변해 버릴 것이다. 다시는 되돌릴 수 없을 것이다.

"……덕임아."

겨우 이름이 불렸을 뿐인데. 흔하고 하찮은 이름일 뿐인데. 그러나 처음이었다. 그가 이름을 부른 것은. 벽도 거리도 온데간데없다. 지난 세월이 무색할 만큼 다가와 버렸다.

더 이상 저항할 수 없었다.

"덕임아."

입을 맞추는 사이로 그 이름이 또 흩어졌다. 가까이서 나누는 호흡은 끝과 시작을 나눌 수 없이 깊고 짙었다.

떠미는 대로 쓰러졌다. 금사와 은사로 박음질한 금침 위로 몸이 엉켰다. 멀고도 가까웠던 손길이 무방비한 살결을 쓸었다. 충격에 가까운 비음이 새어 나왔다. 그런 느낌은 처음이었다. 그리고 생소한 감각보다 놀라운 건 자신이 그걸 바란다는 사실이었다. 불편했다. 인정하고 싶지 않았다. 그래서 낯선 무게감 아래서 버둥거렸다.

"도망가지 마라."

사소한 미동도 허용하지 않을 것처럼 끌어안긴 품이 더욱 강해졌다. 잔질한 보챔은 목덜미와 뺨에 조급하게 퍼붓는 입맞춤이 되었다. 처음 접하는 고통은 술기운과 미려한 쾌감이 확 달아날 만큼 강렬했다. 다만 달래듯 소중하게 어루만지는 손길에 도로 흐무러졌다.

모든 격정의 끝에 절정이라 부를 만한 순간이 왔다. 어렴풋이 그가 또 이름을 불렀던 것 같은데, 정확히는 기억할 수 없었다.

3부

왕과 후궁

13장

어쩔 수 없이 그런 사람

왕은 나가라고 하지 않았다. 까무룩 잠이 들었다. 한식경 뒤에 정신이 든 덕임은 왕의 무거운 팔을 조심스레 떼어 내고 몸을 추슬렀다.

"살다 보니 별일이 다 있군."

엉거주춤 걸어 나오는 그녀를 보고 큰방상궁은 말했다.

날이 밝을 때까지 기다렸다. 치마를 뒤집어 입으라 했다. 승은을 입은 궁녀는 그리해야 한다는데 상궁들도 확신은 없는 눈치였다. 여운은 씻은 듯이 사라지고 어색함밖에 남지 않았다. 자신이 무얼 하다 왔는지 아는 사람들에게 둘러싸여 있으니 머쓱하여 혼났다.

"넌 이제 경수궁으로는 못 간다."

서 상궁이 슬슬 눈을 피하며 말했다.

"널 계속 거기다 두는 건 예의가 아니지."

짐짓 민망스러워 보였다.

"일단 별궁으로 가라. 아마 낮 되면 적절한 조치가 내려올 게다."

"조치라니요?"

"품계가 올라갈 것 아니냐."

서 상궁은 눈알을 굴렸다.

"내가 너에게 말을 높이게 될지도 모르겠구나. 세상 말세다, 말세!"

그러나 별궁서도 오래 머물지 못했다.

호기심에 찬 상궁들을 피해 숨 좀 돌리나 싶었더니만, 발 없는 말이 천 리를 간다고 왕대비전으로부터 부름이 있었다.

"궁녀의 승은은 나도 처음 겪는군."

왕대비는 대뜸 말했다. 그녀가 계비로서 입궁했을 적에는 총희寵姬들이 건재했었다. 선왕이 여자를 더 둘 정력이 없을 만큼 노쇠하기도 했었고.

"국사로 바쁜 주상을 대신해 나라도 집안을 살펴야지."

엄연히 내명부의 수장인 중궁을 싹 무시하는 당당함에 덕임은 더욱 쭈뼛거렸다.

"주상께서 일찍이 왕손을 낳지 않은 궁녀는 승은을 입었던들 대접하지 말라는 수교受教를 내리셨으니, 특별한 진봉進封을 운운할 순 없다."

임금과 하룻밤 보내고 팔자 피는 것도 다 옛말이라는 뜻이다.

"당장은 상의(尙儀, 정5품 궁녀)에 봉하겠다."

상궁과 같은 지위라니 깜짝 놀랄 만한 승급이었다. 녹봉도 더 받을 것이다. 좀 속물 같다만 기쁜 마음이 아주 없는 체할 순 없었다.

"첩지를 따로 내어줄 터, 머리부터 새로 단장해라."

문득 숨이 턱 막혔다. 친구들을 두고 혼자 어른이 된다. 익숙한 세상과 유리되어 버린다. 변하고 만다. 임금의 품에 안기기 직전까지 겁낸 까닭은 바로 거기에 있었다. 휩쓸려 버린 하룻밤의 여운으로 잠시 잊어버렸다.
"낯이 어둡다."
왕대비의 눈이 조용히 빛났다.
"받들기에 과한 처사라 아찔하옵니다."
그리고 저 눈빛이야말로 새로이 발을 담그게 된 무서운 세상의 단면이었다.
"이런, 네게 연화당讌華堂을 내어준다 하면 아주 혼절을 하겠구나."
왕대비의 말이 옳았다. 덕임은 창백하게 질렸다.
그곳은 단순한 대내가 아니다. 편전인 선정전宣政殿의 동쪽에 딸린 조그마한 행각이다. 왕의 침전과도 제법 가깝다. 감히 들어앉기엔 신성한 영역이다.
"괜찮다. 시킬 일이 있어 그런다."
왕대비는 너그럽게 미소하였다.
"왕실 식구가 전처럼 많지 않은 까닭에 먼지만 먹는 곳이 많다. 정묵당靜默堂과 태화당泰和堂이 특히 그렇지. 연화당도 마찬가지고. 황량한 정도가 지나치니 네가 머물며 돌봤으면 한다. 주상께서도 윤허하셨다."
핑계가 그럴싸하다지만 역시 과분한 감이 없잖아 있었다.
"전처럼 네게 허드렛일은 못 시킨다. 승은 입은 몸을 내시며 별감 따위와 지내게끔 둘 순 없어. 녹만 축내며 놀고먹는 꼴은 더더욱 볼 수 없고."
"……망극하옵니다."
"처음 만났을 적부터 이상하게 눈에 들더라니."
문득 속삭이기에 눈치를 살폈다. 왕대비는 여전히 웃고 있었다.
"내가 사람 보는 눈 하나는 좋지."

안타깝게도 혼란만 가중되었다.

소문은 삽시간에 퍼졌다. 충격이 온 궁궐을 강타했다. 친구들도 부리나케 달려왔다. 첩지를 새로 얹은 덕임을 보고 경희는 비장하게 끄덕였고, 영희는 게거품을 물었고, 복연은 숨넘어가게 웃었다.

"마마님이라고 불러야 하냐?"

복연은 절하는 시늉을 하며 너스레를 떨었다.

"진짜 그래야 하는 거 아니야……. 아닙니까?"

소심한 영희는 갈피를 전혀 못 잡았다.

"난 싫어."

일언지하에 잘라낸 사람은 경희였다.

성향이 그토록 다른 세 사람치고 결국에는 똑같은 질문을 퍼부었다.

"야, 어떻던?"

복연이 물꼬를 텄다.

"책에서 본 거랑 똑같냐?"

"물어보지 마, 제발."

덕임은 얼굴을 무릎에 폭 파묻었다.

"뭘 빼고 그래? 다들 네 얘기만 하는데."

"그래서 창피해 죽겠다고!"

"근데 어쩌다 그렇게 된 거야? 남들 얘기처럼 전하께서 거하게 술에 취하셔서 막……?"

딴에는 기분 상하지 않게 한답시고 영희가 조심스레 물었다.

"아니지. 만취하신 분이 굳이 후궁의 궁녀까지 데려오시겠니?"

경희가 일갈했다.

"그럼 전하께서 진즉부터 널 마음에 두신 거냐?"

복연은 손뼉을 치며 헤벌쭉 웃었다.

"너랑 경희가 쭉 그걸 숨겼던 거냐?"

"어머, 상감마마처럼 무서운 분이 참 의외다. 궁녀라면 내놓고 싫어하시잖아."

영희도 발그레 뺨을 붉혔다.

"뭐, 그런 거창한 건 아니고……."

"그럼 뭔데?"

"나도 잘 모르겠어. 너희들이 생각하는 연심과 전하의 마음은 좀 달라. 애초에 충동적으로 이러실 분도 아닌데……."

언젠가 경희도 비슷한 충고를 했었다. 아직도 그 의미는 잘 모르겠다.

"그렇게 복잡하냐? 그럼 그냥 쉬운 얘기 하자."

"쉬운 거?"

"간밤에 어땠는지는 하나도 안 복잡하지?"

복연은 여전히 실실 웃었다.

"너 잘했냐? 지밀궁녀들은 별걸 다 배운다며? 방중술 같은 거."

"다 헛소문이거든."

이번에도 경희가 나섰다.

"승은 입은 궁녀는 치마를 뒤집어 입어야 한다는 것도 낭설이야. 선왕 때 어느 궁녀가 임금을 모신 걸 과시하려고 그랬다가 혼쭐이 났다던데."

"아, 경희 넌 시끄러워! 그래서 잘했냐고?"

쉽사리 포기하지 않는 복연 때문에 덕임은 한동안 진땀을 뺐다.

어쨌든 판이 벌어졌으니 적응하는 수밖에 없었다. 덕임은 성실하게 지냈다. 케케묵은 전각은 사람의 손을 제법 필요로 했다. 대들보며 마루의 습기를 닦고, 내의원에서 얻어온 씨앗을 뿌려 텃밭 꼴도 갖췄다. 여닫이문의 흔들거리는 돌쩌귀를 용케 고치기도 했다.

그래도 좀 쓸쓸했다. 주변이 늘 북적북적하다가 혼자가 되었다. 오며 가며 마주치는 궁인들은 신기한 것 보듯 덕임을 구경하느라 바빴다. 왕의 악명이 워낙 높으니 그럴 만도 했다. 하지만 '얼음장 같은 상감마마를 녹인 것치고 썩 빼어나진 않다.' 따위의 험담을 무심코 들으면 기분이 상하기 마련이었다.

그리고 가장 큰 문제는, 그날 밤 이후로 왕이 찾지 않는다는 점이었다.

용안을 다시 뵐 생각만 하면 죽고 싶었다. 곱씹어볼수록 부끄러웠다. 그렇다고 해서 감감무소식이 더 좋을 수는 없다. 벌써부터 다들 역시 하룻밤 유흥이었다고 입방아를 찧었다. 주제도 모르고 떡하니 대내를 차지하다니 염치도 없다고, 저대로 존재가 잊힐 거라고 못된 소리를 서슴지 않았다.

자연스레 덕임도 비관적인 분위기에 휩쓸렸다. 왕이라면 충동적인 실수를 후회하고도 남았다. 무너진 자제력을 반성하며 그녀를 산송장으로 만들 요량이라 해도 이상할 구석이 없었다. 아닌 게 아니라, 방치된 지 열흘이 지나고부터는 다른 궁인들마저 시시하게 여겼다. 떠들썩한 분위기는 가라앉았고 구경 오는 이들조차 없었다. 그렇게 임금이 만취하여 빚은 소동이었노라 일단락되는 듯했다.

"됐어. 원래 다들 남 잘되는 꼴 싫어하잖아."

경희는 대수롭지 않게 여겼다.

"억울해. 매달린 쪽은 전하신데 왜 내가 속이 썩어야 하냐고."

입조심 하라며 경희가 등짝을 찰싹 때렸다.

“원래 후궁이 임금을 사랑하는 거지, 임금이 후궁을 사랑하는 게 아니야.”

그래도 덕임은 고집스럽게 말했다.

“실수였으니 여기서 썩 꺼지라고 정리라도 해주시면 사내답고 좋잖아.”

“전하가 보고 싶은 건 아니지?”

“뭐래, 보고 싶어 죽겠다, 야! 빨리 와서 날 처리해 주셨으면 좋겠다고. 눈치 보여서 밥도 안 넘어간단 말이야.”

“그런 뜻이 아니야. 전하께 마음 주면 안 돼.”

경희는 눈을 앙칼지게 떴다.

“사내는 제멋대로야. 임금님이면 더 그럴 거고. 괜히 정 붙였다간 너만 상처받아.”

“언제는 궁녀는 궐 담을 넘는 순간부터 임금님만 사모해야 한다며?”

“겉으론 그래도 속은 달라야지.”

진지한 충고에 괜히 가슴이 철렁했다. 그래서 덕임은 대뜸 부정부터 했다.

“……아니야. 절대로.”

“다행이네. 할 만큼만 해. 눈 밖에 나지 말라고. 달콤하게 연모하는 척을 해야 하면 그렇게 해. 진짜로 연모하지만 마.”

“걱정도 팔자다. 전하께선 날 여기 던져 놓고 벌써 까먹으셨는데, 뭐.”

속에서 일어난 미묘한 동요를 무시하며 덕임은 툴툴거렸다.

“곧 오실 거야.”

경희는 묘할 만큼 굳게 장담했다.

한편 오라비인 식이는 잘 받아들이지 못했다.

"그래서 좋은 일이냐?"

참 난감한 질문이었다.

"상감께서 널 소중히 여기시는 건 맞고?"

식이는 임금의 유흥에 누이가 엄하게 희롱만 당한 건 아닌지 걱정부터 했다.

"역시 궁녀로 보내는 게 아니었어."

그는 여러 가지 까닭으로 속이 상한 것 같았다. 고마웠다. 상대가 임금이라는 걸 알면서도 누이를 다정하게 대하는지부터 걱정하니 말이다. 지존과 얼싸안은 네 덕에 팔자 피겠다는 둥 기뻐했으면 열 받아서 수염을 잡아 뜯어버렸을 텐데, 오라비 하나는 참 잘 두었다.

복작복작한 속을 끌어안고 여기저기 나돌다 돌아오니 통금 시각이었다.

"왜 이제 와!"

마당서 인기척이 있기에 멀뚱히 보았더니 서 상궁이었다.

"전하께서 들어 계신단 말이다!"

그녀는 임금을 기다리게 하는 것이 이 땅에서 지을 수 있는 최악의 죄인 양 수선을 부렸다.

"왜요?"

덕임이 물었다. 스스로 생각하기에도 참 얼빠진 질문이었다.

주인 없는 내실의 불을 밝힌 왕은 챙겨온 책을 읽고 있었다. 흘끗 보는 눈빛이 언뜻 흔들리더니, 그는 미처 생각지 못했다는 듯 말했다.

"첩지가 제법 어울린다."

그 한 마디가 왜 그리 부끄러운지 얼굴이 화끈거렸다.

"어딜 다녀오느냐?"

"오라비를 보고 왔사옵니다."

"오라비?"

할 일 없이 얼쩡댄다는 것보단 구색이 나을 것 같아 그리 말했는데도 그는 찡그렸다.

"전할 말이 있어서요."

"무슨 말?"

그는 꼭 자신이 알아두는 게 당연하다는 듯이 캐물었다.

"그게……. 소인의 처지가 좀 변하질 않았사옵니까. 다른 이의 입을 통해 공연한 소릴 듣게 하느니 직접 알려주는 게 나을 것 같아서요."

납득할 만하다는 듯 왕은 끄덕였다.

"그래도 남녀칠세부동석이요, 출가외인이다. 아무리 오라비라도 사사로이 챙기거나 가까이 대하지 말라."

잔소리 하나는 변함이 없다.

"한데 처소를 옮긴 지 꽤 되었는데도 어찌 짐을 정돈하지 않았느냐?"

왕은 방구석에 쌓아둔 보따리를 가리켰다.

"금방 떠나게 될 테니 번거로워 그냥 두었사옵니다."

"떠나다니?"

"어……. 이곳은 소인의 분수에 맞지 않으니 물러나라 명하실 듯하여……."

발갛게 달아오른 그녀의 뺨부터 마치 남의 집을 빌린 양 깨끗하게 둔 침소까지, 왕의 시선이 차례로 오갔다. 이윽고 용안에 미소가 번졌다.

"그래, 네가 처신은 잘 하지."

행여 시건방이라도 떨까 염려했나 보다. 상감마마 성질머리 뻔히 아는데 그럴 리가 있겠느냔 말이다.

“말 나온 김에 물어야겠다. 너, 지난밤에 내가 한 말 기억하느냐?”

“하신 말씀이라면 그…….”

문득 덕임은 그의 의중을 읽었다.

“전혀 기억나지 않사옵니다.”

“그래. 그래야지.”

눈치가 빨라 좋다는 듯 왕은 흡족해했다.

“앞으로도 마찬가지다. 내가 사사로이 하는 말은 즉시 잊어라. 네 벗이든 오라비든 누구에게도 전해선 안 돼. 알겠느냐?”

“예, 전하.”

“이제는 지아비의 일이다. 응당 전보다 언행을 삼가야지.”

숨이 턱 막혀 곤혹스러움도 잊고 왕을 똑바로 보았다.

“설마 소인을 이대로……?”

“그러면 안 될 까닭이라도 있느냐?”

왕은 읽던 책을 탁 덮었다.

“몸은 괜찮으냐?”

“어인 말씀이신지요?”

“의녀에게 물으니 초야를 치르고 한 며칠 두어야 깨끗하게 아문다던데.”

낯이 뜨겁기가 터질 것만 같았다.

“아, 아무렇지 않사옵니다!”

“그럼 다행이군.”

어째 웃음기가 묻었다 싶더니만, 왕은 덕임의 손목을 잡고 확 끌어당겼다. 몸의 중심이 무너지면서 그의 품으로 기울었다. 아주 미세한 움직임만으로도 닿을 듯 가까워졌다. 가만 보니 누가 아랫목에 금침을 미리 깔아두었다.

"오늘도 싫다 할 테냐?"

"싫다 하면 놓아주시렵니까?"

"아니."

왕은 그녀의 턱을 단단히 붙잡고 입을 맞추었다. 눈을 뜰 수 없었다. 숨을 쉴 수 없었다. 반쯤 취했을 때와는 또 느낌이 달랐다.

"후회하실 줄 알았사옵니다."

"그래, 백번도 더 그랬다."

"하면 어찌 또 이리하시옵니까?"

"다른 후회들에 비하면 실로 하찮고 미미하기 때문이다."

그리고 왕은 옷고름을 풀었다.

"너랑 있을 때는 다른 생각이 안 든다."

산산이 부서질 것만 같은 감각에 달할 즈음, 그는 분명 그리 속삭였다.

왕은 자주 왔다. 뭔가 할 말이 있는 듯 묘한 눈빛을 보이는 날도 있었고, 기분이 언짢은 양 용안이 어두운 날도 있었다. 어떤 날이든 대화는 별로 없었다. 왕은 그저 그녀를 가까이 두고 싶어만 했다. 정궁의 침소와 달리 지켜보는 눈이 없으므로 밤은 오직 둘이서만, 대체로 거리낄 것 없이 보냈다.

왕은 대전으로 돌아가지 않고 곁에서 잠을 청했다. 드물게 아침 수라상까지 받고 가는 날도 있었다. 누가 옆에 있으면 잠을 못 잔다느니 까다롭게 굴 땐 언제고. 오히려 시달리는 쪽은 덕임이었다. 체구가 큰 사내와 더불어 누우려니 숨이 막혔다. 특히 진이 빠져 서로 엉킨 채 잠들었다가 깨어난 아침이면 밤새 짓눌린 몸이 비명을 질러댔다.

싫지는 않았다. 원초적일 만큼 자신을 갈구하는 존재에게는 상상 이상으로 묘한 중독성이 있었다. 이끄는 대로 휩쓸려 주체할 수 없이 격정에 빠질 때도 많았다.

다만 께름칙한 건 어쩔 수 없었다.

앙금을 제대로 풀지 않은 채 몸만 섞는 과정은 다정한 접촉과 별개로 어색함을 더했다. 감히 저를 배반했다며 내친 상대를, 이후에 이렇다 할 화해도 없었는데 자꾸 가까이하는 건 역시 부자연스러웠다. 이제는 믿지 않는다고 일갈까지 했으면서 말이다. 속에 있는 다른 고민을 자극적인 시간에 열중하여 덮으려는 건지도 모르겠다.

오늘도 덕임은 왕의 무거운 팔을 밀어내는 것으로 아침을 열었다.

간밤에 으스러질 만큼 꽉 안겨 온몸이 다 얼얼했다. 그 낌새에 왕도 잠이 깼건만, 눈을 더 붙이고 싶은지 바동거리는 그녀를 모른 체했다.

"기침하실 시각이옵니다."

도저히 놓아주질 않자 하는 수 없었다.

"나도 안다."

불만스럽게 끙 앓았지만, 특유의 성실함으로 그는 곧 몸을 일으켰다.

"수라상을 들일까요?"

"생각 없다."

아침은 가뭄에 콩 나듯 젓수는 식습관을 잘 알기에 더는 권하지 않았다.

"그게 끝이냐?"

"예?"

"안 먹는다 하면 아양을 떨어서라도 먹여야 하는 거 아니냐?"

"좋은 음식도 억지로 들면 병이 생기는걸요."

"하긴, 결단코 날 연모하지 않겠다는 너한테 그런 걸 바라면 안 되지."

짐짓 삐친 말투였다. 장단 맞춰 너스레를 부려야 했다. 하지만 그러지 못했다. 그날 일은 농담처럼 흘리기엔 영 껄끄럽다. 풀기는커녕 어설프게 봉해두었으니까.

아무런 반응이 없자 왕이 그녀를 보았다. 그녀의 당혹감을 보았다. 분위기는 너무도 쉽게 얼어붙었다. 그는 쓰게 웃더니 훌쩍 떠나 버렸다.

하루의 시작이 그 모양이라 영 꿀꿀했다. 그래도 반갑다며 멀리서부터 손을 흔들며 뛰어오는 청연을 맞이할 땐, 즐거운 척이라도 해야 했다.

"내 눈으로 직접 봐야 믿겠더구나!"

청연은 탄성을 지르더니 덕임을 샅샅이 뜯어보았다.

"이런, 보아도 믿기지가 않는다! 대체 어떻게 우리 전하의 눈에 들었느냐? 언제부터 그렇고 그런 사이였어? 얌전한 고양이가 부뚜막에……."

폭풍처럼 퍼붓는 청연을 진정시켜 앉히느라 진땀을 뺐다.

"청선도 오고 싶어 했다. 네 소식 듣고서 입을 못 다물더라고. 그렇지만 두문불출해야 하는 처지라 나만 왔단다."

"두문불출이라니요?"

"아, 너 모르는구나? 회임을 했거든."

"예에?"

"내 말이! 요즘 제 서방님이랑 사이가 꽤 좋아졌더라고."

지아비가 허구한 날 기생이랑 놀아난다고 속을 썩던 청선에게도 슬슬 볕이 드는 모양이었다.

“이제 나와 은언군은 물론 청선까지 모두 자식이 생겼는데, 어찌 주상전하께만 좋은 소식이 없는지 모르겠다.”

청연은 끌끌 혀를 찼다.

“경수궁 태중의 아기씨는 어찌 된 게냐? 초기엔 들리는 소식이 많더니 갈수록 조용하기만 하여 영문을 모르겠다.”

그녀는 조심스럽게 목소리를 낮췄다.

“혹시 유산을 하셨느냐? 그래서 쉬쉬하는 게야?”

“그렇지는 않사옵니다.”

“하면 아직도 해산의 기미가 없다는 말이냐?”

“예, 뭐…….”

“쯧! 뭇 사람들 떠드는 소리가 역시 맞나 보다.”

청연은 함부로 흉을 보는 우를 저지르진 않았다. 대신 엉큼한 눈빛으로 말을 돌렸다.

“넌 어떠냐? 승은을 입은 지 벌써 달포나 되었잖느냐.”

“무슨……? 아! 저, 절대 아니옵니다!”

“지아비를 모시고 잉태하는 게 섭리인데 뭘 그러느냐?”

청연은 깔깔 웃었다.

“기왕 이렇게 된 거, 네가 떡두꺼비 같은 왕자 아기씨를 낳아드려라.”

“별말씀을 다 하십니다.”

“듣자 하니 전하께서 널 자주 찾으신다며?”

“자꾸 놀리지 마소서.”

얼굴 붉히며 항변했으나 청연은 귓등으로도 듣지 않았다.

“예쁨 받을 비법 하나 알려 줄까?”

청연이 눈을 짓궂게 반짝였다.

"전하께선 어릴 때부터 아침에 약하시거든. 입맛 없다고 수라도 늘 물리치셔. 생전에 의열궁께선 그걸 못 견디셨다. 아침을 잘 젓수어야 옥체가 평온한 법이라고, 새벽닭 울면 꼭 손수 밥과 반찬을 지어 대령하셨지."

"내키지 않아도 꼬박꼬박 드셨겠네요?"

"그래. 한 숟갈 뜨실 때마다 돌 씹는 표정이셨단다."

추억에 잠긴 청연은 아이처럼 웃었다.

"한데 이상한 건 전하께서 은근히 기뻐하셨다는 거야."

"어째서요?"

"말씀으로는 손맛이 좋아 참고 먹을 만하다고 하셨는데, 내 생각엔 사람 냄새가 그리우셨던 것 같다."

청연은 눈을 데굴데굴 굴렸다.

"왕실에선 태어나서부터 유모 젖을 물고, 환관과 궁녀들에게 둘러싸여 자라나니까. 한데 궁인들과는 아무리 가까워도 가족 느낌까진 아니거든. 전하 성격에는 더 그러셨을 테고."

웬일로 그녀는 진지하게 덧붙였다.

"거기다 우리 아바마마께선 서자들은 어화둥둥 귀여워하시면서 정작 적자인 전하께는 살갑지 않으셨거든. 세상에 전하 같은 효자가 어디 있다고, 참!"

왕이 잊으라고 했던 지난밤의 토로와 맞물린다.

"할머니가 손자 응석을 받아주듯 챙겨주시는 게 싫지 않으셨던 게지."

청연은 조금 슬프게 웃었다.

"알겠느냐? 네가 싹싹하게 챙겨드리면 기특하게 여기실 게다."

"제 주제에 당치 않사옵니다."

"아니다. 너만 가능하단다. 나와 청선은 어릴 때 일을 잘 모르지만 전하께선 꽤 힘든 시기를 보내셨어. 그 탓인지 쉽게 곁을 내어주시는 분이 아닌데, 자청하여 궁녀를 가까이 두신다니 정말 놀랐다."

청연은 덕임의 어깨를 톡톡 두드렸다.

"잘 살펴드리렴. 전하께서 친히 널 선택하셨잖느냐. 그 고지식한 성품에 얼마나 어려운 결심이었을지 대충 알 만하단다."

덕임은 대답하지 못했다. 오늘은 참 말문이 막히는 날이다.

"어마마마께서도 네 안부를 물으셨어."

"안 그래도 인사를 여쭙고 싶기는 한데……."

효강혜빈 덕분에 입궐하여 임금의 승은까지 입었다. 뭐, 통념적인 시선에서야 일생의 광영이나 다름없었다. 한데 이런 경우에는 인사치레를 어떻게 해야 하는지, 어디까지 표현해야 적절한지, 덕임은 도무지 감이 없었다. 그리고 무엇보다 왕은 자신이 자중하기를 원하는 눈치이므로 섣불리 나대기도 그렇다.

청연은 이해한다는 듯 등을 토닥였다.

"원래 정이 많은 분이시잖아. 당분간은 경수궁의 체면을 생각해 널 따로 챙겨주지 않으시겠지만, 차츰 돌봐주실 게다."

청연이 들고 온 보자기를 내밀었다.

"일단 이걸 너에게 주라 하셨다."

매듭을 풀어본 순간 형언하기 어려운 감정이 치솟았다.

"얘기 다 들었다. 곤욕을 치렀다며?"

"감히 받들 수 없사옵니다."

그것은 거짓말처럼 되돌아온 의열궁의 책이었다.

"괜찮아. 선왕께서 네게 주셨으니 네 것이 맞다. 이 또한 운명이기에 하필 네가 전하의 눈에 든 거 아니겠느냐고 하시더라."

청연은 다음에 보자는 약속을 남기고 떠났다.

휑하니 앉아 고민하던 덕임은 이윽고 쪽지를 썼다. 꼬박 한 식경이 지나자 경희가 의아한 얼굴로 달려왔다.

"무슨 일이니? 왜 갑자기 보재?"

"너한테 묻고 싶은 게 있어서."

이제는 때가 되었다. 덕임은 머뭇거리지 않았다.

"옛날 일을 자세히 알고 싶어."

"무슨 옛날?"

"우리가 어렸을 때. 전하께서 어리셨을 때. 다들 숨기는 시절 말이야."

경희는 대번에 진지해졌다.

"너 전에도 물어봤지."

"응. 다 듣지 못했었잖아."

"하긴, 이제는 너도 알아둬야 해. 실수 안 하려면."

한 발만 잘못 디뎌도 큰일 난다는 듯 경희는 엄숙했다. 혹 밖에서 누가 듣나 살피며 창과 문까지 모두 닫았다.

"얼마나 아는데?"

"경모궁께서 마음의 병을 앓으셨고, 감당하기 어려울 만큼 기행을 일삼으셨다는 거. 때문에 일찍이 홍서하셨다는 거. 한데 그 과정이 석연치 않다는 거."

"생각보다 많이 아네."

경희는 잠시 고민했다.

"덧붙여줄 게 많지 않겠다. 임오년이었지. 선왕께서 광인을 보위에 올릴 수 없다고 결심을 굳히셨고, 결국 끝을 보셨어."

"그 이상으로 쉬쉬하는 게 있잖아?"

"두 가지 이유에서 그래."

경희는 더욱 목소리를 낮췄다.

"일단 경모궁께선 사약을 드신 게 아니야."

"죄인의 신분이 높으면 자결을 명하거나 사사(賜死, 사약을 내림)하잖아. 하물며 국본이신데?"

"소문으로는 명줄이 끊어질 때까지 어딘가 깊이 가둬두었대."

"깊이?"

"응. 더는 몰라. 어쨌든 굶어서든 숨이 막혀서든 홍서하셨어."

"그건……. 너무 비참하잖아."

대역죄인도 그리 죽이진 않는 법이다.

"그래서 다들 입에 올리지 않는 거야. 심지어 전하께서도 섣불리 손을 못 대셔. 속으론 오죽하시겠니. 하지만 잘못 불거지면 정국이 요동칠까 봐 그때 일을 거론하며 꿍꿍이를 꾀하는 무리들을 오히려 벌주신다더라고."

"근데 그게 가능해? 말리는 사람이 없었어?"

"척신들은 무조건 선왕의 편에 섰어. 지금 전하의 외조부님 되시는 분까지. 사위가 죽어도 손자가 있으니까 선왕의 환심을 사는 쪽이 이로웠겠지."

과연 왕은 진즉부터 제 외척이든 무엇이든 척신이라면 이를 갈았다.

"선왕께 맞서는 사람들도 있긴 있었어. 구중궁궐에 사는 여자의 말만 듣고 국본을 해하는 게 무슨 경우냐며 따졌다지. 결국 실패했지만."

"여자의 말?"

"그게 바로 두 번째 이유야."

더 끔찍한 이야기가 나올 거라고 예상을 하긴 했다.

"결심은 선왕께서 하셨지만 불씨를 당긴 사람은 따로 있어. 국본의 환후가 깊어지기가 역심과 같아 성상과 종사를 위협하니 그만 처분하시라고 주청을 올렸대."

실로 상상을 뛰어넘는 전말이었다.

"……의열궁께서."

"그분이 지아비더러 친아들을 죽여 달라 부탁하셨다고?"

경희는 묵묵히 끄덕였다.

"하, 하지만……? 왜?"

"구색을 맞춘 거지."

그녀는 어깨를 으쓱했다.

"부모가 자식을 죽이는 건 천륜을 거스르는 일일뿐더러, 고작 후궁이 왕세자의 처분을 입에 담는 건 미친 짓이야. 그럼에도 불구하고 의열궁께서 앞에 나선 까닭이 뭐겠니? 선왕께서 시키신 거겠지."

"아니, 왜?"

"나랏일이 만만하니? 대뜸 국본을 죽이고 싶다 하실 순 없으셨겠지. 명분이 필요했을 텐데, 아들이 정신이 나가다 못 해 역심까지 품을 지경이니 성상의 안위부터 살피시라는 생모의 주청 정도면 딱 들어맞지."

"환후라면서 역심은 또 어쩌다 튀어나왔어?"

"경모궁께서 용태가 정말 안 좋으실 땐 막말도 서슴지 않았다나 봐. 당한 게 많으니 부왕 안 계신 곳에서 흉보고 험담하고 그러셨겠지."

"그럼 진짜 역심도 아니잖아."

"모르지. 부자지간 사이가 안 좋았던 건 사실이니까."

"가족끼리 그렇게 미워할 수가 있나?"

"태생부터 평범한 가족은 아니잖니."

무자식이 상팔자라는 듯 경희는 헛웃음을 쳤다.

"어쨌든 선왕께선 눈엣가시 같던 아들을 치워 버린 걸 대의를 위한 일로 포장하셨어. 틈날 때마다 정당성을 주장하시고, 의열궁을 지존을 구해낸 의인이랍시고 추켜세우셨대. 후궁인데도 시호 좀 봐. 무려 '의열義烈'이라잖아. 과분한 글자라고."

죽은 후궁의 관을 하염없이 바라보던 선왕의 모습이 떠올랐다. 오한이 들었다.

그간 선왕에 대한 여러 말을 들었어도, 덕임의 마음속에선 항상 죽은 후궁을 위해 눈물 흘리는 다정한 사내였다. 그런데 아니었다. 일방적으로 끌고 간 사랑의 너저분한 최후였다. 그 과정에서 의열궁은 좋다 싫다 한 마디도 하질 못했다.

"너무 비겁하셔."

모진 말이 툭 튀어나왔다.

"잔인하시긴 했지. 여자 뒤로 숨은 꼴이고. 당대에도 후세에도 사람들이 누굴 욕하겠니. 임금님을 욕할 순 없으니 자식을 죽인 어미라고 후궁에게나 손가락질하겠지."

"가장 사랑한다는 여자한테 어찌 그러신다니?"

"그게 군왕의 사랑이니까."

경희는 담담했다.

"그리고 후궁은 그 사랑을 받들어야만 하니까."

참 잔인한 논리였다.

"죄책감 때문인지 의열궁께선 아드님 삼년상 끝나자마자 따라가듯 졸하셨어. 선왕께서도 의열궁께는 미안해하셨던 것 같아. 다시없을 지어미라 칭하며 승하하시기 직전까지도 묘를 자주 찾으셨잖아."

"진심으로 미안해하셨을까?"

"미안한 건 쉽잖아. 미안할 일 없도록 하는 게 어려운 거지."

경희는 꼭 세상사에 달관한 사람 같았다.

"근데 여태 잊고 살다가 왜 갑자기 묻니? 혹 전하랑 무슨 일 있었어?"

"그냥. 내가 뭘 좀 잘못했나 봐."

왕이 참 안쓰럽다는 생각이 들었다. 누구든 원망하고 싶었을 것이다. 그러나 그에겐 원망할 사람이 없었다. 할아버지도, 할머니도, 외할아버지도, 아버지도, 어머니도 탓할 수 없었다. 이 나라에서 효자는 결코 그래선 안 된다. 하여 지난 세월 혼자서 삭이고 또 삭였을 것이다. 원망할 대상이 자기 자신뿐이었을 것이다.

덕임은 비로소 알았다. 그가 스스로 아비 이야기를 해준 게 얼마나 큰 의미였는지를.

"너 미쳤니? 열심히 아양을 떨어도 모자를 판에!"

경희는 대뜸 화부터 냈다.

"전하께서 오시거든 싹싹 빌어. 또 괜히 구시렁대지 말고."

그래도 과연 현답이었다.

아침에 삐쳐서 나갔으니 오늘 밤은 당연히 납시지 않을 줄 알았다. 싱숭생숭한 김에 일찍 잠자리에 누웠지만 금방 도로 일어나야 했다.

"기다리는 척도 아니 하느냐."

자다 깬 꼴을 보고 왕은 퉁퉁거렸다.

"수라는 젓수셨습니까?"

오늘만은 그런 모습마저 아련하였다.

"바빠서 걸렀다."

"요기하실 야참이라도 내올까요?"

"아침도 못 얻어먹는 내가 야참은 어찌 바라겠느냐?"

왕이 눈을 흘겼다.

"잠시만 기다리소서. 금방 들이겠나이다."

식재료가 조금 있었다. 다채로운 실력은 못 되더라도 흉내는 좀 내는 편이었다. 장아찌를 해둔 깻잎이 있어 한입에 쏙 넣을 쌈밥을 만들었다.

"오래 걸렸다."

소반을 대령하자마자 왕은 볼멘소리를 냈다.

"솜씨가 신통치 않아서요."

"네가 직접 했느냐?"

왕은 놀란 눈치였다. 다과가 아닌 끼니를 해드리는 건 과연 처음이었다.

"모자란 것이 음식은 좀 할 줄 아옵니다."

별스럽지 않게 넘기며 덕임은 젓가락을 잡았다. 쌈밥 한 덩이를 집어 왕의 앞에 댔다. 그런데 그는 도통 받아먹을 생각을 안 했다.

"내키지 않으시옵니까?"

"너 갑자기 왜……?"

의아하게 보더니만, 왕은 이내 멋쩍게 입을 벌렸다.

"입에 맞으시옵니까?"

"먹을 만하다."

"다행이옵니다."

"따, 딱히 맛있어서가 아니라 허기가 심해 그런 것이다."

넙죽 먹으면서 사족은 왜 붙이는지 모르겠다.

그릇을 깨끗하게 비운 왕은 입가심할 식혜까지 찾았다. 짧은 입맛

뻔히 아는데 유난히 잘 드셨다. 덕임이 뒷정리를 하는 동안 그는 세소를 마쳤다.

"너 말이다."

다시 마주 앉자 왕은 어렵게 운을 뗐다.

"……아니다. 됐다."

또 저런다. 분명 속에 할 말이 있는데 아닌 척한다. 대신 끌어당겨 옷고름에나 손을 댄다.

"전하, 잠깐만……."

"소용없다 하지 않았느냐."

덕임은 매듭을 노리는 어수를 확 붙잡았다.

"용안을 뵈어도 되옵니까?"

"지금 보고 있지 않으냐?"

"전하를 똑바로 뵌 적이 한 번도 없사옵니다."

"그럼 여태 네가 본 건 무어냐?"

왕이 헛웃음을 쳤다. 덕임은 허락의 뜻으로 받아들였다.

그녀의 손끝은 제일 먼저 그의 강인한 턱에 닿았다. 그대로 타고 올라가 뺨을 훑었다. 살갗은 까칠했다. 요 며칠 피로 때문에 돋았던 뾰루지는 어느새 깨끗하게 가라앉았다. 우뚝 솟은 콧대와 그늘진 눈 아래를 훑고 이마까지 올랐다. 그리곤 다시 내려와 뺨을 양손 가득 쥐었다.

"많이 지치셨사옵니까?"

손에 닿는 감각들은 하나같이, 젊은 사내의 것이라기엔 너무 여물었다.

"너 갑자기 왜 이러느냐?"

왕은 그녀의 무엄한 손길을 뿌리치진 않았다.

"아침 일 때문에 켕겨서?"

이 사람은 몸도 마음도 지쳐 있다. 여태 그걸 모른 척했다.

"아니면 낮에 무슨 일 있었느냐? 청연이 들렀다면서. 혹 너한테 뭐라 하더냐?"

"……소인은 전하께 화가 났었사옵니다."

손바닥으로 그의 경직이 느껴졌다.

"그리고 앞으로도 화를 낼 것이옵니다."

"뭐라고?"

"전하께선 소인을 계속 화나게 만드실 테니까요."

"내가 어째서?"

"스스로도 어쩔 수 없이 그런 분이시잖습니까."

왕은 할 말이 많은 표정이었다.

"소인은 전하의 용서를 바라지도 않사옵니다."

"정녕 나를 놀리느냐?"

덕임의 손을 덥석 잡아 쥐며 그가 따졌다.

"그렇지만 소인이 잘못하였사옵니다."

순간 왕의 눈동자가 요동을 쳤다.

"무얼 잘못하였느냐?"

"전하의 마음에 상처를 입혔사옵니다. 실은 아파하실 줄 알고 있었사옵니다. 한데도 기어이 모질게 굴었나이다. 임금이시니 괜찮을 거라고 여겼나이다."

이제 그는 미동조차 없이 굳어버렸다.

"임금이기에 더 괜찮지 않으셨겠지요. 임금이라도 괜찮지 않으셨겠지요."

"나는 궁녀 따위에 상처 안 받는다."

"그래도 소인이 잘못하였사옵니다."

"감히 나를 동정하느냐?"

왕은 고개를 돌렸다. 감정이 드러난 용안을 감추어 버렸다.

"동정하면 뭐 어떻습니까. 나쁜 것도 아닌데."

"그래, 네 잘못이다."

마침내 왕이 자못 붉어진 눈시울을 보였다.

"난 아무렇지 않지만……. 어쨌든 전부 네 잘못이다."

꼿꼿하던 옥체가 무너져 내렸다. 왕은 오래된 연인처럼 그녀의 무릎을 베고 누웠다. 절박한 손길로 치맛자락을 움켜쥐었다. 그가 떠받치는 세상의 무게가 오롯이 전해졌다.

"너는 내 것이다."

"예, 여기 있사옵니다."

"여전히 날 연모하지는 않을 테냐?"

덕임은 대답할 수 없었다.

"상관없다. 어쨌든 너는 내 것이다."

자신의 무릎에 얼굴을 파묻은 왕처럼, 덕임은 그의 어깨에 뺨을 맞댔다.

사랑하겠다는 뜻이 아니다. 마냥 임금을 품는 후궁이 되겠다는 뜻도 아니다. 다만 그의 존재를 받아들일 수는 있다. 측은히 여길 수도 있다. 적어도 그만큼은 괜찮다.

정신이 들었을 땐 새벽이었다. 멀리서 닭 우는 소리가 들렸다.

"세상에, 이대로 잠이 들었사옵니다."

"뻐근하군."

왕은 몸을 일으키며 어깨를 주물렀다. 무심결에 따라 일어서려다가 덕임은 휘청거리며 주저앉았다. 다리가 죽을 만큼 저렸다.

"전하, 소인의 다리 좀 보소서."

아픈 것도 아픈 건데, 우스워서 참을 수가 없었다. 제대로 펴지지도 않는 허벅지와 종아리를 두드리며 어린 처녀애처럼 웃어버렸다.

왕은 묘하게 바라보았다. 나만 웃긴가. 덕임은 멋쩍었다.

"왜 그러시옵니까?"

"아니다. 웃는 낯은 오랜만이구나."

그는 헛기침을 했다.

"꿈을 꾼 줄 알았는데."

어째 쑥스러워하는 기색이었다.

"……너, 나한테 잘못했다고 했지?"

재차 확인하고 싶은 듯 그가 미심쩍게 물었다. 아무렴 사람이 하루 아침에 변할 순 없다.

"진심이냐?"

"물론이지요."

"청연이 허튼소리로 떠민 건 아니고?"

"아니옵니다. 일궁자가께서 전하를 많이 염려하긴 하셨지만요."

"뭐라는데?"

"그냥, 잘 살펴드리라고요."

"하면 순수하게 마음에서 우러난 게 아니라 청연 때문에 그랬다는 것 아니냐?"

"어째서 이야기가 그리되옵니까?"

어처구니가 없어 픽 웃자 왕은 얼굴을 붉혔다.

"흠! 뭐, 좋다. 진심이었다면……. 나도 한 마디 해두지 않을 수 없지."

"무얼요?"

"난 네게 미안할 수가 없다."

그는 영 내키지 않는 기색으로 뒷덜미를 문질렀다.

"만약 그때와 같은 일이 또 생겨도 난 똑같이 할 것이다. 더 큰 그림을 보아야 하기 때문이다. 애꿎은 궁녀들이 고초를 겪더라도 개의치 않을 거고, 눈물로 호소하거나 고군분투하는 널 속이고 막을 거다. 내가 하는 정치라는 게 본디 그렇다."

"예, 그러시겠지요."

어차피 바란 적도 없다.

"그렇다고 해서 내가 아무렇지 않았다는 건 아니다!"

무덤덤한 반응에 오히려 왕이 조급하게 덧붙였다.

"날 연모하지 않아도 되니까 울지만 마라. 당장 죽여 달라는 기막힌 소리도 하지 마. 내 곁을 떠나지도 마라. 그런 건…… 견딜 수가 없다."

어렵사리 꺼내놓고 그는 돌연 파르르 성을 냈다.

"주제도 모르고 화가 났다기에 하는 말이다. 여자가 한을 품으면 오뉴월에 서리도 내린다니, 원!"

귓불부터 목덜미까지 붉은 꼴이 퍽 잔질다.

"여자의 앙심이 무서우십니까?"

"왜 아니겠느냐? 너 같은 여자의 속은 도통 알 수가 없는데."

"어찌 하오리까. 소인은 속이 좁아 뒤끝이 오래가는데요."

그가 당혹하여 말을 못 잇자 덕임은 웃음을 터뜨렸다.

"지금은 정녕 놀리는 거구나."

왕이 투덜거렸다.

"아무렴 나한테 농을 걸 사람은 너밖에 없지. 그간 너무 조용했다."

그녀의 웃음이 가라앉을 기미가 없자 왕은 습관처럼 또 화르르 타올랐다.

"조용해서 좋았다는 뜻이다!"

지난 공백이 느껴지지 않을 만큼 익숙한 분위기다. 안도감이 들었다.

"아침 수라를 들일까요?"

"됐다. 늦게 먹고 잤더니 더부룩하다."

"예, 편할 대로 하소서."

왕이 노려보았다.

"지아비가 굶는다는데 또 그리 태연해?"

"막상 자꾸 권하면 싫어하실 거면서 뭘 그러십니까."

잔뜩 골이 난 용안을 보고 그녀는 다시 웃음을 터뜨렸다.

"정말 못 당하겠군."

왕도 어쩔 수 없다는 듯 웃었다. 아니, 몹시 그리웠다는 듯 웃었다.

연말이 가고 새해가 밝았다. 갖가지 의례에 치여 왕은 눈코 뜰 새 없이 바빴다. 하면 의대를 거두자마자 곯아떨어져야 정상인데, 도리어 한숨 돌리자며 밤새 못살게 구는 때가 많았다. 에둘러 밀어낼라치면 기어코 우기며 하는 말도 가관이었다.

"지켜보는 눈이 없다는 게 이렇게 좋은 것인 줄 미처 몰랐다."

그러다 보니 곧 당연한 조짐이 빚어졌다.

"달거리가 끊겼소."

쪽지 한 장에 이끌려온 의녀 남기는 입을 떡 벌렸다.

"도깨비처럼 무서운 전하랑 한 이불을 덮으니 마마님은 후궁은커녕 피가 말라 죽을 거라고 다들 그러더니만……."

"그 마마님 소리에 벌써 피가 마르네, 아주."

덕임은 진저리를 쳤다.

"어쨌든 참으로 경사……."

"잠깐만. 몸이 안 좋아 그럴 수도 있잖소?"

"회임이면 딱 들어맞는데요, 뭘."

"의녀가 그리 허술해서 쓰나."

덕임은 혀를 끌끌 찼다.

"알았어요, 알았어! 이번 달만 거르셨어요?"

"저번 달부터 없었소. 혹시나 해서 두고 본 거요. 그리고……."

어디까지 말해야 하나 덕임은 잠시 머뭇거렸다.

"실은 훨씬 전에도 두 차례 정도 혹 잉태를 했나 싶었던 때가 있었소. 달거리가 한참 늦어지기도 했고, 몸 상태도 확실히 이상했었거든."

"아, 그래서 궁중에 소문이 돌았었나 보네요."

"무슨 소문?"

"마마님이 회임했다는 소문 말이에요."

덕임은 입을 떡 벌렸다.

"어디서 그런 이야기가 떠돌았소?"

"전처럼 궁녀들과 못 어울리시니 귀가 어두워지셨나 보네요."

남기는 대수롭지 않게 말했다.

"아마 마마님의 거처를 살피는 비자를 통해 이런저런 선소리가 새나갔을 거예요. 여러 사람의 입에 오르내리다 보니까 두 번이나 연달아 유산하고 숨긴다는 둥, 사실 마마님은 눈속임이고 다른 궁인이 임신을 했다는 둥……. 별의별 이야기가 다 떠돌았지요."

덕임은 한숨을 쉬었다.

"다들 남의 일에 관심이 많지요."

남기는 연민 어린 시선을 보냈다.

"마마님께서 처음 승은을 입었을 때도 어떻게 입방아를 찧어댔는지 기억하는 걸요."

"어쨌든 이번에는 정녕 느낌이 달라서 터놓고 묻는 거요."

덕임은 원래 화제로 돌아갔다.

"혹 신맛이 당기십니까?"

"글쎄, 며칠째 사과가 먹고 싶긴 한데."

"졸리거나 어지럽습니까?"

"어지러운 건 없지만 잠은 늘었소. 앉아 있으면 곧잘 졸아."

"음식 냄새가 역하게 느껴진 적은요?"

"딱히 그런 적은 없소."

"아직 오조증(惡阻症, 입덧)까지는 아닌가 보네요."

남기는 소매를 걷어붙였다.

"어디 그럼 맥을 한번 보지요."

그녀는 덕임의 왼쪽 손목과 복사뼈 근처의 맥을 신중히 짚었다. 목덜미와 골반, 아랫배도 더듬었다. 그리곤 마침내 고개를 끄덕였다.

"얼마나 확신하는데?"

"쇤네가 진맥에는 좀 약한데……. 그래도 거의 맞을 겁니다."

미심쩍은 눈초리에 남기는 자신감을 잃는 눈치였다.

"정확하게 알 순 없소?"

"약을 써볼까요? 내의원에 알리겠습니다."

"꼭 내의원에 알려야 하나?"

"그럼요. 약재는 귀하니까 전하께서 처방을 윤허하셔야 합니다."

덕임은 잠시 고민했다.

"내의원을 통하지 않을 순 없소?"

"사가의 걸로 구할 수야 있지만 법도에 어긋납니다."

"안 들키면 되겠네."

"아유, 행여 탈이라도 나면 어쩝니까!"

비로소 남기도 그녀의 의뭉스러운 태도를 알아차렸다.

"좋은 일을 어찌 숨기려 하셔요?"

"가만히만 있어도 사람들 입에 오르내리질 않소?"

덕임은 헛웃음을 쳤다.

"더군다나 경수궁의 생산만 오매불망 기다리는 때에, 내가 괜히 설쳤다간 무슨 꼴을 당하겠소?"

"에이, 다들 기뻐하실 텐데요?"

모두가 기다리는 아기는 그쪽이다. 양반 후궁 소생의 적자에 준하는 왕자. 오직 정통성을 위해 후궁을 왕비와 같은 무품으로 봉했다. 비록 경수궁의 해산이 기이할 만큼 감감무소식일지라도 그걸 간과해선 안 된다. 행여 자신이 정녕 회임을 했고 왕자를 낳더라도 환영받을 일은 없다. 오히려 후계 순위가 꼬인다고 못마땅해할 것이다. 그리고 그 못마땅함은 커다란 재앙이 될 수 있다.

아이가 들어섰다면 어쩔 수 없지만, 적어도 확실해질 때까진 잠자코 있어야 한다.

"상감마마의 핏줄입니다. 감추는 것만으로 죄가 된다고요."

"석 달이 되면 확실히 알 수 있겠소?"

"음, 아마도요."

"좋소. 한 달 더 기다려 보기로 하지."

덕임은 안전한 길을 택했다.

"그래도……. 회임이면 초기에 특히 조심하셔야 한단 말예요."

"어쩔 수 없소."

금이야 옥이야 떠받들지 않아도 튼튼히 버텨낼 아이여야 한다. 그걸 못하면 왕실이라는 더없이 위험한 울타리 안에선 어차피 살아남을 수 없다.

"최대한 몸을 아끼셔요. 옷을 덥게 입지 마시고 합궁도 피하세요. 음식은 끌리는 대로 골고루 드시되 과식은 삼가야 하며, 술은 절대 안 됩니다."

핑곗거리만 잘 꾸미면 그쯤이야 쉽다.

"이 일은 비밀이오. 약조할 테지?"

전전긍긍했지만 남기는 결국 끄덕였다.

애석하게도 막상 숨기려 드니 시작부터 삐꺽거렸다.

"혈색은 괜찮은데."

오늘 밤은 몸이 좋지 않아 모실 수 없다고 전갈을 보냈는데도 기어이 납신 왕은 덕임의 얼굴을 빤히 들여다보았다.

"어디가 어떻게 안 좋다고?"

"가벼운 고뿔이겠지요. 혹 옥체에 옮길까 두렵습니다. 그러니……."

"됐으니 증상이나 고해라. 내가 질병은 좀 안다."

그가 동궁 시절부터 유난히 의학에 조예가 깊다는 사실을 간과한 게 탈이었다.

"그, 그냥 어지럽고 화끈거리고……."

그리고 덕임은 아파본 적이 별로 없어 꾀병에는 영 재주가 없었다.

"열도 없는 것 같은데."

왕이 큰 손으로 그녀의 이마를 짚더니 갸우뚱했다.

"어지럽다고? 어디 똑바로 서봐라. 한번 보자."

"성심을 지나치게 쓰십니다."

"소처럼 튼튼한 네가 아프다 소릴 하는데 허투루 넘기랴?"

왕은 호의를 꺼린다며 괘씸하게 여겼다.

"병도 심하지 않게 곧잘 치르면 득이 된다. 병마와 싸워 이길 힘이 생기지. 한데 너처럼 튼튼한 사람은 덜컥 앓으면 오히려 쉬이 낫지 못한다."

그가 방을 왔다 갔다 걸어보라고 연신 채근했다. 하는 수 없이 비틀거리는 척이라도 해보았는데 몹시 어색했다.

"너 혹시 날 물리치려고 없는 병을 꾸미는 건 아니냐?"

왕은 그 꼴을 의심스럽게 보았다.

"아니옵니다!"

"그래, 인두겁을 쓰고서 설마 그 지경으로 무정하지는 않겠지."

그는 반신반의하며 중얼거렸다.

"전하께선 소인이 그리 좋으십니까?"

덕임은 비장의 수단을 꺼냈다.

"부끄럽다 못해 우쭐함을 감추기가 어렵사옵니다."

"헛소리를 하는 걸 보니 정녕 아프긴 아픈가 보구나!"

과연 왕은 분기탱천했다.

"냉수 마시고 잠이나 자라!"

옳다구나, 냉큼 배웅하려 했다.

"나더러 이 야밤에 대전까지 돌아가란 말이냐?"

성미가 고약하다고 으르렁대더니 왕은 드러누워 버렸다.

"……옆에 누가 있으면 잠이 안 온다고 하실 땐 언제고."

"시끄럽다."

불 꺼진 천장을 보던 덕임은 문득 신기하다는 생각을 했다. 어째 불편하지가 않다. 어두운 침묵 속에서 서로의 숨소리를 세는 것도. 서로 닿는 어깨에서 느껴지는 체온도.

"전하."

"자라니까."

"여쭈고 싶은 게 있사옵니다."

왕은 대답이 없었다. 짐짓 긴장하는 낌새였다.

"전하께선 궐 밖에서 났으면 어땠을지 생각해 보신 적이 있나이까?"

"궐 밖?"

"지존이 아니고 그냥 선비로 살았더라면, 뭐 그런 거요."

"필부(匹夫, 평범한 사람) 말이냐?"

별 이상한 걸 묻는다는 듯 그는 일말의 고민도 없었다.

"아니."

"한 번도 아니 해보셨습니까?"

"내가 왜 그런 생각을 해야 하느냐?"

"사람이라면 누구나 백일몽을 꾸지 않사옵니까."

그의 반응은 영 미적지근했다.

"쉬고 싶다는 생각이야 간혹 한다만, 다른 사람이 되고 싶었던 적은 없다."

"어째서요?"

"나는 임금인 게 좋다."

돌아오는 대답에는 거리낌이 없었다.

"내 재주를 온전히 이 땅을 위해 쓰는 보람이 있지 않느냐. 또한 훌륭한 글을 마음껏 읽을 수 있고, 박식한 인재를 두루 부릴 수 있으며, 어마마마를 편안히 모실 수도 있지."

세간의 권력욕하고는 좀 다른 것 같다.

"난 애초에 사내에 앞서 지존을 생각하며 살아왔다. 임금이 아닌 나는 있을 수 없어."

"그래도 힘들지 않으십니까?"

"흉악한 아전에 뜯기고 배를 곯는 백성들을 보아라. 그들이 나보다 덜 힘들겠느냐. 그만큼 고난을 겪는데도 손에 쥔 것일랑 척박한 밭뙈기뿐이라는 게 딱하지. 적어도 나는 후하게 누리는 것도 있다. 한데도 만족하지 못한다면 몰염치한 소인배나 다름없다."

그는 핏줄을 정녕 축복으로 여기는 듯했다. 소년 시절부터 주변 환경으로부터 숱하게 상처를 받았을진대 이토록 올곧고 확신에 차 있다니 놀라웠다.

그가 유독 강인한 사람이기에 가능한 일일까? 덕임은 무심코 자신의 배를 쓸었다. 평평하다. 아무 느낌도 없다. 궐 안에서 태어나야 할 아이가 있으리라곤 믿을 수 없을 만큼. 그리고 아이가 아비처럼 핏줄을 축복으로 여길지 확신할 수 없을 만큼.

"어찌 묻느냐?"

"그냥……. 한가하실 땐 무슨 생각을 하시는지 궁금해서요."

스스로도 왕에게 무얼 묻고 싶었던 건지, 어떤 대답을 원했던 건지 모르겠다.

"지존이면서 사내도 되고 싶을 때는 가끔 있다."

잘 들리지 않게 뭐라 중얼거리더니 왕은 헛기침을 했다.

"흠! 너는 다른 사람이 되고 싶으냐?"

"궁녀가 아니었으면 싶을 때가 있사옵니다."

덕임은 복작복작하게 엉킨 제 속을 들여다보았다.

"평범한 여자로 사는 거지요. 오라비들에게 사랑받고, 얄미운 시누노릇도 하고, 그러다가 오동이와 혼인해서 시부모님을 봉양하고, 토실토실한 자식들 낳아 활쏘기도 시키고……."

"오동이?"

"아, 한 고을에 살던 사내아인데 우스갯소리 잘한다고 인기가 많았었지요. 그 애랑 커서 혼인하려고 소인이 수많은 처녀애들을 물리쳤답니다."

참 어리고 순수했다. 덕임은 그리워서 웃었다. 풍문으로 풋사랑의 소식은 들었다. 부친을 따라 역관譯官이 되었다고 한다. 외국인을 상대하다 보니 고향에 붙어 있을 틈은 없다고. 옛날에 덕임의 졸개 노릇을 했던 계집애와 혼인하여 천하를 두루 보러 다닌다고. 상황이 달랐으면 그녀의 인생이 되었을 수도 있겠다. 잉태를 숨기고 걱정해야 하는 지금에 비하면 훨씬 하찮은 삶, 그러나 오로지 자신을 위한 가늘고 긴 삶 말이다.

"헛꿈을 참 소상히도 꾸는구나."

왕이 딱딱거렸다.

"됐다! 넌 궁녀가 딱이다. 못 하는 소리가 없어."

"아프니까 철없는 소리가 막 나옵니다."

덕임은 뜨끔하여 둘러댔다. 그래도 반쯤은 진실이다. 더 이상은 꾀병이 아닌 것처럼 속이 아프다. 울렁거린다.

"그래. 역시 머리가 많이 아픈 게야. 승은을 입어놓고 감격은 못 할망정 오동인지 망둥인지를 찾고 앉았느냐."

투덜거리는 왕을 보고 그녀는 허하게 웃었다.

"전하께서도 지존이신 게 어울리시옵니다."

"좋은 뜻이냐?"

대답하지 않았다. 오늘은 거짓말을 이미 많이 했다.

그냥 잠든 척했다. 시선이 느껴졌다. 따가울 만큼 집요하게 얼굴에 머물렀다. 이윽고 왕의 품으로 바싹 당겨졌다. 토라짐과 웃음이 반반 섞인 숨결이 뺨에 닿았다. 껴안긴 팔은 하마터면 마음을 놓아버릴 만큼 자상했다.

그래서 덕임은 더욱 배를 감싸고 웅크렸다.

정월 초하루에 다복多福을 빈 효험이 있었는지 왕실에 곧 희소식이 들었다. 인고의 세월을 견딘 청선이 비로소 떡두꺼비 같은 아들을 낳았단다. 노라리나 다름없는 지아비 때문에 줄곧 속이 문드러진 딸을 아는 효강혜빈이 특히 기뻐했다. 다례茶禮를 마련할 테니 손자를 보이러 오라며 성화를 부렸다.

"청선이 참 고생했지."

청연이 말했다.

"장안에선 눈만 돌려도 흥은부위 손을 거친 기생이 보이거든."

그녀는 혀를 끌끌 찼다.

"출가외인이라면서 힘들다 푸념 한번 못 하고 끙끙 참더라. 난 첫 회임 때도 만날 어마마마를 찾아가 울고불고했었는데. 이러니저러니 해도 친정 아니냐."

청연은 그제야 반응이 없음을 깨달았다.

"계속 나 혼자 떠들게 둘 테냐?"

"아, 송구하옵니다."

"무슨 생각을 그리 하느냐?"

"그게……. 자궁께서 어째서 저까지 부르시는지 헤아릴 수가 없어서요."

덕임은 딱 멈춰 섰다.

벌써 목적지인 효강혜빈의 처소가 시야에 들어왔다. 낯설었다. 덕임이 어린 시절 그녀의 수양딸 노릇을 하던 익숙한 공간이 아니었다. 왕이 즉위하던 해에 모후를 위해 새로 아름다운 전각을 지어줬기 때문이다.

청선이 무사히 해산한 것도 좋고 다례를 벌이는 것도 좋다. 그러나 축하하기 위해 왕실 식구들만 모이는 그 자리에, 굳이 초대하겠다는 그녀의 호의에는 어째 오금이 저린다. 옛날부터 막역한 사이라고는 하나 후궁도 못 되는 주제에 그런 델 기웃거려선 안 된다. 지위에 걸맞지 않은 대우는 분란을 일으킬 것이다. 으뜸가는 오라비를 두고도 고달팠던 숙창궁의 신세를 모르는 바도 아니다.

"때가 되면 챙겨주실 거라고 했잖느냐."

걱정을 사서 한다는 듯 청연은 말했다.

"어마마마께선 워낙 정이 많으시지. 옛날엔 아바마마께서 하룻밤 취한 궁인들까지 살뜰히 보살폈다 하시더라. 여인이라면서 속도 없느냐며 할바마마로부터 꾸중까지 들으셨대."

장난스러운 웃음이 따라붙었다.

"아무렴 너는 목석같은 전하를 사로잡은 궁인 아니냐. 다시 보이시겠지."

"괜한 말씀 마소서."

안 그래도 가서 중궁과 경수궁을 마주할 생각에 식은땀이 다 난단 말이다. 승은을 입은 이래 처음이다.

"나도 전하께서 널 어찌 대하시는지 보고 싶었는데. 바빠서 못 오신다더라."

다행이다. 왕까지 가세하면 정말 피가 말라 죽을지도 모른다. 껄끄러운 치정극은 소설로 읽을 때나 재미난 법이다.

"넌 큰일 났구나. 혹 중전마마나 경수궁께서 도끼눈을 뜨셔도 전하께서 계셔야 막아주실 텐데. 혼자서 버틸 수 있겠느냐?"

"전하께서 계셔도 전 어차피 혼자일 텐데요, 뭐."

"왜?"

"설마 제 편을 들어주시겠습니까."

왕은 어쩔 수 없이 그런 사람이라는 걸 설명할 도리가 없어 덕임은 그냥 웃었다.

화기애애한 분위기 아래 얼굴들이 제각각이었다. 왕대비는 낯이 무덤덤하여 속을 짐작하기 어려웠다. 중궁은 여느 때처럼 잔뜩 긴장한 눈치였으며, 경수궁은 편치 않을 속을 용케 감추고 온화하게 웃었다. 그리고 효강혜빈은 좀 오락가락해 보였다. 아들이 다른 사람도 아니고 어미가 고른 궁녀에게 승은을 입혔다는 만족감, 대관절 왕과 무슨 일이 있었던 것인지에 대한 호기심, 그래도 기왕이면 양갓집 출신 후궁에게 더 걸고 싶은 기대……. 훤히 들여다보이는 그녀의 감정을 모르는 척하느라 덕임은 애를 썼다.

일단 청연을 따라 인사부터 올렸다.

"이 사람은 이런 자리가 처음이라 소녀가 노파심에 동행하였나이다."

청연이 붙임성 하나는 좋다. 덕임은 냉큼 하례를 올렸다.

"망극하여 몸 둘 바를 모르겠사옵니다."

"어려워 마라. 복은 나눌 사람은 많을수록 좋은 법이라 불렀다."

효강혜빈의 미소는 너그러웠다.

"복작복작하던 옛날이 그립다. 오늘날에는 왕실 식구가 너무 적어 쓸쓸하거든."

"손자를 보시는 경사가 생겼으니 앞으로도 떠들썩해지지 않겠사옵니까."

"그럼. 그래야지."

진심으로 바란다는 듯 효강혜빈은 끄덕였다.

“두 딸이 아들을 보았으니 이제 주상께서만 원자를 얻으시면 되는데, 원.”

습관과 같은 한탄이었으되 중궁과 경수궁은 눈에 띄게 불편해했다. 덕임은 먼지로 사라지고 싶었다.

“어머나, 누굴 닮아 이리 잘생겼을까!”

무마해 주려는 듯 청연은 청선이 끌어안은 갓난아기를 보며 호들갑을 떨었다.

“아유, 가만 보니 네 아버지를 빼다 박았구나!”

아이를 길러본 청연은 능숙하게 조카를 얼렀다.

“한데 넌 접때 만났을 때와 사뭇 달라 보이는구나.”

딸들을 흐뭇하게 보던 효강혜빈이 문득 말을 건넸다.

“콕 집어 말하긴 어려우나 분명 다르다.”

그녀는 고개를 갸웃거렸다. 어디가 아프냐며 빤히 보던 왕과 매우 닮았다.

“흠, 어쨌든 제대로 마주 앉는 건 오랜만이다. 회포나 풀자.”

효강혜빈은 가볍게 책 이야기부터 꺼냈다. 그녀는 십수 년 전에 읽은 글까지 줄줄 욀 만큼 기억력이 비상하였다. 잡문이라면 질색을 하는 아드님 때문에 요즘은 자제하는 편이라며 짐짓 투정도 부렸다. 바깥 걸음을 못 해본 아녀자답게 궐 밖 사정도 궁금해했는데, 은언군이 화제에 오르자 못마땅한 듯 입술을 오므렸다.

“주상께 누만 끼치는 못난 작자다.”

아무리 정이 많아도 시앗의 자식은 고까운 모양이다.

“그 아들도 마찬가지다. 어디서 가동궁 운운하면서, 쯧!”

효강혜빈은 숙창궁을 아예 없던 사람 취급할 정도로 돌변했다. 홍씨 남매와의 연결고리를 아예 끊고 싶은 눈치였다.

"무엄한 군호라도 고쳤으니 망정이지……. 주상께서 어서 원자를 보셔야 그 부자를 멀리 치워버릴 텐데."

그녀의 조급한 시선이 경수궁에 머물렀다.

이윽고 덕임에게도 왕손을 안아볼 기회가 왔다. 아기는 작고 따뜻했다. 잘못 쥐면 으스러질 만큼 연약하기도 했다. 보드라운 머리에선 젖 내음이 풍겼다.

"네가 마음에 들었나 보다."

아기가 방끗 웃자 어미인 청선도 덩달아 기뻐했다.

덕임은 무심코 아무 느낌 없는 제 배를 더듬어보았다. 청선의 아기가 또 까르르 웃음을 터뜨리자, 어쩌면 아이가 생겨도 나쁘지 않겠다고 문득 생각할 뻔했다.

그런 생각을 미처 할 수 없었던 까닭은, 때마침 일어난 소동 때문이었다.

"소자가 늦지 않았나 봅니다."

불쑥 왕이 나타났다.

"어마마마의 정성을 지나치는 게 영 마음에 걸려 짬을 내었사옵니다."

둘도 없는 효자답게 모후를 보는 눈빛이 여간 살갑지 않았다. 왕은 중궁과 경수궁, 누이들까지 차례로 건너보았다.

"보세요, 주상. 아기가 똑소리 나게 생겼답니다."

그러나 왕은 아기를 보지 않았다.

"너는 여기서 무얼 하느냐?"

그가 지목한 사람은 덕임이었다.

"지엄한 왕실의 다례에 일개 궁인이 어찌 끼어 있느냐 물었다."

대뜸 힐난하는 기세가 사나웠다. 두렵거나 기분이 상하기에 앞서 황당했다. 오늘 아침에 나설 때만 해도 분명 왕은 기분이 좋았다. 그런데 지금은 다정한 기색 하나 없었다. 같은 사람인가 믿기지 않을 만큼 따뜻했던 지난밤과도 달랐다.

"어미가 불렀습니다."

효강혜빈이 나섰다.

"어째서 소자에게 미리 언질도 없이 대뜸……."

욱해서 대꾸하려던 왕은 상대가 상대이니만큼 기세를 수그렸다.

"분수에 지나치는 처사가 아니옵니까."

"주상의 은혜로 귀히 된 몸인데 뭐 어때서요."

"어엿한 봉작도 못 받은 사람의 응석을 받아주시면 아니 되옵니다."

그는 활활 타오르는 시선을 거두지 않았다.

"웃전께서 아무리 권하시더라도 사양했어야지."

그게 얼마나 말도 안 되는 비난인지 왕이 모를 리 없다. 말마따나 봉작도 받지 못한 궁인 주제에 왕실 어른의 권유를 어찌 뿌리치겠느냔 말이다.

"송구하옵니다."

어차피 주어진 선택지는 하나뿐이었다.

"썩 물러가거라."

내키지 않는 걸음 억지로 왔더니만 뺨만 맞은 격이다. 덕임은 어느새 재롱을 뚝 그친 아기를 청선에게 돌려주었다.

"아이고, 주상! 정말 뭐가 어떻다고 그러십니까. 축하해 주는 사람이 많을수록 갓난아기가 복을 받는다지 않습니까!"

효강혜빈이 언성을 높였다.

"그래요. 어린 왕손을 생각해서라도 기쁘게 돌려보내야지요."

가만히 지켜보던 왕대비도 조용히 거들었다.

"아랫사람이되 손님입니다. 그렇게 내쫓아선 안 됩니다."

험악한 분위기를 못 견디고 아기가 울음을 터뜨렸다. 청선이 어쩔 줄 몰라 달래는 사이로 왕이 말했다.

"두 분께서 그리 말씀하신다면야 어쩔 수 없지요."

못마땅함이 뚝뚝 묻어났다. 더군다나 그는 싸늘하게 덧붙였다.

"이런 교만을 두 번 용서치는 않을 것이다."

도로 앉기에도 참 가시방석이었다.

"저, 전하! 아기 좀 보세요. 참으로 사랑스럽사옵니다."

이번에도 수습을 자처하는 청연이 간신히 울음을 그친 아기를 내보였다. 왕은 무뚝뚝하게 어린 조카의 등허리를 쓸었다.

"좋은 날 주상까지 오셨으니 이 미망인이 권할 것이 있습니다."

덩달아 분위기를 누그러뜨리려는 듯 왕대비가 웬 호로병을 꺼냈다.

"아! 자귀나무술이 아니옵니까?"

냄새를 맡더니 효강혜빈은 반색을 했다.

자귀나무술은 좀 특별하다. 금실지락琴瑟之樂을 돋우며 가정을 화목케 한다는 자귀나무의 꽃으로 빚은 만큼, 규방주閨房酒로 익히 알려졌다. 집안의 안주인이 만복萬福을 두루 나눈다는 의미로 아들과 며느리에게 권하는 풍습도 있다.

"갓난아기의 무병장수를 빌고, 왕실과 종실의 다산이 이어지길 바라는 뜻이니 사양 말고 들도록 하세요."

왕대비가 흘긋 왕을 보았다.

"겨우 한 잔에 취하시어 정무를 못 보지는 않으시겠지요."

"마마께서 내리시는 술은 아무리 마셔도 취하지 않을 것이옵니다."

왕은 호기롭게 응수했다.

첫 잔은 왕대비가 마셨다. 그리고 비운 잔을 채워 효강혜빈에게 넘겼다. 효강혜빈이 비운 잔은 다시금 가득 채워져 왕에게로 갔고, 다음은 중궁이었다. 과연 어르신의 복을 아랫사람들에게 두루 나누어준다는 뜻이었다. 태중에 아이가 있는 경수궁은 찻물로 대신하였지만, 청연과 청선은 아주 달게 마셨다.

"요 녀석도 한잔하고 싶은가 보다."

청연이 잔을 흔들자 갓난아기는 까르르 웃음을 터뜨렸다.

"어서 자라 술을 가르쳤으면 좋겠다."

왕마저도 귀엽게 보았다.

"자, 네가 마지막 차례다."

왕대비는 거치고 거친 술잔을 덕임의 앞까지 내밀었다.

"황감하오나 소인은 감히 받들 수 없나이다."

생각지도 못했던 터라 깜짝 놀랐다. 왕의 공연한 꼬투리도 문제거니와, 의녀가 술은 절대 안 된다고 했다. 정녕 회임을 했다면 해로울 거라고 거듭 당부했다.

"복을 비는 술을 도로 물리치는 건 도리에 어긋난다."

왕대비는 단호했다.

"괜찮다. 어서."

덕임은 그 고귀한 술을 물끄러미 보았다. 딱 한 잔은 괜찮지 않을까. 설령 배 속에 아기가 있더라도 아직 어려 술맛과 물맛도 구별하지 못할 터였다. 아녀자들 술이라면 독하지도 않을 것이다. 조용한 저울질 끝에 덕임은 손을 뻗었다. 그래, 겨우 한 잔이다.

그런데 이상했다.

눈 딱 감고 마시면 되는데 손가락이 움직이질 않았다. 몸 상태를 감춰야 한다. 그게 안위에 좋다. 잘 아는데도 아기에게 해롭다는 충고 외에는 아무것도 떠올릴 수가 없었다.

"송구하오나 정녕 받들 수가 없사옵니다."

결국 그녀는 손을 도로 거두고 말았다.

"자전께서 하사하시는 은혜를 감히 물리쳐선 안 된다."

왕이 말했다. 꾸짖음 사이로 그의 표정이 의아해 보였다. 덕임의 평소 처신과는 다르다고 여기는 눈치였다.

"근래 몸이 좋지 않아 술은 절대 멀리하라는 처방을 받았사오니 헤아려 주소서."

"몸이 아직도 안 좋다고?"

왕이 어리둥절하니 되물었다.

"아니, 덕임이 너 혹 잉태를 했느냐?"

그의 의문을 풀어준 사람은 뜻밖에도 효강혜빈이었다. 설마 대뜸 정곡을 찌를 줄이야 몰랐다만.

"내 눈썰미가 있어 척 보면 안다."

그녀는 자신만만했다. 아이를 여럿 낳아본 경험이 있어서인지 혹은 오매불망 원자만 기다려서인지, 직감 한번 기가 막힌다.

"네 모습이 접때와 느낌이 다른데 술까지 못 마신다니, 역시 그런 게지?"

"아니옵니다!"

무심코 부정했지만 달리 방도가 없었다. 왕실의 권주를 마다할 핑계를 아무렇게나 댈 수는 없는 노릇이었다.

"보경이 잠시 멎었을 뿐 확실치는 않사옵니다."

기대감을 낮출 만한 어휘를 골랐는데도 탄성이 터졌다.

"참으로 기쁜 소식이옵니다!"

말을 못 이을 만큼 감격한 어미 대신 청연이 호들갑을 떨었다.

"올해는 경사가 이어질……."

"소란 떨지 마라."

그러나 왕이 차갑게 잘라냈다.

"신중하지 못하다."

기대를 한 건 아니었다. 오히려 달갑지 않게 여기면 어쩌나 걱정을 했다.

"후사에 대한 왕실과 조정의 간곡한 기대가 극에 달한 지 한참 되었다. 이런 시기에 섣불리 잉태를 운운함은 곧 누를 끼치는 일이다."

다만 저토록 살천스러울 줄은 몰랐다. 서운했다. 애써 억눌러도 눈물이 핑 돌았다.

"자전과 자궁께선 듣지 못한 것으로 치소서."

왕은 자리를 차고 일어섰다.

"분주하여 이만 물러가겠사옵니다."

그러고는 떠나 버렸다.

끼얹은 찬물은 주워 담을 수 없었다. 청연과 청선이 이만 퇴궐해야겠다고 조심스레 내뺄 즈음에야 따라나섰으니 그나마 다행이었다.

덕임은 낮에 겪은 일을 곱씹고 또 곱씹었다. 하지만 되짚어볼수록 수렁에 빠진다는 결론에 이르자 마음을 고쳐먹었다. 땅만 파기는 싫었다. 보란 듯이 나돌아 다녔다. 약방에 들러 의녀들과 수다를 떨고, 궐 담을 어슬렁거리는 늙은 개와 놀았다. 산더미처럼 쌓인 빨랫감과 씨름하는 복연도 도왔다. 복연은 한사코 만류했지만 방망이질까지 대신해주었다. 지금 제일 미운 사람 하나를 떠올리며 신명나게 휘둘렀다.

기분이 한결 나아졌을 땐 어느덧 해질녘이었다. 복연과 헤어져 돌아가는 길엔 허기가 졌다.

"도대체 어딜 다녀오느냐?"

그러나 요깃거리를 꿈꿀 계제가 아니었다.
앞마당에 왕이 서 있었다. 아무 일 없었다는 듯 떡하니 아랫목을 차지하고서 책을 읽는 게 아니고, 희한하게도 조바심 난 사람처럼 밖에 나와 있었다.
"없어진 줄 알고 궁인들을 시켜 찾았단 말이다!"
왕이 버럭 성을 냈다. 속 뒤집힌 쪽이 누군데 적반하장이다.
"없으면 잠깐 나갔겠거니 여기시면 되지요. 가면 어디를 가겠사옵니까."
왕의 시선이 빨랫물이 잔뜩 튄 그녀의 치맛자락으로 향했다. 군데군데 누런 개털까지 붙었다. 덕임은 대수롭지 않은 척 훅 털어냈다.
"무얼 하다 온 것이야?"
"사소한 일입니다."
손에 물을 묻혔노라 고하면 괜히 또 트집을 잡을까 봐 둘러댔는데, 왕은 선을 긋는다고 받아들인 모양이다. 용안이 대번에 붉으락푸르락해졌다.
"또 무얼 숨겼다가 경황없이 터뜨리려는 게냐?"
스스로도 지나치다 싶었는지 그는 뱉은 말을 거뒀다.
"왜 나한테 먼저 고하지 않고 여태 감춘……."
대신 그는 성질 급하게 다른 말을 뱉으려다가 또 거둬들였다.
"됐다! 빨빨대고 다니지 마라. 신경 쓰인다. 훌쩍 사라지면 행방을 쫓을 수가 없으니 궁인을 붙여주든지 해야겠군."
입씨름을 더 해봤자 이쪽만 손해다.
"송구하옵니다. 한데 어찌 거둥하셨는지요?"
쌩하게 내팽개칠 땐 언제고 이제는 또 찾아내겠답시고 안달을 내느냐 말이다.

"물부터 내와라. 속 탄다."

찬물을 벌컥 들이켠 뒤에야 그는 용건을 꺼냈다.

"내일 날 밝는 즉시 진맥케 할 테니, 그런 줄 알아라."

물그릇을 탁 내려놓으며 왕이 혀를 찼다.

"정녕 생각도 못 했다. 이렇게 빨리……. 넌 나이도 적지 않은 편인데……."

그가 짐짓 눈을 흘겼다.

"요사이 수상쩍게 굴던 까닭을 비로소 알겠다."

"불확실한 일로 성심을 어지럽히고 싶지 않았을 뿐이옵니다."

"언제까지 숨기려고 했는데?"

"석 달이면 증후가 명확해진다고 들었사옵니다."

"어리석다. 회임은 가벼이 가늠할 일이 아니거늘!"

하도 기가 막혀 웃음이 다 났다.

"아까는 아뢰었다고 나무라시고 이제는 감추었다고 화를 내시니, 소인은 도통 전하의 뜻을 모르겠나이다."

용안이 딱딱하게 굳었다.

"넌 나를 오로지 임금처럼만 군다고 여기지. 그래, 틀리진 않았다. 아까 그 자리에서 널 보고 순식간에 오만 가지 경우를 다 셈했으니까."

대관절 어떤 생각이었는지 궁금했지만 왕은 말해주지 않았다.

"넌 나한테 먼저 말했어야 했어. 너 혼자 숨기는 것은 일전에 네가 나를 믿지 못해 자전께 의탁하려던 것만큼이나……!"

치기 어린 입맞춤으로 헤어지던 날처럼 그는 폭발할 것 같았다. 하지만 눈망울에서 언뜻 비치는 상처와 함께 그의 분노는 맥없이 풀어졌다.

"하긴, 너한테는 분명 너만의 이유가 있었겠지."

마치 경험으로 미루어보건대 이번에도 자신은 덕임의 뜻을 결코 꺾을 수 없으리라는 것을 안다는 양 눈빛만 요요했다.
"나는 너를 제일 엄하게 대할 것이다."
그리고 한참 만에 왕은 자신의 이유를 꺼냈다.
"네게 내 마음을 두었다. 그건 부정할 수 없지."
그가 언뜻 얼굴을 붉혔다.
"그렇다고 해서 궁첩宮妾을 편애한다는 소리가 나오게 둘 순 없다. 중궁과 경수궁은 내가 가례를 치른 부인들이다. 그들의 아비는 내가 대하는 관료들이고, 그들의 친족은 내가 없는 궐 밖에서 여론을 만드는 사대부들이다."
한 번 숨을 고르더니 단호하게 덧붙인다.
"그리고 나는 임금이다. 선비들이 당색을 나눠 사소한 일에도 쌍심지를 켜는 요즘 같은 때에는 내가 중심을 잡아야 한다. 중차대한 과제들이 쌓여 있는 와중에 사소한 일로 발목이 잡힐 수는 없어. 어떻게든 탕평을 깰 빌미를 줘선 안 된다는 뜻이다."
골머리를 앓듯 그는 낮게 신음했다.
"하여 나는 더욱 엄해져야 한다. 나 자신한테도. 너한테도."
그는 실로 성인聖人이 되고 싶은 듯했다. 임금이 궁녀를 품는 사소한 거조마저도 흠으로 여길 만큼 준엄한 정치를 꿈꾼다. 그로 말미암아 천하를 뜻대로 이끌고 싶은가 보다.
그래서 사랑을 주는 만큼 고통도 주려 한다. 스스로 감내하는 지독한 절제와 채찍질을 나누려 한다. 공명정대함과 명분이라는 이유에 가두려 한다. 오늘 같은 일이 평생 이어질 것이다. 그의 사랑을 얻은 대가로 감당하기에는 너무 어렵다.
"난 너를 힘들게 할 테고, 네 속을 상하게 만들 거다. 때문에 영영

네 마음은 얻지 못할지도 모르지. 접때 네 말이 맞다. 난 어쩔 수 없이 그런 사람이다. 다른 사람이 될 순 없어. 되고 싶지도 않고."

빤히 바라보는 눈빛은 다소 씁쓸했다.

"따를 수 있겠느냐?"

통속적인 소설이었다면 그의 품에 안겼을 때 이야기가 끝났을 것이다. 처첩이 서로를 자매처럼 여길 만큼 하하호호 화목했다는 둥, 아들딸을 각각 일곱씩 숨풍숨풍 낳았다는 둥 백년해로를 암시하면서 말이다.

그러나 이것은 인생이다. 그런 식으로는 끝나지 않는다.

"예, 전하."

그녀는 이미 엎질러진 인생에 주어진 단 하나의 선택지를 마주했다.

"기특하다."

용안이 다정하게 녹아내렸다.

"토라져서 달아난 줄 알고 찾아다닌 게 우습군."

멋쩍게 실토하더니 그는 물을 한 대접 더 들이켰다.

"달아나고 싶다 하면 놓아주시렵니까?"

"아니."

왕은 주저 없이 대답했다.

"왜, 달아나고 싶으냐?"

"소싯적부터 달아나는 데는 일가견이 있어서요."

"마음만 먹으면 언제든 떠날 수 있다는 듯 말하는구나."

그가 덥석 덕임의 어깨를 끌어당겼다. 그러고는 미동도 없이 평평한 배를 어루만졌다.

"회임이 맞았으면 좋겠다."

"누를 끼치는 일이라면서요?"

기회를 잡은 덕임은 놓치지 않고 쏘아붙였다.

"경수궁의 체면을 봐서 한 소리다."

왕은 그나마 겸연쩍은 티를 냈다.

"굳이 또 성가신 일을 만들 필요는 없으니까."

무슨 뜻인지 이해했다. 왕이 궁녀를 보는 눈빛이 석연찮다는 이유로 벌어진 소동을 벌써 잊을 수는 없다.

"자식이야 많을수록 좋지."

꼬물꼬물 재롱을 부리던 조카라도 떠올리는지 그는 다정하게 웃었다.

"경수궁이 원자를 낳아 왕실이 번창하고, 네가 왕자를 낳아 종실이 번창하면 그보다 더한 복록이 어디 있겠느냐."

덕담은 좋았다. 다만 그 이상은 언감생심 꿈도 꾸지 말라는 말투가 문제였다. 기분이 확 상했다. 누가 아들 낳으면 원자 삼아달라고 바짓가랑이 붙들고 애원이라도 했느냔 말이다. 설령 그러한 의도를 품고 건넨 말씀이 아니라고 한들, 덕임으로서는 곡해해서 받아들일 정당한 여지가 참으로 많았다.

"소인은 귀주(貴主, 왕실의 여아) 아기씨를 낳고 싶사옵니다."

덕임은 냉소적인 재치로 받아쳤다.

"그것도 소인과 꼭 닮은꼴로 일곱 명쯤 줄줄이 낳고 싶사옵니다."

"뭐라고?"

"하면 골치 아플 일이 없지 않겠사옵니까."

"지금 화를 내는 것이냐?"

"아니옵니다. 전하께 힘 좀 써달라고 청을 드리는 건데요."

왕은 미심쩍은 눈치였으되 이내 농담으로 받아들였다.

"막상 눕혀놓으면 고분고분한 주제에 건방진 소리를 다 한다."

틀린 말은 아니었다. 왕은 가소롭다는 듯 입꼬리를 올렸다. 부끄러움보다 지기 싫은 마음이 울컥 치솟아 덕임은 으름장을 놓았다.

"두, 두고 보시지요!"

"뭘?"

"사내는 갈수록 정력이 떨어지는 반면 여자는 나날이 샘솟는다 들었나이다. 한 다섯째 낳을 즈음이면 전하께선 소인에게 꼼짝도 못 하게 되실 겁니다."

왕은 포복절도를 했다. 어찌나 신나게 웃는지 천장이 다 흔들릴 지경이었다.

"널 닮은 딸이 일곱이면 정녕 감당이 안 될 것 같다."

힘겹게 웃음을 그치며 그가 말했다.

"뭐, 아들이든 딸이든 아무래도 좋으니 건강하게만 낳아라."

그러고는 그녀를 품에 끌어안았다.

"이제는 스스로 첩이라 칭하여라."

"……예?"

"소인小人이라 하지 말고 신첩臣妾이라든가, 소첩小妾이라든가."

덕임은 가만히 그의 가슴에 기댔다. 비로소 자신이 있는 곳을 깨달았다. 의열궁이 있던 곳이다. 지존의 사랑을 받는 첩의 자리. 지독하게 힘들고 고통스러운 자리. 아내보다 더한 잣대에 억눌리면서 결코 아내처럼 대접받을 수는 없는 자리.

"싫사옵니다."

"왜 싫어?"

"무섭사옵니다."

"무섭다니? 부끄럽다는 뜻이냐?"

끌어안는 힘이 문득 세졌다.

"낯부끄러운 소리는 혼자 다 해놓고 겨우 그깟 건 못 해?"

겨우 그깟 것이 아니다. 보이지 않는 선 하나를 또 넘는 일이다. 헤어날 수 없이 그에게 종속되어 버릴 변화다. 아직은 준비되지 않았다.

"딱 한 번만 해보아라."

"싫사옵니다."

익숙해져선 안 된다. 사랑해선 안 된다. 흔들리고 약해지면 못 버텨 낸다. 어쩔 수 없이 그런 그의 사랑으로부터 상처를 입고 만다.

"어허, 해보라는데도."

도리질 치며 품으로 파고들었다. 왕은 달게 웃었다.

"이것 봐라. 넌 날 약하게 만든다."

그는 더 이상 보채지 않았다. 대신 뺨을 맞대며 중얼거렸다.

"그래서 나도 무섭다."

덕임은 눈을 감았다. 그녀의 운명을 움켜쥔 아이가 들어섰을지 모른다는 배에서는 여전히 아무것도 느껴지지 않았다.

14장
계마수

왕은 덕임을 진맥할 의녀를 대령할 필요가 없었다. 효강혜빈이 선수를 쳤기 때문이다. 동이 트기가 무섭게 내의원의 의녀란 의녀는 싹 다 긁어모아 위풍당당하게 나타난 그녀를 보고 덕임은 경악했다.

맥후를 짚는 데에는 한참이 걸렸다. 의녀들은 사활이 걸린 문제처럼 신중하게 굴었고, 회임 여부에 대해서도 확답은 가능한 한 피했다. 맞는 것 같다는 결론을 각종 두루뭉술한 표현으로 버무리느라 바빴다. 그래도 효강혜빈은 실망하지 않았다. 도리어 곧장 한달음에 달려가 이 기쁜 소식을 아들에게 전했다.

그러자 왕은 조용히 웃었다.

이후로도 약방에선 어영부영 시일을 끌었다. 긴가민가하니까 맥을 다시 짚어보자는 둥, 신방험태산만으로는 미묘하니까 애초탕艾醋湯도 써보자는 둥 핑계도 가지가지였다. 경수궁의 회임을 지나치게 일찍 확신하였다가 미궁에 빠진 전적이 있어 그렇다 쳐도 너무 과했다. 사월에 접어들자 왕의 인내심도 슬슬 바닥을 드러냈다. 한 번만 더 어물쩍 넘기려들면 혼쭐을 내겠다고 벼르던 찰나, 위험을 감지한 어의가 마침내 회임을 확진했다.

"안 그래도 눈에 띄게 배가 나오기 시작했다."

조바심을 낸 적도 없었던 척 왕은 덤덤히 대꾸했다.

덕분에 대접이 좋아졌다. 황량하던 처소에 세간이 갖추어졌고 허드렛일을 시킬 나인도 생겼다. 빛깔 들어간 당의가 허용되었으며, 향낭과 노리개 따위로 용모를 꾸며도 된단다.

태교에 힘쓰느라 일과도 다채로워졌다. 아침에 눈 뜨면 성현의 말씀을 줄줄 외고 명상을 했다. 거북이와 사슴 등 상서로운 동물로 자수를 놓거나 태어날 아기의 누비옷을 짓는 것도 수양의 한 종류였다. 덕분에 바늘에 하도 찔려 손끝이 남아나질 않았다. 아이를 수월하게 낳기 위한 신체 단련으로 산보도 자주 했다. 이래저래 귀찮긴 해도 불평거리는 못 된다. 해산날까지 볕도 못 보고 갇혀 지냈다는 옛날 여자들에 비하면 호사인 셈이다.

그리고 매일 오시 때마다 효강혜빈에게 문후를 여쭙게 되었다. 왕은 못마땅해했지만 눈으로 직접 봐야 마음이 편하겠다는 모후의 성화를 꺾을 순 없었다.

"너는 어찌 살이 붙질 않느냐?"

오늘도 효강혜빈은 혀를 찼다.

"입덧이 심해 그렇사옵니다."

공손하게 대답했지만 거짓말이다. 입덧은 금방 지나갔다. 도리어 식욕이 왕성해졌다. 입맛이 당겨 밤잠을 설칠 지경이건만 밥투정을 부리기엔 눈치가 보인다.

"필요한 게 있으면 나한테 말해라."

왕은 그렇게 말했다. 진심이 아니라고는 생각하지 않았다. 하지만 덕임은 그 말씀을 곧이곧대로 믿지도 않았다. 경수궁의 좋은 소식만 오매불망 기다리는 데에 다들 익숙해졌다. 그런 분위기에 곁다리를 껴놓고 덩달아 유세를 부릴 수는 없었다. 때로는 물 한 바가지 퍼다 마시는 것마저 마음이 편치 않았다. 정 입이 심심한 날에는 콩과 보리쌀 따위를 불에 볶아 오래도록 씹는 것으로 때웠다.

"주상께서 워낙 엄하시니 네가 응석 부리긴 힘들겠지."

효강혜빈은 속사정을 정확히 간파했다.

"친정에서 도와주지도 않느냐?"

덕임은 어색하게 웃었다.

"하긴, 워낙 한미한 집안이라 도리가 없겠지."

분명 궁상맞은 집안 사정을 숨길 만한 상대는 아니었다.

"하면 해산 때까지 돌봐줄 사람도 없겠구나. 보통 친정 어미가 궐에 들어와 살펴주는데 말이야. 우리 어머니께서도 내가 만삭일 때마다 거들어주셨거든."

"혼자 있는 편이 번거롭지 않고 좋사옵니다."

새어머니에게 부탁하기는 좀 그래서 덕임은 애초에 별생각도 없었다.

"아니다. 당연히 내가 살펴줘야지."

효강혜빈은 너그럽게 말했다.

"내 본방나인인 복례를 시켜 들여다보게 하마. 너와도 일찍이 잘 알던 사이 아니냐. 만삭이 되면 내 유모도 붙여주고. 아주 노련한 사람이다. 내가 주상을 낳을 때 산파 노릇을 했을뿐더러, 청연과 청선이 몸을 풀 때도 도왔으니까."

"당치 않으시옵니다."

"괜찮다. 몸조리만 잘해라."

그녀가 본심을 드러낸 건 바로 그 순간이었다.

"경수궁은 이미 틀렸다."

덕임은 바짝 얼어붙었다.

"뭔지 몰라도 한참 잘못되었어. 이제 나는 너에게 기대를 걸 생각이다."

숨이 막혔다. 효강혜빈은 분명 정이 많고 살갑다. 그러나 그녀의 애정은 친자식에게만 한결같을 뿐, 며느리들에게는 다소 가변적이었다. 철새 같은 구석도 있었다. 숙창궁이 들어왔을 땐 친딸처럼 여긴다던 중궁을 슬쩍 밀쳤고, 경수궁이 들어왔을 땐 그런 사람 모른다는 식으로 홍덕로와 숙창궁을 욕했다.

그리고 이제는 자신의 차례다. 여태 이어온 기존의 도타운 관계마저 어떻게 변할지 몰라 덕임은 달갑기는커녕 겁부터 났다.

"왕자만 낳아다오."

스스로 틔운 불화의 씨앗을 전혀 모르는 양 효강혜빈은 미소 지었다.

아들이길 바란 적은 없다. 임금이 되지 못한 왕자는 종친이 되어야 하고, 종친은 목이 떨어질까 평생 조마조마하며 살아야 한다. 아이에게 그런 운명을 주고 싶진 않다. 하지만 딸이었으면 싶은 마음이 잘못처럼 느껴지는 시절도 답답하긴 매한가지다.

한식경 뒤에 오라비를 만날 때까지도 입이 썼다.

"이거 받아라."

배가 부푼 누이에 적응이 안 되는지 식이는 안절부절못하며 안부를 묻더니만, 대뜸 보따리를 안겼다. 풍기는 비린내가 낯설었다.

"명절에도 못 먹는 고기를 어디서 구하셨어요?"

"그런 건 신경 쓰지 마라. 우리 내자는 애를 가지면 살이 오르던데, 넌 왜 갈수록 비리비리하냐. 푹 고와서 국이라도 끓여 먹어라."

식이는 뒷덜미를 긁적였다.

"귀한 아기씨께 이런 싸구려라니, 원."

한 덩이 고기는 참으로 붉었다. 안 그래도 고기 한 점 먹어봤으면 싶어 애꿎은 닭장을 기웃거린 게 오늘 아침 일이었다.

"여전히 믿기지가 않는다. 네가 상감마마와 맺어지다니 말이야."

"이제 와서 뭡니까?"

"아니, 직접 뵈었는데도 꿈을 꾼 것만 같아서."

"누구를요?"

식이는 머뭇거렸다.

"그게……. 뭐, 너도 알아두는 게 좋겠지."

오라비 이야기에 따르면 이랬다.

엊그저께 저녁. 고된 하루 끝에 퇴청하려는데 웬 내시가 대뜸 따라오라는 것이다. 가만 보니 예전부터 자신을 숨어서 몰래 보던 바로 그 놈이었단다. 드디어 결판을 내자는 건가 싶어 군소리 없이 따라갔더니 낌새가 점점 요상해졌다. 대내로 이끌더니 합문 앞에 이르자 무릎을 꿇으란다. 야무진 사람 같으면 뭐냐고 따졌겠지만 식이는 어벙하게 시키는 대로 했다. 내시는 그를 두고 총총 내실로 들어갔다.

"입시하시오."

이윽고 내시가 문을 열었다. 길고긴 복도 끝에는 당연히 왕이 있었다.

"역시 하나도 안 닮았군. 오해를 하지 않을 수가 없었다니까."

찬찬히 식이를 뜯어보며 왕은 중얼거렸다.

"어영청 군교로 지낸다지? 꾀부리지 않고 잘 하고 있느냐?"

"예, 예에, 주상전하!"

곤룡포 붉은 자락만 봐도 기가 질려 식이는 납작 엎드렸다.

왕은 여러 가지를 물었다. 할아버지와 아버지에 대해서, 형제와 친척들은 정확히 어찌 사는지, 지인 중에 벼슬아치가 있는지, 뭐 그런 것으로. 흡족할 만큼 형편을 파악했을 때서야 왕은 좀 쉬운 질문을 던졌다.

"입궁하기 전에 네 누이는 어땠느냐?"

순하고 얌전했다고 아뢰니 전혀 믿지 않았다. 하는 수 없이 식이는 실토했다.

"처신을 잘해 두루 예쁨 받았지만, 종종 잔꾀를 부리는 데다 계집애들 사이에서 대장 노릇을 하며 맹랑하게 굴어 종아리를 곧잘 맞았나이다."

"그럼 그렇지."

알 만하다는 듯 왕은 피식 웃었다.

"여태 네 누이가 형제들 뒷바라지를 했다고?"

"그러하옵니다."

"급제하여 다행이다. 어엿한 장정들이 여자에게 빌붙는 건 도리가 아니지."

흡사 꾸짖음과 같아 식이는 움찔했다. 아니나 다를까, 분위기가 더욱 묘해졌다.

"네 누이는 승은을 입고 용종을 잉태했다."

"성은이 망극하옵니다."

"오라비로서 해를 끼치고 싶진 않겠지?"

"예, 전하."

"그렇다면 과인이 하는 말을 새겨들어라."

용안에서 웃음기가 씻은 듯이 사라졌다.

"이 나라 조정은 척신들 탓에 자주 골머리를 썩었다. 개중에서도 악질은 늘 왕실 여인의 오라비였다. 숙종조肅宗朝 후궁 희빈 장씨의 오라비 장희재며, 선왕의 후궁 숙의 문씨의 오라비 문성국이 특히 그랬지. 결국 극형으로 죗값을 치렀다. 뿐만 아니라 왕대비마마의 오라비도 흉악한 자였기에 과인이 내쳐야 했고."

얼음장 같은 눈길을 피해 식이는 바닥에 바싹 붙었다.

"이제 네 처지도 그들과 다르지 않다. 요행을 바라고 외척 행세를 했다간 사지를 찢는 극형을 면치 못할 것이다. 알겠느냐?"

"유념하겠사옵니다."

"사람을 가려 사귀어라. 네 누이를 곤란하게 만들 언행도 일절 삼가야 한다."

겁을 먹은 통에 제대로 못 들었지만, 왕은 무시무시한 훈계를 더 늘어놓았다.

"분수를 잘 지킨다면 과인이 노할 까닭이 없을 것이다."

"예, 전하."

"알아들었다니 다행이다. 이만 물러가……."

왕이 멈칫했다.

"……하나만 더."

강강하던 아까와 달리 망설이는 눈치더니 어렵사리 묻더란다.

"오동이라는 놈을 아느냐?"

"예에?"

"대체 어떤 놈이기에 네 누이가……."

그러나 어째 용안을 붉히며 도리질을 쳤다.

"……장부 체면에 한심하군. 됐다. 얼른 물러가거라."

식이는 뒤도 돌아보지 않고 줄행랑을 쳤다고 한다.

"소문대로 엄한 분이시더라. 오금이 저려 죽는 줄 알았어. 넌 참 대단하다. 성상을 어찌 그리 태연하게 모시느냐?"

여운이라도 남았는지 식이는 부르르 몸을 떨었다.

"한데 오동이는 옛날에 너한테 잡혀 살던 역관 집 아들 아니냐? 걘 어찌 아신다냐?"

덕임은 왕이 외척 놀음 운운하였다는 대목에 정신이 팔려 뒷이야기는 듣지 못했다. 외척이라면 치를 떠는 그의 성향이야 잘 안다. 다만 애를 낳기도 전부터 들쑤실 줄은 몰랐다.

"오라버니, 정말로 조심하셔야 해요."

"뭐야, 너까지 그럴 테냐? 이 오라비가 어디 그럴 사람이라고."

"모르는 사이 얽힐 수 있어요. 전하께선 괜한 말씀을 하실 분이 아닙니다. 눈 밖에 났다간 일가족이 노적(孥籍, 극형과 연좌하는 벌)을 면치 못할 거예요."

"왜 그리 겁을 내느냐? 성상께서 잘해주시는 게 아니냐?"

누이의 두려움이야말로 식이를 불편하게 만들었다.

"혹 전하께서 널 함부로 다루시는 거라면……."

"아닙니다. 잘해주십니다."

덕임은 시선을 피했다.

"그래도 왕실이잖아요."

지금 밟고 선 주춧돌 아래 얼마나 많은 피가 스며들었는지를 안다. 이곳에선 천륜도 상식도 통하지 않는다. 오로지 정점의 권력을 위해 삼촌이 조카를 죽이고, 지아비가 지어미의 친정을 도륙내고, 아비가 아들을 죽인다. 더 이상은 강 건너 불구경이 아니다.

"겁이 나지 않을 수가 없어요."

널 가장 엄하게 대하겠다는 왕의 꾸짖음이 귓가를 스쳤다. 차라리 너인 게 낫다던 중궁의 의뭉스러움도, 네가 왕자를 낳아달라는 효강 혜빈의 기대감도 어지러이 뒤섞였다.

"어이쿠, 왜 이러냐?"

숨이 막혀 비틀거리는 걸 식이가 잡아주었다.

"괜찮습니다. 괜찮아요."

회임으로 인한 현훈증(眩暈症, 어지럼증)이라고 둘러댔지만 오라비는 썩 믿는 눈치가 아니었다. 물론 그녀 자신도 믿지 않았다.

"어디서 누린내가 나는데."

해가 지자 찾아온 왕은 낯선 냄새에 반응했다.

"아, 고깃국을 끓여서 그렇사옵니다."

숭덩숭덩 썰어보니 썩 질이 좋은 고기는 아니었다. 그래도 맛만 좋아 걸신들린 사람처럼 허겁지겁 먹어치웠다.

"어허, 배앓이라도 하면 어쩌려고 함부로 먹느냐?"

"괜찮사옵니다. 오라비가 준 것입니다."

왕이 눈을 가늘게 떴다.

대수롭지 않은 척했으나 덕임은 내심 긴장했다. 몇 주 전에 비자를 시켜 시전의 족편과 적(고기꼬치)을 좀 사오게 했더니 왕은 여항의 음식을 취했다며 된통 퍼부었다. 태교에 좋다는 것이라면 죄다 들여와 챙겨 먹는 경수궁에 비하면 별것도 아닌데 참 유난이었다.

그의 속내를 이해하기는 했다. 행여 잘못 먹었다가 탈이 난다든가, 궁중의 여종이 궐 밖을 접했다가 쓸데없이 뭇사람들의 입에 오르내린다든가, 정작 회임을 한 당사자로서는 하지도 않을 괜한 걱정에 몰두했을 터였다. 더군다나 그는 대전 큰방상궁과 의녀로도 모자라 양전兩

殿의 사람들까지 들러붙어 물 샐 틈 없이 보살펴주는 마당에 왜 굳이 여항의 것까지 필요한지를 이해하지 못하는 눈치였다.

하지만 덕임은 답답했다. 왕실의 임부가 뭘 잘 먹고 뭘 못 먹는지 일일이 기록하는 상궁의 눈초리도, 허리가 얼마나 늘어났는지 확인하겠다며 더듬는 의녀의 손길도, 담백하고 완벽하며 정해진 시간에 딱딱 맞춰 차려지는 궁중의 음식도, 전부 숨이 막혔다.

기분이 나쁘면 꽁하니 혼자 좀 있고 싶었다. 살이 붙었네 빠졌네 만나는 사람마다 엇갈리는 잔소리도 싫었다. 측실의 살림살이는 조정에서 도끼눈을 뜨고 지켜본다는 까닭으로 매달 깐깐하게 지출을 기록해야 하는 것도 질렸다. 궁인 시절에는 대강 주워 먹어도 아무 문제도 없었던 자극적인 싸구려 맛이 그리웠다. 세책점의 재미난 신간 소식은 그림의 떡이나 다름없어졌으니 늘 영혼의 허기를 느꼈다.

스스로 선택할 수 있는 폭이 좁아질수록 덕임은 우울해졌다. 어느 정도 각오야 했지만 실제로 겪어보니 더 끔찍했다. 심한 날에는 아침에 침소 밖에서 경전을 읽어주는 환관의 목소리에도 진저리가 나서 귀를 틀어막았다.

배부른 투정으로 몰릴세라 누군가에게 털어놓을 수도 없었다. 그나마 하소연할 곳은 친구들뿐이었다. 고귀한 아기씨를 잉태하였으니 응당 감내해야 한다는 경희야 썩 도움이 안 되었지만, 복연과 영희가 대신 덕임의 서러운 처지에 대해 화를 내주었다. 덕분에 속이 썩어 문드러지지는 않았다.

"네 오라비를 만났느냐? 무슨 말을 하더냐?"

문득 왕이 찔리는 구석이 있는 양 물었다.

"얼굴만 잠깐 보고 헤어졌사온데요."

심지어 시치미를 뗐더니 눈에 띄게 안도하는 기색이었다.

그러고 보니 식이가 이웃 살던 오동이가 어쩌고 했던 것 같다. 설마 어릴 적에 그 애랑 혼인하고 싶었답시고 베갯머리에서 지나가듯 한 소리를 귀담아듣고 혼자 또 삐친 걸까? 그래서 체면도 없이 오라비에게 운을 띄운 걸까? 덕임은 물끄러미 그를 보았다.

"흠, 사가에서 자주 뭘 가져다주느냐?"

그 눈초리가 부담스러운지 왕은 저가 자신 있는 쪽으로 화제를 돌렸다. 잔소리 말이다.

"이번이 처음이었사옵니다."

"전에도 말했지. 너는 늠료(廩料, 녹봉)를 받으니 그에 맞춰 생활을 꾸려 마땅하다. 여염의 물품을 들여오는 것은 옳지 않아. 후궁 봉작을 받지 않았을지언정 이제는 너도 왕실의 사람과 진배없다. 항상 만백성의 모범이 되어야 한다."

"소인이 어찌 왕실의 사람이옵니까. 한낱 궁인이지요."

덕임은 겸손한 척 빈정거렸다. 이에 왕은 갈피를 못 잡는 눈치였다.

"또 화를 내는……."

문득 그가 말을 하다가 멈추었다.

"저것도 네 오라비가 준 것이냐?"

그의 시선이 다과와 과일이 담긴 꾸러미에 닿았다. 그만 구시렁거리고 잘 먹기나 하라며 경희가 잔뜩 안겨준 것이었다.

"경희가……. 어릴 적부터 가까이 지낸 이가 주었사옵니다."

적당히 둘러댈 걸 그랬다. 덕임은 바른 대로 털어놓고 후회하였다. 왕은 일전에 왕대비와 효강혜빈이 내린 보약도 받들지 못하게 했다. 호산청(護産廳, 정1품 이하 후궁의 출산을 살피는 관청)을 본격적으로 세우기 전까지는 특별한 어명이 없는 한 약방과도 지나치게 접하지 말라고 못을 박았다.

"중궁전의 나인 말이지?"
아니나 다를까, 왕이 대번에 물었다.
"혹 너에게 청탁이라도 하더냐?"
"아니옵니다!"
덕임은 발끈했다.
"서로를 위해 목숨도 걸 만큼 믿는 벗이옵니다."
사실 이 또한 영리한 대꾸는 아니었다. 경희를 구명하기 위해서라면 왕의 뒤통수라도 칠 수 있다고 마음먹었던 시절을 상기시키는 것은 위험하다. 하지만 무심코 말이 튀어나올 수밖에 없는 진실이기도 했다.
"그럼 그 아비는?"
"예?"
"역관으로 지내는 배익환이라는 자 아니냐."
왕이 말했다.
"국경을 넘나들며 안목을 넓히고 재물을 크게 만졌다면서. 선왕 시절에는 자전의 친정이며 궁인들에게도 줄을 댔었지. 내가 즉위하여 척신들과 제조상궁 조씨를 내칠 즈음에는 홍덕로 쪽으로 갈아탔고, 덕로가 몰락할 때에는 또 다른 연줄을 잡았다던데."
무엇 하나 임금의 시선이 닿지 않는 구석이 없게끔 만들겠다더니 그는 정녕 소상하게 사정을 파악하고 있었다.
"네 벗이라는 나인이 이런 것들을 궁으로 들이려면 필시 부친을 통했을 터."
왕이 눈을 번뜩였다.
"너는 그 아비 또한 목숨도 걸 만큼 믿느냐?"
인정하기 싫지만 일리가 있는 지적이었다. 경희에게는 딴마음일랑 추호도 없었을 터였다. 입으로는 만날 야망에 흠뻑 취한 양 떠들어대도 속은 물렁하기 짝이 없으니 말이다. 하지만 그 부친의 저의는 단정 지을 수 없었다. 아니, 노림수가 아예 없지는 않았을 것이다. 호의를 받는다는 것은 곧 빚을 지는 행위임을 덕임도 모르지 않았다.

과연 아무 말도 할 수 없었다.

"전부 돌려주어라."

왕은 언짢음을 숨기지 않았다. 덕임은 고개만 떨구었다.

"정 부족한 게 있으면 나한테 말하라니까."

정적 끝에 왕이 누그러졌다.

"너 혼자 꾀하거나 외인을 통하지 말고, 나한테 말하라고."

이번에도 곧이곧대로 믿지는 않았지만 일단 끄덕였다. 덕임의 반응이 영 신통치 않자 왕은 조바심을 냈다.

"내친김에 들어주마. 필요한 게 있느냐?"

"없사옵니다."

"하나도?"

"예. 복에 겨워 까무러칠 지경이옵니다."

왕은 눈썹을 추켜세웠다.

"진심이냐?"

"어찌 아니겠사옵니까."

"좀처럼 살이 붙질 않는데 먹고 싶은 것도 없느냐?"

"없사옵니다."

서러운 사연 하나를 더 만드느니 그냥 쫄쫄 굶는 게 낫겠다.

"흠! 네가 고기를 잘 먹는 것 같아 따로 좀 구해놨는데……."

"입덧이 심해 못 먹사옵니다."

전하나 실컷 젓수시라는 핀잔은 용케 삼켰다.

"오라비가 주는 고기는 누린내가 나도 잘 먹으면서, 내가 주는 고기는 구역질이 나서 못 먹겠다는 것이냐?"

적반하장으로 삐친 왕을 보고 덕임은 기가 찼다.

"정녕 부탁하면 들어주시렵니까?"

"여태 그리 말하지 않았느냐."

아무래도 좀 골려주어야 속이 시원하겠다.

"하오시면 비단옷 스무 벌을 지어주소서."

"뭐라고?"

"봄꽃이 한창이니 화려하게 치장하고 꽃놀이를 가렵니다."

왕은 말문이 턱 막힌 듯했다.

"호롱박 치마가 다시 유행이라는데 새빨간 색으로 하나 갖고 싶사옵니다."

덕임은 천연덕스럽게 덧붙였다.

"쌀가마니 백 석도 주시지요. 꽃놀이 가서 물고기 밥으로 던지렵니다. 궁인들 얼굴에 쌀알을 뿌리고 놀면 소일거리로도 그만이겠사옵니다."

"너 또 맹랑하게 나를 놀리는구나."

정신을 차린 왕은 몹시 분개했다.

"처음부터 들어주실 생각이 없으셨을진대 아무거나 아뢰면 뭐 어떻습니까."

"도대체 날 얼마나 박정하게 여기는 게냐?"

"늘 혼만 내시니 그럴 수밖에요."

내가 언제 그랬느냐며 잡아떼기에는 왕도 양심이 있었다.

"정말로 하나 들어주마. 그럼 되지 않느냐?"

"무엇이든요?"

"오냐. 그래도 허무맹랑한 건 안 돼."

더 깐족댔다가 왕이 진심으로 노하면 큰일이라 덕임은 기세를 누그러뜨렸다.

"……실은 하나 있사옵니다."

깊이 고민한 끝에 운을 뗐다.

"혹 강월혜라는 이름을 기억하시옵니까?"

"누구?"

"정유년에 궐 담을 넘은 역적들이 있었지 않사옵니까. 월혜도 거기 가담한 궁인들 중 하나인데……."

"아, 제 아비에게 길을 인도한 그 패악한 궁녀 말이냐?"

"예. 벌써 오 년이 넘도록 전옥서(典獄署, 미결 죄수를 수감하는 관청)의 옥사에 갇혀 있사옵니다. 죽이든 살리든 이제 그만 처분하여 주소서."

왕은 전혀 이해를 못 했다.

"그게 부탁이라는 거냐?"

"예."

"임금이 소원을 들어준다는데 한다는 소리가 겨우 그거라고?"

덕임은 쭈뼛거렸다.

"전부터 뭔가 자꾸 마음에 걸리는데, 혹 월혜 때문에 찜찜한 게 아닐까 싶어서……."

"그 계집이 네 벗이라는 게야? 넌 내 아이를 가져 놓고도 역적을 비호하느냐?"

"아니옵니다!"

"그럼 뭐? 불쌍하다고?"

차마 부정 못 하고 덕임은 눈을 내리깔았다.

"옷을 사달라는 쪽이 훨씬 낫다. 교활한 건지 모자란 건지 모르겠군."

왕은 연신 투덜거렸다.

"들어주시면 소인도 전하를 기쁘게 해드리겠사옵니다."

성질 긁어봤자 좋을 게 없다. 덕임은 살살 아양을 떨었다.

"어떻게?"

"약조부터 하소서."

대쪽 같기론 둘째가라면 서러운 사람이 웬일로 구미가 당기는 눈치였다.

"좋다. 오라비에게 벼슬을 달라느니 진부한 것보다 신선한 맛은 있군. 어차피 처리해야 할 일이기도 하고."

고민 끝에 왕은 덥석 미끼를 물었다.

"자, 어디 기쁘게 해봐라."

덕임은 어수를 잡고 제 배 위에 올렸다.

"오늘 첫 태동을 느꼈사옵니다."

왕은 깜짝 놀라며 양손으로 둥근 배를 감쌌다.

"오라버니를 만나고 돌아오는 길에 갑자기 발길질을 하였사옵니다. 그러고는 잠잠해지나 싶었는데, 저녁 먹고서부터 다시 뛰놀기 시작했사옵니다."

손길에 반응하는지 아기가 툭 배를 찼다. 왕은 환하게 웃었다.

"우리 왕자가 힘이 아주 장사구나!"

"소처럼 튼튼한 귀주 아기씨일 수도 있지요."

공연한 기대감이 두려워 덕임은 냉큼 한 마디 보탰다.

"그래. 널 닮았으면 튼튼하긴 하겠지."

설레발을 친 게 멋쩍은지 왕은 순순히 끄덕였다.

"잠깐, 한데 너 이 소식을 감추고 넘기려던 거 아니냐?"

"이렇듯 아뢰지 않사옵니까."

"소원을 들어달라고 날 구워삶을 심산이 아니었으면 꺼내지 않았겠지."

"전하께서 어디 굽고 삶아질 분이십니까."

정곡을 찔렸지만 덕임은 지지 않고 맞받았다.

"소인이 하는 일마다 마뜩잖아하시니 귀찮게 군다고 욕이나 하실 줄 알았지요."

"넌 정녕 날 어찌 생각하는 거냐?"

왕은 도로 뚱해졌다.

"몸만 풀어봐라. 호되게 야단을 쳐야겠어."

"지금도 만날 혼내시면서 뭘 더 어쩌시렵니까?"

"네가 말 잘 듣는 밤에 보자. 두고 보라고. 싹싹 빌게 해줄 테다."

과연 그녀는 반박할 수 없었다.

이튿날에 왕은 약속을 지켰다. 간밤에 서찰을 써서 내시더러 심부름을 시키는가 싶더니, 다음 날 형조판서의 주청에 따라 월혜를 흑산도의 노비로 삼도록 명했다. 그러나 그러고도 덕임으로선 뭔가 잊은 느낌을 떨칠 수 없었다는 게 퍽 이상한 노릇이었다.

여름에는 대궐이 발칵 뒤집혔다. 바람 잘 날 없는 조정에 올라온 상소가 문제였다. 임금이 탕평을 논하면서도 내각 각신들만 유독 사사로이 부린다는 둥 비난 일색이었다. 때문에 왕은 대신들을 불러다 놓고 조목조목 해명해야 했다. 거기까진 괜찮았는데 또 다른 상소가 이어지면서 뒤숭숭해졌다. 자세히는 몰라도 청명당淸明堂 계열인 중궁의 집안을 욕하면서 지존 내외의 금슬이 썩 좋지 않다고 꼬집기를 무엄한 흉언에 빗대었는데, 이를 자전과 자궁까지 싸잡아 이간하는 글이라는 해석이 나왔다. 왕은 당파를 앞세워 공모한 수작질이라며 크게 노했고 사태는 친국으로 이어졌다. 심지어 친국 중에도 죄인들이 왕을 폭군이라 힐난했다는 둥, 감히 어전에서 스스로를 소신小臣이라 낮추지 않고 맞먹으려 들었다는 둥 난리도 아니었다.

왕은 며칠째 친국장인 경희궁 금상문金商門에 발이 묶였다. 대내에는 불쾌한 분위기가 만연했다. 출신의 뿌리까지 파고드는 당색은 여자들에게도 껄끄러운 주제라 서로 피하려는 기색이 강했다.

다만 당색 물을 전혀 먹지 않은 덕임에게는 다른 고민이 있었다.

"왜 이렇게 북적대니?"

경희가 창밖을 슬쩍 내다보았다.

"효강혜빈께서 이것저것 챙겨주시는 거야."

태교를 위한답시고 낯선 얼굴들이 종일 드나들었다. 낮에는 장악원 궁인들이 지루한 곡조로 연주를 하고, 저녁에는 내시가 문 밖에서 단조로운 음성으로 사서삼경을 읽었다. 아침에 외는 것만으로는 부족했던 모양이다. 게다가 눈 닿는 곳마다 알 수 없는 부적이며 십장생도十長生圖도 걸렸다. 요새는 목욕을 마치면 꿀과 달걀을 섞은 물로 뻐근한 어깨와 허리부터 저릿저릿한 팔다리까지 주물러 준다. 물론 그럴수록 덕임의 마음은 무거워져만 갔다.

"실은 나 좀 무서워."

"왜, 아플까 봐?"

아니라곤 할 수 없었다. 여자에게 해산은 목숨이 걸린 큰 고비다.

"그것도 그렇지만……."

다만 그녀를 괴롭히는 근심은 종류가 달랐다.

"아무도 날 신경 쓰지 않잖아."

"호강이 따로 없는데 뭐라니?"

"아니, 그러니까……. 난 혼자잖아. 왕실의 후사를 바라는 사람들한테 잔뜩 둘러싸여 있을 뿐이지. 만약 해산 중에 잘못되면 날 살리려는 시늉이나 하겠어? 난 궁녀 나부랭인데 아기씨는 귀한 왕손이잖아. 그러니 아기씨만 구할 수 있다면 나 같은 건 백번도 더 죽일걸."

덕임은 제법 부푼 배를 조심스럽게 쓸었다.

"무서운 것보단 외롭다고 해야 맞을지도 모르겠네."

아기는 기다리고 있었다는 듯 툭툭 차며 존재감을 드러냈다. 어미답게 될 준비를 미처 마치지 못한 자신에겐 과분할 만큼 사랑스러웠다.

"얘는, 그럴 일 없으니 걱정하지 마."

눈을 치뜨며 일갈했지만 경희는 적잖이 당황한 눈치였다.

"해산 때 서 상궁 마마님이라도 들어오실 순 없을까?"

"전하께 여쭤봤는데 안 된다 하셔."

왕은 법도에 어긋날뿐더러 해산방 자리가 제한적이니 아기를 낳아본 경험이 있고 출산에 해박한 사람을 더 들여야 한다고 설명했다. 그래야 걱정을 덜 한다고도 했다.

"정 그렇다면 차라리 새어머니를 입궁시키라시는데……."

덕임은 한숨을 쉬었다.

"어머니가 살아 계셨으면 좋았을 텐데."

결국 복잡한 감정을 가장 간절한 바람으로 포장하여 매듭지었다.

우울함은 쉬이 낫질 않았다. 조정의 소란을 평정하고서 모처럼 찾아온 왕도 그녀의 축 처진 기운을 알아볼 정도였다.

"겨우 며칠 사이에 왜 또 야위었느냐?"

왕은 이리저리 뜯어보더니 한숨을 쉬었다.

"이래서 산고産苦는 어찌 견디려고?"

"전하야말로 용안이 어두우십니다."

"웬 미친놈을 상대하려니 진이 다 빠지더군."

친국 중에 있었던 일에 대해선 별로 말하고 싶지 않은 눈치였다.

"안 좋은 이야기는 됐다. 그보다 너, 내일 나랑 어디 좀 가자."

"가다니, 어디를요?"

덕임은 지레 겁을 먹었다.

"가까운 곳이다. 보여줄 게 있어."

"임신 중에 함부로 바깥 걸음을 해도 될까요?"

"나랑 나가는 건 함부로가 아니니 괜찮다."

법도를 지키라 노래를 부를 땐 언제고. 잠깐 오라비만 만나도 도끼눈을 뜨는 왕이다. 한데도 기어이 어딜 데려가겠다니 영 수상쩍었다. 그는 미시까지 경희궁, 그것도 동궁 시절에 머물던 도깨비 전각으로 오라고 덧붙였다. 아침에는 바쁘니까 그냥 거기서 만나자고.

"가마를 내줄 테니 얌전히 타고 와라. 옆길로 새지 말고."

그의 우려와 달리 덕임의 바깥나들이는 순조로웠다.

모처럼 쐬는 바람은 뜨겁고 습했다. 그래도 지겨운 일상에서 벗어났다는 사실만으로 신이 났다. 창덕궁 권역을 떠나 경희궁에 당도했다. 그립고도 익숙한 도깨비 전각의 하늘은 화창했다.

왕은 미리 와 있었다. 열린 문 사이로 모습이 보였다. 동궁 시절처럼 허리를 꼿꼿이 펴고 책을 읽고 있었다. 떠난 도깨비가 거짓말처럼 돌아온 모양새다. 어쩐지 웃음이 나왔다.

"왔으면 인기척을 하지, 뭘 헤벌쭉 웃느냐?"

"옛날 생각이 나서요. 많이 변했으면서도 변하지 않은 것 같사옵니다."

"그래. 그땐 너랑 이렇게 될 줄 몰랐지."

"어, 소인에게 첫눈에 반하신 줄 알았는데요?"

기가 살아난 덕임은 너스레를 떨었다.

"처, 첫눈에 뭐?"

"처음부터 뜨겁게 보시더니 냉큼 승은을 입어보면 어떻겠냐고 막 들이대셨잖아요. 소인이 겨루기를 해보자고 청할 때부터 좋아서 어쩔 줄을 모르시더라니."

덕임이 어깨를 으쓱했다.

"하긴, 몇 년 만에 다시 만났을 때도 참 체통을 잃으셨지요. 관심 없다는데 말 붙이시고 돈도 쥐여 주셨잖아요."

"네가 또 머리가 아픈 게로구나!"

상당히 왜곡된 기억에 왕의 용안이 벌게졌다.

"냉수 마시고 잠이나 잘 테냐? 도로 돌려보내 주랴?"

"에이, 보여주신다는 것은요?"

"맹랑한 것이 뭐가 예쁘다고!"

구시렁거리면서도 왕은 책장을 탁 덮고 일어섰다.

따라가 보니 여름 향기 물씬한 도깨비 전각의 뜰이었다. 그가 책을 읽던 방에서 훤히 내려 보이는 위치이기도 하다.

"이 나무를 아느냐?"

왕은 웬 초목 앞에서 걸음을 멈췄다.

시커멓게 시들어 초라한 목질木質이 해묵은 기억을 일깨웠다. 이 나무에는 사연이 있다. 옛날에 원종(元宗, 인조의 아버지로 추존왕)이 나무 등허리에 말을 곧잘 매어두며 계마수繫馬樹라 불렀다. 이후로 백여 년이 지나면서 나무는 늙어 썩고 그루터기만 남았다. 그런데 어느 날 말라죽은 나무에서 가지 하나가 돋더니만 숙종이 태어나는 경사가 있었다. 그 뒤로 다시 한참 죽어 있다가 갑자기 또 무성해졌는데, 그 해에 선왕이 보위에 올랐다.

하여 왕은 이 나무를 늘 상서롭게 여겼다. 언젠가 다시 가지가 돋는 때가 올 거라 믿으며 아끼고 손수 가꾸었다. 책을 읽다가 문득 창 너머로 뜰을 내려다보며 흐뭇하게 웃었고, 함부로 손을 타면 안 된다고 어린 궁녀들은 근처에 얼씬도 못 하게 했다.

"여길 봐라."

왕이 가리킨 볼품없는 몸통 뒤쪽에는 제법 굵다란 가지 하나가 뻗어 있었다. 끝자락에 노란 꽃까지 틔웠다.

"친국 중에 머리를 식힐 겸 보러 왔더니, 거의 백 년 만에 가지가 돋았다."

덕임은 조심스레 꽃송이를 더듬었다. 여리고 보드라웠다.

"몹시 상서로운 징조다."

꽃잎을 말갛게 쓸어내리는 그녀의 손끝을 왕은 물끄러미 바라보았다.

"요즘처럼 아들이 간절한 적이 없다."

그러더니 묘한 이야기를 꺼냈다.

"양반들끼리 개돼지처럼 왈왈대며 싸우는 각축이 심하다. 지금은 애써 억누르고 있지만, 내가 쇠약해지기라도 하면 걷잡을 수 없이 들끓어 민심을 도탄에 빠뜨릴 테지. 중신들을 능수능란하게 다룰 후계자를 서둘러 길러야 마음이 편하겠다."

"성상께서 군건하신데 조바심이 웬 말씀이랍니까."

"임금 노릇을 할 만큼 길러내려면 이십 년은 족히 필요하다. 당장 시작해도 촉박해."

밝은 별 아래서 보니 용안이 매우 지쳐 보였다.

즉위하고서부터 이어진 크고 작은 역모. 다른 당파와 한 조정에 몸담을 수 없으니 사직하고 떠나겠다는 어깃장 섞인 상소 더미. 그리고 황당하기 이를 데 없는 이번 친국까지. 아무리 일이 좋고 학문이 좋아도 지치지 않을 수가 없으리라.

“이런 와중에 상서로운 징조를 보아 시름을 덜었다.”

순간 배 속의 아기가 깜짝 놀랄 만큼 세게 발길질을 했다. 지금 내 이야기를 하느냐며 끼어드는 양 잔망스러웠다. 그러나 덕임은 그 존재감을 무시했다. 아이가 아들일 수도 있다는 생각만으로도 몹시 두려웠다. 환영받지 못할 왕자가 될 수도 있다는 생각을 했다간 정말 까무러칠지도 모른다.

“왜 갑자기 몸을 떠느냐?”

왕이 그녀의 어깨를 감쌌다.

“날씨가 더워 힘드냐?”

“아니옵니다. 꽃구경을 하니 기뻐서 그렇사옵니다.”

적당히 둘러대니 왕은 의심치 않았다.

“그래, 기분이 좀 나아졌느냐?”

어리둥절 쳐다보자 그는 머쓱해했다.

“흠! 눈에 띄게 여위었다니까. 궁인들도 네 낯빛이 한동안 어두웠다고 하더라. 원래 임부는 감정 기복이 심하다고들 하던데, 그래서냐?”

“송구하옵니다.”

“오늘 많이 웃었으니 됐다.”

유난히 말투가 달고 너그럽다.

“꽃놀이는 안 된다만 이걸로 참아라.”

“장난으로 올린 말씀을 여태 심중에 두고 계셨사옵니까?”

“너에 대한 것은 아무것도 잊지 않는다니까.”

용안이 또 붉었다. 그는 더위 탓으로 돌리며 괜히 손부채질을 했다.

“그리고 네가 하는 말은 농담인지 진담인지 구별이 안 갈 때가 많다.”

덕임은 쓰게 웃었다. 그것이야말로 왕이 기특하게 여기는 그녀의 처세술 중 하나다. 하여 자칫 거북해질 법한 이 대화의 향방도 어물쩍 비틀었다.

“역시 첫눈에 반하신 거 아니옵니까?”

“너, 너 가라! 더위를 먹었는지 허파에 바람이 들었는지 가관이다!”

당장 가마를 들이라며 왕은 파르르 성을 냈다.

시원한 처마에 나란히 앉아 시간을 더 보냈다. 사람이 없는 궁궐은 운치가 빼어났다. 도깨비 전각 뜰에 피어난 꽃과 풀을 구경했다. 왕이 그림을 그려줬다. 오얏(李, 자두)도 깎아 먹었다. 오늘도 왕은 덕임이 옷섶에서 그 과실을 불쑥 꺼내는 모습을 신기하게 보았다. 여유를 부리느라 땅거미가 질 무렵에서야 본궁으로 환궁하였다.

다만 첫눈에 반했냐는 말에 왕이 분개할지언정 결코 부정하지는 않았다는 사실을, 덕임은 그날이 다 지나서야 깨달았다.

왕은 자식이 많다는 신료를 권초관捲草官으로 뽑았다. 해산방에 길한 반향을 잡고 순산을 비는 권초례를 준비했다.

과연 구월이 되자 아이가 태어났다. 예정일보다 하루 이른 저녁에 갑작스럽게 양수가 터졌지만, 우울했던 게 민망할 만큼 쉽게 낳았다. 초산이 이렇게 수월하다니 천운이라며 다들 신기해했다. 그날따라 궁궐에 붉은 빛이 드리워 더욱 상서로웠다. 달도 별도 잠든 인시(寅時, 새벽 3시에서 5시)에 터진 첫 울음은 굳세고 우렁찼다.

실로 이 나라 임금의 맏아들다웠다.

하룻밤을 꼴딱 지새운 왕은 해가 뜨자마자 교지를 내렸다.

"종실이 이제부터 번창하게 되었으니 다행일뿐더러 나라의 경사가 계속되리라는 확신이 생겨 기대가 크다. 후궁은 임신한 후에 봉작하라는 수교를 내린 바 있으니, 궁인 성씨를 소용(昭容, 내명부 정삼품의 후궁)으로 삼는다."

대궐 문이 열리기 무섭게 신료들이 소녀떼처럼 환성을 지르며 몰려들었다.

"새벽부터 다들 모였으니 이 무슨 일이오?"

막상 소견하자 왕은 시치미를 딱 뗐다.

"기쁜 마음을 금할 수 없어 함께 입대하였사옵니다."

"전례가 없을진대 청대請對는 지나치군."

"큰 경사를 맞았는데 대수롭지 않은 예절에 구애받겠나이까."

왕도 더는 싱글벙글한 웃음을 감추지 못했다.

"많고 많은 일 중에 이보다 기쁜 일은 없었소."

축하 인사가 파도처럼 넘실넘실 이어졌다.

임금의 보령 서른하나에 간신히 득남한 만큼 곧장 원자로 삼으리라 여겼다. 그런데 좀 묘하게 돌아갔다. 왕은 갓 태어난 아들을 자랑하지 않았다. 그간 이상할 만큼 존재를 감춰온 그 생모에 대해서도 말을 아꼈다. 대신 산후 권초례와 호산청에 의녀를 들이라는 등 꼭 필요한 지시만 했다.

눈치를 살피다 못 한 대신들이 아뢰었다.

"이 달은 선왕과 전하께서 탄강하신 달인데, 왕자께서 태어나는 경사가 또한 생겼으니 소신들이 뜰에서 문안을 올리고자 하옵니다."

원자의 탄생 때 대신들이 정식으로 하례를 드리는 법도가 있으니, 에둘러 원자정호(元子定號, 원자로 삼는 예)를 주청한 것이다.

"윤허할 수 없소."

뜻밖에도 왕은 단칼에 잘랐다.

"모든 일에는 순서가 있고, 명호名號를 정하기도 전에 뜰에서 문안하는 전례는 없소."

대신들은 머리가 복잡했다. 느지막이 아들을 보았다. 그것도 여자라면 질색을 하는 까다로운 성품에 웬일로 스스로 취한 후궁에게서. 용안을 보아하니 기쁜 것도 맞다.

그런데 왜 멍석을 깔아줘도 걷어차느냔 말이다.

앞선 교지를 다시금 풀이해 보며 설왕설래하였다. 종실이 번창하리라는 다행과 나라의 경사가 계속되리라는 기대. 두 구절을 읽고 혹 아직도 경수궁의 해산을 기다리시는 게 아니냐는 의심이 제기되었다. 성상께서 그렇게 허황한 분은 아니라고 손사래 쳤으되 그냥 넘기기엔 껄끄러운 가능성이었다.

그로부터 나흘째 되는 날. 왕은 또 괴이한 엄포를 놓았다.

"왕자가 태어나면 궁과 땅을 하사해야 한다지만, 과인은 근검절약하여 복을 누리고자 하오. 장성할 때까지 어지간한 진배進排는 삼가도록."

귀한 아들에게 아무것도 주지 말라니 공조工曹의 관리들은 아연실색하였다. 땔나무만이라도 넉넉하게 올리겠다고 아뢰자 왕은 또 무뚝뚝하게 답했다.

"복을 아껴야 하오."

왕자 탄생 칠 일째에는 왕이 대신들에게 끼니를 대접했다. 효강혜빈이 친히 마련한 반찬이었다. 넙죽 받아먹으면서 슬쩍 또 여쭈었더니 퉁명스러운 화답이 돌아오기를,

"복을 아껴야 한다니까."

무슨 복을 어떻게 아낀다는 뜻인지 오리무중이었다. 결국 대신들은

괜히 설치다가 찍히지 말고 일단 지켜보자는 암묵적인 동의를 나눴다.

미묘한 시절에도 불구하고, 덕임은 어린 왕자에게 흠뻑 빠져 지냈다.

붉고 쪼글쪼글하던 아들이 갈수록 신수가 훤해지는 게 신기했다. 조그마한 얼굴로 씰룩씰룩 웃을라치면 예뻐서 자지러졌다. 팔불출이긴 왕도 마찬가지였다. 정무를 보다가도 하루에 몇 번씩 아기를 보러 오니 문지방이 다 닳아버릴 지경이었다.

"어마마마와 왕대비께서 왕자를 서로 안겠다고 다투신다면서?"

아기를 조심스럽게 어르던 왕이 물었다. 왕실서 이십여 년 만에 맞이하는 왕자인 만큼 사랑을 독차지하지 않을 수가 없었다.

"요즘은 아기씨의 어디가 전하를 쏙 빼닮았는지를 두고 언쟁을 벌이시옵니다."

"내가 보기엔 널 닮은 것 같은데."

갓난쟁이 커다란 눈망울을 보며 그는 미소 지었다.

"중전과 경수궁도 왕자를 들여다보더냐?"

해산 직후 찾아온 중궁은 담담했다. 임금의 모든 소생은 후궁의 배를 빌어 태어난 자신의 자식임을 잘 아는 사람다웠다. 어쨌든 무자의 죄는 벗어난 셈이라 홀가분해 보이기도 했다. 반면 경수궁은 무척 곤욕스러운 눈치였다. 실로 어색했다. '자매처럼 사이좋은 처첩'이라는 게 얼마나 헛된 미덕인지 대충 알겠다. 어쨌든 서로 적응이 필요한 시기였다.

덕임은 적당히 어물거렸다.

"그래. 아무튼 네가 왕자를 잘 살펴야 한다."

왕은 꼬물거리는 작은 손을 어루만졌다.

"어린아이에게는 생모가 최고지."

솔직히 좀 의외였다. 낳자마자 법도가 어쩌고 하면서 빼앗아갈 줄 알았다. 엄격하게 교육시킬 궁을 마련하고, 유모를 붙이고, 뭐 그런 식으로. 원자 삼을 아들이 아니더라도 왕실에선 그렇게 아이를 키우는 법이다.

그런데 놀랍게도 왕은 왕자가 덕임의 곁에 있길 바랐다.

"피붙이 품에서 응석을 부리고 혼도 나면서 천천히 자라야 이치에 맞다."

그의 눈빛이 흐려졌다.

"어마마마께서 그러시더라. 내 아바마마께선 너무 빨리 국본으로 봉해져 일찍이 양친과 떨어져 자라셨다고. 그 바람에 가족의 정을 쌓지 못하고 간교한 궁인들의 이간질에 넘어가셨다고. 하여 부왕과 사이가 벌어진 거라고."

지난 세대의 비극이 그러한 배경에 있다고 굳게 믿는 눈치였다.

"다 복을 아끼지 못한 탓이다."

어쩐지 왕이 또 뭔가를 구상하는 중이라는 느낌이 강하게 들었다.

"아, 그리고 너도 열심히 배워야 한다. 후궁 반열에 올랐으니 왕실의 역사와 전례 정도는 잘 알아야지."

"글 선생을 붙여주시렵니까?"

"아니다. 왕대비께서 널 직접 가르치겠다고 하셨다."

어쩔 수 없다는 듯 왕은 웃었다.

"뭐가 예쁘다고 그러시는지는 몰라도 항상 널 좋게 보시니 누를 끼치지 마라."

그만 편전으로 돌아가 봐야 할 텐데 자꾸만 방끗 웃는 아들 때문에 왕은 난처했다. 그깟 상소 이따 몰아 읽기로 결심했는지, 이내 그는 작정하고 갓난쟁이의 배를 간질였다.

"우리 강아지가 태어나려고 계마수에 상서로운 가지가 돋았다지?"
흔히 볼 수 없을 임금의 넉살에 아기 웃음소리가 영롱하게 흩어졌다.
아들을 어르던 왕이 깜빡할 뻔했다는 듯 품에서 뭘 꺼냈다. 통통한 대추 다섯 알이었다.
"엊그저께 계마수에서 딴 것이다. 십여 두斗 가까이 열렸더군."
"그것이 대추나무였사옵니까?"
"그래. 승지와 각신들에게 두루 나눠줬는데 잘들 먹더라. 너도 맛을 봐라."
깨물어보니 달고 아삭했다.
"문신文臣들에게 계마수의 대추를 주제로 쓰라고 과제를 내렸더니 재미난 글이 많이 올라왔다. 다음에 우리 왕자에게도 읽어줘야겠다."
그러면서 번쩍 들어 올리자 아기는 신이 나서 웃었다.
"역시 상서로운 징조였어."
용안에서도 아들과 꼭 닮은 웃음이 쉬이 지워지질 않았다.

"경하드리옵니다."
모처럼 보는 경희는 대뜸 절부터 올렸다. 못 보던 새 벼락이라도 맞은 모양이다.
"닭살 돋게 왜 이래?"
"이제는 어엿한 후궁이시옵니다. 스스로 위엄을 세우셔야 아랫것들이 능멸하는 일이 없을 것이옵니다."
출신이 궁인인 만큼 더 잘해야 한다고 경희는 단호하게 충고했다.
"너희도 마마님을 전처럼 대해선 안 돼."
"야, 그러면 들어오기 전에 미리 말을 하지! 지만 잘났어, 진짜!"

복연이 투덜거렸지만 경희는 눈 하나 깜짝 안 했다.

"후궁 봉작을 받은 덕에 마, 마마님 앞으로 땅이 생겼으니 먹고 살……. 드시고 사실 걱정은 덜어도 되겠습니다."

"오, 옳습니다. 낮이고 밤이고 고생하셨는데 참 잘됐습니다."

어색한 존댓말로 복연과 영희는 자못 애를 썼다. 갑자기 벽이 생긴 기분이었다.

마침 유모가 왕자를 데려와서 다행이었다. 돌아가면서 안아보았다. 복연은 아기가 으스러질까 벌벌 떨었지만 영희는 꽤 능숙했다.

"참으로 부럽습니다."

그녀가 중얼거렸다. 왕자를 품에 안고 어르는 눈빛은 반쯤 정신이 팔린 양 흐렸다. 이윽고 경희가 다음 차례로 안았는데, 우습게도 왕자가 칭얼댔다.

"히, 아기씨께서 깍쟁이를 알아보시나 봅니다."

복연이 낄낄 웃자 경희는 매섭게 째렸다. 기어이 왕자가 울음을 터뜨리자 유모가 급히 데리고 나가야 했다. 그래도 분위기는 한결 부드러워졌다. 덕임은 왕에게서 받은 계마수의 대추를 친구들에게도 하나씩 나눠주었다.

"번번이 상서롭다 말씀하시면서 원자정호에 대해선 언질도 없으셔요?"

경희가 날카롭게 물었다.

"경수궁의 소생을 기다리시나 보지, 뭐."

덕임은 대수롭지 않아 했다.

"애초부터 국본은 그쪽이라고 못을 박으셨는걸."

"태평한 말씀이나 하시면 안 됩니다."

"너 나한테 공손하기로 한 거 아니야?"

경희는 못 들은 척했다.

"전하의 서장자庶長子이십니다. 원자정호를 못 받고 밀려나면 평생 바람 앞의 등불 신세가 되실 겁니다."

"에이, 곧 해주시겠지."

좋은 날 왜 또 안하무인이냐며 영희는 경희의 옆구리를 찔렀다.

"며칠 전에 경수궁이 발칵 뒤집혔답니다."

경희가 연신 목소리를 낮췄다.

"산실청에서 마노라께서 사가에서 들여 복용하던 탕약을 잡아냈다고요."

"어디서 듣고 하는 소리야?"

"엽전을 쥐여 주면 술술 털어놓는 궁인들은 어디에나 있지요."

알면서 뭘 그러냐는 듯 경희는 콧방귀를 뀌었다.

"그렇지 않아도 관심이 멀어지면서 몇몇 회임 증상이 사라지던 참이었답니다. 약까지 끊으셨으니 위태 여부가 확실히 가려질 겁니다."

"따로 드시던 탕약 때문이면 진짜 곤욕 치르시는 거 아니냐?"

경희는 복연에게 고개를 가로저었다.

"설령 위태로 밝혀지더라도 전하께선 조용히 넘기실 거야. 어쨌든 득남은 하셨으니까. 떠들어 봤자 체면만 깎이고."

"그래. 좋은 게 좋은 거지!"

영희의 안도감이 무색할 만큼 경희는 으스스한 이야기를 또 꺼냈다.

"마마님께서는 운이 좋으셨어요. 승은을 입은 덕에 거길 먼저 떠나셨잖아요. 구 상궁이 책임을 지고 쫓겨났거든요. 선왕을 모신 공이 있어 곤장이나마 면했더랍니다."

미리 귀띔을 해줬어 봤자 피하지 못할 결과였다. 그래도 덕임은 죄책감을 느꼈다.

"약을 올린 미육과 양순도 같이 쫓겨났어요."

"아유, 천것들이 후궁의 얼굴에 먹칠을 했으니 본가에서 가만두겠냐."

복연이 칵 목이 졸려 죽는시늉을 하자 영희는 창백하게 질렸다.

"못된 애들이지만 불쌍해."

"그니까. 따지고 보면 걔네 잘못도 아니잖냐."

"대세는 마마님 쪽으로 확실히 기울었습니다."

경희는 동정 어린 분위기를 싹 잘라 버렸다.

"가늘고 길게 살던 시절은 끝났어요. 아기씨를 보호하려면 마마님께서 할 수 있는 일을 하셔야 합니다."

뒤를 봐줄 세력을 만들라는 뜻이다. 왕자는 본디 핏줄로써 만들어지는 것이나 요즘 같은 세상에선 후원 정도는 필요하다.

"난 아무것도 못 해."

유모가 왕자를 데리고 나간 문을 멀거니 보며 덕임이 말했다.

"전하의 뜻을 따르는 것 말고는."

"베갯머리송사도 모르십니까?"

"그랬다간 사약을 한 사발로 들이부으실걸."

왕의 사랑과 그 어쩔 수 없는 한계는 명확하다. 자신의 앞에 놓인 길은 임금의 말씀이라면 군소리 없던 의열궁처럼 순종하는 것뿐임을, 도저히 모르려야 모를 수가 없다.

"전하는 그런 분이셔. 조금이라도 엇나갔다간 단칼에 날 내치실 거야. 홍덕로한테 하신 것처럼."

너무나 직설적인 토로에 다들 충격을 받은 기색이었다.

"내가 전부터 뭐랬어. 후궁 같은 건 빛 좋은 개살구라니까."

덕임은 쓰게 웃었다.

왕대비와 하는 공부는 꽤 재미있었다. 까마득한 건국 시절부터 줄기를 쭉 짚으며 옛 비빈들의 아름다운 덕행을 배운다. 다만 특이하게도 왕대비는 수렴청정垂簾聽政을 한 왕후들에 관심이 많았다. 여자가 나댄다고 세간의 인식은 좋지 않은데 말이다.

"물정 모르는 임금을 돕는 것도 왕후의 소임 아니겠느냐."

옳다고 맞장구를 치면 그녀는 흡족해했다.

그렇다고 귀에 좋은 말만 요구하는 건 아니었다. 아슬아슬한 수준까지 맞받아치길 원했다. 꼭 임금이 신료들과 토론하는 것처럼 말이다. 덕임이 옛날에 그녀가 내어준 성리학서에서 읽은 구절을 인용하자 몹시 칭찬하기까지 했다. 응당 숙제도 많았다. 그날 익힌 글에 대한 감상문은 거의 빠지지 않았고, 정해주는 글자로 시를 쓰라는 때도 종종 있었다.

덕임이 끝내지 못한 숙제에 밤까지 골몰할라치면 왕은 부루퉁해 했다.

"소인이 전하께서 그토록 좋아하시는 공부를 하는데도 못마땅해하시옵니까?"

"공부는 내가 좋다는 거지, 누가 너더러 하랬냐."

"열심히 배우라고 하셨잖아요."

말대꾸했다가 본전도 못 찾았다.

"한가할 때나 간신히 오는 지아비를 찬밥 취급하는구나."

그러면서 서궤를 홱 밀치고는 어깨를 붙잡아 턱 눕힌다.

"나도 왕대비마마 못지않게 가르칠 게 있다."

"거기까진 감당 못 하옵니다!"

빠져나가려고 낑낑거렸지만 기어코 붙잡는 손길이 얄궂었다.

"때가 되면 호되게 야단치겠노라 진즉 말하지 않았느냐."

그리고 왕은 그 말대로 했다.

남세스러운 시달림을 동반한 새로운 일상에 녹아들 즈음, 덕임은 해산한 뒤로 식이를 본 적이 없다는 사실을 깨달았다. 큰일을 치렀는데 오라비답지 않게 쪽지 한 장 없었다. 서운한 마음에 기별을 넣었을 때 그녀는 청천벽력 같은 소식을 들었다.

"오라버니께서 어영청에 아니 계신다니 무슨 말이냐?"

심부름을 다녀온 궁인은 난처해했다.

"그게, 직임에서 태거汰去 되셨다고 하옵니다."

"파직을 당하셨다고?"

"예, 왕자 아기씨 태어나신 직후에 갑자기……."

그 이상 알아내진 못했다며 궁인은 말끝을 흐렸다.

경희가 있어 다행이었다. 그녀는 신통방통하게도 이틀 만에 소상한 윤곽을 그려왔다.

왕자 태어난 지 칠 일째 되던 날이었다. 바로 대신들에게 끼니를 대접했던 날 말이다. 즐거이 국과 반찬을 나누어 먹으며 왕이 심상치 않은 훈계를 했단다. 바로 외척을 경계하는 도리에 대해서였다. 척리의 폐단을 잘 아는 만큼 척결에 몰두했음을 역설하며, 앞으로도 그런 일이 없도록 하라며 엄중히 경고했더라는 것이다. 또한 그 자리에서 어영대장에게 후궁의 오라비인 성식의 직임을 태거하라는 명을 내렸단다. 지금은 그로 하여금 궐 밖의 세력과 내통하게 둘 때가 아니라면서.

"어쩜 그러실 수가……."

"나쁜 일이 아닙니다. 오히려 주상전하께서 아기씨를 국본으로 삼을 준비 중이라는 방증인 셈이지요."

경희의 눈빛은 책략을 꾸밀 때의 왕과 몹시 닮았다.

"그깟 어영군교가 대수랍니까. 곧 있으면 원자의 외숙이 될 텐데요."

지극히 옳은 소리였다. 그래도 피가 거꾸로 솟았다.

남들 눈에는 하찮아도 긍지였다. 아비처럼 형제들이 어엿한 구군복을 입길 바랐다. 그래서 귀여운 딸내미 노릇은 집어치우고 궐에 들어왔다. 힘들고 서러워도 참을 만했다. 답답하고 궁상맞아도 그녀에게는 목적이었다. 삶이었다.

그런데 틀렸다. 그녀의 인생은 임금의 입김 한 번에 먼지로 사라졌다. 어렵사리 쌓았건만 아주 쉽게 무너지는 모래산이었다. 이름도, 꿈도, 노력도 전부 사라지고 후궁만 남았다. 평생 이름조차 불러볼 수 없을 아들을 낳은 후궁. 임금의 사랑에만 목매다는 후궁. 자신이 어떤 딸이었고 어떤 궁인이었는지는 상관없다. 왕을 사랑했는지 안 했는지도 상관없다. 오로지 왕에게 얼마나 사랑받았는지가 생애를 가늠하는 척도가 될 것이다.

애초에 존재 이유가 그 정도였다는 듯이.

"아기씨께 좋은 일이라고요."

경희는 도통 이해하지 못했다.

"그래. 잘됐네."

역한 분노 끝에 찾아온 허망함으로 덕임은 화답했다.

이튿날 식이를 불렀다. 얼굴을 맞대어서는 안 된다며 궁인들이 주렴을 드리웠다. 식이는 흐릿한 너머 차가운 바닥에 무릎을 꿇었다.

"장한 일을 해내셨습니다. 진즉 뵙지 못해 송구스럽습니다."

이제는 오라비마저 말을 높인다.

"태거되셨다면서요?"

"예. 마마님과 아기씨를 위하는 일이라고 어영대장께서 말씀하시더이다."

식이는 순박하게 웃었다.

"염려 마십시오."

"어떻게 걱정을 안 합니까!"

후궁이 되어 땅이 생겼다. 넉넉하진 않아도 아득바득 먹고 살 걱정은 덜었다. 그러나 전처럼 뒷바라지할 수는 없다. 지출이 전부 기록된다. 고서헌 마마님 같은 총희가 오라비를 좀 챙겼다가 얼마나 욕을 먹었는지는 선왕 시절만 돌아봐도 안다. 친정을 살핀답시고 재물을 빼돌리는 건 꿈도 못 꾼다.

"가져가세요. 푼돈이지만 혹시 몰라 숨겨두었습니다."

마지막으로 필사 일감을 넘기고 받은 삯이었다. 당연히 왕은 모른다.

"거, 참! 괜찮다니까요. 조만간 전하께서 저를 호조 서리書吏로 보내주실 것 같습니다. 산 입에 거미줄 칠 일 없으니 거두소서."

"서리라면 녹봉도 없다시피 한데다가 전보다 훨씬 못한 일이잖아요! 생계를 어떻게 꾸리시려고요?"

"에이, 요즘에는 서리도 잘하면 쌀을 아홉 두斗까지는 받는대요."

식이는 명랑하게 말했지만 궁핍함을 면할 급료는 아니었다. 더군다나 서리는 품관品冠 진출이 제한된 신역身役이나 다름없으니 형편이 나아질 가망도 없다.

"그리고 솔직히 군교나 서리나……. 그게 그거라서 저는 상관없습니다."

덕임은 마음이 아팠다.

"죄송해요. 설마 이런 식으로 누를 끼칠 줄은 몰랐어요."

단순히 파직당한 게 문제가 아니다. 왕의 경계심이 더 심해지면 오라비가 목숨을 잃을 수도 있다는 것이 진짜 문제다.

"에이, 누를 끼치는 쪽은 접니다. 언제나 그랬는걸요."

그래도 식이는 진심으로 기쁜 사람처럼 웃었다.

"네 오라비를 들였다면서?"

아뢰기도 전에 왕은 알고 있었다.

"피붙이라도 사내가 후궁에 드나드는 것은 옳지 않다."

꾸짖음이 매서웠다. 하여튼 안 되는 것도 참 많다.

"한동안 소식이 없어 궁금했을 뿐이옵니다."

왕은 셈을 헤아리는 양 빤히 보았다.

"……왜 네 오라비를 태거 시켰는지는 아니 묻느냐?"

"성상의 거조에 감히 참견하오리까."

덕임은 눈을 피했다. 지금은 별로 말을 섞고 싶지 않다. 용안을 보고 싶지도 않다. 거절할 수 없어 맞이하였을 뿐이다.

"유모는 왕자를 데리고 가라."

놀아주던 아기를 넘기더니 왕은 등받이에 대고 편히 앉았다.

"왕대비전에서 글은 어디까지 읽었느냐?"

아무렇지 않게 화제를 바꾸는 건 뻔뻔했다. 덕임은 입술을 꾹 깨물고 요즘 배우는 부분을 짚어 주었다.

"벌써 진도가 그리 나갔느냐."

"자전께서 잘 가르쳐 주시는 덕분이옵니다."

"가만있자, 하면 태종조太宗朝의 역사도 배웠겠구나."

문득 그의 목소리가 의미심장해졌다.

"태종조와 세종조世宗朝는 내가 귀감으로 우러르는 시절이다. 전 왕조의 문란한 습속을 잘라내고 새 시대의 기틀을 다진 풍요로운 때였어. 그 덕에 사백 년이 넘은 오늘까지도 이 나라가 끄떡없는 것이고."

맞장구라도 쳐야 하는데 입이 떨어지질 않았다.

"특히 군왕의 힘이 강력했었지. 뜻을 위해 태종께선 처와 며느리의 친정까지 멸하셨지만 그럴 가치가 있었다. 어쩌겠느냐. 본디 해로운 족속이 척신이고, 인정에 얽매여서는 펼칠 수 없는 것이 정치인데."

아니, 착각했다. 화제는 바뀌지 않았다.

그는 미안해하지 않는다. 핑계를 대지도 않는다. 피했던 시선이 마주쳤다. 그 순간 왕이 그녀의 어깨를 잡고 끌었다. 코끝이 닿을 거리에서 내려다보았다.

"너와 왕자는 임금인 내가 지킨다."

왕이 말했다.

"그러니 허튼 생각 마라. 바깥사람들 쏘삭임에 혹하지 말고 내 품에만 얌전히 있어. 내가 널 지킬 수 없게끔 만들지 마."

주제도 모르고 정치색을 띠면 가만두지 않겠단다. 기껏 아들을 낳아준 첩을 이토록 윽박지르는 것도 재주다. 후궁의 적은 정궁이나 또 다른 후궁이라는 세간의 인식이 퍽 우스웠다. 후궁의 적은 임금이다. 죽이고 살리고, 사랑하고 내치고. 모든 처분을 움켜쥔 사람은 오직 지존뿐이다. 그 진실을 거부할 수 없다는 건 더더욱 우습다.

밀어내려 하니 그가 손목을 턱 붙잡아 막았다.

"대답해라."

"정녕 대답이 필요하시옵니까?"

"그래. 난 네 속은 도통 모르겠다."

"따라야지요. 어차피 기댈 곳은 지켜주시겠다는 그 말씀뿐이니까요."

자조적인 웃음이 야유처럼 뒤따랐다.

"이제 소인의 속을 좀 아시겠나이까?"

"아니, 여전히 모르겠다."

그의 눈빛이 흔들렸다.

"그래도 그 대답을 믿겠다."

그러고는 망설임 없이 입을 맞춘다. 굳게 닫아 저항하는 입술을 기어이 열고 들어와 완전히 취한다. 숨이 가쁘고 정신이 몽롱해질 때까지 단호하게 정복한다.

"……화가 났느냐?"

길고도 야릇한 접촉 끝에 그가 끌어안았다.

"내가 널 화나게 만들 거라면서."

"처음에는 그랬사옵니다."

"하면 지금은?"

"두렵사옵니다."

누구의 것인지 모를 가슴이 세차게 뛰는 소리에 덕임은 멍하니 귀를 기울였다.

"무엇이?"

"잃을까 봐 두렵사옵니다."

"내 마음이 변할까 봐 무섭다는 뜻이냐?"

덕임은 당치 않아 웃었다.

"아니옵니다. 저 스스로를 잃을까 봐 두려운 것이옵니다."

결국 그날 밤은 한 이불을 덮고도 어색했다.

석 달이 넘도록 왕은 요지부동이었다. 결국 영의정 서계중이 총대를 멨다. 주류 당파에서 살짝 어긋난 그는 성상이 펼치는 탕평의 가장 큰 수혜자였다. 또한 동궁 시절 공교로운 처지에 몰린 왕을 비호한 공이 있어 총신이기도 했다.

"원자정호를 더 이상 늦출 수 없사옵니다."

그는 배수진을 치듯 당상관들을 이끌고 와선 운을 뗐다.

임금이 과로하다 덜컥 쓰러져 버리기라도 하면 나라꼴이 엉망이 된다. 일찍이 후계자를 세우고 준비를 시켜야 마땅하니, 그에겐 응당 명분이 있었다.

"과인이 만년이 되어서야 경사를 얻었기에 복을 아껴 기르려 하오. 장성하기를 기다려도 전례에 어긋나지 않소."

왕은 또 피하려 했다.

"위호를 정하는 일과 복을 아끼는 일은 아무 상관이 없사온데 이처럼 미루실 줄은 몰랐사옵니다."

"아직 갓난아기라지 않소."

영의정은 한 발자국도 물러서지 않았다. 공세가 집요하자 왕은 말을 돌렸다.

"자전께 여쭌 뒤에 정하겠소."

"전하께서 결단하실 일을 굳이 여쭐 필요는 없사옵니다."

"일단 물러가시오. 과인이 고민해 보고 하교하리다."

"전교를 받들기 전에는 못 물러납니다."

한 마디씩 주거니 받거니 하다가, 왜 하필 오늘 이러냐며 왕은 짜증을 부렸다. 그래도 올곧은 총신이 충정으로 주청하는 것인데 계속 물리치기도 괴란쩍었다.

"복을 아끼려는 마음에 줄곧 망설였으나, 때문에 경들과 다투게 된다면 오히려 복을 아끼지 못하게 될 터!"

혼자 주장하는 '복을 아끼는 도리'에 대한 명쾌한 설명은 끝까지 피했으나, 왕은 마침내 명분 앞에 고집을 꺾었다.

"당연한 일을 더 이상 망설이지 않겠소."

"성상의 하교가 실로 옳사옵니다."

이제부터 할 일이 많아지겠다며 다들 즐거이 떠들었다.

"이로써 대계大計가 정해졌소."

왕이 선언했다. 그간의 의뭉스러움이 믿기지 않을 만큼 기뻐하면서.

갓난쟁이 왕자는 즉시 중궁의 양자로 입적되어 원자에 봉해졌다. 내친김에 왕실의 족보인 선원보략璿源譜略과 국조어첩國朝御牒도 손을 봤다.

원자의 백일은 검소하게 치렀다. 잔치는 벌이지 않았으되 미역국과 떡은 많이 먹었다. 처음으로 색동옷을 입은 아들을 보고 기뻐하던 왕은 조신들과 술을 마시러 나갔다. 그러고는 거나하게 취해 새벽 별이 반짝일 때 나타났다.

"어어, 약주 좀 했다."

비틀거리는 걸음을 보아선 약주 정도가 아니었다.

"옥체도 못 가누시는데 대전으로 모시지 않고?"

"굳이 납시겠다고 고집을 부리시는 통에……."

제자의 출세에 미처 적응을 못 한 서 상궁이 멋쩍게 변명했다.

침전에 들였지만 왕은 곱게 잠들지 않았다. 대뜸 무릎을 베고 눕더니 주정을 부렸다. 취했다 하면 만날 무슨 놈의 사서삼경을 외겠다고 하는지, 말리느라 고역이었다.

"내가 너 때문에 간장을 졸였어."

왕은 꼬부라진 혀로 연신 재잘거렸다.

"거 조막만 한 몸뚱이로 애를 어찌 낳느냐고. 아프다고 우는 소리 들릴 때마다 당장 해산방에 뛰어들고 싶은 걸 참느라 혼났다. 빨리 낳았으니 망정이지……."

덕임은 의아했다. 첫 아이 기다리는 아비치고 왕은 몹시 의젓했다. 다들 우왕좌왕할 때도 점잖게 책을 읽었더라고. 심지어 아기 울음소리 터진 직후에 들어와서도 기특하다는 말씀 딱 한 마디만 건넸단 말이다.

"소인의 환심은 사서 어디다 쓰신다고 없는 말씀을 하시옵니까?"

"넌 대체 왜 그리 날 야박하게만 여기는 게냐?"

"그럴 만도 하지요, 뭘!"

덕임은 입을 삐죽였다.

"임금 체통이 있는데 여염집 사내처럼 오두방정을 떨겠느냐."

"하오시면 쭉 체통 지키시지, 왜 이제 와 말씀하십니까?"

"네가 내 속을 몰라줘서 그런다!"

"소인이 뭘 모르는데요?"

왕은 대답 대신 뒤척이더니 딴소리를 했다.

"우리 원자는 어디 있느냐?"

"곤히 주무십니다. 전하께서도 이만 침수 드소서."

"원자 어디 있냐고, 아바마마가 왔는데……."

그가 몸을 일으키려고 버둥거렸다. 간신히 재운 아기를 들쑤실까 봐 덕임은 얼른 어깨를 잡아 눌렀다. 뭐라고 혼자 중얼거리더니 왕은 또 말을 바꿨다.

"너 큰일 났다. 이제 도망 못 간다."

"취하셨나이다. 얼른……."

"널 내 가족이라고 박아놨으니 못 무른다고."

"박아놓다니요?"

"널 선원보략에 올리고 국조어첩에도 실었단 말이다. 내 아이를 낳았다고, 경수궁을 올리기도 전에 너부터 올렸다니까, 응?"

무슨 소린가 했더니 별것도 아니다. 왕실 족보에 올렸던들 귀퉁이에다가 원자 생모가 누구라고 개미만 한 글씨로 써놨을 것이다. 행여 대문짝만하게 적었더라도 제 일상과는 관련도 없는 일이라 덕임은 썩 감흥을 못 느꼈다.

"예, 성은이 망극해 죽겠사오니 똑바로 좀 누워보소서."

"네 가족은 나라니까. 네 오라비가 아니고……."

흐리멍덩한 눈빛으로 그는 횡설수설했다. 외척이니 출가외인이니 잔소리를 또 듣고 싶진 않았으므로 덕임은 못 들은 척했다.

"……화내지 마라."

그러나 그녀가 그냥 넘길 수 없는 말씀이 연이어 새어 나왔다.

"난 임금이라서 널 달래줄 수가 없어. 그래선 안 돼."

그가 눈꺼풀을 무겁게 깜빡였다.

"내가 아는 건 임금 노릇밖에 없는데, 그게 네 마음을 상하게 한다면 어찌해야 할지 모르겠단 말이다. 내가 이런 사람이어도 따르겠다고 했잖느냐. 모질어도 받아줘야지. 화내지 마라. 거리 두지 마라……."

뒷말은 흐렸다. 비로소 잠이 들었기 때문이다.

덕임은 고요한 용안을 바라보았다. 차라리 아무 생각 없이 그를 연모하였다면 전부 쉬웠을 것이다. 그러나 어쩔 수 없었다. 무작정 사랑하기 어려운 사내다. 내놓고 원망하기도 어려운 사내다. 그리고 그녀는 이기적인 임금의 사랑에 목을 매기에는 속이 너무 꼬인 여자다.

어영부영 날이 밝았다. 왕은 끔찍한 숙취에 시달렸다.

"술을 끊든가 해야지, 원."

두통으로 머리를 감싸 쥐며 그는 금방 어길 다짐을 했다.
"과음만 안 하시면 된다니까요."
"풍류를 즐기다 보면 절로 흥이 나는데 어쩌겠느냐."
꿀물을 타주어도 효험이 없었다.
"간밤에 하신 말씀은 기억하시옵니까?"
한 그릇 더 내밀며 덕임이 물었다.
"하나도 안 난다!"
용안이 벌게지는 걸 보아 분명 기억하는 눈치였다.
"그리 말씀하신다면야, 뭐 그렇겠지요."
"아, 정녕 기억 안 난다니……. 됐다. 골 아파 죽겠다."
성질도 못 내는 걸 보아 심하긴 심한 모양이다. 덕임은 부드러운 손길로 끙끙 앓는 머리와 목덜미를 꾹꾹 눌러주었다.
"웬일로 살뜰하더냐?"
그는 미심쩍어했다.
"가족끼리는 다정해야지요."
덕임은 어깨를 으쓱했다.
"신첩臣妾이 의지할 분은 전하밖에 없으니 부디 오래오래 강녕하소서."
이번에도 져 주는 방법을 선택한 셈이다. 늘 먼저 손을 내미는 쪽이 되는 게 달갑진 않았다. 그래도 이 정도면, 사랑이나 원망은 못 되더라도, 화해는 된다.
간곡히 원하던 말을 잔뜩 들었는데도 왕은 아무런 대꾸도 하지 않았다. 곤룡포를 갖추고 나설 즈음에야 입을 열었다.
"다녀오마. 꿀물 많이 타 놔라."
목덜미까지 새빨간 것이 어쩔 줄 모르는 숙맥 같았다. 그래서 덕임은 또 웃었다.

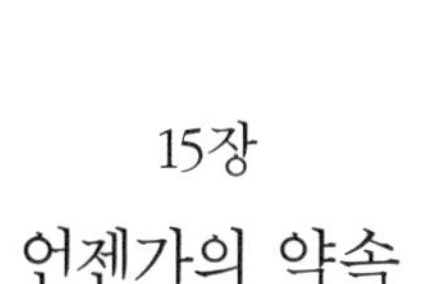

15장
언젠가의 약속

새해에는 품계가 올랐다. 원자를 봉할 때부터 이야기가 나오다가 이월이 되어서야 비로소 마무리된 것이다. 더는 올라갈 곳이 없는 빈(嬪, 내명부 정1품의 후궁)이었다. 의宜자를 써서 의빈이라 하였다. 간택 후궁들처럼 궁호를 따로 받진 않았다.

빈호嬪號를 정할 땐 희한한 일이 있었다.

왕은 처음에 대신들더러 정해오라 시켰다. 하여 좌의정과 우의정은 머리를 싸맨 끝에 아뢰었다. 밝을 철哲, 클 태泰, 넉넉할 유裕, 일으킬 흥興, 편안할 수(綏, 혹은 깃발 늘어질 유). 이렇게 다섯 글자였다. 그런데 왕은 전부 퇴짜 놓더니 이내 하교하였다.

"마땅할 의宜자로 정하겠소."

소식을 들은 덕임은 호기심을 감추지 못했다.

"왜 하필 그 글자랍니까?"

"싫으냐?"

"전하답지 않게 너무 좋은 글자를 주시니까 이상해서요."
"나답게 줄 만한 글자는 뭔데?"
"멍청할 멍자를 써서 멍빈이라든가, 괘씸할 괘자를 써서 괘빈이라든가……."
"오냐, 세상에 그런 글자가 있으면 너한테 딱이겠구나."
왕은 맹랑하다며 코를 꼬집었다.
"별생각 없이 흔히 쓰는 글자로 정했을 뿐이다, 흠!"
"정승들이 올린 다섯 글자들 중에서 쉽게 고르시지 않고요?"
요상하게도 대답을 피하는 눈치라 덕임은 집요하게 물었다. 매달리며 아양을 떠니 왕은 오래 버티지 못했다.
"군자는 본디 의義를 추구하는데, 옳다는 의義자는 곧 마땅하다는 의宜자와 상통하지. 주자 왈 마땅히 마음을 다스리는 것이 의라 하셨고, 《중용中庸》에서는 의가 곧 마땅함이라 이른다. 사람이 마땅히 추구해야 할 옳은 도리로는 선친에 대한 제사며 선미善美한 행실, 가족의 화목함이 있으니 의宜자는 마땅함 외에도 아름다운 뜻을 두루 지니는 것이다."
왕은 잠시 머뭇거렸다.
"의가의실宜家宜室이라는 말을 아느냐?"
"부부가 되어 화목하게 지낸다는 뜻이옵니다."
"의가지락宜家之樂이라는 말도 아느냐?"
"부부사이의 화목한 즐거움을 이르지요."
"그게 바로 내가 너에게 준 의宜자다."
이 사람은 정말 나와 가족을 이루고 싶어 한다.
그의 가족은 곰살갑지 못했다. 서로 미워하고 모른 척했으며 치태에는 눈을 감았다. 반면 그녀의 가족은 화목했다. 그러나 너무나 빨리 허물어졌고 동떨어져 버렸다. 그래서 법도와 체면치레 따위로 삭막하게 벽을 치는 것이 왕실 가족임을 알면서도 덕임은 마음이 동했다. 정작 가족으로 삼을 것이라곤, 감히 지아비라 칭할 수 없는 지존과 자식이라 칭할 수 없는 아들뿐인데도 벅차다. 속절없이 가슴이 뛰고 만다.

한쪽이 부끄러워할라치면 다른 한쪽은 의기양양해하는 게 보통인데, 이 순간만은 왕과 덕임 둘 다 공연히 수줍어서 눈을 마주치질 못했다.

"뭐하느냐, 평소처럼 맹랑한 소리 안 하고!"

간질간질함을 참다못한 왕이 퍽 가당찮은 불평을 했다.

"꼭 산통을 깨시옵니다."

"됐다! 임금이 친히 지어준 이름이니 망극한 줄이나 알아라."

"예, 성은이 망극하옵니다."

그래도 여기서 더 허물어지면 안 된다. 소꿉놀이에 너무 취하면 그가 사내이기 전에 임금이라는 사실마저 잊고 말 것이다.

"말로만?"

그런데 왕이 은근히 운을 띄웠다.

"성은을 입고도 입을 싹 씻느냐?"

고삐를 조이는 그녀와 달리 그는 어째 한 발 더 나아간다.

"어디 보자, 보답으로 아기를 하나 더 낳아주면 되겠구나."

"전하께선 갈수록 음흉해지시옵니다."

"어허! 낳아야 할 딸이 아직도 일곱이다."

"늦바람이 무섭다더니……."

덕임은 슬금슬금 몸을 뺐다.

"평생 여색을 멀리하신 분이 첩을 대하는 데는 어찌 능숙하시옵니까?"

"모름지기 배움이란 뜻이 있으면 이루어지는 법이다."

실로 뜬구름 잡는 소리였다. 잘난 척에 당할 수만은 없어 덕임은 짓궂게 물었다.

"그런데 의宜자에는 좋아한다는 뜻도 있지 않사옵니까?"

용안이 벌건데도 왕은 끝까지 못 들은 척했다.

한 해의 출발이 좋았을지언정 좋은 날만 있을 수는 없었다.

"건국 이래 스무 달이나 산실청을 둔 때가 있었나이까?"

통분 어린 한 장의 상소는 이렇게 문두를 열었다.

"의관들이 이치상 없는 일을 장담하여 삼 년이나 시일을 끌었사옵니다. 민심이 들끓음은 물론이요, 원자께서 탄강하신 날 문후를 여쭙지 못하였으며 원자정호마저도 석 달이 지나서야 하였나이다. 모두 어의와 의관들의 죄이옵니다."

다름 아닌 대사간(大司諫, 삼사 중 사간원의 수장)의 글이었다. 선왕 시절부터 논쟁적인 상소를 쓰기로 이름난 그는 이번에도 거침없이 붓을 휘둘렀다. 다들 빤히 알면서도 쉬쉬하던 경수궁의 회임 문제를 정곡으로 찌른 것이다.

왕은 격분하였다.

"나라에 경사가 났으면 기뻐하기나 할 것이지 공연한 분란을 만드는군! 감히 은근슬쩍 떠보며 조정에 의혹을 심을뿐더러 어린 원자를 기롱하는 꼴이고. 책임을 의관들에게 돌리고 있으나 실상은 과인을 비난하는 것이니 엄중히 배척하지 않을 수 없소."

그는 상소를 물리고 대사간을 즉시 파직시켰다.

솔직히 틀린 소리도 아닌데 반응이 너무 예민하여 대신들은 술렁였다. 파직까진 과하다 싶어 슬쩍 대사간을 옹호하였더니 왕은 또 물리쳤다.

"당시엔 과인의 나이가 적잖은데 아들이 없어 위태롭던 때였소. 하여 기원하는 마음으로 산실청을 두었던 것을, 원자를 정한 지금에 와서 문제 삼는 건 빌미를 잡으려는 수작일 뿐이오. 이는 유위한의 그림자나 마찬가지군!"

한술 더 떠 그에 관한 상소는 어전에 봉입捧入하지 말라고 아예 막아버렸다.

"주상의 말씀이 옳다. 따져 봤자 왕실의 체모만 손상될 뿐이지."

조정에 이런 일이 있었다더라, 먼저 이야기를 꺼낸 사람은 왕대비였다.

"굳이 경수궁에게 망신을 줄 까닭도 없고."

덕임도 동의했다.

안 그래도 경수궁은 처지가 공교로웠다. 미운털이 박힌 까닭이었다. 특히 효강혜빈이 무한히 퍼붓던 사랑은 원자가 태어나자마자 사라졌다. 있지도 않은 아이로 전전긍긍하게 만든 걸 괘씸하게 여기는 눈치였다. 때문에 경수궁은 바깥에 잘 나오지도 않고 쥐 죽은 듯 살았다.

"물론 주상께서도 부끄러우시겠지. 그 성정에 허물을 남기셨으니, 쯧."

"하온데 마마, '유위한의 그림자'라 함은 무슨 뜻이옵니까?"

"숙종조의 고사를 빗대신 것이다."

왕대비는 엄숙하게 말했다.

"당시 희빈 장씨의 소생을 원자로 삼으려 하자 조정에서 반대했지. 정궁께서 젊으시고 후일 적자가 태어날 수 있는데 성급하다고. 한데 성균관 유생이었던 유위한만은 동조 상소를 올렸다. 교묘하게 왕자를 앞세우고 임금을 부추겨 집권 붕당을 몰아낼 획책을 한 게지. 실로 간신배가 따로 없어."

대단히 의미심장한 비유였다. 왕은 대사간의 상소를 과오에 대한 일침을 넘어 공들여 유지하고 있는 현 정국과 탕평에 대한 위협으로 받아들인 셈이었다.

그런데 하필 사약을 받고 죽은 후궁의 고사를 끌어와야만 했을까? 가슴이 덜컥 떨어졌다. 그가 자신을 지킬 수 없게끔 만들지 말라던 경고가 아른거렸다.

"널 책잡진 않으실 게다."

무슨 생각을 하는지 안다는 듯 왕대비는 말했다.

"그저 원자를 들먹이며 잇속 차리지 말라고 대신들에게 경고하시는 것뿐이다."

매서운 눈매치고 다정한 위로가 이어졌다.

"네 처신에는 흠잡을 곳이 없다."

"항상 좋게만 봐주시니 몸 둘 바를 모르겠사옵니다."

"난 오랜 세월을 적적하게 보내왔다."

왕대비는 서안 위의 겉장이 닳아빠진 책을 물끄러미 보았다.

"이제는 너라도 가까이 두어 기쁘다."

그녀의 입가에 흔치 않은 미소까지 한 자락 걸렸다.

"너와 원자는 내가 보듬어주마."

제법 든든한 약조였다.

"자, 어제 내어준 주제로 글은 지어왔느냐?"

다만 숙제 검사에 한해서는 도통 자비가 없었다.

어쨌든 덕임은 한동안 왕의 눈치를 보았다. 말대답을 삼가고 얌전히 따랐다. 피곤하답시고 짜증을 부려도 대강 받아넘겼다. 술에 취해 성가시게 굴어도 참았다.

"너 요즘 이상하다."

그러다 보니 자연스레 왕도 눈치를 챘다.

"믿기지 않을 만큼 고분고분한데."

정확히 받아칠 차례인데도 덕임은 묵묵히 듣기만 했다.

"무슨 일 있느냐?"

"아니옵니다. 평소랑 똑같사옵니다."

그녀는 품에 안은 원자를 어르는 척 눈을 피했다.

"뭘 숨기는 건 아니고?"

다행히 원자가 빠져나갈 길을 마련해 주었다. 마침 울음을 터뜨린 것이다.

"아기씨께서 시장하신 모양이옵니다. 유모에게 모시겠나이다."

"아니, 유모가 알아서 올 터인데……."

잡으려는 손길을 못 본 척 잽싸게 피했다. 어쩔 수 없었다. 궁궐이란 곧 어려서부터 저가 속해있던 집이거늘, 언제부터인가 수틀리면 임금이 후궁에게 사약도 들이부을 수 있는 폐가廢家처럼 느껴져서 무섭다는 진심은 도저히 털어놓을 재간이 없었다.

왕은 몹시 바빠 사소한 의아함 따윈 금방 잊었다. 색다를 바 없는 일상 속에서 곧 덕임도 무뎌졌다. 까짓것 사약 받을 일 안 만들면 되지 슬슬 기가 살아났다.

다만 팔자가 늘어진 것도 처음에야 좋지 갈수록 죄를 짓는 기분이었다. 뭐라도 해야 할 것 같아 음식을 배우기 시작했다. 잡탕으로 대충 해 먹던 음식과 정식 궁중 음식은 딴판이었다. 간 맞추는 솜씨를 꽤 익힐 즈음 메밀로 시원하게 국수를 말아 자전과 자궁께 올렸더니 칭찬이 쏟아졌다. 특히 효강혜빈이 과하게 치켜세우는 통에 낯이 다 뜨거웠다. 아들 낳은 효과는 톡톡히 누리는 셈이었다.

양전의 호의가 깊어질수록 덕임은 중궁을 더더욱 섬겼다. 시어머니 사랑을 빼앗아갔다는 이유로 그녀가 숙창궁을 어찌 대했었는지 살 떨리게 목격했으니 말이다. 다행히 중궁은 '차라리 네가 낫다'는 태도를 고수했다. 어떤 면에서는 다정스럽기도 했다. 때때로 먼저 다과와 차를 권하기도 했다. 물론 옛날처럼 '놀이'를 하자고 청하지는 않았다. 모르긴 몰라도, 콧대를 세우다가 나락으로 떨어진 경수궁의 처지에 구겨진 자존심을 회복한 눈치였다.

하여 경수궁을 대하기는 더욱 애매했다. 지난날 잘못 맞물린 사연들이 고스란히 쌓여 있었다. 다행히 사이가 더 나빠질 여지는 없었다. 다만 불행하게도 깨끗이 화해하고 청산할 여지 또한 없었다. 이러니저러니 해도 덕임은 좁은 궐 바닥서 껄끄러운 사이를 두는 건 싫었다. 그렇다고 먼저 적극적으로 다가가자니 조롱으로 오해할까 봐 선뜻 내키지 않았다. 타협하는 셈 치고, 안부를 물을 겸 간단한 요깃거리만 궁인을 시켜 보냈다. 다행히 고맙다는 인사를 담은 쪽지나마 돌아왔다.

반면 청연과 청선은 전보다 자주 찾아왔다.

"장안의 유행이 또 바뀌었단다."

오늘도 어른들께 문후 여쭙고 낮것상을 거하게 대접받은 자매는 곧장 덕임에게 들렀다. 청연은 엊그저께 세책점에서 구한 책을 흔들어댔다.

"한동안 남장여자물이 유행이었는데……."

"그건 백 년도 전부터 항상 유행했었는데요."

먼저 와서 놀다가 대뜸 덕임과 함께 손님을 맞은 경희가 무람없이 대꾸했다.

"요즘에는 신분 차이를 극복한 사랑 이야기로 난리야."

"그것도 백 년도 전부터 쭉 난리였지요."

경희가 또 끼어들었다.

"아마도 한미한 궁인 출신의 후궁이 원자도 생산하고 가장 총애받는다는 소문 때문일 테지!"

어차피 청연은 듣지도 않고 저 할 말에 몰두했다.

"이건 정말 널 빗댄 것 같단다."

덕임은 그녀가 내민 자못 조잡한 표지의 책을 훑어보았다.

"이역만리의 황실이 배경인데, 총명한 여어(女御, 중국 황궁에서 후궁을 모시던 궁인)가 젊은 황제의 눈에 띄어 포악한 성품의 제 주인을 제치고 사랑받는 이야기거든."

"에이, 흔한 내용인데 뭘 또 저를 빗댔다고 여기십니까."

낯이 다 부끄러워서 덕임은 절절맸다.

"뒤로 갈수록 재미있어. 후궁이 설움을 못 이겨 여어를 없애려고 모함도 하고 독약도 쓰거든."

청연은 이번에도 못 들은 척했다.

"재미야 있지만 탐탁지는 않습니다."

가만히 있던 청선이 대꾸했다.

"지엄한 왕실의 일이 저자의 무지렁이들 입맛에 맞게 멋대로 양념되어 오르내린다니요. 주상전하께서 이를 아시면 통탄하실 것이옵니다."

꼭 제 오라비를 닮은 엄숙한 말투였다.

"너도 그렇게 생각하지 않느냐?"

청선이 덕임에게 뼈를 담아 물었다.

"물론 그렇사옵니다."

마음이 무거워진 덕임은 고개를 푹 숙였다.

"마침 이야기가 나와서 말씀이온데요."

꼭 끼어들 구석만 찾던 사람처럼 경희가 불쑥 말했다.

"이제는 빈嬪께서 일궁자가나 이궁자가보다 품계가 높지 않사옵니까? 법도에 맞게 후궁을 섬기지 않으시면 전하께서 마찬가지로 통탄하실 텐데요."

덕임이 그만두라고 무릎을 툭 쳐도 경희는 아랑곳하지 않았다.

아닌 게 아니라, 쭉 청연과 청선은 옛날처럼 덕임을 편하게 대했다. 아무리 출세했다지만 본디 궁녀로 부리던 아랫사람에게 말을 높이긴 싫은 눈치였다.

그리고 경희는 특히 그 꼴을 못 견뎠다. 옛날에 의열궁께서도 궁인 시절을 생각하며 맞먹는 아랫것들 때문에 곧잘 무안을 당하셨다는 둥, 초장에 기강을 잡아놓지 않으면 출신이 비천한 후궁이랍시고 멸시하는 분위기가 팽배할 거라는 둥, 갖가지 비관적인 전망을 늘어놓곤 했다.

"아니옵니다!"

차마 반박은 못 하고 기분이 상한 듯 눈만 굴리는 청연을 보고 덕임이 황급히 나섰다.

"일찍이 효강혜빈저하의 은혜를 입은 제가 어찌 감히……. 저는 두 분 자가를 업어 키운 궁인이었사오니 전처럼 편하게 대하소서."

옆에서 경희가 콧김을 뿜는 바람에 덕임이 차린 겸손은 다소 희석되고 말았다.

그래도 진심이었다. 덕임은 체면치레에는 딱히 신경 쓰지 않았다.

궐에는 이미 어려운 사람이 많다. 이따금 보는 사람들마저 어렵게 대하고 싶진 않다. 하물며 태생부터 왕실의 핏줄인 둘에게 서열을 따지는 것도 우습다.

“너는 중궁전 소속이라면서 바쁘지도 않으냐?”

청연이 경희에게 눈을 흘겼다.

“그래. 상전이 아닌 이의 궁방에 출입을 참 쉽게 하는구나.”

자존심이라면 손위 누이보다 센 청선도 보탰다.

“아무래도 출가외인들보다는 들르기가 쉽겠지요.”

그래 봤자 경희는 호락호락하지 않았다. 방자한 대꾸에 두 자매가 거품을 물기 전에 요행으로 누군가 끼어들었다.

“주상전하께서 납시옵니다!”

바깥에서 나인이 황급히 고했다. 덕분에 청연과 청선은 경희 따위와 입씨름을 벌일 생각일랑 싹 접었다. 더 급한 불부터 꺼야 했다.

“너희들 또 입궁했느냐.”

과연 문지방을 넘자마자 왕은 누이들을 보고 한숨을 쉬었다.

“간밤에 옥체 강녕하셨사옵니까?”

나이 들수록 간덩이만 커지는 청연이 능청스럽게 대꾸했다.

“아무리 가르쳐도 소귀에 경 읽기인 줄은 알겠다만…….”

왕은 반쯤 체념한 양 말했다.

“출가외인이 궐 출입을 자주 하는 것은 옳지 못하다.”

“어마마마께서 언제든지 오라고 하셨다니까요!”

청연이 입을 삐죽였다.

“전하께오선 어인 행차시옵니까?”

보다 예의범절을 차릴 줄 아는 청선이 물었다.

“나는…….”

왕은 헛기침을 했다.

"시장하여 잠깐 요기라도 하려고 들렀다."

"허기는 편전에서도 능히 달랠 수 있으셨을 텐데."

청연은 짓궂은 시선을 감추지 않았다. 반면 청선은 다소 민망스러운 눈치였다. 그리고 경희는 좋은 징조를 본 사람처럼 눈을 번뜩였다. 참 놀랍지도 않았다.

"돼, 됐다! 규방의 손이 들어있으니 나는 간다."

순식간에 삐친 왕은 홱 돌아섰다.

"기왕 거둥하셨으니 간단하게라도 젓수고 가소서."

분주할 때면 끼니를 밥 먹듯이 거르시는 분이 웬일로 배고프다는 말씀을 다 한다. 여기서 놓치면 또 빈속에 신명나게 술만 쏟아붓고 주정을 부릴세라 덕임은 냉큼 붙잡았다.

"됐다니까."

"신첩이 마침 과줄을 담백하게 구워놨사온데요."

"정 그렇다면 정성을 봐서……."

못 이기는 척 왕이 중얼거리자 청연은 피식 웃었다.

"허기가 극심하여 그런다!"

그는 발끈하면서도 결국 자리에 앉았다.

소란스러워졌다. 나인들이 손님들께 대접할 다과상을 차려 날랐다. 경희는 눈짓으로 덕임에게 인사를 남기며 슬쩍 섞여 빠져나갈 틈을 노렸다. 그녀는 덕임의 처소에 궁녀들이 사사로이 드나드는 것 또한 왕이 썩 기꺼워하지 않음을 잘 알았다.

"얘, 덕임아! 만들었다는 게 꼴이 이게 뭐니?"

문득 청연이 웃음을 터뜨리며 다과상의 과줄을 가리켰다.

"만두과(饅頭菓, 만두처럼 반죽을 빚고 대추로 소를 넣은 유밀과의 한 종류)

라서 그렇사옵니다!"

"아니, 만두과라고? 무슨 돌덩이처럼 생겼는데."

청선은 진심으로 놀란 눈치였다. 그래서 더 빈정이 상했다.

"이렇게 보니까 옆구리 터진 만두 같은데, 뭘."

특히나 반죽을 망친 것 하나를 쿡 찌르며 청연이 말했다.

"과줄은 아직 배우는 중이옵니다. 처음 빚은 것치고는 괜찮지 않사옵니까."

덕임은 열심히 항변했다.

"그럼 좀 쉬운 것부터 만들지 그랬느냐."

청선이 혀를 끌끌 찼다. 효강혜빈을 닮아 손재주가 좋은 그녀에게는 더욱 한심해 보이는 모양이었다.

"기왕이면 만두를 닮은 게 좋을 것 같아서요."

"어째서?"

"입이 짧은 전하께서 만두는 잘 젓수시니까요."

"이 꼴을 보면 좋아하던 만두도 싫어질 것 같은데."

청연이 낄낄 웃으며 골렸다.

"제대로 못 만든 음식이라면 올리지 않느니만 못하지."

청선도 엄숙하게 거들었다.

허물없는 사이라서 하는 말들이겠지만 덕임은 다소 무안했다. 가뜩이나 입이 짧은 데다가 솜씨 좋은 수라간 음식에 익숙한 왕도 싫어할 수 있겠다는 걱정마저 뒤늦게 들었다.

그러다가 문득 덕임은 왕이 아무 말도 없음을 깨달았다.

"……내가 모르는 곳에선 줄곧 군주들의 언행이 이 모양이었느냐?"

그의 침묵에 청연과 청선은 물론, 다과상을 나르던 궁인들까지 석연찮음을 느낄 즈음에는 이미 불벼락이 내려친 뒤였다.

"이 사람은 품계로 따져도 정일품이요 원자의 생모거늘, 자가라고 높여 섬기진 못할망정 어디서 버르장머리 없이!"

임금의 승은을 입은 궁인일랑 처음 겪어봐서 느슨하게 굴었다는 변명이 통할 상대가 아니었다. 애초부터 귀하고 타고난 이와 뒤늦게 귀해진 이의 사이에도 엄연히 구별이 있어야 한다고 말씀하지 않으셨냐는 둥 응석을 부릴 상대는 더더욱 아니었다.

"너희들은 왕실에서 하가하여 사대부가의 부인이 되었지만, 이 사람은 비록 출신은 한미할지언정 왕가 후정後庭의 반열에 올랐다."

왕의 셈은 확고했다.

"이 간단한 이치도 일러주어야 안다니 참으로 기가 막힌다!"

물꼬를 튼 왕은 무시무시하게 퍼붓기 시작했다. 졸지에 궁인들이 다 보는 앞에서 혼쭐이 난 자매는 눈물이 그렁그렁 맺혔다.

"너도 마찬가지다!"

왕이 조마조마하게 지켜보던 덕임을 가리켰다.

"앞으로는 청연과 청선을 아랫사람으로 대해라."

그는 실로 단호했다.

"무례를 용서하소서……. 자가……."

청연과 청선이 합창하며 고개를 숙였을 때, 덕임은 자신이 상상 이상으로 높이 올라왔음을 절실히 깨달았다. 여기서 더 올라갈 곳도 없으려니 싶을 만큼.

"죄를 알았으면 썩 물러가서 반성해라!"

매서운 질책에 청연과 청선은 하릴없이 떠났다. 슬쩍 빠져나가려다가 말고 지켜보던 경희는 십 년 묵은 체증이 다 내려갔다는 표정을 지었다.

구경하던 궁인들마저 싹 물리고 나니 잔뜩 차린 다과상만 휑뎅그렁하게 남았다. 한바탕 지르고 난 왕이 찻물을 벌컥벌컥 들이켜는 사이로 덕임이 짐짓 탓했다.

"누이들에게 꼭 그렇게 무안을 주셔야 했사옵니까?"

"안 그래도 뭇 궁인들이 옛날 생각을 하면서 은근히 너한테 존대와 하대를 섞는 꼴이 못마땅하여 벼르던 참이었다."

왕은 엄정하게 대꾸했다.

"윗물부터 다스렸으니 아랫물은 자연히 따라오겠지."

"아무렴요. 이토록 난리법석을 떠셨으니 효과는 확실하겠나이다."

덕임이 혀를 끌끌 찼다.

"소문이 쫙 퍼지고 나면 서 상궁이 특히 뜨끔하겠사옵니다. 옛 제자와 눈만 마주쳐도 굽실거리겠다고요."

"당연히 그래야지!"

왕은 작정하고 저지른 잡도리에 흡족한 눈치였다.

"따, 딱히 널 생각해서가 아니라 법도를 바로잡은 것뿐이다."

그러고는 꼭 사족을 달았다. 괜히 눈이나 피하면서 말이다.

"하오시면 전하께서도 신첩을 점잖게 대해주셔야지요. 품계로 따져도 정일품이고 원자 아기씨의 생모인데, 자꾸 너라고 하시면 아니 되지 않사옵니까?"

산통 깨진 김에 덕임은 약을 올렸다.

"정일품 주제에 어딜 기어오르느냐."

왕은 눈 하나 깜짝하지 않았다. 애꿎은 코만 또 꼬집혔다.

"정녕 원한다면 점잖게 대해주마."

한데 마침 잘 되었다는 듯 그가 눈을 가늘게 떴다.

"자네는 임금을 섬기는 태도가 참 맹랑하네."

왕이 뻔뻔하게 말투를 바꿨다.

"어디, 오늘도 밤을 하얗게 지새우며 규중의 도리에 대해 배워 볼 텐가?"

무엇을 암시하는지 덕임은 덜컥 깨달았다.

"그, 그냥 다시 원래 하시던 대로 하소서!"

부끄러워서 얼굴이 확 달아올랐다.

"그게 무슨 점잖게 대해주시는 겁니까! 망측하여 죽겠사옵니다."

딱 예상한 만큼의 반응을 얻자 왕은 웃었다. 용안이 부드럽게 허물어지기가 꼭 여염의 사내와 같았다. 하마터면 제법 근사하다고 여길 뻔했다.

"이만큼 차려놓은 다과는 누가 다 먹으라고요."

덕임은 괜히 말을 돌리며 툴툴거렸다.

"내가 다 먹는다, 내가!"

보란 듯이 그는 만두과를 입에다 털어 넣었다.

"……입맛에 맞으시옵니까?"

문득 청연과 청선의 혹독한 평가가 도로 떠올라 덕임은 의기소침해졌다.

"난 만두를 좋아한다."

"그건 만두처럼 생겼다뿐이지 만두는 아닌데요."

자다가 봉창 두드리는 반응에 덕임은 재차 물었다.

"맛이 있으시냐고요?"

"난 만두를 좋아한다니까."

왕이 하나 더 집어먹으며 말했다.

"……네가 그걸 알고 마음을 썼으니 설령 맛이 없더라도 먹어야지."

점점 그의 목소리가 기어들었다.

"기특하다."

그러고는 먹는 데에 집중하는 척 손만 꼼지락거렸다. 이에 덕임의 낯도 아까 그의 얼굴처럼 속절없이 부드럽게 허물어졌다.

"전하께서는 신첩이 만든 것이라면 무엇이든 남김없이 젓수시겠사옵니다."

사뭇 간지러운 확신이 생겼다.

"신첩이 그리도 좋으시옵니까?"

"……넌 정말 좀 받아주면 한없이 기가 살아나는구나."

왕은 혀를 내둘렀다.

덕임이 지치지 않고 옆에서 계속 치대자 그는 진저리를 쳤다. 그럼에도 불구하고 그가 정녕 하나도 남김없이 먹었다는 사실은 그녀를 퍽 행복하게 만들었다.

생각과 달리 아직 올라갈 곳은 남아 있었다.

원자의 첫돌이 되자 왕은 친히 아들을 품에 안고 편전에 나아가 신료들에게 보였다. 하늘의 태양처럼 눈부시다고 앞다퉈 아첨이 쏟아졌다.

"여염집에서조차 자식에게 비단옷을 입히려고 야단이거늘, 원자 아기씨의 의복은 검소한 목면이니 흠앙欽仰하지 않을 수 없나이다."

"소박함이 최고요. 과인의 평상복도 무명으로만 짓는데 어린아이에게 비단이라니 말도 안 되지!"

왕은 껄껄 웃었다. 훈훈한 분위기를 타고 누군가 슬쩍 주청하였다.

"원자께서 생신을 맞으셨으니 세자 책봉도 서두르심이 어떨는지요?"

"과인도 여덟 살 때서야 책봉을 받았으니, 미루는 게 좋겠소."

왕은 일말의 고민도 없이 잘라냈다.

"세자 책봉을 어서 받으셔야 할 텐데요."

물론 경희는 왕의 결정을 못마땅하게 여겼다.

"뭐가 또 급하냐. 이미 원자신데 천천히 해도 되지."

복연의 핀잔에 경희는 입을 삐죽였다.

"쐐기를 박아야 해. 나중에라도 중궁이나 경수궁께서 왕자를 생산하시면!"

"진즉 발길 뚝 끊으셨던데, 뭘! 합궁을 아예 잡지도 않는다더라."

복연이 코웃음을 쳤다.

"전하께서 자가만 끼고 돈다고 소문이 쫙 퍼졌답니다."

"애는, 됐다 그래라."

덕임은 기겁을 했다. 후궁이 사랑을 독차지한다는 속닥임은 양날의 칼이 되기 마련이다.

"떳떳하게 사랑받는 게 뭐 나빠요?"

영희가 꿈꾸듯 말했다.

"……하긴, 치밀하신 성상께서 행여 후계가 흔들릴 여지는 두지 않으시겠지."

반면 경희는 저 혼자 중얼거리며 뭔가 납득했다.

"김칫국 그만 마시고 이거나 먹어."

지치지도 않는 경희에 혀를 내두르며 덕임이 다과를 내밀었다. 원자의 돌잔치를 치르고 남은 귀한 음식들이었다.

돌잔치는 흥겨웠다. 돌잡이도 나무랄 데 없었다. 원자는 곧장 책부터 잡았고 왕은 입이 귀에 걸렸다. 가만 보면 어린 것이 비빌 언덕을 아는 것 같다. 왕이 안아주면 좋다고 옹알이를 하다가 내려두고 갈라치면 나라가 망한 듯이 막 운단 말이다.

"실은 할 말이 있어."

생각난 김에 덕임은 배시시 웃었다.

"그저께 맥을 잡았어. 회임이래."

이번에는 숨기고 두려워할 필요가 없었다. 일제히 환호성이 터졌다.

"전하께서 뭐라고 하시더이까?"

"잔소리하시지, 뭐."

사실 왕은 달거리가 끊긴 첫 달부터 안달복달을 했다. 첫 아이를 맞이할 때보다는 경황이 있을 줄 알았는데 의외였다. 도리어 그는 오만 가지 걱정에 시달리느라 벌써 바빴다.

"전하의 총애가 공고하시니 한시름 덜었나이다."

경희는 혼자 심각했다.

"아기씨가 금방금방 들어서는 걸 보니 두 분 궁합이 잘 맞으시나 보옵니다."

반면 복연은 음흉하게 웃었다.

도란도란 담소하느라 시간 가는 줄 몰랐다. 요즘 궁인들 사이에서 유행하는 연애소설과 세수간 창고에서 무더기로 쏟아진 춘화첩에 대한 화제가 지나갈 무렵, 경희는 불쑥 자신이 더 이상 따돌림을 당하지 않는다며 어깨를 으쓱했다.

"이제야 네가 다시 보인대?"

천진난만한 영희의 물음에 경희는 콧방귀를 뀌었다.

"흥! 내가 자가와 친하니까 알랑거리는 거야."

"그래, 우리 경희 건드리다 나한테 걸리면 경을 친다고 전해주렴."

덕임은 낄낄 웃었다.

"됐사옵니다."

경희는 얼굴을 붉혔다.

"요즘 자가께서 제일 잘나가신다고 다들 난리랍니다. 저번엔 웬 별감이 자가께 전해줄 수 있느냐며 옆구리를 찌르더라고요."

복연이 무릎을 탁 쳤다.

"나한테 뭘?"

"에이, 뭐긴 뭡니까!"

복연은 엽전 짤랑이는 시늉을 했다.

"상감마마 무서운 줄 알면서 그런 미친 짓을 해?"

모처럼 잘난 체를 하려고 경희가 잽싸게 끼어들었다.

"혹시나 싶은 거지요. 후궁이 바깥사람과 결탁해 세력을 만들고 잇속도 챙기고. 항상 그랬잖아요."

선왕 때까지나 통할 이야기다. 지금 임금을 상대로는 가당치도 않다.

"걱정 마세요. 혼쭐을 내줬습니다."

복연은 솥뚜껑 같은 주먹을 의기양양 휘둘렀다.

"세자 책봉까지 받으시면 날파리가 더 꼬일까 봐 걱정입니다."

"그러게. 안 그래도 피곤한데."

원자로 삼을 때 왕이 얼마나 심하게 단속했었는지 돌이켜보면 답이 없다. 세자 책봉이 자꾸 거론되면 또 등쌀에 시달릴 것이 자명했다. 물론 책봉을 받은 이후도 마찬가지다.

"한데 복을 아끼신다는 말씀은 무슨 뜻일까요?"

영희가 물었다.

"아기씨 탄강하셨을 때부터 줄곧 그러시던데 참 요상합니다."

"저는 대충 짐작이 갑니다."

경희가 말했다. 오늘따라 물 만난 고기 같았다.

"근래 들어 일찍 책봉되신 분들 중에서 장수하신 전례가 없잖아요."

세 살 때 세자에 책봉되었다가 요절한 선선대왕. 왕이 익히 설명한 경모궁. 그리고 왕의 위에 있었다는 형님까지. 경희는 손가락으로 하나하나 꼽았다.

"전하께서 차남이셨냐?"

복연은 눈을 휘둥그레 떴다.

"장남은 따로 계셨어. 두 돌때 왕세손에 책봉되셨다가 이듬해 훙서하셨지."

"그래도 딱히 미신을 믿을 분은 아니신데."

"어렵사리 득남했으니 조심스러우실 만도 하지요."

경희는 끝까지 주장했다.

"뭐, 알아서 하시겠지. 난 눈도 귀도 막고 살래."

덕임은 분별 있게 말했다.

원자는 쑥쑥 컸다. 고사리손으로 병풍에 쓰인 글자를 짚으며 놀더니 이윽고 걸음마를 시작했다. 왕이 첫돌에 쥐어준 《천자문千字文》이 빛을 발할 날도 머지않았다.

찬바람이 불면서부터 원자는 코를 찡찡댔다. 감환이 좀처럼 떨어지질 않았지만 올해 동짓날은 떠들썩하게 보냈다. 온 궁정에서 팥죽 쑤는 냄새가 진동을 했다. 왕은 풍습에 따라 신료들에게 동문지보(同文之寶, 옥새)를 찍은 달력을, 원자에게는 장난감 활을 주었다. 덕임은 어린 아들과 활을 쏘아 감기 귀신을 쫓아내며 아침나절을 즐거이 보냈다.

해가 높이 솟자 종친들이 구름처럼 몰려들었다. 앞다퉈 원자와 후궁께 인사를 올리겠다고 난리였다. 원자의 감환을 핑계로 전부 물리쳤다. 그게 옳은 처신이었다. 다만 은언군을 대신하여 문후 여쭙겠다는 연애 할멈만은 반갑게 맞이했다.

굽은 허리를 깊이 숙이며 연애는 절을 올렸다.

"처음 뵈었을 때부터 인상이 범상치 않으셨습니다."

"괜한 말씀 하십니……. 아니, 하는군. 자네도 참."

칠순을 맞은 노파에게 말을 낮추려니 멋쩍어서 혼났다. 연애는 인자하게 웃었다.

"자가를 뵐 때마다 돌아가신 의열궁을 떠올렸던 까닭을 이제야 알겠나이다."

덕임은 어쩔 줄 몰라 말부터 돌렸다.

"은언군과 완풍군……. 아니, 상계군께선 안녕들 하신가?"

"예. 도련님께선 아직도 자가를 그리워하십니다. 직접 하례 올리고 싶어 하셨지만……."

미운털 박힌 신세에 입궁할 수 있을 리가 만무했다.

반가운 만남이건만 안타깝게도 연애는 오래 있지 못했다. 효강혜빈이 그녀를 찾는다는 독촉이 이어진 탓이었다. 종친댁 근황을 캐내려는 눈치였다.

"자가와 저희 대감의 인연이 퍽 기이하니, 곧 다시 뵐 날이 오겠지요."

연애와의 작별은 어째 좀 의미심장했다.

저녁에는 벗들에게 팥죽을 대접하기로 했다. 바닥이 좀 타긴 했어도 맛있는데 아무에게도 먹이지 못하면 아쉬울 것 같았다. 제일 먼저 나타난 사람은 영희였다.

"몸도 무거우신데 웬 수고랍니까!"

어느덧 눈에 띄게 부푼 덕임의 배를 보며 영희는 기겁을 했다.

경희와 복연을 기다리며 두 사람은 복조리를 만들었다. 동짓날에는 긴긴 겨울 복이 있기를 빌며 복조리나 복주머니를 만들어 걸어두는 풍습이 있다.

"매년 만들었는데도 잘 못하겠어."

무릎을 맞대고 서툴게 조릿대를 엮다가 덕임이 문득 말했다.

"우리 둘이서만 있는 거 오랜만이다."

"그러게요. 원래는 참 당연한 일이었는데……."

영희는 쓰게 웃었다.

"내가 대전을 떠나서 섭섭해?"

"복연이랑도 나쁘진 않지만……. 역시 자가와 함께 지낼 때가 좋았어요."

"진짜?"

"그럼요. 장난만 좀 적당히 치셨으면 더 좋았겠지만."

영희는 진저리를 쳤다.

"어쨌든 덕분에 어린 시절은 재밌게 보냈네요."

"그래. 나 없었으면 팍팍해서 살았겠니."

덕임은 뻔뻔했다.

"아! 우리 어릴 때 지교至交의 맹세 같은 것도 했잖아."

"맞아요. 바늘로 손끝을 따서 흘린 피를 섞고 막 그랬지요."

"너랑 한 거 알고서 경희가 자기랑도 하자고 졸랐었는데."

"끝까지 싫다고 하셔서 걔가 엄청 삐쳤잖아요."

"손 따는 게 아파서 두 번은 못 하겠더라고."

뒤끝이 심한 경희는 아직도 투덜거릴 때가 있다.

"요즘 생각시들도 할까? 우리 때만 유행이었나?"

한창 옛 향수에 젖어드는데 영희가 힐끔 눈치를 봤다.

"저기요, 자가……."

조릿대를 쥔 손도 멈췄다.

"지금 행복하세요?"
"응?"
"전보다 근심이 늘고 많이 두려워하시는 것 같아서요."
"아, 아니, 뭐……. 괜찮은데."
"그러니까, 전하를 연모하시는 거예요?"
그것은 그녀 스스로도 수없이 생각한 물음이었다.
"후궁이 상감마마를 사모하는 건 당연하지."
덕임이 말했다.
"근데 난 잘 모르겠어."
"모르다니요?"
"전하는 감당하기 힘들어. 곁에 계시면 바짝 긴장해야 해. 잔소리에 짜증까지 받아들여야 하고. 괜히 의심만 많으셔서 사람을 떠보시고. 서운해도 투정 못 부리고, 화가 난다고 싸울 수도 없어. 먼저 다가설 수 있는 상대도 아니잖아. 날 찾아주시기만 기다려야 하니까. 내 인생인데 시작하는 것도 끝내는 것도 전부 맡겨놓고 구경만 하는 거야."
입 밖으로 꺼낼수록 바보 같은 이치였다.
"그런데 사랑이라니 말도 안 돼. 일방적인 사이는 한계가 있잖아."
하물며 첩이다.
임금만을 위한 관계가 끝났을 때 마주해야 하는 현실이 가혹하다. 시시하게 버려진 여자라고 웃음거리가 될 것이다. 마치 임금의 사랑만이 유일한 존재가치였다는 듯이. 완전히 질려 버린 사랑의 끝은 죽음일 수도 있다. 자식을 낳은 공로가 있어 다소 보호는 받겠지만, 임금이 정말 마음을 먹으면 못 할 일은 없다.
"난 싫어. 계집은 왜 무조건 사랑해야 해?"

“그럼 역시 어, 억지로……?”

영희는 창백하게 질렸다.

“아니야. 어리석지만 기쁠 때도 있어.”

뜨끔한 덕임은 심약한 벗을 달랬다.

“내가 골리면 파르르 떨면서도 받아주셔. 모진 말씀해놓고 서툴게 달래주려고도 하시고. 아닌 척 은근히 배려도 있고. 그래서 가끔은 원자 아기씨에게서 전하와 닮은 구석을 볼 때마다 들떠.”

“은애하는 분을 닮은 아이를 낳아 행복한 여심처럼요?”

영희의 눈빛이 멍했다. 덕임은 고개를 끄덕였다.

“역시 잘 모르겠어.”

“저도 잘 모르겠습니다.”

두 사람의 눈이 마주쳤다. 덕임이 먼저 웃음을 터뜨렸다.

“에이, 넌 왜 갑자기 이상한 걸 물어?”

영희는 발갛게 뺨을 물들였다.

“제일 친한 친구끼리는 원래 이런 이야기 다 털어놓는 거예요.”

순간 기분이 묘했다. 분명 전에도 비슷한 상황이 있었다.

“자가, 팥죽이요, 팥죽!”

하필 이럴 때 눈치 없이 끼어든 것은 복연의 목소리였다.

“시끄러워. 창피해.”

“뱃가죽이 등에 붙겠단 말이야.”

“흥, 네 덩치 보고 누가 굶었다고 생각하겠니.”

“뭐라고? 깍쟁이가 하는 말은 안 들려.”

놔두면 머리채 잡고 싸울 기세였다. 투덕투덕 싸우면서도 굳이 같이 다니는 건 무슨 심보들인지 모르겠다.

“어! 둘이서만 복조리 만들면 어떡해요!”

"얼마 안 했어. 앉아. 먹고 하자."

신이 나서 팥죽 솥을 달궜다. 장작을 너무 땠는지 한 번 태운 밑바닥을 또 태우고 말았다. 한 국자씩 크게 퍼서 앞에 내주었더니 영희는 냄새를 맡고 헛구역질을 했다.

"회임은 자가께서 하셨는데 왜 네가 입덧을 하냐?"

복연이 낄낄거렸다.

"먹으면 죽는 거 아닙니까?"

경희도 코를 씰룩거렸다.

"맛있다니까! 밑에 조금밖에 안 탔어!"

덕임은 뻔뻔하게 항변했다.

어쨌든 다들 그릇을 싹 비웠다. 도통 못 먹는 영희의 몫은 복연이 대신 처리했다. 그러고는 다시 복조리를 만들었다. 손재주 좋은 경희가 제일 예쁘게 만들었고, 나머지 셋은 엉성하기가 비슷했다.

"전 원자 아기씨 침전에다가 걸어둘래요."

경희가 얼굴을 붉히며 말했다.

"웬일로 예쁜 소리를 다 해?"

덕임이 옆구리를 찌르자 그녀는 펄쩍 뛰었다.

"나도 그렇게 할래."

"그럼 나도."

영희와 복연도 동조했다.

네 개의 복조리들은 원자의 침전 벽에 나란히 걸렸다. 예쁘고 어설프고 삐뚤고 제각각인 게 꼭 넷이서 벗으로 함께 지내온 추억처럼 보기 좋았다.

"내년엔 더 잘 만들 거야."

"그냥 경희한테 네 개 다 시키면 어떨까요?"

"난 절대 안 해."

어째 영희만 말이 없었다. 그녀는 복조리를 보고, 친구들을 보고, 잘 개켜둔 원자의 조그만 옷가지를 보고, 그저 촉촉하게 웃을 뿐이었다.

동짓날 다 지나간 한밤중에는 왕이 왔다. 종일 바빴는지 고단해 보였다. 그는 곤히 잠든 원자를 보다가 벽에 붙인 복조리들을 발견하고 옅게 미소 지었다.

"네가 만든 게 어느 것이냐?"

"맨 왼쪽 것이옵니다."

왕은 그것을 뚝 떼어버렸다.

"내 침전에 걸어둬야겠다."

"아드님 것을 빼앗아가시옵니까?"

"사四는 어린아이에게 좋지 않은 글자라서 그런다!"

그래도 세 개만 남는 건 좀 그렇다. 하지만 임금이 우기면 도리가 없다.

"기왕이면 제일 예쁜 걸로 가져가시지요?"

좋은 게 좋은 거라고, 덕임은 선심 쓰듯 경희가 만든 복조리를 가리켰다.

"……네가 만든 게 아니잖으냐."

왕은 어째 눈을 피했다.

"흠흠! 원자의 감기는?"

"땀을 빼며 놀았더니 체후體候가 나아지셨나이다."

"너는? 신난다고 막 주워 먹은 건 아니냐?"

"아니옵니다!"

"몸 상태는 똑같고? 태동이 있었느냐?"

"오늘도 없었사옵니다."

"이 녀석은 원자와 달리 조용하구나."

그는 아기가 들어앉은 배를 살살 문질렀다.

"아우가 좀 활달하고 싹싹해야 형제간 우애가 좋을 터인데."

또 아들을 기대하는 눈치였다. 덕임은 거북해서 말을 돌렸다.

"자전과 자궁께 차림상은 올리셨사옵니까?"

"음, 수육을 아주 잘 드시더군."

왕실의 어른들을 위해 동짓날 상차림을 한다고 조정은 며칠 전부터 분주했다.

"한데 왕대비께 기막힌 말씀을 들었다."

문득 왕의 표정이 부루퉁해졌다.

"너 자전과 자궁께 음식을 직접 만들어 올린다면서?"

"예, 가끔 별미로요."

"중궁이랑 경수궁한테도?"

덕임은 끄덕였다.

"청연과 청선이 입궁할 때도?"

"그러하옵니다."

"뿐만 아니라 궁녀들에게도 음식을 나눠준다고?"

슬슬 조짐이 안 좋았다.

"어찌 그럴 수가 있느냐?"

아니나 다를까, 왕은 벌컥 성을 냈다. 덕임은 냉큼 저자세를 취했다.

"두 분 마마께서 복용하시는 탕약과 잘 맞는지 의녀에게 물어 마련한 요깃거리였으니 심려치 마소서."

"그게 아니다."

"질이 좋되 흔한 식재료로만 써서 낭비 없이 마련하였사온데……."

"그것도 아니다."

"하, 하오시면 궁녀들과 어울려서……?"

"그건 부차적인 문제다."

더 이상은 짚이는 구석이 없었다. 눈치만 보자 왕은 딱딱거렸다.

"네 행동이 이치를 벗어났기에 꾸짖는 것이다."

"이치라니요?"

"내 집에서 내 첩이 나만 따돌리는 게 정상이더냐!"

얼이 빠진 덕임을 보고 그는 더욱 파르르 떨었다.

"넌 나한테 제일 잘 보여야 하는 거 아니냐? 한데 어찌 사방팔방으로 살갑게 굴면서 지아비만 쏙 빼놓느냔 말이다."

"투정하시옵니까?"

"투정이 아니고 꾸짖는 거다!"

황당해서 웃음이 나왔다.

"힘들여 정무 보시는 전하께선 든든하게 수라를 젓수셔야지요."

"끼니 사이 간식도 있고 밤참도 있는데 웬 수라 타령!"

"워낙 식성이 까다로우시니 괜히 심기만 거스를까 삼갔사옵니다."

"어려워도 맞추려고 해야지!"

"내키지 않으실 때는 입맛에 맞는 음식을 올려도 귀찮아하시잖아요."

덕임은 한 마디도 지지 않았다.

"그리고 내명부가 두루 단란하면 좋지, 뭘 언짢아하시옵니까?"

"내가 얻어먹은 건 까마득한 옛날에 쌈밥밖에 없는데……."

"과줄은 왜 빼먹으시옵니까?"

"알았다! 그것도 쳐주마. 그래도……."

"하여튼 사람은 잘해준 건 싹 까먹고 안 좋은 것만 기억한다니까요."

"아, 됐다!"

완전히 토라진 용안을 보고서야 아차 싶었다.

"에이, 신첩이 잘못하였사옵니다."

"됐다니까."

"모자라서 미처 생각지 못하였으니 화 푸소서."

살살 눈웃음치며 그의 팔을 껴안았다. 왕은 고개를 홱 돌렸지만 뿌리치진 않았다.

"시장하시옵니까? 정성으로 팥죽을 쒀놨사옵니다."

"됐다. 종일 먹어서 신물이 난다."

"신첩이 전하를 생각하며 쑨 팥죽이라 훨씬 맛있을 것이옵니다."

이 정도 거짓말은 해롭지 않다.

"안 먹는다니까."

다행히 비장의 패가 있다.

"어, 무슨 소리 들리지 않으시옵니까?"

"뭐?"

"태중의 아기씨께서 막 떼를 쓰시는데요."

덕임은 손나발을 불었다.

"아바마마, 맛있는 팥죽 젓수소서, 아바마마……. 아니 들리시옵니까?"

혀짤배기소리에 왕은 버티지 못했다.

"갈수록 가관이군."

아바마마 소리에 용안은 너무도 쉽게 녹아내렸다. 그는 원자가 '아부마'라고 첫 말문을 열었을 때도 싱글벙글 어쩔 줄을 몰라 했다.

“정녕 그리 떼를 쓴다면 어미를 닮아 요망한 딸이 틀림없다.”

왕은 부푼 배에 귀를 대며 혀를 찼다.

“얼른 가서 내와라. 하여튼 궁색할 때만 아양은……!”

피곤하긴 했다. 삐칠 때마다 아양을 떨어 달래주니까 더 저러는지도 모르겠다. 더욱이 없는 애교 떨어가며 바친 것치곤 반응도 싱거웠다.

“입에 맞으시옵니까?”

“그럭저럭.”

말이나 살갑게 좀 하면 어디 덧나냐고 덕임은 몰래 혀를 찼다.

“……정말 나 먹으라고 쒔느냐?”

한참을 주저하던 왕이 물었다.

“그럼요.”

용안에 언뜻 홍조가 돌았다. 이쯤 되니 양심이 콕콕 찔렸다. 안 그래도 두 번이나 태워먹은 팥죽이니 말이다.

“저, 전하! 만두 좋아하시지요? 신첩이 근자에 빚는 법을 배웠거든요. 만두과 말고 진짜 만두를 한번 올릴까요?”

“진말(眞末, 밀)은 귀하다. 절약해야지.”

“여염의 방식대로 메밀을 쓰면 되옵니다.”

덕임도 수라상에나 올리는 밀만두는 먹어본 적이 없다.

“……내일 밤참으로 해놔라.”

“예쁘게 빚어놓겠사옵니다.”

곰살갑게 속살거리니 왕은 괜히 목덜미만 문질렀다.

“넌 먹고 싶은 것 없느냐?”

“젓수시는 모습만 뵈어도 배가 부르옵니다.”

누가 물 들어올 때 노를 저으라 했던가. 덕임은 열심히 장단을 맞췄다.

"그럼 이거나 받아라."

멋쩍게 순갈을 뒤적이던 왕이 소매에서 불쑥 뭘 꺼냈다. 고운 주황색에 작고 동그랗고 이상한 것이었다.

"과일이옵니까?"

"밀감(蜜柑, 귤)을 모르느냐?"

이름은 안다. 역시나 수라상에나 올리는 귀한 과일이다. 궁중의 온실인 창순루蒼荀樓에서 한두 개씩 어렵사리 키워낸다고 들었다.

"동짓날이라고 탐라목에서 진상해 왔다. 종묘에 올리고 남아서 주는 거다."

기껏 선물하면서도 살갑지 못한 성정이야 참 어쩔 수 없었다. 덕임은 밀감을 손으로 꼭 쥐어보았다. 감촉이 우둘투둘 신기했다.

"어서 먹어라."

"나중에 먹겠나이다."

"지금 먹으라니까."

"귀한 과일이니 아끼겠사옵니다."

"어허, 내가 보는 앞에서 먹어라."

왕은 이상한 고집을 부렸다.

"어찌 전하 보시는 데서 들라 하시옵니까?"

"그럼 넌 왜 내가 안 보는 데서 먹겠다는 것이냐?"

덕임은 결국 실토했다.

"어떻게 먹는 건지 모르겠사옵니다."

왕은 풋 웃음을 터뜨렸다. 그가 밀감의 꼭지를 잡고 껍질을 쓱쓱 벗겨냈다. 사과처럼 베어 무는 게 아닌가 보다. 뽀얗게 드러난 과육에선 새콤한 향취가 났다. 한 조각을 뚝 떼어 입에 물려주기까지 하는 통에 조금 당황했다.

"아! 맛있사옵니다."

새콤하면서도 달콤한 맛이 절묘하게 어울려 혀끝을 훔쳤다.

"하나 빼두길 잘했군."

"남아서 주신다면서요?"

"나, 남을 것 같아서 빼놓았다는 뜻이다!"

변명이 몹시 궁색했다. 저 성격에 첩이 기뻐하는 모습을 보고 싶어 했다니 어째 가슴이 울렁거렸다.

"뭘 히죽히죽 웃느냐!"

"그냥 신첩이 예뻐서 준다 하시면 될 걸 부끄러워하시긴."

"예쁜 구석이 어디 있다고!"

왕은 파르르 치를 떨었다. 덩달아 울렁거림도 더 심해졌다.

"있지요, 전하."

"또 뭐?"

"볼수록 원자 아기씨께선 전하를 많이 닮으신 것 같사옵니다."

어째 아들에게서 아비의 흔적을 찾고 싶어졌다. 스스로 위험하다 느낄 만큼.

"음? 내가 볼 땐 너를 똑 닮았는데."

그리고 왕 또한 당연하다는 듯이 아들에게서 그녀의 흔적을 찾았다. 때문에 자꾸 허물어지는 마음의 벽을 다잡으려면 노력이 좀 필요할 것 같았다.

태교는 순조로웠다. 첫 잉태 때와 달리 부담감이 없었다. 기왕이면 둘째도 왕자가 좋다며 효강혜빈이 아들 낳는 탕약을 권하는 등 호들갑은 있었다. 하지만 원자가 아장아장 걸음마를 시작하면서부터는 관심이 그쪽으로 쏠려 싹 사그라졌다.

"여기다, 여기. 아바마마한테 와보거라."

왕이 멀찍이서 손뼉을 치자 원자는 바동거렸다. 몇 걸음 못 떼고 털썩 주저앉았지만 왕은 신동이라며 칭찬을 아끼질 않았다. 연배가 훨씬 높은 신료들에게조차 공부 좀 하라고 잔소리를 일삼는 분이 아들에게는 어쩜 저리 관대한지 놀라웠다.

"분명 어제보다 더 힘이 붙었다."

아들의 통통한 다리를 문지르며 왕은 활짝 웃었다.

"부쩍부쩍 자라시옵니다. 전하를 닮아 키가 크고 훤칠해지시려나 봅니다."

아기 옷의 팔다리가 연일 깡동해지는 통에 실과 바늘을 내려놓을 새가 없었다.

"그럼. 어미를 닮으면 조그매서 못 쓴다."

"신첩도 전하만큼 잘 먹고 컸으면 항우장사 부럽지 않았을……. 아얏!"

잠깐 정신을 팔았을 뿐인데 바늘이 헛나가 손끝을 찔렀다. 붉은 피가 뚝뚝 떨어졌다.

"말대답해서 벌 받은 거다."

밉살스럽게 말하면서도 왕은 헝겊으로 싸매주었다.

"넌 참 재주가 없구나. 원자가 왜 만날 소매가 짝짝이인 옷만 입나 했더니."

"옛날에 효강혜빈께서는 아예 전하와 신첩 둘 다 바늘 근처에 얼씬도 말라고 명하셨잖아요."

선연한 추억을 나누며 두 사람은 함께 웃었다.

"그래도 신첩이 이제는 전하보다 바느질을 잘 하지요."

"응당 그래야지. 침선은 여인의 소임인데."

왕이 샐쭉하게 받아쳤다.

"아니, 한데 그동안 연습할 세월이 차고 넘쳤는데도 이 정도면 좀 심각한 거 아니냐?"

"신첩은 대신 얼굴이 예뻐서 괜찮사옵니다."

"……못 들은 셈 치겠다."

왕은 농담을 전혀 받아주지 않았다. 하긴, 그가 경희 흉내를 알 리가 없다.

"이렇게 작은 손으론 붓도 못 쥐겠다."

새삼스레 그는 신기해하는 눈치였다. 힘을 주면 부서질 눈송이처럼 살살 문질러 보기도 했다. 손목에서부터 손바닥 옴폭한 곳까지 간질이듯 쓸자 덕임은 저도 모르게 화끈 달아올랐다.

"이, 이제 다 나았사옵니다."

"네 속은 정녕 모르겠다."

부끄러움을 견디지 못하고 손을 빼내니 왕이 묘하게 웃었다.

"별 사소한 데서 낯을 붉히는 게 괴상해. 감히 날 놀릴 작정을 하면 낯부끄러운 소리도 서슴지 않으면서."

괴상하기는 왕도 마찬가지다.

늘 골림을 당한 어린아이처럼 파르르 떨곤 하지만 자신이 언제 가장 사내다운지를 잘 알고, 그 순간만은 과시하기를 주저하지 않는다. 특히 밤에 그렇다. 아무리 틀어막아도 소리가 새어나가는지 어쩌는지, 가끔 늙은 상궁이 눈을 요렇게 뜬단 말이다. 두 분만 계실 때는 성상의 옥체를 잘 다스리는 것이 후궁의 몫인데 제대로 하느냐는 둥 훈계까지 앞세우면서.

"할 말이 많아 보이는 표정인데."

불만스레 씰룩이는 뺨을 왕이 톡 건드렸다.

"아니옵니다."

덕임은 바느질감만 다시 움켜쥐었다.

"아, 그런데……. 너 혹시 지금도 잡문을 가까이하는 건 아니겠지?"

왕은 너무나 갑작스럽게 화제를 돌렸다.

"예에? 무, 물론이지요."

허를 찔러 반응을 보려는 속셈이었다면 성공이다. 뜨끔했다. 방구석에 틀어박혀 자수나 놓으려니 좀이 쑤셔 이따금 소설책을 한 권씩 얻어 읽는 참이다.

"필사니 뭐니 푼돈벌이도 삼가고?"

왕은 눈을 가늘게 떴다.

"그만둔 지 한참 되었나이다."

이건 진실이다. 마지막으로 붓을 잡은 게 언제인지 기억도 안 난다.

"그래. 내 집안에서 잡문은 절대 안 된다."

으름장을 놓던 그는 덕임의 표정을 보고 헛기침을 했다.

"흠! 또 산통을 깼다고 할 테냐?"

"언제는 아니 그러시옵니까?"

왕은 아들이 자신을 부른 척 딴청을 피웠다.

어쨌든 형편없는 솜씨에도 불구하고 아기 옷은 곧 완성됐다. 바느질을 못한다는 구박에 불타올라서인지 꽤 잘 만들었다. 마감질만 경희가 도와주면 진짜 근사할 것 같았다.

그래서 덕임은 한가한 때를 골라 경희를 찾았다. 그러나 심부름 보낸 궁인은 혼자서 돌아왔다.

"바빠서 못 온다던?"

궁인은 난처한 기색이었다.

"왜, 이번에는 경희가 태기 되었대?"

우스갯소리로 던진 말이었는데 반응이 심상찮았다.

"저기, 그게……. 감찰부에 있다고 합니다."

"뭐라고?"

"어제 아침에 감찰궁녀가 데려갔다고……."

그렇다면 오늘로 벌써 이틀째 돌아오지 않았다는 뜻이었다.

추억이라 이를 수 없는 옛 기억이 자연스레 뇌리를 스쳤다. 아니다. 사서 걱정할 필요 없다. 경희는 원래 오해를 자주 산다. 잘난 척을 하다가 시비가 붙었는지도 모른다.

"경희만? 아니면 중궁전 다른 나인들도?"

"배 나인만요."

덕임은 잠시 고민했다.

"그럼 가서 영희나 복연이를 데려오렴."

대전을 빠져나올 수 없다고 하면 경희에 대해 아는지 묻고, 오늘 번을 마친 뒤에 여기로 오도록 일렀다. 둘은 뭔가 알고 있을 것이다.

하지만 기대가 무색하게도, 궁인은 또 허탕만 치고 돌아왔다.

"둘 다 찾지 못했사옵니다."

"아니, 그건 또 무슨 소리야?"

"그저께 저녁부터 두 나인들을 본 사람이 아무도 없다고 합니다."

"어제오늘 일을 나오지 않았다고?"

"예. 처소에도 없고요."

일이 이상하게 돌아간다. 무시무시한 대전에서 무단으로 번을 빠질 순 없다. 그것도 모자라 어찌 하필 셋의 행방이 동시에 묘연할 수 있을까? 가능성을 따져보았다. 가장 그럴듯한 추측은 경희에게 사정이 생겼고, 덩달아 영희와 복연까지 휘말렸다는 것이었다.

"감찰부에 가서 영희와 복연이도 있는지 알아봐 줘."

"대전의 궁인들 아닙니까. 설령 있다한들 대답해 주지 않을 텐데요."

과연 일리 있는 지적이었다.

"혹시 감찰궁녀 중에 아는 사람 있니?"

"없사옵니다."

"하면 네가 수고 좀 해야겠다. 대전과 중궁전을 돌면서 이것저것 캐보렴."

"그러다 자가께서 웃전의 궁인들과 사통한다는 오해라도 사시면……."

답답했다. 안면을 튼 감찰궁녀에게 뇌물을 찔러주면서 꼬드기면 쉬울 텐데, 이제는 섣불리 움직일 수 없다. 회임에 세자 책봉까지 거론되는 마당이라 주시하는 눈도 많다. 달리 방도가 없으니 묘책을 떠올릴 때까지 일단은 기다리기로 했다.

그런데 정말 이상한 일은 그날 밤에 생겼다.

"혹 감찰상궁이 널 찾아왔느냐?"

왕이 물었다. 용안은 딱딱하게 굳어 있었다.

"예? 근자에는 본 적이 없사온데요."

그녀를 마지막으로 본 것은 빈嬪 책봉례 때였다. 소용 품계를 받을 때와 달리 격식을 갖춰 예식을 크게 치렀다. 각 부서 으뜸가는 궁인들의 하례를 받았는데 개중 하나였다.

"그러면 됐다."

어리둥절한 덕임과 달리 왕은 혼자 납득했다. 시선이 미묘하게 마주쳤다. 뭔가 있다는 느낌이 들었다. 하지만 왕이 한발 빨랐다.

"난 바빠서 돌아가 봐야겠다."

앉은 지 얼마 되지도 않았으면서 이상했다.

"저, 전하!"

뭘 물어야 할지도 모르면서 덕임은 막연히 그를 붙잡았다.

"몸 상태나 살피러 온 것이다. 늦었다. 어서 자라."

덕임의 어깨를 꾹 눌러 도로 앉히며 왕은 말했다.

"산달이 얼마 남지 않았으니 얌전히 지내고."

약속을 받아내는 듯한 말투였다.

경희는 감찰부에 불려갔다. 영희와 복연도 덩달아 사라졌다. 거기다 왕이 대뜸 감찰상궁 이야기를 꺼냈다. 짐작도 안 가는 연결고리를 헤아릴수록 덕임은 갑작스러운 미궁에 빠지는 기분이었다.

이튿날 다시 궁인을 불렀다.

"오늘도 셋 다 나타나지 않았어?"

"예. 아침에 번을 헤아릴 때 없었답니다."

"안 되겠다. 그냥 네가 소문이 궁금한 척 섞여보렴. 중궁전에 가서 경희 욕을 하면 술술 털어놓을걸. 그 정도는 할 수 있지?"

궁인은 영 마뜩잖은 눈치였지만 끄덕였다.

넋 놓고 기다리기란 바늘방석에 앉아 있는 것과 같았다. 그것도 모자라 궁인은 소득 없는 귀환으로 다시금 그녀를 실망시켰다.

"터무니없는 이야기만 들었사옵니다."

경희의 뒤꽁무니를 따라다니는 악질 같은 소문이 대개였다.

"대전 쪽은?"

"어쩐지 다들 날이 서 있었습니다. 어린 나인들과 채 어울리기도 전에 상궁에게 들켜 쫓겨났사옵니다."

왜 경희가 속한 중궁전보다 대전이 더 유난이람. 덕임은 미간을 찌푸렸다.

"다만 용케 대전 비자한테서 귀띔을 들었나이다."

"뭔데?"

"대전 나인 두엇이 또 자취를 감추었답니다."

"누구? 내가 아는 애들일 수도 있겠다."

"이름까진 듣지 못했사옵니다."

도로 원점이었다. 덕임은 한숨을 쉬었다.

"너무 염려 마소서. 별일이 있었으면 전하께서 알려주셨겠지요."

기묘했던 왕의 태도를 돌이켜보았다.

"……그래, 그러시겠지."

어쩐지 불길함만 더해졌다.

경희가 홀연히 나타난 것은 그날 오후였다. 제 발로 찾아왔다. 아무 일 없었다는 듯 태연했지만 눈 밑이 퀭하고 표정은 죽상이었다.

"뭐야, 너?"

사라지는 것도 나타나는 것도 제멋대로라 덕임은 기가 막혔다.

"괜히 시비가 붙는 바람에 벌을 받았어요."

"그게 다야?"

"예."

"영희랑 복연이는? 같이 싸웠어?"

경희는 메마른 눈을 깜빡였다.

"그 애들에게 무슨 일이 생겼습니까?"

"몰랐어? 걔네도 없어졌어. 네가 감찰부에 갇히고서 바로."

아니다. 덕임은 문득 허점을 깨달았다. 분명 영희와 복연이 하룻밤 먼저라고 했다.

"전 몰랐어요. 없어지다니요?"

경희를 보았다. 그러고는 본능처럼 알아차렸다.

"너 거짓말을 하는구나."

"정말 몰랐습니다. 벌 받느라 갇혀 있었다니까요."

경희의 눈동자가 흔들렸다.

덕임이 경희의 팔목을 확 붙잡았다. 놀랍게도 그녀의 가면이 일순간에 무너졌다. 잘 익은 복숭아처럼 고운 뺨을 타고 눈물이 뚝 떨어졌다.

"아니, 왜 울어?"

"벌을 받은 게 억울해서요."

"또 거짓말! 영희랑 복연이는 어디 있어?"

"모릅니다."

하지만 저항만은 완강하여 입을 열지 않으려 했다. 입씨름이 길어지려는데 뜻밖의 방문이 또 있었다.

"자가, 복연이옵니다."

이쯤 되니 셋이 짜고서 놀리는가 싶었다. 그런데 복연의 몰골은 썩 좋지 않았다. 얼굴이 퉁퉁 붓고 입가가 찢어져 피가 비쳤다.

"안 돼!"

덕임이 깜짝 놀라 운을 떼기도 전에 핏기가 싹 사라진 경희가 가로막았다.

"너 얌전히 방에 있겠다고 했잖아."

"아무래도 이건 아니야. 자가께서도 아셔야 해."

"자가께선 놀라시면 안 된단 말이야!"

"그래도 너무 늦기 전에……."

복연은 말을 끝맺지 못했다. 마찬가지로 울고 있었다. 슬슬 덕임은 겁이 났다.

"너희들 뭘 숨기는 거야?"

"일단 앉으시옵소서."

이렇게 된 이상 어쩔 수 없다는 듯 경희가 말했다.

"영희는? 경희가 아니고 영희한테 문제가 생긴 거야?"

"앉으셔야 합니다."

그녀는 꼭 까무러칠 만큼 놀랠 것처럼 굴었다.

"영희가 어리석은 짓을 했습니다."

힘겹게 운을 뗀 경희가 복연을 곁눈질했다.

"새벽에 자다가 이상한 소리를 듣고 깼는데요."

침을 꿀꺽 삼키더니 복연이 이어갔다.

"영희가 흐느끼는 소리였습니다. 뒤집어쓴 이불을 벗겼더니 땀이 흥건했어요. 안 그래도 눈 붙이기 전부터 안색이 좋지 않아 신경이 쓰이던 참이었거든요. 열병이라도 앓는 줄 알고 불을 밝혔더니 배가 아프다고 했어요. 문질러주면 가라앉을까 싶어 보았는데……."

복연은 파르르 입술을 떨었다.

"아랫도리가 피범벅이었어요. 달거리 혈이냐고 물었는데 영희는 제정신이 아니라서 헛소리만 했어요. 걔가 원래 달거리 때마다 앓잖아요? 진짜 심할 땐 까무러치기도 하고. 그래서 빨리 침을 맞혀야겠다는 생각에 들쳐 업고 약방까지 뛰었어요. 그, 그런데……. 의녀가 영희의 치마를 걷고 맥을 짚더니……. 그 애가 유산을 하고 있더라는 겁니다."

"애를 뱄단 말이야?"

덕임은 멍하니 물었다.

분명 신경에 거슬리는 게 있었다. 꽤 오랫동안 중요한 걸 잊고 있다는 느낌이 있었다. 월혜를 풀어주는 것으로는 개운해지지 않은 의문이었다.

영희였다. 영희에게 정인이 있었다. 무슨 별감이랬다. 향간과 선물을 주고받으며 몰래 만났다고 했다. 헤어지겠다는 약속을 받았다. 반드시 뜯어말리겠다고도 맹세했었다. 하지만 그 뒤로 경희가 사라지고, 대전을 떠나고, 승은을 입고, 아이를 낳으면서 새카맣게 잊고 말았다.

"다 제 잘못이에요!"

복연은 머리를 쥐어뜯었다.

"의녀를 방으로 데려왔으면 입막음을 했을 텐데……. 바보같이 업고 가는 바람에 덮을 수 없게 되었어요. 저희 둘 다 감찰부로 끌려갔어요. 따로 갇히는 바람에 더는 그 애를 볼 수 없었고요."

"고신拷訊을 당한 거야?"

"감찰궁녀들이 통정한 상대를 대라고 다그쳤어요. 전 전혀 몰랐어요! 영희랑은 방을 같이 쓰면서도 습관이 너무 안 맞아서 거리를 뒀거든요. 걔가 늦게 돌아오거나 밤에 몰래 나가도 그러려니 넘겼고요. 걸레질을 하다가 함函을 건드렸을 때 그 애가 벌컥 화를 냈던 게 사내와 주고받은 쪽지 때문이라는 건 더더욱 몰랐다고요."

감찰궁녀들이 이미 방 수색을 하여 증거까지 잡았다는 뜻이다.

"경희 너도?"

"전 영희와 오촌지간이잖아요. 당연히 심문을 받았지요."

경희는 무뚝뚝하게 끄덕였다.

"그래도 방동무인 복연이처럼 가혹하게 당하진 않았어요. 통정 상대를 지목할 때까지 가둬두겠다는 협박이나 좀 있었지요."

"심문 중에 좀 주워들었어요."

복연이 소매로 눈을 훔쳤다.

"영희가 입을 열지 않더래요. 어차피 죽을 거면 혼자 죽겠다고 애 아빠가 누구인지 꾹 다물었다고요."

속에서 울컥 토기가 올랐다.

"풀려나긴 어떻게 풀려난 거야?"

"털어도 아는 게 없다고 믿은 거겠지요."

"만약 알았으면 하혈하는 애를 업어올 리 없다고, 참작해 주겠다고 했어요."

"영희는 계속 갇혀 있고?"

"몸이 낫질 않아서 탕약을 먹이고 쉬었다가 다시 심문하고……. 그러기를 반복한대요."

"영희와 친한 대전 세수간 나인 두 명이 더 끌려온 것도 봤어요."

덕임은 침착하게 헤아려 보았다.

"이런 일치고 대응은 소소하네. 원래는 다 뒤집고 난리도 아니잖아?"

실낱같은 기대로 물었다.

"자가 때문이겠지요."

경희가 조용히 말했다.

"내가 왜?"

"정식으로 수색하면 영희와 방동무였던 데다가 여전히 절친한 사이인 자가까지 거론될 테니 가능한 한 쉬쉬하며 처리할 듯합니다."

"마, 맞아요! 어제 대전 내시도 보았습니다. 감찰상궁과 한참 속닥거리더라고요."

"……그게 좋은 의미일까?"

덕임은 스스로에게 물었다.

만약 왕이 첩을 사랑하다 못해 본분까지 무시하는 임금이었다면 그럴 수 있겠다. 하지만 그는 그런 임금이 아니다. 첩을 지켜준다 한들 공공연히 첩이 연루되기 전에 소동을 축소시키고 화근을 없애 마무리 짓는 길을 택할 것이다.

"영희를 봐야 해."

벌떡 일어섰다. 무거운 배를 지탱하느라 허리를 짚어야 했다.

"감찰상궁한테 갈 거야."

"절대 아니 되옵니다!"

경희가 앞을 막았다.

"원자 아기씨를 생각하소서. 지저분한 치정 사건에 끼면 아기씨 장래에 누가 됩니다. 생모에 관한 추잡한 소문이 꼬리처럼 붙을 거라고요!"

지극히 옳은 충고였다. 선왕은 비천한 무수리를 생모로 두었다는 이유만으로 왕실의 핏줄이 아닌 사생아라는 악질 같은 소문을 달고 살았다.

"영희가 죽어."

왈칵 눈물이 치솟았다.

"그런데도 손 놓고 있으라고?"

"외간 사내와 통정한 순간 영희는 이미 죽을 운명이었어요."

경희는 냉정하게 잘랐다.

"자가께서 할 수 있는 건 아무것도 없어요."

"저, 전하께 목숨만 살려달라고 부탁드리면……."

"이런 일에 얼마나 엄한 분인지 잘 아시잖아요. 씨알도 안 먹히고 자가께서만 눈 밖에 날 거예요. 전하께서 괘씸히 여겨 새 후궁을 들여 새 아들을 보시면, 장차 원자 아기씨를 어찌 지켜내시겠습니까?"

덕임은 발작적으로 웃음을 터뜨렸다.

우스웠다. 후궁 반열에 오르고도 궁인 시절보다 더 힘이 없었다. 적어도 옛날에는 하찮은 벗 하나 지키겠다고 뛰어다닐 배짱이라도 있었다. 이제는 감히 아들이라 부를 수 없는 아들을, 귀하디귀한 국본의 자리에 인질 아닌 인질로 잡혀놓고, 임금께서 나를 죽일까 살릴까 눈치만 보는 신세로 전락했다.

"아이고, 제발 진정하소서!"

무릎이 푹 꺾인 덕임을 복연이 부축했다.

"이래서 말씀드리면 안 된다고 했던 거야!"

경희가 날카롭게 말했다.

"언제까지고 숨길 수도 없는 노릇이잖아!"

복연은 지지 않고 받아쳤다.

"……배가 아파."

찌르는 듯 복부에 통증이 있었다. 미성숙한 태아가 요동을 쳤다.

"숨을 깊게 쉬시옵소서!"

경희가 헐떡이는 덕임을 앉히며 뒤에서 꽉 끌어안았다.

"의, 의녀를 불러올게요!"

잔뜩 겁을 집어먹은 복연은 냉큼 달려 나갔다.

덕임은 꿈틀거리는 제 배를 더듬었다. 보름달처럼 둥글었다. 어디서도 축복받지 못 할 잉태에 겁먹은 영희 앞에서, 은애하는 사내의 아이를 갖는 평범한 행복조차 허용되지 않은 벗 앞에서, 마치 자랑을 하듯 부풀었다.

"자가, 제발! 고정하시옵소서!"

영희가 왕을 연모하느냐고 물었다. 별 대단치도 않은 감정을 늘어놓았다. 본능으로 누군가를 사랑하는 일조차 힘겨운 그녀에게 복에 겨운 투정이나 했다. 이기적인 자신에 대한 수치심이 울컥 치받았다.

"숨을 쉬셔야 합니다, 제발……."

경희 목소리가 아득하게 멀어졌다.

영희를 보았다. 피에 흠뻑 젖은 치마를 입고 찬 바닥에 덩그러니 앉아 있었다.

"미안해."

꿈을 꾸면서도 꿈인 줄 알았다. 그래서 사과는 쉽게 나왔다.

"내가 알았는데……. 내 생각만 하느라……. 미안해."

"아니에요. 제가 일부러 숨겼어요. 말리실까 봐 겁이 났어요. 그분을 놓칠까 봐 무서웠어요."

"네가 고초를 겪는데 그놈은 어디 있는 거야?"

짐짓 울분을 담아 물었는데도 영희는 도리질을 쳤다.

"다들 제 이름을 기억 못 해요. 제가 눈에 안 띈대요. 어려서부터 함께 자란 사이인데도 이름 하나를 몰라서 만날 영숙이니, 영순이니 다른 사람만 찾는다고요."

"영희야!"

"그분은 절 알아봐 주었어요. 이름 따위 아무래도 상관없는 궁녀가 아니라, 영희라고 똑바로 불러주었어요."

초승달처럼 곡선을 그린 영희 입술에 말갛게 눈물이 어렸다.

"약을 먹고 떼어 낼 생각은 도저히 할 수 없었어요. 아기를 갖고 싶었어요. 품에 안고 어디가 그분을 많이 닮았나, 저도 헤아리고 싶었어요. 자가처럼."

목이 턱 막혀 대꾸를 할 수 없었다.

"저를 알아주지 않는 사람들 속에서 평생 사느니, 저를 알아봐 주는 사람을 위해 죽을래요. 그게 기뻐요."

꼬챙이처럼 마른 영희를 와락 끌어안았다. 너무 차가웠다.

"네가 정말 옆에 있었으면 좋겠어."

덕임이 말했다.

“저는 항상 곁에 있어요.”

영희도 말했다. 그러고는 까마득한 어둠 속으로 미끄러졌다.

정신을 차렸을 땐 사방이 조용했다. 어스름이 내려앉은 하늘이 창 밖으로 보였다. 역시 진짜가 아니었다. 허상이었다. 한낱 가짜 영희를 잃는 것만으로도 가슴이 타들었다. 슬픔의 끝은 현실의 직시였다.

영희는 구할 수 없다. 마지막으로 한번 볼 수도 없다.

정말 영희는 은애하는 이를 위해 죽어 기쁘다고 생각할까? 함께 저지른 행위의 결과를 나누어지지 않는 상대인데도, 그게 차라리 위안이 될까?

토할 것만 같았다. 몸을 일으키려고 버둥거렸다. 그러고 보니 아까 배가 아팠다. 정신을 잃을 만큼. 덕임은 둥근 배를 조급하게 더듬었다.

“괜찮다.”

낮은 목소리가 들렸다.

“아이는 괜찮아. 살짝 놀랐을 뿐이라더군.”

연이어 뜨거운 손길이 어깨를 어루만졌다. 왕이었다. 그는 덕임을 일으켜 앉히고 탕약을 먹였다. 맛이 쓰고 역했다. 미음까지 권했으나 밀어냈다. 뭘 먹었다간 당장 게워낼 것 같았다. 미지근한 물만 조금 마셨다.

“모르게 하실 생각이셨습니까?”

축인 입술에선 고요한 목소리가 새어 나왔다.

“그래. 네가 많이 놀랄까 봐 저어하였다.”

“영원히 숨길 수는 없으셨을 텐데요. 해산을 할 때까지만 감추려고 하셨나이까? 아기씨를 생산한 다음이라면 얼마든지 놀라도 상관없으니 말이옵니다.”

본의 아니게 쏘아붙였다.

“네 벗이라는 두 궁녀를 풀어주지 않았느냐. 그들로부터 소식을 듣게 하면 충격을 덜 받을 줄 알았는데 완전히 빗나갔군.”

왕은 미간을 찡그렸다.

“아기씨께서 무탈하시니 되었지요.”

“……너는 괜찮으냐?”

“그런 건 어차피 상관없지 않사옵니까.”

그의 걱정이 단순히 태중의 용종 때문만은 아니라는 걸 알았다. 자신을 자상하게 살펴주고 있다는 것도 알았다. 하지만 지금은 우주의 중심을 그에게 두고 생각할 여유가 없었다. 그가 절대로 우주의 중심을 그녀에게 두지 않는 만큼.

“조용히 끝낼 생각이다.”

왕은 화내지 않았다.

“원자에게 해를 끼치고 싶지 않으면 잠자코 있어라. 그 나인을 봐줄 순 없어. 나라에는 마땅히 지켜야 할 법이 있다. 나한테 부탁할 생각도 마라. 누구에게도 특혜는 없어.”

대신 정확히 예상했던 대로, 참으로 그답게 굴었다.

“알고 있사옵니다.”

덕임은 허하게 웃었다.

따르지 않으면 가만두지 않겠다는 위협까지 듣기엔 너무 지쳤다. 계집에겐 한없이 잔인한 국법을 운운하는 임금을 위해 자연스러운 본성부터 인생까지 전부를 바쳐야 하는 궁녀들이 가여웠다. 그러고도 세간에는 임금의 눈에 들기 위해 발정하는 암캐들처럼만 비춰지는 처지가 서글펐다. 궁녀도 임금을 사모하지 않을 수 있다. 임금 아닌 다른 상대를 은애할 수 있다. 그 평범한 이치를 알아주지 않는 세상에 누구보다도 연약하고 소심한 영희가 반기를 들었다는 사실은 악몽처럼만 다가왔다.

"혼자 있고 싶사옵니다."

덕임은 왕의 손길을 뿌리쳤다. 이불을 턱 밑까지 끌어당겼다.

고집스럽게 눈을 감았는데도 왕은 미동이 없었다. 그녀가 정말로 잠들었다고 믿을 만큼 시간이 지난 후에야 그는 조용히 침전을 나섰다.

영희는 오래 버티지 못했다. 멎지 않는 하혈 때문에 형장을 제대로 맞기도 전에 숨이 끊어졌다고 들었다. 시신은 사가의 가족에게 보내졌다. 구중궁궐은 늘 그렇듯 한 사람의 존재를 꿀꺽 집어삼켰다. 그리고 아무리 수소문해도 영희가 말한 것처럼 상처喪妻하고 혼자 산다는 젊은 별감은 찾을 수 없었다.

"사실 영희는 살아 있는 거 아닐까요?"

함께 있어 오히려 고통스러운 침묵 끝에 복연이 말했다.

"어둠을 타 빗장을 열고 도망간 거예요. 아니다! 그 별감이 몰래 빼내준 걸 거예요. 떠도는 백정이 될지언정 같이 살자고."

복연의 목소리는 점점 기어들었다.

"그냥……. 그 애가 죽었다는 게 믿기지 않아서 그래요."

갑작스러운 이별은 한바탕 꿈처럼 아득했다. 허무했다. 죽었다더라 간신히 전해 듣고 끝내기에는 함께해 온 시절의 여운이 짙었다.

"그 애가 제 새끼까지 가진 여자를 버리고 자취를 감춘 놈팡이를 위해서 죽었다고는 더더욱 믿고 싶지 않다고요."

복연이 주먹으로 눈물을 훔쳤다.

"그놈이 순진한 궁녀를 꼬시려고 처음부터 작정하고 속인 거라면…….

영희는 정말 허상만 좇다가 불쌍하게 끝난 거잖아요."
덕임은 아무 말도 할 수 없었다.
"그럴듯하네."
놀랍게도 경희가 불쑥 말했다.
"약 먹고 죽은 척했다가 되살아나 가약을 맺는 소설도 있잖아."
웬일로 맞장구까지 치면서 말이다.
"감찰궁녀들은 죄인을 놓쳤다는 허물을 감추려고 죽음을 꾸민 걸 거야."
더 나아가 살까지 붙여줬다. 복연이 휘둥그레 눈을 뜨자 경희는 얼굴을 붉혔다.
"영희가 그 잘난 사랑을 끝까지 믿었잖아."
아무렇지 않은 척 어깨를 으쓱였지만, 그녀의 얼굴에선 감추지 못한 감정이 보였다. 슬픔이었다. 그리고 슬픔을 무마하고 싶은 연약함이었다.
"그래. 분명 그럴 거야."
덕임도 끄덕였다.
"영희는 먼저 가서 기다리는 거야."
"기다리다니요?"
"어려서 약속했잖아. 나중에 때가 되어 출궁하면 세책점 가까이 집을 짓자고. 다 같이 밤새도록 군밤 까먹으면서 연애소설이나 읽자고."
"맞아요. 그런 이야기를 했었지요!"
아예 잊고 살았다는 듯 복연이 손뼉을 쳤다.
"흥, 자가께서 절 빼놓고 영희랑만 지교 맹세를 했던 시절에 한 약속이지요."
반면 경희는 어제 있었던 일처럼 삐죽였다.

"그러니까 다시 만날 수 있어."

덕임은 스스로 믿고 싶어 말했다.

"지 서방 좋다고 우리랑 안 살면 어째요?"

"배신은 없어. 머리채를 잡아서라도 끌고 와야지."

심하게 진지한 경희 때문에 설익은 웃음이 터졌다. 아직은 슬퍼해야 하는데. 이렇게 금방 웃어버리면 안 되는데. 하지만 당연한 일이었다. 단 한 번도 넷이 아니었던 적이 없었다. 앞으로도 마찬가지일 터. 영희의 빈자리를 언젠가의 약속이 대신 채웠다.

"더 이상 영희처럼 반칙 쓰는 것도 안 돼요."

경희는 뾰로통하니 덧붙였다.

"우리 셋 중에선 먼저 나가기 없기예요."

"어기면 어떻게 되는데?"

"몰라. 아무튼 안 돼."

여기서 빈자리가 더 생긴다는 건 생각하고 싶지도 않은 듯 경희는 말했다.

한결 후련해지고 나니 왕에게 너무 야멸치게 굴었다는 생각이 들었다. 충격을 덜 받게 하려고 일부러 경희와 복연을 풀어주었다는 말씀이 뒤늦게 마음에 걸렸다. 분명 그 애들은 더 크게 곤욕을 치를 수도 있었다.

그는 임금 노릇을 했을 뿐이다. 그게 평생 자신의 기분을 상하게 하리라는 것은 진즉부터 알고 있었다. 하여 상처라도 덜 받으려고 그와 거리를 두었다. 그리고 그는 그 점에 대해 만취하여 투정하러 올 만큼 서운해하고 있다.

그냥 쉽지가 않다. 임금님 사랑에 감격하여 모든 걸 잊는 멍청이였으면, 혹은 나라님 사랑을 계산하여 잇속을 챙기는 속물이었으면, 차라리 쉬웠겠다. 하지만 유감스럽게도 덕임은 둘 다 아니었다. 감정을 지닌 사람에 불과했다. 어려울 수밖에 없었다.

"입맛이 돌아왔느냐?"

왕은 발길을 끊지 않았다. 무엄하게 뿌리쳤는데도 용안에 불쾌함을 비치지 않았다. 하루 중 한 번은 꼭 보러 왔다. 오늘도 마찬가지였다.

"어제보다는 많이 먹었다던데."

"그러하옵니다."

"탕약은?"

"태동이 온후하니 더는 복용하지 않아도 되옵니다."

"잘됐군."

화해를 이끌어내는 것은 언제나 덕임의 몫이었다. 그래서 속으로 쓸 만한 문두를 고민했다.

"네가 벗을 얼마나 소중히 여기는지 안다."

한데 뜻밖에도 왕이 선수를 쳤다.

"그리고 내가 널 달래줄 수 없다는 것도 안다."

그는 반쯤 고개를 돌리고 있었다. 낯빛을 보이고 싶지 않은 눈치였다. 그러나 아주 잠깐 사이 방법을 바꾸었다. 그녀를 홱 품으로 끌어당긴 것이다.

"날 밀어내도 좋고 화를 내도 괜찮다. 떠나지만 마라."

"떠나다니요?"

"내 앞에서 송장처럼 쓰러진 게 벌써 두 번째다. 가만히 보면서 눈을 뜨지 않으면 어쩌나 걱정하는 게 얼마나 괴로운 줄 아느냐."

그도 자신도 참 어린애들처럼 서툴다는 생각이 들었다.

"어찌 꾸짖지 않으시옵니까?"

복잡한 감정을 겉으로 끄집어내다 보니 사뭇 단순한 형태가 되었다.

"감히 전하께 화풀이를 했사온데……."

"그런 투정은 싫지 않다. 네가 항상 똑같은 사람이라는 걸 일깨워 주거든."

귀를 댄 왕의 가슴은 세차게 뛰고 있었다.

"왜 하필 신첩이옵니까?"

덕임은 제 가슴도 그만큼 뛰는지 헤아려보았다.

"음전하고 엄숙한 여인으로 얼마든지 고르시면 될 것을요."

"그래. 그런 여자가 좋은 지어미는 되겠지."

그는 어렵게 생각하지 않았다.

"하지만 그 어떤 여자도 네가 될 순 없다."

대답은 몹시 단호했다.

"난 내 천성을 거스르면서까지 너를 마음에 두었다. 그래서 너여야만 한다."

스스로 가슴 박동을 세어보던 걸 멈추었다. 사랑을 위해서라면 죽어도 좋다던 영희가 떠올랐다. 자신도 그런 바보 같은 생각을 하게 될까 봐 두려웠다.

"싫사옵니다."

"……내가 싫다고?"

"전하 곁에선 무서워지는 게 많사옵니다. 그래서 싫사옵니다."

"난 정말 널 모르겠다."

왕은 반쯤 웃음이 섞인 한숨을 쉬었다.

"어찌 보면 나보다도 의심이 많고 속이 꼬인 것 같다."

"그래도 신첩을 원하시옵니까?"

"널 이해할 수 있건 없건 별로 상관없다."

그는 더욱 세게 끌어안았다.

"내가 잘 아는 방법으로 곁에 두면 되니까."

가슴 뛰는 소리가 계속 들렸다. 누구의 것인지는 구별할 수 없었다.

둘째는 윤달에 태어났다. 한동안 나라에 비가 내리지 않아 왕의 근심이 컸는데, 첫 울음이 터진 진시(辰時, 오전 7시에서 9시)에는 모처럼 대지가 촉촉이 젖었다.

딸이었다. 어미를 닮아 몸집이 작았다. 오라비처럼 관심을 받진 못했다. 아들이 아니어서 웃전들 반응이 미지근했다. 정승들이 덩실덩실 춤추며 몰려들지도 않았다. 그러나 덕임은 원자 때보다 훨씬 기뻤다. 원자는 태어나는 순간부터 이 세상 모든 사람들의 아들이었다. 하지만 딸아이는 아니었다. 아무도 신경 쓰지 않기에 더욱 값진 보물이었고, 직접 깎고 다듬어 빛을 틔울 원석이었다. 온전히 그녀만의 자식이었다.

다만 왕이 기뻐한 것은 퍽 의외였다.

"순산하여 딸을 얻었소. 아들이 있는데 딸까지 생겼으니 참으로 기쁘군!"

신이 나서 조신들에게 냉큼 자랑하는 얼굴이 꼭 팔불출 같았단다.

"아직은 누굴 닮았는지 모르겠다."

고된 하루를 마친 밤, 작고 쪼글쪼글한 얼굴을 뜯어보던 왕이 부드럽게 말했다.

"신첩을 닮진 않으셨습니다. 크게 울지도 않고 얌전하시거든요."

"넌 원자를 낳았을 때보다 기뻐 보이는구나."

"다른 사람들 몫까지 신첩이 행복해하기로 마음먹었거든요."

무슨 뜻인지 안다는 듯 왕은 덕임을 물끄러미 보았다.

"그래. 하지만 내가 기뻐할 몫만은 꼭 남겨두어라."

그는 딸아이를 덕임의 품에 소중히 안겨주었다. 그러고는 누이에게 빼앗긴 어미 무릎을 되찾을 기회만 호시탐탐 노리는 원자를 덥석 안아들며 환하게 웃었다.

"원자는 이제 큰일 났구나. 사내들끼리 뭉쳐야지 별수 있겠느냐, 응?"

다행히 아들은 아비도 좋다며 까르르 웃었다.

16장
절정

그러나 딸은 오래 살지 못했다.

약한 아이는 아니었다. 배냇짓을 잘하며 조숙하고 얌전했다. 어린 것이 의젓하다며 왕도 탄복했다. 두 자식이 어미를 닮아 튼튼하다며 혀를 내두르면서도, 그는 사월에 감기몸살을 앓느라 자리보전을 할 적에는 행여 병을 옮길세라 가까이 두지 않았다.

"아이들에게는 별일 없느냐?"

누워서 골골거리면서도 그는 꼼꼼히 챙겼다.

"벌써 며칠째 못 봤는데."

"아바마마를 하도 보고 싶어들 하시니 빨리 쾌차하셔야겠사옵니다."

덕임은 다정하게 대꾸했다.

"어제보다 용안의 부기가 가라앉고 열도 내리셨사옵니다."

"감기보다는 더워서 먼저 죽겠다."

"땀을 더 빼셔야지요."

덕임은 왕이 자꾸 걷어차는 이불을 곱게 덮어주었다.

"상소문은 그만 보소서."

"내가 없으면 나라가 돌아가질 않는다."

조신들을 병석으로 불러서까지 나랏일을 돌보니 정녕 쉴 틈이 없었다. 왕이 잔뜩 끌어안은 종이뭉치를 빼앗느라 한바탕 씨름을 벌였다.

"내일 기침하셨을 때 체후가 더 나아지셨다면 신첩이 세숫물을 내오고 머리를 빗겨드리겠나이다. 이제 눈 좀 붙이시옵소서."

"벌써 가려고?"

왕이 뚱하니 물었다.

"주변이 조용해야 편히 쉬시지요."

"나 아직 탕약도 안 마셨다."

삐죽이려는 듯싶더니만 의외로 그는 마음을 바꿨다.

"됐다. 옮기면 골치 아프지. 가라."

그러고선 쿨럭쿨럭 기침을 하니 도저히 뿌리칠 수 없었다. 며칠째 통 먹지를 못 해 측은하기도 했다. 덕임은 땀에 젖은 그의 이마를 쓸어주었다.

"넌 가지 말라면 간다고 난리고, 가라고 하면 안 가는구나."

"전생에 청개구리였나 보옵니다."

"그래. 딱 어울린다."

왕은 기침 사이로 웃었다.

"주무실 때까지 곁에 있겠사옵니다."

"잠들면 가겠다고?"

그는 웃음을 뚝 그치더니 손 뻗으면 닿는 서궤에서 책 하나를 집었다.

"잠이 안 오니까 읽어다오."

"푹 주무셔야 한다니까요."

"누워만 있으면 지루해서 그런다."

우기면 받아줄 수밖에 없다. 그런데 건네받은 책은 공교롭게도 주자서였다. 여자가 읽을 책이 아니라고 그가 누누이 강조하는 종류란 말이다.

"글자가 어려워서 못 읽겠사옵니다."

괜히 트집이 잡힐까 덕임은 잔머리를 굴렸다.

"거짓말 마라."

왕은 속지 않았다.

"네 맹랑함은 내가 잘 안다. 그 정도를 못 읽을 리 없어."

"분수에 지나치는 글은 읽지 말라고 하셨잖아요."

"오늘만 예외다."

"예외도 없다고 하셨으면서."

"거, 아픈 사람한테까지 꼭 말대꾸를 하는구나."

그는 불만스레 그녀의 뺨을 톡톡 건드렸다. 닿는 손끝이 뜨거웠다.

져 주기로 했다. 막힘없이 술술 읽어나가니 왕은 그럼 그렇지 싶은 표정으로 혀를 끌끌 찼다. 그러고는 자라는 잠은 안 자고 머리맡에 앉은 덕임만 물끄러미 보았다.

증세가 경미한 덕에 왕은 오래지 않아 털고 일어섰다. 하지만 성상께서 회복하시어 다행이라고 다들 한시름 놓을 무렵, 딸이 처음으로 경기驚氣를 일으켰다. 생후 두 달의 조그마한 몸이 뻣뻣해져선 거품을 물었다. 왕이 친히 밤새도록 보살폈지만 멎지를 않았다. 해 뜨자마자 삼귤차蔘橘茶를 달여 올리라 약방을 닦달해도 효험이 없었다.

결국 나흘 남짓 겨우 버티고 숨을 거두었다.

세상은 소름이 끼칠 만큼 평화로웠다. 왕은 여느 때처럼 하루하루 정무를 보았고, 원자가 재채기라도 할라치면 야단법석을 떨던 사람들도 조용했다. 한낱 여아의 죽음이었다. 작은 시신을 흰 천에 싸매어 데려간 뒤로는 아무도 거론하지 않았다. 상례는 후궁 밖에서 사내들이 치를 몫이었다. 덕임은 원당願堂에 딸을 위해서 큰 촛불이나마 밝혔다.

"갓난아기는 연약해서 쉽게 잃기 마련이다."

그리고 효강혜빈은 말했다.

"새로 하나 가지면 된다. 상심하셨을 주상이나 극진히 모셔라."

자식 잃은 어미로서는 썩 달갑지 않은 충고였다.

덕임은 여전히 그녀를 다정한 사람이라고 생각했다. 당신께서도 어린 자식을 잃어보셨으니 결국 시간과 계속되는 삶만이 최선임을 뼈저리게 아실 터였다. 단지 손녀를 잃어 옥안에 눈물 자국을 남기고서도, 효강혜빈은 명확하게 우선순위를 따질 뿐이었다. 그것은 곧 그녀가 왕실에서 살아온 방식이었다.

"원자가 병을 앓은 게 아니니 다행이지 않으냐."

그래도 툭 덧붙인 말씀은 가슴에 박는 대못과 같았다.

쏜살같이 흐르던 시간이 멈추어버린 것 같았다. 부질없이 반복되는 하루에 묶여버린 것도 같았다. 너무나도 바삐 떠난 딸을 가슴에 묻느라 덕임은 오늘도 멍하니 앉아 있었다.

"저어, 전하께옵서 납신다고 기별이 왔사온데요."

슬그머니 궁인이 다가왔다.

"몸이 좋지 않아 모실 수 없다고 고해라."

"번번이 이러시면 아니 되옵니다."

궁인은 전전긍긍했다.

왕의 행차를 물리치기가 벌써 다섯 번째다. 엊그저께는 원자의 문후마저도 거절했다. 아니, 경희와 복연이 아닌 다른 사람은 아예 만나지 않았다. 갓 태어난 딸에게 입히려고 일찌감치 지어둔 아기 옷만 산송장처럼 종일 들여다보았다.

"그러다 전하께서 노하시면……."

"곤하다. 누워야겠어."

덕임은 못 들은 척했다. 얇은 이불을 덮고 죽음과도 같은 허공을 응시하노라니 한참 만에 궁인이 또 쭈뼛대며 다가왔다.

"전하께서 잘 조섭하라고 말씀하셨답니다."

"그래."

"대전 상궁이 바깥에서 기다립니다. 뭐라도 답변을 올리셔야……."

"망극하다고 해."

무정한 대꾸를 끝으로 그녀는 돌아누웠다.

부득불 찾아와 억지를 쓰지 않고 내버려 두는 배려는 고마웠다. 하지만 그 정도 마음 씀씀이가 잔인하게 찢긴 가슴에 새살을 돋울 약이 될 순 없었다.

영희가 죽었다. 딸도 죽었다. 보기 좋게 치장하고 싶어도 그게 현실이었다. 슬픔을 태연하게 감추고 아무렇지 않은 척 왕을 위로할 자신이 없었다. 아직 그녀 자신조차 충분히 슬퍼하지 못 했다. 남의 비위를 먼저 맞추려니 잔인한 노릇이었다.

또한 두려웠다. 왕마저도 겨우 여아의 죽음일 뿐이라고 말할까 봐 겁이 났다. 그런 의심이 당연할 만큼 그는 너무나 쉽게 털어냈다. 딸아이 죽은 날 눈물을 비쳤지만 아무 일 없었다는 듯 계속해서 편전에 나아갔다. 사흘이 지나고, 열흘이 지나고, 보름이 지나도, 그는 덕임처럼 무너지지 않았다. 그녀의 세상은 멈추어버렸는데 그의 세상은 그러지 아니하였다.

본디 어쩔 수 없을 만큼 임금다운 분이라고 변명을 하기에도 지쳤다. 어느 날 갑자기 자신이 죽어도 그렇게 냉정하리라고 생각하면, 그에게 속해 버린 인생에 대한 회의감까지 스멀스멀 기어올랐다.

우울한 상념에 어둠을 맨눈으로 헤아리다가 간신히 잠이 들었다. 문득 아이 울음소리를 들은 것 같아 잠결에도 오한이 들었다.

"……가, 자가……!"

문득 그녀를 현실로 되돌려 놓을 다급한 속삭임이 있었다.

"자가! 일어나시옵소서!"

"……무슨 일이야?"

눈을 뜨자마자 궁인이 잡아끌었다.

"불이 났사옵니다! 어서 피하셔야 하옵니다."

창밖이 대낮처럼 밝았다. 매캐한 냄새가 진동을 했다. 궁인들은 고함을 지르며 물동이를 들고 뛰어다녔다. 그녀의 침전서 멀지 않은 곳에서, 붉은 혓바닥을 날름거리며 덩치를 불리는 화마가 보였다. 목재로 지어진 대궐에서 가장 무서운 것은 쉽게 옮겨붙는 불씨다.

"원자 아기씨는?"

제일 처음 든 생각이었다.

"무탈하십니다. 그쪽 행랑은 괜찮사옵니다."

"내가 아기씨를 직접 뵈어야겠다."

"진정하시옵소서. 일단 안전한 별당으로 가시지요."

"아니, 아기씨부터……!"

"위험해서 안 됩니다."

궁인은 도무지 정신을 못 차리는 덕임을 참을성 있게 이끌었다.

다행히 원자는 별당에서 기다리고 있었다. 유모에게 안겨 새근새근

자고 있었다. 천연덕스러운 모습에 다리가 풀려 주저앉고 말았다.

"번을 서는 내시가 깜빡 잠이 들어 불이 붙는 줄도 몰랐다고 하옵니다."

비로소 궁인이 설명했다.

"자가의 침전 바로 뒤쪽이었지요. 하마터면 큰일 날 뻔했사옵니다."

"아! 아기씨께서 참으로 신묘하시옵니다."

원자를 덕임의 품에 넘겨주던 유모도 거들었다.

"생전 잠투정 아니 부리시는 분이 새벽에 웬일로 자지러지게 떼를 쓰시지 뭡니까. 덕분에 졸던 놈이 울음소리에 깨어 화재를 알았더랍니다. 불길이 크게 번지기 전에요."

덕임은 정말 그랬을까 싶을 만큼 달게 잠든 원자를 토닥였다.

"아이고, 보통 영험한 일이 아니라니까요!"

하여튼 호들갑하고는. 한숨 돌린 덕임은 피식 웃기까지 했다. 실로 오랜만에 찾은 웃음이었다.

"그래서 뭐? 예언이라도 하신 걸까 봐?"

그때 바깥문을 쾅 열어젖히는 소리가 들렸다. 왕이었다. 보는 눈이 많은데도 그는 덥석 그녀를 품에 안았다.

"다행이다, 다행이야……!"

궁인들은 민망해하며 자리를 피했다.

"하늘이 도왔다!"

오랜만에 안긴 품이 멋쩍었다.

"침수 들지 않고 책을 읽던 중이라 소식을 속히 접했다. 멸화군滅火軍을 소집했으니 곧 정리될 것이다."

"그리 큰불은 아니라던데요."

"아니다. 불탄 자리를 보고 왔다. 조금만 늦었어도 전소될 뻔했어."

"신첩이 전하를 모시지 않아 천만다행이옵니다."

죽음이 코앞까지 왔었다니 문득 생각이 미쳐 중얼거렸다.

"나랑 같이 있었으면 경계가 삼엄해 아예 불이 나지도 않았겠지."

왕은 은근히 탓하듯 말했다.

"무탈하니 됐다."

몇 번이고 속삭이며 그는 더욱 세게 끌어안았다. 그 바람에 사이에 끼인 원자가 잠이 깨어 빽 울음을 터뜨렸다.

"우리 원자가 어미를 구했다면서?"

왕은 아들을 둥개둥개 얼렀다. 벌써 똑같은 이야기를 듣고 왔나 보다.

"잉태했을 때부터 알아봤다. 복덩이가 따로 없어."

팔불출을 어쩜 좋으냐고 웃음이 나왔다. 하지만 웃음 끝에선 눈물이 왈칵 쏟아졌다.

바보같이 아들이 있다는 걸 까맣게 잊어버렸다. 누구든 원망하고 싶은 마음에 불공평할 정도로 왕을 또 밀어내려 했다. 내색 없이 속으로만 삭이는 사내인 줄 알면서도 자신이 원하는 만큼 티를 내지 않는다는 이유로 비난했다.

그래선 안 된다. 사소한 행복이라도 감사하는 습관을 들이지 않으면, 그마저도 손가락 사이로 덧없는 연기처럼 사라져 버릴 것이다.

"많이 놀랐느냐?"

왕이 어깨를 살살 쓸어주었다.

"그간 정녕 몸이 안 좋았느냐? 아니면……. 내가 보고 싶지 않았던 것이냐?"

"혼자 있고 싶었사옵니다."

어쩐지 그는 상처받은 표정이었다.

"지금은 아니옵니다."

덕임은 가만히 그의 품에 기댔다.

"전하와 아기씨와 함께 있는 편이 더 좋사옵니다."

그날 밤은 셋이 함께 잠들었다.

반쯤 타버린 전각이 영 흉물스러워 보수할 동안에는 세간을 옮겨야 했다. 왕은 대전과 보다 가까운 곳에 후궁과 아들의 새 처소를 꾸며주었다. 조정에 나아가서는 원자가 하늘로부터 신묘한 재주를 얻었다고 자랑을 했다.

조느라 불나는 줄도 몰랐다는 내시는 벌을 받았다. 저녁에 차 한 잔을 마시고부터 이상하게 졸음이 쏟아졌다며 몹시 사죄하였다. 다만 어디서 불씨가 옮겨붙었는지는 끝내 밝혀지지 않았다. 새벽 전에 모든 불씨를 흙으로 덮고 재차 확인까지 했다는 궁인들의 진술만 이어졌다. 끝내 괴이한 노릇이라며 이러쿵저러쿵 떠드는 소문만 남았다.

날이 슬슬 무더워졌다. 새 보금자리에 꽃씨를 심었더니 여름꽃이 알록달록 수를 놓았다. 덕분에 말 익히는 데 재미를 붙인 원자에게 이건 무슨 꽃 저건 무슨 꽃 일러주며 산책하는 즐거움에 푹 빠져 지냈다.

"망초꼬! 망초꼬!"

원자가 하얀 꽃을 가리키며 외쳤다. 혀짤배기소리가 여간 귀엽지 않을 수 없었다.

"기억하신다니 기특합니다."

"소자는 망초꼬가 쩨일 좋아요."

희한했다. 망초는 아무렇게나 자라나는 잡초와 같다. 다른 꽃들과 함께 보면 은은하여 눈에 띄지도 않는다. 사실 일부러 심은 것도 아니다. 장미와 견우화(牽牛花, 나팔꽃)를 심었더니만, 바람을 타고 왔는지 멋대로 피어났더란다.

"하필 왜 망초꽃입니까, 아기씨?"

"아부마께서 예쁜 거 말고 소박한 걸 쪼아해야 끈자라 하셨사옵니다."

어린 아들을 무릎에 앉혀놓고 종종 속닥이더니만, 벌써부터 유난이다.

"그리고 망초꼬가 어무마를 닮은 꽃이라고도 하셨어요."

"저를요?"

"튼튼하고 끈질긴 게 닮았대요."

칭찬인 듯 아닌 듯 영 미묘했다.

"또 암만 봐도 질리지 않고, 볼수록 예뻐서 망초꼬래요."

"정녕 그리 말씀하시더이까?"

"아! 예쁜 건 비밀이라고 하셨는데……."

원자는 뒤늦게 손으로 입을 막았다. 덕임은 풋 웃고 말았다.

"아기씨께선 비밀이 무엇인지도 아십니까?"

"예, 아부마 말고 다른 사람한테 안 말하는 걸 비밀이라고 합니다!"

열심히 외운 양 원자는 또박또박 말했다.

"괜찮습니다. 아기씨께서 아직 어려 실수하셨으니 용서해 주실 겁니다."

"실수가 뭔데요?"

어린 아들의 커다란 눈망울은 호기심으로 반짝반짝 빛났다. 꼬리를 무는 질문에 흔쾌히 대답해 주었을 무렵, 덕임에게는 확실히 짚고 넘어갈 문제가 있었다.

"하온데 아기씨, 접때도 말씀드렸지요. 절 어미라 부르시면 안 됩니다."

말문을 열고서부터 줄기차게 어미라고 부르는 게 난감했다. 웃전들 안전에서까지 실수한 적은 없다는 게 그나마 다행이었다.

"전하는 아부마신데 왜 어무마는 어무마가 아니옵니까?"

부드럽게 타이르면 고개를 끄덕이던 원자가 언젠가부터 갸우뚱하며 반문하기 시작했다. 호기심 많은 세 살배기, 그것도 아비를 닮아 나이에 비해 지나치게 총명한 아들이었다.

"어마마마는 중전마마시옵니다."

"틀려요. 아부마께서 낳아주신 분을 어무마라 부른다고 가르쳐 주셨습니다. 중전마마 아니옵니다. 어무마가 낳아주신 어무마 맞아요."

말이 언제 이렇게 늘었는지 덕임은 깜짝 놀랐다.

"그래도 아닙니다. 낳은 어미와 진짜 어머니는 다른 법입니다."

"어째서요?"

그런 말도 안 되는 소리는 처음 듣는다는 양 원자는 작은 이마를 찌푸렸다. 언뜻 아들의 불만 어린 표정이 자신과 매우 닮았다는 걸 덕임은 처음으로 깨달았다. 그리고 자신을 똑 닮은 아이에게 세상의 불합리한 이치를 설득시키는 건 전혀 쉽지 않으리라는 것도.

"아유, 아기씨! 시장하시지요?"

가만히 듣던 유모가 원자를 번쩍 안아들며 끼어들었다.

"배 안 고파."

"많이 젓수셔야 쑥쑥 키가 자라지요!"

유모는 눈을 찡긋해 보이곤 원자를 한쪽으로 데려갔다.

"큰 실수는 아니 하실 것이옵니다."

얼굴에 그림자를 드리운 덕임을 보고 따르던 궁인이 위로하였다.

"앞으로는 주의를 자주 드려야겠어."

사실은 어미 소리를 듣는 게 좋다는 본심은 억지로 숨겼다.

"아유, 그보다 자가의 탄일이 얼마 남지 않았나이다. 드시고 싶은 음식이 있으신지요?"

"고맙지만 괜찮다."

"하면 생신 빔이라도 마련할까요?"

"전하께서 어떠신지 알면서 그런다."

한여름의 생일이 썩 특별한 날은 아니었다. 어릴 때나 시끌벅적하게 보냈지, 궐에 들어온 뒤로는 의미를 두지 않았다. 서 상궁과 친구들이 대충 챙겨주었을 뿐이다.

그런데 그 생일이 승은을 입고서부터는 더욱 초라해졌다. 왕은 제대로 챙겨주지 않았다. 잔치는커녕 생일상도 번듯하게 차리지 말라 엄포를 놓았다. 생일 아침에 하례를 받는 것도 금했다. 친정 식구도 못 만나게 했다. 선물 하나 받았다간 봉변이라도 당할 것 같았다. 쓸데없는 사치를 삼가라며 본인의 탄신일마저 간소하게 넘기는 분이니 그러려니 싶었다. 다만 중궁과 경수궁의 탄일에는 친족들을 입궐시켜 술과 음식을 하사하는 등 대접해 주는 데 비하면 서운한 마음이 없을 순 없었다.

"전하께선 가끔 너무하신 것 같사옵니다."

"어쩔 수 없지, 뭐."

오라비들 목이 몸뚱이에 얌전히 붙어 있는 것만으로도 감내할 푸대접이었다. 그러나 그 하찮은 안도감마저도 위협하는 일이 곧 벌어졌다.

"자가! 계시옵니까?!"

경희였다. 하얀 얼굴에 피가 몰려선 열심히 뛰어오고 있었다.

"무슨 일이야?"

"감축드리옵니다!"

갑자기 흙바닥에 털썩 주저앉으며 절을 하는데, 더위라도 먹었는지 의아했다.

“애는, 아프면 의녀한테 가야지.”

“이 경사스러운 날에 어찌 아프겠사옵니까?”

싱글벙글 웃던 경희는 영 떨떠름한 덕임을 보고 뒤늦게 정색했다.

“혹 아직 모르시옵니까?”

“뭘 몰라?”

“소식을 듣지 못하셨어요?”

“무슨 소식?”

웬 소동이라도 났나, 유모도 다시 원자를 데리고 와선 귀를 쫑긋 세웠다.

“동궁으로 삼으셨답니다!”

경희는 숨을 몰아쉬었다.

“주상전하께서 원자 아기씨를 왕세자로 책봉한다는 하교를 내리셨다고요!”

명백한 기습이었다. 올 초부터 이어진 주청을 번번이 물리치던 왕의 뜻은 한결같았다. 장수하기를 바라고 복을 아끼려면 겸허히 미뤄야 한다는 것이었다. 이제나저제나 기다리다가 대신들 복장이 터지는 중에도, 절도 제대로 못 하는 어린아이랍시고 그의 거절은 완고했다.

하물며 사흘 전에 뵈었을 때도 전조가 없었다. 원자를 세워놓고 얼마나 잘 걷는지, 말은 곧잘 하는지 등등 살피긴 했지만, 세자 책봉은 일언반구도 없었다.

“아이고, 경사가 났네요!”

유모가 덩실덩실 어깨춤을 췄다.

“눈에 넣어도 안 아플 아들인데 어쩜 이리 미루시냐고 자궁께서 닦달을 해도 꿈쩍도 아니하시던 상감마마시거늘, 무슨 바람이 불었을꼬?”

“자, 잠깐만! 소상히 좀 말해봐.”

경희가 정황을 풀어놓았다.

새벽부터 왕의 거동이 수상했단다. 큰일을 준비하듯이 목욕재계하고 경모궁에 전배(展拜, 임금의 묘에 참배함)를 하고 왔다고. 그러고 첫 상소를 받아보니 영의정이 왕세자 책봉을 주청했더란다. 이윽고 영부사와 판부사 등이 연이어 똑같은 주청을 올려대니 꼭 사전에 짜 맞춘 것 같았다. 뿐만 아니라 왕은 평소처럼 물리치는 시늉조차 하지 않았다. 중요한 일이니 직접 와서 아뢰라며 북돋아주기까지 했다나. 하여 정승들이 구름떼처럼 편전에 몰려들어 입을 모으니 왕은 기다렸다는 듯 대답했다.

“실로 종묘사직의 큰 계책인데 과인이 어찌 윤허하지 않으리오.”

이윽고 하교하였다.

“원자를 왕세자로 삼겠소. 책봉례를 근일로 정하되 당장은 휘자諱字부터 지어야겠군.”

대관절 무슨 속셈인지 모르겠다.

“세자가 나쁜 거예요?”

듣는 이야기의 반도 이해하지 못했을 원자가 불쑥 물었다.

“아, 아닙니다! 어찌 그런 말씀을 하십니까?”

“어무마 찡그리고 계셔요.”

원자가 작은 손가락으로 덕임의 이마를 가리켰다.

“자가께서는 기뻐하고 계시옵니다. 둘도 없는 경사니까요.”

정신 차리라는 듯 경희는 인상을 썼다.

“놀라서 그럽니다, 아기씨.”

덕임은 가까스로 웃었다. 무릎을 꿇고 아들과 눈높이를 맞추었다.

“아니, 이제는 세자저하라 불러야 할 테지요.”

"옳사옵니다. 경하드리옵니다, 저하."

경희를 비롯해 자리에 있던 모두가 갓 봉해진 세자에게 절을 올렸다. 어린 아들은 뭔지도 모르면서 의젓하게 받아들였다.

"자네는 저하를 모시고 돌아가게. 주상전하께서 찾으실라."

덕임이 유모를 슬쩍 잡았다.

"그리고……. 저하께서 오늘 같은 실수를 또 하지 않으시게끔 잘 타이르고."

"예, 신신당부하겠나이다."

무슨 걱정하는지 잘 안다는 듯 유모는 믿음직스럽게 약조했다. 덕임은 손을 흔들다가 유모를 앞질러 깡충깡충 뛰어가는 아들의 뒷모습을 하염없이 보았다.

"좋은 일입니다, 자가."

주변이 조용해지자 경희는 다시금 힘주어 말했다.

"더 기뻐하셔야지요."

"그냥 의외라서."

자식을 사랑하는 왕의 마음에 의심을 품을 이유는 없다만, 계산 없이 행동하는 분이 아닌 줄을 알기에 두려웠다. 언제부터 이렇게 겁이 많아졌는지 스스로도 놀라웠다.

"……너무 이른 것도 같고."

세자 책봉이란 본격적인 제왕학 수업의 시작과도 같다. 꽃과 흙을 벗 삼아 놀아도 좋을 세 살배기 아들을 케케묵은 책으로 뒤덮인 골방에 가두고 싶지 않았다. 이제 조금 걷고, 이제 조금 말할 뿐인데 벌써 어른으로 만들어야 한다니 속상했다.

하지만 그녀는 자식의 양육에 한 마디 참견도 할 수 없었다. 왕과 신료들이 어린 아들을 빠듯하게 굴리는 동안 첩이 할 일은 손 놓고 구경하는 것뿐이니까.

"전혀 이르지 않습니다."

경희는 일축했다.

"쐐기를 박았으니 한시름 덜고 좋지요."

그래도 덕임이 시무룩해 하자 그녀는 딴소리를 했다.

"곧 있으면 자가의 생신 아닙니까. 전하께서 일부러 호의를 베푸셨나 봅니다."

"해가 서쪽에서 뜬대도 그럴 분이 아니시잖아."

"글쎄요."

경희는 어깨를 으쓱했다.

"제가 볼 땐 전하께서 생각보다 자가를 많이 아끼시는 것 같아서요."

"뭐?"

"다른 데에는 눈치도 빠르시면서 왜 정작 중요한 부분에서는 둔하신지 도통 모르겠나이다."

어째 그녀는 답답해하는 기색이었다.

"의녀한테나 가. 암만 봐도 너 더위 먹었다."

덕임은 진심으로 권했다.

뜬금없는 책봉으로 궐을 발칵 뒤집어놓고도 왕은 코빼기도 비추지 않았다. 책봉례까지 준비할 게 많아 연속으로 날밤을 새울 만큼 바쁘다는 귀띔만 들었다.

그 와중에 덕임은 생일을 맞았다. 조용한 아침을 열었다. 비라도 한바탕 쏟아질 양 날씨는 끄물끄물했다. 경희와 복연이 새벽같이 미역국을 끓여왔다.

"맛있다."

덕임은 한 대접을 싹 비우고도 더 먹었다.

"한데 무슨 고기를 이렇게 많이 넣었어?"

한 숟갈 뜰 때마다 미역보다 고기가 더 많이 잡혔다. 아무리 경희라지만 통이 너무 컸다.

"미역이고 고기고 작년보다 훨씬 많이 주셔서요."

"누가?"

"대전에서……. 어이쿠!"

무심코 대답하던 복연이 대뜸 정강이라도 차인 양 비명을 질렀다.

"여염의 시전에서요."

대신 경희가 아무 일도 없었다는 듯 대신 대답했다.

"뭐야?"

수상한 낌새를 본 덕임은 눈을 가늘게 떴다.

"미역국은 영희가 참 잘 끓였었는데 말이에요."

경희는 덕임의 관심을 돌릴 가장 효과적인 방법을 알고 있었다. 과연 덕임은 덜컥 걸려들었다.

"그랬지. 옛날에 복연이 생일날 기억나? 영희가 작정하고 한 솥 가득 끓였는데도 우리 넷이서 싹 비웠잖아. 그래놓고는 배가 너무 불러서 바닥을 기어 다녔지."

"솔직히 전 더 먹으라면 먹을 수도 있었어요."

복연이 비장하게 대꾸했다.

"고 망할 것이 끝내 혼자만 알던 비법을 안 가르쳐줬지요."

경희가 투덜거렸다.

"미역국 하나는 평생 저가 끓여주겠다고 큰소리쳐놓고는……."

순식간에 분위기가 가라앉았다. 애써 얼버무려온 영희의 빈자리가 너무나 크게 느껴졌다. 울적한 것은 덤이었다.

"어쨌든 오늘은 자가의 사가에서도 덕분에 모처럼 술과 떡을 얻어먹을 테니 잘 되었사옵니다."

애써 떨쳐내려는 듯 경희가 말을 돌렸다.

"서 상궁 마마님께서 살펴주기로 하셨으니까요."

"올해도 음식상을 봐주신대?"

덕임은 마음이 편치 않았다.

"전하께서 아셨다간 곤경에 처하실지도 몰라."

경희와 복연은 서로 눈빛을 주고받을 뿐 아무 말도 하지 않았다.

"그리고 제자로서 스승님 형편 빤히 아니까 송구스럽고."

"에이, 그건 걱정 마세요."

복연이 손사래를 쳤다.

"어차피 내탕금(內帑金, 임금의 개인적인 재산)으로 마련하…… 아야!"

이번에는 경희가 복연의 옆구리를 꼬집어 입을 막는 것을 똑똑히 보았다.

"진짜 뭐야?"

덕임은 숟가락을 내려놓았다.

"숨기는 게 뭐든 간에 티가 확 났으니까 그냥 말해."

"아니 되옵니다! 떠들고 다녔다가는 삼족을 멸하신다고……."

괴상하게도 복연이 덜덜 떨었다.

"넌 제발 입 좀 다물어."

눈치라곤 밥 말아 먹은 그녀를 저지하는 데에도 지친 경희가 한숨을 쉬었다.

"주상전하와 관련된 이야기야?"

덕임은 짐짓 긴장하며 물었다.

"……자가께서는 평소 제 행실을 어떻게 생각하십니까?"

경희는 들은 척도 안 하고 딴소리를 했다.

"뭐?"

"그냥 느끼시는 대로 말씀하소서."

덕임은 얼이 빠져서 시키는 대로 대답했다.

"막말을 잘하지."

"밥맛없고요!"

복연도 한 마디 보탰다.

"잘난 척하고, 얼굴값은 이자까지 쳐서 하고, 만날 뭘 계산하느라 바쁘고, 좋던 분위기 잘 깨고, 불평불만을 입에 달고 사는 데다가……."

말문이 터진 덕임은 술술 쏟아냈다.

"밥맛없고요!"

그게 제일 중요하다는 양 복연이 한 번 더 보탰다.

"아, 예, 그러셨어요?"

경희는 눈을 흘겼다.

"그렇지만 제 속은 겉보기와 다르다는 것 정도는 아시지요?"

"당연하지."

덕임은 웃었다.

"아니, 전혀 다르다고 해야지. 사실 속내만 따지면야 우리 중에서 제일 물렁하잖아."

"그 정도까지는 아니……."

칭찬 비슷한 걸 듣자 경희는 습관처럼 얼굴을 붉히며 새침을 떨려고 했다.

"그렇지만 밥맛은 역시 없어요!"

다만 복연이 재차 끼어드는 바람에 실패했다.

"예, 제가 표현을 잘 하는 편은 아니지요."

복연의 옆구리를 다시 세게 꼬집으며 경희가 말했다.

"그리고 자가의 주변에는 저 같은 사람이 또 있을 텐데요."

그 지경으로 성가실 만큼 솔직하지 못한 사람이라면야 딱 한 명만 떠올랐다. 덕임은 비로소 그녀가 무슨 뜻을 전달하려는지 깨달았다.

"저희가 말씀드릴 수 있는 건 그 정도이옵니다."

경희가 말했다.

"우리가 같이 아뢰는 거였냐?"

복연이 뜨끔하며 물었다.

"난 너 욕하는 부분 말고는 이해가 안 가는데."

"넌 이해 못 해도 돼."

기대도 안 했다는 듯 경희는 딱딱거렸다.

마음 같아서는 더 붙잡고 싶었지만 경희와 복연은 할 일이 많았다. 오래 있지 못했다. 벗들을 배웅하고 난 덕임은 공연히 속이 싱숭생숭하여 혼났다.

그나마 세자 덕분에 곧 웃었다. 잠이 덜 깬 눈을 비비면서도 아들은 절을 올렸다. 동작이 제법 능숙했다. 연습을 많이 한 듯싶었다.

"소자가 드릴 게 있어요."

세자가 작은 주먹을 내밀었다. 펼쳐 보니 망초꽃으로 만든 가락지가 나왔다.

"저하께서 만드셨습니까?"

어린아이 솜씨답게 엉성했다. 얼마나 만지작거렸는지 꽃잎도 너덜너덜했다. 그래도 예뻤다. 신기할 만큼 약지에 꼭 맞았다.

"망극하옵니다. 소중히 간직하겠습니다."

"어무마 예뻐요. 제일 예뻐요."

아들의 천진한 칭찬에 천하를 다 가진 양 행복했다. 그 보송보송한 뺨을 어루만지며 덕임은 푸념하듯 웃었다.

"그리 부르시면 안 된다니까요."

"그치만 어무마라고 하면 어무마 기뻐하십니다!"

타고난 눈썰미로 세자는 정곡을 찔렀다. 덕임은 말없이 아들을 꼭 끌어안았다.

"가보세요. 자전과 대전에 문후 여쭙기도 전에 저한테 오시면 아니 됩니다."

하지만 대견한 등을 서둘러 떠밀어야만 했다.

왕이 하례를 금하였으니 더 이상 맞이할 손님은 없었다. 덕임은 친정에서 보내온 서찰을 읽으며 처소 근처를 산책했다. 근근이 사는 식이의 처지에는 별 변화가 없었다. 조카가 활쏘기 연습을 하다가 옆집 장독대를 깨먹었다는 소식을 읽으며 한 장 넘기는데, 문득 발끝에 무엇인가 걸렸다.

돌부리인가 보았더니 형상이 자못 해괴했다.

"에구머니, 흉측해라!"

뒤를 따르던 궁인이 펄쩍 뛰었다.

"이게 도대체……?"

난도질당한 지푸라기 인형이었다.

생각시가 놀다 버린 것일까? 그렇지만 인형의 머리가 몸통에 덜렁덜렁 간신히 붙은 데다가 가슴에 칼침까지 박혔다. 소꿉놀이용이라기엔 몹시 기괴했다. 뿐만 아니라 흙이 묻어 더러운 것으로 보아 땅속에 묻어둔 걸 우연히 발견한 모양새였다.

왜 하필 여기일까. 덕임은 무심코 위치를 헤아렸다. 침소에서 정확히 서쪽 방향이다. 괜히 불길했다. 접때의 화재도 분명 침소 뒤편의 서쪽 행랑에서부터 시작되었다.
"이리 주소서. 내다 버리겠사옵니다."
궁인이 얼른 빼앗았다.
"상감마마께 아뢰겠나이다."
"아니, 그러지 마."
덕임은 마음을 침착하게 먹었다.
"궁인들끼리 다투다가 남긴 거겠지."
"누가 감히 자가의 안전에서 이런 짓을 하겠나이까?"
"공연히 떠들면 세자를 책봉하는 경사에 오점이 남아."
"하오나 이건 암만 봐도 저주……."
"사위스러운 소리 마라. 그냥 누가 놀다 버린 것을 개가 물어뜯었거니 덮자."
그래도 사람인지라 마냥 태연할 순 없었다. 덕임은 목소리를 낮췄다.
"혹시 다른 곳에도 이런 게 묻혀 있는지만 찾아보렴. 세자저하의 침소까지 샅샅이. 아무도 모르게 조용히."
궁인은 겁에 질린 채 끄덕였다.
더 이상 걸을 기분이 아니었다. 읽다 만 서찰을 품에 여몄다. 영 꺼림칙하여 냉수로 몸을 씻었다. 보낸 궁인은 한참 만에 돌아왔다. 열심히 뒤져 보았으나 똑같은 흉물이 또 나오진 않았다고 고했다.
"다행이구나."
안도감은 곧 멋쩍음이 되었다.
"정말 괜찮을까요?"
궁인은 여전히 날이 서 있었다.

"당분간 근방에 수상한 사람이 나타나는지만 눈여겨봐."

덕임은 걱정을 싹둑 잘라냈다.

"두고두고 기억에 남을 생일이야."

냉소적인 농담까지 덧붙였다.

상감마마 사나운 눈초리가 인사 여쭙겠다는 외명부 부인들의 발길부터 웃전들의 호의적인 베풂까지 원천봉쇄한 덕에 예상대로 몹시 쓸쓸한 하루였다. 어영부영 보낸 끝에 밤이 찾아왔다.

"따라와라."

그리고 왕도 왔다.

"이 늦은 시각에 어디를요?"

모처럼 와서는 다짜고짜 잡아끄니 어안이 벙벙했다.

"가보면 안다."

"밝을 때 가시지요?"

생게망게 세자 책봉이니 뭐니 잔뜩 벌여놓고 설명도 없었으니 마뜩잖았다. 더욱이 무뚝뚝한 용안을 보아 오늘이 무슨 날인지는 새까맣게 까먹은 눈치였다. 바쁘고 피곤하면 잊을 수야 있다만……. 모로 보아도 경희의 애매한 언질에는 썩 믿음이 가지 않았다. 덕임은 서운함을 잊기 위해 기대하지 않는 법을 터득했다.

"어허, 따라오라니까."

기어이 내시가 불을 밝혔다. 별과 달이 밝은 여름밤이라지만, 승은을 입은 뒤로는 늦은 시각에 돌아다닐 수 없었기에 어둠이 낯설어졌다.

"내 걸음만 잘 따라와라."

앞서 걷는 왕도 몇 번이고 뒤를 돌아보았다. 치맛자락에 걸려 좀 휘청거렸더니 아예 곤룡포 소맷자락을 잡으라고 내밀었다.

"아, 아니, 괜찮사옵니다."

머쓱해서 물리쳤지만 왕은 재촉했다.

"네가 조심성 없이 넘어지면 내가 창피해서 그런다. 빨리."

소맷자락은 얇고 가벼웠다. 어쩐지 손을 잡고 걷는 양 부끄러웠다.

몇 개의 문을 지나 동쪽으로 쭉 걸었다. 이윽고 왕은 생전 처음 보는 전각 앞에 멈추었다. 잘 다듬어진 건축물의 위용이 웅장했다. 정성껏 깎은 석상들이 군데군데 서 있었지만 휑하다고 느낄 만큼 마당도 넓었다.

"여기가 바로 중희당重熙堂이다."

"아, 새로 마련하신다던……?"

아들이 태어나고서 뚝딱뚝딱 시끄러운 소리가 끊이질 않았었다. 무슨 일이냐고 물어도 왕은 나중에 보면 안다고만 했다.

"무얼 하시려고 이리 크게 지으셨사옵니까?"

절약하자고 잔소리를 일삼는 사람치고 웬일로 통이 크다.

"동궁이다."

"동궁은 이미 있지 않사옵니까?"

"아니, 오로지 우리 아들만을 위한 새 동궁이다."

왕이 옅게 미소 지었다.

"편전으로도 쓰고 세자궁으로도 쓸 곳이다. 아들이 글을 열심히 읽는지, 스승을 잘 따르는지 자주 들여다볼 생각이거든. 세자가 더 의젓해지면 저기다 과녁을 세우고 활쏘기도 가르치련다."

그는 광활한 터를 가리켰다.

"……모름지기 가족은 가까워야지. 아비가 아들을 사랑하고 아들이 아비를 존경하면 화목하지 않을 수가 없다."

어린 시절의 상처를 삭이고 핥듯 용안에 언뜻 수심이 스쳤다.

"사실 완공한 지는 꽤 되었는데 보여줄 짬이 없었어."

얼른 표정을 감추며 그는 말을 돌렸다.

"다음 달에 여기서 세자 책봉례를 거행할 예정이다."

안쪽도 보여주겠다며 손을 잡아끌었다.

"나랏일 보시는 신성한 곳에 신첩이 어찌 함부로……."

"내가 윤허하니 괜찮다."

왕은 고집을 자꾸 부렸다.

둘러보니 방이 많고 동선도 편했다. 침전과 작은 놀이방도 있었다. 고리타분한 옛 전각들에 비하면 한참 세련되었다.

"여기서 딸아이 태어났다는 소식을 들었었지."

가장 안쪽 넓은 방의 문을 열며 왕이 말했다.

딸아이. 이 여름을 보지 못하고 떠난 갓난아기. 간신히 억누른 가슴에 날카로운 통증을 느꼈다. 왕은 그 모습을 놓치지 않았다.

"전하."

그가 운을 떼기 전에 덕임이 선수를 쳤다.

"어째서 갑자기 세자 책봉을 서두르시옵니까?"

"자식을 잃는 건 괴롭다."

용안은 몹시 고요했다.

"그로 인해 네가 슬퍼하는 건 더더욱 괴롭고."

그가 말하는 괴로움이 가시처럼 덕임의 가슴을 찔렀다. 냉정하다고 여길 만큼 보여주지 않았던 그의 슬픔은, 결코 멈추지 않았던 임금의 세상에 숨어 있었다.

"너와 세자는 임금인 내가 지킨다고 했지. 하여 이것이 내가 가족을 지키는 방법이다."

왕은 고개를 반쯤 돌렸다.

"딸아이 죽었을 때 넌 나뿐만 아니라 세자까지 밀어내려 했다."

"아니옵니다! 경황이 없어서……."

죽은 자식 생각에 산 자식의 얼굴조차 보고 싶지 않았던 때를 그는 알고 있었다.

"이제는 네 아들이 왕세자다. 네 집은 여기고, 네 가족은 여기에 있어."

덥석 어깨를 붙잡는 손길이 거칠었다.

"도망가지 마라."

목소리 또한 조급했다.

"곁에만 있으면 날 연모하지 않아도 상관없다고 했었지. 하지만 용을 써도 널 완전히 가질 수 없다는 생각을 하면 역시 속이 미어진다."

"전하……."

"난 자식을 많이 갖고 싶다."

왕은 그녀의 말을 잘랐다. 두려워서 듣기 싫은 눈치였다.

"세자가 아우들과 북적북적 소란스럽게 자랐으면 좋겠어. 내 아들에겐 내가 갖지 못한 것을 주고 싶다."

"신첩도 그렇사옵니다."

"그래. 하면 너 앞으로도 내 곁에 오래오래 있어야 한다."

그의 품이 뜨겁다. 그리고 응당 있어야 할 자리를 찾은 양 편안했다.

"……꼭 오늘 너에게 이곳을 보여주고 싶었다."

그는 잊지 않았다.

"적어도 이 정도는 임금이라도 해줄 수 있는 일이니까."

온갖 감정이 뒤섞이는 바람에 덕임은 눈물이 핑 돌았다.

"곽탕(藿湯, 미역국)은 먹었느냐?

조심스레 묻는 걸 보니 더더욱 그랬다.

"나는……."

왕은 몹시 복잡한 표정을 지었다. 하려던 말을 끝내 뱉지도 못했다.

"알고 있사옵니다."

그리고 덕임은 해명이 필요하지 않을 만큼 잘 알았다. 심지어 그가 애써 감추려는 부분까지도 모른 척해줄 수 있었다.

"한데 손에 이것은 무어냐?"

"아, 저하께서 만들어주셨사옵니다."

왼손 약지에 곱게 낀 꽃가락지를 유심히 보던 왕이 웃었다.

"망초꽃이군."

그러고는 뒤늦게 뜨끔했다.

"호, 혹시 세자가 너한테 다른 소리도 하더냐?"

"다른 소리라니요?"

어린 아들이 부자지간의 비밀을 홀랑 불어버렸다는 사실은 일단 숨겨주었다.

"아무것도 아니다!"

덕임은 웃음을 삼켰다.

"아, 전하! 비가 옵니다."

문득 바깥에서 후드득 빗방울 떨어지는 소리가 들렸다.

"종일 뜸들이더니 드디어 쏟아지는군."

창문을 흘끗 본 왕은 대수롭지 않게 말했다.

"비를 맞으며 돌아가긴 번거롭다. 오늘 밤은 여기서 묵자."

"그래도 괜찮겠사옵니까?"

"그러려고 만든 침전 아니겠느냐."

그는 새침하게 핀잔을 주었다.

편안하게 자리옷으로 갈아입고 세소까지 마쳤다. 나란히 앉아 촉촉이 젖어드는 대지를 바라보았다. 딸아이 태어나던 날의 비와 같았다. 동시에 고운 딸이 작별을 고하는 비이기도 했다.

응어리를 푼 가슴은 보다 짙은 온기를 원했다. 자연스레 입맞춤이 이어졌다. 수줍게 맞닿으며 시작했지만 이내 더운 숨을 주고받을 만큼 야릇해졌다.

덕분에 유난히 긴 밤을 보냈다.

책봉례는 무사히 마쳤다. 길고 지루한 예식이었는데도 세자는 의젓하게 견뎠다. 어린 몸보다 무거울 칠장복(七章服, 왕세자의 예복)을 입고도 연거푸 절까지 잘했다. 덕임은 다 늦은 밤에서야 차기 임금으로 낙점된 아들을 제대로 볼 수 있었다. 검은색 곤룡포를 앙증맞게 입고 있었다. 하마터면 눈물이 터질 뻔했다.

떠들썩한 잔치 분위기가 쭉 이어졌다. 왕은 옥사에 갇힌 죄수들을 여럿 석방하고, 유배된 양반들까지 제법 풀어주었다. 바다 건너 머나먼 섬에 갇혔던 왕대비의 오라비도 육지로 들어오게끔 했다. 비록 유배를 풀어준 것은 아니었지만, 모두 세자 덕분이라며 왕대비는 겸허히 받아들였다.

세자가 탄일을 맞는 가을이 되자, 왕은 신하들에게 아들을 안아보게끔 했다. 누굴 닮아 넉살이 좋은지 낯선 사람들 품을 오가면서도 세자는 방긋방긋 웃었다. 저하의 눈빛이 깨끗하고 밝다는 아부가 술술 쏟아졌다.

왕세자 책봉을 기념하는 정시(庭試, 특별 과거)도 크게 열렸다. 응시자들이 방방곡곡에서 모여들었다. 기쁨을 널리 알리려는 뜻이라며 왕은 팔불출을 자처했다. 놀랍게도 덕임의 아우 흡이가 꽤 좋은 성적으로 병과兵科에 급제하였다.
"말을 곧잘 타더군."
등수를 가르는 마지막 시험에 친림했던 왕이 말했다.
"네 아우는 오라비와 달리 널 많이 닮았던데."
다른 무엇보다 그 점에 그는 만족스러운 눈치였다.
"앞으로 녹을 먹을진대 행동거지를 유의하라고 타일러야겠어."
식이처럼 내쫓을 요량은 아닌 듯했다. 한시름 덜었다.
"그리고 네 다른 오라비들 말이다."
귀신같이 속을 읽기라도 했는지 왕이 덧붙였다.
"이제는 왕세자의 외숙부라는 체면도 있고, 내 눈이 닿는 곳에 두는 게 나을 성싶어서 동궁전으로 배속시켰으니 그런 줄 알아라."
덕임은 입을 떡 벌렸다.
"그래 봤자 허드렛일이나 시키려는 것이다."
큰 기대는 말라는 듯 왕이 덧붙였다.
"너와 네 오라비들은 그동안 내 신칙을 허투루 듣지 않고 잘 따라주었다."
또한 그는 공평하게 말했다.
"하면 나도 다소간 베풀어야 마땅하지. 앞으로도 날 실망시키지 마라."
분명 이만하면 장족의 발전이다. 그래서 덕임은 좋게 받아들였다.
한편, 연말에는 국경을 넘어온 칙사로부터 책봉을 받아 아들의 지위가 더욱 공고해졌다. 황제로부터 다섯 가지 귀한 장난감도 받았다. 세자는 알록달록하게 색깔을 칠한 팽이를 가장 좋아했다. 같이 팽이 치고 놀자며 아바마마 다리에 엉겨 붙기 일쑤였다. 놀이라면 질색을 하는 왕이지만 아들의 재롱 앞에선 버티질 못했다.

"언제까지나 어린아이였으면 싶기도 하다."

활개를 치다 잠든 세자의 등을 토닥이던 왕이 말했다.

"무릎에 앉아 노는 모습이 천진스럽고 좋아."

그래서일까, 덕임의 우려와 달리 왕은 세자에게 글공부를 강요하지 않았다. 몹시 총명하기가 벌써 천자문까지 외는 아들인데, 대견하답시고 유난을 떨기는커녕 느긋했다. 칭찬만 할 뿐 딱히 조바심을 내지도 않았다.

물론 화기애애한 반면에 언뜻 의뭉스러운 구석도 있었다.

책봉을 한 날부터 세자 외가의 지위를 높여주어야 한다는 주청이 끊이질 않았다. 국본의 뿌리를 귀하게 만드는 것은 당연한 이치다. 하여 덕임의 부친을 찬성(贊成, 의정부 종1품의 관직)으로 추증하자는 이야기가 나왔는데, 왕은 어물쩍 넘기기만 했다.

"참고할 만한 문적文蹟을 찾지 못했소."

영의정이 황당해하며 냉큼 속대전續大典을 짚어주어도 왕은 딴소리만 했다.

"중전의 양자로 입적되었는데, 생모의 부친을 추증하는 게 뭐 의미가 있겠소?"

"명백한 전례가 있지 않사옵니까."

"그것만으로는 부족하오. 나랏일은 시행되고 나면 그대로 규식規式이 되는 법! 깊이 헤아려 차후에 비답하겠소."

그러고는 더 듣지 않겠다는 듯 화제를 돌렸다.

물론 덕임은 원치도 않았고 관심도 없었다. 하루가 다르게 자라는 아들에게만 마음을 쏟았다. 지나가고 나면 다시는 오지 않을 자식의 어린 시절이었다. 하나도 빠짐없이 기억하고 싶었다.

오늘도 세자는 왕대비전에 문후 여쭈러 갔다가 귀여움을 잔뜩 받고 돌아왔다. 그 엄격한 분이 웃음을 터뜨릴 때까지 짧은 팔다리로 덩실 덩실 춤을 췄더란다. 덕분에 맛있는 떡과 다과를 실컷 얻어먹었다고. 배가 부른 세자는 꾸벅꾸벅 졸았다.

"모셔가서 재우겠사옵니다."

정신을 못 차리는 세자를 유모가 안아 올리려 했다.

"싫어. 어무마랑 있을래."

세자는 잠결에도 뿌리치며 덕임에게 바짝 붙었다. 하도 고집을 부리기에 결국 요 하나만 깔아 눕혔다. 새근새근 잠든 얼굴을 바라보는 행복은 컸다.

"자가께만 유독 응석을 부리십니다."

유모는 혀를 내둘렀다.

"다른 웃전께는 아니 그러시는가?"

"예. 애교는 곧잘 떠시지만, 대개 행동거지가 침착하시옵니다."

낳아준 생모 앞에선 풀어져도 괜찮음을 본능적으로 알아차린 모양이었다. 아들이 자신을 편히 여긴다니 기뻤지만, 어린 것이 벌써 눈치를 본다니 측은하기도 했다.

"상감마마를 똑 닮으셨지요."

"뭐라고?"

"아유, 도깨비처럼 무서운 분이 자가와 계실 때는 미소를 비치시고, 싱거운 말씀도 하시고……. 곧잘 살갑지 않으시옵니까."

"두 번 살가우셨다간 날 잡으시겠네."

"총애가 지극하다고 소문이 자자한데 뭘 쑥스러워하셔요?"

"아니라니까. 어디 가서 그런 소리 말게."

있는 듯 없는 듯 살자는 신조를 새로 다진 덕임은 기겁했다.

호랑이도 제 말 하면 온다더니, 갑자기 왕이 들이닥쳤다. 대낮에 오는 일은 극히 드물어 깜짝 놀랐다. 더군다나 표정이 심상치 않았다. 접때처럼 허기가 진다는 둥 어설픈 핑계를 댈 기세는 아니었다.

"전부 나가라."

왕은 궁인들을 내쫓다시피 했다. 작은 소동에도 깨지 않고 달게 자는 아들을 유모가 안아 올리는 것마저 저지하였다. 그냥 두고 얼른 가라고 재촉했다.

"너 거기 좀 앉아봐라."

큰일이라도 났나 시키는 대로 했더니, 왕은 대뜸 무릎을 베고 누웠다.

"어어, 무슨 일 있으시옵니까?"

"피곤하다."

붉고 건조한 눈가를 문지르며 왕이 중얼거렸다.

"늙은이들 고집이 어찌나 쇠심줄 같은지!"

잇따르는 한숨이 짙었다.

"얘는 이래서 소인배, 쟤는 저래서 소인배……. 불평이 끝이 없다. 화해하고 잘 지내라고 억지로 떠미는 것도 고역이다."

가끔 이럴 때가 있다. 왕이 저 혼자만 아는 이야기를 늘어놓는 순간 말이다. 대개는 몸을 섞은 뒤 녹초가 되어 혼미할 때를 노리는데, 오늘은 역시 의외였다.

"서로 아옹다옹하는 동안에는 나한테 대들지 않는 게 그나마 다행이지. 혹시라도 나 모르게 야합하여 세력을 불릴까 봐 걱정하는 것도 녹록잖다."

그는 현실적인 고민이 많았다. 그리고 그녀가 들어주길 바랐다. 해답을 찾거나 묘안을 바라는 게 아니고, 그냥 귀만 기울여 주면 된다는 듯 푸념했다.

"……숨 좀 돌리러 온 거다."

덕임의 허벅지를 어루만지며 왕은 얼굴을 묻었다. 은밀한 감각에 솜털이 바짝 섰다.

"벨 무릎이 필요하시거든 승지나 각신에게 가실 줄 알았사온데요."

그래서 아무렇게나 농을 던졌다.

"끔찍한 소리 마라."

왕은 툴툴거렸다.

"……이러고 있으니 좋으냐?"

누워서 가만히 그녀의 얼굴을 보던 그가 문득 물었다.

"신첩이 좋을 게 무에 있사옵니까. 다리 저려 죽겠나이다."

"가만 보면 나만 산통을 깨는 게 아니라니까."

도끼눈 뜬 용안을 덕임은 가만히 보듬었다.

"눈가에 주름이 자글자글하옵니다."

"연륜이다."

"과음을 자주 하셔서 그런 겁니다."

"어허, 답지 않게 잔소리는!"

"전하께서 하도 잔소리를 하셔서 신첩이 보고 배웠나이다."

"말꼬리 잡지 마라."

덕임은 입을 다물었다. 침묵이 길어지자 왕이 못 참고 물었다.

"왜 말이 없느냐?"

"잔소리도 안 하고 말꼬리도 안 잡으려니 드릴 말씀이 없사옵니다."

하여튼 어쩔 수 없다는 듯 왕은 픽 웃었다.

"……한데 너 아직도 무르지 않을 것이냐?"

"무얼요?"

그가 잠시 주저하다가 털어놓았다.

"날 절대로 연모하지 않겠다던 말."

덕임은 멈칫했다.

"네게서 사랑한다는 말이 듣고 싶다 하면, 너무 과한 욕심이겠느냐?"

"신첩은 전하께 자식까지 낳아드리지 않았사옵니까."

"그건 대답이 아니다."

회피하려는 수작을 빤히 안다는 듯 왕은 단호했다.

"내가 임금이라서 정녕 아니 되는 것이냐?"

자신이 뱉은 물음이 모든 여자는 임금을 사모해야 한다는 세상의 이치와 얼마나 모순되는지 곱씹어보듯 왕은 찡그렸다.

"내가 임금이 아니었다면 나를 연모했을 테냐?"

"잘 모르겠사옵니다."

덕임은 조심스럽게 속내를 드러냈다.

"신첩은 그저 궁녀였사옵니다. 과년한 나이가 훌쩍 넘고서도 아이처럼 지냈지요. 그러다 갑작스럽게 전하의 품에서 여인이 되었고, 여인이 무엇인지 스스로 깨닫기도 전에 어미가 되었사옵니다. 또 제대로 된 어미 노릇을 해보기도 전에 자식을 잃었구요. 불과 몇 년 새 일어난 변화에 혼란스럽사옵니다. 어렵고 두렵사옵니다. 그래서 모르겠사옵니다."

"……억지로라도 달콤한 소리는 하질 않는구나."

"전하를 기만하고 싶지 않사옵니다."

"내 기분이 상하더라도?"

"모면하기 위해 급급히 쌓은 둑이 터져 배신감이 되는 것보단 낫사옵니다."

"넌 언제든 날 보낼 사람처럼 거리를 둔다."

그의 목소리가 속삭임으로 바뀌었다.

"……아니지. 언제든 날 떠날 사람처럼, 이라고 해야 옳다."

"거리를 두신 건 전하께서도 마찬가지시지요."

"다르다. 난 다가가고 싶은 마음을 억누르기 위해 물러섰지. 넌 물러서고 싶은데 어쩔 수 없다는 듯 다가왔고."

명확하게 찌른 본질은 곧 두 사람의 지난 세월을 묘사했다.

"괜찮다. 시간이야 많으니까."

왕은 눈을 꾹 감았다.

"차츰 적응하면 된다. 난 기다릴 수 있어."

더 덧붙일 듯 입술을 달싹였지만, 그는 축적된 피로를 견디지 못하고 잠이 들었다.

덕임은 자신의 인생에서 가장 중요한 두 사내를 물끄러미 보았다. 무릎에 누워 잠든 지아비는 이 나라의 지존이고, 옆에 잠든 아들은 훗날 천하를 움켜쥘 후계자다.

정상에 다다랐을 때 남는 것은 내려가는 길뿐임을 알기 때문일까, 가장 행복해야 할 절정의 순간인데도 어쩐지 슬펐다. 불길했다. 부디 내려가야 하는 날이 너무 빨리 찾아오지 않기만을 바랐다.

왕은 그녀의 다리에 감각이 사라질 즈음에서야 퍼뜩 눈을 떴다.

"나쁜 꿈이라도 꾸셨사옵니까?"

잠을 깨는 사람치고 화들짝 놀라는 것 같아 의아했다.

"아……. 아니다. 뭔가 꿈을 꾼 것 같은데……."

그는 어리둥절 이마를 짚었다.

"이런, 너무 지체했군!"

창밖으로 보이는 해의 높이를 가늠하며 그가 벌떡 일어섰다.

"오늘 밤은 기다리지 마라. 조신들과 술자리를 갖기로 했다."

저래놓고 또 만취하여 찾아와서는 주정을 부릴까 봐 무섭다.

"과음하지 않을 테니 걱정 마라."

왕은 지키지도 않을 약속을 했다.

"진짜라는데도!"

불신에 찬 덕임의 표정을 보고는 괜히 장담까지 했다.

누굴 닮아 능청스러운지 배를 드러내며 새근새근 자는 아들을 한번 들여다본 뒤, 왕은 성큼 걸음을 돌렸다. 그런데 웬일로 문간에서 머뭇거렸다. 마치 지금 떠나면 안 될 사람처럼 뒤를 돌아보았다. 눈이 영원처럼 마주쳤다.

그러나 그는 좋은 임금답게 스스로를 재촉했다. 결국 문이 닫혔다.

17장
왕과 후궁

왕의 겨울은 늘 추웠다.

찬바람에 얼어붙은 어수를 입김으로 불며 책을 읽었다. 괴롭지 않았다. 생활이 궁핍할수록 자부심이 생겼고, 스스로 몹시 떳떳하여 한 점 부끄러움이 없었다.

다만 그의 금침은 늘 따뜻했다. 편전이나 서재에서 시간을 보내다 침전으로 가면 이불에 훈훈한 온기가 묻어났다. 어느 궁인이 미리 찬 이불에 들어가 몸으로 덥혀두었을 터. 그냥 그렇게만 납득하고 별생각 없이 살아온 게 평생이었다.

그런데 우연히 기다란 머리카락 한 올을 발견했을 때는 별생각이 생겼다. 시린 손발을 집어넣다가 발견했다. 그의 것이라기엔 곱고 부드러웠다. 참 이상했다. 미천한 사람의 흔적인데도 싫지가 않았다. 그런 감정을 일으키는 사람은 세상에 단 한 명밖에 없었다.

얼마 지나지 않아 거짓말처럼 그는 진실을 마주했다.

춥고 해가 짧은 날이었다. 세수를 마친 뒤 홀로 침전에 들었다가 그녀를 보았다. 진즉 빠져나갈 때를 놓친 채 세상모르고 잠들어 있었다. 그녀가 설마 그런 실수를 저지르리라곤 상궁도 내관도 짐작하지 못한 듯했다.

왕은 가만히 그녀를 보았다. 이불깃을 움켜쥐고 몸을 둥글게 말고 있었다. 경계심이 풀린 모양새는 연약해 보였다. 보듬어주고 싶었다. 지켜주고 싶었다. 그것은 아무리 부정하려 해도 소용없이 은애하는 마음이었다. 참으로 사소한 계기로, 무척 어렵게 깨달았다.

이윽고 잠든 얼굴에 동요가 일더니 그녀가 눈을 반짝 떴다. 코앞에 있는 왕을 보고도 잠잠했다. 멍하니 마주친 눈빛이 얌전했다. 입가에는 언뜻 미소까지 비쳤다.

그러나 비로소 상황 파악이 되자 졸도하다시피 했다.

"저, 저, 전하! 마마! 사, 상감마마!"

이불을 박차고 일어섰다가 도로 주섬주섬 다듬는 꼴이 우스웠다.

"그냥 덥혀놓으려고……. 깜빡 잠이 들어서……."

목소리가 점점 기어들었다.

"새 이불로 바꿀까요?"

"네가 여태 이부자리를 덥혀두었느냐?"

"예, 군불을 때지 않으시니 감환이라도 걸리실까 상궁들이 염려된다고……."

시킨 대로 했을 뿐이라고 열심히 변명하는데, 조금만 살가우면 좋겠다는 욕심이 들었다.

"항상 그리했다면 유난 떨 것도 없다."

"대충 그러려니 아는 것과 눈으로 보고 아는 것은 전혀 다르지 않사옵니까."

그 말에는 동의했다. 대충 마음이 있으려니 싶은 것과 피할 수 없이 깨달아 버린 것은 전혀 달랐다. 그래서 또한 모든 것이 달라졌고, 왕은 물러서고 싶어졌다.

"됐으니 나가라."

그녀는 뒤도 돌아보지 않고 줄행랑쳤다.

아쉽게 놓쳐 버린 그녀 대신 그녀의 온기를 껴안았다. 얼어붙은 마음까지 녹여 버릴까 두려울 만큼 따뜻했다. 아니, 어쩌면 이미 녹아 버렸는지도 모를 노릇이었다.

이제 왕은 현실로 돌아왔다.

올겨울은 유난히 추웠다. 밤늦도록 책을 읽다 보면 손발이 시린 정도가 아니라 코끝에 고드름이 붙을 것 같았다. 그래도 왕은 참을성 있게 견뎠다. 견디기 힘들 때는 그녀의 이불 속으로 들어갔다. 두 몸이 하나로 흐물흐물 녹아버릴 때까지 시간을 보낼 수 있었다. 그녀는 이제, 적어도 줄행랑을 치지는 않는다.

새근새근 잠든 얼굴을 보았다. 이불깃을 움켜쥐고 몸을 둥글게 말고 있다. 경계심이 풀린 모양새는 편안한 신뢰와도 같았다. 보듬어주고 싶다. 지켜주고 싶다. 그것은 보답받기 어려워도 억누를 수 없는 은애하는 마음이었다. 차라리 몰랐으면 싶을 만큼 가슴을 뒤흔드는 격정이기도 했다.

"벌써 기침하셨사옵니까?"

뺨과 목덜미를 지분거리는 손길을 귀찮아하며 그녀가 잠결에 중얼거렸다.

"잠깐만요. 신첩이 금방 일어나서……."

그러나 간밤에 녹초가 된 그녀는 도통 정신을 차리지 못했다.

"아직 시간이 있다."

왕이 다정하게 말했다. 시간만은 영원히 자신의 편이라고 믿어 의심치 않았다. 의심할 까닭조차 없었다. 하여 그는 바보같이 이 순간도 그저 느긋하게 흘려보냈다.

또 아이가 들어섰다. 겨우 오 년 사이 잉태를 세 번이나 했다.

다들 축복이라고 노래를 불렀지만 덕임으로서는 마냥 거뜬하지 않았다. 이번 아이는 특히 힘들게 했다. 입덧이 어찌나 심한지 물 한 모금 간신히 넘길 지경이었다. 어지럽고 기운이 달려 바깥바람을 쐴 엄두마저 안 났다. 얼마나 대단한 아이가 나오려는지 참 유난이다.

"왕자 아기씨인 것 같사옵니다."

덕임은 진이 빠지도록 메슥거리는 배를 부여잡았다.

"그런 소리는 처음 하는구나."

왕은 몹시 놀라면서도 기쁜 눈치였다.

"어찌 아느냐?"

"딸은 어미를 힘들게 하지 않거든요."

"전에 비하면 확실히 맥을 못 춘다."

그는 달거리가 끊어지고서부터 도리어 홀쭉해진 덕임의 뺨을 안쓰럽게 쓸었다.

"요 녀석이 태어나서 다 갚지 않겠느냐."

아직 티도 나지 않는 배를 왕은 다정스레 어루만졌다.

"세자를 봐라. 효심이 얼마나 극진하더냐."

덕임은 뜨끔하며 시선을 피했다.

세자는 올해로 다섯 살이 되었다. 서둘러 글공부를 시키자는 주청에도 불구하고 왕은 아들이 더 놀기를 바라며 차일피일 미루었다. 하지만 아들이 총명한 티를 도통 숨기질 못하니 마지못해 작년서부터 서연을 시작했다. 꼬마 세자가 처음 만난 스승을 어른스럽게 섬기는 모습이 기이하다고 다들 칭송했다. 효심도 갸륵했다. 벌써부터 부왕의 수라를 살피겠답시고 음식과 탕약에 대해 알려달라며 내시들을 귀찮게 굴었다.

다만 생모를 너무 챙기는 게 흠이라면 흠이었다.

"어미라 부르시면 안 된다고 몇 번을 말씀드립니까!"

어제만 해도 그렇다. 아무리 타일러도 습관을 고치지 않아 모질게 꾸짖어야 했다.

"하오나 어머니……."

몸이 자라고 발음이야 또렷해졌지만 아직도 어린애였다. 간절하게 항변하려는 눈망울에 얼핏 눈물이 고였다.

"몹쓸 버릇을 고치질 못하시니 제 불찰입니다. 낯을 들 수 없는 죄인인 저는 앞으로 저하의 문후를 받지 않겠습니다."

냉정하게 물리치자니 마음이 찢어질 듯 아팠다. 그러나 아들은 처신을 바로 해야 했다. 세자의 생모가 정궁과 무품빈을 제치고 총애받는다는 소문은 언제 독이 될지 모른다. 더욱이 왕은 여전히 그녀의 부친을 추증하기를 거부하고 있다. 신중한 문제라고 이르면서, 자꾸 미루는 것도 달리 의도가 있어서라는 의미심장한 해명까지 했다.

잘못 디딘 한 걸음은 등을 찌르는 칼날이 될 것이다. 세자는 부왕의 눈 밖에 나서는 아니 된다. 왕실 부자간의 인연이 끊어질라치면 끔찍한 비극이 빚어짐을 지난 세대에서 배웠다. 문득 덕임은 자신이 옛날의 효강혜빈처럼 아들을 걱정하고 있다는 사실을 깨달았다. 실로 서글픈 노릇이었다.

"잘못했사옵니다."

세자는 냉큼 엎드렸다.

"다시는 실수하지 않을 테니 소자를 보지 않겠다는 말씀만은 마소서."

그러고는 차마 못 할 말을 하듯 덧붙였다.

"용서하소서……. 자가."

"전 저하를 용서하고 말고 할 사람이 못 됩니다."

달래주고 싶었다. 하지만 확실히 매듭을 짓지 않고 누그러지면 세자는 또 다시 살살 눈치를 보며 저 하고 싶은 대로 할 터였다.

"오늘은 이만 돌아가세요."

"예, 예에, 내일 다시 오겠사옵니다."

"당분간 들르지 마세요. 같은 실수를 반복하실까 두렵습니다."

쫓겨나는 아들의 축 처진 어깨는 너무 작았다.

"무슨 일 있었느냐?"

문득 덕임의 드리운 그림자를 왕은 날카롭게 잡아냈다.

"아침에 보니 세자의 안색도 어둡던데."

덕임은 억지로 웃었다. 솔직하게 털어놓을 만한 사연이 아니었다. 왕이 캐물을세라 또 구역질이 올라오는 시늉으로 넘겼다.

아들과 사이가 서먹해진 상태로 며칠이 더 지났다.

오지 말라고 못을 박은 탓에 내관을 시켜 대신 문후를 여쭐 만큼 움츠러든 아들이 점점 안쓰러워졌다. 결국 덕임 쪽에서 견딜 수 없는 때가 왔다. 다과를 만들어 막 서연을 마친 세자를 찾아갔다. 아들은 버선발로 뛰어나왔다. 글씨 연습을 했는지 작은 손바닥에 먹물이 잔뜩 묻어 있었다.

울퉁불퉁 못생긴 다과를 우물거리며 세자는 환히 웃었다.

"어머…… 아니, 자가의 손맛이 온 궁방에서 최고이옵니다."

아들의 아침은 달콤했다.

"자가께서는 들지 않으시옵니까?"

"태중의 아우님께서 입맛이 당기지 않는다 하십니다."

"아우 나빠요. 아바마마께서 반찬 투정은 나쁘다고 하셨습니다."

궐에서 가장 입맛이 까다로운 분도 아들에게는 편식하지 말라고 가르치나 보다.

"예, 나중에 저하께서 아우님 혼을 내주세요."

"언제 만날 수 있는데요?"

"아마 올가을 즈음일 것 같습니다."

아비처럼 형처럼, 단풍잎 붉게 물드는 계절에 태어날 성싶다. 아직은 좀 멀었다.

"누이였으면 좋겠사옵니다."

세자는 천진난만하게 말했다.

"함께 글을 배우고 칼싸움도 할 아우가 더 좋지 않으시옵니까?"

또래 친구도 없이 유모와 내시들, 나이 많은 신료들 사이에서 자라는 아들이 내심 안타까워 물었다. 세자는 도리도리 고개를 저었다.

"누이여야 자가께서 기뻐하시옵니다."

어쩌면 세자가 죽은 누이를 기억하는지도 모른다는 생각이 들었다. 누이가 하루아침에 사라졌는데도 세자는 한 번도 묻지 않았다. 어려서 모르겠거니 넘겼거늘, 알고도 어미를 위해 모른 척하는 거라 짐작하면 마음이 편치 않았다.

"함께 후원이라도 걸으시겠습니까?"

산책 외에는 달리 아들과 시간을 더 보낼 핑계가 떠오르지 않았다. 다행히 하찮은 권유에도 세자는 신이 나서 손을 맞잡았다.

동궁 길을 쭉 따라 앙상하게 마른 숲길을 거닐었다. 며칠 전에 눈이 왔다. 그래서 입김이 하얬다. 덕임은 세자의 옷깃을 몇 번이고 단단히 여며주었다. 그 손길에 세자는 아비를 꼭 닮은 미소를 지었다.

한참을 걷다가 문득 사내들 목소리를 들었다. 외간 사내와 마주치면 안 된다. 덕임은 황급히 얼굴을 가리며 물러섰다. 이토록 후원 깊숙이까지 들어올 수 있는 사람은 많지 않다. 과연 멀찍이 대전의 궁인들이 보였다. 추운 날씨에도 왕이 조신들을 이끌고 정자에 올라앉은 모양이었다.

걸음을 돌리려다가 생각을 바꿨다.

"저하, 전 여기서 기다릴 테니 성상께 인사를 여쭙고 오세요."

부왕과 사이좋고 영특한 세자를 널리 알려 나쁠 건 없다.

"신료들과 계시니 깍듯이 예의를 갖추셔야 해요."

세자는 걱정 말라고 장담하곤 뛰어갔다.

눈이 잔뜩 얹힌 나무 아래 몸을 숨기고 시린 손을 비볐다. 생각보다 오래 걸렸다. 세자를 무릎에 앉혀놓고 자랑을 하시나 보다 짐작하면 기다림이 고되진 않았다.

이윽고 되돌아온 아들은 혼자가 아니었다. 뜻밖에도 왕과 함께였다.

"신첩이 공연히 저하를 보내 방해하였사옵니까?"

"아니다. 안 그래도 파할 참이었다."

왕은 발갛게 얼어붙은 그녀의 손을 슬쩍 잡았다.

"춥다. 가뜩이나 조심해야 할 시기 아니냐."

"왜 조심하셔야 하옵니까?"

호기심 어린 눈동자를 반짝이며 세자가 끼어들었다.

"네 아우가 너무 작고 연약하기 때문이다."

"소자도 그랬사옵니까?"

세자는 어미의 배 어디에 아우가 숨어 있는지 고개를 갸웃했다.

"그래. 이만큼 자란 게 용하다."
무릎에 간신히 미치는 아들의 머리를 왕은 장난스럽게 꾹 눌렀다.
"소자도 나중에는 아바마마처럼 키가 커지는 것이옵니까?"
"이 아비만큼 크려면 잘 먹고 열심히 공부해야지."
평범한 가족 같았다. 덕임은 가슴이 뭉클했다. 잉태를 한 탓인지 감정이 들쑥날쑥 널을 뛰었다. 눈물도 많아졌다.
어미 마음을 전혀 모르는 세자는 그저 신이 났다. 정월 대보름에 꾸며놓고 아직까지 치우지 않은 나무 위의 연등을 가리키며 웃었다. 떠받치기 힘들겠다며 작은 나무 위에 쌓인 눈을 흔들어 떨어뜨렸다. 새삼스레 하얀 눈을 뭉치다가 손이 시리다고 찡찡거렸다.
"널 닮아 저리 활개를 치나 보다."
천천히 뒤따라가며 지켜보던 왕이 부드럽게 웃었다.
"신첩은 무척 얌전한데요."
덕임은 뻔뻔하게 발뺌했다. 왕은 콧방귀를 뀌었다.
이윽고 옥류천 근처의 연못에 도달했다. 물빛이 시릴 만큼 맑았다. 종종대며 물속을 들여다보던 세자가 대뜸 소리쳤다.
"저것 좀 보소서!"
유유히 헤엄치는 겨울 잉어였다. 통통하고 실했다.
"소자의 몸보다도 커요, 어머니!"
손뼉을 치는 모습이 순수해서, 덕임마저도 아들의 치명적인 실수를 뒤늦게 깨달았다.
핏기가 싹 가셨다. 아슬아슬할지언정 세자는 여태 덕임과 둘만 있는 자리 외에선 실수하지 않았다. 그러나 지금은 어전이다. 그녀는 왕의 성정을 누구보다 잘 알았다. 더욱이 효종조孝宗朝 어느 후궁이 자신의 소생인 옹주를 무심코 '너'라고 불렀다가 임금께서 노발대발하여

물고를 내려 했던 전례도 있다.

세상에 후궁의 자식은 없다. 오로지 임금의 자식이 있을 뿐이다. 임금이 아무리 너그러워도 그걸 잊어선 안 된다.

"저, 전하! 저하께옵선 아직 어려 분별을 못 하셨을 뿐이옵니다. 죄는 신첩에게 있사오니 부디 신첩을 벌하소서."

덕임은 눈밭에 무릎을 꿇었다.

용안은 사뭇 의뭉스러웠다. 찡그린 미간은 노여움이었고, 물끄러미 세자를 보는 눈빛은 안쓰러움이었으며, 이윽고 그녀에게 돌린 시선은 씁쓸함이었다.

"홑몸도 아닌데 조심해야지. 일어나라."

왕은 손수 그녀를 잡아 일으켰다.

"어린 세자가 생모를 사랑하는 마음을 어찌 허물이라 하겠느냐."

뜻밖의 관대함에 덕임은 깜짝 놀랐다.

"그래도 잘못은 알겠지?"

왕은 눈을 동그랗게 뜬 아들을 엄히 꾸짖었다.

"예, 소자가 잘못하였사옵니다."

"……정 어미라 부르고 싶으면 우리 셋이 있을 때만 그리하여라."

"전하!"

덕임은 또 소스라치게 놀랐지만 왕은 얄궂도록 평온했다.

"중전이나 경수궁이 있는 데선 절대 안 된다. 알겠느냐?"

"명심하겠사옵니다."

"네 어미를 이렇게 곤란하게 만들면 안 되지."

왕은 아들의 보들보들한 뺨을 톡톡 쳤다. 세자의 만면에 웃음꽃이 폈다.

세 사람은 다시 걸었다. 아들은 아무 일 없었다는 듯 천진난만하게 앞서 달렸다. 다만 거리낌 없이 어머니라고, 몇 번이고 불렀다.

"저하께 너무 무르시옵니다."

세자가 겨울 토끼를 쫓느라 바쁜 틈을 타 덕임이 말했다.

"너한테도 약한데 네가 낳은 아들한테는 오죽하겠느냐."

왕은 조금 쑥스러운 듯 웃었다.

잠깐의 휴식은 곧 끝났다. 분주한 왕은 정무를 보러 떠났고, 덕임은 다음 일과를 위해 세자를 바래다주어야 했다. 아들과 둘이서 돌아가는 길은 대지를 하얗게 집어삼킨 세상만큼 조용했다.

"소자가 뭐라 했사옵니까."

왕이 직접 쓴 중희당의 현판이 보일 무렵, 세자가 문득 말했다.

"어머니라고 불러도 된다 하지 않았사옵니까."

그러고는 씩 웃었다.

"……어머니!"

일부러 그랬다. 아들의 미소에서 덕임은 진실을 깨달았다.

원하는 바를 기어이 이루려고 어린 것이 어전에서 잔꾀를 부린 것이다. 배짱도 참 두둑하다. 아니, 어쩌면 부왕이 자신에게 껌뻑 죽는 줄 영악하게 알고 벌인 일인지도 모른다. 기가 찼다. 이쯤 되면 정말 누구들 아들인지 빤하다. 잔머리를 굴리는 건 어미를 닮았고, 은밀하게 상황을 노리는 교활함은 아비를 닮았다.

"어머니, 어머니!"

세자는 여태 못 해본 말을 양껏 해보려는 듯 연신 불렀다.

찬바람이 믿기지 않을 만큼 따사로운 시절이었다. 승은을 입고 오년째 꿈을 꾼다는 생각이 들었다. 물론 장밋빛 일색의 단꿈은 아니지만, 이토록 사랑스럽고 영특한 아들이 등장할 때는 분명 더없이 아름다운 꿈이 되고 만다. 그래서 덕임은 꿈과는 달리 반드시 깨어날 필요가 없는 실제 인생임을, 오늘도 감사히 여겼다.

늦봄이 되자 무더위가 기승을 부렸다. 계곡의 물이 마르고 소중한 백곡이 썩었다. 당연한 수순으로 역병도 창궐하였다. 홍역이었다. 왕은 가여운 백성들을 구휼하고자 각 고을의 병자들을 친히 매일 확인하고, 약방과 혜민서 등을 닦달하였다.

놀랍게도 병마는 대궐까지 범했다. 중궁전 궁인 두엇이 증후를 보였다.

"역귀 쫓는 굿을 해도 모자를 판에 경계가 썩 삼엄하지도 않아요."

경희는 불평했다.

"한 번 퍼지면 불붙듯 번질 텐데 너무 안이하다니까요."

그럴 만도 했다. 왕실의 어른들은 모두 홍역을 치렀다. 다시 걸릴 일이 없다. 굳이 예방하느라 재물을 쓸 이유가 없다는 뜻이다.

"너도 어릴 때 앓아서 괜찮잖아?"

"궐에는 안 걸려본 사람도 많잖아요! 자가처럼요!"

"난 안 걸려. 옛날에 너랑 복연이 간병하면서도 멀쩡했는데."

"그래도 조심하셔야지요! 저하께서도 마찬가지고요."

경희는 마침 문후를 여쭈러 와 있는 세자를 흘끗 보았다.

"음, 그건 좀 걱정이네."

덕임도 또래 아기들처럼 잔병치레를 곧잘 하는 아들이 마음에 걸렸다. 세자는 새로 배운 글씨를 보여주겠다며 붓을 끼적이느라 바빴다.

"어머니, 이것 보소서!"

세자가 의기양양 소리쳤다. 어미 소리에 경희는 눈썹을 추켜세웠지만, 덕임은 어깨만 으쓱했다. 보는 눈이 없을 땐 괜찮다고 왕이 윤허했으니 됐지 싶었다.

세자가 쓴 글씨는 자모지심子母之心이었다.

"어쩜 이리 반듯하게 쓰셨습니까."

덕임은 칭찬을 아끼지 않았다.

"무슨 뜻인지도 아십니까?"

"예! 어머니의 자애로운 마음을 이릅니다."

세자는 뺨을 붉히며 헤헤 웃었다.

"저하께선 사친을 유별나게 따르시옵니다. 보통은 젖을 물리는 유모에게 애착을 갖기 마련인데요."

경희는 흥미로워했다.

"시샘할 일이 줄어 다행이지."

덕임은 장난스럽게 맞받았다.

"만약에 그랬으면……. 아!"

"왜, 왜 그러시옵니까?"

갑작스러운 탄성에 경희가 놀라 손을 붙잡았다.

"태동을 느꼈어!"

잉태되고서부터 아이는 줄곧 잠잠했다. 밤마다 덕임이 도한盜汗과 종잡을 수 없는 배앓이에 시달릴 적에도 조용했다. 순탄하지 않은 회임 증상으로 모체를 유례없이 괴롭히는 것과는 정반대로 말이다. 그런데 지금 처음으로 존재감을 드러냈다.

"저하, 손을 줘보세요."

덕임은 세자의 작은 손을 끌어다가 제 배를 짚게 했다.

"아우님이십니다. 느껴지십니까?"

뜻밖의 강한 힘에 세자는 움츠렸다. 그러나 이내 신기한지 살살 더듬어보았다.

"어머니께서 서운하시겠사옵니다."

문득 세자가 고개를 갸우뚱했다.

"서운하다니요?"

"누이가 아니지 않사옵니까."

몹시 당연한 것을 말하듯 아들은 태연했다.

"소자와 같은 사내아이입니다."

"누이도 힘차게 발길질을 할 수 있답니다."

작은 고개가 도리질을 쳤다.

"누이 아니옵니다. 사내동생이옵니다."

기이할 만큼 확신에 찬 말투에 덕임은 할 말을 잃었다.

"본디 어린아이는 순수해서 어른이 보지 못하는 것도 본다 하지 않사옵니까."

경희는 안달을 했다.

"감축드리옵니다!"

"됐다, 됐어."

노상 김칫국부터 들이키는 경희 때문에 덕임은 피식 웃었다.

"한데 자네 괜찮은가? 오늘따라 조용하군."

문득 덕임은 세자의 유모를 보았다. 으레 떠들썩한 사람이 어깨 넋 놓고 앉아만 있었다.

"아, 예에, 간밤에 잠을 설쳤더니 영 개운치가 않아서요."

그녀는 느리게 화답했다.

"동궁마마께 젖 물리는 사람이 그래서야 쓰나."

경희는 날카롭게 지적했다.

"얘는, 야박하게! 자네는 푹 쉬게. 저하는 다른 궁인더러 맡김세."

"아유, 유난 떨 정도는 아니옵니다."

유모는 손사래를 쳤다.

그러나 정확히 이틀 뒤, 유모의 얼굴에선 열꽃이 피어났다. 홍역이었다. 급히 출궁시켜야 했다. 아이가 튼튼하도록 예닐곱 살까지 젖을 먹이는 풍습이 엄연한데, 국본이 갑작스레 젖을 뗐으니 걱정이라며 뭇 사람들은 혀를 찼다.

이윽고 왕실은 과연 중차대한 문제에 당면했다. 이미 젖으로 옮았는지 세자가 홍역에 걸린 것이다. 아침 문후를 여쭙는 세자의 눈가가 붉고 촉촉함을 괴이하게 여긴 왕이 대번에 짚어냈다. 즉시 세자의 침소를 자경전 동쪽 행각으로 옮겼다. 효강혜빈은 흔쾌히 손자의 병수발을 들었다.

다행히 병세가 심하진 않았다. 홍반紅斑이 군데군데 돋고 미열이 있었다. 집중적으로 의약청議藥廳을 설치한 지 하루 만에 차도를 보였다. 세자는 흰죽과 탕약을 잘 먹었다. 밤잠을 설치지도 않았다. 심심하다며 책도 읽었다.

그래도 덕임은 몹시 애가 탔다. 왕이 세자를 보도록 윤허해 주지 않았다.

"전하, 신첩이 저하를……."

"넌 홍역을 앓아본 바 없어 안 된다니까. 옮으면 어쩌려고!"

"신첩은 다 큰 어른이니 괜찮을 것이옵니다."

"가뜩이나 요즘 너는 회임 때문에 맥을 못 추지 않느냐."

간절히 애원하여도 거절은 완고했다.

"애초에 세자의 침전을 옮긴 까닭도 그래서다."

"주렴을 치고 멀찍이서라도……."

"세자의 병세가 미미할뿐더러 어마마마께서 지극정성으로 살피고 계신다. 너는 태중의 아이나 잘 돌봐라."

왕은 더는 듣지 않겠다는 듯 단호했다.

"태동을 느꼈다면서. 네 보살핌이 절실한 쪽은 세자보단 그 아이다."

도저히 반박할 수 없었다. 안 그래도 근심이 많은 왕에게 더 치댈 수도 없었다. 덕임은 하릴없이 물러나 베개에 얼굴을 파묻고 조용히 울었다.

"자가, 세자저하로부터 전갈이 왔사옵니다."

이튿날 눈이 퉁퉁 부어 일어난 덕임에게 궁인이 무언가 내밀었다. 꼬깃꼬깃한 종잇장이었다. 어린아이답게 비뚤비뚤한 글씨로 망운지정(望雲之情, 멀리서 부모를 그리워함)이라고 쓰여 있었다.

"또 있사옵니다."

궁인이 한 장 더 내밀었다. 이번에는 의문이망(倚門而望, 어머니가 가슴 졸이며 자녀를 기다림)에 반포지효(反哺之孝, 자식이 커서 부모에게 보은함)까지 연달아 나왔다.

언제 이렇게 글자를 많이 익혔을까. 열 걸음 떨어져 지켜보아야 하는 첩이라서 아들이 이만큼 자란지도 몰랐다. 어머니가 그립다고, 가슴 졸이며 기다리시는 줄 안다고, 나중에 커서 다 갚겠다고, 의젓하게 말하는 애어른이 되었을 줄이야 꿈에도 몰랐다.

"어제저녁보다 쾌차하셨답니다."

궁인은 좋은 소식을 연거푸 전했다.

"인동차忍冬茶를 복용하시되, 열이 다 떨어지고 홍반도 가라앉았다고요."

두려워할 필요 없다. 무시무시한 홍역을 앓고도 겨우 사흘 만에 나아버릴 만큼 아들은 튼튼하다. 더군다나 왕이 무슨 일이 있어도 아들만은 지켜주겠다고 했다.

"그래. 괜히 수선을 떨었나 봐."

덕임은 아들에게 답장을 쓰기 위해 붓을 찾았다.

이튿날 왕은 세자의 홍역이 완치되었다는 교지를 내렸다. 몹시 기쁜 경사라 이르며 의약청의 숙직을 거두고 간병에 애쓴 이들을 가려 상을 내렸다. 종묘에 감사하는 제사를 올리고 이를 축하하는 과거 시험까지 크게 열기로 했다.

다만 급한 변화를 저어하여 세자는 일단 자경전에 며칠 더 두기로 했다. 좀은 쑤시지만 다정스러운 할머니와 잘 놀며 지낸다는 전갈을 받았다. 덕분에 덕임도 바빠졌다. 밍밍한 죽만 먹었을 세자에게 맛있는 반찬을 해주고 싶었다. 곧 아들의 사랑스러운 미소를 다시 보리라 생각하니 마냥 기뻤다.

그렇게 또 사흘이 지났다.

왕은 아들의 얼굴을 들여다보았다.

앓는 동안 한 번도 투정을 부리지 않았다. 책을 읽고 싶다고 보채긴 했다. 한 권 쥐여줬더니 벌써 다 나아버린 것 같다고 너스레도 떨었다. 어미처럼 씩씩하여 그 무섭다는 홍역도 믿을 수 없을 만큼 쉽게 이겨냈다. 열이 다 내렸다. 홍반도 싹 사라졌다.

그러나 하늘은 심술궂게도 변덕을 부렸다.

“우리 강아지.”

왕이 다정하게 말했다.

“아바마마가 여기 있다. 눈 좀 떠보아라, 응?”

식은땀에 젖은 머리칼을 조금 쓸어주었다. 그러자 작은 몸이 경련을 일으켰다.

“망극하오나 주상전하…….”

약원 제조가 거의 울먹이다시피 아뢰었다.

"연달아 삼다蔘茶를 썼는데도 효험이 없사옵니다!"

세자의 용태는 갑자기 악화일로였다.

간밤에는 평온했다. 아침까지도 멀쩡했다. 그런데 정오께서부터 믿을 수 없을 만치 열이 치솟았다. 열기가 가슴을 꽉 막아 사리분별을 못 하고 숨도 제대로 못 쉬었다. 눈을 까뒤집으며 발작까지 일으켰다.

"어찌 낫기는커녕 점점 더 심해진단 말이오?"

왕이 버럭 질렀다.

"내일 아침까지 홍역을 잘 고치기로 이름난 의원들을 불러 모으시오!"

고정하시라고 신료들이 애원하니 그는 가까스로 앉았다.

"과인이 친히 살피는 것은 지극한 정 때문이나, 또한 뜻이 있어서요."

망연자실한 중얼거림만 마른 입술에서 흘러나왔다.

"차마 못 보겠소."

용루를 감추느라 어수에 용안을 파묻었다.

"날밤 새워 세자를 간병하시는 자궁께서도 애를 태우다 못해 어쩔 줄을 몰라 하시니, 과인의 심정이 어떠하겠느냐 말이오."

또 사흘이 지났다. 피가 마르는 사흘이었다.

처방을 바꿔 유즙乳汁을 썼다. 효험이 없었다. 경련 증세는 가라앉았다는데 썩 희망적이진 않았다. 기껏 불러 모은 궐 밖의 의원들도 신통한 처방을 내놓지 못했다. 지푸라기라도 잡아야 할 지경이라 시약청侍藥廳을 설치하고 기도제를 지냈다. 대신들을 종묘사직으로 보내 간절히 기원하게끔 했다. 또 효험이 없었다.

왕은 멍하니 앉았다. 옆방에서는 아들이 사경을 헤매고 있었다. 아무것도 손에 잡히지 않았다. 정무도 사흘째 중단했다.

"주상."

절망감에 집어 삼켜지기 직전의 그를 부른 이는 효강혜빈이었다.

목소리에 깃든 어떤 것을 왕은 감지했다. 모를 수가 없었다. 왕은 줄곧 잠들지 못해 붉은 눈으로 모후를 보았다. 그 강강한 노인네가 처음으로 시선을 피했다.

이윽고 왕은 다시 아들의 얼굴을 들여다보았다.

이제는 헛소리를 하지 않는다. 조용히 눈을 감고 있다. 조그만 몸이 불덩이처럼 뜨겁다. 왕이 쥐여 준 책은 방 저쪽에서 나뒹굴고 있었다.

"왕대비께서는 이미 세자를 보고 물러나셨습니다. 중전도 그렇고요."

주름진 뺨으로 쉴 새 없이 눈물을 흘리면서도 효강혜빈은 의외로 의연했다.

"그 사람은……?"

왕은 입을 다물었다. 바보 같은 질문을 할 뻔했다.

아들의 병세가 악화된 이후로 그녀를 보지 아니하였다. 다 나은 아들이 왜 갑작스레 사경을 헤매는지 납득시킬 자신이 없었다. 그 자신조차 납득할 수 없는 일이었다.

"주상께서도 마지막 인사를……."

효강혜빈은 차마 끝맺지 못하고 옷고름만 적시며 떠났다.

"……바마마."

문득 미약한 목소리가 들렸다.

"아바마마."

모처럼 알아들을 수 있는 단어였다. 왕은 냉큼 주저앉아 귀를 기울였다.

"오냐, 아바마마 여기 있다!"

"……없어요."

"뭐가, 무엇이 없느냐?"

"어머니가 없어요."

세자가 눈을 떴다. 열에 들뜬 눈망울은 크고 맑았다.

"다들 오셨는데……. 어머니만 오지 않으셨어요……."

왕은 말문이 막혔다.

"어머니……. 불러주세요."

세자가 칭얼거렸다.

"그래야 소자가 떠날……."

어린 몸이 발작을 일으켰다. 지난 사흘간 여러 번 보았어도 하늘 아래 그처럼 끔찍한 광경은 늘 처음 같았다. 열이 더 오를까 봐 선뜻 안아주지도 못했던 작은 몸을, 왕은 끌어안았다. 괜찮다고 수천 번을 속삭이며 용루를 쏟았다.

"아바마마."

마침내 요동침이 가라앉았을 때 세자가 다시 불렀다.

"소자가 중전마마의 소생이 되었기 때문에 어머니는 못 오시는 것이옵니까?"

어린 아들의 참담한 물음이 왕의 억장을 무너뜨렸다.

선왕께서 자신을 경모궁과 모후의 계보에서 파내어 일면식도 없는 백부 아래에 입적시켰을 때가 떠올랐다. 왕위에 오르려면 정통성을 챙겨야 하기 때문이라고 하셨다. 실로 옳은 말씀이었다.

"다 소자의 잘못이지요?"

하지만 자식의 통한 어린 물음이 억지로 묻어둔 그의 응어리를 도려냈다.

"아니다."

그녀는 올 수 없다고 생각했다. 홍역을 앓아본 적이 없어서 위험하다고, 한낱 후궁에게는 왕세자의 임종을 지킬 명분이 없다고, 태중의 아이를 보호해야 한다고……. 언제나처럼 이유는 많았다. 하지만 그에게는 그러한 이유를 지킬 여력이 더 이상 없었다.

"곧 올 게다."

왕은 아들의 손을 잡았다.

"조금만 참아라."

금방이라도 떠나려는 자식의 소망을 들어주고 싶었다.

어명을 받잡은 환관이 부리나케 달려갔다. 기다리는 사이 아들은 두어 차례 더 경련을 일으켰다. 그렇지만 용케 버텼다.

"……세자저하!"

이윽고 덕임이 버선발로 달려들었다. 몰골이 처참했다. 아들을 살려달라고 밤낮으로 하늘에 비느라 바빴는지 머리카락마저 헝클어져 있었다.

"어머니."

마침내 세자의 얼굴에 울긋불긋한 열꽃을 가릴 웃음꽃이 피어났다.

"오실 줄 알았어요."

곁에 꿇어앉은 덕임은 가슴이 메어 아무 말도 못 했다. 눈물만이 얼굴을 적셨다.

"소자가 어떻게든 오시게 만들었잖아요."

원하는 것이라면 기어이 이뤄내던 영특한 아들의 잔상이 넘실거렸다.

"아바마마."

세자가 중얼거렸다.

“어머니.”
앳된 목소리가 점점 가라앉았다. 끝이 다가오고 있다. 막상 실감하고 나니 왕의 머릿속은 하얗게 지워져 버렸다.
“……이번에는 제가 왔으니 다음에는 저하께서 제게 오소서.”
한데 덕임은 달랐다. 그녀는 애틋한 약조 하나를 입술에 담았다.
“반드시 금방 다시 오셔야 합니다.”
힘겹게 숨을 몰아쉬면서도 아들이 고개를 끄덕였다.
“누이랑 사슴이 되어…….”
세자가 중얼거렸다.
“어머니와 아우를……. 그렇지만 아바마마는…….”
열에 달떠 이해할 수 없는 말을 늘어놓았다. 하지만 그마저도 이내 잦아들었다.
“어머니.”
그게 마지막 숨이었다.
훙서한 시각은 화창한 미시(未時, 오후 1시에서 3시)였다. 내시가 지붕에 올라 앙증맞은 검은 곤룡포를 흔들며 돌아오시라고 세 번 외쳤다. 물론 돌아오는 이는 없었다.
왕은 백포白袍를 입었다. 왕대비와 효강혜빈, 중전은 소복을 입었다. 앞으로 삼 년간 이어질 왕세자 상례의 첫 시작으로 왕실 식구들은 서럽게 곡을 하였다. 습襲도 하였다. 불덩이처럼 뜨겁다가 순식간에 식어버린 세자의 몸을 씻겼다. 다시는 어미를 찾지 못할 입에는 쌀알과 진주를 물렸다.
아들이 죽고 없는 첫 밤. 왕은 그녀를 보러 갔다.
그렇지만 도저히 그녀를 볼 수 없었다. 오늘의 모든 과정에서 후궁의 몫은 변변치 않았다. 사친에 불과하기에 자식의 죽음에서도 반드시 떨어져 있어야만 했던 멀찍한 한 걸음이 지독하게도 서러웠을 터였다.

그녀가 모습을 감춘 방문 앞에 가만히 섰다. 염치가 없었다. 오랜 세월 임금이라서 어쩔 수 없다는 듯이 굴었다. 네 팔자답게 받아들이라고 방치한 사연도 많았다. 대신 그녀와 아들은 지켜주겠다고 장담했다. 그러나 그 약속을 지키지 못했다.

문틈으로 숨죽인 흐느낌이 들렸다. 왕은 밤새도록 그 소리만 들었다.

"국을 더 다오."

덕임은 궁인에게 빈 그릇을 내밀었다.

"아까도 전부 게워내셨는데……."

"비웠으니 다시 채워야지."

이에 궁인은 주저하며 맑은장국을 내왔다. 밥을 말아 크게 한 숟갈 떴다. 기다렸다는 듯 토기가 올랐다. 개의치 않고 밀어 넣었다.

아들이 죽었다.

처음에는 현실감이 없었다. 아무런 의미도 없는 사람들이 조그마한 아들의 시신을 천으로 덮고 옮기는 동안, 덕임은 중희당으로 갔다. 오도카니 세자를 기다렸다. 금방 도로 나타날 것만 같았다. 하지만 고복(皐復, 죽은 이가 돌아오길 바라며 이름을 부름)만 들렸다. 연이어 고둥 부는 소리가 들렸다. 곡소리도 들렸다. 덕임의 세상은 다시금 멈춰버렸는데도, 현실을 받아들여야 한다고 사방에서 잔인하게 옥죄었다.

왕실의 잔혹한 이치 또한 그녀를 집요하게 물고 늘어졌다. 웃전들을 찾아다니며 아무리 슬퍼도 수라는 젓수시라 간곡히 청해야 했다. 정작 자신은 물 한 모금만 삼켜도 전부 토해낸다는 건 별로 상관이 없었다. 중궁더러 상심이 얼마나 크시냐고 여쭐 때는 실로 우스꽝스러운 꼴이었다. 첩이 낳은 자식의 죽음도 진심으로 슬퍼하라고 강요당하는 중전이나, 낳아놓고도 남의 아들 대하듯 관망하는 자신이나, 이 바닥 여자들 처지는 별반 다를 게 없었다.

몽땅 쏟아냈다고 생각해도 끊임없이 눈물이 나왔다. 밤마다 두꺼운 이불로 틀어막고 울었다. 그러다가 정신을 차렸다.

아이를 둘이나 잃었다. 비단처럼 고운 오누이였다. 그래도 아직 하나가 남았다. 오로지 어미에게만 의존한 뱃속의 연약한 셋째가 있다.

"아이고, 괜찮으시옵니까?"

구역질이 올라와 가슴을 탕탕 치자 궁인이 달려왔다.

"괜찮다. 먹어야 살지."

덕임은 전부 삼켰다.

"……살아야지."

슬픔과 분노까지도.

그나마 빈전에는 눈치껏 드나들 수 있었다. 인기척이 드물 때를 틈타 조그마한 관을 하염없이 바라보았다. 아들이 관 뚜껑을 열고 일어나 방긋 웃지 않을까 헛된 기대를 했다.

그리고 기대가 거품처럼 사그라졌을 때는 의혹이 생겼다.

나라에 역병이 돌았다. 유모가 먼저 걸렸다. 세자도 걸렸다. 다행히 증세가 미미하여 금방 털고 일어났다. 거기까지는 좋았다. 한데 다 나은 병이 문득 괴이해졌다. 탕약이 전혀 듣지 않을 만큼 악화일로였다. 그러고는 기어이 죽었다.

열이 다 떨어졌다. 홍반도 가라앉았다. 잘 자고 잘 먹었다. 그만큼 완치된 병이 짧은 시간에 악화하여 사람의 목숨을 앗아가는 게 가능할까?

과연 우연이었을까?

"도와줘."

윤곽을 그릴 수 없는 의혹 속에서 찾은 사람은 경희였다.

"어디서부터 손을 대야 할지 모르겠어."

세자의 죽음에 대해 소상히 말했다. 재작년 생일에 처소 근처에서 매흉(埋凶, 흉한 물건을 묻어 저주함)한 흔적을 발견했다는 것도 털어놓았다.

"……미심쩍다는 말씀이시지요?"

콕 집어 독살과 같은 흉언은 경희조차도 입에 담지 못하고 돌려 물었다.

"아주 없을 일도 아니잖아."

사실 저주니 독약이니 하는 사건은 매 세대마다 있었다. 멀리 갈 것도 없이 선왕과 선선대왕, 그리고 그 자식들까지도 골머리를 썩였다.

"하오나 세자저하를 해하여 득 볼 사람이 누가 있겠사옵니까?"

경희는 회의적이었다.

"정녕 아무도 없사옵니다."

외척과 서자가 난립하여 왕위계승이 치열한 정국이 아니었다. 세자는 왕이 늦은 나이에 얻은 외아들이었다. 도리어 신료들이 빨리 국본 삼으라며 난리를 칠 명분이 있었다.

"그 또한 내가 풀어야 할 의혹 중 하나겠지."

덕임은 고집스럽게 대꾸했다.

"전하께선 별다른 말씀 없으시옵니까?"

"사람의 목숨은 애초에 하늘의 뜻에 달린 거라면서 슬퍼하고만 계셔."

정말 그렇게 생각할 수 있다. 하지만 왕은 그럴 수밖에 없기도 했다.

세자의 환후를 책임진 약원 도제조가 다름 아닌 서계중이었다. 그는 명명백백히 따지고 보면 소수당파에 가까운 인사라, 조정에서 공격당하는 일이 잦았다. 그리고 이번 왕세자의 홍서는 완벽한 빌미가 되었다. 약원의 죄로 세자가 죽었으니 당장 벌을 주라는 상소가 빗발쳤다. 하지만 왕에겐 그가 필요했다. 그는 준엄한 탕평의 대들보가 되는 고결한 신하들 중 한 명이었다. 왕의 정치를 가장 잘 이해하며 조력하는 총신인 것은 물론이다.

왕은 그를 전력으로 비호하였다. 약원의 죄가 아니라고, 자신이 친히 처방을 쓰고 살폈다고 못을 박았다. 더 따지는 건 임금의 죄로 세자가 죽었다고 능멸하는 것이나 다름없게끔 잘라냈다. 비탄에 빠진 아비의 역할에만 충실했다.

"가만히 계셔야 하옵니다."

경희도 똑같은 사실을 알고 있었다.

"전하의 뜻이 있는 쪽에 서셔야지요."

"원래는 무슨 일이든 의심부터 하고 보는 애가 왜 이리 침착해?"

공연히 울컥하여 힐난해 버렸다.

"올해는 홍역이 유달리 크게 번졌나이다. 궐 밖의 아이들처럼 동궁께서도 어쩔 도리가 없으셨을 뿐입니다. 그리고 자가께서는 상심이 크시어 허황한 생각에 빠지신 것이옵니다."

경희는 냉정을 잃지 않았다.

"당장은 자가의 안위부터 구하소서. 태중의 아기씨를 보호하소서."

"뭘 어떻게 하겠다는 게 아니야. 납득하고 싶어. 그뿐이야."

덕임은 조용히 말했다.

"저하께서……. 아니, 내 아들이 죽었어."

마음의 둑이 터져 버렸다.
“겨우 다섯 살이셨어. 숨이 끊어지는 순간까지 나만 찾으셨다고.”
아들에게 해준 것이 없었다. 위한다는 핑계로 눈치나 보게끔 만들었다. 어미라 부르지 말라고 혼을 냈다. 숨이 끊어지는 고통을 덜어주지도 못했다.
“정녕 하늘의 뜻이라면 받아들여야지. 하지만 일말의 의혹이 있다면, 내가 인정할 수 없는 잘못이 있다면, 난 알고 싶어. 알아야 해.”
눈물은 또 속절없이 쏟아졌다.
“제가 할 수 있는 만큼 자가를 돕겠나이다.”
동정심을 저버리지 못한 경희가 마지못해 약조했다.
“고마워.”
덕임은 경희의 손을 잡았다.
“내가 더 이상 네 도움을 받을 수 없게 되더라도 너는 멈추지 마. 왕대비마마라든가 다른 사람을 통해서라도 계속 도와줘야 해. 알겠니?”
“그게 무슨 말씀이시옵니까?”
“알잖아. 난 해산하다 잘못될 수도 있으니까.”
그녀는 둥글게 부푼 배를 쓰다듬었다.
“옛날에 내가 한 말 기억나? 무섭다고 했지. 왕실은 아기씨를 구할 수만 있다면 나 같은 건 백 번도 더 죽일 거라고, 그게 외롭다고 말이야.”
손바닥에 미세한 태동이 전해졌다.
“이제는 달라. 아기씨를 구할 수만 있다면 내 배를 가른대도 두렵지 않아.”
“제발 약한 말씀 마소서.”
경희는 벌건 눈가를 성마르게 씻어냈다.

"약속해. 멈추지 않겠다고."

"예, 뭐든 약속할 테니 약한 말씀 마소서."

덕임은 경희를 끌어안았다. 더없이 위험스럽고 간곡한 시절이었다. 그러나 또한 금방 끝이 도래할 시절이기도 했다.

무더운 날씨에 세자의 발인을 했다. 왕은 친히 거둥하였다. 땅을 파고, 관을 묻고, 푸른 봉분을 만드는 과정을 전부 지켜보았다. 환궁하지 않고 묘소에서 하룻밤 지내며 기어이 아들과 작별했다.

충분히 슬퍼했다는 말이 과연 타당하랴만, 앞으로 나아가야 할 때였다. 왕에게는 이번 해산이 중차대한 문제가 되었다. 만년에 얻은 유일한 아들을 잃었다. 정녕 후사가 급해졌다. 조정의 동요가 미미한 것은 곧 태어날 아기가 있기 때문이다. 세자를 살리지 못한 약원에 대한 공격도 새 왕자를 기원하는 열망 덕에 주춤하였다. 또 한 번의 참사를 용납할 수 없는 약원에서는 조바심 섞인 상소를 올렸다.

"산달이 얼마 남지 않았으니 수시로 진맥하게끔 미리 호산청을 설치하소서."

왕은 고개를 저었다.

"산실청이나 석 달 전에 설치하는 것이지, 호산청은 그리해선 안 되오. 경들의 걱정은 알지만 전례에도 없는 일을 할 순 없소."

이번에도 그는 사심을 지웠다.

"산달까지 기다리시오."

하여 그러한 주청은 다시 오르지 않았다만 대신 왕실의 보살핌이 살뜰했다. 왕대비와 효강혜빈의 배려가 각별하였다. 궁인들끼리 순산과 득남을 기원하는 기도제도 열었다. 천만다행으로 덕임의 의지도 강했다. 이번 회임은 특히나 힘들었는데도 잘 버텼다. 살이 잘 붙지 않는 만큼 끼니를 거르지 않았다. 정 밥을 못 넘기면 주전부리라도 챙겼다.

그럼에도 불구하고 암운이 하늘을 뒤덮었다.

"홍역이냐?"

왕이 덕임의 맥을 짚는 의녀 남기에게 물었다.

잘 먹고 잘 자는데도 덕임은 자꾸만 기력이 쇠하였다. 가벼운 산책만으로도 지쳐서 숨을 헐떡였다. 종종 가슴에서 찌르는 듯한 통증이 느껴진다고도 했다. 그것도 모자라서 엊그제부터는 열이 오르고 현기증을 느꼈으며, 눈도 붉게 물들었다.

"며칠 지켜보아야 할 성싶사옵니다."

의녀 남기는 주저하며 아뢰었다.

"홍반이 비치지 않는 데다가 미열에 불과하니 작은마마를 의심하기에는 이르옵니다."

"하지만 증상이 유사하고 중병을 앓는 병자처럼 기운이 꺾이지 않았느냐."

"자가께서 마음의 병이 깊어 태중에 아기씨를 품는 것조차 힘에 부치시는 듯하옵니다."

남기는 신중히 덧붙였다.

"당장은 안정을 취하시는 것 외에는……."

뾰족한 수가 없다는 뜻이었다. 왕은 눈만 질끈 감았다.

"……전하."

남기를 내보내고 둘만 남자 덕임이 몸을 일으켰다. 눕히려고 해도 말을 듣지 않았다.

"피접을 보내주소서."

덕임이 마른 입술 사이로 청했다.

"공궐空闕이든 본궁本宮이든 나가 있고 싶사옵니다."

여기만 아니라면 어디라도 좋겠다. 왕은 그녀가 차마 내뱉지 못한 숨은 뜻을 헤아릴 수 있었다. '여기'란 단순히 궁중을 이르는 게 아니었다. 그의 곁을 뜻하기도 했다.

"다 나으면 돌아오겠나이다."

진심이 아닌 듯싶었다. 그녀는 눈을 마주치지 않았다.

"과연 나을지는 모르겠지만요."

"아이는……."

"가능하면 아기씨도 밖에서 낳고 싶사옵니다."

덕임은 그의 말을 끊었다.

"이곳에는 사연이 너무 많사옵니다."

새삼스레 주변을 돌아보는 그녀의 눈에서 깊은 절망감을 보았다.

"하여 과거를 떨칠 수 없고, 미래도 기대할 수 없사옵니다."

그녀가 말했다.

"그리고 현재는 너무 끔찍하옵니다. 더는 못하겠나이다."

그 말은 곧장 비수가 되어 왕의 가슴을 난도질했다.

"네가 없으면 나는……."

그는 덕임이 없는 궁중을 상상할 수 없었다. 혼자서 버텨낼 자신도 없었다.

"넌 아직 내 곁에 있느냐?"

거리감이 느껴졌다. 알면서도 모른 척했던 옛날의 그 거리감이 아니었다. 기분 좋은 익숙함이라곤 전혀 찾아볼 수 없는 새로운 유형이었다. 딸아이 죽었을 때와도 비교가 안 될 만큼 골이 깊었다. 함께 있어도 편치 않았다. 가족이라는 울타리를 견고하게 꾸며준 아들이 죽었다. 이제 그녀는 떠나고 싶어 하는 것만 같다.

"지금 보고 계시지 않사옵니까."

돌아온 대답은 공허했다.

"전하."

그녀는 무언가를 더 말할 듯 입술을 달싹였다.

"……아니옵니다."

"무엇이냐?"

평소 같았으면 뱉으려던 말을 삼키도록 그냥 두었을 터였다. 하지만 지금은 조바심이 나서라도 속내를 더 끌어내고 싶었다.

"신첩이 죽으면 꼭 세자저하의 곁에 묻어주소서."

덕임이 말했다.

"소원이옵니다."

"약한 소리 마라."

왕은 억지로 메인 목을 쥐어짰다.

"내가 들어줄 수 있는 소원도 아니다."

하도 절망적이다 보니 뜻하지 않은 웃음마저 나왔다.

"오히려 내가 너한테 제발 날 세자의 곁에 묻어달라고 부탁해야 할 판이다. 모로 보아도 소처럼 튼튼한 네가 나보다 오십 년은 족히 더 살 테니까. 그리고 내가 죽고 나면 넌 속이 후련하다고 신바람이 나서는 뒤도 아니 돌아보겠지."

기적처럼 덕임의 얼굴에서도 미소가 피어올랐다.

"서로 곁을 차지하겠다고 아우성이라 저하께서 외롭지는 않으시겠나이다."

이에 왕은 희망을 품었다.

"빨리 몸을 풀었으면 좋겠다."

다시 가족을 꾸릴 수 있다. 새로 태어날 아기가 곧 끝이 아닌 시작이 될 터였다. 그녀는 변함없이 곁에 있을 것이다.

"신첩도 그렇사옵니다."

이번만은 그녀의 진심이 느껴졌다.

왕은 텅 빈 중희당을 지켰다.

피접을 보내달라는 덕임의 청은 저버릴 수 없었다. 새벽 별 반짝이는 사이로 가마를 배웅했다. 그녀는 금방 돌아오겠노라 약속하지 않았다. 도리어 다시는 돌아오지 않을 사람처럼 얼굴에 그림자만 드리웠다. 가까운 곳으로 보내는데도 이역만리까지 멀어지는 기분이었다.

벌써 며칠이 지났다. 과연 곁에서 떨어뜨려 놓고 나니 서찰마저 써주지 않았다. 그녀의 침묵은 끝없이 그를 괴롭혔으되 먼저 찾아갈 수도 없었다. 노파심에 딸려 보낸 서 상궁이 소식이나마 전해왔다. 그녀가 몸을 잘 씻으며 끼니를 거르지 않는다고 했다. 더불어 정확한 까닭은 모르겠지만, 기력이 생기는 날이면 세자를 섬기던 궁인들을 찾는다고도 했다. 제법 차도를 보이는 셈이었다.

그렇다면야 다행이었다.

하지만 왕은 홀로 중희당을 배회하며 허공을 곱씹다가 생각을 고쳤다. 자식들은 죽었다. 첩은 떠났다. 아니, 전혀 다행이 아니었다.

처음 이곳을 지을 때만 해도 얼마나 행복했었는지를 떠올려보았다. 실로 우련하여 눈물만 아른거렸다. 자연스레 왕은 비가 오던 밤을 떠올렸다. 탄일을 맞은 덕임에게 중희당을 보여주겠다고 데려왔다가 발이 묶여 속절없이 묵은 날이었다.

창밖으로 비가 세차게 쏟아졌다. 두 사람은 녹초가 될 만큼 뒤엉켰다. 덕임의 머리는 그의 맨어깨에 기대었고, 손가락에는 망초꽃 가락지가 끼워져 있었다.

"전하의 용포는 참으로 크옵니다."

여운으로 멍하니 누워 있던 덕임이 문득 말했다.

"매일 보면서도 몰랐는데……."

그녀가 왕의 품에서 벗어나더니, 미처 궁인이 받들지 못해 바닥에 곱게 개켜만 둔 곤룡포를 손으로 쓸어내렸다.

"무거울 것 같사옵니다."

마치 그가 떠받치는 천하의 무게를 안다는 듯 측은한 말투였다. 그러고는 그 무게를 덜어내려는 우스갯소리도 덧붙였다.

"신첩이 걸쳤다간 바닥에 질질 끌려 한 걸음도 못 떼겠나이다."

"한번 입어 볼 테냐?"

"진심이시옵니까?"

대번에 덕임의 눈이 커졌다.

"아니."

왕은 낯빛 하나 바꾸지 않았다.

"아무렴요. 순간 어의를 불러야 하나 싶었사옵니다."

골탕을 먹었다는 양 덕임은 입을 삐죽였다.

"네가 곤룡포를 입는다는 것은 내가 여인의 치마를 입는다는 것이나 마찬가지다. 이치에 있을 수 없는 일이라는 뜻이지."

그가 꼬장꼬장하게 말했다.

"아니, 왜요. 전하께서는 무엇을 걸치시든 잘 어울리실 텐데."

칭찬이 아니었다. 농담 삼아 살살 긁는 말투였다. 왕이 방자하다고 코를 잡으려고 했으나 덕임은 잽싸게 피했다.

"혹시 전하께서는 여염에서 하는 말을 아시옵니까?"

"어떤 말?"

"옷깃만 스쳐도 인연이라고들 하지요."

덕임이 말했다.

"신첩은 어릴 때 그 말을 처음 듣고 당연히 여기를 스친다는 뜻인 줄 알았거든요."

그녀는 곤룡포의 소매를 가리켰다.

"지나가다가 서로 옷소매만 맞닿아도 하나의 인연이 생긴다는 의미로요."

"그렇지."

"하온데 다 커서 생각해 보니까 그게 아니더라고요. 옷깃은 여기잖아요."

덕임이 웃으며 곤룡포의 목둘레를 매만졌다.

"서로 옷깃을 스치려면 그냥 길에서 지나가다가 만나는 정도로는 아니 되지요. 얼싸안을 수 있는 사이여야 하니까."

비로소 왕도 나름대로 음탕한 의미가 담겼음을 깨달았다.

"그렇고 그런 말이었던 것이옵니다. 신첩이 너무 순진했던 게지요."

덕임이 혀를 끌끌 찼다.

"그걸 스스로 깨쳤으니 더 이상 순수하지는 않은 모양이지?"

"누구 때문인데요."

그녀가 눈을 흘겼다.

"……전하께오서는 다음 생에 다시 태어나도 신첩과 옷깃을 스치시렵니까?"

그러다가 한결 진지하게 묻더란 말이다.

당연히 왕은 용안만 붉힐 뿐 똑바로 대답하지 못했다. 그는 속에 있는 것을 털어놓는 재주가 영 모자랐다. 그리고 그녀는 그의 침묵을 긍정으로 해석할 줄 알았다.

"너는?"

히죽거리는 덕임의 표정을 견디다 못한 왕이 역으로 물었다.

"글쎄, 잘 모르겠사온데……. 생각해 보겠나이다."

덕임이 농담으로 얼버무렸다.

"나중에 정해지면 말씀드리겠사옵니다. 전하께서 신첩과 옷소매만 스치셔야 할지, 아니면 옷깃까지 스치셔도 될지를요."

그녀는 자신을 사모하지 않는다고 했다. 앞으로도 그럴 일은 없을 거라고 맹세하기까지 했다. 곁에 두는 데에 익숙해졌지만 그 말을 결코 잊을 순 없었다.

그래도 그 맹세를 입에 담던 날로부터 시간이 많이 흘렀다. 사연도 더 많이 쌓였다. 지금쯤이면 그녀도 생각을 바꾸지 않았을까? 취소해 주지 않을까? 왕은 초조했다. 당장 묻고 싶었다. 하지만 역시나 용기가 나지 않았다.

"옷소매든 옷깃이든, 스친다는 부분은 다르지 않구나."

하여 왕은 샐쭉하게 받아치는 것으로 족했다. 나중에, 더 용기가 날 때 물어보기로 했다.

"스치고 지나가야 하니까요."

그러면서 덕임은 웃었다. 다만 자못 쓸쓸해 보였다.

외로운 어둠 속에서 그녀의 미소가 희미하게 흩어져 내렸다. 그 비 오던 밤은 지나가 버렸다. 그녀의 무릎에 누워 시간이야 많으니 기다리겠다고 장담했던 낮잠도 흘러가 버렸다.

자식들은 죽었다. 첩은 떠났다. 왕은 다시 혼자가 되었다.

"……주상전하!"

아니, 혼자가 되었다고 생각했다.

"왜……?"

왕은 홀연히 나타난 덕임을 보고 넋이 빠졌다.

"돌아왔사옵니다."

떠날 때와 마찬가지로 그녀의 낯은 창백했다. 무거운 배를 지탱하느라 허리를 짚고 있었다. 하지만 궁인들의 부축을 받지 않는 것으로 보아서는, 적어도 떠날 때보다는 기력이 살아난 듯도 싶었다.

"이렇게 금방?"

그는 보면서도 도무지 믿을 수 없었다.

"피접지에서 오래 머물 줄 알았다."

왕은 움직이지 않았다. 다가갈 자신이 없었다.

"그러려고 했사옵니다."

덕임이 말했다.

"전하를 원망하려고 했사옵니다."

그럴 만도 했다. 왕은 어쩔 수 없는 임금처럼 굴더라도 아들만은 지켜주겠다던 약속, 스스로 끝내 지키지 못한 약조를 떠올렸다. 상처받을 염치조차 없었다.

"하온데 쉽지 않았사옵니다."

덕임이 먼저 다가왔다.

"이번에도 그게 참 쉽지가 않았다고요."

눈물 섞인 한숨이 그의 목덜미에 닿았다. 덕임이 그의 품에 머리를 기댄 탓이었다.

"한 번이라도 쉬웠다면 다른 것도 쉬워졌을 터인데……."

왕은 조심스레 그녀를 끌어안았다. 너무 강하게 안으면 부서질까 두려웠다. 또 너무 약하게 안으면 놓쳐버릴까 무서웠다.

속절없는 두려움 속에서, 그는 여전히 서로의 옷깃이 맞닿을 수 있다는 사실에만 감사하기로 마음먹었다.

이윽고 세자가 태어난 구월이 왔다. 예년보다 춥고 슬픈 계절이었다. 왕은 세자의 탄강일에 묘소와 혼궁(魂宮, 신위를 모시는 곳)에 친히 나아가 예를 지냈다. 어린 것이 홀로 있으면 얼마나 외롭고 두려울까 안쓰러웠다. 요즘에는 '세자'라는 글자만 봐도 먹먹하여 눈물이 쏟아졌다.

그리고 그녀는 어느덧 만삭이었다. 중간에 윤달이 끼어 해산달을 가늠하기가 살짝 혼란스러워졌으므로 더욱 조바심이 났다.

"잘 다녀오셨사옵니까? 저하께도 별고 없으시고요?"

"그래. 봉분 주변이 휑하여 나무는 더 심어야겠다만, 대체로 무탈하다."

왕은 보름달 같은 덕임의 배를 어루만졌다.

"잘 지냈느냐?"

"예, 낮에는 줄곧 태동이 있었사옵니다."

실컷 놀다가 지쳤는지 지금은 미세한 움직임도 느껴지지 않았다. 그런데 뭔가 이상했다. 무심코 눈이 마주쳤는데 그녀의 눈망울이 붉고 촉촉했다.

"너 울었느냐?"

덕임은 쓰게 웃었다.

"저하가 그리워서요."

작년 이맘때만 해도 얼마나 행복했는지를 헤아려보니 감정이 북받쳤다. 세자는 뜨거운 곽탕을 후후 불어서 먹었다. 어미가 끓여주었다며 싱글벙글 웃으면서 말이다. 그 역시 어린 아들의 천진함이 그리웠다.

"……전하."

요즘 들어 곧잘 얼어붙곤 하는 그녀의 표정이 누그러졌다.

"괜찮사옵니다."

미약한 힘이 그를 이끌었다. 천천히 그녀의 여린 어깨에 기댔다. 한동안 서로 삭막한 시간을 보낸 터라 좀 어설펐다. 그러나 그 어설픔마저도 좋았다.

"간밤에 저하의 꿈을 꾸었나이다."

"어떤 꿈?"

"곧 다시 만나러 오겠다고 하셨나이다."

그녀의 입가에 미소가 번졌다.

"상서로운 징조이옵니다."

"그렇군."

화목했던 옛날로 돌아가는 한 걸음일지도 모른다.

"아기씨께서 태어나면 또 계마수를 보러 데려가주시겠사옵니까?"

꿈처럼 아득한 옛 나들이를 그도 더듬어보았다.

"시들어 버렸다. 세자가 떠나고 나무도 도로 죽어버렸어."

"분명 다시 피어날 것이옵니다."

왕을 세게 껴안으며 그녀는 연신 속삭였다.

"괜찮사옵니다. 괜찮을 것이옵니다."

그 품이 얼마나 위안이 되는지는 이루 표현할 수 없었다. 그런데 역시 또 뭔가 이상했다.

"……뜨거운데."

소스라치게 놀라며 왕은 그녀를 떼어놓았다.

"혹 열이 있느냐?"

"아니옵니다. 아무렇지도 않은데요."

이마를 짚어보니 분명 미열이 있었다. 피접을 다녀온 뒤로 적어도 체열만은 순후하였다. 불길한 예감에 왕은 미간을 찡그렸다.

"기침이 나거나 목이 따끔거리지도 않고?"

"그런 증상은 없사옵니다."

덕임은 고개를 갸웃했다.

"다만 명치가 전보다 자주 아픕니다."

"왜 진작 말하지 않았느냐."

"몸을 풀어야만 나아질 거라던데요."

"가서 숙직하는 의관과 의녀를 데려와라. 어서."

더 재볼 것도 없이 왕이 명했다.

다음 날에서야 병색이 완연하였다. 덕임은 열이 오르고 현기증을 느꼈다. 증상이 또 홍역과 유사했다. 다만 이번에도 홍반이 생기지는 않았다. 동시에 그녀는 가슴 통증을 호소했다. 사지도 뻣뻣해서 주물러주어야 했다. 도통 확진을 할 수가 없어 다들 우왕좌왕했다. 결국 왕이 과감하게 처방했다. 삼다를 썼다.

해산을 목전에 두고 걱정이 이만저만이 아니었다. 왕은 아예 중희당에 덕임의 병석을 마련했다. 정무도 거기서 봤다. 대전 내관 윤묵을 그녀의 병상에 붙여놓고 수시로 돌봤다. 혹시 모를 빌미를 막기 위해 약봉지와 약그릇은 침전에 두었으며, 약을 조제하고 달일 때는 반드시 그가 친히 살폈다.

"가벼운 몸살이겠지요, 뭐."

목소리에서 기운이 빠지기가 메아리처럼 희미한데도 덕임은 의연한 척했다. 왕이 건넨 탕약 그릇도 민망스럽게 받들었다.

"가볍고 안 가볍고는 내가 따진다. 어서 마셔라."

두말없이 마시기는 했는데, 어째 그녀는 푹 웃음을 터뜨렸다.

"왜 웃느냐?"

"신첩이 전하께 탕약을 올린 세월이 몇 년인데, 이제는 전하께서 신첩에게 탕약을 주시니 이상하옵니다."

옛 시절과 닮은 그녀의 웃음에 왕은 모처럼 기뻤다.

"내 임금이거늘 너한테선 뭘 얻어먹을 팔자가 아니지."

"만삭까지 힘들게 하시다니, 정녕 대단한 아기씨가 들어섰나 보옵니다."

덕임은 가만히 태동을 짚었다.

"왕자 아기씨일 것이옵니다. 세자저하께서 분명 사내아이라고 하셨거든요."

한데 희망적인 말을 해놓고 그녀는 갑자기 눈물을 흘렸다.

"한동안 근심하는 태도로 나를 대하지 않았으면서 지금은 왜 그러느냐?"

왕은 가슴이 덜컥 떨어졌다.

"태중의 아이와 너 자신을 위해서라도 힘을 내야지."

"……죽는 것은 슬프지 않사옵니다."

마치 스스로에게 말하듯 덕임이 중얼거렸다.

"다만 오래도록 품어온 소망을 미처 이루지 못하였는데 죽을 고비에 다다랐으니 애달플 따름이옵니다."

몹시도 복잡한 표정으로 그녀는 배를 어루만졌다.

"계마수가 다시 살아날 거라면서."

왕이 간곡하게 말했다.

"예, 그랬지요."

덕임은 애써 눈물을 거두고 다시 웃었다.

"괜찮겠지요. 괜찮아야지요."

그 미소만으로도 왕은 감격하였다.

병자는 몸이 아파 감정 기복이 있다지만, 간병하는 자신마저 동요하면 아니 될 노릇이었다. 왕은 애써 마음을 가라앉혔다. 덕임이 목욕하고 잠드는 모습까지 본 후에야 자리를 떴다. 쌓아놓은 상소를 읽고 서찰도 썼다. 그러고는 잠자리에 들었다.

"……하, 전하!"

한데 그를 깨우는 목소리가 있었다.

"무슨 일이냐?"

"자가께옵서 위중하시옵니다."

내관 윤묵이었다.

"누구……? 뭐라고?"

"갑자기 열이 치솟고 사지를 아예 움직이지 못할 지경이시옵니다."

왕은 전혀 이해하지 못했다.

"아니다. 열이 떨어지고 잠드는 모습까지 보고 왔다."

"전하, 자가께서 위중하시옵니다. 처방을 새로 내리셔야 하옵니다."

윤묵은 힘주어 다시 말했다.

"갑자기 병세가 악화되셨사옵니다."

"……세자처럼?"

과묵한 내관은 고개를 끄덕였다. 왕의 눈은 공포로 물들었다.

보아하니 그에게 가장 마지막으로 소식이 닿은 모양이었다. 이미 모든 전각이 불을 밝히고 있었다. 새벽을 가르고 병상에 당도했을 때에는 왕대비와 효강혜빈이 먼저 와 있었다.

"어찌하면 좋습니까, 주상?"

효강혜빈은 병자의 여윈 손을 붙들고 울었다.

덕임의 몰골은 말이 아니었다. 고통스러운 가슴을 움켜쥐고 있었다. 식은땀이 이불을 적시고 숨소리도 약했다. 차마 볼 수 없었다. 믿을 수도 없었다.

"경련까지 일으켰어요."

왕대비 또한 전혀 침착하지 못했다.

"의녀는 다녀갔습니까?"

"예, 하지만 열조차 다스리질 못합디다."

덕임이 헐떡이는 소리를 냈다. 정신마저 혼미한 탓에 그녀의 마른 입술에선 알아들을 수 없는 헛소리만 나왔다.

"용종도 심상치 않습니다."

왕대비가 말했다.

"계속 태동이 있는데 예사롭지 않아요."

과연 더듬어보니 몸부림을 치는 듯 격렬했다.

"달수는 얼추 찼으니 해산을 유도해 보면……."

"아니 될 소리! 이렇게 허약해서는 산고를 견디지 못할 거요."

효강혜빈이 미처 말을 끝맺기도 전에 왕대비가 날카롭게 반박했다.

"참으로 마음이 아프지만 용종이라도 살려야지요, 마마!"

"어미를 죽여 얻은 자식이 천륜에 떳떳하겠소!"

왕대비가 그토록 흥분한 모습은 처음이었다.

"……자전의 말씀이 옳사옵니다. 산모의 용태가 이래서는 아이도 어차피 살아서 산도를 빠져나오지 못합니다."

왕도 침착하게 모후를 설득했다.

"이 사람이 병을 이겨내기를 바랄 수밖에 없사옵니다."

자신의 무력함에 대한 해답은 오직 그뿐이었다.

끔찍한 밤이 지나고 아침이 왔다. 그런데 아침이 채 지나가기도 전에 심상치 않은 일이 벌어졌다. 왕이 얼굴을 씻고 의대를 바르게 갖추는데 궁인이 아뢰었다.

"자가께옵서 전하를 찾으시옵니다."

"의식이 돌아왔단 말이냐?"

입술에 흘려 넣은 약이 비로소 효험을 보인 모양이다. 왕은 환하게 웃었다.

"어찌하고 있느냐?"

"망극하오나 좀 이상하시옵니다."

궁인은 조심스레 말했다.

"기력이 통 없으신데도 씻고 싶다 부득불 원하시기에 세숫물을 올렸사옵니다. 그랬더니 중전마마를 배알하고 싶다 하셨나이다."

"중전을 병상에 불렀다고?"

왕은 눈썹을 추켜세웠다.

"무슨 이야기를 하더냐?"

"듣지 못하였사옵니다. 소인은 자가께서 시키신 다른 일을 또 하느라……."

"다른 일?"

"나인 시절에 입던 옷을 찾아오라 하셨나이다."

종잡을 수 없는 행동의 연속이었다.

"그러고는 나를 찾은 게냐?"

"저, 저기……. 망극하오나 그게……."

궁인은 덜덜 떨었다.

"전하를 찾으신 게 아니고……. 실은 나인 배가 경희와 김가 복연을 데려오라 하셨는데……. 이상하고 두려워서 소인이 멋대로 전하를 모시러 왔사옵니다."

그녀는 꼭 마지막을 준비하는 사람처럼 굴고 있는 것이다.

"잘했다. 어서 가자."

왕은 뒤도 돌아보지 않고 성큼성큼 걸었다.

막상 문간에 들어서자 불길한 기운이 엄습했다. 의식을 찾았다던 그녀는 눈을 감고 조용히 누워 있었다. 미동조차 없었다.

"방금 전까지 깨어 계셨는데, 갑자기 경련을 일으키시더니……."

차마 용안을 우러러보지 못하고 의녀는 엎드렸다.

"하혈을 하셨사옵니다."

"아이는?"

"피는 금세 멎었지만 맥이 불안정하여 아기씨 안위를 장담할 수 없사옵니다."

"……더 이상 할 수 있는 게 없단 말이냐?"

하긴, 애초부터 할 수 있는 게 없었다. 왕은 허탈하게 웃었다.

"됐다. 전부 나가라."

"……전하?"

그녀였다. 힘겹게 눈을 뜨고 있었다. 눈꺼풀의 무게마저 힘겨워 보였다.

"정신이 드느냐?"

왕이 냉큼 앉아 안색을 살폈다. 의녀도 황급히 맥을 짚었다.

"어찌 여기 계시옵니까?"

그녀는 전부 홱 뿌리치더니 몸을 일으키려고 버둥거렸다.

"내가 경희와 복연이를 데려오라고 하지 않았느냐! 어찌 전하를 모셔왔어!"

궁인을 힐난하는 눈초리가 매서웠다.

"자, 잘못하였사옵니다!"

"가서 경희와 복연이를 데려와라! 시간이 없으니 어서!"

보채는 목소리가 점점 작아지더니 몸이 힘없이 축 늘어졌다.

"마지막까지 마음대로 할 수 있는 게 없어서야……."

창백한 얼굴에 자조적인 미소가 걸렸다.
“그 애들 얼굴을 꼭 보고 가야 하는데…….”
“……나는 보고 싶지 않으냐?”
왕이 물었다.
“전하는 걱정이 되지 않으니까요. 신첩이 없어도 잘 사실 텐데요.”
“여태 내가 널 아낀다고 한 말은 다 잊었느냐?”
끝까지 받아주지 않는 마음이 원망스러웠다.
“난 싫다면서 중전은 왜 찾았느냐?”
“반드시 저사(儲嗣, 왕세자)를 새로 세우시라 부탁을 드렸사옵니다.”
“……뭐라고?”
“신첩이 할 수 없게 되었으니, 앞으로는 중전께서 무슨 수를 쓰더라도 전하를 빼닮은 원량을 구하셔야지요.”
말문이 막힌 왕을 보고 덕임은 고통스럽게 웃었다.
“믿기지 않으시옵니까?”
과연 죽음을 목전에 두고도 지아비가 아닌 벗을 찾는 여자가 할 만한 행동은 아니었다.
“전하께서 후사를 이으셔야 우리 저하께서도 잊히지 않고 영원히 제삿밥이나마 얻어 드시지요.”
웃음은 희미해지고 대신 눈물로 얼룩졌다.
“그리고…….”
그녀는 어쩐지 아련한 눈빛으로 왕을 보았다.
“전하께선 하늘 아래 만 갈래의 하천을 비추는 밝은 달처럼 훌륭한 임금이시옵니다. 백성들에겐 앞으로도 전하를 닮은 임금이 필요하지 않겠사옵니까.”
왕은 고개를 숙였다.

"……앞으로 난 어찌 살라고 이러느냐, 응?"

"잘 사실 거라니까요."

그녀는 쓰게 웃었다.

"신첩이 죽은 자리가 마르기도 전에 새 후궁을 간택하겠지요. 그러면 국본이 새로 태어날 테고, 새 아들 키우는 데 재미를 붙이면 죽은 사람이 대수겠습니까. 애초에 그런 사람 없었던 것처럼 쉽게 잊고 잘 사실 겁니다."

"아니다."

"맞사옵니다. 좋은 임금은 그래야 하니까요."

"내가 다 잘못했다. 제발 이러지 마라."

점점 생기를 잃어가는 눈빛을 보며 왕은 처음으로 애원했다. 스스로 무슨 말을 하는지도 몰랐다. 붙잡아야겠다는 생각뿐이었다.

"정녕 신첩을 아끼셨사옵니까?"

"그렇다니까."

"하면 다음 생에선 알은체도 마소서."

그녀는 또 다시 그의 애정을 무참히 밀어냈다.

"사소한 소망이 꽤 있었사옵니다. 나 하나만 최우선으로 여기는 지아비를 만나고, 아이에게 젖을 물리고, 어미라는 말을 가르치고, 거리낌 없이 아이 이름을 부르고, 외숙부들로부터 말 타는 법도 배우게 하고……. 하지만 전하 곁에서는 하나도 이룰 수 없었나이다."

울긋불긋한 뺨을 타고 눈물이 흘렀다.

"임금이신 게 좋다고 하셨으니 그저 좋은 임금으로 사소서. 신첩은 평범한 계집으로 살겠나이다. 진실로 신첩을 아끼신다면 다음 생에선 알아보시더라도 모른 척 옷깃만 한 번 스치고 지나가소서."

한 마디 한 마디가 가슴을 후벼 팠다.

"끝까지 이럴 테냐? 넌 정녕 내게 조금도 마음을 주지 않았어?"

대답을 듣는 게 두려웠다. 그래도 물어야 했다.

"아직도 모르시옵니까?"

그녀는 조금은 다정스러운 미소를 머금었다.

"정녕 내키지 않았다면 무슨 수를 써서라도 달아났을 것이옵니다."

그러고는 천천히 눈을 감으며 속삭였다.

"제대로 갖지 못한다면 차라리 아무것도 갖지 않는 게 낫다더니…….

"

왕은 그녀가 눈을 뜨길 기다렸다. 다시는 눈을 뜨지 않으면 어떡하나 걱정할 때마다 항상 씩씩하게 일어났었다. 결코 괴로움 속에 그를 남겨두고 떠나지 않았다. 그래서 자신의 가슴에 아프도록 생채기를 낼 말이라도 더 쏟아내기를, 지금도 하염없이 기다렸다.

그러나 그녀는 결코 깨어나지 않았다.

18장
의혹

국사를 의탁할 곳이 더욱 없게 되었다.

왕은 그리 평했다. 그지없는 슬픔의 눈물까지 비쳤다. 장례는 의열궁의 전례에 따라 후궁 일등의 예식으로 거행하였다.

묘소와 사당을 나란히 지어 아들과 어미를 함께 두었다. 신리와 인정으로 헤아려 합당하였다. 그리워서 자주 찾았다. 거둥할 때면 친히 전작례(奠酌禮, 임금이 제사 지냄)를 행하고 사당과 묘역을 한참 둘러보다가 환궁하곤 했다. 두 묘소를 지키는 관리들이 시답잖은 소란을 부렸을 때는 '특별히 소중히 여기는 마음을 알면 그놈들이 감히 그런 짓은 못했을 것'이라며 분개하기도 했다.

삼년상 동안 매년 필요한 제문祭文을 직접 썼다. 비문碑文도 친히 지었다. 후궁에게 어제신도비(御製神道碑, 임금이 지은 비문)를 내린 일은 흔치 않았다. 두루 칭찬하는 글이었다. 자신이 엄하게 대할 때에도 잘 참고 따른 성품과, 마치 잃을 것처럼 두려워하며 결코 해이해지지 않았던 처신을 특히 높이 샀다. 죽음을 앞두고 중궁에게 사속(嗣續, 대를 이을 아들)을 구하라고 간청했던 점 역시 빼놓지 않았다. 음식과 길쌈에 능했으며 글솜씨도 범상치 않았다고 적었다.

왕은 그녀를 그렇게 기억하고 싶었다. 아니, 이미 그렇게 기억하고 있었다.

그는 잃어버린 가족을 추모하되 조용히 가슴 속에 묻고 싶어 했다. 그러나 세상은 그리 놓아두지 않았다.

같은 해 십일월 상계군이 갑자기 죽었다. 혼사를 치른 직후에 벌어진 일이라 몹시 당혹스러웠다. 어린 종친이 독을 먹고 죽었다는 괴소문이 차츰 돌기 시작하더니, 이윽고 비극으로 얼룩진 정국을 뒤흔들 폭풍으로 번졌다.

끔찍한 해가 저무는 겨울, 왕대비는 언교를 내렸다.

"성상이 위태롭고 나라가 망하려는 때라 아녀자가 나설 수밖에 없소."

그녀는 대단히 극적으로 포문을 열었다.

"지난날 홍덕로가 완풍군이니 가동궁이니 흉계를 꾸밀 때부터 심상치 않았소. 다행히 하늘이 도와 국본이 바로 섰으나 세자는 갑작스레 훙서하였소. 잉태한 후궁마저도 변을 당했소. 두 차례의 변고가 똑같이 괴이했던지라 의심하지 않을 수가 없소. 빌미가 있던 상계군마저 의문스럽게 죽었으니 좌시할 일이 아니오."

대뜸 의표를 찌르는 솜씨는 여장부다웠다.

"조정에서 진상을 밝히고 역적을 토벌할 때까지 곡기와 탕약을 끊겠소."

조정은 삽시간에 들끓었다. 왕대비의 통분 어린 호소가 통했는지,

자청하여 고변하겠다는 이가 있었다. 다름 아닌 상계군의 외조부였다. 그는 손자가 생전에 뭇 인사들로부터 새 임금으로 추대되었음을 토설하였다.

그가 지목한 역적은 이 나라의 군권을 꽉 쥔 명문 구씨 무반의 사람이었다. 구사초는 지난날 홍덕로와 친하게 지내며 은언군 사저에 드나들곤 했으므로 의심이 더욱 짙어졌다. 불운한 종친에게 호의를 곧잘 베풀었다던 어느 정승댁 자제도 덩달아 걸려들었다. 당연히 국문이 열렸다. 처음에는 혐의를 거세게 부정하였으나 끝내 인정하였다. 상계군을 옹립하여 군사를 일으킬 작정이었다고 하였다.

그러나 여기까지 왔어도 애매한 점이 많았다.

우선 누가 상계군을 죽였느냐는 의문이 밝혀지지 않았다. 역모가 밝혀질까 두려워 부친인 은언군이 미리 독을 먹여 죽였다는 소문이 크게 돌긴 했지만 증거는 없었다. 뿐만 아니라 상계군의 죽음이 세자와 후궁의 죽음과도 연관이 있느냐도 모호했다. 역당들의 토벌은 어디까지나 '세자가 죽은 때를 기회로 삼아 상계군을 추대하였다.'에 초점을 맞추었다.

단서를 쥔 사람은 연애 할멈이었다.

포도청에 구금되어 심문을 받을 적에 그녀는 상계군의 독살을 확신하였는데, 그 독약은 앞서 고변한 외조부의 집에서 나온 것이라고 강력히 주장하며 전환점을 제기하였다. 때문에 상계군의 외조부가 애초에 역모에 가담하여 세자와 잉태한 후궁에게 독을 썼는데, 일이 틀어지자 상계군까지 죽인 거 아니냐는 의혹이 불거졌다.

그러나 연애의 입은 틀어 막혔다. 뜻밖에도 포도청에서는 상계군의 외조부를 석방하고 연애에게는 고신을 가했다. 칠십 먹은 노파에게 형장을 때렸으니 버틸 재간이 없었다. 연애는 옥사에서 죽었다. 그녀가 아는 진실도 미궁 속으로 사라졌다.

왕대비는 몹시 분개하였다.

"연애의 공초로 자초지종을 밝혀낼 희망이 생겼소. 그런데 주상께서 아우를 지키려는 마음에 일을 덮으려 하여 공연히 연애만 죽어버린 것이오!"

그녀의 분노는 근거가 있었다. 왕의 반응은 처음부터 영 뜨뜻미지근했다.

우선 왕은 세자와 후궁의 병세를 두고 괴이했다고 말하면서도, 독살 따위의 의문에는 혹하지 않았다. 의학 지식에 해박한 그가 친히 처방을 썼고 병의 경과도 직접 살폈다. 아들은 홍역이었다. 후궁은 순탄하지 않은 임신 과정에 병이 겹쳤다. 안타깝지만 병사病死라고 충분히 납득할 만했다.

다음으로는 총신 서계중의 문제가 있었다. 약원의 잘못을 인정하는 것은 약원 도제조였던 그가 영원히 쫓겨나다 못해 사약까지 받을 빌미가 된다. 온갖 당파의 다툼 속에서 간신히 균형을 맞추는 왕으로서는 결단코 그를 보호해야만 했다.

그리고 무엇보다 가장 큰 문제는 바로 왕의 서제인 은언군이었다. 아들인 상계군이 역적으로 낙인찍힌 마당에 은언군이 목숨을 부지할 가능성은 극히 낮았다. 딱 하나 남은 서제였다. 동생을 죽이고 아비의 씨를 말리는 불효를 저지를 순 없었다.

왕은 이번에도 자신의 세상을 멈추지 않았다. 미련 대신 실속을 택했다. 좋은 임금답게 전력으로 버텼다.

역모의 전말을 샅샅이 밝혀내고 역적의 아비인 은언군까지 반드시 죽여야 한다며 계속 밥과 약을 거부하는 왕대비에게 맞섰다. 그도 수라를 물리치고 대전 합문을 닫아버렸다. 대신들이 은언군의 사사를 주청할 때마다 임금 노릇 참 힘들다며 성을 내고 눈물을 흘렸다.

결국에는 왕이 이겼다. 후사도 없는 마당에 임금이 단식으로 옥체를 손상시키니 다들 어쩔 줄을 몰라 했다. 왕대비전에 몰려가 한 걸음 물러서라고 권유했다. 암탉이 날뛴다고 욕을 먹을 상황에 놓이자 왕대비가 기세를 꺾었다. 덕분에 은언군은 목숨을 구했다. 강화도 유배에 그쳤다.

물론 이후로도 은언군에 대한 성토는 이어졌다. 한숨 돌렸다 싶으면 역적이니 죽이라는 상소가 빗발쳤다. 그래도 왕은 동요하지 않았다.

"번거롭게 마시오."

읽을 가치도 없다는 듯 상소를 휙 내던지며 그는 말했다.

은언군은 왕의 보호 아래 오래 살았다. 개똥밭이더라도 이승이었다. 마침내 그가 죽음을 맞이한 것은 먼 훗날, 왕이 승하하고 왕대비가 수렴청정으로써 정권을 움켜쥔 시기에서였다. 복수는 끝내 이루어졌지만 적어도 이때는 아니었다.

한편 세간에서도 별의별 소문이 돌았다. 대개는 질투심에 미친 중궁이나 경수궁이 독을 썼다는 둥 허무맹랑한 것들이었지만, 개중 하나는 제법 그럴싸했다.

내관 이윤묵과 관련된 소문이었다. 윤묵이 잘못 달인 약을 먹고 후궁이 즉시 죽었는데, 왕대비가 이를 알아차리고 고하자 왕이 놀라 후궁의 치상소治喪所에서 윤묵을 끌어내 목을 베려고 했단다. 그런데 만류하는 자가 있어 참고 유배 보내는 것으로 끝냈다고. 더욱이 윤묵이 옛날에 홍덕로와 내통을 한 사특한 자라는 것이었다.

뜬소문이라 치부하기에는 아귀가 맞았다. 이윤묵은 세자를 간병한 내시들 중 하나였으며, 후궁이 졸한 직후 마침 까닭 모르게 귀양을 가기도 했다.

하여 대제학이 소문의 진위를 왕에게 직접 물었다.

"그럴듯하게 들리는군."

왕이 말했다.

"하지만 약에 대해 운운한 건 가소롭소."

그는 혀를 찼다.

"약을 만들고 달일 때는 반드시 과인이 친히 살폈소. 궁중에선 누구나 알고 있지. 더군다나 약봉지와 약그릇은 늘 병석에 뒀으니 잘못된 약이 섞일 수도 없었고. 경은 궁중 사정을 잘 몰라 놀랐겠지만, 터무니없는 헛소리라오."

대제학은 민망해서 목덜미만 긁었다.

그래도 왕은 대제학의 체면을 생각해 조사하는 시늉이나마 했다. 소문을 퍼뜨린 자들이 붙잡혀와 울고불고 변명하는 것으로 끝났다.

세자와 후궁의 죽음을 둘러싼 공방은 참으로 지난하였다. 피붙이를 지키려는 임금과 명분을 따지는 신하들 간의 갈등으로 비화되었고, 왕대비의 존재감도 두드러졌다. 그러나 소동은 결국 가라앉는 법이다. 몇 년을 질질 끌었어도 적당한 계기만 있으면 끝맺게 되는 것이다.

그리고 그 계기는 새로운 국본의 탄생이었다.

시월 초하루에 후사를 걱정하는 자전의 전교가 내려왔다. 곧 후궁 간택령이 떨어졌다. 발인 전이라 만삭으로 죽은 후궁의 주검은 버젓이 본궁에 있었다. 그래도 빨리 새 국본을 생산하자는 잔인한 논리가 펼쳐졌다. 다들 마음이 급할 만도 했다. 왕의 보령이 어느덧 서른다섯이었다. 죽은 사람을 기억하는 궁인들의 눈물만 지독한 메아리로 흩어졌다.

삼간택이 열렸다. 이번에도 내정자는 있었다. 왕의 고모부인 금성위

錦城尉 박회보와 같은 문중의 규수였다. 왕은 금성위가 자신을 대신해 세자와 후궁의 상주 노릇을 잘했음을 크게 치하하며 그런 영광을 주었다. 박씨 처녀는 이듬해 가순궁嘉順宮이자 수빈(綏嬪, 혹은 깃발 늘어질 유- 유빈)에 봉해졌다.

음전하고 엄숙한 여자였다. 눈을 내리깔고 말을 삼가며 웃음을 삼켰다. 누구처럼 말대답은커녕 사내와 눈을 마주치는 것조차 불경이라 여길 만큼 투박한 시골 아녀자였다. 간택 때 그녀를 찬찬히 뜯어본 왕대비는 말했다.

"생김새가 언뜻 떠난 사람과 닮았더군요."

다만 가순궁 쪽에서 흡족했을지는 의구심이 들었다.

그녀는 열일곱이었다. 본디 정혼자도 있었다. 이웃에 사는 또래의 싱그러운 선비였다. 그런데 혼사 직전에 고을에 물난리가 났다. 둑이 터지고 집이 무너져 혼사도 물 건너갔다. 때문에 간택을 피할 수 없었다.

구색이야 좋아도 첩실 자리였다. 빨리 아들을 낳으랍시고 온 세상이 눈을 부릅떴다. 더군다나 왕은 삼십대 중반에 접어들자 이가 빠지고 머리가 하얗게 셌으며, 살집이 두둑이 붙었다. 세자와 후궁의 죽음 이래 슬픔 때문에 급속도로 망가졌다. 매일 시달리는 격무와 과음도 한몫했다. 어쨌든 풋풋한 처녀의 새신랑이 되기엔 낙제점이었다.

하지만 가순궁은 사대부의 여식이었다. 주어진 운명을 받아들이는 미덕만 배웠다. 자못 실망스러울 법한 신랑의 실물을 보고도 그녀는 침착했다. 속으로야 어땠는지 몰라도 겉으로는 내색하지 않았다. 왕은 그 점을 높이 샀다.

그럼에도 불구하고 가순궁은 한동안 가시밭길을 걸었다.

그녀가 입궁한 지 얼마 되지 않아 중궁이 회임을 했다. 중전 대신 왕자를 낳겠답시고 왔는데 천덕꾸러기 신세가 되어버렸다. 거느린 비빈이 모두 사대부 여식인지라 행여 분란이 생길까 봐 왕이 합궁을 공평하게 돌린 탓이었다. 어차피 그의 입장에서야 셋 중 아무나 빨리 후계자를 낳아주면 그만이었다. 기왕이면 적자嫡子를 기다리겠다며 왕의 발길이 뚝 끊어진 건 덤이었다. 왕이 죽은 자식과 첩을 못 잊고 묘소와 사당을 자주 찾는 것도 불안했다.

그래도 하늘은 그녀의 편이었다.

중궁의 임신은 불미스러운 위태로 밝혀졌다. 만삭이라고 산실청까지 세웠는데 아이가 나오질 않았다. 앞서 경수궁 때문에 그 난리를 치르고도 또 같은 일이 벌어진 것이다.

살얼음판 같은 분위기 속에서, 가순궁은 입궁 사 년 차에 가까스로 원자를 낳았다. 해산하던 날 오색빛깔 무지개가 일렁이는 등 상서로운 조짐이 있었다는데, 과연 그만한 가치가 있는 아들이었는지는 이후의 암울한 역사가 판단할 몫이었다.

나중에는 옹주도 하나 더 얻었다. 자식이 많아야 한다고 주변에서 아무리 보채도, 그녀는 후궁으로 지낸 십삼 년 동안 겨우 둘밖에 못 낳았다.

어쨌든 할 도리는 했으므로 가순궁은 최후의 승리자처럼 떳떳했다.

왕은 위대한 임금이 되었다.

여러 업적을 쌓았다. 나날이 위대해지면서도 그는 늘 한결같았다. 늦게 자고 일찍 일어나 정무를 보았다. 독서와 집필에 몰두했다. 투철한 절약 정신은 여전했다. 왕실도 평온했다. 자전과 자궁은 자애롭고, 무럭무럭 자라나는 후계자가 있으며, 비빈들은 자매처럼 사이가 좋아 투기하지 않았다. 실로 군자의 귀감이었다.

그는 죽은 첩과 자식을 가슴에 묻고 계속해서 앞으로 나아갔다. 좋은 임금으로서 그리해야 했다. 묘소를 자주 찾던 걸음도 뚝 끊었다. 새 후계자가 차남인 걸 부각하면 왕권이 훼손되는 법이었다.

그러나 분명 변화는 있었다.

그 후궁이 죽은 이듬해에 기념비적인 소동이 있었다. 왕이 숙직하는 젊은 신료들을 보러 갔는데, 마침 그네들은 《평산냉연平山冷燕》을 읽고 있었다. 선남선녀들이 나와 연애질을 하는 잡문이었다. 왕은 몹시 노했다. 예전 같았으면 잔소리에서 그쳤을 텐데, 어째서인지 책을 빼앗아 불사르기까지 했다. 이후로는 더 심해졌다. 잡문을 썼다 하여 앞날 창창한 선비의 과거 응시자격을 박탈했다. 패관소품체를 쓴 사실을 깊이 반성해야 조정에 불러주겠다며 나이 지긋한 노신을 다그치기도 했다. 바른 글만 쓰라는 왕의 독촉 속에는 은밀한 슬픔이 있었다. 여색에 관해서도 극히 무심해졌다.

"궁중에 특별히 사랑하는 여인은 없소."

치세 말년에 접어들수록 공공연히 그리 말하기도 했다. 조신들도 과연 성상께선 비빈을 공평하게 대하시고 궁녀를 멀리하신다며 인정하였다.

왕은 마음을 닫았다. 옛 세자가 죽고 새 세자가 태어나기 전까지, 세 비빈들 중 아무도 아들을 낳지 못해 애가 끓던 시기에조차 왕은 궁인을 취하지 않았다.

평생 스스로 선택한 여자는 그 후궁이 처음이자 마지막이었다.

두 번 다시 느끼지 못할 격정으로 가슴을 태웠던 한 여자는, 처음부터 존재하지 않았던 사람처럼 잊혀갔다. 일부러 떠올려야 할 만큼 희미해졌다.

그러다 보니 십사 년의 세월이 흘렀다.

최종장

옷소매 붉은 끝동

이제 왕은 늙고 병들었다.

마흔아홉. 많은 나이는 아니었다. 그러나 또래 신료들이 청년처럼 정력적인 데 비해 그는 급히 삭았고 자주 아팠다. 과음과 과로가 문제였다. 백 번 양보하여 술은 줄여도 정무를 덜 볼 순 없었다.

요즘에는 세자 때문에 근심이 컸다. 왕의 고집대로 미루고 미루다 열한 살이 된 올해에서야 책봉을 마쳤다. 아들은 별 탈 없이 컸다. 어린 나이에도 겹턱이 생길 만큼 풍채가 실했다. 소질도 나쁘지 않았다. 나름대로 총명하고 성실했다. 다만 야무진 맛은 없었다. 제왕다운 야망도 없고, 평화롭게만 살고 싶어 했다. 박 터지는 오늘날 조정에선 턱없는 꿈이었다.

왕은 자신이 너무 빨리 쓰러져 버릴 때를 대비해야 했다.

어린 세자가 보위에 오르면 왕대비가 수렴청정을 할 텐데, 그녀는 탕평을 썩 달게 여기지 않았다. 뿌리부터 완고한 벽색이라 한바탕 피

바람을 일으킬 공산이 컸다.

가순궁도 문제였다. 그녀가 어린 임금의 생모로서 예우 받는 한, 그 친정의 독주를 막을 길이 없었다. 종이호랑이인 중궁과 경수궁으로는 견제도 안 되었다. 효강혜빈이야 진즉 잽싸게 가순궁의 편에 붙었다. 그녀의 외척이 아직까지는 순박한 시골 선비들인 척 야욕을 부리지 않는다지만, 훗날 배경이 주어지면 시류에 떠밀려서라도 세도를 불릴 것이다. 안 그래도 친족이랍시고 뒤를 받쳐 주는 한양 토박이 노론 세력이 제법 짱짱하다.

왕은 결코 권력을 믿지 않았다. 외척은 더더욱 믿지 않았다.

그래서 맞불을 놓았다. 국구(國舅, 임금의 장인)를 키우기로 했다. 행호군行護軍 김사원의 딸을 세자빈으로 점찍었다. 계획한 대로 착착 진행되고 있다. 벌써 재간택까지 치렀으니 곧 삼간택만 마치면 한시름 덜 수 있으리라.

심사숙고 끝에 미래의 국구로 고른 김사원은 대단한 인재였다. 잡문을 좋아하는 것만 흠이었다. 소싯적에는 감히 숙직 중에 패관소설을 읽다가 걸린 적도 있다. 그래도 반성문이 완벽하여 봐주었다. 글 하나는 기막히게 쓴다. 옛날에 그 사람이 죽었을 때는 아름다운 만사(挽詞, 고인을 추모하는 시)를 지어 올리기도 했다. 밤에 읽다가 펑펑 울었던 것 같다.

그 사람.

왕은 흠칫했다. 정녕 무심코 떠올랐다. 오랜 세월 잊고 지냈다. 만취하여 밤잠을 설칠 때만 간간이 떠올렸다. 생김새마저 잊을 만큼 바쁘게 살아봤자 술기운은 너무도 쉽게 그녀를 불러내곤 했다. 크고 맑은 눈망울. 뺨을 붉히는 웃음. 그리고……. 아니, 위험하다. 왕은 고개를 휙 저었다.

대신 큰애를 생각했다. 그 애만 살았어도 이토록 골치 아플 일은 없었으리라. 올해로 열아홉이 되었을 테니 말이다. 나랏일에 앞장서기 딱 좋은 나이다. 알맹이도 자신과 똑 닮았었다. 영특하고 배짱 있는 녀석이었다.

그런데 이상했다. 어른이 된 큰애를 상상하기가 쉽지 않았다. 무릎에 앉아 천진난만하게 놀던 어린아이로만 기억해 왔다. 과거에 남겨두고 온 사람을 현실로 불러들인다는 건 원래 그런가 보다.

곰곰이 짚어보니 내일모레가 바로 큰애가 세상을 떠난 날이다. 자칫 까먹고 지나칠 뻔했다. 세월에 마모되어 확실히 무뎌졌다.

"전하, 수라상 대령하옵니다."

"생각 없다."

왕이 퉁명스럽게 대꾸했지만 문이 열렸다. 웬일로 제조상궁이 상을 들였다. 한창 골몰하다가 방해를 받자 왕은 짜증스러웠다.

"들이지 말라 하였다!"

"가순궁께서 보양식으로 올린 전복초이옵니다."

체면을 생각해 한 숟갈이라도 떠야 한다는 뜻이었다.

손맛이 뛰어난 가순궁은 손수 찬을 만들어 올리곤 한다. 오늘도 솜씨를 적잖이 부렸는지 때깔이 먹음직스러웠다. 다만 내키지 않아도 맛을 보는 시늉이나마 해야 하니 이따금 귀찮을 때가 있다.

"수고했다고 전해라."

왕은 무뚝뚝하게 숟갈을 들었다. 맛있었다. 식재료와 양념이 조화로웠다. 무심코 등을 돌린 현실로 그를 되돌려 놓는 맛이었다.

그래, 현실에 집중해야 한다. 오직 앞만 바라보며 살았다. 최선을 잃어 차선을 찾았다. 치열하게 이룩해 왔다. 과거는 과거일 뿐이다. 만약은 없다. 그 사람도, 큰애도, 가슴 속에 묻어버리기 위해서 이미 많은 노력을 쏟았다. 도로 끄집어내면 안 된다.

원래 생각으로 돌아왔다. 혹시 모를 미래를 대비하자. 준비되지 않은 세자를 보호할 세력을 만들자. 민심이 도탄에 빠지지 않도록 지키자.

왕은 피곤한 눈가를 문질렀다.

외척을 외척으로 견제하겠다는 계략이 자신의 사후에 부디 통하기를 바랐다. 그렇지만 혹시 맞불이라고 놓은 불씨가 오히려 나라를 통째로 집어삼킬 화재가 되는 건 아닐까?

왕은 쓴웃음을 지었다. 어차피 달리 방도가 없다. 무엇이든 준비해 놓는 편이 아예 준비하지 않는 것보단 낫다. 역한 잔상처럼 들러붙는 불안감은 애써 달랬다.

"돌아가신 어, 형님……께서는 어떤 분이셨사옵니까?"

세자가 물었다.

새벽부터 추적추적 비가 내렸다. 왕은 몸이 좋지 않아 편전에 나아가지 못했다. 침전에 앉아 간단한 일만 보았다. 그리고 큰애의 기일이었다. 승지를 보내 봉심(奉審, 왕명으로 묘소를 살핌)하게 하였다. 별 탈 없이 봉분은 푸르고 묘역은 깨끗하다는 보고를 받았다.

"어찌 묻느냐?"

왕은 읽던 상소를 내려놓았다.

"말씀해 주신 적이 별로 없으시옵니다."

세자는 조심스레 웃었다.

사실이었다. 죽은 자식과 산 자식을 비교하는 우를 범하고 싶지 않았다. 그리고 다른 사람과 공유하자니 썩 내키지 않을 만큼 애착 어린 추억이기도 했다.

"더할 나위 없이 훌륭하였지."

왕은 미소 지었다. 그러나 행여 세자의 기가 죽을까 얼른 얼버무렸다.

"뭐, 제 어미를 많이 닮았었고."

"자가께서는 어떤 분이셨사옵니까?"

세자의 표정이 묘했다.

"그게……. 많이 총애하셨다는 이야기를 들었사온데……."

부왕이 후궁을, 그것도 궁인이었던 여자를 아꼈다니 신기해하는 눈치다.

"누구에게 들었느냐?"

"왕대비께옵서 그러셨사옵니다."

"흠! 괜한 말씀을 하셨군."

"망극하옵니다. 소자가 무례를 범했나이다."

왕이 눈살을 찌푸리자 세자는 냉큼 사죄하였다.

"아니다. 괜찮다."

아무렇지 않은 척 왕은 운을 뗐다.

"그 사람은……."

어째 말을 끝맺을 수 없었다. 한 마디로 정의하기가 쉽지 않았다. 살아서 어려운 사람은 죽어서도 어렵기 마련이다.

"날 웃게 만드는 여자였다."

고민 끝에 나온 말은 단순했다.

"아! 자궁께옵서도 똑같은 말씀을 하셨사옵니다."

세자가 무릎을 탁 쳤다.

"자가와 계실 땐 생전 처음 보는 용안으로 웃으셨다 하시더이다. 신료들과 함께하실 때의 웃음과도 전혀 달랐다고요."

"지난 일을 들춰 무엇하겠느냐."

멋쩍은 나머지 왕은 얼렁뚱땅 회피했다.

"나중에 같이 네 형님……의 묘를 보러 가자. 나도 직접 가본 지 한참 되었다."

"정말이시옵니까?"

"혹시 내가 같이 못 가게 되면……. 너 혼자서라도 가보아라. 알겠느냐?"

세자는 그 밑에 깔린 불길한 의미를 이해하지 못했다. 바깥나들이 생각에 기뻐 그러겠노라 약조만 했다.

세자는 곧 물러났다. 쏟아지는 기침을 탕약으로 달랜 왕은 가만히 누워 천장을 보았다.

그래서는 안 되는 줄 알면서도 그녀를 떠올렸다. 크고 맑은 눈망울. 뺨을 붉히는 웃음. 향그러운 목덜미. 반듯한 어깨. 작지만 야무진 손. 따뜻하고 보드랍던 가슴. 그리고…….

머리가 아팠다. 희미한 과거를 뒤적이기엔 너무 늙었다. 물꼬는 터졌지만 부족하다. 그녀의 조각과 단편이 하나의 형상으로 모이지 않는다. 많이 기억하는 만큼, 많이 잊었다.

"전하, 수라상 대령하옵니다."

또한 훼방이 있었다.

"입맛이 없으니 물려라."

이번에도 제조상궁은 그의 명을 무시했다.

"또 무어냐?"

"옥체가 편치 않으신지라 가순궁께서 보양식을 올리셨사옵니다."

한숨을 쉬었지만 왕은 몸을 일으켰다.

"고맙다고 전해라."

숟갈을 잡았다. 만둣국이었다. 만두피가 탱글탱글했다. 먹기 편하도록 한입에 쏙 들어가게끔 빚었다. 질 좋고 신선한 재료를 구해 끓인 듯 향도 좋았다.

그러고 보니 옛날에 그 사람도 만두를 해준 적이 있다.

엉망이었다. 예쁘게 빚겠다더니 순 거짓말이었다. 제각기 크고 작고 따로 놀았다. 전혀 만두답지 않게 뭉쳐진 덩어리는 물론이요, 어설픈 옆구리가 터져 만두소가 질질 흘렀다.

더군다나 그녀는 뻔뻔했다.

“음식은 본디 모양보다는 맛이지요.”

그래 봤자 맛도 나을 게 없었다. 고기와 파, 숙주, 마늘 등 다 들어갔는데도 어째 조화롭지 못하고 맹맹했다.

“소금이 다 떨어져서 간을 못 했나이다.”

그녀는 왕의 표정을 보더니 실토했다.

“눈치 못 채실 줄 알았는데.”

기가 막혀서 픽 웃었더니 되레 또 뻔뻔해졌다.

“음식은 본디 맛보다는 정성이지요.”

“할 줄 모르면 궁인들더러 대신 해달라고 하지.”

“꼭 신첩이 만들어 올리겠다고 약조하지 않았사옵니까.”

왕은 그 대답이 마음에 들었다.

“한데 소금이 없으면 넌 끼니를 어찌 때우느냐?”

“나물도 데쳐 먹고, 간장도 좀 있고……. 잘 먹사옵니다.”

“정 필요하면 얻어다 쓰면 될 것을.”

그녀는 입술을 깨물며 눈치를 슬쩍 보았다.

“괜찮사옵니다.”

“대전에는 넉넉하니 한 됫박 내어주마.”

"괜찮다니까요."

"가져가라니까. 넌 꼭 잘해줄라치면 토를 단다."

왜 그러는 줄 알기에 왕은 기어코 주고 싶어졌다.

"신첩은 근검절약하여 복을 아끼고 있사옵니다."

대뜸 그녀가 엄숙한 척 그의 말투를 따라 했다.

"지금까지 신첩이 아낀 복을 전부 모으면 굳이 대전의 소금까지 받지 않아도 저절로 음식에 소금간이 배는 기적을 이룰 것이옵니다."

"너 또 나를 놀리는구나."

왕이 눈을 치떴다.

"어디 한두 번 당해봤어야지요."

한 마디도 지지 않고 맞받으면서 그녀는 그릇을 떠밀었다.

"이거나 젓수소서. 하나도 남기시면 아니 되옵니다."

그러고는 마치 복수라는 듯 장난스럽게 웃더란 말이다.

하여튼 이상한 여자였다. 아무것도 요구하지 않았다. 준다고 하면 거절했다. 아녀자의 미덕을 지키느라 그런 것이 아니었다. 그냥 없으면 없는 대로 산다고 밀어내는 꼴이었다. 절대 네 생각대로 움직이진 않겠다는 양 맹랑했다.

"정녕 다 젓수셨사옵니까?"

꾸역꾸역 그릇을 비우자 그녀는 눈을 동그랗게 떴다.

"음식을 남기는 건 사치다."

"한 그릇 더 드릴까요?"

약 올리듯 묻더니 당황한 용안을 보고 그녀는 깔깔 웃었다.

"……전하, 국이 식사옵니다."

숟갈을 든 채 물끄러미 국그릇만 노려보는 왕을 보고 제조상궁이 말했다.

퍼뜩 정신을 차렸다. 모르는 새 미소까지 머금었다. 실로 오랜만에 느껴보는 얼빠진 기분이었다. 그 사람과 함께 살 때는 이럴 때가 많았다.

커다란 상실감이 덮쳐 왔다. 미소는 물에 번진 듯 사라졌다.

"안 되겠다. 물려라."

맛이 좋을수록 독처럼 느껴질 것만 같았다.

"한 순갈이라도 뜨셔야지요."

제조상궁은 침착하게 다시 권했다.

"세자에게 대신 가져다주어라. 그럼 가순궁 체면이 상하진 않을 것 아니냐."

왕은 기어이 밀쳐버렸다.

"한데 제조상궁은 요즘 왜 이리 자주 보이느냐? 대전 일까지 도맡느냐?"

"대전의 선임 상궁들이 셋이나 퇴궐한 통에 일손이 모자라옵니다."

과연 휘하 궁인들이 늙으면서 출궁이 잦아졌다.

얼마 전에는 서 상궁이 나갔다. 눈이 침침해 제 몸 하나 건사 못하는 노인에게 일을 시킬 순 없었다. 그녀는 마지막 인사를 올리면서 눈물을 폭포수처럼 쏟았다. 그 사람의 일로 원망할 줄 알았는데 의외였다. 아니, 어쩌면 자신을 위한 눈물이 아니었는지도 모르겠다.

그 사람을 기억하는 사람들이 자꾸 줄어든다. 너무나 쉽게 잊히고 있다. 심지어 자신마저도 잊어버리고 잘 살아왔다는 사실이 속을 갉아먹었다. 순식간에 피로함을 느꼈다.

"알았다. 누워야겠다."

그래도 잊는 게 옳다. 잊기 위해서 이미 많은 노력을 기울였다. 약해질 때마다 솟구치는 기억의 잔상을 무심히 억누르며 왕은 고집스럽게 눈을 감았다.

몸이 낫자마자 약해졌던 정신도 붙잡았다. 늘 그렇듯 또 바빴다. 중신의 상소를 트집 잡아 공격한 옥당 관료를 귀양 보내야 했고, 귀양이 부당하다고 따지는 신료들을 납득시켜야 했다.

왕은 다시 그녀를 잊었다. 과거 속으로 돌려보냈다.

"도무지 정력은 회복이 안 되는군."

닭이 우는 새벽. 힘겹게 몸을 일으키며 왕은 불평했다.

"요즘 같아서는 여러 사람을 상대하는 것조차 힘들다."

"탕약부터 올리겠사옵니다."

말단 궁인들이 세숫물과 의복을 준비하는 사이, 제조상궁이 아뢰었다.

"탕약 시중은 내시에게 시켜라. 저번처럼 나인에게 맡기면 가만두지 않겠다."

푸석푸석한 흰머리로 틀어 올린 상투를 매만지며 왕이 매섭게 말했다.

"나인의 시중을 특히 꺼리시는 연유를 모르겠사옵니다."

제조상궁의 눈빛이 묘했다.

그 말이 옳았다. 탕약 따위 누가 올리든 무슨 상관이란 말이냐. 그런데도 왕은 이상하게끔 까탈을 부렸다. 궁녀가 탕약 소반을 들고 오는 게 싫었다. 추억으로 감춰둔 애틋한 영역이 침범당할뿐더러 돌아보고 싶지 않은 감정이 되살아날 것만 같았다.

"다른 여자의 손에 맡기는 게 싫다."

무심코 본심을 뱉었다가 후회했다. 즉시 말을 고쳤다.

"의약을 계집의 손에 맡길 순 없다."

옹졸한 핑계가 되어버렸다.

"유념하겠사옵니다."

제조상궁은 토 달지 않고 스르륵 사라졌다.

유독 날이 더웠다. 기력이 쇠한 왕은 금방 지쳤다. 그래도 본분을 잊지 않았다. 편전에서의 지루한 입씨름을 견뎠고, 한낮에 열린 중순시(中旬試, 매월 시행한 무예시험)에도 친림하였다. 각 군영에서 일제히 벌이는 시험이라 자존심 대결로 번져 치열했다. 왕은 가장 아끼는 장용영壯勇營의 시험을 오래 지켜보았다. 연이어 훈련도감과 어영청, 수어청, 총융청도 돌았다.

그런데 마지막으로 들른 금위영의 시험장에서 뜻밖의 일이 생겼다.

마상언월도馬上偃月刀를 겨루는 차례였다. 군장을 완전히 갖춘 무관들이 말을 타고 거대한 언월도를 휘둘렀다. 다들 고만고만했다. 눈에 띄는 이는 없었다.

왕은 어좌에 기대어 얼음 띄운 식혜를 마셨다.

그런데 무관들이 일사불란하게 뛰어다니는 와중에, 저만치 한쪽에서 흙바닥에 무릎을 굽히고 무언가를 매만지는 사내가 보였다. 무관치고는 체구가 왜소해 보였다. 당최 뭘 하는 놈인지 궁금하여 왕은 목을 쭉 빼고 응시하였다.

가만 보니 그 사내는 말발굽에 밟힌 풀을 다듬고 있었다. 아니, 그냥 푸른 풀잎이 아니었다. 삭막한 군영에까지 기어코 뿌리를 내리고 봉오리를 틔운 망초꽃이었다.

순간 왕은 벌떡 일어섰다. 쥐고 있던 그릇이 떨어져 산산조각이 났다.

"전하, 옥체 미령하시옵니까?"

내시들이 달려와 깨진 조각을 주웠다. 시험을 치르던 무관들도 전부 멈췄다.

"괘, 괜찮다. 속행하라."

어정쩡하니 주저앉듯 어좌에 무너졌다.

이윽고 망초꽃을 돌보던 사내와 눈이 마주쳤다. 유달리 눈망울이 크고 맑았다. 아득한 기억 속의 사람과 몹시도 닮았다. 왕은 그가 누군지 알았다.

그 사람의 막내아우다. 옛날에 과거에 급제하였을 때 불러다 본 적이 있다. 그 사람과 닮은꼴이었다. 누이와 자신은 모친을 닮았다며 쑥스러워했었다.

그리고 그 사람은 망초꽃을 닮은 여자였다.

솔직히 생각도 못 했다. 그 사람이 죽은 후 그 외척들도 자연스레 관심에서 멀어졌다. 새 국본과 새 외척이 생겼으니 견제해야 할 이유 또한 없어진 탓이었다. 잘 기억나지는 않지만, 큰애가 죽고 나서야 그 사람의 부모를 추증한 게 아마 마지막으로 베푼 호의였을 터였다. 그 외에는 올라가면 올라가는 대로, 땅바닥이나 긁으면 긁는 대로, 그저 내버려 두었다. 더 이상 야멸치게 대할 까닭은 없었다. 그렇다고 나서서 챙겨야 할 까닭 또한 없었다.

그러나 이미 누이를 잊어버린 세상에 그대로 남아 있었다.

"저 자를 데려와라."

왕이 환관에게 명했다.

"아니, 그냥 놓아두어라."

순간 염치가 없다 싶어서 번복하였다.

"……데려와라."

하지만 금방 다시 명을 바꿨다. 왕이 더는 말을 바꾸지 않을 것을 확신하고서야 내시는 그를 데려왔다.

"네 이름이 성흡이었지?"

"그러하옵니다."

왕은 그의 얼굴을 뜯어보았다. 거기서 도무지 조각을 맞출 수 없는 그 사람의 형상을 찾았다. 그도 왕의 시선을 피하지 않았다. 서로 똑같은 대상을 추억하는 순간일진대 이질감이 들었다. 이윽고 그가 정중하게 허리를 굽혔다.

어쩐지 인사를 받을 자격이 없다는 생각이 들었다.

"무얼 하고 있었느냐?"

왕의 목소리가 떨렸다.

"왜 하필……?"

망초꽃이 그 사람을 닮았다는 부분에 대해선 어떻게 말을 꺼내야 할지도 몰랐다.

"일전에 세자저하께옵서……."

한데 그가 알아서 대답했다.

"아니, 생전에 세자께서 말씀하셨다더이다."

그는 마치 큰애가 살아 있던 시절에 박제되어 버린 듯한 표현을 억지로 고쳤다.

"상감께서 동궁의 사친을 두고 이르시기를, 망초꽃과 같다고 하셨다고요."

왕도 기억했다. 설마 어린 아들이 부자지간의 비밀이라고 약속한 이야기를 밖에다가 홀랑 불어버렸는 줄은 미처 몰랐지만 말이다.

"의빈궁의 서신을 통해 그러한 이야기를 전해 들은 뒤부터는 소신의 눈에도 망초꽃이 밟히기 시작하였사옵니다."

그의 시선이 말발굽에 짓밟히고도 금방 되살아난 꽃잎으로 향했다.

"도저히 잡초로만 보이지 않사옵니다."

그가 살리고 싶었던 게 단순히 꽃잎만은 아니었으리라는 생각이 들었다.

왕은 아무 말 없이 그를 돌려보냈다. 그러고는 후원으로 갔다. 갖가지 화려하고 예쁜 꽃 사이로 피어난 망초꽃을 보았다. 일부러 심지도 않았는데 저절로 꽃씨가 날아들어 임금의 뜰에 가득 피어버렸다. 실로 그 사람과 같았다.

결국 왕은 잃어버린 세월이 무색할 만큼 흘린 눈물로 곤룡포를 적셨다.

어영부영 날이 저물었다. 고단한 하루 끝에 침전에 돌아온 왕은 아연실색했다.

"이게 다 무엇이냐?"

서궤 위에 망초꽃 한 다발이 놓여있었다.

"대전 생각시가 낮에 전하께오서 망초꽃을 살펴보시는 모습을 보고는, 기쁘게 해드리겠답시고 꺾어 온 모양이옵니다."

왕의 성정을 익히 아는 제조상궁은 까무러칠 듯 놀랐다.

"철없는 어린아이가 물정을 모르고 저지른 무례이니 부디 용서하소서."

그의 침묵이 길어질수록 불호령을 기다리는 궁인들은 피가 바짝 말랐다.

"꽃은 꺾지 말라고 가르쳐라."

한참 만에 왕이 말했다.

"망초꽃은 특히나 꺾이면 슬퍼할 사람들이 있다고 알려주어라."

가슴이 아플 만큼 소박한 꽃 더미를 손으로 쓸었다.

“그리고 그 아이에게 이걸 주어라.”

왕은 소매에서 과실을 하나 꺼냈다. 하밀감(夏蜜柑, 여름귤)이었다.

그 사람은 밀감을 처음 먹어본다고 했었다. 어떻게 먹어야 할지 모르겠다며 뺨을 붉혔다. 새콤한 맛이 혀끝에서 터지자 미간을 살짝 찡그렸다. 그 모습이 너무 좋았다. 그이에게 잘해준 것이 없어서 더욱 그랬다. 하여 탐라목에서 밀감을 진상해오는 계절만 되면 꼭 하나씩 따로 빼두었다. 심지어 그 사람이 떠난 뒤에도 이 한심한 습관을 고치질 못하였다.

“이 귀한 것을 한낱 생각시에게요?”

제조상궁은 눈썹을 추켜세웠다.

“그 아이를 위해서 주는 게 아니다.”

왕이 쓰게 웃었다.

“나 자신을 위해서 주는 것이지.”

아득한 옛날, 조부께서 왜 어린 생각시였던 그 사람을 무릎에 앉히고 조모의 책을 하사하셨는지 왕은 비로소 사무치게 깨달았다.

오랜 세월 주인을 찾지 못해 임금의 품에서 썩어버리던 밀감이니 그래도 올해는 다행이었다. 그런데 왕은 얼른 침수 들지 않고 또 여기저기를 들쑤셨다. 침전과 서재, 대전에 딸린 곁방까지 전부 뒤졌다. 지쳐서 더는 못 버틸 지경이 되었을 때서야 그는 털썩 주저앉았다. 가만히 지켜만 보던 제조상궁이 조용히 곁에 꿇어앉았다.

“찾아야 할 것이 있다.”

왕은 한숨을 쉬었다.

“분명 가까운 데에 두었을 텐데 기억이 안 난다.”

“무엇이온지요?”

“이만한 함에다 전부 정리해 놓았는데…….”

"전하, 무엇을 찾으시옵니까?"

제조상궁은 참을성 있게 여쭈었다.

"그 사람의 유품 말이다."

멈칫하였으되 제조상궁은 찰떡같이 알아들었다.

"……자가께서 계실 적엔 주로 창덕궁에서 머무셨사옵니다. 소인이 궁인들을 보내 찾아오겠나이다."

일리가 있었다. 그 사람 죽은 뒤로 창경궁으로 거처를 옮겼다. 정무를 볼 때나 부득이 묵어야 할 때를 빼면 창덕궁은 가능한 한 피했다.

"믿을 만한 자들로 보내라. 잃어버리면 안 된다."

왕은 조바심 섞인 약조를 받아냈다.

제조상궁은 이틀 뒤에 소식을 전해왔다. 좋은 소식은 아니었다.

"찾지 못하였사옵니다."

"잘 뒤져본 게 맞느냐? 중희당까지?"

"망극하옵니다."

왕은 실망하지 않았다.

"그렇다면 경희궁만 남는군. 필시 그곳에 있을 것이야."

"예, 동트는 즉시 궁인들을……."

"됐다. 친히 가보겠다."

"날이 덥고 기력도 쇠하셨사옵니다."

"그래도 멀쩡한 편이다. 행여 또 앓아눕기 전에 가봐야겠다."

그는 고집을 꺾지 않았다.

"아무것도 찾지 못했다면서 그건 무어냐?"

문득 왕은 제조상궁이 들고 온 꾸러미를 가리켰다.

"……소인이 전하께 올릴 것이 있사옵니다."

그녀의 눈에서 망설임이 스쳤다.

이상한 일이었다. 왕이 알기로 제조상궁은 몹시 냉철한 사람이다. 비교적 젊은 나이에 노숙한 경쟁자들을 제치고 궁중여관 최고 자리에 올랐을 정도이다.

"무어냐?"

물론 빌미를 잡은 왕은 놓칠 생각이 없었다.

제조상궁은 매듭을 풀었다. 여러 권의 책이었다. 여자들이 쓴 언문서였다. 몇 줄 읽어본 왕은 깜짝 놀라 겉장을 다시 보았다.

"잡문이 아니냐?"

《곽장양문록》이라면 옛날에 선왕께서 재미나게 읽으시던 소설책 중 하나다.

"네가 지금 임금을 우롱하느냐?"

패관소품이라면 학을 떼는 왕은 대뜸 분개하였다.

"여기를 보소서."

제조상궁은 침착하게 펼친 책의 한 부분을 짚어주었다.

"……설마!"

그 사람의 서명이었다.

"선왕 시절에 당시 궁인이셨던 자가께서 일궁자가, 이궁자가와 함께 필사하신 책이옵니다."

"아, 기억난다. 청연과 청선이 선물이라고 어전에……."

왕은 더듬더듬 동조하였다.

"선왕께서 승하하시면서 소장하시던 서책을 정리하였나이다. 그때부터 소인이 보관하게 되었사옵니다. 감히 왕실의 보물을 취한 죄를 용서하소서."

"어찌 하필 네 손에?"

제조상궁의 눈빛은 까맣고 이슥했다.

"소인 또한 필사에 참여했기 때문이옵니다."

잠시 침묵이 흘렀다.

"……네 이름이 무엇이었지?"

"배가 경희라 하옵니다."

왕은 어수로 용안을 감쌌다. 울컥한 속이 요동을 쳤다.

"너 말고도 두 명이 더 있었다. 하나는 일찍 죽었지. 하면 다른 하나는……."

"대전 세답방 상궁 김가 복연이옵니다. 재작년에 병을 얻어 죽었사옵니다."

그녀의 표정에는 흔들림이 없었다.

"……너도 혼자 남았느냐?"

"예, 전하."

씁쓸한 동병상련이었다.

"기다려 주실 것이옵니다."

그러나 제조상궁은, 아니, 경희는 조용히 덧붙였다.

"때가 되면 다시 만나자고 약조를 했었나이다. 그러니 기다려 주실 겁니다."

왕은 확신에 찬 그녀의 눈빛을 보았다. 전하와 달리 난 한 번도 자가를 잊은 적이 없다고 으스대는 것만 같았다. 묘한 질투심이 일었다.

첩이 죽었다. 그래서 새로운 규수를 간택해 첩의 자리를 대체하였다. 새 아들도 얻었다. 과거를 잊고 새롭게 출발한 쪽은 자신이라고 생각했다. 그런데도 지금에 와선 자신이 도리어 버려진 쪽이라는 느낌이 들었다. 마지막의 마지막이 지나간 지금까지도, 그 사람이 가장 소중히 여겼던 세상에는 끝내 끼어들지 못했다는 패배감이 들었다.

"이건 지워라."

왕은 덕임이라고 남긴 서명을 가리켰다.

"엄연히 작호까지 하사받은 후궁의 이름을 함부로 드러내서는 안 된다."

"전하!"

언뜻 원망과도 같은 경희의 반응에도 왕은 굴하지 않았다.

"지우고 종이를 덧대어 새로 써라. 내가 그 사람에게 내린 작호로 고치라고."

의빈宜嬪이라 하였다. 자신의 여자이며 가족이라고 친히 지어준 이름이었다.

"지금 이 자리에서 해라."

왕은 종이와 붓을 내오게 했다. 경희는 누구를 상대하는지 잘 알았다. 마땅히 굴복하였다. 여럿이서 함께한 필사였다. 쪽마다 누가 썼는지 문단 아래에 서명을 남겼다. 그걸 전부 고쳤다. 덕임을 지우고 의빈이라 덮어 썼다.

한 사람의 궁인은 남지 못했다. 왕의 여자만이 남았다.

"왕실의 보물을 보관하여 바친 공이 크다."

경희의 붓놀림이 끝났다.

"약소하게라도 상을 내리겠다."

"치하는 바라지 않사옵니다."

거절은 겸손하지 않았다. 완고하였다.

"왜 여태 가만히 있다가 이제야 바치는 것이냐?"

"전하께서는 진즉 자가를 잊으신 줄로만 알았나이다."

매섭게 따져도 경희는 침착했다.

"그리고 소인이 자가를 보낼 자신이 없었사옵니다."

"이제는 보낼 수 있느냐?"

"아니옵니다. 평생을 들여도 그럴 수 없음을 깨달았을 뿐이옵니다."

왕은 헛웃음을 지었다.

"마지막에 그 사람은 너희를 찾았다."

"예, 들어 아옵니다."

"왜 너희가 아니고 내가 왔느냐며 화를 냈어."

그리고 웃음은 곧 잔인한 고통이 되었다. 십수 년 전에 얻었어도 여전히 붉은 피가 흐를 만큼 생생한 상흔이었다.

"나한테는 다음 세상에선 알은척도 말라고 끝까지 야박했는데……."

원망했다. 그토록 매달렸는데도 봐주지 않았다. 하여 잊으려고 노력하였다. 그 사람을 지워야만 자신이 살 것 같았다. 쉽지는 않았다. 원망하면서도 끊임없이 그녀를 찾았다. 완전히 잊었다고 생각한 시절에조차 그녀는 틈을 노려 들쑥날쑥 튀어나오곤 했다.

"……자가께서는 단지 모르셨을 뿐이옵니다."

"무엇을?"

"스스로의 진심을요. 어쩌면 알면서도 일부러 모른 척하셨을 수도 있나이다."

경희의 목소리가 떨렸다.

"인정하기에는 당면한 두려움이 크셨겠지요."

"……진심?"

"자가께서도 전하를……."

"그만해라."

적어도 그것은 오로지 자신과 그 사람 둘 사이의 일이었다. 다른 이의 입에서 그 사람의 진심을 듣고 싶지는 않다. 그 사람이 아닌 다른 이의 동정도 필요 없다.

"나가라."
왕은 자신이 독점한 그녀와의 순간을 나눌 생각이 전혀 없었다.

유월의 초열흘. 왕은 등에 난 종기를 발견했다. 차라리 터져서 고름이 쏟아졌으면 싶을 만큼 아팠다. 열기가 올라 화끈거렸다. 두통도 심했다. 그래도 참을 만했다. 아니, 참아야 했다. 혼자 있고 싶었다. 막심한 고통이나 조용히 핥고 싶었다. 그러나 임금이기에 그럴 수 없었다. 자신에게만 의지하는 세상의 무게는 천근같았다.

육체의 통증은 쉽게 짜증으로 번졌다. 시답잖은 악다구니를 쓰는 신료들까진 참을 수 있었다. 그러나 그의 효심에 기대어 사소한 투정을 부리는 웃전들과 내조라는 명목으로 귀찮게 구는 비빈들은 침착하게 대하기 어려웠다. 위안 받을 구석이 하나도 없다는 슬픔이 울컥 터질 것만 같았다.

왕은 자신이 할 수 있는 선택을 했다. 경희궁으로 갔다.

더운 여름이었다. 그녀는 여름에 태어난 여자였다. 번듯하게 생일을 챙겨주지 못했지만 일단 그랬다. 갑작스레 맞닥뜨린 어린 시절 첫 만남도, 어느새 한 사내와 한 여자로서 재회했을 때도, 큰애를 잉태하여 함께 계마수를 보러 왔을 적에도, 전부 여름이었다. 푸른 초목과 함께 희망이 움트던 때였다. 그리고 그녀는 늦더위 물러갈 찰나에 떠났다. 불볕과도 같은 열기와 정염을 모두 끌어안고 사라졌다.

이후 오랜 세월이 지나간 끝에 왕은 다시금 그녀의 여름을 맞이하였다. 어디를 찾아봐야 할지 안다. 도깨비 전각이다.

경첩이 삐걱거리는 문을 열었다. 거들어주겠다는 궁인들을 모두 뿌리쳤다. 좀먹은 창밖으로 말라 죽은 계마수가 보였다. 반닫이를 뒤졌다. 먼지가 풀풀 날렸다. 높이 달아둔 시렁을 차례로 더듬었다. 발꿈

치를 든 것만으로도 숨이 가빴다. 그러다 무언가 둔탁한 것을 툭 쳤다. 잡고 끌어내려야 하는데 손이 미끄러졌다.

하얀 함이었다. 세게 떨어지면서 내용물이 쏟아졌다. 깨알 같은 글씨로 빼곡히 채운 종이 여러 장이었다. 왕은 한 장을 들고 읽어보았다. 그녀의 글씨였다. 이제는 기억조차 할 수 없는 잘못으로 써오라 시킨 반성문이었다. 읽을수록 눈물이 쏟아졌다.

문득 왕은 함에서 채 쏟아지지 못하고 남은 물건이 있다는 걸 깨달았다. 별것 아니었다. 가진 것이 없던 사람이었다. 생전에 쓰던 붓과 책, 염주 따위가 나왔다. 흉하게 썩어 바싹 마른 것도 있었다. 큰애가 만든 꽃반지였다. 왕의 손끝이 닿자마자 부스럭 먼지로 무너져 내렸다.

그리고 제일 아래에 옷 한 벌이 있었다. 옷소매 끝동을 자줏빛으로 붉게 물들인 궁녀의 의복이었다. 궁녀를 홍수(紅袖, 붉은 옷소매)라고 일컫는 것도 그런 까닭에서다.

바로 그 사람이 죽기 직전에 찾은 옷이었다.

왕은 옷을 바닥에 펼쳤다. 기억하는 것보다 몸집이 작은 사람이었다. 이 조막만 한 덩치로 그토록 맹랑하게 굴고, 자신을 감싸 안고, 아이를 낳아주었다. 그녀의 체온조차 남지 않은 한낱 천 쪼가리를 붙들고 울었다.

왜 마지막 순간에 이 옷을 찾았을까.

헤어질 땐 경황이 없어 묻지 못했다. 가장 행복했던 시절을 추억하며 떠나고 싶었던 걸까. 임금의 품에 안긴 것을 후회하였던 걸까. 수많은 가설이 가능했지만 왕은 생각했다. 스스로 선택한 삶을 기억하고 싶었던 거라고.

그녀는 딸이었고 누이였고 첩이었다. 남들에 의해 그리 정의되었다.

하지만 그녀는 또한 궁녀였다. 고달픈 삶이었다. 멸시당하는 삶이기도 했다. 그래도 집안이 궁핍할지언정 적당한 혼처 물색하여 고만고만 살면 될 팔자를 마다하고 스스로 취한 길이었다. 다른 사람에 의해 정해지지 않았다. 그 사람은 그런 여자였다.

그리고 왕은 그런 여자이기에 그녀를 사랑했다. 실로 평생의 사랑이었다. 한창 들끓던 소년 시절에, 생각지도 못했던 상대로부터 얻은 감정이었다. 자신의 천성을 거슬렀다. 부정하려 해도 소용없었다. 평생의 습관과도 같은 금욕으로도 밀어내지 못했다. 잊은 척은 할 수 있어도 잊을 순 없었다.

그래, 그것은 분명 사랑이었다.

"……내가 너를 은애하였다."

왕은 말했다. 한 번도 겉으로 소리 내어 해본 바 없었다.

"그래서 네가 그립다."

화답이 없음을 알기에 더욱 지독한 독백으로 그쳤다.

아무 일 없다는 듯 환궁하였다. 그러나 고갈된 정신과 육체는 회복하지 못했다. 어깨와 등에서 시작된 종기가 머리까지 번졌다. 열도 났다. 왕은 이를 두고 '가슴의 해묵은 화병'이라 하였다. 괜한 소란을 떨 필요 없다고 여겼다. 가슴에 쌓인 화기火氣를 뭐 어쩌겠냐며 진맥도 꺼렸다. 스스로 처방했다. 찬 음식을 먹고 온갖 탕약을 들었다.

통증은 나날이 심해졌다. 정신이 흐려 꿈과 현실을 구분하지 못할 지경에 이르렀을 때서야 약원더러 살피게 했다. 환부가 곪아 피고름이 쏟아졌다. 모든 약이 효험이 없자 다소 위험한 시술까지 감행했다. 그래도 고름이 싹 빠져 종기가 녹으면 쾌차하리라는 희망이 한 가닥 있었다. 실제로 왕은 전보다 낫다고 말하였다.

그러나 약간의 차도는 폭풍이 오기 전의 바다가 평화로운 이치에 불과했다. 왕은 쓰러졌다. 가망이 없었다. 기도제를 지냈다. 효강혜빈과 왕세자가 마지막 인사를 올렸다. 왕대비는 직접 약을 올리겠다며 병석에 나아가더니 이내 통곡하였다. 이런 위중한 시기에 무슨 경망이냐는 신료들의 질책을 받고 물러났다.

왕은 이십여 일의 투병 끝에 승하하였다. 햇빛이 어른거리는 여름이었다.

퍼뜩 잠에서 깼다. 꿈을 꾸었다. 정확히 기억나지는 않는데 아주 섬뜩했다. 몽롱한 정신에 베고 자던 것을 꽉 붙잡았다. 감촉이 포근하고 부드러웠다.

"나쁜 꿈이라도 꾸셨사옵니까?"

익숙한 목소리였다.

"아……. 아니다. 뭔가 꿈을 꾼 것 같은데……."

습관처럼 대답했다. 그러나 이윽고 왕은 돌처럼 굳었다.

달게 베고 자던 것의 정체는 무릎이었다. 천천히 시선을 위로 올렸다. 무릎의 주인이 보였다. 커다랗고 맑은 눈망울이 수묵으로 그린 양 단아하다.

"어, 어째서……?"

그 사람이었다. 이상하다는 듯 미소를 띤 입술이 생생했다.

"……네가 여기에 있느냐?"

"잠이 덜 깨셨나 보옵니다."

미소는 풋풋한 웃음으로 번졌다.

"하긴, 신첩의 다리가 저리도록 주무셨으니 오죽하시겠습니까."

덕임은 장난스럽게 다리를 주물렀다.

"저하께옵서도 전하를 닮아 잘 주무시나 보옵니다."

그러더니 옆에 뉘인 아이를 토닥였다. 하얀 옷을 입고 꼬물꼬물 잠을 자는 사내아이였다. 저게 누구지? 왕은 고개를 갸웃했다. 답은 간단했다. 큰애였다.

그는 황급히 용안을 경대에 비추어 보았다. 혈색이 좋다. 주름과 흰 머리가 없다. 치아도 멀쩡하다. 호흡마저 상쾌하다. 젊고 건강하다. 오래전에 잃어버린 축복이다.

왕은 이 순간을 알았다.

노신들과 죽어라 말싸움을 한 날이었다. 고단하고 짜증스럽다 못해 한낮에 후궁을 찾았다. 안식을 원했다. 그리고 그녀는 당연하게 무릎을 내어주었다.

또한 가장 충만하던 시기였다. 건강하고 총명한 아들이 있었다. 그와 그녀는 비록 시련을 겪었지만 함께 극복하면서 진실로 교감하였다. 일종의 유대감이 생겼다. 사랑하느냐고 묻자 그녀는 비록 그렇다고 대답하진 않았지만, 아니라고 하지도 않았다. 언제든 그의 마음에 화답할 가능성을 열어두었다.

이것은 과거다. 현재가 아니다. 꿈이다. 현실이 아니다.

"가보셔야지요."

통 정신을 못 차리는 왕을 보다 못한 덕임이 독촉했다.

"너무 지체하셨사옵니다."

"아……. 그, 그래. 가봐야지."

경황이 없어도 몸에 깃든 오랜 습관은 있다. 왕은 일어섰다.

다만 문간에 서서 돌아보았다. 세상모르고 잠든 자식과 미소 띤 그녀를 보았다. 이대로 떠나면 안 될 것만 같았다.

"오늘은 그냥 빠지련다."

왕은 성큼성큼 돌아와 다시 그녀를 앉히고 무릎을 벴다.

"혹 어디 미령하시옵니까?"

그녀의 목소리는 떨떠름했다.

"안 아프다."

"그럼 왜 이러시옵니까? 빨리 가셔야 한다니까요."

"왜 못 쫓아서 안달이더냐. 지아비가 안 아프다는데 다행으로나 여겨야지."

"신첩은 아프옵니다."

"……어디가?"

"다리요, 다리! 저려서 죽겠사옵니다."

가슴이 쿵 떨어져 물었는데, 돌아온 것은 장난 섞인 투정이었다.

"참아라."

왕은 떼를 썼다. 어차피 자신은 항상 그녀에게 상냥하지 못했다.

"임금이라면서 베개도 하나 없으십니까?"

종알거리는 투정이 이어졌지만 못 들은 척했다.

"혼자서 너무 오랜 세월을 보냈더니 언제부턴가 나도 잘 모르겠다고 생각했다."

그녀가 제풀에 지칠 무렵 왕이 말했다.

"네가 그리운 건지, 아니면 지나간 시절이 애틋하게 미화된 것뿐인지……."

문득 그녀의 움직임이 그쳤다.

"이제는 안다. 난 항상 널 그리워했고, 네가 있던 시절을 그리워했다."

해묵은 용루가 덕임의 무릎을 적셨다.

"……들리시옵니까?"

그녀가 말했다. 과연 문밖이 소란스러웠다. 흐느끼는 통곡이 들렸다. 부디 상감께서는 돌아오시라고 애절하게 비는 목소리도 있었다.

"계셔야 할 곳으로 가소서."

그녀는 아까와는 다른 사람 같았다. 모든 걸 아는 것처럼 보였다.

"좋은 임금이 되셔야지요."

속삭임은 달콤하나 또한 처연했다.

"있어야 할 곳은 여기다."

왕은 단호하게 고개를 가로저었다.

돌아가기엔 이미 늦었다. 할 만큼 했다. 언제나 사내보다 임금을 먼저 선택했다. 평생토록 싸웠다. 죽도록 아팠다. 미련이 없다면 거짓말이지만, 미련을 전부로 삼을 순 없었다.

"날 사랑해라."

그러고는 고집스럽게 말했다.

"알고 보니 시간이 많지 않더구나. 기다릴 여유도 없었고."

그녀의 무릎을 세게 끌어안았다. 과거라도 좋다. 꿈이라도 좋다. 죽음이라도 좋다. 가늠할 순 없어도 어쨌든 현재다. 그녀가 따뜻하게 살아 숨 쉬는 지금이다.

"그러니까 날 사랑해라."

다행히 이번에는 거절이 없었다. 오직 말갛게 웃는 그녀만이 있었다. 그것만으로도 충분한 대답이었다.

그리고 순간은 곧 영원이 되었다.

〈옷소매 붉은 끝동〉

끝.

곽장양문록

《곽장양문록郭張兩門錄》은 연대 미상의 고전소설이다.

영조 49년 궁중여인들에 의해 궁체로 필사되어 현전하고 있다. 필사의 주도자는 정조의 여동생들인 청연군주, 청선군주로 추정된다. 궁녀 영희, 경희, 복연, 그리고 훗날 정조의 후궁이 되는 의빈 성씨가 참여하였다.

창덕궁 낙선재 혹은 규장각에서 소장 중 일제강점기를 거치며 서울대학교로 넘어갔고, 한국전쟁 와중에 민간으로 유출된 것으로 추정된다.

1960년대 부산에서 홍두선 선생이 발견, 2008년에 서울역사박물관에 기증하였다.

외전

외전
곤룡포처럼 붉은색

덕임은 돌담에 핀 장미를 발견하였다.

금방이라도 눈이 펑펑 쏟아질 듯 하늘이 우중충한 겨울이었다. 으레 장미가 피는 계절이 아니었다. 그래서 신기하였다. 다가가서 손을 뻗었다. 하지만 꽃잎을 만져 보려다가 마음을 바꿨다. 추운 날씨를 뚫고 혼자서 어렵사리 피어났는데, 공연히 사람의 손이 닿았다가 스러져 버릴까 봐 겁이 났다.

딸아이가 생각났다. 영희도 생각났다. 하여 장미가 시들지 않고 오래 피어있기를 바라는 마음으로 매일 눈도장을 찍었다.

“어디를 가느냐?”

오늘도 팔에 따뜻하게 토시를 끼고 장미를 보러 가는데 왕과 마주쳤다.

“마침 잘 되었사옵니다.”

덕임은 희망을 나누기로 마음먹었다.

"신첩이 진귀한 것을 보여드리겠나이다."

"무엇이기에 그리 들떴느냐?"

왕은 고개를 갸우뚱했다.

"겨울인데 장미가 피었사옵니다. 본디 오월에나 보이는 꽃이니 실로 흔치 않은 광경이지요."

"나는 장미에는 별 감흥이 없는데."

한데 그는 분위기 파악 못 하고 산통을 깼다.

"군자가 좋아할 만한 꽃은 아니지."

그러더니 흙바닥 군데군데 고개를 내민 망초꽃을 가리켰다.

"난 저런 것이 더 좋다."

"그냥 잡초잖아요."

덕임은 대수롭지 않게 대꾸했다.

"저런 것과는 비교도 안 될 만큼 예쁘게 피었으니 일단 한번 보소서."

이윽고 두 사람은 나란히 장미 앞에 섰다.

"곤룡포처럼 붉은색이지요?"

덕임이 환하게 웃었다.

"그렇군."

왕은 장미보다는 덕임을 보며 말했다.

"붉은색을 좋아하면서 왜 입기는 파란색을 입었느냐?"

불쑥 그가 덕임의 토시를 가리켰다.

"너한테 안 어울리는 색이다."

왕은 어째 반쯤 삐친 기색으로 말했다.

"하물며 다 닳았구나."

그럴 만도 했다. 식이 오라버니로부터 선물 받은 이래 세월이 제법 흘렸다. 궁인 시절에는 겨우내 이 토시 하나로 버텼다고 해도 과언이 아니었다. 행여 왕이 보기 싫다고 혀를 찰까 봐 덕임은 팔을 등 뒤로 숨겼다.

"전하께서 항상 걸치시는 넝마에 비하면야 양반인데요."

"뭐라고?"

"어혜(御鞋, 임금의 신발)고 버선이고 헤질 때까지 끼고 사시잖아요."

"임금이니 당연히 그래야지."

왕은 엄숙하게 말했다.

"아무튼 거기에다 비하면 신첩의 토시는 새 옷이나 다름없다고요."

덕임은 어깨만 으쓱했다.

"추운 겨울에도 피어난 장미나 보소서. 실로 기특하지 않사옵니까."

그녀는 의연하게 덧붙였다.

"그래서 꼭 지켜주고 싶사옵니다."

비로소 왕도 덕임이 왜 그 장미에 넋을 잃었는지 짐작하는 눈치였다. 두 사람은 첫눈이 소복하게 쌓이는 내내 붉은 꽃잎만 가슴에 아로새겼다.

하지만 이내 장미는 시들었다.

연약한 꽃잎 위로 쌓인 눈을 감당하지 못한 탓일까. 아니면 홀로 기댈 곳도 없이 냉혹한 세상과 싸우기가 버거웠던 탓일까. 덕임은 까맣게 죽어버린 꽃잎을 보며 눈물을 흘렸다. 살리고 싶었다. 지켜주고 싶었다. 하지만 또 실패하고 말았다.

"대전에서 전갈이 왔사옵니다."

그녀의 눈물 사이로 궁인이 끼어들었다.

"전하께서 하사하시는 것이라 하옵니다."

푸른 보자기였다. 매듭을 풀어보니 새로 지은 토시가 나왔다. 속에는 목화솜을 두툼하게 넣어 누볐고, 겉에는 장미 문양을 수놓았다. 아주 예쁘고 따뜻했다.

그리고 쪽지도 곁들여있었다.

"장미는 시들었지만 이 또한 곤룡포처럼 붉은색이다."

익히 눈에 익은 어필御筆이었다.

덕임은 눈물을 닦았다. 봄을 기다리기로 했다. 장미는 다시 피어날 것이다. 넝쿨에 같이 피어날 친구들을 주렁주렁 달고서 말이다. 그때는 춥지도, 외롭지도 않을 터였다.

봄을 기다리는 이 겨울에는 왕이 준 토시를 보면서 버티기로 했다. 과연 돌담에 피어난 장미처럼, 안 봐도 붉혔을 그의 뺨처럼, 그리고 곤룡포처럼, 붉은색이었다.

하여 덕임의 마음도 발갛게 달아올랐다.

외전 '곤룡포처럼 붉은색'

끝.

외전

빈 처소

편전에서 말다툼이 길어졌다. 신료들은 옳은 말을 했다. 그래서 왕은 더 옳은 말로 맞서야 했다. 질 생각은 없었다. 기어코 이겼다. 그렇지만 승리감은 짧았다. 어차피 내일도, 모레도 반복될 일상이었다. 넌더리가 났다. 금세 또 다른 쟁점을 꺼내며 바지저고리를 붙잡고 늘어지는 것을 가까스로 뿌리쳤다.

가야 할 곳이 있었다. 아니, 만나야 할 사람이 있었다.

덕임. 평소에는 낯이 간지러워 도통 부르지 못하는 이름을 떠올렸다. 때때로는 그녀를 그렇게 부를 자격이 없다는 생각마저 들었다. 그 자신이 지존임에도 불구하고 말이다. 지금도 그렇다. 속으로만 되뇌었을 뿐인데도 기분이 묘했다.

그래도 그녀를 만나야만 했다. 참 희한했다. 가끔은 덕임과도 싸울 때가 있었다. 심지어 그녀는 왕이 절대로 이길 수 없는 상대였다. 속이 훤히 보이는 신료들과 달리 훨씬 복잡하고 어려웠다. 한데도 덕임과의 다툼은 싫지 않았다. 그녀가 이겼다고 의기양양한 낯이 좋았다. 그럴 때 짐짓 삐친 척을 하면 덕임은 어김없이 되지도 않는 아양을 떨면서 풀어주려고 했다. 그래서 더 좋았다.

"어딜 갔느냐?"

그런데 덕임이 없었다. 그를 맞이한 것은 오식 빈 처소였다.

"소용(昭容, 내명부 정삼품의 후궁)께서는 왕대비전에 문후를 여쭈러 가셨다가……."

"곧장 돌아오지 않고 딴 길로 샜군."

왕은 궁인의 곤궁한 기색을 쉽게 해석했다.

"다른 궁방의 궁녀들과 함께 계시온데, 서둘러 모셔오겠사옵니다."

누구와 함께 있다는 뜻인지 능히 짐작이 갔다. 덕임이 어울리는 무리는 빤했다.

꽤 오랫동안 왕은 그들을 의심했다. 덕임에게 빌붙어 콩고물을 얻어먹는 족속이 아닌가 싶었다. 후일의 요행을 바라는 협잡꾼일지도 모른다고 생각했다. 그러다 보니 덕임이 회임했을 때 그네들이 가져온 떡이며 과일 따위도 곱게 보이질 않았다. 하여 그녀의 서운함을 무릅쓰면서까지 쳐내려 했다. 대부분의 악연은 친구의 탈을 쓰고 다가온다는 사실을, 왕은 잘 알았다.

"그 아이들은 신첩의 벗이옵니다."

그렇지만 덕임은 흔들리지 않았다. 그 말로 모든 게 설명된다는 태도였다.

그 궁인들도 마찬가지였다. 왕의 경계심에 화들짝 놀라 달아났다가도 눈치를 살살 보며 슬그머니 덕임에게 도로 다가왔다. 물줄기를 칼로 베는 헛수고를 한다는 느낌이 들 즈음, 왕도 마침내 그들의 존재를 인정했다.

그들은 왕으로서는 결코 헤아릴 수 없는 감정을 공유하는 사이처럼 보였다. 어려서부터 수발을 들어주는 환관들을 향한 감정, 혹은 술잔을 나누는 총신들에 대한 신뢰와는 사뭇 달랐다. 실로 낯선 관념이었다.

그래도 차츰 이해하게 되었다. 아니다. 이해하는 시늉에 능숙해져 간다는 게 더 옳은 표현일 것이다. 그에게는 그런 존재가 없었고, 제왕으로 군림하는 한 앞으로도 생길 것 같지 않았다.

"그냥 두어라."

왕은 궁인에게 고개를 내저었다. 기다리기로 했다. 자리를 잡고 앉자마자 서 상궁은 당연하다는 듯 책을 펼쳐주었다. 그도 습관처럼 눈으로 글자를 더듬었다.

그렇지만 오늘은 이상한 날이었다. 집중할 수가 없었다. 왕은 시야를 돌렸다. 덕임이 없는 빈 처소를 보았다. 예전에는 그녀에게 어울리지 않는 공간이라고 생각했다. 하지만 이제는 그녀의 빈자리가 어울리지 않는 공간으로만 느껴진다.

승은을 입고 세간을 옮겨왔어도 덕임은 한동안 짐을 풀지 않았었다. 사사로운 물건을 담은 보따리는 매듭이 꽉 묶인 채 방구석을 지켰다. 왕은 그 광경을 양날의 칼처럼 느꼈다. 그녀는 분수를 잘 지키는 사람이고 결코 배신하지 않으리라는 믿음. 언제든지 저 보따리를 손에 쥐고 훌쩍 사라져 버릴지도 모른다는 두려움. 유난히 그녀의 마음을 알 수 없어 외로운 날이면, 그 칼은 왕의 가슴을 찌르곤 했다.

그러다가 마침내 덕임이 보따리를 풀어헤치고 처소에 물건들을 늘여놓았을 때, 피가 뚝뚝 흐르던 그의 가슴도 아물었다.

"아기씨께서 곧 탄강하실 테니까요."

왕이 새로 정리한 처소를 둘러보자 그녀는 멋쩍어했다. 그 이후 이

곳은 놀라울 만큼 금세 그녀의 공간이 되었다.

하루가 다르게 부쩍 자라는 아기를 돌보느라 정신이 없을 요즘도, 덕임은 제 방만은 스스로 쓸고 닦겠답시고 노상 고집을 부렸다. 그래서 항시 정돈을 잘 한다면야 다행이지만 이따금 그녀는 게으름을 부렸다. 너덜너덜해진 종이를 뭉쳐서 구석에 처박아 두거나, 개켜둔 의복 위에 붓이며 서책 따위를 놓고 그 위에 또 옷을 얹기도 했다. 그래놓고는 나중에 못 찾겠다며 처소를 뒤집어엎었다.

"다 나름대로 질서가 있사옵니다."

그 꼴을 보며 왕이 혀를 끌끌 찰라치면, 덕임은 꼭 어지르기 좋아하는 사람들이나 일삼는 변명을 당당하게 내밀었다.

"아들이 보고 닮을까 봐 걱정이다."

"하오시면 전하만 닮으라고 가르치소서."

덕임이 받아쳤다.

"가만, 전하께서도 정리정돈을 잘하시는 편은 아니지요."

"뭐라고?"

"궁인들이 옆에서 일러주지 않으면 어디에 뭐가 있는지도 잘 모르시면서."

물 만난 고기처럼 그녀가 말했다.

"뭐 좀 찾으시다가 없으면, 내가 그런 사소한 것까지 알 만큼 한가해 보이느냐? ……이러시잖아요."

심지어 그의 말투를 따라 하며 낄낄댔다.

"네가 요즘 아주 기가 살았구나."

왕은 어이가 없었다.

"제법 전하와 비슷하지 않았사옵니까?"

덕임은 아랑곳하지 않았다.

"한 번 더 해볼까요? 내가 그런 사소한 것까지 알……."

"하지 마라."

왕이 씨근덕거리자 그녀는 또 웃었다.

"큰일 났사옵니다. 보고 배울 어버이가 둘 다 영 시원찮아서요."

불현듯 덕임의 낯에서 웃음이 씻은 듯 사라졌다. 감히 국본의 어미라 스스로 칭하는 불경을 저질렀다. 그녀는 입술을 깨물었다. 어색한 침묵이 내려앉았다.

"그렇지. 부모가 둘 다 시원찮지."

다만 소중해서 부수고 싶지 않았던 순간이라 그는 본성을 거스르고 말았다.

"그래도 네가 더 시원찮다. 솔직히 정리정돈은 내가 너보다 잘한다."

덕임은 눈을 동그랗게 떴다.

"예, 그런 셈 치지요."

조심스레 그녀의 얼굴에 미소가 번졌다. 왕은 그걸로 만족했다.

"그런 셈 치는 게 아니라 사실이다."

"전하께서 아시는 사실이랑 신첩이 아는 사실이 많이 다른가 보옵니다."

도로 기가 살아서 깐족거리던 덕임의 목소리가 귓가에 울렸다. 때문에 저절로 웃음이 스며 나왔다.

"……혹 옥체 미령하시옵니까?"

혼자 실실거리는 왕을 보고 서 상궁이 기겁했다.

"아까 낮것을 젓수시고 탈이 나신 게지요! 역시 날씨가 습해서!"

"아니, 그런 게 아니라……."

"어의를 대령할까요? 아니면 약원 도제조를 냉큼 불러올까요?"

야단을 떨어대자 왕은 헛기침을 했다.

"됐으니까 책 좀 읽게 나가라. 거슬린다."

수습이 되질 않으니 결국 서 상궁을 쫓아내야만 했다.

물론 한 번 깨진 집중력이 돌아올 까닭은 없었다. 왕은 독서를 아예 포기했다. 그저 덕임이 돌아오기만 기다렸다.

신기했다. 평소에는 뭐라도 손에 잡지 않으면 개운치 않았다. 아니, 이 일을 얼른 끝내고 바로 다른 일을 해야 한답시고 사시사철 쫓기는 기분이었다. 그의 일상에서 압박감은 절대 떨칠 수 없는 동반자였다. 한데도 멍하니 그녀를 기다리는 지금은 희한하게 마음이 편했다.

"꼭 전하께서 다 살펴야 한다는 생각을 마소서."

종종 덕임은 그렇게 말했다.

"대충 내버려두면 어떻게든 굴러간다니까요."

궁인 시절의 경험을 토대로 그녀는 어깨를 으쓱였다.

"그건 고을 이방 나부랭이나 할 소리고."

그러면 왕은 늘 똑같이 반박하곤 했다.

"임금은 그래선 안 된다. 내 몸 편하자고 손을 놔버리면 그릇된 습속이 자리 잡는다. 탐관오리가 득세하고 백성들은 도탄에 빠지겠지. 그러니 어느 하나라도 대충 넘길 순 없어."

한데 덕임의 표정이 이상했다.

"혼자 잘난 체한다고 할 테냐?"

으레 일삼는 말장난을 예상하며 왕이 선수를 쳤다.

"아니옵니다."

놀랍게도 그녀는 장난기 없이 고개를 저었다.

"전하께서 어쩔 수 없이 그런 분이라 다행이라는 생각을 했사옵니다."

그러면서 덧붙이는 미소가 따뜻해서 왕은 좋은 뜻으로 받아들였었다.

어쩔 수 없이 그런 사람. 새삼 씁쓸하게 그는 그 말을 돌이켜보았다. 왕을 이해하려는 덕임의 노력이 담긴 정의였다. 하지만 동시에 그것은 그녀가 왕을 한정하는 틀이 되어버리기도 했다.

언제부턴가 그녀는 거기에만 맞춰서 그를 보려고 했다. 요구하기보다는 스스로 해결했다. 대화를 시도하기 전에 지레 눈치부터 살폈다. 혼자 내린 결론만으로 판단했다. 그를 믿기보다는 그가 아닌 사람들에게만 의지하려 들었다.

"부족한 게 있으면 나한테 말해라."

왕은 몇 번이고 그렇게 청했다.

"네 지아비는 나다. 널 지킬 사람도 나고. 그러니 필요한 것도, 서운한 것도 꼭 다른 사람들 말고 나한테 말해라."

"딱히 부탁드릴 것은 없사옵니다."

그러나 덕임은 부응해주지 않았다. 시리도록 차가운 미소만 머금었다.

그녀의 냉소는 영민한 처신일 때가 많았지만, 선을 긋고 거리를 두는 아집이 되기도 했다. 왕이 사내 노릇을 못하는 만큼이나 덕임도 후궁 행세에는 소질이 없었다.

왜 그러는지 이해하기에 더 속상했다. 왕은 자신을 향한 그녀의 편견이 싫었다. 그렇게 단정 짓게끔 만든 제 잘못은 잘 알았다. 누군가를 연모하는 것은 처음이라서 서툴렀다. 품어선 안 될 감정을 인정하는 것도 처음이라서 어리석었다. 솔직하게 감정을 드러내지 못하는 성격은 오해를 차곡차곡 쌓았다.

그렇지만 만회하려는 시도조차 원천 봉쇄하고 밀어내는 것은 야속

했다. 덕임이 혼자 지레짐작 끝에 벽을 치거나, 그의 좋은 의도마저 곡해하여 받아들이는 것은 서운했다.

때문에 왕은 울컥 모진 소리를 했다. 사리에 맞지 않게 화를 내기도 했다. 그의 딴에는 잘해주려다가 오히려 그르친 사연들은 두 사람 모두에게 생채기를 남겼다.

"오늘은 잘해야지."

왕은 텅 빈 처소에서 다짐했다.

"이따가 얼굴 보면 좋은 말만 해야지."

쑥스러움을 떨치기 위해 또 초조하게 중얼거렸다.

그런데 왜 빨리 안 올까. 왕은 생각했다. 덕임이 돌아올 때까지 여기서 영영 기다릴 순 없다. 촘촘하게 짜인 일과를 헤아리면 이 정도 일탈만으로도 그는 죄책감을 느꼈다. 하지만 그녀의 얼굴을 잠깐이나마 볼 수 있다는 즐거움이 기어코 그 족쇄와 같은 감정을 이겼다.

그녀도 나를 기약 없이 기다릴 때 이런저런 추억을 회상할까. 추억 사이에 콕 박힌 상흔을 훑으며 후회할까. 왜 빨리 안 오는지 궁금해 조바심을 낼까. 어떻게든 얼굴 한번 볼 핑계를 만들고 싶다는 기이한 욕망을 알까.

생전 없던 의문이 새록새록 피어났다. 그렇지만 왕은 헛바람으로 부푼 감정을 싹둑 잘라냈다. 지나친 기대는 삼가는 편이 낫다. 상처받지 않기 위해서라도 쉽게 단념했다.

슬슬 좀이 쑤셨다. 그는 빈 처소를 서성거렸다. 혹 보수해야 할 구석이 있는지 벽이며 마루를 찬찬히 뜯어보다가, 무심코 오동나무로 짠 문갑文匣 위에 놓인 잡동사니를 발견했다. 작은 도자기와 화초 사이에 천을 꿰맨 것들이 있었다. 왕은 금세 그것들이 무엇인지 알아보았다.

"벗들과 함께 자투리 천으로 만들었사옵니다."

얼마 전에 덕임이 직접 보여주면서 자랑을 한 탓이다.

"원자 아기씨께 올리려고요."

종종 친구라는 궁인들과 뭘 읽고 쓰고 만들면서 시간을 보낸다는 것은 대강 알았다. 특히 동짓날에는 무조건 모여서 복조리를 만든다나.

"이게 제일 괜찮지요?"

덕임이 사람 형상의 인형을 내밀었다. 과연 소일거리 삼아 만든 것치고 때깔이 좋았다.

"네가 만들었느냐?"

"에이, 아니옵니다. 경희 솜씨지요."

그가 모를 거라고 여겼는지 덕임이 덧붙였다.

"그 엄청 예쁘게 생긴 나인이요."

누구인지 안다. 얼굴도 본 적 있다. 하여 왕은 덕임의 말이 더욱 의아했다. 그냥 눈코입 달리고 평범하게 생겼던데. 그의 눈에는 덕임의 생김새가 훨씬 나았다. 사실 덕임처럼 눈에 띄는 사람이 아니고서야, 왕에게 여인들 얼굴은 죄다 비슷해 보였다.

"어쩌다 사이가 가까워졌느냐?"

"경희랑요?"

웬일로 관심을 보이냐는 듯 덕임이 고개를 갸웃했다.

"걔가 처음에는 인기가 많았거든요. 어쩜 고사에나 나올 화용월태花容月態라고 다들 불나방처럼 달라붙었고 신첩도 그랬지요. 한데 알고 보니 성질머리가 영……."

그녀가 어깨를 으쓱했다.

"결국 다 떨어져 나가고 신첩만 남았나이다."

"너는 왜 남았는데?"

"경희처럼 반응 좋은 사람이 흔치 않았으니까요."
덕임이 킬킬 웃었다.
"매번 당할 때마다 펄쩍펄쩍 뛰니까 골탕 먹이는 맛이 쏠쏠했나이다. 놀리다 보니까 정이 들었지요."
"그 나인과 늘 아웅다웅한다는 아이가 있다고 하지 않았던가?"
"예, 복연이옵니다."
이어서 그가 맞장구를 쳐주자 덕임이 냉큼 대답했다. 그러면서 다른 인형을 내밀었다. 아니, 인형을 만들려는 의도로 바느질을 했을 어떤 충격적인 결과물을 보여주었다.
"이건 흉물 아니냐?"
질색하는 왕을 보고 덕임은 웃음을 터트렸다.
"복연이가 바느질을 이만큼이나 했다는 것만으로 기적인걸요."
"흉물이 아니면 대관절 무엇이냐? 지푸라기를 엮어 만드는 저주인형도 이것보다는 사랑스럽겠는데."
"그 애 말로는 사내애들이 좋아하는 지하국대적(地下國大敵, 설화 속 요괴)이라던데요."
지하국대적이 죄다 얼어 죽은 다음에는 그렇게 보일 수도 있겠다.
"실은 복연이도 경희랑 얽혀서 친해졌사옵니다."
덕임이 말했다.
"복연이랑은 원래 감찰 상궁한테 잡혀갈 때나 보던 사이였지요. 신첩이야 장난을 치다가 걸렸지만, 복연이는 실수로 요강을 깨거나 빨랫줄을 끊어먹는 바람에 혼나는 경우가 많았사옵니다."
"어쨌든 벌은 같이 받았겠구나."
"예. 그 애는 종아리 한 대만 맞아도 나 죽는다고 엄살을 떨다가 매를 더 벌곤 했지요. 신첩은 그 꼴을 보고 웃다가 반성의 기미가 안 보인다고 또 매를 벌었구요."

왕은 가만히 귀를 기울였다. 그가 모르는 그녀의 세상을 알아가는 게 좋았다.

"그런데 수더분한 복연이도 도저히 못 견디는 상대가 있었사옵니다. 바로 경희였지요. 둘이서 곧잘 싸우곤 했는데, 유독 크게 치고받으면서 다툰 날이 있었나이다. 아무 죄 없는 신첩도 마침 근처를 지나가다가 재수 없게 휘말렸지요."

무고하게 휘말렸다는 부분이 어째 미심쩍었지만 왕은 잠자코 들었다.

"순전히 방어하기 위해 발버둥을 쳤을 뿐인데, 정신을 차려보니 신첩이 둘 다 때려눕히고 이겨버렸지 뭡니까."

덕임이 씨익 웃었다.

"하긴, 네 오라비에게 들어보니 어릴 때 네가 주먹깨나 썼던 모양이더군."

"예에? 보리밭의 참새처럼 얌전한 신첩을 두고 오라비가 무슨 헛소리를 했는지 모르겠지만 사실이 아니옵니다."

일단 보리밭의 참새부터 썩 얌전한 존재는 아닐 테니 왕은 코웃음을 쳤다.

"어쨌든 신첩이 너그럽게 경희와 복연이를 화해시키고 벗으로 삼았다는 사연이옵니다."

덕임은 개운치 않은 미담으로 마무리했다.

"하면 나머지 한 명은?"

이윽고 왕은 도통 기억에 안 남는 궁인에 대해 물었다.

"영희라고 하온데……."

덕임이 마지막 인형을 보였다. 분명 복연이 만든 것보다는 준수했다. 검은 개의 형상이었다. 잘 만든 것은 아니지만 공들인 태가 났다.

"남들이 알아주지 않거나 결과가 썩 뛰어나지 않더라도 열심히 하는 아이지요."

"또한 이상할 만큼 인상을 못 남기는 아이라고 했지?"

"예. 그걸 기억하시옵니까?"

덕임은 놀라워했다. 너에 대한 것은 잘 잊지 않는다고 되짚어주자니 민망해서 왕은 태연한 척 끄덕였다.

"실은 영희와는 어쩌다 친해졌는지 잘 모르겠사옵니다."

그녀는 사뭇 미안해하는 눈치였다.

"그냥 언젠가부터, 한결같이 옆에 있었사옵니다."

"그 또한 나름대로 운치가 있구나."

계절이 바뀌고 물이 흐르고 바람이 불어도 늘 함께 하는 인연. 분주하게 살다가 무심코 일상을 돌이켜보면 추억으로 가득 차 있는 관계. 파란만장한 사건으로 버무려진 사이보다 훨씬 애틋할 그런 사람은 오히려 구하기 어렵다.

"신첩의 생각을 어찌 그리 잘 아시옵니까?"

덕임이 입을 헤 벌렸다.

"혹 속이 보이기라도 한답니까?"

가슴팍에 뚫린 구석이 있는지 짚는 손이 천연덕스러웠다.

"훤히 보였으면 내 소원이 없지."

왕은 뼈를 담아 말했다.

"신첩도 마찬가지이옵니다. 전하의 속내가 좀 시원스레 보였으면 좋겠나이다."

"너는 날 잘 알면서 그런다."

"잘 알기는요. 안다고 생각하면서도 매번 놀라는데요."

입을 삐죽이며 뭐라고 덧붙이려다가 덕임은 마음을 바꾸는 눈치였다. 어쩌면 훅 밟아선 아니 될 영역을 애써 피하려는지도 모르겠다.

"아, 아무튼! 전하의 말씀이 참 좋사옵니다. 과연 모든 인생사에는 나름대로 운치가 있지요."

이윽고 그녀는 애정이 묻어나는 눈길로 인형들을 돌아보았다.

"근처에 두면 그 아이들을 떠올리기에 좋사옵니다."

"네가 만든 것은 어디 있느냐?"

문득 왕이 물었다.

"그건 원자 아기씨께서 마음에 든다고 진즉 가져가셨나이다."

"난 본 적이 없는데."

"그러시겠지요. 가져가자마자 신나게 놀다가 망가뜨리셨거든요. 고칠 수가 없어서 유모가 버렸사옵니다."

"역시 원자도 널 닮아서 소처럼 힘이 좋은가보다."

"첩의 환심을 사시려거든 꽃이나 버들가지를 닮았다고 하셔야지, 소가 웬 말씀이랍니까."

덕임이 혀를 끌끌 찼다.

"이제 보니 전하는 경희가 아니라 복연이를 닮았사옵니다."

"뭐?"

"눈치라곤 국 끓여 먹을 만큼도 없으신 게 닮았나이다."

말문이 막힌 그를 보고 덕임은 박장대소했다.

아직도 왕은 그게 무슨 뜻인지 이해가 안 갔다. 왜 소와 같다는 칭찬을 싫어할까? 얼마나 귀엽고 고마운 생구(生口, 농경사회에서 소를 식구처럼 귀하게 이르는 말)인데. 여자 마음은 참 어렵다.

꽃이나 버들가지라. 그래, 닮은 꽃이 하나 있긴 하다. 망초꽃이다. 흔히 보이는 꽃이라 항상 곁에 있다고 자신하면서도 막상 보이지 않으면 서글플, 그런 들꽃이다.

가만있자, 망초꽃을 닮았다고 해도 산통 깬다고 하려나? 실없는 고민을 하다가 문득 마음에 걸리는 구석이 있었다. 왕은 문갑 위에 놓인 세 개의 인형을 보았다. 덕임은 그것들을 항상 옆에 두고 벗들을 떠올린다고 했다.

하면 그를 떠올리기 위한 물건도 있을까?

왕은 속절없는 기대감으로 빈 처소를 돌아보았다. 하지만 희망은 금세 꺾였다. 평범한 세간살이뿐이었다. 반닫이, 보료, 서궤, 자개로 꾸민 함, 검은 벼루, 경대, 커다란 필통……. 어느 것 하나 그를 떠올릴 법한 것은 없었다.

그럴 만도 했다.

왕은 몰염치한 실망감을 꾸짖었다. 그는 그녀에게 도통 잘해주지를 아니하였다. 엄하게 대해도 잘 참고 따라주는 그녀를 너무 당연스레 여기기도 했다.

그러고 보니 유독 손톱 밑의 가시처럼 남은 사연이 있다. 덕임이 왕실 식구들 앞에서 본의 아니게 처음으로 회임 가능성을 내비쳤던 날이었다. 그날은 왕도 당황했다. 모후가 그녀를 선불리 구중궁궐 한복판으로 불러냈다는 사실에 벌컥 화부터 났다.

그리고 그 분노를 성급한 계산으로 풀어버렸다. 왕은 덕임이 총애받는 후궁으로 보이길 원치 않았다. 당장 승은만 입었어도 입방아를 찧는 사람들이 많았었다. 하여 왕은 도리어 그녀가 동정을 사기를 바랐다. 그가 덕임을 야멸치게 대하는 모습을 보면 중궁과 경수궁도 미워하고 견제하기보다는 안심하리라고 판단했다. 더 나아가 왕대비가 무슨 속셈이든 간에 허를 찌를 수 있다고, 효강혜빈이 며느리들 사이에서 갈팡질팡하게 만들 수 있다고도 여겼다.

그런 와중에 덕임이 잉태했을 수도 있다는 뜻밖의 소식은 그나마 분주하게 돌아가던 그의 머릿속을 백지장처럼 하얗게 지워버렸다. 조당(朝堂, 정무를 보는 조정)과 각자의 방식으로 연결된 비빈들이 모인 자리에서는 즉흥적으로 대응하기가 어려웠다. 자신의 성급한 언동으로 인해 자칫 발생할 풍파만은 막고 싶었다. 일단은 고민할 시간을 벌자는 판단이 앞섰다. 못 들은 이야기로 치라 일갈하며 자리를 박찼다.

과연 이 모든 계산이 효험은 있었다. 하지만 그녀가 상처를 받았다. 찰나에 본 덕임의 표정이 참담했다. 그녀의 눈가는 간신히 참는 눈물로 흠뻑 젖어 있었다.

왕은 그때 처음으로 여인은 사내와 다르게 대해야 한다는 사실을 배웠다. 훨씬 거칠게 다뤄도 그러려니 잘 따라오는 신료들처럼 여겨선 아니 되었다. 장황하게 속내를 설명하지 않아도 각자 알아서 이해를 따지고 셈하는 요령은 군신 사이에서나 통용되는 모양이었다. 그는 또 너무나 임금처럼만 굴었다.

실로 잘못 꿴 매듭단추였다. 일과를 마치고 저녁 즈음에나 덕임과 따로 찬찬히 이야기할 심산이었으되 마음이 무거워 도저히 참을 수 없었다. 조급하게 걸음을 되돌렸다.

하지만 그녀는 처소에 없었다. 마치 지금처럼.

두려웠다. 서러운 마음에 훌쩍 떠나버렸을까 봐. 가만히 앉아 기다릴 수가 없었다. 잔뜩 조바심이 나서는 마당을 서성였다. 얼른 찾아내라고 궁녀들을 다그쳤다. 한참 후에야 치맛자락에 누런 개털을 잔뜩 묻히고 나타난 덕임을 보고 왕이 얼마나 안도했는지는 오직 하늘만이 아실 터였다.

"전하께서 말씀을 아니 하시면 신첩은 모르옵니다."

그날, 마음이 한결 풀리자 나중에 덕임은 그렇게 말했다.

"신첩이 말을 안 하면 전하께서도 모르시는 것처럼요."

옳은 말이었다. 그가 임금이 아닌 그저 사내였다면야 토를 달지 않을 일침이었다.

하지만 왕은 덕임이 알 수 없는 일을 계속해야만 했다. 그가 평생 배워온 임금 노릇의 본질이 그랬다. 알면서도 끌어안고 살아야만 하는 흠축欠縮과 같았다.

"가끔은 생색도 좀 내시지요."

사정을 아는 서 상궁만 이따금 말을 보탰다.

"뒤에서 곧잘 뭘 챙겨주시기는 하시잖아요. 미역이라든가, 약값이라든가……."

그녀는 꽁하게 한 마디 덧붙였다.

"그래 봤자 가뭄에 콩 나는 수준이지만……."

"됐다."

왕은 눈을 치떴다.

"덕임이 걔는 눈치가 빠르면서도 제 생각에만 골몰하는 습관이 있사옵니다. 또 가끔씩 맹해서 알려주지 않으면……."

"언사를 주의해라."

왕이 매섭게 꾸짖었다.

"전에는 네 제자였던들 이제는 내 사람이다. 감히 낮잡아 이르지 말라."

"그렇지요. 덕임이가 아니고 후궁이시지요. 아이고, 소인이 무릎이 아파서 실언을 했나이다."

무릎과 입방정이 무슨 상관인지 모르겠지만 서 상궁은 능구렁이처럼 넘겼다.

"아무튼 전하께서 말씀을 아니 하시면 마마님께서는 영영 모르신다고요."

"됐다. 고작 이 정도로 생색은 무슨……."

왕은 무심하게 일갈했다.

서 상궁의 말마따나 덕임이 영영 모른대도 개의치 않았다. 아니, 그녀마저도 모르는 편이 좋은 임금 노릇에는 득이 될 것도 같았다. 어차피 군왕의 자리는 외로운 법이고, 그는 그 역할에 진즉 익숙해졌다.

더군다나 칙살한 호의를 좀 베풀었기로서니 티를 내며 거들먹거리는 것은 사내답지 못한 행동이라고 생각했다. 이미 여인의 마음을 아프게 하는 지아비를 자처했다. 모양 빠지는 남자까지는 되고 싶지 않았다. 하릴없는 사람인 탓에, 혹은 술김 탓에 간혹 튀어나오는 것까지는 어쩔 재간이 없더라도 말이다.

"……주상전하!"

그때였다. 오매불망 기다리던 목소리가 마침내 귓가에 닿았다.

"언질도 없이 어쩐 행차시옵니까?"

덕임이었다. 허둥지둥 직접 문까지 밀고 들어와서는 입을 떡 벌렸다. 처소 마당에 이르러서야 임금의 행차를 깨달은 모양이다. 그녀는 매섭게 눈을 부라리는 서 상궁을 애써 모른 척했다.

"어딜 다녀오느냐?"

"왕대비마마와 빈嬪 책봉례를 준비하다 보니 늦었사옵니다."

덕임은 어느 정도 진실을 담은 거짓을 아뢰었다.

"그래?"

상기된 뺨이며 생기 있는 낯으로 보건대 벗들과 한바탕 노닥거리다 왔음이 분명했다. 그래도 왕은 속아주기로 했다.

"잠깐 짬이 생겨서 왔다. 얼굴 봤으니 이만 간다."

어쨌든 돌아왔으니 되었다. 왕은 더 이상 비어 있지 않은 처소에 만족했다.

"자, 잠깐만요!"

애써 큰 욕심을 삼가는 그를 덕임이 덥석 붙잡았다.

"기껏 납셨는데 그냥 가시옵니까?"

"그러게 좀 일찍 오지 그랬느냐."

빈말로라도 붙잡아주는 게 좋았다.

"오래 기다리셨사옵니까?"

덕임이 물었다. 옛날 같았으면 다리몽둥이가 부러질 때까지 회초리를 쳤을 서 상궁의 서슬 퍼런 낌새만으로도 대강 알아차린 눈치였다.

"괜찮다. 괘념치 마라."

이 정도면 예쁘게 잘 말했다고 자부하며 왕은 걸음을 뗐다.

"그래도……."

덕임의 찔리는 양심이 그를 쉽게 놓아주지 않았다.

"차 한 잔이라도 젓수고 가시지요. 금방 올리겠나이다."

그리고 왕은 도통 거부할 수가 없었다.

"그래. 딱 한 잔이라면야……."

못 이기는 척 자리에 앉는 그를 보고 덕임이 슬쩍 웃었다.

"뜨겁게 말고 미지근하게 내와라. 저번처럼 혀 덴다."

왕은 면구스러워 툴툴댔다.

"성정이 급해 벌컥벌컥 들이키시니 그렇지요. 어린애도 아니시면서, 참."

덕임은 곧 매실차와 밤으로 만든 숙실과熟實果를 뚝딱 차려왔다.

"달지 않게 졸여 입맛에 맞으실 것이옵니다."

"잘했다."

왕은 주는 대로 넙죽 받아먹었다.

"신첩의 빈 책봉례를 제법 성대하게 준비하신다면서요?"

덕임은 왕대비로부터 들었다고 했다.

"땔감 아깝다고 대전에 군불도 아니 때시는 전하께서 웬 바람이 드셨사옵니까?"

"땔감을 아꼈더니 국고가 넘쳐서 좀 쓰려고 한다, 왜."

그녀는 붉어진 용안을 놓치지 않았다.

"신첩이 그리도 좋으시옵니까?"

왕이 펄쩍 뛰기 전에 덕임이 히죽거리며 얼른 덧붙였다.

"신첩을 그렇게 좋아하시면서 어째서 빈호嬪號는 아직도 아니 지으셨사옵니까? 자전께서 전교를 기다리다가 목 빠지겠다고 하시던데요."

"생각 중이다."

"사랑하는 마음을 담으실 좋은 글자라면 쌓여 있을 텐데요."

자꾸 골리는 덕임에게 왕이 씩씩거렸다.

"좋은 글자는 많은데 너한테 어울리는 글자는 하나도 없으니 문제지!"

순간 덕임이 흠칫했다.

"괜히 이상한 이름만 지어주지 마소서."

"내가 행여 무슨 글자를 붙일까 봐서?"

"미칠 광狂자를 써서 광빈이라든가, 모자랄 핍乏자를 써서 핍빈이라든가……."

"오냐, 좋은 의견 고맙다. 참고해서 잘 지어주마."

왕은 덕임의 맹랑한 코를 꼬집었다.

"자전께서 또 다른 말씀이 있으시더냐?"

덕임이 고개를 저었다.

"그래, 달리 별일은 없고?"
"실은 좀 우스운 일도 있었사옵니다."
"우습다니?"
"혹시 전하께서는 원자 아기씨께 아바마마가 좋으냐, 어마마마가 좋으냐 물어보신 적이 있으시옵니까?"
"군자가 치졸하게 그런 질문을 하랴."
"나중에 치졸해지고 싶은 기분이 드실 때 한번 하문해보소서."
덕임이 무람없이 대꾸했다.
"아까 왕대비전에서 보니까 희한하더라고요. 중전마마께서 물으실 때는 원자께서 어마마마 비슷한 옹알이를 하시고, 자궁께서 하문하실 때는 아바마마처럼 들리게 옹알거리셨거든요."
"정말이냐?"
"예! 그뿐만이 아니옵니다. 지켜보던 자전께서 하문하시자 방실방실 웃으며 할마마마처럼 들리게끔 입속말을 하시더라고요."
덕임이 말했다.
"전하께서도 나중에 꼭 물어보시고 어땠는지 신첩에게 알려주소서."
"네가 물을 때는 어떠하더냐?"
순수한 기쁨으로 가득 찼던 덕임의 낯에 그림자가 드리워졌다. 그녀는 제 자식을 남들에게 안겨주고서 구경만 했을 것이다. 설령 원자와 단둘이 있을 때 기특한 소리를 들었더라도 자랑스럽게 내놓을 수 없을 터였다. 감히 어머니라 자처할 수 없는 후궁인 탓에 그녀는 아들의 대견한 옹알이도 혼자서 삼켰으리라. 아마 둘만 있을 때는 원자가 그녀를 어미라 부르는 모양이리라고 왕은 짐작했다.
"거 봐라. 애가 널 닮아서 약았지."

왕이 적당히 넘어가주자 덕임의 시름이 한결 가셨다.

"아니지요. 원자께선 전하를 닮으신 게지요."

무마하기 위해 너스레까지 떨었다.

"하도 처신을 강조하시니…… 아, 맞다!"

토를 달려다 말고 그녀가 무릎을 탁 쳤다.

"이걸 보소서."

덕임은 서궤 위에 놓인 커다란 필통을 불쑥 왕에게 내밀었다.

"대충 이만하지 않사옵니까?"

"무엇이 말이냐?"

"전하께서 술자리 때마다 옥필통玉筆筒에다가 술을 잔뜩 부어서 신료들에게 내리신다면서요."

새삼스레 필통을 가늠하며 덕임은 감탄을 금하지 못했다.

"과연 코가 비뚤어지겠사옵니다."

"아니, 한데 그건 왜……?"

"저번에 정 아무개한테 필통째로 마시라고 시켰더니 만취해서는 어전인데도 울었다가 웃었다가, 춤췄다가 자빠졌다가 난리도 아니었다면서요."

덕임이 낄낄거렸다.

"전하께서 신첩에게 그 이야기를 하시면서 어찌나 신나게 웃으시던지, 이제는 신첩도 필통만 보면 웃음이 절로 나오지 않사옵니까."

왕은 제 귀를 의심했다.

"신첩도 울적할 때마다 웃어보려고 비슷한 것으로 하나 구했사옵니다."

마치 벗들을 그리워하느라 추억이 담긴 물건을 놓아두는 것처럼, 그를 떠올리게끔 하는 물건도 그녀의 공간에 있다는 게 믿기지 않았다.

아까까지만 해도 그런 것까지 바라기에는 너무 욕심이 크다고 여겼으니 말이다.

"내가 흥에 겨워 너한테까지 필통에 술을 담아 내리면 어쩌려고 그러느냐?"

왕은 농으로 매인 목을 감추었다.

"괜찮사옵니다."

덕임이 허세를 부렸다.

"전하께서 신첩을 화나게 만드시거나, 야밤에 만취하여 귀찮게 구실 때마다 한 통씩 비우지요, 뭐."

"못 하는 소리가 없다."

왕은 눈을 치뜨려 했지만 녹록지 않았다. 성을 내기에는 기분이 지나치게 좋았다. 그가 표정을 다스리는 데에 실패하자 덕임도 슬그머니 따라 웃었다. 이대로 본을 떠다가 힘들고 고독할 때마다 몇 번이고 들여다보고 싶은 순간이었다.

"너무 지체했군."

정녕 더는 안 되겠다 싶을 무렵 왕은 일어섰다.

"납셨는데 신첩이 없어서 오늘도 당황하셨사옵니까?"

옷매무새를 다듬는데 덕임이 불쑥 물었다.

"아니."

왕이 말했다.

"이제는 궁인을 붙여놨으니까 한시름 덜었거든."

"아무리 궁인을 붙여놓으셔도 신첩은 언제든 사고 칠 수 있는데요."

덕임이 뻔뻔하게 말했다.

"그렇겠지."

왕도 동조하며 낮게 웃었다.

"그리고 아무리 궁인을 붙여놔도 네가 마음만 먹으면 얼마든지 달아날 수 있다는 것도 알지."

두 사람의 시선이 마주쳤다. 덕임도 분명 그의 눈에 있는 연약하고 잔진 감정을 보았을 터였다. 하지만 그녀는 농담으로라도 그걸 짚어내지 않았다. 두려워 슬쩍 물러서는 낯으로, 그 감정이 그저 왕의 눈빛 속에서만 흘러가기를 기다렸다.

왕은 돌아섰다. 하지만 이대로 매듭짓기는 아쉬웠다. 치기가 생겼다. 도로 홱 몸을 틀었다. 완전히 방심한 채 그를 배웅하려던 덕임의 뒷목을 덥석 잡아끌었다. 입을 맞추었다. 까무룩 놀란 숨결을 취하였다.

"너무 오래 기다리게 했으니까."

단단하게 꽂은 비녀 아래 살짝 흘러내린 그녀의 잔머리를 어루만졌다. 간질간질했다.

"그래도 오늘은 네가 곧 돌아오리라고 믿었기에 괜찮았다."

마침내 왕은 제 감정을 묵묵히 흘려보냈다.

다만 저지르고 보니 영 괴란쩍어 낯이 벌게졌다. 그나마 덕임도 마찬가지로 얼굴을 붉힌 채 경황이 없으니 다행이었다. 저릿한 분위기에 휩싸여 작별했다.

덕임이 그를 따라 마당까지 나왔다. 왕의 뒷모습이 완전히 사라질 때까지 바라봐주었다. 들어설 땐 썰렁하던 궁방이었는데, 나설 때는 따뜻한 온기가 느껴졌다. 더 이상은 빈 처소가 아니어서 다행이었다.

해가 저물었다. 왕은 곤룡포를 벗고 편한 자색 철릭을 입었다. 지밀나인이 탈의한 옷을 내가려는데, 장지문 밖에서 일렁이는 커다란 그림자를 보고 문득 떠오르는 생각이 있었다.

"용포를 받잡을 세답방 나인이 밖에 있느냐?"
"예, 전하."
"잠깐 들어오라고 해라."
지밀나인이 당황하여 서 상궁의 눈치를 보았다. 물론 기겁하기로는 서 상궁도 마찬가지였다. 심기가 언짢아 패악이라도 부리려는가 걱정하는 기색이었다.
"의복이 어디가 마음에 아니 드시옵니까?"
"아니다."
"지워지지 않은 얼룩이 있는 게지요? 여기이옵니까? 아니면 여기……?"
서 상궁이 들러붙어 야단을 떨었다.
"아니라니까. 불러오라면 좀 불러 와라."
왕이 쏘아붙이자 서 상궁은 화들짝 물러났다. 밖이 술렁였다. 이내 복연이 주춤주춤 들어왔다. 예상한 대로였다.
"차, 차, 찾아계시옵니까, 전하!"
복연은 극형을 목전에 둔 죄수처럼 바들바들 떨었다. 지레 겁을 먹는 심경이 이해는 가는데 썩 보기 좋은 꼴은 아니었다.
왕은 그녀를 물끄러미 보았다. 정녕 서로 닮은 구석이 있는지 헤아려보았다. 글쎄, 키는 제법 비슷할 것도 같았다. 복연은 사내들 중에서도 체격이 좋은 편인 왕과 눈높이가 얼추 맞을 만큼 컸다. 그렇지만 나머지는 죄 아니올시다였다.
"물어볼 게 있다."
아직 질문은 꺼내지도 않았는데 복연의 안색이 시퍼레졌다.
"소용에게 듣자 하니, 그이가 너와 배 나인이 다투는 걸 말리다가 친해졌다고 하던데."

복연은 얼이 빠지더니 한참토록 미동이 없었다.

"어허!"

보다 못한 서 상궁이 속히 정신 차리라고 윽박질렀다. 그제야 얼어붙었던 복연은 천천히 해동되었다.

"소인이 배 나인과 다퉜사옵니까?"

"아니, 그걸 왜 나한테 묻는……."

왕은 욱하려다가 가까스로 참았다.

"소용이 너와 배 나인이 시비가 크게 붙은 걸 화해시키고 친해졌다는 이야기를 하기에 궁금해서 하문하는 것이다."

"소용께서 그리 아뢰셨다고요?"

한결 긴장이 풀린 복연은 놀랍게도 어처구니가 없다는 표정을 지었다.

"그날은 애초에 소용 마마님 때문에 시비가 붙었던 것이온데요!"

"어째서?"

"정월을 맞이하느라 상궁들이 종실宗室에 돌릴 콩 주머니를 만들어 뒀는데, 마마님께서 장난을 친답시고 다 터트렸지 뭡니까. 사방에 콩이 막 굴러다니는데 하필 소인과 경희, 영희가 근처에 있다가……."

"소용은 너와 배 나인만 있었다고 했는데."

"에이, 아니옵니다. 영희도 있었나이다."

복연이 잠시 골몰하더니 장담했다.

"예, 맞사옵니다. 다음 휴번 때 생각시들을 모아놓고 무슨 책을 읽을 거냐고 셋이서 물어보려던 참이었거든요."

그녀는 열심히 과거를 되짚었다.

"그 바람에 소용 마마님 장난질에 휘말려서 저희 셋도 같이 벌을 받았사옵니다."

"억울했겠구나."

알 만하다 싶어 왕이 피식 웃었다.

"아주 속이 뒤집어졌지요! 하여 입씨름이 붙었나이다. 당시에는 서로 서먹하기도 했고, 하필 또 소인이 경희와 사이가 안 좋았던지라 점점 언성이 높아졌사옵니다."

"그러다가 넷이서 몸싸움까지 벌였느냐?"

"예. 소인이 이기고서야 끝났지요."

"소용이 너희를 때려눕혔다고 하던데."

복연은 요란하게 콧방귀를 뀌었다.

"아이고, 되도 않는 말씀이지요."

어전에서 말본새가 대놓고 가관이라 왕은 당황했다.

"하온데 사실은……."

복연은 스스럼없이 저 할 말만 했다.

"얼마 전에도 그때 이야기가 나왔었거든요. 그런데 경희도 저가 이겼다고 기억하더라고요. 또 영희는 저가 잘 말린 덕분에 이기고 지는 사람 없이 좋게 끝났다고 그러고. 왜 다들 기억이 다를까요?"

왕은 눈썹을 추켜세웠다. 서 상궁이 거품을 물며 야단치기 전에 요행히도 복연은 이야기를 이어갔다.

"에이, 그래도 소인이 이긴 게 맞사옵니다. 걔네들이 그 비리비리한 팔뚝으로 누굴 이긴다고, 원! 아마 명줄도 소인이 제일 길 것이옵니다."

복연은 당당하게 주먹을 쥐어 보였다.

"아무튼 싸움이 끝나고 나서 다들 기진맥진해 주저앉았사옵니다. 그러자 소용 마마님께서 미안하게 되었다면서 잠깐 기다려보라고 하셨나이다. 그러더니 소주방에 기어들어가 밤을 잔뜩 훔쳐오셨지요.

그걸 몰래 구워 먹었는데 맛이 아주 좋았사옵니다."

복연이 활짝 웃었다.

"하여 친해졌사옵니다."

그들의 추억이 왕에게도 전달되는 느낌이었다. 덩달아 마음이 따뜻해지는 바람에 옅게 미소 지었다.

"그래. 과연 너희들은 그이의 벗이로구나."

임금이 마음을 두었다는 이유로 덕임이 상처받을 때마다 든든하게 곁을 지켜줄 친구들이 있어 다행이었다. 비록 그는 그녀의 세상에 결코 끼어들지 못 할지라도, 가끔은 그로 인해 샘이 날지라도, 일단은 안도감이 들었다.

"한데 명줄은 왜 네가 제일 길었으면 하는 것이냐?"

문득 왕이 의아해서 물었다.

"덕임…… 어이쿠, 마마님께서는 가늘고 길게 살겠다 노상 노래를 부르시니 장수하실 테고, 영희는 골골거리면서 백 살까지 살고도 남지요. 한데 경희는 욕을 하도 많이 먹어서 분명 그 두 사람보다 오래 살 거란 말씀이옵니다."

복연이 골똘히 셈을 헤아렸다.

"마지막에 남는 사람이 먼저 간 벗들의 무덤을 마련하고 상례까지 싹 치러주고 따라가야 하는데…… 어휴, 경희는 절대 못 합니다. 혼자 남는 걸 못 견딜 테지요."

"어째서?"

"걔가 깍쟁이면서 속은 또 무르거든요. 혼자가 되면 괜찮은 척 스스로를 속이다가 어느 날 갑자기 터져서 홱 돌아버릴 게 빤하옵니다."

왕은 덕임이 자신과 경희라는 나인을 두고 닮았다던 이유를 어쩐지 알 것도 같았다.

"그러니 소인이 제일 오래 사는 편이 낫사옵니다."

복연이 굳세게 말했다.

"반드시 누군가는 마지막에 남아야 한다면, 그건 차라리 제일 튼튼하고, 성격도 무디고, 아량도 넓은 소인이었으면 좋겠사옵니다."

역시나 끼어들 구석이 없는, 그네들만의 세상이고 미래였다. 항상 수많은 사람들에게 둘러싸여 있으면서도 정작 그의 가장 내밀한 업을 나눠질 친우는 없다는 고독감이 새삼 또 밀려왔다. 하여 왕은 아무 말도 할 수 없었다.

"저기, 마마님께서는……."

실컷 떠들다가 그가 윤허하지 않은 친밀감이라도 혼자 쌓은 모양인지, 복연이 슬쩍 말을 보탰다.

"아니지, 전하께서는 부디 마마님을 잘 대해주소서."

그나마 할 말이 많은데 용케 솎아낼 정도의 분별력은 있었다.

"잘해주지 않으면 어쩔 테냐?"

"예에?"

"주먹으로 과인을 치기라도 할 것이냐?"

"그리하여도 되옵니까?"

복연이 어벙하게 물었다.

"되겠느냐. 감히 어느 안전이라고. 분수를 지켜라."

히이이익 숨넘어가는 신음과 함께 복연은 고개를 처박았다.

"염려 마라. 굳이 네가 주먹을 휘두르지 않아도 난 고통 받고 있을 테니까."

왕이 목소리를 낮추었다.

"그이의 눈에서 눈물이 흐르면 나는 피눈물을 흘릴 것이요, 그이의 마음이 천 갈래로 찢어지면 내 가슴은 만 갈래로 찢어질 것을."

뱉어놓으니 무척 낯간지러운 소리였다. 옆에서 듣던 서 상궁이 사레가 들려 켁켁거리자 더욱 그랬다. 용안이 벌겋게 달아올랐다.

"오, 오늘 일은 절대 소용에게 전하지 말라. 혹 입을 놀렸다간 삼족을 멸할 것이다!"

눈치라곤 국 끓일 만큼도 없는 복연은 곧이곧대로 듣고 대경하여 냉큼 모든 대화를 새카맣게 잊었다.

"멀쩡하니까 그만 쳐다봐라."

허둥지둥 복연이 물러나자, 왕은 서 상궁이 운을 떼기 전에 일갈했다.

"하오나 전하랑 전혀 안 어울리는 말씀을 다 하시고……. 역시 편찮으신 게지요? 어의를 불러야겠사옵니다!"

"거참, 어의 좀 그만 찾으라고."

왕은 민망함을 감추려고 삐죽였다.

"……이게 다 누구 때문인데."

"누구 때문인데요, 전하?"

서 상궁이 버럭 따졌다.

"감히 누가 울던 생각시마저 뚝 그치고 혼비백산 줄행랑을 치게 만들던 우리 무시무시한 전하를 이런 생무지로 만들었사옵니까!"

"친구부터 스승까지 그이 주변은 다들 겁이 없군."

간이 배 밖으로 튀어나온 서 상궁의 걱정 아닌 걱정을 들으며 왕은 혀를 찼다.

"아, 됐다! 어쨌든…… 네가 제자를 길러내느라 고생이 많았겠구나."

"망극하옵니다."

서 상궁의 의례적인 인사에는 할 말이 정말 많지만 참겠다는 울화가 섞여 있었다. 왕은 웃음을 삼키며 말을 돌렸다.

"아까 마련하라고 시킨 것은 구했느냐?"

찰떡같이 알아들은 서 상궁이 비단 보자기로 싸맨 호리병을 내보였다.

"예, 전하. 하온데 이것을 어디에 쓰시려고요?"

왕은 대답하지 않았다.

"소용에게 갈 테니 채비하여라."

"낮에 다녀오셨지 않사옵니까."

"또 가면 아니 된다더냐?"

왕이 퉁명스레 쏘아붙였다.

"가셔도 되지요. 되는데…… 금일은 경수궁과 합궁이……."

슬쩍 그의 험악한 표정을 본 서 상궁은 얼른 태도를 바꿨다.

"아유, 어차피 지키지 않을 합궁일은 잡지도 말라 하셨지요, 참! 하여튼 나이가 들면 기억력이 예전 같지 않다니까요."

그녀는 절박한 웃음으로 무마하며 쌩 내뺐다.

왕은 여輿를 타지 않고 걸었다. 철릭 자락이 산들바람에 나부꼈다. 이번에는 덕임이 있었다. 임금을 반기려고 불을 훤히 밝혔다.

"마침 잘 오셨사옵니다!"

덕임이 말했다.

"빈 책봉례를 위한 새 예복이 완성되었사옵니다. 입어볼 테니 어울리는지 봐주소서."

"어울리지 않을 까닭이 있겠느냐."

왕은 대수롭지 않게 여겼지만 덕임은 달랐다.

"그냥 후궁이 아니고 빈嬪이옵니다, 빈嬪! 어찌 긴장을 아니 하겠나이까?"

태생부터 지존으로 낙점되었던 왕으로선 이해하기 힘든 감정이었다.

"까마귀가 하얀 재를 뒤집어쓰고 백로 시늉을 하는 양 보이면 어쩌지요?"

"넌 원래부터 까마귀가 아니고 백로니까 걱정 마라."

제법 살가운 위로였다.

"웬일로 격려를 잘하시옵니까?"

그런데도 덕임은 감동 받지는 못할망정 경악을 했다.

"어디 미령하시옵니까? 어의를 부를까요?"

여기저기서 툭하면 찾아대니 어의는 분명 몸이 두 개라도 모자랄 터였다. 왕은 잔뜩 삐쳐서 어깃장을 놓았다.

"나는 원래 못하는 게 없다!"

"하긴, 못하는 게 없으셔서 산통도 잘 깨시지요."

빌미를 잡은 덕임은 또 까불거렸다.

"모처럼 전하께서 칭찬을 해주셨으니 신첩이 아예 이름을 바꿔야겠사옵니다. 성백로 어떻사옵니까?"

"지금 산통을 누가 깨는지 좀 봐라."

속절없이 말려든 왕은 또 씩씩거렸다.

"너 그냥 까마귀 해라. 성백로는 무슨! 성까마귀다, 너는!"

옥신각신하다가 왕은 홱 토라졌다. 후궁 심보가 고약하니 그냥 대전으로 돌아가겠다고 발을 구르는데, 덕임이 문득 서 상궁의 호리병을 보았다.

"저것은 무엇이옵니까? 신첩에게 주시려고요?"

"뭐가 예쁘다고 하사하랴."

"글쎄, 빈嬪으로 삼으실 만큼은 예쁘잖아요."

뻔뻔하게 떠는 아양에 왕은 백기를 들었다.

"……머루술이다."

상상도 못 했는지 덕임은 눈을 동그랗게 떴다.

"옛날에 계례를 치르면서 너는 내 입을 속이겠다며 머루즙을 올렸지."

왕은 쑥스러워 시선을 피했다.

"그로부터 다망한 세월을 거쳐 너를 빈嬪으로 삼게 되었어. 하면 이번에는 내가 네 입을 속일 차례 아니냐."

귓불까지 화끈 달아오르는 것만은 막지 못했다.

"어주御酒이니라. 아까 그 필통에 가득 부어줄 테니 다 마셔야 한다."

낮에 그의 눈에서만 흘려보냈던 감정이 도로 살아났다. 다만 이번에는 그녀의 눈에서도 똑 닮은 감정이 일렁인다는 느낌이 들었다. 어쩌면 그저 착각일지도, 소망일지도 모르겠다. 그래도 왕은 믿고 싶었다.

"예, 배가 터지는 한이 있어도 다 마시겠나이다."

덕임이 얼굴을 붉힌 것도 자신과 같은 뜻에서이기를 바랐다.

"한데 맛이 좋아야지요."

그녀는 수줍음을 감추려고 슬쩍 딴죽을 걸었다.

"옛날에 네가 바친 것보다는 낫겠지. 쓰고 텁텁하기 짝이 없었으니."

"그래도 신첩은 정성으로 직접 담갔거든요. 전하께서는 소주방더러 대령하라고 시키셨으면서."

"소주방의 정성이 곧 나의 정성이다."

"아이고, 어련하실까요."

한 마디도 안 지던 덕임은 맹랑하다고 또 코를 잡혔다.

단란한 저녁을 보냈다. 마침 유모가 원자를 데려왔다. 젖을 배부르게 먹고 목욕까지 마친 통에 조그마한 얼굴이 뽀얬다. 왕과 덕임이 달빛 아래서 머루술을 나눠 마시는 동안, 원자는 쉴 새 없이 옹알옹알 떠들었다.

"애가 널 닮아서 군소리가 많겠다."

"전하를 닮아서 잔소리가 많으실 것 같은데요."

아들이 누구를 더 닮았는지 헤아려 보는 둘만의 놀이는 도통 질리질 않는다.

이윽고 덕임이 새 옷을 입고 자태를 뽐냈다. 화려한 옷깃을 날개로 삼은 새처럼 보였다. 얌전히 새장에 앉아 모이를 기다리는 자잘한 조류는 아닐 터였다. 그렇다고 묵직하니 점잖은 봉황도 결코 아니었다. 그래, 덕임은 《장자莊子》에서 읽은 붕(鵬, 전설 속의 새)을 닮았다. 저가 좁은 틀 안에만 갇힌 줄도 모르고 붕을 비웃는 참새며 까투리와는 다르다. 구만 리를 날아오르고도 남을 자유로운 존재다.

왕은 잘 어울린다고 고개를 끄덕였고, 원자는 손뼉을 쳤다.

"전에 입던 의복은 훨씬 단순했는데……."

그래도 덕임은 어색해 보였다. 깃을 여미며 손만 꼼지락거렸다. 오랜 세월 익숙하던 옷소매 붉은 끝동을 그리워했다.

"아주 곱다. 잘 어울린다고."

부디 그가 내린 새 옷이 족쇄로만 느껴지지 않기를 바라며 다시금 힘주어 말했다. 어차피 그녀는 어떠한 새장으로도 가둘 수 없는 사람이다.

"이, 이만 환복하고 오겠나이다."

덕임은 뒷목을 문지르며 허둥대더니만, 행여 오물이라도 묻힐세라 무거운 옷자락을 조심조심 끌며 건넌방으로 갔다.

그 틈을 타 왕은 남은 머루술을 마저 비우고 원자를 품에 안았다. 아들은 얼른 말문을 열고 싶어 안달이 나 옹알거렸다. 그렇지만 지금은 왕에게 급히 할 말이 있었다.

"혹시 둘만 있을 때 네 어미가 아비와 어미 중에서 누가 좋냐고 묻거든……."

그가 원자의 귀에 속삭였다.

"꼭 어미가 세상에서 제일 좋다고 하여라."

방긋거리는 아기와 달리 왕의 눈에는 눈물이 맺혔다.

"이 아비는 임금이라서 할 수 없는 말이다. 그러니 네가 대신 어미의 귀가 닳도록 말해줘야 한다."

보드라운 아들의 뺨에 기어코 한 방울을 뚝 떨어뜨렸다.

"사내들끼리 비밀이다. 알겠느냐?"

누구에게도, 심지어는 덕임에게조차 보여선 안 될 용루를 서둘러 닦았다.

"혹 어미에게 발설하였다가는 삼족을 멸할…… 수는 없고, 아무튼 안 된다. 응?"

원자가 걱정 말라는 듯 까르르 웃었다.

"무슨 이야기를 그리 재미나게 속삭이셔요?"

자리옷으로 갈아입은 덕임이 고개를 들이밀었다.

"부자간의 비밀이다."

"치사해서 모자간의 비밀도 만들어야겠사옵니다. 그렇지요, 아기씨?"

그러면서 덕임이 원자를 넘겨받았다.

경이로웠다. 왕이 홀로 그녀를 기다리던 빈 처소. 그 외로운 공간에 덕임이 존재하고, 아들이 존재하는 덕분에 충만한 그림이 완성되었다. 그가 몇 번이고 먹을 갈아 화폭에 담고 싶은 풍경이기도 했다.

그녀는 좋은 벗들을 두었다. 감히 그로선 끼어들 수 없는 세상을 지녔다. 하지만 지금 이 순간 역시 또 하나의 세상이다. 왕과 덕임이 아닌 다른 누구도 기웃거릴 수 없이 충만한 고왕금래古往今來다. 바로 그가 평생 꿈꿔왔던 단란한 가족의 모습이다.

그렇기에 마침내 왕은 덕임의 빈호嬪號로 어울릴 글자를 확신했다.

"어찌 빤히 보시옵니까?"

덕임이 말갛게 웃었다.

"둘이서 전하를 따돌리고 살벌한 비밀을 만들까 봐 벌써 겁먹으셨나이까?"

"그래, 무서워서 앞으로는 발 뻗고 잠을 못 자겠다."

속절없이 그도 웃었다.

앞으로도 늘 덕임의 처소가 비어 있지 않았으면 좋겠다는 생각이 들었다. 왕은 술이 아닌 이 순간에 취해, 그저 영원하기를 간곡히 소망하였다.

외전 '빈 처소'

끝.

외전
마지막으로 남는 사람

경희는 그 멍청한 약속을 하던 날을 기억했다.

덕임이 오른손 검지에 헝겊을 대고 온 날이었다. 워낙 모자란 아이라 어디 가서 손을 벴겠거니 여겼는데, 희한하게도 영희의 손에도 같은 자리에 상처가 있었다.

"아까 우리 둘이서 지교의 맹세를 해서 그래."

훈장이라도 되는 양 덕임은 자랑했다.

경희도 그게 무엇인지 알았다. 요즘 생각시들 사이에서 유행하는 풍습이었다. 손가락을 찔러 흘린 피를 섞는 것이다. 서로를 둘도 없는 단짝이라고 인정하는 신성한 의식이라 아무나와 할 수는 없었다.

"나랑도 해."

샘이 나서 경희는 대뜸 청했다.

"빨리!"

그녀는 옷고름에 달고 있던 장도를 꺼내어 들이댔다.

"싫어."

한데 덕임이 난처한 표정으로 뒷걸음질 쳤다.

"너무 아파서 한 번 더는 못 하겠단 말이야."

경희는 화가 났다. 그녀에게는 친구가 별로 없었다. 솔직히 말하면 아예 없는 수준이나 다름없었다. 다른 궁인들은 하나같이 그녀의 겉모습만 보고 섣불리 판단했다. 속마음을 보고 난 다음에는 실망했다는 둥 선소리를 하며 떠나버렸다.

그렇지만 적어도 이 아이들은 친우였다. 그리고 덕임의 단짝은 자신이라고 늘 생각했다.

"넌 복연이랑 해."

이런 면에서는 눈치가 하나도 없는 덕임이 묘안이라는 듯 말했다.

"싫어!"

경희는 목소리를 날카롭게 높였다.

"야! 너만 싫은 줄 아냐! 나도 싫거든!"

이에 질세라 복연도 얼굴을 붉혔다.

"이상하네."

놀랍게도 덕임은 고개를 갸웃거렸다.

"경희 넌 나보다 복연이랑 더 붙어 다니잖아."

"맞아."

갑자기 영희도 고개를 끄덕였다.

"나도 당연히 너희 둘이 단짝이라고 생각했어."

"너네 미쳤니?"

경희는 대번에 콧김을 뿜었다.

복연은 여느 아이들처럼 경희의 외양을 보고 감탄하지 않았다. 공연히 시샘을 하며 속을 긁거나 혹은 부담스러울 만큼 칭찬하며 다가오지도 않았다. 그냥 길바닥에서 마주치는 사람 정도로만 여겼다.

더군다나 속마음을 보고 나서도 썩 동요하지 않았다. 다른 사람들은 하나같이 경희에게 얼굴은 예쁜데 밥맛이 없다고 했다. 아니면 얼굴은 예쁜데 말본새는 계집아이답지 않다고도 했다. 한데 복연은 아니었다. 복연의 눈에 경희는 그냥 밥맛이 없었다. 그리고 그냥 말본새가 거칠었다. 그녀는 사족을 달지 않았다. 실망하지도 않았다.

그래서 경희는 유독 복연이 거슬렸다. 처음 만났을 때부터 복연을 향한 감정은 덕임이나 영희에 대한 것과 다를 수밖에 없었다.

"붙어 다니는 게 아니야! 재수 없게 자꾸 부딪히는 거지!"

"야! 너만 재수 없는 줄 아냐! 나도 재수 없거든!"

복연이 또 말을 보탰다.

"이거 봐. 지금도 둘이 똑같은 소리만……."

"아니야!"

덕임의 일침에 경희와 복연은 동시에 부정했다.

"아, 됐어!"

완전히 토라진 경희는 홱 돌아섰다.

"시켜줘도 안 해, 그런 거. 어린아이들이나 하는 바보 같은 짓이야!"

"……아까는 저랑도 하자고 매달려놓고는."

복연이 중얼거렸다. 경희는 눈알이 빠질 만큼 그녀를 노려보았다.

"근데 경희 말이 맞아."

눈치를 살살 보며 덕임이 말했다.

"지교의 맹세고 뭐고, 막상 해보니까 별것도 아니더라고."

"그래. 단짝끼리 피를 섞으면 뭉게구름이 피어오른다더니 순 거짓말이었어."

영희도 끼어들었다.

"굳이 그런 맹세 안 해도 우리는 벗이잖아."

갑자기 덕임이 손뼉을 쳤다.

"있잖아, 우리 나중에 늙어서 출궁하면 모여서 사는 거 어때?"

"궁말이나 각자 고향으로 돌아가지 않고?"

영희는 뜬금없다는 듯 물었다.

"궁중에서만 오십 년 살고 나면 원래 살던 본가는 고향 같지도 않을 걸."

덕임이 말했다. 의외로 현실적인 구석이 있는 아이였다.

"그때는 이미 대궐이 고향일 테지."

잘난 척할 기회를 도저히 놓칠 수 없어서 경희가 부루퉁하게 말을 보탰다.

"그러니까 우리끼리 살자고!"

미끼에 걸린 경희를 덕임이 얼른 잡아끌었다.

"녹봉을 모아서 세책점 근처에 집을 짓는 거야."

"그러면 내킬 때마다 소설책을 빌릴 수 있겠네?"

영희가 제일 먼저 혹했다.

"아랫목은 내 차지야! 거기서 밤을 구워 먹을 거니까."

아니, 복연이 이미 한발 앞서 혹해 있었다.

"어때, 좋지?"

자존심을 세우느라 끝까지 버티는 경희의 옆구리를 덕임이 찔렀다.

"……알았어."

마지못한 척 경희가 툴툴댔다.

"너희들은 바보라서 돈 모을 줄도 모르잖아. 설령 재물을 잔뜩 모아서 나가봤자 사기나 당할 테니까 내가 도와줘야지 어쩌겠어."

그러거나 말거나, 복연은 환하게 웃었다.

"그럼 약속한 거다!"

덕임과 영희도 웃음을 터트렸다. 뺨을 씰룩이며 참던 경희도 결국 웃고 말았다.

"절대 잊지 마."

이윽고 덕임이 말했다.

"세월이 아무리 흐르고 우리 처지가 많이 달라져도 이 약조는 꼭 지키자."

영희도 말했다.

"당연하지! 그리고 내가 제일 마지막까지 남을 거야."

복연은 헛소리를 했다.

그렇지만 그 약속은 사라졌다. 귓가에 천진난만한 웃음소리만 메아리처럼 남겨놓은 채 자취를 감췄다. 굳게 맹세했던 사람들의 영멸을 따라 희미해졌다. 정작 말을 꺼낸 사람들은 지키지도 못한, 정말이지 멍청한 약조였다. 영희가 제일 먼저 어겼다. 덕임이 그 뒤를 따랐다. 그리고 이제는……

"배 상궁 마마님!"

옆에서 어린 나인이 보챘다. 복연이 제자로 키운 탓인지 여러모로 스승을 닮은 아이였다.

"궐 밖으로 나가기로 한 시각까지도 못 버티실 것 같다고요."

그녀는 울먹이고 있었다.

"김 상궁께서 정말 위독하십니다."

서너 달 전부터 복연은 아프기 시작했다. 처음에는 그저 나이가 든 탓이라고 넘겼지만 갈수록 병세가 심해졌다. 많이 먹어도 살이 빠졌다. 두통을 호소하거나, 다리가 저리다 못해 움직이질 않는다고도 했다. 그러더니 보름 전부터는 입맛을 아예 잃었다. 고기라면 잘 먹을까 싫어 구해다 주었는데도 고개만 저었다.

가슴이 덜컥 떨어졌다. 싫다는 복연을 의녀에게 끌고 갔다. 한데 의녀도 고개만 저었다. 이미 늦었다고 했다. 당연하다는 듯이 출궁할 날짜가 정해졌다.

한데 지금 보니 복연은 그 날짜마저도 지키지 않고 바삐 떠나려는 모양이다.

"배 상궁!"

맞은편에서는 또 다른 사람이 경희를 불렀다.

"자네 차례라고 하지 않는가."

대전의 큰방상궁이었다.

"제조상궁에 오를 만한 궁인을 시험하는 자리일세. 자전께서 특히나 눈여겨 보고 계신다는데 서두르지 않고!"

그 말이 옳았다. 평생 기다리고 준비해온 큰 기회였다.

"송구하옵니다."

그렇지만 경희는 일말의 고민조차 하지 않았다.

"보다 급한 일이 생겼사오니 이만 물러가겠사옵니다."

입을 떡 벌린 큰방상궁을 뒤로 한 채 경희는 미친 듯이 달렸다.

평생의 소망이었다. 아버지를 만족시킬 기회였다. 분명 나중에 후회할 것이다. 하지만 복연을 홀로 보내고 나면 더 크게 후회할 터였다. 영희와 덕임의 마지막을 지키지 못했다는 사실이 얼마나 깊은 한으로 사무쳤는지 경희는 똑똑히 기억했다.

"……너 바보냐?"

숨을 헐떡이는 경희를 보고 복연이 말했다.

"오늘이 어떤 날인데 여기를 와."

질책하는 목소리에는 힘이 하나도 없었다.

"너 불안하다고 점괘까지 봤잖아."

그래도 언뜻 웃음기가 비쳤다.

"늙은 내시가 치는 점 말이야. 옛날에 자가께서도 한 번도 맞은 적이 없다고 불평하셨지. 그래놓고는 오라비 과거 시험날마다 꼭 보셨지만."

"내가 알아서 할 일이니까, 넌 네 앞가림이나 잘 해."

눈물을 감추기 위해 경희는 쏘아붙였다.

"미안해."

"아, 됐다니……."

"내가 맨 마지막에 남는 사람이었어야 했는데……."

복연은 경희가 미처 예상하지 못한 사과를 건넸다.

"넌 못할 텐데……."

혼자가 된다. 비로소 실감이 났다.

기어이 둑이 터졌다. 눈물이 쏟아졌다. 복연의 말이 옳았다. 경희는 자신이 없었다. 더 어렵고 힘든 일은 해낼 수 있어도, 친우들을 먼저 다 보내고 마지막에 남는 것만은 도저히 견딜 수 없었다.

"대신 기다릴게."

복연이 손을 뻗었다.

"영희랑……."

경희는 멍하니 그 궤적을 보았다.

"자가…… 아니, 덕임이랑……."

그러자 코앞까지 다가왔다.

"기다리고 있을 테니까 때가 되면 다시 만나자."

눈물로 시야가 흐렸지만 경희는 너무 늦지 않게 그 손을 잡았다.

"……꼭 기다릴게."

그리고 복연의 숨이 멎었다.

"사실은 너랑 지교의 맹세를 하고 싶었어."

경희가 말했다.

"항상 그랬어."

복연이 덮고 있던 이불을 머리끝까지 올려주었다. 어릴 적부터 항상 소란스럽고 와그르르 웃는 사람이었다. 조용한 모습은 낯설었다. 싫었다.

그래도 괜찮았다. 기다리겠다고 했다. 출궁해서 함께 살자는 약속을 다들 어겼으니 미안해서라도 꼭 기다려 줄 것이다. 그녀는 제 친구들을 믿었다.

"……꼭 기다려줘."

경희는 눈물을 닦았다.

복연을 보낼 자신이 없었다. 영희와 덕임도 마찬가지였다. 그래도 평생을 들이고 나면 결국에는 보내줄 수 있기를 바라며, 마지막으로 남는 사람이 되었다.

외전 '마지막으로 남는 사람'

끝.

외전
약속의 땅

경신년 여름.

창덕궁 인정전에서 새 임금이 즉위하였다. 열아홉 청년 임금은 둘도 없는 성인이셨다는 평가를 받은 부왕을 쏙 빼닮았다. 체격이 기골 장대하기가 무반과 견주어도 모자람이 없었고, 재주는 비상하기가 이름난 학자와 겨루어도 빠지는 구석이 없었다. 하여 옥새를 물려받은 순간부터 선왕에 버금가는 성군이 되시리라는 기대감이 궁중서 넘실거렸다.

"주상께서는 대행왕을 참 많이 닮으셨지."

막 어좌에 오른, 피 한 방울 섞이지 않은 증손자에 대한 대왕대비의 시선은 온정적이었다.

"그래도 몇 해만 더 어리셨으면 내가 편전에 수렴을 치고 앉았을 터……."

다만 온정적인 시선의 끝에는 사뭇 이질적인 아쉬움이 들러붙곤 했다.

"아주 잠깐만이라도 내게 허락되었다면……."

대왕대비의 열망 어린 꿈은 결코 끝맺을 수 없는 한 마디로 흐려지곤 했다. 물론 오직 덕임의 앞에서만 슬쩍 흘리는 조용한 편린이었다.

"소첩에게는 다행한 일이옵니다."

그리고 덕임은 여느 때처럼 적절한 대꾸를 찾아냈다.

"덕분에 마마를 국사國事에 빼앗기지 않고 소첩이 온전히 독차지할 수 있지 않사옵니까."

추상같은 대왕대비의 입매가 누그러졌다.

"허구한 날 숙제만 내주는 늙은이를 독점해서 무에 좋다고?"

"많이 내주셔봤자 옛날에 주상전하……."

무심코 익숙한 호칭을 뱉었다가 덕임은 입술을 깨물었다. 그는 이제 없다. 구중궁궐 구석구석에 잔질한 존재감만 남겨놓고 떠나버렸다.

"……선왕께서 내주셨던 반성문 만큼에 비할까요."

덕임은 애써 기쁜 낯을 지어 무마하였다. 그러곤 대왕대비가 풀이해 오라고 그저께 내어준 글귀를 일부러 부산스레 꺼냈다.

"내전에 들어앉아 소일거리나 하는 이 미망인을 독차지해 주겠다니 듣기에는 좋은 말이구나."

대왕대비가 옅게 미소 지었다.

"여기 틀렸다."

그렇지만 책자를 펼치기가 무섭게 이어지는 지적질은 도통 자비가 없었다.

"또 변辯자를 틀렸다. 여기서는 언변이 좋다는 의미로 풀이했어야지."

"소첩은 유독 구별할 변辨자와 말을 잘 한다는 변辯자를 헷갈리옵니다."

"쉬운 글자라고 대충 읽어 넘기니 실수가 생기는 것이다."

매실차를 마시던 언젠가의 더운 여름이 떠올랐다. 덕임은 오늘도 대왕대비와 반쯤은 즐겁고 반쯤은 고통스러운 시간을 보냈다.

"마마, 주상전하께오서 문후를 여쭈고자 하시옵니다."

시간이 얼마나 흘렀을까, 과거 장원 급제라도 노리는 사람처럼 온갖 고사를 좔좔 읊던 대왕대비가 마침내 조용해지자 상궁이 다가와 아뢰었다.

"아침에 다녀갔는데 또?"

대왕대비가 장지문을 흘끔 넘겨보았다.

"정무를 보시던 중에 문득 자전을 배알하고 싶어 거둥하셨다고 하시옵니다."

상궁은 함박웃음을 지었다. 어지간해선 표정의 변화가 크지 않은 대왕대비를 대신하는 모양이었다.

"주상도 참 아첨꾼이로구나. 생모를 꼭 닮은 모양이지."

대왕대비가 눈썹을 추켜세우더니 고개를 끄덕였다.

왕이 들어왔다. 행여 천장에 머리가 닿을세라 문지방을 넘으며 살짝 고개를 숙이는 모양새가 아이 같았다. 올봄에 키가 갑자기 확 자란 그는 미처 적응을 못 해 행동거지가 영 어설펐다.

"두 분께서 글을 외는 소리가 듣기 좋아 바깥에서 한참을 서서 들었사옵니다."

그의 웃음에서는 채 여물지 못한 풋기가 맴돌았다. 용안에 희미하게 남은 홍역 흉터와도 잘 어울렸다.

무릎에서 놀던 아이가 언제 저렇게 자랐는지 모르겠다. 특히 목소리가 많이 변했다. 갓난쟁이 때는 당장 말문이 트이길 바라는 수다쟁이처럼 옹알거렸고, 아장아장 걸을 무렵에는 술술 새는 발음으로 떠들더니, 어느새 낮고 깊은 사내의 음성으로 변모해버렸다. 유난히 청량하고 또박또박하던 부왕의 옥음을 많이 닮았다.

감히 제 자식이라고 칭할 수 없는 지존일지라도, 그는 바로 덕임의 아들이었다. 그녀는 아들이 자라나던 모든 순간을 기억했다. 하나도 잊지 않기 위해 되짚고 곱씹으며 간직하였다.

"아녀자들이 주자학서를 읽는다고 꾸짖지는 못할망정?"

대왕대비가 은근히 떠보았다.

"소손이 감히 그리하겠사옵니까."

왕은 일말의 동요도 없이 사근사근 대꾸했다.

그가 대왕대비에게 절을 올렸다. 덕임은 자리에서 일어섰다. 한쪽으로 물러나 고개를 숙였다. 그녀에게는 아들의 인사를 받을 자격이 없었다. 아들은 국본으로 탄강해 임금이 되었지만, 덕임은 여전히 궁인 출신 후궁이었다.

그러한 현실은 비단 덕임뿐만 아니라, 아들의 마음도 불편하게 했다. 왕은 자신이 먼저 청하지 않으면 앉을 수도 없는 생모의 입장을 항상 마음 아파했다.

"자가께서도 금일 평온하게 보내시는지요?"

이어서 왕은 덕임에게 고개를 숙였다. 덩달아 덕임도 허리를 더 굽혔다.

"성상의 은혜 덕분에 편히 지냅니다."

안 그래도 아들은 오늘도 꼭두새벽부터 달려와 덕임의 아침상을 살피고 갔다. 자전과 자궁께 문후 여쭈기 전에 자신에게 먼저 오면 안 된다고 아무리 달래고 꾸짖어도 말을 듣지 않았다. 누굴 닮았는지 고집이 쇠심줄 같았다.

"그러고 보니 내 요즘 생각하던 바가 있어요."

물끄러미 덕임과 왕을 보던 대왕대비가 불쑥 운을 띄웠다.

"모름지기 군왕은 제 뿌리부터 튼튼히 다져야 하는 법입니다."

공연히 불길한 느낌이 들어 덕임은 무릎을 뒤척였다.

"정궁의 양자로 입적되었다고는 하나 엄연히 사친私親이 왕실에 있지요. 이제 이 사람은 일개 후궁이 아니라 임금의 생모입니다."

대왕대비가 덕임을 가리켰다.

"궁호宮號를 더하고 약방의 문후를 받게끔 하세요. 그리고……."

그녀는 고민하더니 덧붙였다.

"참고할 만한 문적을 들여다봐야겠지만, 자가慈駕보다 더 예우하는 방향으로 호칭도 새로 의정하는 편이 옳겠습니다."

덕임은 가슴이 덜컥 떨어졌다.

"소첩이 감히 그런……."

"더는 일개 후궁이 아니라 하였다."

대왕대비는 단호하게 일갈했다.

덕임은 아들이 보위에 오르자 처지가 자못 공교로워졌다. 전례가 없는 처지에 몰렸기 때문이다. 지금 왕실에는 왕의 적모嫡母인 대비가 있고, 반가의 규수이자 왕후에 준하는 무품빈으로 간택된 경수궁도 있다. 궁인 출신 후궁으로서 왕을 낳은 덕임은 그들 사이에 무척 곤란한 형태로 껴버렸다.

천하의 지존인 임금의 생모가 왕실서 서열로 따지면 가장 아랫사람이라는 건 단순히 거북해서 따질 문제는 아니었다. 본디 이 바닥이 의례와 의전에 목숨을 건다는 부분은 차치하고서라도, 사친의 지위는 임금의 정통성과 관련된 문제다. 따라서 격을 높여야 한다는 대왕대비의 말씀은 실로 옳았다.

"과분한 말씀이오니 부디 거두어 주소서."

다만 문제의 당사자인 덕임은 마음이 불편했다. 뜻하지 않게 접어든 오르막길은 아무리 걸어도 익숙해지지 않았다. 가늘고 길게 살고 싶었던 진짜 자신으로부터 지나치게 멀어지는 것만 같았다.

단순했던 그녀의 삶을 복잡하게 만든 지존은 이미 영면하였다. 또 다른 지존이 제 인생을 더욱 꼬아놓지만 않기를 바랐다.

"아닙니다. 자전의 말씀이 옳습니다."

한데 냉큼 아들이 끼어들었다.

"안 그래도 소손이 먼저 조정에 말을 꺼내기에는 멋쩍어 고민하고 있었사온데, 자전께오서 혜안을 지니셨나이다."

"하오나……."

다시금 덕임이 안절부절못하며 끼어들었다.

"그래서 상감께서 요사이 걸핏하면 문후를 여쭈겠다며 주변을 맴돌았던 게로군요."

하지만 대왕대비의 날카로운 발언에 또 가로막혔다.

"당치 않으시옵니다."

왕은 공손하게 고개를 숙였다.

"금일도 일부러 이 사람이 여기 있을 시간에 맞춰 거둥한 게 아닙니까."

그래 봤자 대왕대비가 속이 훤히 보인다는 듯 웃었다.

"증조모의 마음을 약해지게 만들려고 말입니다."

완전히 간파당한 왕은 따라 웃더니 시치미도 떼지 않고 대꾸했다.

"과연 효험이 있지 않았사옵니까?"

민망해하기는커녕 도리어 제 뜻을 관철하여 시원하다는 태도였다.

"선왕을 닮았을 뿐만 아니라, 강단이 있기로는 이 사람을 닮았군."
대왕대비가 말했다. 어째 칭찬 비슷하게 들렸다. 두 사람은 와그르르 웃음을 터트렸다. 덕임은 끼어들 수 없는 감정이었다.
"좋습니다. 주상께서 필요하시다면 당장 이튿날에라도 조정에 언교를 내리겠습니다."
"망극하옵니다."
왕이 바닥에 이마를 대며 인사를 올렸다.
좋은 일이다. 그래, 합리적인 결정도 맞다. 그렇지만 덕임은 이번에도 제 인생을 남들이 결정하는 모습을 구경만 했다. 그렇게 해달라 요구할 자격은 없었다. 제발 그러지 마시라 사양할 자격도 없었다. 올라가면 올라가는 대로, 내려가면 내려가는 대로, 그저 맡겨놓고 한발 물러나야만 했다.
"표정이 어둡구나."
목적을 달성한 아들은 신이 나서 물러났지만 덕임은 그대로 자리를 지켰다. 그러자 대왕대비의 관심이 다시 그녀에게로 돌아왔다.
"좋은 일이 아니더냐?"
대왕대비는 덕임이 스스로를 설득하기 위해 하던 말을 마찬가지로 꺼냈다. 그녀의 눈은 덕임의 내평을 꿰뚫어보는 양 검게 빛났다.
덕임은 평생 제 어깨를 짓눌렀던 후궁 첩지의 무게를 돌이켜보았다. 그 무게를 얹어준 지존은 이제 없다. 그렇다고 해서 내려놓을 수 있다는 뜻은 아니다.
"전부터 하나 여쭙고 싶은 게 있사온데……."
덕임이 망설이며 말문을 열었다.
"무엇이냐?"
"아주 옛날에 숙의 문씨가 폐출되어 출궁하던 날을 기억하시는지요? 그, 고서헌 마마님이라고 불렸던…….”

“아, 물론이지.”

대왕대비의 옥안에 언뜻 냉기가 비쳤다. 그녀는 자신의 지아비도, 지아비가 거느리던 첩들의 고운 얼굴 하나하나도 결코 잊지 않을 기세였다.

“그날 소첩도 그 자리에 있었사옵니다. 그리고 당시 마마의 표정이 뚜렷하게 기억나옵니다.”

덕임은 조심스레 대왕대비를 곁눈질했다.

“내 얼굴이 어땠기에?”

“그게……. 홀가분해 보이셨사옵니다.”

의도가 잘못 전달될세라 황급히 덧붙였다.

“좋든 싫든 한 시절을 함께 지낸 사람들을 전부 떠나보내고 홀로 남으셨는데도 무척 자유로워 보이셨사옵니다.”

“그랬었구나.”

놀랍게도 대왕대비는 덕임의 말뜻을 정확히 이해했다.

“그때 내가 무슨 생각을 했는지가 궁금한 모양이지?”

잠시 침묵이 흘렀다.

“그들은…….”

마침내 대왕대비가 말했다.

“음, 아니다. 서두를 잘못 꺼냈군.”

대왕대비는 꺼내려던 본심을 슬그머니 거두었다.

“글쎄, 여인의 인생은 다른 누군가의 이야기에 속하기 쉽지.”

대신 모호하게 말을 에둘렀다. 스스로 그어둔 선을 잘 지키는 분이라, 예나 지금이나 참으로 속을 알기가 어렵다.

“그런 게 당연한 섭리라고들 하고.”

얼핏 자조적으로 여겨질 법한 감정마저도 능숙하게 숨겼다.

"난…… 어쨌든 이런저런 얄팍한 일들이 비로소 끝나 기뻤던 것 같다."

대왕대비는 한숨을 쉬었다.

"대비의 지위에 오르면 우러러 받들 왕실의 어른이 되지. 언교로써 목소리도 온전히 낼 수 있고."

그녀가 눈을 번뜩였다.

"나는 오히려 그편이 더 좋다."

앞으로도 쉬이 꺾이지 않을 추상같은 기세만이 선연하였다.

"어디 보자, 이번에 내줄 숙제는……."

그러더니 아무 일도 없었다는 듯 또 화제를 돌렸다. 덕임에게도 무엇이든 듣자마자 잊은 척하는 재주가 있어 다행이었다. 마찬가지로 아무렇지 않은 양 굴었다. 골치 아픈 문장 짓기 숙제만은 피해 보려고 협상을 시도하며 다 식어 빠진 차를 마셨다.

이윽고 덕임은 처소로 돌아왔다. 바느질감을 잡았는데도 마음이 영 어수선했다. 끝내 뿌리치지 못한 방대한 양의 숙제 때문만은 아닐 터였다. 결국 그녀는 실타래를 주섬거리며 상궁이 가져다준 서찰들을 펼쳤다. 친정 식솔들이 전하는 소소한 이야기들 사이에 딸의 글월도 있었다.

갓 태어나서부터 죽을 고비를 수차례 넘긴 탓인지, 딸아이는 대여섯 살 무렵까지 너무나 병약했다. 조그만 몸에 열이 치솟을 때마다 선왕은 친히 탕약을 달여 딸아이의 병석을 지켰었다. 그는 밤을 꼴딱 새고도 다음날이면 아무 일 없다는 듯 편전에 나아가곤 했다. 결코 집안의 걱정을 나랏일에까지 끌고 가는 부류의 사내가 아니었다.

천운으로 딸은 살아남았다. 갈수록 병석에 눕는 날도 줄었다. 옹주

翁主에 봉해진 이래로는 오히려 펄펄 날아다녔다. 그리고 날아다니다 못해 온갖 기행을 일삼기 시작했다. 어린 내시의 옷을 훔쳐 입고 몰래 환관무리에 섞여들거나, 관상감 근처에 돗자리를 깔고 궁녀들에게 엉터리 점괘를 봐주고선 삯을 쓸어 담기도 했다. 그런 옹주를 볼 때면 덕임은 제 어린 시절이 떠올랐다.

"아팠던 아이라 호되게 야단을 칠 수도 없고."

언제였던가, 옹주가 나무에 열린 감을 떨구겠다고 돌팔매질을 하다가 대전 퇴선간 뒷마당의 장독대 일곱 개를 깨먹은 날 선왕은 한탄했었다. 처음 있는 일이 아니기에 놀랄 계제는 아니었다. 안 그래도 딸아이는 부왕이 꾸지람을 늘어놓을세라 부리나케 궁궐 어딘가에 꼭꼭 숨어 버렸었다.

"신첩이 아기씨를 잘 타일러 보겠사옵니다."

갖은 아양을 떨며 모면하려 들 딸아이를 잘 알면서도 덕임은 일단 말했다.

"네가 누굴 타이른다고?"

한데 선왕은 기가 막힌다는 듯 반문했었다.

"널 닮아서 애가 고삐 풀린 망아지 같은 것인데 되지도 않는 소리를 한다."

일리가 있는 말씀이라 덕임은 할 말이 없었다.

"차라리 서 상궁을 옹주의 유모상궁으로 붙여야겠다. 말괄량이를 한 번 키워봤으니 또 할 수 있겠지."

"……전하께선 이 늙은이를 정녕 죽이실 요량이시옵니까?"

마침 근처에 있던 서 상궁이 듣고 기함했으나 선왕은 못 들은 척했었다.

"일단은 옹주가 어디 숨었는지 찾아나 봐야겠다."

이내 그가 한숨을 쉬며 덧붙였다.

"곧 저녁상 받을 시간인데……. 애가 도로 아프지 않으려면 끼니는 잘 챙겨 먹어야지, 원."

그러더니 딸아이를 찾겠답시고 곤룡포 자락을 떨치며 조급하게 일어섰다.

"아, 그래서 말이다."

선왕은 가다 말고 뒤를 돌아보더니 불쑥 말했었더랬다.

"널 닮은 딸 일곱 명 낳자던 약조는 취소다. 겪어 보니 하나만으로도 감당이 안 된다."

진심으로 혀를 내두르던 그 용안이 참으로 생생하다.

그 용안. 덕임은 문득 떠오른 낱말에 숨이 막혔다. 눈썹은 짙고, 코는 우뚝 솟았고, 급한 성질머리를 보여주듯 씰룩이는 뺨에는 피로에 찌든 기색이 역력했었다.

아직은 잊지 않았다. 하지만 그가 없는 세상에서 여러 날을 더 살고 나면 잊어버릴 터였다. 잊어버리고 나면 다시 떠올리거나 추억할 방도조차 없다. 그의 용안을 남긴 어진御眞은 한낱 후궁이 심심하면 가서 볼 수 있는 것이 아니다. 한때는 보기 싫은 날조차 기어이 찾아온다고 그 용안을 원망했던 적도 있었다. 한데 익숙한 그 낯을 영영 다시 볼 수 없다고 생각하니 가슴이 미어졌다.

그를 잊고 싶지 않은가? 덕임은 스스로에게 물었다. 그리고 그 물음에 대한 진심을 외면하기 위해 억지로 관심을 돌렸다. 딸이 보내온 서찰의 봉입을 뜯었다.

"서방님 때문에 화가 나서 죽겠사옵니다."

유감스럽게도 옹주의 서찰은 서두부터 아찔했다. 인사말도 적는 둥 마는 둥 대뜸 지아비에 대한 불만을 석 장이 넘도록 쏟아내고 있었다.

옹주는 몇 해 전에 하가하였다. 딸아이가 너 하나만 곱다고 아껴주는 지아비를 만났으면 하는 덕임의 바람을, 선왕은 용케 귀담아들었다. 딴에는 왕실의 부마는 나대지 않고 분수를 지킬 사람이어야 한다는 계산속도 있었던 모양이었지만. 어쨌든 옹주는 봄볕처럼 따스하고 온화한 선비의 아내가 되었다.

"좋으면 좋다고 사내답게 말을 하면 되지, 서방님은 잔망스럽게 자꾸 꽃가지나 꺾어 오고 가락지를 선물로 주면서 거북이마냥 천천히 다가오십니다. 소녀만 속이 터져 죽겠사옵니다."

그래 봤자 사람은 가진 것에 만족을 못 하는 법이다. 옹주의 휘갈긴 글씨를 읽으며 덕임은 혀를 내둘렀다.

"제발 여항에 나가서는 얌전하게 굴어라."

국혼을 치르기 전날 밤, 선왕은 딸아이를 앉혀놓고 빌다시피 했었다. 그는 오랜 고심과 철저한 가늠 끝에 사윗감을 골랐지만 여전히 걱정이 많았다.

"시부모를 공경하고 지아비에게 순종해야 친정의 낯에 먹칠을……."

"소녀의 성격이 불같은 것은 아바마마를 닮은 탓인데 어찌하오리까."

옹주는 뻔뻔하게 부왕의 말허리를 끊어먹기나 했다.

"뭐, 날 닮았다고?"

선왕은 대번에 욱했다.

"날 닮았으면 몇 시간이고 점잖게 앉아 책을 읽었을 테지!"

"치, 엊그저께도 편전에서 역정을 내셨으면서."

옹주가 지지 않고 따졌다.

"아무튼 소녀가 장난기가 많은 것은 어머니를 닮은 탓이요, 다혈질인 것은 아바마마를 닮은 탓이니, 모로 보아도 소녀의 탓은 하나도 없지요."

"하여 전부 나와 네 어미의 잘못이라고?"

"예, 그렇사옵니다!"

옹주는 알아 들어줘서 고맙다는 듯 열렬하게 끄덕였다.

"어쩜 이렇게 세자와 다른지, 원……."

"오라버니께서 이상한 것이옵니다."

기가 막힌 선왕이 탄식하자 딸아이는 입을 삐죽였다.

"장난을 쳐도 오라버니께선 받아주질 않으시니 중희당에는 가봤자 재미가 없사옵니다."

"동궁전은 너 재밌으라고 있는 곳이 아니다."

"하오시면 아바마마께서 재미있으라고 있는 곳이옵니까?"

옹주가 순진한 척 눈을 동그랗게 떴다.

"엊그저께도 중희당에서 만취하시어 한바탕 신바람을 내셨잖아요. 오라버니한테 사서삼경을 외는 시합을 해보자는 둥 술주정을 부리셨으면서."

"넌 내가 엊그제에 뭘 했는지 하나하나 참 소상히도 지켜보았구나."

선왕이 투덜거려도 옹주는 눈 하나 깜짝 안 했다.

"소녀도 재미 좀 보게 아바마마처럼 술이나 배울까 봐요."

할 말 못할 말을 가리지도 않았었다. 결국 선왕과 옹주는 옥신각신하느라 국혼 전날 밤을 하얗게 지새웠다. 막상 혼례를 치를 적에는 두 사람 다 눈이 벌게져서는 꾸벅꾸벅 졸기나 했었다. 신랑과 맞절을 해야 할 옹주가 잠이 들어 자꾸 차례를 놓치는 바람에 궁인들이 애를 먹었다는 풍문은 딸아이가 궁중에 남긴 유산이 되었다.

"집 떠났다고 아비는 생각도 안 나는 모양이다. 하여튼 그 고얀 것……."

우습게도 떠난 옹주를 가장 그리워하는 사람 또한 선왕이었다. 옹주에게서 오는 서찰이 왜 이리 뜸하냐며 애꿎은 환관을 닦달했다. 또한 말썽꾸러기가 없어지니 궁궐이 너무 조용하답시고 쓸쓸함을 감추지 못했다. 하여 옛날에 그의 조부가 체통도 잊고 여식인 화평옹주의 사가에 자주 드나들었던 것처럼, 선왕도 머쓱해하면서 곧잘 딸아이를 보러 친림하곤 했다. 딸과 사위가 오순도순 잘 살길 기원하며 그가 친히 살펴 지어준 예쁜 집으로 말이다.

짧은 만남을 끝낸 후 가까스로 걸음을 돌려 환궁하고 나면, 선왕은 풀이 죽어 덕임에게 한탄하기도 했었다.

"널 닮은 아이라서 도저히 내 마음속에서 떨칠 수가 없나 보다."

평소에 간지러운 말 하나 제대로 못 뱉는 사내치고, 그럴 때면 옥음에 먹먹한 물기가 어려 있었다.

그 옥음. 덕임은 무심코 생각했다. 도깨비 전각에서 엿들을 때는 무척 청량했었다. 세월이 흐르고 굴곡이 생기면서는 점점 원숙해졌다. 그렇지만 그가 눈을 감는 순간까지도, 그 옥음에 묻어나던 감칠맛은 사라지지 않았었다. 싫은 소리를 들어도 묘한 여운이 남아 싫어할 수만은 없는 바로 그런 맛이었다.

하마터면 또 마냥 그리워할 뻔했다. 덕임은 황급히 마음을 다잡았다. 옹주의 서찰이나 다시 읽기로 했다.

"시부모님께선 내년 즈음 길일을 잡아 초야를 치르는 게 좋겠다고 넌지시 말씀하시옵니다. 하여 소녀가 서방님의 굼뜬 속도로 보건대 내년이 아니라 십 년 뒤에도 손주 보기는 어려우시겠다고 말씀드렸사옵니다."

아무렴 궐 밖에서도 저 하고 싶은 말은 다 하는 모양이다. 어디 가서 당하고 살진 않겠거니 위안이나 삼을 따름이었다.

"오늘은 이따가 청연군주 고모님과 함께 세책점에 가기로 했사옵니다. 운이 좋으면 옛날에 어머니께서 필사하셨던 책을 찾을 수도 있겠지요."

이리저리 통통 튀는 옹주의 글월이 이어졌다.

"하지 말라는 것도 참 많으시던 아바마마께서 이제 아니 계시니, 어머니께서도 옛날 취미를 좀 다시 잡아보시지요. 고모님께서 은근히 바라시던데요."

무람없는 소리를 해놓고 옹주는 또 이렇게 덧붙였다.

"이런 글을 쓰다니 불효하다고 꾸짖으시겠지요? 그렇지만 괜찮은 척하지 않으면 아바마마가 보고 싶은 걸요. 소녀가 미쳤는지 때로는 아바마마의 잔소리마저도 귓가에 아른거리옵니다."

점점 옹주의 필체에서 힘이 빠지기 시작했다.

"그립다고 울고불고 질질 짜는 것은 소녀와 어울리지도 않을 텐데 말이어요."

그리고 마침내 마지막 문장에 다다랐다.

"아바마마께서 아니 계시온데 어머니께서는 괜찮으신 것이지요?"

참 뜻밖의 물음이었다.

임금이 승하하였다. 온 나라는 슬픔에 잠겼다. 세자는 즉각 상주가 되어 국상을 치르고 나랏일을 도맡았다. 모두가 자식을 잃은 자전과 자궁을 위로하였고, 과부가 된 중궁전을 안쓰럽게 여겼다.

그 사이에서 덕임은 남의 일을 구경하는 듯 어색한 기분만 느꼈다. 어쩌면 영 현실감이 들지 않아서일지도 모르겠다. 그녀의 인생에서 그는 기둥 사이를 든든하게 가로지르는 대들보처럼, 곁눈질만 해도 바로 보이는 서까래처럼, 항상 궁궐에 있는 존재였다. 그가 없는 궁중에서는 살아본 적이 없기에 그가 없는 세상마저도 상상할 수 없었다. 그래서 그녀 자신조차도 괜찮은지 여태 자문하지 않았다.

"제조상궁과 그 일행이 배알을 청하옵니다."

기습과도 같은 딸아이의 물음에 넋이 빠져 다 읽은 서찰을 쥐고 멍하니 있는데, 문득 문밖에서 궁인이 고하였다.

"와, 지금 들으셨사옵니까?"

다행인지 불행인지, 문지방을 넘자마자 언성을 높이는 복연 때문에 정신이 퍼뜩 들었다.

"제조상궁과 그 일행이래요. 아니, 저도 엄연히 상궁이고 이름이 있는데……."

"옳은 말인데 뭘."

복연이 발을 구르거나 말거나 경희는 흡족하여 콧대를 세웠다.

"아이고, 제조상궁 마마님이세요? 궁인들 중에서 으뜸이라 기분이 째지시겠어요."

나름대로 비꼬려던 복연의 시도는 처참하게 실패했다.

"응. 맞아. 난 제조상궁이야. 그래서 기분도 아주 좋아."

경희가 가뿐하게 받아쳤다. 둘이서 머리채 잡고 싸우기 전에 덕임이 얼른 끼어들었다.

"알았으니까 제조상궁과 그 일행은 좀 자리에 앉아줬으면 좋겠다."

"자가까지 그러시깁니까!"

복연이 투덜거렸다.

"둘이서 만날 붙어 다니니까 제조상궁과 그 일행이라고 다들 부르는 거겠지, 뭐."

다과상을 내오라고 시키며 덕임이 별생각 없이 말했다.

"붙어 다니긴 누가요!"

경희와 복연이 입을 맞춰 씩씩거렸다.

"제조상궁으로서 할 일도 많고 바빠 죽겠는데 얘가 자꾸 들러붙어 죽겠사옵니다."

"웃기시네! 제조상궁치고 할 일도 없는 사람처럼 자꾸 나타나서 옆구리 찌르는 게 누군데."

도로 시작된 말다툼은 덕임이 억지로 두 사람의 입에 다과를 쑤셔 넣고 나서야 그쳤다.

"하온데 자가께서는 요즘 힘이 좀 느껴지시옵니까?"

타래과를 잔뜩 우물거리며 복연이 물었다.

"상감마마의 사친이시니 이 나라에서 가장 센 분이 되신 셈이잖아요."

"택도 없는 소리다, 야."

"아니, 왜요. 옛날에 자가를 괴롭히던 궁인들 다 세워놓고 시원하게 얼음물이라도 끼얹으면 어떨까요?"

복연은 대리만족감이라도 느끼고 싶은 눈치였다.

"저기, 박 상궁이라고 전부터 은근히 짜증나게 하는 애가 있는데……."

은근한 입질까지 넣으려는데 경희가 코웃음을 치며 가로막았다.

"자가를 괴롭히던 궁인이 어디 있니. 자가께서 괴롭히던 궁인들이라면 모를까."

"보세요. 이제는 이런 애도 자가의 한 마디면 그냥 끽!"

복연이 경희의 가냘픈 목을 긋는 시늉을 해 보였다.

"그래, 경희야. 넌 내 한 마디면 제조상궁이고 뭐고 끝이니까 조심해."

덕임이 장단을 맞춰주자 경희는 샐쭉해졌다.

"됐사옵니다."

한 차례 웃음이 가라앉자 덕임은 조심스레 불편한 이야기를 꺼냈다.

"자전과 성상께서 나더러 궁호도 새로 내리시고, 매일 내의원의 문후도 받게끔 만들겠다 하시는데……."

"정비正妃에 버금가는 예우잖아요?"

경희가 눈썹을 추켜세웠다.

"이야, 출세도 그런 출세가 없네요."

복연은 입을 떡 벌렸다.

"난 싫어. 어울리지도 않고."

덕임은 황급히 덧붙였다.

그녀는 도깨비 전각에 기거하던 사내를 모시던 궁인일 뿐이었다. 청아한 선비처럼 글을 읽다가도 속에 울화가 많은 시어머니처럼 깐깐하던 분이었다. 자연스레 세월이 흘러 그 저하는 전하가 되었고, 이제는 대행왕이 되어버렸지만……. 여전히 덕임은 그가 그녀의 평범했던 인생에 일으킨 세월의 풍파를 따라잡지 못했다.

"내가 스스로 이뤄서 얻는 것도 아니고."

덕임은 자조적으로 웃었다.

"내가 원했던 삶에서 너무 멀어지는 것도 같고."

가늘고 길게, 있는 듯 없는 듯, 처신을 잘 해 단 한 사람의 적도 만들지 않고, 물에 물 탄 듯 술에 술 탄 듯……. 그토록 하찮은 삶을 소중히 이어가고자 했던 과거의 자신이 어디로 갔는지 궁금했다.

"난 너희들이 더 대단한 것 같아."

덕임이 말했다.

"너희는 스스로 택한 길을 지금까지도 아주 잘 걸어가고 있잖아."

경희와 복연은 그녀의 서글픈 낌새를 알아채고 눈치를 살폈다.

"요, 요, 요즘 생각시들은 경희를 도깨비 마마님이라고 부른대요!"

특히나 무거운 분위기에 취약인 복연이 아무 말이나 던졌다.

"딱 어울리지 않사옵니까?"

"흥, 생각시들이 너는 반달곰 마마님이라고 부르잖아."

경희가 눈을 세모꼴로 떴다.

"난 마음에 드는데?"

딴에는 이겨보겠다고 복연이 여유롭게 말했다. 뿐만 아니라 커다란 곰 흉내를 내며 경희를 공격하는 시늉을 했다. 경희가 진심으로 질색하는 눈치라 덕임은 서글픔도 잊고 픽 웃었다.

"저기, 하온데 실은 긴히 아뢸 말씀이 있어 찾아온 것이옵니다."

문득 경희가 목소리를 내리깔았다.

"혹시 오늘 어디 편찮으신 곳은 없으시지요?"

"마, 맞습니다. 괜히 또 충격으로 쓰러지시면 안 되니까……."

희한하게도 경희와 복연은 선뜻 말을 못 꺼내고 조바심만 냈다. 어쩐지 전에도 비슷한 상황이 있었던 것 같다. 아닌 게 아니라, 경희와 복연이 적당한 잡담을 먼저 던지면서 분위기가 흐무러지길 바랐다는 묘한 느낌이 들었다. 둘 다 적잖이 긴장한 기색이 역력했다.

"뭐야, 무슨 일이야?

낌새를 챈 덕임이 불안해하자 경희가 황급히 나섰다.

"나쁜 일은 아니옵니다. 다만 대행왕 전하의 국상 중이고 하니까……. 괜히 허약해지신 심신에 짐을 얹어드리는 꼴이 될까 봐……."

"무슨 짐을 얹어?"

"그렇다고 시기를 본다고 너무 늦게 아뢰는 것도 영 아닌 것 같아서……."

경희와 복연이 번갈아가며 늘어놓는 횡설수설을 덕임이 딱 잘랐다.

"됐으니까 그냥 빨리 말해."

"……자가께서 보셔야 할 사람이 있사옵니다."

마침내 경희가 군세게 말했다.

"먼저 주위를 최대한 물리쳐주셨으면 하옵니다."

덕임은 의아했지만 일단 따랐다. 처소를 시위하는 궁인들을 전부 물렸다. 그러자 경희가 손수 문을 열고 나갔다. 정적 속에서 기다리는 동안 복연은 손톱을 물어뜯었다.

그리고 마침내 경희가 다시 들어왔다. 혼자는 아니었다. 꼬챙이처럼 마르고 추레한 차림의 여인과 함께였다. 그녀는 정수리가 훤히 보이도록 고개를 푹 숙였다. 그 바람에 덥수룩한 흰머리가 눈에 띄었다. 덕임은 얼굴을 보기 위해 몸을 앞으로 뺐다.

"……영희야!"

그리고 마침내 덕임은 외마디 비명을 질렀다.

"예, 자가. 쇤네이옵니다."

영희가 바닥에 허물어지듯 절을 올렸다.

"너무 동요치 마시고 진정하소서."

경희는 안달복달했다. 일전에도 영희의 문제 때문에 덕임이 혼절을 하는 둥 크게 사달이 났었으니 그럴 만도 했다.

"……어떻게, 도대체 어떻게?"

입술이 발발 떨려서 덕임은 간단한 문장 하나도 똑바로 말할 수가 없었다.

"도성 밖에서 살아있었사옵니다."

목이 멘 영희 대신 경희가 말했다.

"제가 찾아냈지요."

눈앞의 얼굴은 덕임이 기억과 많이 달랐다. 고생을 많이 했는지 볕에 그은 피부 한 결마다 심하게 상한 티가 났다. 부족한 머리숱으로 힘겹게 비녀를 꽂은 뒤통수는 새하얬다. 궁중에서부터 고된 일을 하느라 진즉 텄던 두 손은 아예 넝마 조각이 되어 있었다.

그래도 영희였다.

기억조차 할 수 없을 어린 시절부터 늘 덕임의 곁에 있었던 바로 그 아이였다. 남들보다 뛰어난 구석이 없는 자신에 속상해하면서도, 열등감에 사로잡히기는커녕 오히려 더 노력하고 감사해하던 바로 그 영희가 맞았다.

"……정녕 살아있었어."

꿈에서나마 나눴던 작별을 떠올리며 덕임은 눈물을 흘렸다.

"살아있으면서 어찌 그리 감쪽같이 숨었어?"

기쁨과 서운함이 가슴 속에서 어지럽게 뒤섞였다.

"선왕께선 쇤네가 죽어야 한다고 하셨사옵니다."

영희가 말문을 열었다.

"아니……!"

대뜸 덕임이 울컥하려는데 영희가 조용히 고개를 저으며 이어갔다.

"자가와 아기씨를 생각해 최대한 조용히 일을 처리할 요량이시지만, 국법을 따라야 할 임금으로서 특혜를 베풀 순 없다고 하셨사옵니다. 다만 친우로서 자가를 섬긴 공은 참작해주겠다고 하셨나이다."

"어떻게?"

"궁인 손영희를 죽이고, 쇤네가 사모하였던 사내와 함께 도성을 떠나라 하셨사옵니다."

"죽은 척을 했다는 거야?"

궁인은 계례로써 신랑 없는 혼례를 치른 뒤부터는 무조건 왕의 여자가 된다. 그런 궁녀의 통정은 세간에서 상간相姦에 버금가는 망측한 죄로 치부된다. 하여 때로는 조정에서 심각하게 다룰 만큼 크게 불거지곤 하지만, 대개는 내명부 질서에 따라 은밀히 처리된다. 덕임도 영희가 죽었다는 말만 들었을 뿐 그 이상은 보지도, 듣지도 못했었다.

"그러하옵니다."

영희가 끄덕였다.

"쇤네 역시 기왕 살아남는다면 도성에 발을 붙이지 않는 게 자가를 위하는 일이라고 생각했사옵니다. 궁중에서는 별의별 소문이 참 쉽게 만들어지니까요."

그래도 덕임은 의아했다.

"대행왕 전하의 성정에는 쉽지 않은 결정이셨을 터인데……."

하긴, 그는 홍덕로 때도 그랬다. 반드시 사라져야 할 존재로 상정해 놓고서도 유의미한 공로를 인정해 목숨만은 보전해주었다. 다 잃고 목숨만 남는다는 게 홍덕로에겐 썩 망극한 성은만은 아니었던 모양이지만.

"옛날에 자가께서 《운영전雲英傳》에 대해 아뢰신 적이 있으시다면서요?"

이어서 영희의 입에서 나온 질문에 덕임은 깜짝 놀랐다. 그것은 섬기는 주인이 아닌 외간 사내를 사랑한 궁녀를 다룬 이야기다. 분명 그 책을 두고 덕임은 결코 이길 수 없는 논쟁을 선왕과 벌인 바 있었다.

"그리고 궁녀는 죽어도 되느냐고 전하께 여쭈신 적도 있으시다고……?"

역시나 기억이 났다. 일부러 좁히지 않을 뿐이라고 여겼던 거리가 사실은 좁히려야 좁힐 수 없는 깊은 골이었음을 서로 깨달은 날의 일이었다.

"자가의 두 가지 물음에 대한 선왕의 성심은 바뀌지 않으셨다고 하셨습니다. 이 나라의 지존으로 군림하는 한, 쉽게 바꿀 수 없다고도 하셨나이다."

영희가 말했다.

"다만…… 그 물음에 진 빚만은 갚아야 옳다고 하셨사옵니다."

"네 목숨을 살려주심으로써 말이지?"

먹먹한 심정으로 덕임이 물었다. 영희는 조용히 고개를 끄덕였다.

과연 그는 그런 사내였다. 원칙과 명분을 항상 따랐다. 가뭄에 콩 나듯 타인에게 폐부를 찔릴라 쳐도, 권위로 찍어 누르는 방식으로 스스로를 정당화하지는 않았다. 도리어 찔린 상흔을 몇 번이고 곱씹으며 자기 자신을 재정비했다. 받아들일 부분은 받아들였고, 도저히 가납할 수 없는 부분에는 대안을 내놓았다.

적어도 그는 제 허물을 무시하지 않고 직시하는 사람이었다. 하여 그가 내놓는 대안이 늘 마음에 쏙 들지는 않을지언정 납득할 정도는 되었다.

"그래놓고 내게는 평생 언질도 없으셨어."

덕임이 중얼거렸다.

"내 원망을 살 줄 아셨으면서도 정녕 한 마디도……."

"대행왕께선 원래 그런 분이셨지 않사옵니까."

가만히 듣던 경희가 어깨를 으쓱하며 대꾸했다.

실로 그러하였다. 어쩔 수 없이 그런 사람이었다. 지난한 세월을 더불어 보내면서 그에 대해서라면 속속들이 안다고 자신했지만, 한편으로 덕임은 떠나고 없는 선왕에게 아직도 묻고 싶은 게 많았다.

말랑한 속살을 감추기 위해 일부러 가시로 엮어 만든 겉껍질을 뒤집어쓰는 사람이었다. 여인의 환심을 살 법할 달콤한 대답일랑 할 줄 모르면서, 임금답다 싶은 대답이라면 누구보다도 잘 하는 사내였다. 첩을 화나게 하는 말은 불쑥 잘도 꺼내면서, 스스로를 좋게 포장하거나 변명하는 말은 좀처럼 할 줄 모르는 지아비였다.

이 순간, 뼈에 사무치듯 아린 이 감정이 무엇인지를 덕임은 잘 알았다. 평생 외면해왔지만 사실은 늘 알고 있었다.

"쇤네에게는 목숨에 더해 사랑까지 남았으니 망극할 따름이었나이다."

덕임의 침묵을 틈타 영희가 이야기를 이어갔다.

"다만 쇤네와 서방님 둘 다 본래 신분을 잃었기 때문에 이리저리 떠도는 백정 행세를 해야만 했사옵니다."

영희가 이야기를 이어갔다.

"쉽지 않은 노릇이었을 텐데."

덕임이 탄식했다.

"예. 주로 사냥을 하고 산나물을 캐어 먹었사옵니다."

구구절절한 고생담을 짤막하게 삼키면서, 놀랍게도 그녀는 미소를 지었다.

"힘든 신세였지만 그래도 행복했사옵니다."

특히나 어려서부터 궁중서 얌전히 지낸 영희로서는 야생에 내던져진 기분이었을 텐데 회고하는 표정은 평온했다.

"쇤네의 선택이었으니 후회하지 않기로 했거든요."

참 많은 감정이 섞인 그 한 마디가 덕임의 가슴을 찔렀다.

"저기, 바깥사람은 어떻게 된 거냐?"

웬일로 복연이 주저하며 물었다.

"서방님은 작년에 죽었어요."

영희가 어둡게 대꾸했다.

"나이가 드니 떠돌이 신세도 힘겨워 자리를 잡기로 했지요. 하여 지방 서원에서 공자님의 제사상에 올릴 고기를 손질하는 일을 맡았사온데, 하필 잔혹하기로 악명이 높은 유생 무리에게 꼬투리가 잡혀 매를 맞다가……."

그녀는 지아비를 위해서는 울지 않았다. 이미 눈물이 다 메말라 버린 모양이었다.

"서방님이 죽은 뒤로는 더욱 쉽지 않았나이다. 여자 홀몸으로는 푼돈이라도 벌기 힘들거든요."

영희가 한숨을 쉬었다.

"주로 걸식을 하며 논밭의 곡식을 훔쳐 먹었지요. 걸음 닿는 대로 떠돌다가 도성 근처까지 흘러들었고, 이제 정말 죽겠구나 싶은 순간이 왔는데……."

"바로 그때 제가 영희를 찾았사옵니다."

잘난 체할 기회를 놓치지 않는 경희가 으스대며 끼어들었다.

"넌 영희가 살아있다는 걸 알고 있었어?"

덕임이 물었다.

"그건 아니었지요."

경희가 입을 삐죽였다.

"왜, 예전에 복연이가 멍청한 소리를 했잖아요. 영희는 죽은 게 아니라 죽은 척하고 서방하고 도망간 게 아니냐는 둥……. 그래서 그 멍청한 소리를 한번 믿어보기로 한 것이지요."

그녀는 대수롭지 않은 척 말했다.

"혹시나 하는 희망으로 대강 영희와 처지가 비슷한 여인을 계속 수소문했사옵니다. 정녕 살아있다면 떳떳한 신분이 없어 백정 신세였으리라는 정도는 짐작했으니까요."

과연 제일 까칠한 척하면서도 결국에는 제일 물렁한 경희다웠다.

"야! 멍청한 소리를 믿는 사람이 더 멍청한 거 아니냐!"

불쑥 복연이 따졌다.

"지도 세책점에서 그런 이야기 많이 봤답시고 맞장구쳤으면서!"

물론 경희는 못 들은 척했다.

"쇤네는 후회하지 않사옵니다."

덕임의 조용한 연민을 느꼈는지 영희가 다시금 힘주어 말했다. 문득 덕임은 영희가 예전과 달리 너무나 자연스럽게 스스로를 '쇤네'라고 칭한다는 사실을 깨달았다.

"적어도 쇤네를 알아봐주고 위로해주는 사람을 선택했으니까요."

"여기서도 널 알아봐주고 위로해주는 사람들은 있었거든."

경희가 못마땅한 듯 투덜거렸다.

"야! 넌 눈치도 없냐."

복연이 그런 경희의 옆구리를 푹 찔렀다.

"다른 사람도 아니고 네가 나한테 눈치를 운운해?"

경희는 치명상을 입은 옆구리를 움켜쥐며 눈을 치떴다.

둘이 또 싸우려나 싶었는데 영희가 웃음을 터트렸다. 그 바람에 경희와 복연 둘 다 넋이 빠져 멈추었다.

"정말 하나도 변하지 않아서…… 다행이옵니다."

영희의 웃음은 곧 눈물로 도로 바뀌었다.

"서방님과 함께 하던 세월은 행복했지만 마음 한 구석에는 늘 자가와 경희, 복연이를 향한 그리움이 있었사옵니다. 둘 중 하나를 택한다는 것이 어떤 의미인 줄 진즉 정확히 알았다면 처음 갈림길에 섰을 때 훨씬 망설였을 거예요."

영희가 무릎을 꿇은 채 울먹였다.

"다들 어리석은 쇤네를 용서하실는지요?"

덕임은 고개를 저었다.

"용서하고 말고 할 게 어디 있어. 난 널 지켜주지 못했는데."

그러곤 그녀를 끌어안았다. 원래도 마른 아이였지만 이제는 정말 살가죽밖에 없었다.

"으허허어허어헝!"

뭔가를 말하려는 의도였을 법한 기묘한 울음소리를 내며 복연이 와락 두 사람을 덮쳤다. 숨이 막혔지만 아늑했다.

"난 용서하지, 뭐."

경희가 쭈뼛거리며 한 마디 툭 보태더니 슬쩍 기대왔다. 그러자 기다렸다는 듯 복연이 경희를 덥석 끌어서 다 같이 끌어안은 모양새로 만들었다.

좁디좁은 삶이 걷잡을 수 없이 엇나가면서 끝내 잃고 말았던 덕임의 충만한 우주를 비로소 되찾았다.

"하면 이제 어떻게 하지?"

감정의 파도가 가라앉자 현실적인 문제가 남았다.

"영희는 제가 데리고 있을게요."

그리고 현실적인 문제에는 경희가 가장 빠삭했다.

"여염의 제 소유 사택들 중 하나에 영희를 새로 들인 가비家婢인 척 두겠사옵니다. 마침 얼마 전에 출궁하신 서 상궁 마마님도 그곳에서 모시고 있으니까요. 적당한 신분도 한번 구해보겠나이다."

"넌 장안에 집이랑 땅을 얼마나 가진 거냐?"

복연이 입을 헤 벌렸다.

"우리들 다 출궁하고 나서도 배부르게 먹고 살 만큼은 있어."

경희가 으스댔다.

"그럼 우리 그냥 다 지금 죽을병에 걸렸다고 거짓말하고 나가면 어떠냐?"

복연이 신이 나서 물었다. 대전의 궁인이었던 그녀는 선왕이 승하하셨을 때 출궁할 뻔했지만, 용케 경희의 막강한 힘을 빌려 대궐에 붙박

여있는 참이었다.

“궁궐에는 질릴 만큼 있었으니 슬슬 나가서 군밤 까먹으면서 세책점에서 빌려온 책이나 읽자.”

“……분명 언젠가 그런 약조를 했었지요.”

고된 삶 속에서도 결코 잊지 않은 양 영희가 말했다.

“나중에 출궁하면 모아둔 재물로 세책점 근처에 집을 짓고 같이 살자고 했었지.”

덕임도 동조했다.

“화톳불을 쬐고 군밤을 까먹으면서…….”

복연이 일부러 말을 끝맺지 않고 질질 끌더니 경희를 가리켰다.

“다 같이 책이나 읽자고요.”

마지못한 척 경희가 마무리 지었다.

“잘 기억하지요. 자가께서 저를 쏙 빼놓고 영희랑만 지교 맹세를 하던 시절의 약속이니까요.”

게다가 질리지도 않는지 경희는 또 어릴 때 서운함을 어제 일처럼 끄집어냈다.

“야, 진짜 괜찮다. 그치?”

그러거나 말거나, 엄청난 생각을 해냈답시고 스스로를 대견해하며 복연은 아까 찌른 경희의 옆구리를 또 푹 찔렀다.

“저는 좋습니다.”

감히 바랄 수도 없는 큰 행운이라는 양 영희는 미소 지었다.

“난 제조상궁으로서 운신이…….”

“아, 까짓 거 평안감사도 저 싫으면 그만이라더라!”

복연이 거들먹거리며 튕기는 경희의 팔뚝을 퍽 때렸다.

“그리고 자가께서는…….”

천리마를 얻은 양 질주하던 복연의 낙관론이 뚝 끊어졌다.

"어, 어떡하지?"

떠들썩하던 분위기가 찬물을 끼얹은 듯 식어버렸다. 왕의 사랑을 받드는 후궁도, 왕을 낳은 후궁도 온전히 스스로의 의지로는 감히 떠날 수 없다.

"난 식이 오라버니를 부를게."

그래도 지금만큼은 현실을 외면하고 싶었다.

"해지면 밖에서 보초 좀 서라고 시키자. 우리 오라버니는 요즘 빈둥대면서 새언니가 차려주는 밥이나 축내고 있거든."

하여 일부러 너스레를 떨었다.

"과거 뒷바라지한 값은 받아야 할 거 아니야."

"그렇지요. 이자까지 쳐서 받아야지요."

웬일로 경희가 먼저 모른 척 농담을 받아주었다.

"우리 개도 한 마리 키워요. 큰 놈으로."

눈치가 없는 복연은 도로 신이 나서 떠들었다.

"아니다! 두 마리 어때요? 개 먹잇감은 경희가 다 마련하면 되니까요."

"난 네 식비만으로도 감당이 안 될 거야."

경희가 눈을 치떴다.

"곳간의 쌀이 다 떨어지면 쇤네가 그 개를 데리고 사냥을 나갈게요."

영희가 수줍게 끼어들었다.

"덫도 놓을 줄 알고, 활도 제법 잘 쏘거든요."

"세상에, 네가 뭘 한다고?"

경희가 기겁을 했다. 소스라치게 놀라는 표정이 엄청 우스웠다. 복연이 먼저 기와가 무너지도록 크게 웃음을 터트렸다. 이어서 덕임이 따라 웃고, 영희도 미소를 지었다. 자존심 때문에 동조하지 않으려고 뺨을 씰룩이며 참던 경희마저 기어코 터지고 말았다.

네 사람은 한 번도 헤어졌던 적 없었던 것처럼, 배가 아플 때까지 웃었다.

여러 날을 고민하던 덕임은 마침내 마음을 먹었다. 해가 저물었다. 대전으로 향했다. 과연 아들은 일과를 마치고 침전에 있었다. 언질도 없이 불쑥 찾아온 생모를 반갑게 맞이하는 용안에는 부왕을 똑 닮은 피곤함이 물들어 있었다.

"침수 드실 준비는 아니 하시고 독서 삼매경이셔요?"

또한 새벽이 깊도록 불을 끄지 않았던 부왕처럼, 익숙할 만치 꼿꼿한 자세로 서안에 책을 펼쳐 두고 있었다.

"아직 어리고 배울 것이 많은 임금이옵니다."

아들은 수줍게 대꾸했다.

"옛날에는 소자가 일찍 잠을 청하지 않고 책을 읽으면……."

문득 그립다는 듯 그가 덧붙였다.

"어머니께서 냉큼 눕혀 놓고 소자가 잠들 때까지 《홍계월전》이니, 《박씨부인전》이니, 백성들이 즐겨 읽는다는 이야기를 들려주셨지요."

아들이 웃었다.

"아바마마께서 아무리 질색을 하셔도 아랑곳하지 않으시면서요."

"오늘도 원하신다면 가능합니다."

덕임이 다 큰 아들에게 너스레를 떨었다.

"금일 소자에게만 이야기를 들려주셨다는 걸 옹주가 알았다간 저만 빼놓았다고 샘을 낼 것이옵니다."

아들도 농담으로 대꾸했다.

"그 성격이면 당장 사가를 박차고 뛰쳐나와 대전 밖에서 농성을 벌일 테지요."

"오누이인데 볼수록 두 분이 참 다르십니다."

"소자와 옹주는 서로 다른 방식으로 아바마마와 어머니를 닮았사옵니다."

아들은 다정하게 말했다. 비록 손아래 누이가 먼젓번에 문후 여쭌답시고 찾아왔다가 박살을 낸 벼루를 흘끔 곁눈질했지만.

"하온데 어찌 밤길을 걸어오셨사옵니까?"

"오랜만에 전하와 둘이서 이야기를 좀 하고 싶어서요."

덕임은 챙겨온 보따리를 끌러 아들에게 내밀었다.

"이것은…… 술이옵니까?"

아들이 난처한 표정을 지었다.

"소자가 술과 담배에는 약하다는 것을 잘 아시면서요."

"하긴, 대행왕께서 신료들과 스스럼없이 어울리려면 이런 것도 배워야 한다며 권하실 때마다 어쩔 줄을 몰라 하셨지요."

그런 쪽으로는 도통 부왕을 만족시키지 못했던 아들은 멋쩍게 웃었다.

"지금 같이 마시자고 가져온 게 아닙니다. 맡아두었던 것을 돌려드리려고 가져왔을 뿐이에요."

"맡아두셨다니요?"

"승하하시기 두어 달 전 즈음, 선왕께서 제게 맡기셨습니다."

덕임이 말했다.

"바다 건너에서 들어온 귀한 술이라던데요. 아껴두었다가 좋은 날에 마시고 싶은데, 손닿는 곳에 두면 못 참을 것 같다고 말씀하셨지요."

선왕은 대쪽 같은 사내였지만 참 어린애 같은 구석도 많았다.

"궁중에서 임금을 무서워하지 않기로 으뜸인 너야말로 파수꾼 역할에 제격이다! 뭐, 이러시면서 제게 맡기셨답니다."

선연한 추억에 덕임은 미소를 지었다.

"아바마마의 귀한 술을 소자가 받을 수는 없사옵니다."

"전하의 것이 맞사옵니다. 대행왕 전하의 모든 것을 이어받으셨으니까요."

"……망극하옵니다."

하릴없이 아들은 술병을 받아 어루만졌다.

"하온데 어머니께서 정녕 하시고 싶은 말씀은 이게 아니시지요?"

그러더니 노련하게 덕임의 의표를 찌르기까지 했다.

"어떤 말씀을 하시려고 뜸을 들이시는지 소자가 적잖이 불안하옵니다."

단숨에 본론으로 치고 들어가는 면모는 부왕을 꼭 닮았다.

"쉽게 올릴 이야기가 아니라서 여러 날을 주저하였습니다."

덕임이 머뭇거리며 말문을 열었다.

아들은 어미가 궁인 출신이며, 어려서부터 친하게 지내온 궁녀들이 있다는 사실 정도는 알았다. 다만 소상히는 알지 못했다. 명분과 출생에 더없이 민감한 사대부들 위에 군림해야 할 아들에게 부족한 생모의 존재를 굳이 얹어주고 싶지 않아 늘 말을 아껴왔다.

그렇지만 오늘만은 세 명의 친구에 대해서, 언젠가의 약속에 대해서, 기탄없이 풀어냈다.

"……하여 저는 이제 궁궐을 떠났으면 합니다."

마침내 덕임은 마지막 소망을 입술에 담았다.

"여기서 저는 항상 계륵일 테니까요."

"계륵이라니요?"

"저는 자전과 자궁처럼 예우받는 왕실의 어른이 되지 못합니다. 그렇다고 조강지처인 왕후도 아니고, 정비에 준하게 간택된 무품빈도 아니지요."

덕임이 말했다.

"단지 대행왕 전하의 성은으로 그분들 사이에 애매하게 끼어있을 뿐입니다. 그리고 그 성은이 다한 지금은, 전하의 생모라는 은혜로 또 간신히 붙어있는 것이고요."

가슴을 꽉 막은 덩어리가 툭 튀어나왔다.

"여기서 제 인생은 영원히 한 사내의 첩 그 이상도 그 이하도 아닐 것이옵니다."

덕임은 부정하려는 아들에게 고개를 저었다.

"저는 작고 하찮은 것이라도 선택하고 싶습니다."

참으로 이루기가 어려운 소망이었다.

어떤 사내의 딸로서, 누이로서, 지어미로서, 어머니로서 정의되는 삶이 솔직히 말해서 나쁘진 않았다. 오히려 가슴이 벅찰 만큼 좋은 순간도 많았다.

"그리하여 스스로의 사람으로서 살고 싶습니다."

하지만 모든 것이 좋다고는 할 수 없었다.

덕임은 친구들을 생각했다. 경희는 어려서 세운 목표를 위해 달려왔고 기어이 그걸 이뤘다. 복연은 현실이 심신을 힘들게 할지라도 늘 만족하고 좋은 면만 바라보며 의젓하게 제 갈 길을 갔다. 그리고 영희는 자신을 옥죄던 틀을 부수는 선택을 했을 뿐더러, 그 선택을 후회하지 않는 법을 배웠다.

덕임은 한 사내의 인생에 속해 제 이야기를 힘겹게 써왔지만, 벗들은 열심히 자신만의 인생을 완성해왔다. 무엇보다도 그게 제일 부러웠다. 다행이라면 아직 늦지 않았다는 점이리라. 가늘고 길게 살기를 추구하는 인생에서 늦은 때란 없는 법이다.

"저에게도 이름이 있습니다. 세월이 흐르고 나면 아무도 기억해주지 않을지라도, 적어도 저 자신으로서는 살 수 있는 이름일 것이옵니다."

덕임은 왕을 응시했다.

그는 그녀의 아들이었지만 동시에 왕이었다. 태어날 때부터 온 세상의 아들이자 지존으로 낙점된, 부왕을 똑 닮은 또 다른 왕이란 말이다. 따라서 아들이 절대 자신을 이해하지는 못하리라는 서글픈 예감이 들었다. 덕임은 자신을 마음에 두었다고 주장하던 선왕이 평생 짊어졌던 태생적인 한계와 후천적인 책임들을 고스란히 기억했다.

"소자의 곁에는 어머니가 계셔야 하옵니다."

아들도 덕임을 응시했다.

"하지만 자식이라는 연유로 어머니의 뜻을 가로막아선 아니 되겠지요."

순간 덕임은 제 귀를 의심했다.

"앞으로 어머니께선 부디 스스로의 인생을 구하소서."

아들의 눈빛은 덕임을 똑 닮았다.

"다만, 어머니께서 좋은 지어미셨고 좋은 모친이셨다는 공덕을 부끄럽게 여기지만 마소서. 아바마마와 소자와 동기(同氣, 형제자매)들 또한 어머니 인생의 일부이니까요."

그는 그게 부디 덕임의 삶에서 좋은 부분이길 소망하듯 말했다.

아들은 덕임이 기대어 울 어깨를 내주었다. 곤룡포 앞섶이 이내 눈물로 흠뻑 젖어버렸다. 덕임은 그래도 자신의 선택을 윤허해주어 고맙다는 말은 하지 않기로 했다. 어쩐지 이치에 닿지 않는 말이라는 생각이 들었기 때문이었다.

"기왕 이렇게 된 거, 한 잔 올리겠사옵니다."

이윽고 덕임이 눈물을 그칠 무렵, 아들은 아까 덕임이 준 술병을 열었다.

"아니, 그 귀한 술은 마땅히 신료들과 나누셔야지요."

"아바마마께서 정녕 좋은 날에 젓수시려 하셨다면서요. 금일이야말로 좋은 날이옵니다."

덕임은 또 눈시울을 붉혔다.

"전하께선 술도 못 하시면서……."

"그러니 어머니 앞에서 마시려는 것 아니옵니까. 신료들 앞에서는 얕잡아 보일까 입에 댈 수도 없으니까요."

설득하는 솜씨는 아주 달변이었다.

"궐을 떠나면 무엇을 가장 하고 싶으시옵니까?"

아들이 한 잔 따르며 물었다.

"늦잠을 자고 싶습니다."

덕임이 말했다.

"항시 궁중 일과에 묶여 있느라 자고 싶은 만큼 자본 적이 없어요."

"그리고요?"

"옷도 의례에 맞든 말든 제가 원하는 걸로 편하게 고르고 싶습니다. 저잣거리에서 군것질도 하고 싶고, 벗들과 밤새 배 깔고 누워서 떠들었으면 합니다."

덕임은 잠시 고민하다가 덧붙였다.

"그리고 무엇보다…… 글씨를 쓰고 싶습니다."

밤새 시간 가는 줄도 모르고 붓을 휘갈기다가 맞이하던 새벽 해가 그리웠다. 자신의 재주에 오롯이 매진하던 그 열정도, 선왕께서 하지 말라고 할 때마다 몰래 숨어서 더 하려고 기를 썼던 치기도, 너무나 그리웠다.

"하찮지요?"

문득 그녀는 쑥스러워 바닥을 긁었다.

"아니옵니다. 그런 사소한 선택을 하다 보면 중요한 선택도 하게 되겠지요."

아들은 진지하게 대꾸했다.

"개중에는 잘못된 선택이 있어 속상해지실 테고, 옳은 선택도 있어 뿌듯해지실 테지요. 그런 게 바로 어머니께서 원하시는 인생 아니옵니까?"

덕임은 고개를 끄덕였다. 실로 옳은 말이었다.

"정답을 맞힌 소자에게 한 잔 내려주시지요."

아들은 천연덕스레 술잔을 내밀었다.

물론 공연한 허세였다. 아들의 용안은 너무 빨리 발갛게 물들었다. 석 잔까지 마시지도 못하고 주안상에 고꾸라져버렸다. 내시들이 낑낑대며 달라붙어 만취한 임금의 의복을 벗겨내고 금침에 눕혔다. 그 광경이 주량이라면 저것보다 한참 앞서고도 곧잘 만취했던 다른 왕을 떠올리게 하여 덕임은 소리 내어 웃었다.

대전을 나온 그녀는 다시금 제 앞에 펼쳐진 밤을 바라보았다. 임금마저 잠든 대지를 밟는 마음이 무척 홀가분했다. 지금 제 얼굴이 옛날에 한 시절을 과거 속으로 흘려보내던 대왕대비의 표정과 닮았으리라는 생각이 문득 들었다.

과연 나쁘지 않은 기분이었다.

아들은 생모에게 병환이 생겨 여염으로 피접을 보내드린다는 핑계를 만들었다. 그러곤 옹주와 청연군주가 사는 근방에 덕임의 거처를 마련해주었다.

"가까운 곳에 계셔야 소자가 매일 들러 문후를 여쭈지요."

덕임이 만류하여도 아들은 기어이 그럴 기세였다.

또한 복연을 사저에서 그녀를 모실 상궁으로서 함께 나가게끔 해주었다. 복연은 냉큼 다듬잇방망이를 내던지고 덕임과 함께 먹을 갈겠노라 선언했다. 경희는 제조상궁으로서 하고 싶은 일이 아직 더 있다고 했다. 미련 없이 지위를 물려줄 마음을 먹을 때까지 기다려달라고도 했다. 대신 권력을 남용해서라도 자주 들를 테니 저를 따돌리지 말라는 둥 애꿎은 경고나 날렸다. 하여 영희가 미리 네 사람의 집에 들어가 단장을 마쳐놓기로 했다.

한데 정작 제일 신이 난 사람은 따로 있었다.

"자가께서 필사하실 책을 이미 다 준비해두었다니까요."

바로 청연군주였다. 덕임이 궁궐을 나간다는 소식을 듣자마자 온갖 책을 바리바리 싸들고 와서는 좌르르 펼쳤다.

"이건 남장여자물, 이건 궁중암투물, 이건 정쟁물, 이건 무협물……."

"그동안 절 부려먹지 못해 안달이 나셨나 보옵니다."

덕임이 혀를 내둘렀다.

"아, 쉬실 만큼 쉬셨잖아요. 이제는 속히 일을 하셔야지요!"

"제가 쉬었으면 뭐 얼마나 쉬었다고요?"

"헐벗고 궁핍해도 열심히 논밭을 매는 백성들을 보십시오!"

대뜸 청연이 창밖을 가리키며 어울리지도 않는 열변을 토했다.

"그들에 비하면 자가께선 얼마나 팔자가 편하셨습니까!"

"그런 말씀은 어디서 배우셨어요?"

"당연히 오라버니한테 배웠지요."

청연이 어깨를 으쓱했다.

"대행왕 전하의 애민정신 섞인 잔소리라면 귀에 딱지가 앉도록 들었나이다. 다 이럴 때 쓰라고 제게 가르쳐주신 거라니까요."

덕임은 어처구니가 없어서 웃어버렸다.

"이 책들 필사를 다 마치시면, 저랑 같이 아예 소설을 새로 하나 쓰시면 된답니다."

멋대로 그 웃음을 동의 표현이라고 단정 지은 청연은 뻔뻔하게 덧붙였다.

"소재도 벌써 다 생각을 해놨거든요. 얌전한 고양이 같았던 궁중의 나인이 우연히 동궁과 얽히는 바람에 울며 겨자 먹기로 부뚜막에 올라가는……."

어째 덕임이 잘 아는 이야기 같았지만 청연의 창의성이 부족한 셈치고 들어주기로 했다.

반면 청연과 달리, 대왕대비의 반대는 자못 격렬했다. 그리 멀리 가는 게 아닐뿐더러, 닷새 마다 꼭 입궁하여 계속 자전께 글을 배우겠다는 약조까지 내세우고서야 간신히 설득할 수 있었다.

"그토록 엄했던 선왕께서도 백기를 든 너를 내가 어찌 하겠느냐만."

여염에서 마마께서 마음에 들어 하실 만한 책을 보는 족족 구해다 바치겠다는 아첨 덕분에 한결 누그러진 대왕대비는 혀를 끌끌 차며 그리 말했다.

그래도 대왕대비의 마음을 돌린 덕은 톡톡히 보았다. 생모가 임금을 보필하지 않고 어딜 가느냐는 자궁의 아쉬움 섞인 탄식을 잘 막아주었기 때문이다. 또한 새 임금이 불효하여 즉위하자마자 궁인 출신 후궁인 사친을 내친다는 둥 궁중에 떠도는 윤색된 소문도 전부 엄히 다스려주었다.

"오랜 세월을 함께 해왔는데……."

한편 대비와 경수궁도 덕임을 찾아왔다.

"이 기분을 뭐라고 설명해야 할지 모르겠네."

자못 쓸쓸한 낯으로 대비가 말했다. 그녀는 중궁전을 물려주고 난 뒤로 훨씬 혈색이 좋아졌다. 왕비로서 짊어져야 했던 책무에서 비로소 해방된 탓일는지도 모르겠다.

“이거 받아줬으면 하네.”

경수궁은 뜻밖에도 웬 조그마한 함을 내밀었다. 열어보니 편강과 대추절임이 들어있었다.

“난 원래 생강을 못 먹었었는데, 생각해 보니 자네 덕분에 먹게 되었더라고.”

그녀는 다소 멋쩍어하는 눈치였다.

“그리고 대추절임은…… 내가 좋아하는 거라서. 자네도 맛 좀 봐보라고.”

덕임은 생경한 감정이 울컥해 아무 말도 할 수 없었다.

“언젠가 자네가 내게 가장 아끼는 것이 무엇이냐고 물어봤었지?”

두 후궁을 물끄러미 보던 대비가 덕임에게 말했다.

“그때 난 내가 가진 전부인 이 왕실이라고 대답했었고.”

“그러셨지요.”

“거기에는 자네도 포함이 된다는 거. 그것만 알고 가게.”

약간 쑥스러운 기색으로 그녀는 말을 이었다.

“자네에게 매일 좋은 날만 있었던 것은 아니었겠지만, 이 왕실도 자네의 집일세. 그리고 가족은 본래 서운함도 고마움도 공유하는 사이인 법이고.”

새삼스레 덕임은 지나온 세월을 돌이켜보았다. 특히 자신의 옛 생각들을 헤아렸다. 개중에는 변하지 않은 것들이 있었다. 반면에 훨씬 긍정적인 방향으로 변한 것들도 있었다. 아마 대비와 경수궁 역시 마찬가지일 터였다.

덕분에 덕임은 눈물을 보이는 대신 활짝 웃어 작별할 수 있었다.

마침내 궁중에서 보내는 마지막 밤을 맞이했다.

덕임은 짐을 꾸렸다. 가진 것이 많지 않았다. 다 닳아빠지도록 쓴 붓과 서책 몇 권을 제일 먼저 챙겼다. 개중에는 곱게 간직해온《여범女範》도 있었다. 청연처럼 허물없지는 않아도 나름대로 깊은 속정을 내비치며 언젠가 청선군주가 선물해 준 염주도 빼놓지 않았다. 시답잖은 잡동사니도 어지간하면 다 가져가기로 했다. 그리고 옛날에 아들이 고사리손으로 만들어준 꽃반지도 부스러지지 않도록 조심조심 종이로 감쌌다. 너무 바싹 말라서 얼마나 더 버틸지 모르겠지만, 그래도 가능한 한 간직하고 싶었다.

반닫이를 뒤져보니 먼지 쌓인 하얀 함이 있었다. 글씨로 빼곡히 채운 종잇장이 잔뜩 나왔다. 소싯적에 선왕께 써서 바친 반성문이었다. 이제는 기억조차 할 수 없는 잘못들로 가득했다.

순수하고 치기 어린 글월인데도 분명 선왕은 하나도 빼놓지 않고 다 읽었다고 했었다. 그와 함께했던 세월의 흔적이 고스란히 보존되어 있다는 사실이 기쁘고도 슬펐다. 하여 덕임은 한 문장, 한 문장을 곱씹으며 눈물을 흘렸다.

그리고 제일 아래에 옷 한 벌이 있었다. 옷소매 끝동을 자줏빛으로 붉게 물들인 궁녀의 의복이었다. 궁녀를 홍수(紅袖, 붉은 옷소매)라고 일컫는 것도 바로 그런 까닭에서다.

바로 덕임이 마지막 순간까지 꼭 간직하고 싶은 것이었다.

궁녀로서의 자신을 잊고 싶지 않았다. 하릴없이 타인의 이야기에 속한 존재로서만 인정받을지언정 스스로 선택한 삶이 있었다. 다른 사람에 의해 정해지지 않은 인생도 있었다. 덕임은 옷소매 붉은 끝동으로 늘 오롯한 자신의 이야기를 간직할 터였다.

다 끝났다. 마지막으로 인사해야 할 사람만 남았다.

덕임은 마당으로 나왔다. 홀로 조용히 밤하늘을 올려다보았다. 쏟아질 것처럼 별이 반짝였다. 밤공기에서는 언젠가 그와 나란히 앉아 깎아 먹었던 달콤한 오얏의 향이 났다.

"……전하께서 아니 계시면 잔소리꾼도 도깨비도 없어서 마냥 좋을 줄 알았는데, 어찌 이리 마음이 허한지 모르겠사옵니다."

덕임은 자신의 인생에서 의도치 않게 너무 많은 부분을 내어준 사내를 마주했다.

"결단코 전하를 사모할 일은 없을 거라고 아뢰었지만……."

도저히 끝맺을 수 없는 말은 입속에서 흩어졌다.

"전하께서도 이제는 아실까요."

대신 덕임은 눈을 감으며 속삭였다.

"정녕 내키지 않았다면 무슨 수를 써서라도 달아났을 거라는 걸."

선왕은 이십여 일의 투병 끝에 승하하였다. 과로로 옥체가 완전히 무너질 때까지 손에서 일을 놓지 않았다. 의식이 있는 마지막 순간에는 삼정승을 불러 마음에 걸리는 나랏일을 명하고, 세자를 잘 보필하라는 유언을 남겼다.

그는 눈을 감는 순간에 덕임을 찾지 않았다. 심지어 최후의 투병 중에 그녀가 병상으로 오는 것조차 윤허하지 않았다. 이상하다고 생각했다. 감환처럼 가벼운 병을 앓을 때는 옆에서 책을 읽어 달라는 둥 탕약을 먹여달라는 둥 치댔기 때문이었다. 한데 막상 죽을 고비를 목전에 둔 때에는 억지로 물리치려 애썼다.

어쩌면 삶의 마지막 순간마저도 임금으로서 보내고 싶은 모양인가 보다, 자못 섭섭한 의문까지 품을 무렵 부왕의 곁에서 종일 간병을 하던 아들이 슬쩍 언질을 주었다.

"아바마마께서는 어머니께 못난 모습을 보이고 싶지 않으시답니다."

아들은 씁쓸하게 덧붙이기도 했다.

"또한…… 어머니께 어떤 말씀을 하셔야 할지 망설이시는 것 같았나이다. 어머니로부터 어떤 말을 듣게 될지도 두려워하시는 것도 같았고요."

그러고 나서 얼마 지나지 않아 임금의 승하를 알리는 고동 부는 소리가 온 궁정에 울려 퍼졌다.

그는 평생 임금으로서 외길만 걸었다. 연인에게는 어떻게 작별을 고해야 할지 도통 몰랐던 게 틀림없다. 한편으로는 자신의 인생이 마지막에 다다랐다는 이유로 사랑한다는 말을 강요하진 않으려는 배려였던 것도 같다. 확신을 원했으면서도 결국 끝까지 참은 셈이다. 평생 남들에게 엄격했던 것 이상으로 자기 자신에게 훨씬 혹독했으니까.

그는 기다리겠다고 했었다. 다가가고 싶은 마음을 억누르기 위해 물러선 그에게, 물러서고 싶은데 어쩔 수 없다는 듯 다가온 그녀가 진정 사랑을 느낄 때까지…….

그 사람은 그런 남자였다. 그리고 덕임은 그런 남자이기에 그를 마냥 뿌리칠 수 없었다.

"기왕 기다리시기로 하셨으니 조금만 더 기다리소서."

덕임은 그가 있을 하늘을 바라보며 속삭였다.

"전하께선 전하의 인생을 사셨으니, 신첩도 신첩의 인생을 살겠사옵니다. 하오면 후일 다시 만나는 날이 오겠지요."

세간에서는 지아비를 여읜 여인을 미망인未亡人이라고 불렀다. 미처 따라 죽지 못한 사람이라는 뜻이다. 일상에서 그 말을 당연하게 쓰면서도 덕임은 참 우습다는 생각을 했다. 그녀는 단 한 번도 다른 사람의 끝을 따라 완결지어야 마땅하다는 식으로 제 인생을 시답잖게 여긴 적이 없었다.

"그때가 되면 신첩이 어떤 선택을 했고, 어떻게 스스로의 사람으로 살았는지 전부 말씀드리겠사옵니다."

가만히 품을 뒤졌다. 조그마한 향낭 주머니가 손끝에 걸렸다. 향낭 주머니 속에는 밀감 껍질이 들어있었다. 처음 맛보여준 이래로 매년, 그는 동짓날마다 꼭 밀감을 덕임에게 주었다. 고지식해서 생색도 낼 줄 모르면서 첩이 기뻐하는 모습을 보겠다고 챙기는 선물이었다. 그러면 덕임은 그 껍질을 말려 향낭을 만들곤 했다.

"다시 만나는 그때, 우리도 다시 밀고 당겨보기로 약조하겠나이다."

그가 마지막으로 준 밀감으로 만든 향낭은 벌써 향이 다 날아가 버렸다. 그리고 곧 다가올 동짓날에 그는 없을 것이다.

"그때는 전하께서 임금이기보다는 한 사람의 사내이시기를……."

그래도 덕임은 괜찮았다.

"그리고 신첩의 선택이 전하이기를……."

그녀는 자신이 발을 디딘 곳을 보았다. 현실이라기에는 어쩐지 실감이 나질 않았다. 그래도 역시 괜찮았다. 남기지 못할 미래라도 좋다. 꿈이라도 좋다. 죽음이라도 좋다. 가늠할 순 없어도 어쨌든 현재다. 속절없이 흘러가는 모든 순간의 끝에 또 다른 희망이 있는 지금이다.

그렇게 덕임은 약속의 땅에 섰다. 그리고 진실로 행복했다.

외전 '약속의 땅'

끝.

작가 후기

'옷소매 붉은 끝동'은 2006년에서 2007년으로 넘어가는 겨울에 시작되어 2015년 봄에 완성되었고, 2017년 4월에 처음 출간되었습니다. 이후 독자님의 사랑 덕분에 2021년에는 웹툰과 드라마로도 제작되었습니다.

봄·여름이면 이 책이 생각나서 다시 읽는다는 감사한 말씀을 들은 적이 있습니다. 그래서 저는 글을 쓰는 속도가 매우 느린 편이라 다소 막막했지만, 이번 개정판도 꼭 그 따뜻한 계절에 맞추고 싶었습니다.

'옷소매 붉은 끝동'은 궁녀와 후궁의 인생에서 왕을 바라보는 이야기입니다. 영원한 주인공의 숙명을 타고 난 정조가 이 글에서는 의빈 성씨에게 자리를 양보하여, 나름대로 삶이 있었던 인물에게 주어진 왕의 사랑은 과연 어떤 의미였을지를 고민하게 합니다.

정조는 조선사에서도 손꼽히게 매력적인 인물입니다. 엄격한 원칙주의자인 동시에 거침없는 다혈질이기도 했습니다. 그리고 실제로 그는 의빈 성씨가 궁핍할 지경으로 검소했으며, 친정과 거리를 뒀고, 죽는 순간까지도 대를 이을 아들을 꼭 얻으시라 간청한 점을 칭찬했습니다. 이는 저에게 상대 인물의 관점에서 인생을 그려보는 데에 큰 단서를 주었습니다.

정조는 의빈 성씨를 사랑했습니다.

그녀는 본디 궁녀였습니다. 신분의식이 강했던 정조에게 어울릴 상대는 아니었습니다. 또한 문체반정까지 일으킨 그와 달리, 궁녀들과 소설 필사를 하기도 했습니다. 그리고 비록 시대상에 맞는 겸손한 이유야 내세웠습니다만, 왕의 사랑에 순순히 응하지도 않았습니다. 여러모로 정조의 완고한 가치관과 맞지 않을 법한 여자였습니다.

그런데도 왜 하필 그녀여야만 했던 걸까요? 이러한 의문을 저는 '옷소매 붉은 끝동'이라는 긴 이야기로 풀어냈습니다만, 어쩌면 이 글을 읽어주신 분들께서는 다른 해답을 찾을 수도 있겠지요.

처음 개정판 및 외전의 집필 제의를 받았을 때, 생각해 보겠다고 말씀은 드렸지만 솔직히 사양할 생각이었습니다. 저에게 '옷소매 붉은 끝동'은 이미 오래전에 끝내고 돌아선 이야기였으니까요. 그런데 마침 휴일이라 테일러 스위프트의 앨범을 들으면서 마거릿 애트우드의 책을 읽다가 마음이 바뀌었습니다. 완성한 결과물을 다시 한번 펼쳐볼 수 있는 기회가 몹시 귀중한 것임을 깨달은 덕분입니다.

개정판을 위해 여러 가지를 구상했습니다만, 최종적으로는 독자님께서 사랑해주셨던 기존의 스토리를 최대한 보존하기로 결정했습니다.

우선, 이번 개정판은 제 개인적인 무삭제본을 기준으로 작업하였습니다. 처음 출판사에 투고할 때, 방대한 분량이 마음에 걸려 약 20만 자를 잘라냈습니다. 여기에는 덕임의 가족 이야기, 영희의 시점, 제조상궁 조씨와 관련된 경희의 집안 사정, 상대적으로 수위가 높은 장면, 시시한 개그 욕심, 왕실 여성들의 사연, 자세한 왕의 심리묘사 등이 포함되어 있었습니다. 비록 이번에도 과거와 같은 이유로 같은 장면들을 많이 삭제했습니다만, 기존에 보여드리지 못했던 내용의 일부를 다소나마 선보일 수 있어 감회가 새롭습니다.

아예 새롭게 추가된 내용도 있습니다. 당시 상황상 의빈 성씨의 생애 초반을 깊게 다루지 못해 아쉬웠는데, 덕임의 어린 궁녀 시절이 더해졌습니다. 이에 따라 전체적으로 세부적인 사항도 달라졌습니다.

개정판에서 변경된 내용도 있습니다. 특히 문효세자의 사망 장면이 그렇습니다. 세자의 상례 과정상 왕과 왕비는 어떤 옷을 입었고 언제 무엇을 했는지까지 자세히 기록된 반면, 후궁들의 경우는 그렇지 않다는 점에서 착안하여 기존의 장면을 썼습니다. 그런데 지난 5년 동안 저는 감사하게도 정성 어린 손 편지를 몇 통 받았습니다. 개중에는 기존의 장면이 유독 슬펐다는 내용도 있었습니다. 어린 학생 독자님의 말씀이었기에 제 마음에 크게 남았고, 이번 개정판에서 해당 내용을 살짝 바꾸는 이유가 되었습니다.

한편, '옷소매 붉은 끝동'에서는 실존 인물의 익숙한 명칭이 거의 등장하지 않습니다. 기존에 주로 '현록대부'라고 서술했던 은언군(恩彦君, 정조의 이복동생)의 경우도 마찬가지였습니다. 그런데 몇 번 등장하지도 않는 주제에 너무 낯설고 헷갈릴 여지가 있어 제 마음이 불편했습니다. 따라서 개정판에서는 은언군으로 등장시켰습니다.

그리고 삭제한 부분도 있습니다. 분량 조절 문제로 제가 아끼는 장면과 문장을 더러 잘라내야 했습니다. 후반부의 '의혹' 챕터도 마찬가지입니다. 처음 출간할 때 가장 로맨스 소설답지 못한 내용이라 껄끄러워서 원래 분량의 80%를 이미 잘라냈습니다만, 개정판에서도 최소한의 기능만 수행하게끔 다시 손을 보았습니다.

이번 개정판에는 4편의 외전이 수록되었습니다.

주로 본편에 수록하려다가 삭제한 이야기 및 기존에 사용한 소재를 활용하여 썼습니다. 다만 동시에, '옷소매 붉은 끝동'의 외전은 제가 본편에 넣지 않은 이유가 분명한 글입니다. 따라서 별개의 단편으로 즐겨주셨으면 합니다.

외전 '빈 처소'는 웹툰화를 기념하여 2021년 10월 1일에 공개하였습니다. '계마수' 챕터와 '언젠가의 약속' 챕터 사이에 속하는 이야기입니다. 원래 본편에 수록하려다가 유기성 등의 문제로 삭제한 내용인데, 살을 붙여서 외전으로 완성하게 되었습니다. 아시다시피 작중에서 왕의 시점은 제한적으로만 등장합니다. '옷소매 붉은 끝동'의 주인공은 덕임이기 때문입니다. 그런데 '빈 처소'를 통해 왕의 시점을 추가로 다루어서 저에게도 즐거운 경험이 되었습니다.

외전 '약속의 땅'은 드라마화를 기념하여 2021년 11월 12일에 공개하였습니다. 덕임이 살아남는 미래를 가정하는 이야기입니다. 그녀가 스스로 후련하게 짐을 정리하는 장면을 쓸 수 있어서 저로서는 영광이었습니다.

반면, 외전 '곤룡포처럼 붉은색'과 '마지막으로 남는 사람'은 종이책에만 수록되는 이야기입니다. 이 두꺼운 책에 독자님의 소중한 공간을 내어주셔서 감사합니다. 약소하나마 저의 진심 어린 보답을 받아주셨으면 합니다.

자리가 생긴 김에, '옷소매 붉은 끝동'과 같은 시기에 쓰였고 서로 연관성이 있어서 제가 늘 이 이야기의 자매로 여기는 장편들에 대해 잠깐 말씀드리고자 합니다.

먼저 정조 이후의 조선을 배경으로 하는 '잔나비 공주 애사'는 '옷소매 붉은 끝동'보다 먼저 완성되었으며, 그의 동생인 은언군이 주요인물로서 등장하였습니다. 반면, 경희와 영희의 관계에 대한 흘러가는 망상에서 비롯되어 독립적인 이야기로 발전한 '속임수 왕후'는 '옷소매 붉은 끝동'보다 늦게 완성되었습니다.

비록 자매작들은 제 개인적인 사유로 금방 판매를 중단시켰습니다만, 짧은 시간이나마 출판할 기회를 주시고 읽어주셨던 점에 감사 인사를 드리고 싶었습니다.

"What Died Didn't Stay Dead(어떤 죽음은 끝이 아니다)"라는 노랫말이 있습니다. 저에게는 의빈 성씨가 그런 의미였습니다. 존재 자체만으로 제게 영감과 감동을 주었습니다. 때문에 긴 시간 동안 글을 쓰면서 그를 친구처럼 생각하게 되었습니다.

그리고 독자님은 저에게 '옷소매 붉은 끝동'도 그런 의미로 만들어주셨습니다.

2015년에 이 이야기를 끝내고 작업 폴더를 봉인했던 저에게, '완성한 기념 삼아 실물로 소장하고 싶은데 개인 제본은 하나도 모르겠고 출판사에 보내면 뭐 어떻게든 되지 않을까?'와 같은 안이한 생각으로 투고를 결심했던 저에게, 2017년에 첫 출간을 하면서 과연 10권이나마 팔릴지 기대도 없었던 저에게, 독자님은 너무나 큰 세상을 보여주셨습니다. 덕분에 제 안에서 '옷소매 붉은 끝동'은 끝났음에도 계속 살아 있는 존재가 되었습니다.

고작 책 한 권에 과분할 만큼 감사한 말씀을 해주시는 분이 참 많았습니다. 저는 그런 분들이야말로 세상을 더 좋은 방향으로 만들어가는 사람들이라고 믿습니다. 그래서 다시 한번 '옷소매 붉은 끝동'을 끝내는 저도, 독자님처럼 타인에게 행복을 주는 사람이 될 수 있도록 늘 노력하고자 합니다.

"꿈이었다. 아니, 불현듯 꿈이 아님을 깨달았다. 정녕 꿈이 아니었다. 너와 내가 다시 만난 것이다. 그 모든 일들을 겪고 헤어져야만 했던 우리가 재회한 것이다. 다시 네게로 돌아와서 참 다행이다. 군왕으로서 맞이하는 내일이 아니라, 네가 있었던 어제로 와서 다행이다."

위 단락은 제가 2007년 1월 2일에 쓴 초기 구상의 일부입니다. 처음부터 정해둔 결말에 이르기까지 넘쳐나는 사료를 조사하고, 읽을 수 없었던 한자를 찾고, 구상을 계속해서 바꾸고, 썼다가 고치기를 반복하면서, 참 멀리 돌아왔습니다. 가장 마지막 장면, '그리고 순간은 곧 영원이 되었다.'라는 문장을 쓸 때의 기분은 아마 평생 잊지 못할 것입니다.

저는 너무나도 잘 기억합니다. 책을 읽으며 빈둥대던 도서관. 고등학교 입학식날. 노트북을 뚱땅거리느라 2호선 순환 지옥에서 빙글빙글 돌다가 기말시험에 늦어 받은 C+ 성적. 잔뜩 긴장한 채 발을 디딘 바다 건너의 학교. 남반구에서 보낸 크리스마스. '옷소매 붉은 끝동'이라는 제목을 지으면서 먹던 컵라면의 맛. 눈이 펑펑 쏟아지던 새벽길……. 그 모든 순간에 이 이야기를 쓰고 있었습니다. 그리고 이번 개정판을 쓰면서, 아침 8시마다 들른 소공동의 카페도 잊지 못할 순간으로 추가되었습니다.

그리고 이제 저는 '옷소매 붉은 끝동'이 독자님의 인생에서 아주 조그마한 순간에라도 영원히 남을 수 있기를 기원합니다.

정말 긴 글이었습니다. 감사합니다.

2022년 4월

강미강 올림

참고 문헌

〈몽옥쌍봉연록–곽장양문록〉 연작 연구 (지연숙, 고려대학교)

〈몽옥쌍봉연록〉 연작 연구 –〈몽옥쌍봉연록〉〈곽장양문록〉〈차천기합〉의 작품적 연계성을 중심으로– (최길용, 택민국학연구원)

〈傅張兩門錄〉의 작품 세계와 소설사적 위상 (이병직, 부산대학교 한국민족문화연구소)

한글 필사본에 필사기류에 나타난 조선시대 사람들의 문자생활 (백두현, 경북대학교)

조선 왕실 여성의 문학 (정은임)

일성록

조선왕조실록 – 숙종실록, 영조실록, 정조실록, 순조실록, 고종실록

내각일기

비변사등록

홍재전서

문효세자진향문

호산청일기

어제비문

어제의빈묘표지명

어제의빈묘표

한중록

계방일기

갑진왕세자책봉경용호방

노상추일기

숙창궁입궐일기

이재난고

정조어찰첩 (성균관대학교 동아시아학술원)

한국가문소설연구논총 (이수봉, 경인문화사)

정조와 홍대용, 생각을 겨루다 (김도환, 책세상)

박시백의 조선왕조실록 - 숙종실록, 경종/영조실록, 정조실록, 순조실록 (박시백, 휴머니스트)

한중록 (정병설, 문학동네)

권력과 인간: 사도세자의 죽음과 조선왕실 (정병설, 문학동네)

궁녀의 하루 (박상진, 김영사)

장수한 영조의 식생활 (주영하, 한국학중앙연구원)